Julian Rathbone

Die Könige von Albion

EUROPA
VERLAG

Aus dem Englischen
von
Karin Dufner

JULIAN RATHBONE

Die KÖNIGE *von* ALBION

oder Die abenteuerliche Reise eines indischen Prinzen nach England zur Zeit der Rosenkriege

Roman

Europa Verlag
Hamburg · Wien

Für Alayne, Arthur und Nina

Originalausgabe:
»Kings of Albion«
Little, Brown and Company, London 2000

Deutsche Erstausgabe

Umschlaggestaltung: Kathrin Steigerwald, Hamburg
Satz: KCS GmbH, Buchholz/Hamburg
Druck und Bindung: Wiener Verlag, Himberg bei Wien
ISBN 3-203-81600-8

Informationen über unser Programm erhalten Sie beim
Europa Verlag, Neuer Wall 10, 20354 Hamburg
oder unter www.europaverlag.de

Vorbemerkung des Autors

Die Könige von Albion ist ein Roman, der im fünfzehnten Jahrhundert spielt. Wer sich an Anachronismen und Ungenauigkeiten stößt, möge sich bitte zuerst fragen, ob diese nicht möglicherweise beabsichtigt sind. Falls die Verstimmung danach weiterhin anhält, muß ich die werte Leserin, den werten Leser bitten, sich vorzustellen, die Handlung sei in einem fremden Sonnensystem oder am anderen Ende des Universums angesiedelt.

Und doch habe ich mich ein wenig in die Materie eingelesen.

Nachdem ich auf den glorreichen Gedanken gekommen war, ein Trüppchen von Orientalen im finstersten England auszusetzen, mußte ich entscheiden, woher diese Leute denn nun stammen sollten. Ursprünglich schwebte mir Burma vor, und ich wandte mich auf meiner Suche nach Informationen über das mittelalterliche Burma an Richard Blurton von der Abteilung für orientalische Antiquitäten am British Museum, um ihm mein Dilemma zu erläutern. »Nicht Burma«, entgegnete er. »Vijayanagara.«

Wie bitte?

Ich hatte nicht die geringste Ahnung, wovon er redete, und schloß daraus, daß es den zukünftigen Lesern dieses Buches genauso ergehen würde. Aber Blurton beantwortete mir meine Frage und wies mich auf die verfügbaren Quellen hin. Das Königreich Vijayanagara entstand aus der Vereinigung südindischer Staaten im späten dreizehnten Jahrhundert. Das Land blieb bis zum Jahr 1565 unabhängig und wurde dann, nach der Eroberung durch ein Bündnis bahmanischer Sultane, auf ungewöhnlich gründliche Weise dem Erdboden gleichgemacht. Man zerstörte die Bibliotheken und beraubte die riesigen Gebäude der Städte sämtlicher Statuen und allen Bilderschmucks. Die überlebende Bevölkerung wurde zu leibeigenen Landarbeitern degradiert, und ihre Zivilisation galt fortan als minderwertig. Jahrhundertelang waren die Chroniken und Aufzeichnungen portugiesischer Händler und Entdecker aus dem sechzehnten Jahrhundert – insbesondere derer, die nach der Eroberung von Goa das Reich bereisten – die einzigen Informationsquellen, die diese untergegangene Kultur schilderten. Erst in den letzten Jahrzehnten haben Archäologen begonnen, die riesigen Ausgrabungsstätten zu erforschen und sich ein Bild von dieser längst in Vergessenheit geratenen Zivilisation zu machen.

Vijayanagara war genau das, was ich gesucht hatte: eine Kultur, die allem Anschein nach um einiges höher entwickelt gewesen sein mußte als das Europa des fünfzehnten Jahrhunderts. Und da verhältnismäßig wenig über sie bekannt war, hatte ich die Möglichkeit, meiner Phantasie freien Lauf zu lassen. Zweifellos werden die Fachleute meine Beschreibung von Vijayanagara mit den verschiedensten Argumenten in Bausch und Bogen verdammen, und ich entschuldige mich bei Richard Blurton dafür, daß ich ihn in diese Geschichte mit hineingezogen habe. Aber dennoch schulde ich ihm eine Menge Dank.

Außerdem habe ich häufig auf das Buch *Indische Kunst* von Vidya Dehejia zurückgegriffen. Auf die Brüder des freien Geistes bin ich in *Lipstick Traces* von Greil Marcus gestoßen. Und ich habe mich in Norman Cohns *Das neue irdische Paradies. Revolutionärer Millenarismus und mystischer Anarchismus im mittelalterlichen Europa* weiter über sie informiert. Es war mir eine Freude, diese beiden Klassiker zu lesen. Hassan Ibn Sabbah entdeckte ich in den Werken von William S. Burroughs (von dem ich mir auch die Familie Johnson ausgeliehen habe); allerdings kamen die Assassinen bereits in vielen der Jugendbücher vor, die ich als Schuljunge verschlang. Nur wenig später machte ich in *Mr. Byculla* von Eric Linklater die erste Bekanntschaft mit den Thug.

Zu den vielen Leihgaben gehören auch die kurzen, mehr oder weniger wörtlichen Zitate aus *Herz der Finsternis* von Joseph Conrad und eine umgeschriebene Passage aus *The Golden Bough* von Sir James Frazier. Der Inhalt von Bruder Peters Predigt stammt aus *Eros und Zivilisation* von Herbert Marcuse, und zwar aus einer Stelle, an der er selbst Friedrich Nietzsche und Sean O'Casey zitiert. Zu guter Letzt basieren Ali ben Quatar Mayeen und Prinz Harihara Kurteishi ein wenig auf Alan Quatermain und Sir Henri Curtis aus *König Solomons Minen* von H. Rider Haggard.

Außerdem tauchen, wie bei einem Autor üblich, der verhältnismäßig belesen und in fortgeschrittenem Alter ist, mit Sicherheit noch weitere Leihgaben auf, die ich selbst nicht bemerkt habe.

Zweifellos ist meine Schilderung des spätmittelalterlichen Englands genauso fehlerhaft wie die des Königreichs Vijayanagara. Ich stütze mich nicht auf Originalquellen, aber ich habe alle bekannten

Geschichtsbücher und Sozialgeschichten über diese Zeit gelesen, die in den öffentlichen Bibliotheken stehen. Letztlich habe ich auf *Lancaster and York – The Wars of the Roses* von Alison Weir zurückgegriffen, da es sich hierbei in meinen Augen um die erhellendste und in vielerlei Hinsicht detailgetreueste Schilderung handelt, die ich finden konnte. Ich habe diesem Buch viel zu verdanken. Die modernen Versionen mittelalterlicher Gedichte, die hier wiedergegeben sind, stammen von Brian Stone und wurden dem Band *Medieval English Verse* entnommen, der bei Penguin Classics erschienen ist.

Doch meine wichtigste Quelle in sämtlichen Detailfragen, die ich stets als erstes aufsuchte und in der ich für gewöhnlich alle benötigten Informationen fand, war die elfte Auflage der *Encyclopædia Britannica* aus dem Jahr 1911, die ich von meinem Vater geerbt habe. Sie steht, einen Meter rechts von mir, in ihrem Regal. In den Monaten, die ich mit den *Königen von Albion* verbracht habe, ist kaum eine halbe Stunde vergangen, ohne daß ich nicht den einen oder anderen Band zur Hand genommen hätte.

J. R.

Teil 1

Kapitel eins

Ali ben Quatar Mayeen (»Nennt mich Ismail, wenn es denn sein muß, aber Ali ist mir lieber«) war Händler, allerdings inzwischen im Ruhestand. Genaugenommen war er Vertreter eines Händlers gewesen, ein wiederauferstandener Sindbad sozusagen. Er hatte nie ein Vermögen verdient, jedenfalls nicht bis zu jener letzten Reise, die er mir so ausführlich schilderte, und auch dabei handelte es sich eigentlich nicht um wirkliche, ernstzunehmende Reichtümer. Doch er war wohlhabend genug, um seinen Sohn Haroun – Ali nannte ihn Haree – in Misr-al-Kahira, das bei den Christen Kairo heißt, Medizin studieren zu lassen und sich ein wasserdichtes Dach über dem Kopf und dazu so viel *bhang* zu leisten, wie er für den Rest seines Lebens brauchte. Ich meine, wirklich brauchte. Denn nach zwei Wintern im hintersten Thule probten Alis Gelenke, insbesondere seine Knie und Fingerknöchel, den Aufstand, vor allem bei Regen. *Bhang* ist das einzige, was diese Art von Schmerzen lindern kann, wenn man siebzig Jahre alt ist. Siebzig? Das ist nur eine Vermutung. Ali selbst legte sich da nicht fest und gab sich mal für sechzig, mal für fünfundsiebzig aus.

Regen? Ja. Einige Monate im Jahr regnet es in Mangalore sehr heftig. Ali behauptete, er habe einen solchen Regen noch nie zuvor erlebt, nicht einmal in Manchester. Und obwohl es sich um einen warmen Regen handelte, griff er seine Gelenke an und ließ ihm die Knöchel anschwellen, bis sie schmerzten, als würde das Knorpelgewebe zwischen den Knochen von einem geschickten Folterknecht mit rotglühenden Nadeln durchbohrt. Mit den Knien war es dasselbe. Aber es dauerte nie lang, und das *bhang* tat seine Wirkung. Und außerdem hatte es den Vorteil, daß Ali zwei Monate im Jahr schweben konnte wie einer der Papierdrachen, die die Chinesen an Festtagen steigen lassen. Ja, die Schmerzen waren zwar noch spürbar, allerdings eher so, als litte sie jemand anderer. Und so war die indische Malabarküste im Königreich Vijayanagara – abgesehen von der Regenzeit – für Ali wie ein Paradies auf Erden.

Ali hatte zwei Ehefrauen, Schwestern und noch keine zwanzig Jahre alt, die die traditionellen Gerichte vollendet zubereiten konnten und dafür sorgten, daß die Diener das Haus sauberhielten; sie badeten und fütterten Ali und brachten ihn nach draußen in den Hof, wo der Brunnen plätscherte und Lotos und Rosen blühten. Häufig luden sie seine Freunde, Händler wie er, ein, damit sie einander Anekdoten aus alten Zeiten und längst vergangene Abenteuer erzählen konnten. Wenn Ali sich besonders wohl fühlte und es nicht zu heiß war, schlenderte er zum Hafen, trank in einer der von Arabern betriebenen Tavernen eine Limonade und sah zu, wie die großen Dhaus mit ihren riesigen dreieckigen Segeln aus allen vier eingebildeten Winkeln der eigentlich runden Erde ins Hafenbecken gefahren kamen. Es gab dort auch eine junge Araberin, die sang wie ein Engel und, begleitet von ihrer *guitarra*, traurige Lieder aus Granada zum besten gab, wo sie geboren war. Und natürlich machte ich dort auch seine Bekanntschaft.

Wenn es dunkel wurde, brachten seine Frauen ihn zu Bett und legten ihn zwischen sich, so daß seine alten Knochen die Wärme und Kraft ihrer weichen Körper aufsaugen konnten. Er erzählte mir, daß er stets schlief wie ein neugeborenes Kind.

Nicht schlecht, oder?

Wer ich bin? Woher ich komme? Habe ich das noch nicht erzählt? Verzeihung. Mein Name ist Mah-Lo. Ich wurde in Mandalay geboren, siedelte als kleines Kind nach Rangoon über und fuhr als Schiffsjunge auf dem Boot eines malaiischen Arabers zur See ... Doch es handelt sich hier um Alis Geschichte, nicht um meine. Es genügt zu sagen, daß ich auf meinen Fahrten zwischen den Archipelen und Port Suez im Westen und wieder zurück alles gelernt hatte, was es über das Segeln zu wissen gab. Ich bezeichnete mich als Araber und

Moslem und wurde irgendwann Kapitän einer Dhau, die einem malaiischen Sultan gehörte. Die Geschäfte führten mich auf dem Yangtse bis nach Nanking, wo mir der dortige Statthalter und Mandarin eröffnete, ich könne genausogut mit Wissen wie mit Kopra handeln. Er schickte mich nach Cambaluk, das manche Leute Peking nennen.

Aber nun wieder zurück zu Ali.

In Mangalore ist es nicht schwierig, Araber und dem Glauben nach ein Moslem zu sein, denn schließlich handelt es sich um eine weltläufige Hafenstadt. Es gab dort fast vom Anbeginn der Christenheit an Christen; ihr Glaube wurde von einem gewissen Thomas Didymus eingeführt, der Jesus persönlich kennengelernt hatte und einige Menschen bekehren konnte. Die Juden, die Jesus nie begegnet waren, blieben Juden. Und natürlich wimmelte es von Indern in allen Ausführungen – blasse Arier und Hindus, kupferfarbene Drawider wie Alis Ehefrauen und dunkelhäutige Tamilen. Die meisten Seeleute sind Araber, aber inzwischen mischen auch einige Europäer mit, die über das Mittelmeer und das Rote Meer bis zum Arabischen Ozean segeln. Natürlich müssen sie für die letzte Etappe in arabische Boote umsteigen. Ich weiß, daß die Portugiesen mit dem Gedanken spielen, sich den Arabischen Ozean eines Tages zu ersparen, indem sie einfach rund um Afrika segeln und für die ganze Fahrt ihre eigenen Schiffe benutzen ... Doch ich schweife schon wieder ab. Das passiert alten Männern häufig. Man muß sich eben daran gewöhnen. Und natürlich gibt es da noch die Chinesen, wie Ihr welche seid.

Wie ich bereits sagte, handelt man sich keine Schwierigkeiten ein, wenn man hier Moslem ist, obwohl sich Vijayanagara schon seit hundert Jahren mit ihnen, genauer genommen mit den bahmanischen Sultanen, im Krieg befindet. Ein paar hundert Kilometer im Norden hinter Govë – oder Goa, wie die Portugiesen es nennen – liegt ihr Gebiet. In diesem Krieg geht es um Landgewinn, nicht um Volkszugehörigkeit oder Religion. Der alberne Dschihad hat nichts damit zu tun.

Viele Kommandanten und einige Regimenter in der kaiserlichen Armee sind muslimische Söldner. Also drohte Ali eher Ärger, weil er Kaufmann, nicht etwa, weil er Araber war. Kaufleute galten als Spitzel und Doppelagenten, und es hieß, daß sie sich von beiden Seiten für ihre Dienste bezahlen ließen. Dieser Verdacht ist nicht ganz von der Hand zu weisen, denn kein Händler würde es leugnen, daß es das Ziel seiner Träume ist, auf ein und demselben Markt zu kaufen und zu verkaufen. Glaubt mir. Ich bin selbst Kaufmann, ich weiß Bescheid.

Und wie war Ali zu seinem Vermögen gekommen? Als Folge der Abenteuer, die ich hier schildern werde, gelangte er in den Besitz von Grund, gutem Ackerland in den Hügelausläufern der westlichen Ghats, wo Gewürze angebaut werden, und wurde außerdem Eigentümer einiger Dörfer. Mit einem Teil seines Wohlstands unterstützte er seinen studierenden Sohn, den Rest gab er für seine eigenen Bedürfnisse aus.

Nachdem Ali und ich einander nähergekommen waren, erschien ich drei- bis viermal in der Woche in seinem von einer Mauer umgebenen Garten. Unsere Gewohnheiten erinnerten an tausendundeinen Nachmittag, obwohl es natürlich längst nicht so viele waren – aber ich bezweifle auch, daß Scheherazade diese Anzahl geschafft hat. Ali sagte, er erzähle mir seine Geschichte, weil er gern über seine Vergangenheit rede und weil er auf diese Weise über das Grab hinaus weiterleben würde. Übrigens vertrat er die Ansicht, daß es nur dieses eine Leben gab. Ein Leben nach dem Tode existierte für ihn nicht, auch nicht als sprichwörtliche Fliege oder Käfer, wie uns gewisse Hindus der höheren Kasten, die sich Brahmanen nennen, weismachen wollen. Ebensowenig glaubte er an das muslimische Paradies, in dem man sich an Nektar und Ambrosia labte, von Huris bedient wurde und von Jungfrauen mit Zimbeln etwas vorgespielt bekam. Schließlich genoß Ali diese Dinge ja schon im Diesseits.

Er sagte, es mache ihm Spaß, die Freuden und Leiden eines langen Lebens vom sicheren Korbsessel aus noch einmal Revue passieren zu lassen, während man auf weichen Kissen im Schatten eines duftenden Kardamombaumes saß, Limonade trank, zum Nachtisch Haschischkuchen knabberte und dabei das Mittagessen – zum Beispiel in Butter gedünstetes Lamm mit Kokosnuß, Safran, Koriander, Kreuzkümmel und Ingwer – verdaute. Der restliche Haushalt hielt ein Nachmittagsschläfchen. Selbst die schillernden Fische im Brunnenbecken bewegten sich kaum.

»Ich schlafe nachmittags nicht«, eröffnete er mir, als ich mich das erste Mal zu ihm setzte. »Im Alter findet man nicht mehr so leicht Schlaf. Wenn es noch heiß ist, legen sich meine Mädchen nicht zu mir ins Bett – das ist zumindest ihre Ausrede. Man schwitzt zu stark, und ich neige nach den Mahlzeiten zu starken Blähungen. Aber ich vermute eher, daß sie es mit ihren augenblicklichen Liebhabern treiben ... Wenn nicht, dann sollten sie es tun. Ich hätte es in ihrem Alter jedenfalls gemacht. Wo soll ich beginnen?«

»Ganz am Anfang.«

Ali ben Quatar Mayeen wurde in einem kleinen Dorf in den Hügeln unweit von Damaskus geboren. Als er acht Jahre alt und gerade in den ersten Kreis der Mysterien jener islamischen Sekte, der sein Stamm angehörte – einer Form des Schiismus, dessen Anhänger auch Ismailiten genannt werden –, eingeführt worden war, beschloß der dortige Kalif, ein Sunnite, eines schönen Tages, diese Religionsgemeinschaft auszurotten. Quasi über Nacht wurde Ali durch Umstände, die eigentlich zu grauenhaft sind, um sie hier wiederzugeben, seiner glücklichen, wenn auch ärmlichen Kindheit beraubt. Ich würde es nicht glauben, wenn ich dergleichen seitdem nicht tausendfach überall auf dem bislang erforschten Erdball miterlebt hätte. Nur in Vijayanagara gab es solche Greuel nicht, doch sonst ist es überall dasselbe: Die Menschen verstümmeln und foltern einander im Namen Gottes und ersinnen immer neue Mittel, sich gegenseitig Schmerz zuzufügen und zu töten. In gewisser Weise hatten Alis Angehörige und

Freunde noch Glück gehabt, denn sie wurden zwar vergewaltigt, geschlagen und buchstäblich in Stücke gehackt, doch das Ganze ging wenigstens recht schnell vonstatten. Kein Vergleich mit dem Leid, das Christen einander antun, wenn eine ihrer Sekten der Mitglieder einer anderen habhaft wird.

An dem Tag, der sein Leben veränderte und an dem er wiedergeboren wurde, wurde Ali Zeuge, wie man seinen Vater, seine Mutter, seine Stiefmütter, seine Brüder und Schwestern und seine Halbbrüder und Halbschwestern enthauptete, nachdem man sie erst auf unsägliche Weise verstümmelt hatte. Tja, zumindest hätte er es gesehen, wenn er nicht während dieser Vorgänge die Augen fest zugekniffen hätte.

»Wie bist du entkommen?« fragte ich ihn.

»Ich war erst sechs. Ich bin weggelaufen und habe mich versteckt.«

»Du sagtest doch gerade, du seist acht Jahre alt gewesen.«

»Habe ich acht gesagt? Gerade eben? Du irrst dich. Sechs. Ich muß es schließlich wissen. Natürlich flüchtete ich mich an den sichersten Ort, den ich kannte … unter die Röcke meiner Großmutter. Das hätte ich doch wohl gewiß nicht getan, wenn ich schon ein großer Junge von acht Jahren gewesen wäre …«

Nun, er ist bei weitem nicht der erste unzuverlässige Geschichtenerzähler, den ich kennengelernt habe.

Laut Ali schlug ein sunnitischer Krieger seiner Großmutter mit einer waagrechten Bewegung seines rasiermesserscharfen Säbels und mit einem einzigen Streich den Kopf ab. Als sie stürzte, oder eher in sich zusammensackte, spritzte das Blut wie eine Fontäne aus dem Stumpf, der gerade noch ihr Hals gewesen war, und versickerte in ihren unzähligen Kleiderschichten. Ihr Rock bauschte sich, als sie, ihren Kopf auf dem Schoß, zu Boden sank. Der Krieger holte nach Ali aus, der nun ungeschützt hinter ihr stand. Wahrscheinlich wäre er schräg entzweigeschlagen worden, wäre er nicht genau im richtigen Moment zurückgewichen. Deshalb wurde er nicht von der Klinge des Säbels getroffen, sondern bekam nur einen Kratzer mit der Spitze der Waffe ab. Einen Kratzer? Die Schnittwunde war drei Zentimeter tief, begann an seinem rechten äußeren Augenwinkel, trennte sein rechtes Nasenloch ab und verlief über seinen Mund, so daß eine ungewöhnlich häßliche Hasenscharte zurückblieb. Das rechte Schlüsselbein ging zu Bruch, das Brustbein wurde getroffen, vier linke Rippen wurden durchtrennt, und sein Bauch wurde auf der linken Seite aufgeschlitzt. Ein ganz ordentlicher Kratzer also.

Ali kippte weiter nach hinten und verlor die Besinnung. Offenbar waren Wundschmerz und Schock so groß, daß er in eine katatonische Starre verfiel, ähnlich der, in die sich hinduistische Gurus absichtlich versetzen. Alle Körperfunktionen wurden langsamer, bis sie schließlich fast völlig erloschen, allerdings dennoch erhalten blieben. Und weil sein Herz zwar noch schlug, vermutlich aber kaum öfter als einmal pro Minute, ließ die Blutung nach dem ersten Blutsturz nach. Das wenige, was herausrann, verklumpte, bevor Ali verbluten konnte, und so verlor er nur ein paar Tassen voll.

Es war Winter und wurde nachts ziemlich kalt. Das Dorf befand sich in den Bergen, und Ali lag bis zum kommenden Morgen da, ohne aus seiner Trance zu erwachen. Die Mörder, die zweifellos das Ziel verfolgten, Dorf und Felder für immer unbenutzbar zu machen, bestreuten die Äcker mit Salz. Nachdem sie die Leichen entkleidet hatten, schleppten sie Alis Familie und die Nachbarn zu den Brunnen und warfen sie hinein, vermutlich in der Absicht, sie zu vergiften. Die Brunnen natürlich.

Hätte er Allah danken sollen, daß man ihn bis zum Schluß aufsparte, so daß er oben auf dem Haufen zu liegen kam? Vielleicht. Andererseits aber waren all diese Greuel ja im Namen Allahs verübt worden.

Als die Sonnenstrahlen sein nacktes Hinterteil berührten und es wärmten, kam Ali wieder zu sich. Voller Blut, nicht alles davon sein eigenes, und von Schmerzen – hauptsächlich eher einer starken Muskelverspannung – gepeinigt, kletterte er von dem Leichenberg herunter und aus dem Brunnen und sah sich rasch um. Abgesehen von den Fliegen, die mit der

Sonne gekommen waren, und den Ratten war er das einzige Lebewesen weit und breit. Die Schafe und Ziegen waren gestohlen worden, und die Hunde hatte man genauso gnadenlos beseitigt wie ihre Herren. Ali rannte los und blieb nur stehen, um sich in ein von den Armen einer Vogelscheuche gerissenes Stück Sackleinen zu hüllen und sich aus dem Garten eines Nachbarn eine Bohnenstange als Wanderstab zu nehmen. Dann lief er immer weiter und weiter.

Anfangs kam er weder sehr schnell voran, noch legte er eine große Strecke zurück, doch nachdem seine Wunden verheilt waren, machte er sich eilig aus dem Staub. Vielleicht hatte er sich ja seitdem immer auf der Flucht befunden, oder wenigstens so lange, bis er sich in Mangalore niedergelassen hatte. In diesen ersten Jahren schlief Ali nur sehr wenig, und selbst seine Träume handelten vom Davonlaufen. Er rannte erst nach Bagdad, dann nach Tabriz und schließlich nach Kabul. Von dort an ging er ein wenig langsamer, ritt oder segelte.

Er gab sich als Bettler aus, kam bis zur goldenen Straße nach Samarkand und schloß sich dort einer vorbeiziehenden Karawane an, deren Knechte, Kameltreiber und Träger sich die Worte des Propheten, was die Pflichten des Gläubigen gegenüber den Armen betraf, offenbar besser gemerkt hatten als ihre Herrschaften. Unterstützt durch ihre Almosen, bereiste er die Seidenstraße bis nach Karakoum und dem Dach der Welt. Nachdem er diese Strecke einige Male zurückgelegt hatte, entdeckte er sein Verhandlungsgeschick und seine Fähigkeit, die Finten betrügerischer Händler zu durchschauen. Als die Karawane zum fünften Mal, beladen mit Seide, Lapislazuli und Gold, die Reise antrat, war er der Vertraute und Mitarbeiter eines der Kaufleute, eines Parsen, geworden, der ebenfalls dem Schiismus anhing und ihn ins Herz geschlossen hatte.

Es wäre übertrieben zu behaupten, daß Ali danach zu Wohlstand gelangte, aber das Geld genügte zum Überleben. Etwa zehn Jahre lang arbeitete er als Mädchen für alles, Laufbursche und Faktotum für den Parsen. Er lernte Lesen und Schreiben, Addieren und Subtrahieren und auch Buch zu führen. Später, als der Parse älter wurde und sein Haus und sein Kontor nur noch ungern verließ, wurde Ali sein reisender Vertreter. Er entwickelte seine Sprachbegabung weiter, die vermutlich aus der Notwendigkeit entstanden war, Menschen anzubetteln und mit ihnen zusammenzuleben, welche keinen Grund hatten, die seine zu erlernen. Außerdem fand er die Zeit, sich mit den geheimen Lehren der tieferen Shia zu befassen, und verbrachte zwei Jahre fern der Handelsposten mit weisen Männern in einer Gemeinde in den Bergen nördlich des Hindukusch.

Anschließend kehrte er in die Dienste seines Parsen zurück, der inzwischen etwa so alt war wie Ali heute. Eigentlich rechnete er damit, zum Geschäftspartner befördert zu werden und ein Darlehen zu erhalten, das es ihm ermöglichen würde, weiter im Namen des Parsen Handel zu treiben. Doch dieser beschloß, sich gänzlich aus dem Geschäftsleben zurückzuziehen. Unter dem Drängen seiner Töchter, die eine gute Partie anstrebten und in den Landadel einheiraten wollten, verkaufte der Parse sein Vermögen, machte seine Goldreserven zu Geld, erwarb einige Pistazienhaine und Aprikosenplantagen und stieg so zum Gutsbesitzer auf. Ali fungierte weiterhin als sein reisender Vertreter im Ausland und verdiente mit dem Verkauf der getrockneten Hunza-Aprikosen und grünen Nüsse seines ehemaligen Brötchengebers verhältnismäßig gut. Er war jetzt mehr oder weniger freiberuflich tätig, allerdings ohne das nötige Geld zu besitzen, um selbst ein richtiges Handelshaus zu eröffnen.

Und wie war er zu seinem Sohn Haree gekommen? Daß Ali durch die Hand eines sunnitischen Fanatikers entstellt worden war und außerdem kaum über Vermögen verfügte, verhinderte eine Ehe oder – bis auf die flüchtigen Begegnungen, die für Geld zu haben sind – überhaupt eine Beziehung zum anderen Geschlecht. Er war kein sehr hübscher Anblick, was sich mit zunehmendem Alter noch verschlimmerte. Seine linke Körperseite verkümmerte, und sein linker Arm verdorrte – vermutlich war ein lebenswichtiger Nerv getroffen worden –, so daß er nur noch Daumen, Zeigefinger und Mittelfinger benutzen konnte. Sein Gesicht erinnerte an einen Apfel, der zu faulen begonnen hatte: Die eine Seite war recht ansehnlich, die andere jedoch dunkelbraun verfärbt, schwammig und formlos. In der Öffentlichkeit bedeckte Ali die rechte Gesichtshälfte fast immer mit einem Zipfel seines vogelscheuchenähnlichen Umhangs, so daß nur die linke Seite und das linke Auge zu sehen waren.

Dennoch betrieb Ali, kurz nachdem der Parse in den Ruhestand gegangen war, auf eigene Rechnung Geschäfte mit einem ägyptischen Baumwollpflanzer, der wegen Rüsselkäferbefalls eine Mißernte gehabt hatte und Ali nun eine Menge Geld schuldete. Bei den Anwohnern des Nils und der Kanäle, welche die Ebenen bewässern, tritt häufig eine Krankheit auf, die zu Blindheit führt. So hatte auch der Baumwollpflanzer eine Tochter, die zwar blind, aber ansonsten hübsch und anscheinend auch gesund war. Ali heiratete sie, nachdem er zuvor allen weltlichen Besitz, den er bei sich trug, ihrem verarmten Vater übergeben hatte. Das junge Paar ließ sich in Iskenderia nieder, wo Ali als Vermittler am Hafen Arbeit fand. Haroun-Haree war die einzige Frucht dieser Verbindung, da die Tochter des Baumwollpflanzers kurz nach der Geburt am Kindbettfieber starb. Ali vertraute das Kind der Base seiner verstorbenen Mutter an und machte sich wieder auf den Weg. Allerdings kam er stets für den Unterhalt des Knaben auf. Doch da er sich nur etwa alle zwei Jahre in der Gegend aufhielt, lernte er Haree eigentlich nie richtig kennen, auch wenn es ihn froh machte zu wissen, daß dieser einen ehrbaren Beruf erlernte und später einigermaßen zu Wohlstand kommen würde – und zwar mit weniger Schwierigkeiten, als sein Vater sie gehabt hatte.

Genug. Ich schweife schon wieder ab. Schließlich lag es nicht in Alis Absicht, ermüdende Beschreibungen von tausendundeinem Reiseerlebnis zum besten zu geben. Es ging ihm vielmehr um das eine große Abenteuer, das er zu guter Letzt erlebte. Und das werdet Ihr jetzt zu hören bekommen. Es übertrifft alle anderen an Länge, Spannung, Angst, Schrecken, Leidenschaft und sogar hin und wieder an Glück, das auch daraus hervorgegangen ist. Hoffentlich werdet Ihr daraus die gewünschten Erkenntnisse gewinnen und diese in andere Länder und Königreiche weitertragen. Erkenntnisse, für die Ihr mich schließlich bezahlt.

Alles begann, wie es auch endete, in Ingerlond, und zwar in jenem Teil des Reiches, der sich auf dem europäischen Festland befindet und Calais heißt. Es handelt sich um eine kleine Enklave, deren Bedeutung in ihrer Rolle als Tor zur Insel liegt. Inzwischen wird fast der gesamte Handel mit der Insel in diesem Hafen abgewickelt. Manche Menschen bezeichnen Ingerlond als »Arsch der Christenheit« und Calais als »Arsch von Ingerlond«. Ali konnte da nicht widersprechen.

In Calais werden hauptsächlich Wolle und Wollstoffe eingeführt. Eigentlich stellen die Inglysshe, oder Engländer, wie sie manchmal nach einem der wilden Stämme, die dort siedeln, genannt werden, sonst nichts im Überschuß her, was irgend jemandes Kaufinteresse wecken könnte – abgesehen vielleicht von Blech und Blei. Calais ist die einzige Stadt, wo Ausländer Wolle aus Ingerlond erwerben dürfen, was es den Inglysshe erleichtert, Steuern auf die Ausfuhr zu erheben. Deshalb gilt Calais bei den Händlern auch als Stapelhafen. Die Qualität der Wolle ist gut – wenn auch nicht so gut wie die von Wolle aus Kaschmir – und in Gegenden, wo es zu kalt für Baumwolle und für Seide ist, sehr gefragt. Die Inglysshe beherrschen die Kunst, ihre Wolle fast so fein wie Seide zu spinnen, sie zu färben und sie geschickt zu einem Stoff zu weben, den man Kammgarn nennt. Ali war in der Hoffnung, ein paar Ballen davon gegen einige aus Moskau mitgebrachte Nerzfelle eintauschen zu können, nach Calais gereist.

Er übernachtete in einer Taverne oder einem Gästehaus in dem Viertel, das sich zwischen dem Hafen und dem wichtigsten Stoffmarkt befindet, und litt wie fast alle Menschen unter dem scheinbar ständig kalten Klima. Seine Nase leckte wie die Blase eines Achtzigjährigen, und seine Brust ächzte und rasselte wie ein Eimer mit weichem Mörtel; deshalb war er früh zu Bett gegangen. Es handelte sich um ein großes Bett, und wie es in diesem unzivilisierten Land üblich war, mußte er es mit zwei Kesselflickern, die immer wieder lüstern übereinander herfielen, und einem Edelmann mit seiner Dame und seinen beiden Kindern, die zum Hof des Herzogs von Burgund unterwegs waren, teilen. Die beiden Kinder wimmerten und quengelten, bis ihre Mutter Ali anflehte, ihnen sein Gesicht zu zeigen. Dann drohte sie ihnen, er sei der Teufel und werde sie in die Hölle verschleppen, wenn sie nicht den Mund hielten. Sie gehorchten.

An seinem zweiten Abend hatte Ali sich wegen seines Schüttelfrostes ins Bett gelegt, während die anderen noch beim Essen saßen. Er war allein in dem Raum, den der Wirt frecherweise als sein bestes Zimmer bezeichnete, als es an der Tür klopfte.

Wie ich mich erinnere, begann Ali ben Quatar Mayeen, als er an diesem Punkt angelangt war, in seinem Sessel herumzurutschen und das Möbelstück dann zu verschieben, so daß das Flechtwerk ein wenig knirschte, damit ihm die inzwischen tiefer stehende Sonne nicht auf den Kopf schien. Er sah mich über den Tisch hinweg an. »Soll ich fortfahren? Ich langweile dich doch nicht etwa?«

»Nein, nein, überhaupt nicht.«

»Du hast gegähnt.«

»Vor ein oder zwei Minuten, als du mir den Status von Calais geschildert hast. Aber nun lausche ich gebannt deiner Geschichte wie Sultan Schariah, der sich nicht mehr aus Scheherazades Netz befreien konnte. Aber falls *du* müde bist, Ali, ich kann auch morgen wiederkommen, um zu hören, wer dich in diesem gräßlichen Gasthof besucht hat.«

»Das wäre vielleicht besser. Der Haushalt regt sich, und meine Frauen wollen mich sicher umsorgen, wie sie es immer tun, wenn der Nachmittag kühler wird ...«

Kapitel zwei

Als ich am folgenden Nachmittag in den gemütlichen Hof mit dem Wasserbecken voller schimmernder Fische, den Singvögeln in ihren Käfigen und dem Duft nach Kardamom zurückkehrte, setzte Ali seine Geschichte fort. Er sprach langsam und stockend, obwohl eine Lebenszeit vergangen war, seit der Säbel ihm die Lippe aufgeschlitzt hatte. Dabei untermalte er seine Erzählung mit ausladenden Bewegungen seiner gesunden Hand.

Nachdem ich unter der Bettdecke mein Stilett gezogen hatte, rief ich, die Tür sei offen.

Da mein Gast eine graue Kutte mit Kapuze trug, hielt ich die Gestalt, die hereinkam, zunächst für einen Klosterbruder oder einen Bettelmönch aus dem Franziskanerorden. Er hatte eine fettige Talgkerze in der Hand, die mehr schwarzen Qualm als Licht verbreitete, so daß es meinem fiebrigen Verstand schien, als schwankten die Holzbohlen meiner Kammer hin und her wie die Segel einer luvenden Dhau. Ich stellte fest, daß die Kutte des Fremden dicht oberhalb der Taille einen winzigen herzförmigen Flicken aufwies, wußte damals aber noch nicht, was das zu bedeuten hatte. Er drängte sich in die Lücke zwischen Bett und Wand und näherte sich meinem Kopf, der auf einem schmutzigen Polster mit ungewaschenem Filzbesatz ruhte. Als er die Kerze auf einem Regalbrett über mir abstellte, umfaßte ich den mit Silberdraht umwickelten Knauf meines Stiletts fester und wünschte, meine Handfläche wäre nicht so schweißnaß und glitschig gewesen. Offenbar bemerkte mein Gast, wie mulmig mir war.

»Ich will Euch nichts Böses«, sagte er, ließ sich auf der Bettkante nieder und schlug die Kapuze zurück. Sein Gesicht war schmal, grau und bis auf ein paar Stoppeln glatt rasiert und wies zwei tiefe Falten auf, die von den Flügeln seiner großen, aber knochigen Nase bis hinunter zu den Mundwinkeln verliefen und seinem Gesicht etwas Asketisches und Trauriges verliehen. Seine Augen waren zwar dunkel, blickten im Dämmerlicht aber durchdringend drein.

»Wenn ich nicht irre, seid Ihr Ali ben Quatar Mayeen, ein reisender Händler aus dem Osten«, fuhr er fort.

Ich räumte ein, daß sich das so verhielt.

»Und ich gehe auch recht in der Annahme, daß Ihr einer geheimen Bruderschaft angehört, in der Ihr den Namen ...?«

Inzwischen bekam ich es mit der Angst zu tun und zeigte ihm mein Stilett. »Ich flehe Euch an, sprecht dieses Wort nicht aus, sonst könnte es Euer letztes sein«, warnte ich ihn.

»Meinetwegen.« Doch ich sah, daß seine schmalen Lippen sich zu einem gleichzeitig freundlichen und spöttischen Lächeln verzogen. »Namen haben Macht und sollten geachtet werden. Dennoch möchte ich Euch mitteilen, daß ich mich als Mitglied einer ähnlichen Gemeinschaft an Euch wende, die viele Eurer Glaubensgrundsätze teilt. Ich riskiere mein Leben, indem ich Euch das gestehe, aber ich hoffe, dadurch Euer Vertrauen zu gewinnen. Ich muß Euch um einen Gefallen bitten, und vielleicht liegt es nicht in Eurer Macht, ihn mir zu gewähren. Doch Ihr habt bessere Möglichkeiten, mir zu helfen, als andere, denen ich möglicherweise noch begegnen werde.«

Ich schwieg abwartend.

»Meine Brüder besitzen ein geheimes Haus im Nordwesten von Ingerlond. Zu uns gehört auch ein Mann, der wie du vor vielen Jahren aus dem fernen Osten gekommen ist. Er ist der jüngere Bruder eines Prinzen aus einem orientalischen Land und auf eine Mission in die Fremde geschickt worden. Nun würde er gern in seine Heimat zurückkehren. Allerdings ist es ihm nicht möglich zu reisen, da ihm beide Beine unterhalb der Knie abgetrennt wurden und auch weil er gewisse Gelübde abgelegt hat. Er hat mich angewiesen, einen Reisenden zu suchen, der aus seinem Teil der Welt kommt, und ihm das hier zu geben ...«

Er hielt ein Päckchen hoch, das etwa so lang war wie die Spanne einer ausgestreckten Hand von der Spitze des kleinen Fingers bis zum Daumennagel. Die Breite war ein wenig geringer, die Tiefe betrug die Hälfte der Dicke eines großen Daumens. Das Päckchen war in schwarzes Öltuch gewickelt und mit rostroten Lederbändern verschnürt.

»Was ist das?« stieß ich mühsam hervor. Einen Großteil meines Erfolges als Vermittler für Kaufleute verdankte ich meiner unersättlichen Neugier, die ich mit Katzen gemein habe. Man sagt zwar, daß die Neugier der Katze zum Verhängnis geworden ist, doch wie man nicht vergessen darf, hat Allah ihr zum Ausgleich dafür neun Leben verliehen. Ich habe mindestens acht davon bereits aufgebraucht.

»Das kann ich Euch nicht sagen«, entgegnete mein Besucher. »Es darf nur von dem Mann geöffnet werden, an den es adressiert ist, oder von seinem unmittelbaren Erben. Um das sicherzustellen, hat mein Freund, den wir Bruder John nennen, da es uns nicht gelingt, seinen wirklichen Namen auszusprechen, jeden, der auch nur versucht, diese Lederbänder aufzuknüpfen, mit einem äußerst schweren Fluch belegt. Doch angesichts des Gewichts und der Form würde ich vermuten, daß es sich um Pergamentseiten handelt, weshalb es sicher eine Art Botschaft oder ein Testament ist. Werdet Ihr es überbringen?«

Obwohl ich an Fieber und an verschiedenen anderen bereits beschriebenen Symptomen litt, zu denen auch starke Knieschmerzen gehörten, regte sich die Neugier, die mir fast zum Verhängnis werden sollte, wie ein erwachender Löwe. Oder wie eine Katze ...

»Zuerst«, erwiderte ich, »sagt mir, an wen ich dieses Päckchen übergeben soll.«

Die Augen des Fremden funkelten noch heller, und er fuhr sich mit der Zunge über den schmalen Mundwinkel. Offenbar war er sicher, daß ich angebissen hatte. Und das stimmte auch.

»Der Prinz, dem Ihr es bringen müßt, heißt Harihara Raya Kurteishi.«

Obwohl wir uns erst so kurz kannten, gelang es mir nicht, Einwände gegen das Wörtchen »müßt« zu erheben, auch wenn mir schwante, daß ich mich möglicherweise auf eine längere Reise einließ, als ich eingeplant hatte. Ich räusperte mich und schluckte den übelschmeckenden Schleim, der mir in den Mund drang.

»Und wo lebt er?«

»In Vijayanagara, einem Reich, das von Johns Vetter, einem mächtigen Kaiser, regiert wird. Man nennt ihn Mallikārjuna Deva Raya.«

Ich seufzte und ließ meinen schmerzenden Kopf auf das widerwärtige Polster sinken. Ich schwöre, daß es nach Hundekot roch.

»Vijayanagara liegt fast am anderen Ende der Welt. Dahinter gibt es nur noch Cathay«, krächzte ich. »Um meine Heimat, das sogenannte Heilige Land, zu erreichen, müßte ich ein halbes Jahr lang reisen. Und um nach Vijayanagara zu kommen, brauche ich noch einmal so lange.«

»Es gibt einen Venezianer, der die ganze Strecke nach Cathay zurückgelegt hat, und andere sind ihm seitdem gefolgt. Ich glaube, er hat auf dem Heimweg sogar Vijayanagara einen Besuch abgestattet.«

»Marco«, höhnte ich. »Er fuhr mit seinem Vater Niccoló los, als er zwölf war, und er kam als Mann in mittleren Jahren nach Hause. Ich bin bereits so alt, wie er bei seiner Rückkehr war, vermutlich sogar schon älter.«

In diesem Moment entstand unten ein Tumult. Der Radau hallte durch die schmale Gasse, und wir sahen den Schein von Fackeln durch die Ritzen in den Fensterläden des winzigen Zimmers. Damals beherrschte ich die Sprache der Inglysshe noch nicht so fließend wie heute, aber der Inhalt des Geschreis und der gebrüllten Befehle war gut zu verstehen. Der Kommandant der Soldaten, die unserem Wirt einen Überraschungsbesuch abstatteten, äußerte anscheinend den Verdacht, daß ein böswilliger Übeltäter, falscher Mönch und verabscheuungswürdiger Ketzer unter seinem Dach Schutz gesucht hatte.

Das Gesicht meines Besuchers wurde noch bleicher als zuvor. Mit einer raschen Bewegung schob er das Päckchen unter mein Kopfpolster und hastete zum Fenster. Doch bevor er die Läden öffnen konnte, die wahrscheinlich seit dem Sommer geschlossen gewesen waren und deshalb klemmten, stürmten drei Bewaffnete mit Kettenhemden und Stahlhelmen, deren Ränder gewölbt waren wie bei der Seifenschüssel eines Barbiers, herein und nahmen ihn fest. Zumindest ging ich davon aus, denn ich hatte mich unter den stinkenden Decken des riesigen Bettes versteckt. Selbst Katzen zügeln zuweilen ihre Neugier. Und überleben.

Mein Aufenthalt in Calais zog sich länger hin als erwartet. Zunächst mußte ich mich vom Einfluß der Sterne, den die Venezianer Influenza nennen, erholen. Und als ich meine Nerze aus Moskau eintauschen wollte, stellte ich fest, daß sie in der Zwischenzeit von Motten zerfressen worden waren. Es dauerte eine Weile, bis ich einen Ingerlonder auftrieb, der noch dümmer war als seine übrigen Landsleute und sich davon überzeugen ließ, daß solche Löcher in Moskau Mode waren und den Pelz noch wertvoller machten. Die Kammgarnballen, die er mir dafür gab, waren in ähnlich erbärmlichem Zustand. »Englische Lochstickerei, alter Junge«, sagte er und klopfte mir dabei auf den Rücken.

Und so geschah es, daß ich mich mit einem Monat Verspätung wieder auf den Weg machte. Ich hatte zwar nicht die Absicht, bis an den äußersten Südzipfel der indischen Halbinsel zu reisen, doch ich steckte das in Ölpapier gehüllte schwarze Päckchen dennoch ganz unten in eine meiner Reisetaschen.

Mein Ziel war Brügge, und um das Osttor der Stadt zu erreichen, mußte ich den Hauptplatz überqueren. Dort traf man Vorbereitungen für eine Menschenverbrennung, und obwohl ich nur ungern Zeuge dieses barbarischen Treibens werde, herrschte ein solches Gedränge, daß ich gezwungen war auszuharren, bis es vorbei war. Bei dem Opfer handelte es sich, wie ich wohl nicht eigens betonen muß, um meinen angeblichen Franziskanerbruder, der hoch über der Menge an einen Pfahl gebunden war. So konnte ich erkennen, daß man ihm die Daumen (seine Hände waren vor dem Leib gefesselt) zerquetscht und seinen Körper auf dem Rad gebrochen hatte. Allerdings war er noch am Leben und ausreichend bei Bewußtsein, um auf das Kruzifix zu spucken, das ein Dominikaner ihm unter der Nase schwenkte und ihn dabei aufforderte zu bereuen. Ein Schild hing an einer Schlinge um seinen Hals, so daß es auf seiner Brust ruhte. Die Worte: »Geständiger, aber verstockter Bruder des freien Geistes« standen darauf.

Das Holz fing Feuer, Rauch stieg empor, und ich hatte den Eindruck, daß ein Blick aus seinen geheimnisvollen Augen, in denen immer noch Klugheit und vielleicht auch Wissen funkelte, mich traf. Es war, als wolle er mich beschwören, ihn nicht im Stich zu lassen und sein Vertrauen nicht zu enttäuschen. Dann rollten seine Augen zurück, und sein Körper schien sich zu entspannen, als er den Rauch einatmete, der um seinen Kopf waberte. Ich erkannte die Anzeichen der vielleicht erhabendsten Verzückung von allen, wenn man sich dem Tod hingibt und sich mit Gott vereint.

Der Geruch nach verbranntem Fleisch hing mir noch eine Woche lang in der Nase.

Kapitel drei

In den nächsten drei Tagen fanden in Mangalore ausgedehnte Feierlichkeiten statt; die Göttin in ihrer Rolle als Königin des Meeres wurde von Vishnu hofiert, der schließlich das Bett mit ihr teilte. Begleitet wurde das Ganze durch Tanz, Musik, Feuerwerke und andere Belustigungen. Am vierten Tag kehrte ich in Alis geräumiges einstöckiges Haus zurück und gesellte mich zu ihm in den Garten, wo er seinen Bericht fortsetzte, als wären wir nie unterbrochen worden.

In den folgenden Tagen zog es mich unaufhaltsam nach Osten, als wäre meine Seele ein magnetisches Metallteilchen, das auf einer Nadel saß und von einem eisenhaltigen Stein bewegt wurde. Zweifellos lag das einerseits an dem Kaufmann in mir, denn wer Handel treibt, weiß, daß ein gegebenes Versprechen gleichbedeutend mit einem Vertrag ist. Allerdings gab es da auch noch die Seelenverwandtschaft, auf die sich mein Franziskanerbruder berufen hatte. Die Brüder des freien Geistes, deren innerste Kreise Gott ebenso leugnen wie den Teufel, haben auch ihr islamisches Gegenstück, zu dem ich mich bekenne. Seit ich zu Füßen von Hassan Ibn Sabbah, dem Alten vom Berge, meine Studien betrieben hatte, nannte ich mich sein Schüler. Und deshalb ist es meine Pflicht, für alle, die unseren Unglauben teilen, mein möglichstes zu tun, ganz gleich, ob ihre Wurzeln im Islam, im Christentum oder im Hinduismus liegen.

Offenbar bemerkte Ali, daß sich meine Miene verändert hatte, denn er hielt inne und zog die Braue über seinem gesunden Auge hoch, daß sie an einen auf dem Kopf stehenden Halbmond erinnerte. Ich ging das Risiko ein. »Also bist du«, sagte ich, ein wenig beklommen, »ein Assassine?«

Er knackte eine Walnuß zwischen Daumen und Zeigefin-

ger seiner gesunden Hand und pulte mit den Fingern der anderen das freigelegte weiße Innere heraus.

»So kannst du es ausdrücken, solange du mich nicht der Praktiken beschuldigst, die der Pöbel uns zuschreibt. Wie du weißt, nehme ich häufig Haschisch, und das Wort Assassine ist von dem Wort Haschisch abgeleitet. Hin und wieder hatte ich auch Anlaß, Sterblichen die unfaßbare Verzückung des Todes zugänglich zu machen. Aber ich tue so etwas nicht gewohnheitsmäßig.«

Das war eine wirkliche Erleichterung, und ich gestattete ihm, sich wieder seinem Bericht zuzuwenden.

Mein erster Besuch in Malabar hatte seinen Grund in Geschäften, die ich im südlichen Arabien, am Südzipfel des Roten Meeres, zu erledigen hatte. In einer kleinen Hafenstadt namens Mokha tauschte ich bei einigen Bedu-Häuptlingen Silberbarren gegen aus Kamelhaar gewebte Teppiche. Nachdem der Handel abgeschlossen war, wurde er mit einem Getränk besiegelt, das ich damals noch nicht kannte und das man *k'hāwah* nannte. Es handelte sich um einen Aufguß aus den gemahlenen Kernen oder bohnenähnlichen Steinen einer Frucht, die an eine Kirsche erinnerte und an niedrigen Büschen wuchs. Die Büsche wurden auf den dem Wasser zugewandten Hängen der Berge angebaut, die an das Rote Meer angrenzen. Ich war von der wohltuenden Wirkung des Getränks beeindruckt. Mit Zucker, gewonnen aus dem Rohr, das in der Ebene am Fuße der Hügel wächst, ist es wirklich sehr schmackhaft.

Ich war so begeistert von diesem Gebräu, daß ich sofort ein halbes Dutzend Säcke voller Bohnen erwarb und sie nach Venedig brachte, wo ich sie mit erheblichem Gewinn verkaufte. Bei dieser Unternehmung wurde ich durch die Künste eines venezianischen Alchemisten unterstützt, der, wie ich wußte, einen Weg gefunden hatte, den Aufguß zu verbessern, indem er den Wasserdampf in einem versiegelten Behältnis durch das *k'hāwah*-Mehl drückte. So wurden Wirkung und Geschmack noch verstärkt, und er verkaufte das so erzeugte Getränk in winzigen Tassen zu enormen Preisen auf dem Markusplatz.

Da ich fand, daß es nun an der Zeit war, ein wirkliches Vermögen zu verdienen, kehrte ich nach Mokha zurück. Allerdings mußte ich feststellen, daß die dortigen Imame *k'hāwa* zu einem berauschenden Trunk erklärt hatten, den der K'orān nicht gestattete, weshalb er einige Zeit lang verboten blieb.

Da ich kein Mensch bin, der so schnell aufgibt, hörte ich mich unter meinen Mitreisenden um und erfuhr, das nächste Gebiet, das den Südwesthängen der jemenitischen Berge ähnele, sei das der westlichen Ghats; diese befänden sich jenseits der Küste von Malabar im südlichen Indien, wo auch der Hafen von Mangalore lag. Also kaufte ich für ein Butterbrot vier Dutzend *k'hāwah*-Büsche in Töpfen, da diese zur Zeit ja keinen Marktwert mehr hatten. Dann besorgte ich für mich und die Pflanzen eine Passage auf einer Dhau, die nach Mangalore und seinen von Palmen grünen Gestaden segelte. Nach meiner Ankunft überredete ich einen Gutsbesitzer, der in den Bergen Zimt, Kardamom und Ingwer anbaute, mir einen Teil seines magereren Bodens in höherer Lage zu überlassen. Die Erde dort ähnelte tatsächlich der in den Hügeln des südlichen Jemen. Meine achtundvierzig Pflanzen wurden ausgetopft und dort eingepflanzt. Der Mann war zufrieden damit, für dieses unwirtliche Stück Land Pacht kassieren zu können, und ich versprach ihm außerdem einen Anteil am Profit, sofern es je einen geben sollte.

Da dieses Unternehmen, wenn überhaupt, erst in ein paar Jahren Gewinn abwerfen würde, kehrte ich nach Arabien zurück. Zuerst jedoch erkundigte ich mich, was in Vijayanagara am meisten gebraucht würde und sich deshalb dort am besten losschlagen ließe.

Pferde.

Die einzige berittene Abteilung in Vijayanagara bestand aus einem Elefantenregiment, das in der wohlgeordneten und verhältnismäßig harmlosen Form der Kriegsführung, wie sie zwischen Hindus üblich war, eine eher zeremonielle Rolle spielte. Die Regel lautete, daß die Infanterie zurückweichen mußte, wenn eine Phalanx von Elefanten vorrückte.

Die Sultane jedoch nahmen das Kämpfen ernster. Da Elefanten Pferde verabscheuen, machen sie bei einem Kavallerieangriff meist kehrt, laufen Amok, trampeln die Infanteristen, die ihnen folgen, nieder und werfen häufig auch ihre Reiter ab. Die Lage war inzwischen so ernst geworden, daß die Sultane das Reich Vijayanagara sicher schon vor meiner Ankunft überrannt hätten, wenn sie sich untereinander einig gewesen wären. Doch zum Glück neigten sie dazu, sich gegenseitig noch verbissener zu bekämpfen als ihre Nachbarn. In der Zwischenzeit hatten die Vijayanagarianer begonnen, selbst eine Kavallerie aufzubauen, und setzten die Elefanten nur noch bei Paraden ein. Allerdings steckte das Vorhaben noch in den Kinderschuhen. Und so brachte ein kräftiger eingerittener dreijähriger Hengst, der stark genug war, einen Mann in voller Rüstung zu tragen oder eine Stute zu bespringen, sein Gewicht in Koriandersamen oder getrocknetem Ingwer ein.

Und diese Gewürze wurden wiederum in Moskau und Stadholmen mit Silber oder Bernstein aufgewogen.

Zum, ich glaube, zehnten Mal in meinem Leben hoffte ich, endlich ein Vermögen gemacht zu haben. Jedoch verfügte ich nicht über die Mittel, um Pferde in großer Anzahl zu kaufen, und mußte deshalb bei den jemenitischen Juden in Aden einen großen Kredit aufnehmen. Dennoch gelang es mir schließlich, achtzehn Pferde zu erwerben, zu denen auch sechs trächtige Zuchtstuten gehörten. Ohne auf die Warnungen erfahrener Leute zu hören, verlud ich die Tiere auf ein Schiff nach Mangalore. Selbst der Schiffskapitän, der ebenfalls verschuldet war und deshalb eilig Geld verdienen wollte, riet mir, ein paar Wochen zu warten, aber ich weigerte mich. Selbstverständlich gerieten wir in den nordöstlichen Monsun und strandeten auf einer der Koralleninseln von Laccadive, wo wir vier Wochen festsaßen und uns von Pferdefleisch ernährten, bis uns Perlenfischer auflasen und nach Mangalore brachten.

Nun war ich wieder mittellos, und eine Rückkehr in den Jemen kam deshalb nicht in Frage, denn die dortigen Juden hätten mich als Mahnung für alle säumigen Schuldner pfählen lassen. Also bestand mein letztes Guthaben offenbar in dem schwarzen Päckchen, das der Bruder des freien Geistes mir vor zwei Jahren gegeben hatte, und einer Handvoll Goldmünzen, die ich hatte retten können. Ich sprach im Lagerhaus des Vertreters eines in Kairo ansässigen Kaufmannes vor, mit dem ich in der Vergangenheit Geschäfte gemacht hatte, wenn auch nicht in Mangalore. Allerdings hatte sein Bürovorsteher von mir gehört und konnte mir mitteilen, daß Prinz Harihara Raya Kurteishi zum kaiserlichen Haushalt gehörte, einen hohen Posten beim Militär bekleidete und natürlich in der Stadt des Sieges wohnte. In den nächsten Tagen sollte eine große Karawane, unter Führung des Statthalters oder *nayak*, Mangalore verlassen, der ich mich für einen kleinen Obolus anschließen könne.

Ein oder zwei Tage später brach ich mit der Karawane, die in der Tat gewaltig war, auf ins Landesinnere jenseits der Ghats. An der Spitze schritten Priester und Mönche, einige von ihnen in juwelenbesetzten Gewändern, andere mit schlichteren Kutten in rötlichen Erdtönen. Sie bliesen ihre vergoldeten Trompeten, schlugen ihre Gongs, schüttelten ihre Fingerzimbeln und schwängerten die Luft mit Weihrauch. Bei sich trugen sie eine schulterhohe Sänfte mit einer aus Bronze bestehenden, aber vergoldeten und buntbemalten Statue des tanzenden, vierarmigen Shiva, wie immer von einem Feuerkreis umgeben, in Seide gehüllt und mit Edelsteinen und Girlanden geschmückt. Dahinter folgte der Statthalter, der zum großen Fest des Mahanavami (welches das Ende der Regenzeit einläutete – derselben, die mich zum Schiffbrüchigen gemacht und mich die Pferde gekostet hatte) in die Stadt des Sieges zurückkehrte.

Er ritt auf dem ersten von sechs Elefanten, deren Samtdecken mit goldenen Quasten und Borten verziert waren. Anschließend kam ein Trupp berittener Soldaten, bewaffnet mit blankpolierten Speeren und Schilden. Letztere waren mit Intarsien aus Gold, Silber, Kupfer und Perlmutt geschmückt, so daß sich trotz des feuchten Nebels das Sonnenlicht in ihnen spiegelte. Die Soldaten erfüllten nur eine symbolische Aufgabe, denn die Truppen der Sultane hatten sich noch nie so weit in den Süden gewagt. Die Bevölkerung ihrerseits hatte keinen Grund, ihren Herrschern ans Leben zu wollen, denn in diesem glücklichen Land sind sogar Straßenräuber unbekannt.

Hinter diesen zeremoniellen Wachen folgten etwa zwanzig Esel. Ich ritt auf einem der ersten, die anderen trugen die Ausrüstung, die wir unterwegs benötigen würden. Im Westen verachtet man Menschen, die auf Eseln reiten, da diese dort ausschließlich Lasttiere sind – und das, obwohl eine ihrer wichtigsten Göttinnen auf einem Esel von Palästina nach Ägypten gereist ist. Später ist ihr Sohn, der Prophet Jesus Christus, auf einem Esel triumphal in Jerusalem eingezogen. Ich hatte keine derartigen Vorbehalte, insbesondere auch deshalb, weil ich inzwischen ein Alter erreicht hatte, in dem man das Reiten dem Zufußgehen vorzieht. Nach den Eseln kamen Maultiere und einige Kamele, beladen mit Waren aus aller Herren Länder, die gegen Ende der Regenzeit allmählich in Mangalore eintrafen.

Verzeiht mir, daß ich diese Reise ein wenig ausführlich schildere. Immer wieder war ich dazu gezwungen, meinen kärglichen Lebensunterhalt damit zu verdienen, daß ich an Straßenecken oder an Orten, wo Männer speisen und der Muße frönen, Reisegeschichten erzählte, und es ist nicht leicht, alte Gewohnheiten abzulegen.

Nachdem wir das geschäftige Durcheinander von Mangalore verlassen hatten (in Hafenstädten herrscht immer Durcheinander, und mögen sie noch so gut organisiert sein), erreichten wir eine etwa fünfundvierzig Kilometer breite

Moorebene, in deren Lagunen es von Schreitvögeln, Fischerbooten und Flößen wimmelte. Es gab hier schwimmende Dörfer, und wo der Boden ein wenig höher lag, wurden Kokospalmen und Bananen angebaut. Die Straße führte wie eine Brücke über das Wasser und schlängelte sich häufig über Lotosteppiche, deren Blüten die Frauen und Mädchen aus den Dörfern – Tamilen – zu Girlanden flochten. Diese trugen sie entweder selbst oder überreichten sie ehrfürchtig dem Gott, der unsere Karawane anführte. Häufig sangen und tanzten sie, und das Näseln ihrer Saiteninstrumente und das Klagen der Flöten kündigte unsere Ankunft an oder verebbte hinter uns, wenn wir weiterzogen.

Als wir die Lagunen verließen, überquerten wir einen Landstrich, der zwar noch feucht, aber entwässert war. Wo man das Wasser hatte eindämmen können, befanden sich Reisfelder, deren Halme um diese Jahreszeit blaugrün schimmerten und wie ein Flaum aus dem ebenfalls blaugrünen Wasser ragten. Die Erde unter den Hufen unserer Tiere wurde fester, so daß sie nun klappernde statt schmatzende Geräusche erzeugten. Die Palmen, Lotosteiche und Reisfelder blieben hinter uns zurück. In der ersten Nacht lagerten wir am Rand eines Dorfes, das inmitten eines Korianderfeldes lag. Der süße, fruchtige und würzige Duft der Blüten und der scharfe Geruch der Blätter, die unter den Füßen der Bauern zerquetscht wurden, raubte uns fast den Atem.

Noch kräftiger und ein wenig nach Pfeffer rochen die Kardamomhaine auf den höher gelegenen Hängen oberhalb des Dorfes, durch das wir am nächsten Morgen kamen. Wir ließen die Küstenebene, die unter einer undurchdringlichen Nebeldecke verschwand, hinter uns. Mir fiel ein, daß irgendwo ganz in der Nähe meine kleine *k'hāwah*-Plantage lag, die ich hatte anpflanzen lassen. Doch ich hatte keine Gelegenheit, mich von der Karawane abzusondern, um mein gemietetes Stück Land in Augschein zu nehmen.

Außer Kardamom wurde hier auch noch Zimt angebaut, und an den Ufern der breiten Ströme, die sich aus den Ghats ergossen, gab es Hecken aus Pfefferbüschen und Felder mit Ingwer, dessen knollige Wurzeln zum Trocknen über die aus Rohr geflochtenen Wände der Behausungen gehängt wurden. Zwischen den Gewürzplantagen wuchsen auch Zitronenbäume, deren Früchte wie goldene Lampen in einer grünen Nacht zwischen den sternförmigen Blüten hingen. Es war auch eine süßere Sorte dabei, die erst vor kurzem aus China eingeführt worden war.

In der zweiten Nacht schlugen wir in den Ausläufern der Ghats unser Lager auf, und zwar unweit einer hohen, aber schmalen Schlucht. Dort verlief einer der vielen Flüsse, welche die Lagunen speisten, die wir soeben durchquert hatten. Selbst viele Monate nach dem Ende der Regenzeit würden sie noch Wasser führen. Die Luft wurde bereits kühler, was zum Teil an der Höhe und auch an den unablässig aus verschiedenen Richtungen wehenden Winden lag, die durch die Schlucht pfiffen und um die abgerundeten Hügelausläufer strichen. Der Großteil der Gegend bestand aus unberührten Wäldern, in denen Jaguare umherschlichen und Adler jagten. Es gab hier märchenhafte, von Blumen übersäte Lichtungen, in denen viele Tiere – zum Beispiel Zwerghirsche, Wildschweine und sogar wilde Elefanten – nicht nur Honig, sondern auch Schutz fanden.

Doch wie ich vermute, wäre es dir lieber, wenn ich nicht jede Etappe dieser Reise schildere. Es genügt zu sagen, daß der Anstieg durch die gewundene Schlucht am nächsten Tag immer beängstigender wurde. Der Pfad verschmälerte sich, die steilen Abgründe hinunter zu den Wasserfällen wurden tiefer, und schließlich hatten wir eine Höhe erreicht, die es uns gestattete, die fliegenden Adler und Geier von oben zu betrachten. Dann, endlich, wurde der Himmel wieder weiter, und wir fanden uns nicht etwa oben an einem Paß wieder, wo uns ein ähnlich schauerlicher Abstieg gedroht hätte, sondern auf einer Hochebene. Die Täler gingen in sanft geschwungene Hügel über, auch wenn sich hin und wieder noch ein paar steile Klippen erhoben. Die weitläufige und abwechslungsreiche Landschaft fiel gen Osten leicht ab; die großen Flüsse dieser Gegend flossen alle in Richtung der östlichen Ghats und ergossen sich von dort aus hinunter zur Küste von Coromandel.

Diese von unzähligen Strömen durchzogene, faltige Ebene war bei weitem das fruchtbarste Land, das ich je gesehen hatte, denn selbst die Gebiete, die die natürlichen Gewässer nicht erreichen konnten, wurden durch ein Netzwerk aus künstlichen Kanälen und Wasserstraßen versorgt. Diese hatte man aus dem jungfräulichen Stein gehauen oder aus geschickt ineinander verkeilten Gesteinsblöcken gebaut. In dieser fruchtbaren Erde und der warmen Luft gedieh jede Pflanze, so daß Lebensmittel im Überfluß vorhanden waren. Die Herren dieses Landes konnten sich deshalb sogar unberührte Waldgebiete als Jagdgründe leisten, ohne daß das Volk dadurch Nachteile erlitten hätte.

Nachdem wir ein oder zwei Tage lang am Ufer eines gewundenen Flusses entlanggeritten waren, erreichten wir die Stelle, wo dieser in einen großen Strom mündete, den großen Tungabhadra, eine der beiden bedeutenden Wasserstraßen des Reiches. Und am nächsten Tag bot sich meinen Augen der wundervollste Anblick, der ihnen je vergönnt gewesen war. Denn als wir eine große Kurve umrundeten, die der Fluß beschrieb, erblickten wir, ein Stück unter uns, die Stadt des Sieges.

Eine Stadt, die so schön, so kunstvoll in ihrer Bauweise und trotz ihrer hunderttausend Einwohner so friedlich war, gab es sonst nirgendwo auf der Welt. Die Bauwerke von Byzanz und Rom mögen denen der Stadt des Sieges ebenbürtig sein, doch sie können sie nicht übertreffen, und außerdem sind es ihrer viel weniger an der Zahl. Hinzu kommt, daß der Zahn der Zeit und viele Eroberungskriege dort bereits ihren Tribut gefordert haben, während die Gebäude von Vijayanagara höchstens hundert Jahre alt waren. Immer noch wurde in den Vororten und auf den Gipfeln der umliegenden Berge emsig gebaut. Nur Cambaluk besitzt ebenso prächtige Kunstwerke und Plätze – doch natürlich sind diese für gewöhnliche Sterbliche nicht zugänglich.

Die Religionen der ganzen Welt haben uns dem wirklichen Ziel unseres Daseins, dem Streben nach Glück, entfremdet, indem sie uns ein Leben nach dem Tode in einer himmlischen Stadt verheißen, die auf Erden unerreichbar ist. Ich möchte den Priestern und Propheten raten, einen Blick auf die Stadt des Sieges zu werfen und dann zuzugeben, daß sie sich geirrt haben.

Kapitel vier

»Mein lieber Mah-Lo, du warst doch sicher selbst schon dort. Warum vergeude ich deine Zeit, indem ich dir etwas beschreibe, was du bereits gut kennst?«

»Mein lieber Ali, offenbar hast du noch nichts von den neuen Gesetzen gehört.«

»Welchen neuen Gesetzen, Mah-Lo?«

»Seit dem letzten Einmarsch der bahmanischen Sultane ist es allen Ausländern verboten, die Häfen an der Küste zu verlassen. Handel mit dem Landesinneren kann nur noch durch ermächtigte Mittelsleute getrieben werden.«

»Das wußte ich nicht. Wie schade für dich. Also langweilt dich meine Schilderung der Hauptstadt nicht? Nun, dann werde ich fortfahren.«

Die Stadt des Sieges liegt in einem natürlichen Becken, das von einem Fluß durchquert wird. Es ist von einer halbmondförmigen, schroffen Bergkette umgeben, die sie von allen Seiten, außer vom Osten her, vor Angreifern schützt. Diese Berge sind durch massive keilförmige Wände miteinander verbunden, und die Tore in dieser halb natürlichen, halb künstlichen Stadtmauer wurden so angelegt, daß Karawanen oder anrückende feindliche Armeen eine scharfe Kurve beschreiben müssen. Darüber erhebt sich eine Befestigungsanlage, von der aus man Wurfgeschosse schleudern oder siedendes Pech hinuntergießen kann. Diese Tore dienen auch als Zollstationen, wo man die Tributzahlungen und Steuern einsammelt, die den Großteil des Wohlstandes der Stadt ausmachen. Die Stadt des Sieges ist nicht nur eine Stadt des Konsums, sondern auch ein Umschlagplatz, wo Händler aus Osten und Westen sich treffen können, ohne dazu Wüsten, Berge und die Gebiete der Kriegsherren nördlich des Himalaja durchqueren zu müssen. Zumindest war das der Fall, als ich die Reise zum ersten Mal machte.

Der Statthalter von Mangalore, sein Hofstaat und seine Wachen trennten sich am großen Westtor von uns. Wir übrigen, insbesondere diejenigen, die offensichtlich keine Bürger des Reiches waren, wurden den üblichen Fragen, Formalitäten, Sonderzöllen und weiteren Verwaltungsakten unterworfen, mit denen man Menschen, die sich ihren Lebensunterhalt durch Handel verdienen, überall auf der Welt plagt. Ich mußte mein Anliegen vortragen und erläutern, wie ich in den Besitz des an Prinz Harihara Raya Kurteishi adressierten Päckchens gekommen sei, das ich ihm überbringen wollte, und ich sagte, daß ich beabsichtige, ihn in den nächsten Tagen aufzusuchen, um es abzuliefern.

Ich muß einräumen, daß diese Formalitäten in Vijayanagara (der Name bezieht sich sowohl auf das Reich als auch auf die Stadt) höflicher und mit mehr ehrlich gemeinter Hilfsbereitschaft durchgeführt wurden, als ich es sonst irgendwo erlebt hatte. Die Beamten waren freundlich und wohlerzogen, und – da sie nicht weniger verdienten als ihre Mitbürger in diesem Paradies auf Erden – gegen Bestechlichkeit mehr oder weniger gefeit. Sie legten sogar eine Menschlichkeit an den Tag, wie sie mir bei Staatsdienern bis dahin noch nie untergekommen war. Als ich den Umhang abnehmen mußte, wichen sie beim Anblick meines zernarbten und entstellten Gesichts und Körpers nicht wie üblich erschrocken zurück und lachten auch nicht darüber, sondern erkundigten sich mitfühlend und zuvorkommend, wie um Himmels willen ich denn so verstümmelt worden *sei.* Außerdem empfahlen sie mir eine Herberge, die zu einem Tempel gehörte. Dort würde ich gut aufgenommen werden und müßte außer einer freiwilligen mildtätigen Spende nichts bezahlen. Als man mich schließlich durch das große Tor ließ, machte ich mich an den Abstieg und folgte der Wegbeschreibung durch den heiligen Bezirk zu dem kleinen Tempel, zu dem sie mich geschickt hatten.

Der große Fluß teilt die Stadt in zwei Bereiche, die beide auf steilen Hügeln liegen, so daß sich dazwischen eine breite Ebene erstreckt. Dort befinden sich Felder, auf denen vor allem Baumwolle wächst, Haine, Plantagen und Gärten, die weiter oben terrassenförmig angelegt sind. All das wird mit dem im Überfluß vorhandenen Wasser feucht gehalten, das mit Hilfe von Kanälen in Becken und Reservoirs gespeist wird. Auf den höheren Ebenen befinden sich kunstvoll verzierte Brunnen auf geschmückten Podesten, von denen aus die Bürger Blick über das Tal und die hundertfünfzig Kilometer entfernte zackige Bergkette haben, die meistens im Nebel liegt.

Im heiligen Bezirk standen Tempel für die Gottheiten der Religion, die ich, wie ich bald lernte, nicht als Hinduismus bezeichnen durfte. Die prächtigsten waren Shiva, Vishnu und der Göttin Pampa, der Schutzpatronin des Flusses, gewidmet. Es ist mir unmöglich, diesen riesigen Tempelbezirk mit seinen unzähligen Kunstwerken, Verzierungen und Farben gebührend zu würdigen. Es gab auch traumhafte Statuen, insbesondere an den Toren und am Fuße der vielen Treppen. Sie stellten Tiger und Elefanten dar und waren so lebensecht, daß man beinahe Angst hatte, von einem gewaltigen Fuß zertrampelt oder von einer Großkatze hinterrücks angegriffen zu werden.

In jede Wand waren Galerien und Säulengänge eingelassen, wo Abertausende von bemalten Reliefs Leben, Abenteuer und Liebesgeschichten der Götter und Göttinnen und auch ihre Heldentaten abbildeten. Shiva auf seinem Bullen. Rama, eine Verkörperung von Vishnu, auf der Suche nach seiner Frau Sita, die der Legende nach von Ravana entführt worden war, worauf der Affengeneral Hanuman seine Horden gegen Ravana führt. Wo die Wände nicht in unzählige Alkoven und Nischen unterteilt waren, waren sie mit Statuen im Basrelief oder mit bunten Wandgemälden von tanzenden Männern und Frauen, Prinzen und Prinzessinnen und Göttern und Göttinnen verziert, die sich mit unverhohlener Freude dem Fortpflanzungsakt hingaben. Ich hatte den Eindruck, daß das die Fruchtbarkeit der Gegend ebenso widerspiegeln sollte wie die Freude am Genuß und daran, irdische Vergnügungen mit seinen Mitmenschen zu teilen.

Alle diese Verzierungen waren bunt und in sämtlichen Farben des Regenbogens gehalten. Die verschiedensten Rot-Töne wetteiferten mit dem Blau von Lapislazuli, wobei Gold die vorherrschende Farbe war. Das viele papierdünn geklopfte Gold habe ich ganz vergessen zu erwähnen. Es bedeckte jede Kuppel, funkelte, ein wenig dicker, auf Kronen und Schwertknäufen und war, zusammen mit Diamanten aus den nahe gelegenen Minen, in Granit eingelegt. Überall – in Beeten, hängenden Körben und Töpfen – blühten Blumen. Sie baumelten, zu Girlanden geknüpft, an den Hälsen der Statuen, und ihre weißen, gelben, roten und lilafarbenen Blüten erfüllten die Luft mit ihrem Duft. Dieser mischte sich mit dem des Rauches, der träge aus Tausenden von Bronzetöpfen quoll, welche als Räucherfässer dienten.

Südlich und unterhalb dieser Hochebene mit ihren Tempeln und dem heiligen Bezirk befand sich die kaiserliche Palastanlage, die nicht minder prächtig war. Östlich davon, auf der anderen Seite des Flusses, lag die eigentliche Stadt mit ihren Parks und Gärten. Da sie, anders als die höher gelegenen Viertel, nicht über einen natürlichen Schutz verfügte, besaß sie eine eigene Befestigung. Dort waren auch die vielen Märkte, die Werkstätten der Handwerker, die Manufakturen, die Kaufmannskontore und die Kasernen angesiedelt.

Die Tempelherberge, zu der man mich geschickt hatte, war Ganesha gewidmet, dem elefantenköpfigen Sohn des Gottes Shiva und seiner Gefährtin Parvati oder Pampa, die den großen Fluß Tungabhadra verkörpert. Oder habe ich das bereits erwähnt? Tja, ich habe dich ja gewarnt, daß ich manchmal ein wenig abschweife. Einer meiner Begleiter erklärte mir, Ganesha sei der Gott, dessen Beistand man vor jeder großen Unternehmung erflehe. Und deshalb fand ich, daß sich die Herberge als Unterkunft in meiner ersten Nacht in der Stadt des Sieges hervorragend eignete. Es war eine Reise, die mich zum Ende der Welt und wieder zurück führen sollte. Oder richtiger – bis nach Macclesfield.

Der Tempel selbst war winzig und kaum mehr als eine größere Laube. Das achteckige Gebäude bestand aus einem kunstvoll verzierten Dach aus Sandelholz, das auf acht schlanken Säulen ruhte. Mitten unter dem verzierten pyramidenförmigen Dach thronte der Gott auf einem achteckigen Podest. Es war eine hübsche, ziegelrote Statue mit einem plumpen Männertorso und Beinen in Pluderhosen, die im Lotossitz auf einem Kissen verschränkt waren. In seinen vier Händen hielt er eine Halskette, eine Axt, eine Schmucksichel und eine Lotosblume. Auf seinem Elefantenkopf, der eine offene, freundliche Miene zur Schau trug, saß in einem kecken Winkel eine goldene Krone, die ebenfalls mit emaillierten Lotosblumen verziert war. Verschiedene hübsche Armreife, Fußkettchen, Armbänder und Ketten aus Gold, Perlen und Saphiren schmückten seine Gliedmaßen. Opfergaben, bestehend aus Blumengirlanden, Speisen, süßen Kuchen und Weihrauch, waren ordentlich rings um ihn herum drapiert. Als ich dastand und diese schlichte, hübsche, aber reichgeschmückte und beeindruckende Statue betrachtete, kam eine kleine Familie – Mann, Frau und drei reizende Kinder – mit weiteren Opfergaben herein.

An dieser Stelle sollte ich erwähnen, daß die Religion der Drawiden keine Gottesdienste kennt. Man begibt sich nicht in großen Gruppen in die Tempel, um langatmigen Zeremonien beizuwohnen oder sich an selbigen zu beteiligen, und deshalb gibt es – anders als im Christentum und im Islam – auch keine riesigen Kathedralen und Moscheen. Die Gläubigen kommen allein oder mit ihren Familien, um ihre schlichten Gaben darzubringen und mit dem Heiligen, der Verkörperung der Gottheit, dem Gott oder der Göttin ihrer Wahl stille Zwiesprache zu halten.

Der reizende Tempel stand in einem offenen Garten, wo Rosen, Jasmin und viele andere bunte, riesige Blumen blühten, für die es in unserer Sprache keine Namen gibt, weil viele von ihnen nur dort gedeihen, wo es immer warm ist und wo es stets genug Wasser gibt. Ich entdeckte außerdem einen Teich, wo die Lotosblumen in der Abendbrise an ihren sich unter der Wasseroberfläche befindlichen Wurzeln zerrten. Dazwischen schwammen Karpfen mit goldenen und silbernen Barteln und suchten Schatten unter den Blättern. Vögel mit buntem Gefieder, manche von ihnen so winzig, daß sie kaum größer waren als der Daumen eines Kindes, summten im Gebüsch. Und andere, die prachtvolle Federschleppen hinter sich her zogen, stolzierten würdevoll unter den Palmen einher.

An einer Wand stand ein Pavillon, wo etwa ein Dutzend mit Baumwollblüten ausgestopfte Polster Reisende und Pilger zum Verweilen einluden. Zuerst jedoch servierten dunkelhäutige, in rosafarbene und smaragdgrüne Seide gewandete Mädchen mit mandelförmigen Augen uns Schalen mit Reis, gewürztem Gemüse und Haschischkuchen, die zweifellos von Ganeshas heutigen Opfergaben stammten. Dann tanzten die Mädchen geschmeidig und ausdrucksvoll, um nicht zu sagen aufreizend, zur Musik einer kleinen Kapelle, die langstielige Lauten und tönerne Trommeln spielte. Die Mädchen klimperten dazu auf ihren Fingerzimbeln. Einige der älteren Tänzerinnen boten sich ohne Scheu den ansehnlicheren unter den Reisenden an, plauderten und scherzten mit ihnen und liebten sie, wenn ihnen danach war, unter den seidenen Laken, die unsere Polster bedeckten.

Kapitel fünf

Ich wachte mit der Sonne auf und verspeiste ein Frühstück aus reifen Mangos und gewürztem Brot, das jemand am Fußende meines Bettes abgestellt hatte. Dann wusch ich mich in dem Marmorbecken an der Wand hinter dem Pavillon. So erfrischt, verabschiedete ich mich von den Tempelmädchen und schlenderte die breiten, von Palmen gesäumten Prachtstraßen entlang, die zum kaiserlichen Bezirk führten. Bald schlossen sich mir immer mehr Menschen an, die auf einen riesigen Platz zusteuerten. In dessen Mitte stand eine kunstvoll verzierte, etwa zehn Meter hohe Plattform aus Granit und grün funkelndem Felsgestein mit einem Durchmesser von mehreren hundert Schritten. Diese war mit kostbaren Stoffen und Juwelen behängt und ringsherum mit noch nicht brennenden Fackeln bestückt. Unterwegs machte ich die Bekanntschaft eines jungen Mannes, dessen schlichte Kleidung und rasierter Schädel ihn als den Novizen irgendeines Ordens auswiesen.

Auf Urdu, der *lingua franca* in dieser Gegend, erklärte er mir, warum er und unzählige andere sich hier eingefunden hatten. Ich war so neugierig auf das, was er mir zu sagen hatte, daß ich ihn bis zu dem großen Platz begleitete und den kaiserlichen Bezirk hinter mir ließ.

»Heute«, so erläuterte er mit weicher, singender, wenn auch erstaunlich dunkler Stimme, »ist die erste der neun Nächte, in denen das Fest des Mahanavami gefeiert wird, mit dem man das Ende der Regenzeit begeht. Die Leute versammeln sich jetzt schon, damit sie auch sicher einen Platz in der Nähe des Podiums bekommen und gute Sicht auf die ausgelassenen Feierlichkeiten haben, die bei Einbruch der Dunkelheit beginnen ...« Er schilderte mir die Darbietungen des Festes – verschiedene Tänze von Gruppen aus allen Stadtvierteln –, und während der junge Mann redete, hatte ich die Gelegenheit, ihn mir ein wenig gründlicher anzusehen.

Er war etwa zwanzig Jahre alt, vielleicht ein bißchen älter, nicht sonderlich groß, aber – soweit ich es trotz seiner bauschigen Kutte erahnen konnte – recht gut gebaut und hatte lange Hände und Finger und schmale Füße. Sein Kopf war rund, und er trug das Haar zu einem kurzen Pelz geschoren. Rings um seinen Schädel verlief eine Linie etwa drei Zentimeter langen Haares von der Stirn bis in den Nacken, wo es in einem kurzen, gezwirbelten Schweineschwänzchen endete. Seine Augen waren dunkel und groß und lagen tief unter buschigen Augenbrauen, die sich über der Nase trafen. Er schien häufig in die Ferne oder vielleicht auch in sich hinein zu blicken, doch wenn er sich wieder der Wirklichkeit zuwandte, funkelten seine Augen schalkhaft und zeugten davon, daß er anderen allzu leicht sein Vertrauen schenkte. Seine Stimme war, wie ich bereits sagte, dunkel und sanft und hatte überhaupt nichts Barsches an sich.

Ich gab meiner Enttäuschung Ausdruck, daß ich die Darbietungen vermutlich versäumen oder nur einen Platz ganz am Rande der Veranstaltung bekommen würde, da ich den Großteil des Tages wahrscheinlich mit der Suche nach Prinz Harihara Raya Kurteishi verbringen müßte. Doch mein neuer Freund bestand darauf, daß ich ihn begleitete, damit ich wüßte, wo er war, und wir uns später wieder treffen könnten. Nachdem er sich einen guten Aussichtsposten gesichert hatte, würde er mir den Weg zum Palast, beziehungsweise dem Teil der Palastanlage beschreiben, wo ich den Prinzen aller Wahrscheinlichkeit nach antreffen würde. Als ich einwandte, ich müsse gewiß erst einen Termin vereinbaren und die bürokratischen Formalitäten hinter mich bringen, mit denen sich hohe Würdenträger in den meisten Ländern abzuschirmen pflegen, erwiderte er, ich würde bestimmt keine Schwierigkeiten haben. Die meisten Mitglieder der kaiserlichen Familie und auch der Großteil der wichtigen Höflinge seien jeden Tag viele Stunden lang für das Volk zu sprechen.

Ich würde zwar lange warten müssen, bis ich an der Reihe war, aber ich würde es sicher bis zum Dunkelwerden zurück zum Festplatz schaffen.

Unterwegs befragte ich meinen Begleiter nach verschiedenen Dingen, die mir in der Menschenmenge aufgefallen waren und mich verblüfften. Am erstaunlichsten fand ich, wie sich die Wohlhabenden unter die Arbeiter, Handwerker und Bauern mischten, und auch, daß nirgendwo Soldaten, bewaffnete Männer, Tribune, Wachen oder ähnliches zu sehen waren. Das war nicht das Indien nach Einführung des Islam, das ich bei meinen früheren drei Aufenthalten in den Häfen im Norden kennengelernt hatte. Offenbar gab es weder Kastenwesen noch eine starre gesellschaftliche Rangordnung, die sich nach Beruf oder Abstammung richtete, und anscheinend maßte sich niemand an, seine Mitmenschen als unberührbar abzutun.

Mein Freund, der sich als Suryan vorstellte, erläuterte mir, daß der Fluß Krishna im Norden, in den der Tungabhadra mündete, nicht nur die Grenze zwischen Vijayanagara und den Sultanaten von Bahmani, sondern auch die Südgrenze der arischen Eroberung vor vielen Jahrhunderten darstellte. Wie er sagte, seien es die zahlenmäßig unterlegenen, aber kriegerischen und gutbewaffneten Arier gewesen, die den unterworfenen Völkern des mittleren und nördlichen Indien die bis heute gültigen Gesetze übergestülpt hätten. Nach diesen Vorschriften durften nur die Arier und ihre Nachkommen Land besitzen, Waffen tragen oder Priester werden. Mit der Zeit waren diese Praktiken in das brahmanische System überführt worden, das grausame Unterdrückung als gottgewollt rechtfertigte.

Dennoch, so fuhr Suryan fort, habe man südlich des Krishna unter der drawidischen Chola-Dynastie die alten Sitten beibehalten, wie auch später unter der wohlwollenden Herrschaft der vijayanagarischen Deva-Raya-Dynastie.

»Was ist dann eigentlich der wahre Hinduismus?« fragte ich, in dem Versuch zu verbergen, daß ich kein Wort von dem, was er mir erzählte, verstand, denn für ihn schien alles sonnenklar zu sein.

Er begann, indem er betonte, das Wort selbst sei persisch, nicht drawidisch. »Natürlich bestehen viele Gemeinsamkeiten, da die Arier unsere Religion übernahmen«, fuhr er fort. »Wir verehren dieselben Gottheiten, Shiva, Vishnu, ihre Gefährten und ihre Nachkommen, allerdings häufig unter anderem Namen und sehr oft ohne ihre grausameren Eigenschaften. Im Pantheon hat sogar eine Umkehrung der Geschlechterverhältnisse stattgefunden, denn die Göttin, besonders in Gestalt der schönen Parvati, wird viel mehr verehrt als die männlichen Götter. Außerdem beten wir auch die Geister des Ortes, der Bäume, der Quellen, der Jahreszeiten und so weiter an, von denen die meisten weiblich sind. Ich bin ein Anhänger des Kultes der Rati, die auf einem Schwan reitet, ihres Gefährten Kama, des Liebesgottes, des Skanda, der auf einem Pfau thront, und der Sarasvati, der Göttin der Musik und der Gelehrsamkeit.«

»Und folgt ihr den Brahmanen, was die Suche nach Vereinigung mit der Gottheit und der spirituellen Vollendung durch die Reinkarnation angeht?«

»Ganz und gar nicht.« Suryan schüttelte sich beim bloßen Gedanken. »Die Göttinnen und Götter, von denen ich gesprochen habe, sind alle lediglich Menschenwerk: veräußerlichte Manifestationen der Götter, die in uns wohnen. Unsere Praktiken verfolgen das Ziel, uns in Verzückung zu versetzen, damit wir mit dieser inneren Gottheit eins werden.«

Das ähnelte stark den Glaubensgrundsätzen und Praktiken der Richtung des Islam, mit der ich aufgewachsen war, bis ich durch einen grausamen Schlag mit dem Schwert alles verloren hatte, was ich liebte. Später, in den Schlupfwinkeln des Hindukusch, lernte ich, diesen Glauben besser zu verstehen. Ich sollte herausfinden, daß die Kaula-Ausrichtung noch viel weiter ging als die der Derwische, denjenigen unter den Moslems, die durch ihre Wirbeltänze eine ähnliche, wenn auch weniger feinsinnige Ekstase erzeugen.

Inzwischen hatten wir ein schattiges Eckchen des großen Platzes erreicht, und zwar unter der Säulenhalle eines der umstehenden Gebäude. Nachdem ich versprochen hatte, bis Sonnenuntergang zurück zu sein, verließ ich Suryan. Während er sich mit dem Rücken an eine nicht gerade abstrakt gestaltete *linga*, das phallische Symbol von Shiva, lehnte, machte ich mich auf den Rückweg zum kaiserlichen Bezirk. Es war nicht schwierig, ihn zu finden, denn die Leute auf der Straße erklärten mir bereitwillig den Weg, und nachdem ich mein Ziel erreicht hatte, halfen mir Beamte und Pförtner gerne weiter.

Kapitel sechs

Es war wirklich nicht schwer, zum Prinzen vorzudringen, auch wenn ich einige Stunden lang warten mußte. Währenddessen trafen Boten, Bittsteller, Bettler, Lieferanten von Rüstungsgütern, Erfinder neuer Waffen und alle möglichen anderen Leute, entweder allein oder in Gruppen, ein. Händler verkauften Melonenscheiben und Becher mit kaltem Wasser, Kokosmilch oder *lassi*. Als ich die Türhüter an den Eingängen, die zu den verschiedenen Teilen des Gebäudes führten, fragte, wie und wann ich eine Audienz bei Prinz Harihara bekommen könnte, versicherten sie mir höflich, man würde mich umgehend zu ihm bringen. Allerdings wurde mir bald klar, daß fast alle, die sich an sie wandten, eine ähnliche Auskunft erhielten, und so tat ich schließlich etwas, das ich über zwei Jahre lang vermieden hatte: Ich trennte mich von meinem kostbaren Päckchen. »Nehmt es«, flehte ich einen der Türhüter, einen älteren, freundlich wirkenden Mann an, der einen mit Silber beschlagenen Elfenbeinstock in der Hand hatte. »Und sagt dem Prinzen, er soll vor Einbruch der Dunkelheit nach mir schicken lassen, wenn er mehr über die Herkunft des Päckchens wissen will.«

Dann setzte ich mich wieder, lehnte mich mit dem Rücken an den Türpfosten und wartete.

Als der Alte sich etwa eine Stunde später einen Weg durch die Menge bahnte, vermutete ich, daß er nach mir suchte, und trat wieder auf ihn zu.

»Ach!« rief er, ein wenig erleichtert, aus. »Ich hatte schon befürchtet, Ihr wärt fortgegangen. Prinz Harihara wünscht Euch jetzt zu sprechen.«

Sein Elfenbeinstock war offenbar ein Symbol der Macht, denn als ich ihm folgte, öffneten sich die Türen, und die Türhüter machten uns Platz. Die Flure und Höfe, durch die er mich führte, waren hübsch geschnitten und nun, da wir den für die Öffentlichkeit bestimmten Bereich verlassen hatten, nicht mehr so prächtig, allerdings würdig gestaltet. Einige Gänge wiesen schlanke Säulen und kunstvoll verzierte Decken auf, manche Gärten verfügten über kleine Teiche und Brunnen. Singvögel flogen frei umher, Schmetterlinge schwebten über niedrigen Kübeln, in denen nach Mandeln duftende Blumen wuchsen. Fenster ohne Scheiben überblickten die tiefer gelegene Stadt und das riesige Tal dahinter. Ich mußte an die Alhambra, hoch auf ihrem Hügel über Granada, denken, auch wenn dieses Bauwerk hier bei weitem schöner war. In der Alhambra sind die Dekorationen nach Vorschrift des Korans entweder abstrakt oder wiederholen ständig denselben Spruch *»Wa-la ghaliba illah-Llah«* – es gibt keinen Herrscher außer Gott. Hier hingegen stellten die Wandgemälde und Reliefs die Freuden eines Paradieses auf Erden in allen Einzelheiten dar.

Schließlich erreichten wir einen Innenhof mit einem Teich und Torbögen, durch die man die Berge sehen konnte, die wir am Vortag überquert hatten. Prinz Harihara Raya Kurteishi stand in einem dieser Torbögen. Als wir eintraten, drehte er sich zu uns um.

Er war groß und gut gebaut, und seine dunkle Haut schimmerte, wie so häufig bei Menschen seines Volkes, wie Samt. Er trug ein prunkvolles Gewand aus buttergelber Baumwolle, das mit Silberfäden bestickt war und seine anmutigen Bewegungen betonte. Um seinen Hals hing eine Kette aus filigranem Gold und Edelsteinen, die ich zunächst für eine Amtskette hielt. Später jedoch kam ich zu dem Schluß, daß sie vermutlich nur einem schmückenden Zweck diente. Sein schulterlanges, dichtes, schwarzglänzendes Haar erinnerte an die Mähne des Leittiers eines Löwenrudels; seine Hände waren groß und kräftig. Er hatte etwas beinahe Göttliches an sich, die Ausstrahlung eines Gesalbten. Aus einem Abstand von einigen Metern hätte man schwören können, daß er sich in der Blüte seines Lebens befand und höchstens dreißig Jahre zählte. Erst als er näher kam, bemerkte ich die tiefen Falten in seinem Gesicht, insbesondere die an beiden Mundwinkeln, die seine Wangen und seinen Kiefer schärfer hervortreten ließen. Seine Stirn war runzlig, und er hatte schmale Lippen. Obwohl er häufig lächelte, wirkte er stets ein wenig betrübt. Meiner Schätzung nach war er mindestens fünfzig, das hieß, etwa zehn oder fünfzehn Jahre jünger, als ich es damals war.

Er begrüßte mich mit einem Nicken. »Seid Ihr Ali ben Quatar Mayeen, der Kaufmann?«

Ich bejahte.

»Und Ihr habt mir dieses Päckchen gebracht?« Er wies auf den kleinen Tisch, auf dem es lag. Die blaßroten Lederriemen waren geöffnet, die äußere Öltuch-Schicht war zurückgeschlagen, so daß ich Pergamentseiten erkannte. Ich räumte auch das mit gesenktem Kopf ein.

»Dann haben wir, wie es aussieht, eine Menge zu besprechen.«

Mein Wohlergehen, ja, eigentlich die Tatsache, daß ich überhaupt noch lebe, hatte ich schon häufig meinem Talent zu verdanken, mein Gegenüber, insbesondere seine Schwächen, rasch und sehr genau einzuschätzen. Fast auf Anhieb ahnte ich, daß Prinz Harihara, was sein Äußeres betraf, eitel war und daß er – möglicherweise ungerechtfertigt – große Stücke auf seine eigenen Fähigkeiten hielt. Diese Eigenschaft ist bei jüngeren Brüdern von Thronerben, Vettern von Königen und Menschen, die ihre Stellung durch Geburt erlangt haben, sich jedoch fälschlicherweise ständig auf ihre Verdienste berufen, häufig anzutreffen. Sie sonnen sich in dem Glanz derer, die durch ihre Herkunft noch bevorzugter sind als sie selbst, nutzen ihre Position weidlich aus und können sich mit ihrer Situation nicht versöhnen.

Und was sah er in mir?

Der Mann, der vor ihm stand, erinnerte an eine Vogelscheuche. Er trug einen großen, schmutzigen Turban über einem schwarzen, großen Tuch, das an einigen Stellen Risse aufwies und an anderen rostrot verschossen und mit Essensresten befleckt war. Eine Narbe verlief quer über ein Gesicht, das durch den struppigen Schnurrbart und den Spitzbart nicht eben ansehnlicher wurde. Die Schienbeine, die unter dem Gewand hervorlugten, ähnelten Stöcken, und die Nägel an seinen großen, in Sandalen steckenden Füßen bogen sich wie Klauen über die Zehen. In der rechten Hand hielt er einen Stab, so hoch wie er selbst, weiß gebleicht und so alt, daß er keine Rinde mehr hatte. Seine Gestalt neigte sich nach rechts und stützte sich gekrümmt darauf. Kurz gesagt, lieber Mah-Lo, er hatte das vor sich, was du heute siehst, wenn auch vielleicht noch nicht gar so sehr verwüstet vom Alter und vom Schmerz steifer Gelenke.

Deshalb stand zu befürchten, Prinz Harihara werde nicht bereit sein, mir auch nur ein Wort meiner Geschichte zu glauben, und meinen Bericht als Lügenmärchen einstufen, in der Absicht zu verschleiern, daß ich das Päckchen einem Mitreisenden gestohlen oder am Kai irgendeines levantinischen Hafens gefunden hatte. Doch wider Erwarten war dieser hohe Herr gewillt, einem Vagabunden sein Ohr zu leihen, was einige Rückschlüsse auf das von mir abgelieferte Päckchen zuließ.

Wenn er die Pergamentseiten nicht schon studiert hätte, hätte er mich wahrscheinlich keines Blickes gewürdigt, geschweige denn, daß er mir eine Privataudienz gewährt hätte. Nachdem er sich also vergewissert hatte, daß ich tatsächlich der Überbringer des Päckchens war, begann er, mich dahingehend auszufragen, wie es in meinen Besitz gekommen sei. Ohne mir mitzuteilen, ob er meine Schilderung für wahr hielt, meinte er dann abschließend: »Zweifellos erwartet Ihr eine Belohnung dafür, daß Ihr es mir gegeben habt.«

Ich zuckte die Schultern. »Von Calais nach Vijayanagara ist es ein weiter Weg«, murmelte ich. »Doch mir ging es hauptsächlich darum, die Bitte des Mannes, der es mir anvertraut hat, zu erfüllen.«

»Er muß in dieser ziemlich kurzen Zeit einen bleibenden Eindruck bei Euch hinterlassen haben.«

Ich nickte, führte es aber nicht weiter aus.

»Wußtet Ihr, was dieses Päckchen enthielt?«

Ich warf einen Blick darauf. »Als ich es Eurem Kammerherrn aushändigte, waren die Lederriemen noch verknotet. Ich habe sie nicht geöffnet. Man warnte mich, ich würde verflucht werden, wenn ich es täte.«

Prinz Harihara griff nach dem Pergamentbündel und trennte die einzelnen Seiten voneinander. Die gegerbte Schafshaut, aus der sie bestanden, gab ein widerwärtiges Knistern von sich, so daß er einen leichten Schauder nicht unterdrücken konnte. »Ihr seid weit gereist«, sagte er.

»Ich war beinahe überall, mit Ausnahme des südlichen Afrikas und des unbekannten Kontinents namens Vinland, der angeblich westlich von Europa und östlich von Asien liegen soll.«

»Und könnt Ihr lesen?«

»Ein wenig in den meisten Sprachen.«

»Auch Inglysshe? Die Gelehrten, die in unseren Bibliotheken arbeiten, haben bereits festgestellt, daß die meisten der Seiten in dieser Sprache beschrieben sind. Allerdings reichen ihre Kenntnisse nicht aus, um die vorliegenden Texte zu übersetzen. Könnt Ihr Inglysshe lesen?«

»Lieferscheine. Die Gesetze, welche die Einfuhr und Ausfuhr von Waren regeln. Und dergleichen mehr. Ich bin in der Lage, ein Zimmer in einer Herberge zu mieten, nach dem Weg zu fragen, ein Essen zu bestellen, Futter für die Tiere zu beschaffen, die ich mit mir führe, und mir die Zeit mit jedem Reisebegleiter zu vertreiben, dem ich unterwegs begegne.«

Nachdem er mir die erste Seite des Bündels, die in der eben erörterten Sprache abgefaßt war, gereicht hatte, las ich laut vor.

As John the apostel hit sy with syght
I syye that cyty of great renoun
Jerusalem so nwe and ryally dyght
As hit was lyght fro the heven adoun
The birgh was al of brende golde bryght
As glemande glas burnist broun

With gentyl gemmes anunder pyght
Wyth banteles twelve of tiche tenoun
Uch tabelment was a serlypes ston ...

»Nun«, unterbrach er mich nach einer Weile. »Was hat das alles zu bedeuten?«

»Man kann diese Sprache auf die verschiedensten Weisen sprechen, und es gibt viele Dialekte«, erwiderte ich. »Ebenso wie in Eurer Sprache. Ich habe den Südosten von Ingerlond bereist und dort Handel getrieben, und ich würde vermuten, daß der Dialekt, in dem dieser Text geschrieben ist, im Nordwesten gesprochen wird.«

»Aber Ihr müßt doch wissen, was da steht.«

»Offenbar wird hier eine Stadt geschildert. Eine anscheinend ziemlich reiche Stadt.«

»Sprecht weiter.«

»Es steht hier etwas von hell strahlendem Gold, wertvollem Schmuck und – wenn ich es richtig deute – von zwölf verschiedenen Sorten von Edelsteinen.«

»Wie geht es weiter? Was für Steine? Nennt er sie beim Namen?« Er reichte mir die nächste Seite.

»Jaspis, Saphir, Quarz, Smaragd ...«

»Sehr gut.«

»Sardonyx, Rubin ...«

»Seid Ihr sicher, daß es Rubin heißt?«

»›*The sexste the ryb*‹. Ganz bestimmt ist mit *ryb'* Rubin gemeint.«

»Ich frage das, weil man in diesem Teil der Welt allgemein annimmt, daß man Rubine nur in Burma und Mandalay findet. Aber sprecht weiter.«

Ich fuhr mit dem Finger die Zeilen entlang, suchte die Wörter heraus, die er meiner Ansicht nach hören wollte, und ließ den Rest weg. »Chrysolit ... Beryll ... Topaz ... Chrysopras ... Hyazinth und ... Amethyst«, schloß ich.

»War das alles? Mehr steht nicht darin?«

Ich blätterte eine Seite weiter. »Es wird beschrieben, daß

die Straßen der Stadt aus Gold bestehen. Die *wones*, vermutlich sind das die Häuser, sind alle mit Edelsteinen verziert. Außerdem ist die Stadt riesengroß und hat einen Durchmesser von etwa drei Quadratkilometern.«

Er seufzte auf. Es war ein zufriedener, beinahe glücklicher Seufzer. Schweigen entstand. Wasser plätscherte in einem Brunnen. Ein Vogel zwitscherte in seinem Käfig.

»Wo ist diese Stadt?« fragte er schließlich.

»Es wird Jerusalem erwähnt, aber da war ich schon, und es sieht dort ganz und gar nicht so aus, wie es auf diesen Seiten beschrieben wird.«

»Könnte die Stadt irgendwo in Ingerlond liegen. Vielleicht ... Ihr habt doch vorhin Nordwesten gesagt?« Ich zuckte die Schultern und schob meine mehr oder weniger narbenfreie Unterlippe vor. Doch er ließ nicht locker. »Habt Ihr schon einmal von so einer Stadt gehört? Wenn es sie gibt, hat man Euch doch sicher davon erzählt?«

»Es sind Gerüchte im Umlauf«, erwiderte ich zögernd, »doch diesen Teil von Ingerlond, also den Nordwesten, kenne ich nicht.«

Er kaute auf seinem Daumennagel herum und überlegte eine Weile. Offenbar wußte er nicht, wie er fortfahren sollte. »Wenn Ihr für den großen Dienst, den Ihr mir erwiesen habt, eine Belohnung wollt«, meinte er und besann sich im nächsten Moment, »nun, wenn Ihr eine Genehmigung braucht, um länger als vierundzwanzig Stunden als Kaufmann in der Stadt bleiben zu können – sprecht morgen vormittag bei meinem Kammerherrn vor. Jetzt dürft Ihr gehen. Amüsiert Euch bei dem Fest.«

Mit diesen Worten wandte er sich ab und griff zu den drei Pergamentseiten, die er mich nicht hatte lesen lassen. Vermutlich hatte sein Bruder John – oder Jehani, wie er in Wirklichkeit hieß – ihm dort eine persönliche Nachricht in *teluga* hinterlassen, jener Schrift, die allein den Herrschern und Adeligen dieses Landes vorbehalten ist. Er machte sich daran, sie ein zweites Mal zu studieren.

Kapitel sieben

Als ich zu dem großen Platz zurückkehrte, stellte ich fest, daß der Novize, dem ich am Morgen begegnet war, sein Wort gehalten hatte. Trotz des inzwischen herrschenden Gedränges hatte er mir eine kleine Lücke neben sich reserviert und mir sogar ein Stück ungesäuertes Brot, bestrichen mit einer würzigen Paste, bei einem der vielen Straßenhändler besorgt. Dazu reichte er mir eine halbe Kokosnußschale mit vergorener Kuhmilch, die man hier *lassi* und bei uns *ayran* nennt und die wirklich ein ausgesprochen erfrischendes Getränk ist.

Die Festlichkeiten, die nun folgten, waren genauso prachtvoll, wie ich erwartet hatte – und auch genauso langweilig. Aber das sind derartige Veranstaltungen ja in den meisten Fällen. Jedes Stadtviertel bot seine eigene Tanztruppe und ein Orchester auf, die alle um das prunkvollste Kostüm und die hervorragendste Darbietung wetteiferten. Zweifellos war das alles höchst spannend für jemanden, der ein *tiro*, also ein Fachmann ist, die Feinheiten voneinander unterscheiden kann und deshalb weiß, welche Truppe tatsächlich die beste ist. Die Tänzer waren in ihren bunten Gewändern und Kostümen allerdings sehr beeindruckend. Die meisten von ihnen waren in bauschige Seidenbahnen mit Goldstickereien gehüllt und trugen riesige vergoldete Masken, besetzt mit Edelsteinen und mit den Federn von Waldvögeln geschmückt. Einige hatten sich die Nägel lang wachsen lassen oder sich künstliche angeklebt. Manche schwangen in Schaukämpfen die Säbel. Wieder andere stampften mit den Füßen oder vollführten die erstaunlichsten Verrenkungen, um ihre vielarmigen Gottheiten nachzuahmen. Sie bliesen Trompeten, schlugen auf Gongs, tuteten auf Flöten und zupften auf ihren langstieligen Saiteninstrumenten.

Nach einer Stunde begann ich unruhig zu werden. Und als die Fackeln und Kohlebecken nach vier Stunden endlich heruntergebrannt waren, schlief ich fast. Dann jedoch stellte ich zu meinem Entsetzen fest, daß die verloschenen Fackeln gegen neue ausgewechselt wurden, die meiner Berechnung nach bis zum Morgengrauen brennen würden. Ich entschuldigte mich bei Suryan und erklärte ihm, ich sei ohne Rast monatelang geritten und zur See gefahren und hätte einen langen, ermüdenden Tag hinter mir. Auch sei ich nicht mehr so jung wie ehedem …

»Ich muß mich bei dir entschuldigen, Ali!« rief er aus. »Wie rücksichtslos von mir. Du mußt mich sofort in meine Unterkunft begleiten, wo ich dir eine ordentliche Mahlzeit servieren werde. Dann bekommst du von mir ein Bett. Nein, nein, bitte, ich bestehe darauf. Ich habe für heute abend ebenfalls genug gesehen. Das Fest dauert noch eine Woche, und wir können ja morgen wiederkommen. Oder ich gehe allein. Ich werde schon nichts Wichtiges verpassen.« Mit diesen Worten führte er mich den Hügel hinunter und weg vom Platz, vorbei an den riesigen Ställen, in denen die kaiserlichen Elefanten untergebracht waren. Wir kamen durch Terrassen und Parks, wo mit Duftölen gefüllte Lampen brannten, und näherten uns dem Fluß, den wir auf einer breiten, prächtigen Steinbrücke, flankiert von Löwen aus Granit, überquerten.

Suryan entschuldigte sich dafür, daß er mir nicht viel zu bieten habe, und erklärte, er führe ein enthaltsames Leben, obwohl seine Eltern Gutsbesitzer seien und ihm all den Reichtum zur Verfügung hätten stellen können, auf den er freiwillig verzichtete. Dennoch war er deshalb nicht selbstgerecht oder missionarisch. Ihm gefiel es, wenn andere ihren Wohlstand zur Schau stellten, und er hatte nichts gegen irdische Vergnügungen einzuwenden. Wie er mir bereits erklärt hatte, als er mir den Kauli-Glauben erläuterte, war er, wie die meisten Einwohner von Vijayanagara, davon überzeugt, daß niemand wissen könne, was nach dem Tod geschah. Deshalb sei das höchste Glück für alle Männer und Frauen das köstliche und leidenschaftliche Gefühl, das aus der Vereinigung von Körper und Geist entstehe, so daß sich die in jedem Menschen wohnende Gottheit zeige – und zwar noch in diesem Leben.

Außerdem teilte er mir mit, daß er mit Uma, seiner Zwillingsschwester, zusammen wohnte.

Er brachte mich in eine kleine Wohnung in einem großen, weitläufigen Gebäude, dessen Erdgeschoß Läden, Handelskontore und öffentliche Bäder beherbergte. Außerdem gab es hier einige kleine, eingezäunte Gärten, die von Lampions erleuchtet wurden. Neben Teichen, in denen winzige, wie Lichtblitze herumflitzende Fische schwammen, wuchsen Zitronenbäumchen in Kübeln.

Suryans Wohnung war mit einem silbrig schimmernden, duftenden Holz getäfelt oder sogar daraus erbaut. Die Decken waren mit zäpfchenförmigen Schnitzereien versehen, die stilisierte Blumen darstellten und an die seltsamen Kristallgebilde erinnerten, die man in manchen Berghöhlen findet. Die Wände darunter waren mit kostbaren Seidenteppichen und bemalten Stoffen behängt, die zumeist vergnügliche Szenen darstellten: die Jagd, Festmähler, den Tanz und den Geschlechtsakt. Ich konnte nur wenig Anzeichen für Askese entdecken, doch vermutlich wirkten diese Räumlichkeiten, verglichen mit dem Reichtum und der Pracht in seinem Elternhaus, beengt und ärmlich.

Und dann geschah etwas Seltsames. Während ich noch das Wohnzimmer bewunderte und die kunstvoll gestaltete Decke betrachtete, löste Suryan, der gerade noch an meiner blinden Seite gestanden hatte, sich plötzlich in Luft auf.

»Uma, meine Schwester, wird sich jetzt um dich kümmern. Ich muß mich meinen Studien widmen ...« Mit diesen Worten war er verschwunden.

Kurz darauf leuchtete hinter einem Gazevorhang, hinter dem offenbar ein langer Flur lag, ein Licht auf. Das Licht näherte sich und wurde immer heller, bis ich die Hände erkennen konnte, die die silberne Lampe mit dem winzigen Docht und dem Ölgefäß hielten – und auch das Gesicht, das darüber zu schweben schien.

Uma war eine Augenweide. Ihre Haut hatte die Farbe dunklen Honigs, ihr langes Haar schimmerte schwarz, und hin und wieder glommen – natürliche oder eingefärbte – Kupferfunken darin auf. Ihre mandelförmigen Augen waren erstaunlich hell, goldbraun mit grünen Tüpfchen. Sie hatte eine hohe Stirn und einen langen, aber kräftigen Hals. Ihre Schultern schimmerten weich und bronzefarben. Ihre nackten Brüste erinnerten an Granatäpfel, die Brustwarzen waren scharlachrot bemalt. Ihre Lippen waren voll, üppig und einladend. Da sie sich im Haus befand und nicht mit Besuchern gerechnet hatte, war sie bis auf ihren Schmuck und eine hohe, bienenkorbförmige, mit Gold und Edelsteinen besetzte Kopfbedeckung von der Taille aufwärts nackt. Um die Hüften trug sie einen enganliegenden Sarong aus grüner Seide mit eingewebten Goldfäden, der an ihrem leicht gewölbten Bauch V-förmig ausgeschnitten war. Unterhalb der dunklen Stelle darunter war er geschlitzt, so daß man ihre Schenkel sehen konnte. Ihr einziger Makel, wenn man es denn so bezeichnen konnte, bestand darin, daß ihre Augenbrauen wie bei Suryan über der Nase zusammengewachsen waren.

Sie begrüßte mich höflich und freundlich, küßte mir die Hände und forderte mich auf, auf einem niedrigen Sofa Platz zu nehmen. Dann holte sie aus einer Nische eine Schale mit duftendem Wasser, um mir die Füße zu waschen, und servierte mir einen köstlich duftenden Kräutertee und Reiswein. Als sie vor mir kniete, sah ich, wie sich ihr Haar im Nacken zwirbelte, ihre weichen Brüste streiften kurz meine Schenkel, und in meinen alten Lenden regten sich Gefühle aus längst vergangenen Tagen.

Nach der Waschung brachte sie mir eine einfache Mahlzeit, die aus Reis mit Safran und anderen Gewürzen, gerösteten Pinienkernen und Pilzen bestand. Anschließend gab es sorgfältig ausgewählte, scharfe, süße und bittere Früchte, die in Farbe und Geschmack köstlich miteinander harmonierten.

Beim Essen hob sie den Blick und sagte mit einer Stimme, die tief für eine Frau, aber so weich wie Pelz war: »Ali ben Quatar Mayeen, du hast viele Jahre lang gelebt, alle Winkel der Erde bereist und viele seltsame und wundervolle Dinge gesehen. Suryan und ich hingegen befinden uns erst an der Schwelle des Erwachsenwerdens. Unsere Köpfe beugen sich unter den Türsturz, unsere Füße stehen auf der Schwelle, die Kindheit liegt hinter uns, und die große Welt winkt. Es würde mich freuen, wenn du mir ein wenig von deinen Erfahrungen berichten und mir vielleicht auch erzählen würdest, was dich so weit vom Binnenmeer bis auf die andere Seite des Ozeans nach Vijayanagara gebracht hat.«

Ich sprach etwa eine Stunde lang, während die Nacht verging, und schilderte ihr einen Teil der Dinge, die ich auch dir im Laufe der vergangenen Woche mitgeteilt habe, mein lieber Mah-Lo. Angeregt durch ihre Fragen, überwand ich meine Scheu, die Rolle des Lehrers zu übernehmen, und redete auch über das, was ich über die Natur unseres kurzen Daseins auf Erden gelernt habe. Ich erläuterte ihr das, was ich, auf dem Knie meines Vaters sitzend und später in den zentralasiatischen Bergen, gehört hatte, und auch die geheimen Mysterien der schiitischen Sekte, von der meine Glaubensgrundsätze geprägt worden waren.

Wie bereits erwähnt, wiesen diese bemerkenswert viele Gemeinsamkeiten mit dem auf, was Suryan zu den Detailfragen der Kali-Religion angemerkt hatte – zwar nicht, was das Dogma oder die äußerliche Darstellung anging, aber auf einer tieferen Ebene des Verstehens.

»Wir praktizieren die sogenannten *panchamakaras*, um den Zustand zu erreichen, den wir als Kula bezeichnen. Kula tritt ein, wenn Verstand und Gefühl eins sind, die Sinnesorgane ihre Unterscheidungen verlieren und der wahrgenommene Gegenstand sich mit den Sinnen, die er anregt, vereint. Das ist die einzig wahre Verzückung, das einzige Ziel, um das es sich zu bemühen lohnt. Dadurch zeigt sich die Göttin oder der Gott, die einem Menschen innewohnen.«

»Und durch welche Mittel«, fragte ich, »erreicht man diesen Zustand?«

»Es gibt viele Methoden«, erwiderte sie und streckte sich

auf den Kissen aus, die sie in einer Zimmerecke verteilt hatte. »Und jede davon enthüllt nicht nur verschiedene Anteile der Göttin, sondern tut dies auch auf einer anderen Ebene und in unterschiedlicher Stärke. Die zeremoniellen Tänze und Gesänge, die du heute miterlebt hast, erzeugen nur einen leichten Hauch, ebenso wie die meditative Betrachtung, *rasa* genannt, der geschnitzten und gemalten Abbildungen, von denen unsere Stadt strotzt. Sie machen uns Bewohner von Vijayanagara zu den glücklichsten Menschen der Welt. Die Brahmanen glauben, daß *rasa*, die Meditation über Dinge, die andere Menschen tun oder geschaffen haben, die höchste Stufe der Verzückung hervorruft. Doch das ist falsch und nichts weiter als Ausdruck der Überzeugung, daß Menschen, die körperliche Tätigkeiten verrichten, niedriger angesiedelt sind als die, die geistig arbeiten. Wer sein Instrument in mystischem Gleichklang spielt, erfährt Erleuchtung auf einer höheren Stufe als die, die nur zusehen und zuhören, und auch als die Handwerker, die malen, schnitzen und formen. Auf einer noch niedrigeren Stufe befinden sich die Freuden des Essens und Trinkens, denen wir heute abend gefrönt haben ... Und dennoch«, fügte sie mit einem Lachen hinzu, das klimperte wie Tempelglocken, »ist selbst in diesem Fall meine Freude, als ich die Mahlzeit zubereitete, eine höhere gewesen als die, die du beim Essen empfunden hast.«

»Und wie«, fragte ich, »erreicht man die größte Verzückung, die absolut vollkommenste Erfüllung, die letztendliche Vereinigung mit dem jedem Menschen innewohnenden Gott?«

Kurz schien sie sich in eine innere Welt zurückzuziehen, wandte sich dann wieder mir zu und lachte auf. »Ach, das ist ein Thema, das die *sadhus*, die weisen Männer, schon seit Ewigkeiten erörtern. Das Ergebnis ist, daß vermutlich keine Tätigkeit allein an sich dazu geeignet ist, die Trennung aufzuheben, die zwischen jedem von uns und unserem Gott besteht. Aber selbstverständlich führen manche Übungen schneller zum Ziel als andere. Einige behaupten, der göttliche

Moment käme beim Tanzen oder bei der Meditation über den Tanz. Andere beharren, daß es nötig ist, dazu gewisse Elixiere einzunehmen – zum Beispiel sind *bhang*, das bei euch Haschisch heißt, und Zubereitungen daraus eindeutig eine große Hilfe. Doch es gibt außerdem Essenzen gewisser Pflanzen, Früchte und Blumen, deren Fundorte und Zubereitung nur die Bergmenschen kennen und die sogar noch eine stärkere Wirkung hervorrufen. Andere sagen, sie hätten die höchste Stufe der Erleuchtung erreicht, indem sie das getrocknete Harz des Mohns anzünden und den Rauch einatmen. Und natürlich ist für viele ein mit den nötigen Fähigkeiten ausgeführter Geschlechtsverkehr eine bevorzugte Methode.«

Ich rutschte auf meinen Kisten herum. Wegen des stark gewürzten Essens und einer überaus angenehmen Müdigkeit entfuhr mir ein kleiner Furz, den ich lieber für mich behalten hätte. Uma lächelte ... Wie eine Mutter.

»Besser, man läßt es raus«, sagte sie.

Eine nachsichtige Mutter.

»Ich war«, meinte ich, zum Teil, um meine leichte Verwirrung zu verbergen, »in Ländern im Westen, wo man die Erleuchtung nicht durch Vergnügungen, sondern durch Askese und Selbstzüchtigung zu erlangen versucht. Ich war Zeuge, wie eine viele tausend Kopf starke Menschenmenge einander stundenlang mit vielschwänzigen Peitschen züchtigte, bis das Blut die Straßen entlangfloß. Und ich habe Menschen erlebt, die sich in Berghütten oder winzige Tempel zurückzogen und sich nur von trockenem Brot und Wasser ernährten, bis ihre Körper fast aufgezehrt waren. Ihre Wangen röteten sich, ihre Augen wurden groß und starrten ins Leere, und der Speichel hing ihnen in den Mundwinkeln. Sie behaupteten, sie hätten gute und böse Geister oder sogar Gott selbst gesehen. Allerdings muß ich hinzufügen, daß es sich in den meisten Fällen um Christen handelte, und wie du sicher schon gehört hast, sind sie am allerschlimmsten vom Wahnsinn befallen. In ihrem Verhalten ist größtenteils weder Sinn noch Verstand zu erkennen.«

Uma nickte. »In Indien gibt es auch sogenannte Mystiker, die behaupten, auf ähnliche Weise zur Erleuchtung kommen zu können, zum Beispiel die Fakire. Sie laufen über glühende Kohlen, schlafen auf Nagelbetten oder verbiegen ihre Gliedmaßen zu den absurdesten und unnatürlichsten Stellungen und erreichen so einen tranceartigen Zustand, in dem alle Körperfunktionen stunden- oder sogar tagelang zum Erliegen kommen. Vielleicht erfahren diese Menschen die Verzückung, um die wir uns bemühen, aber mir erscheint es unsinnig, zu derart schmerzhaften Mitteln zu greifen, wenn man durch Augenblicke der größten Freude zum selben Ergebnis gelangen kann ...«

Ich stimmte ihr zu, denn es war eine Tatsache, daß das schlimmste Leid, das mir in meinem Leben widerfahren war, als ich einen Tag und eine Nacht auf einem Haufen enthaupteter Leichen in einem Brunnen hatte liegen müssen, ganz und gar nicht zu einer ekstatischen oder sonst irgendwie gearteten spirituellen Vereinigung mit meiner Gottheit geführt hatte.

Und während Umas letzte Worte mir noch durch den Sinn gingen, spürte ich, daß etwas mit mir, mit meinem Kopf und mit meinem ganzen Körper, geschah, dem ich nicht widerstehen konnte und auf das ich nicht den geringsten Einfluß hatte. Die Wände des Zimmers schienen sich, Vorhängen gleich, zu bauschen; ein Brausen wie von einem heftigen Sturm dröhnte mir in den Ohren, und ich bemerkte, wie erst meine Finger, dann meine Füße und schließlich meine Lippen taub wurden. Der Schweiß stand mir auf der Stirn. Dann wurde es dunkel im Raum, und die Wände mit ihren Behängen wichen zurück. Ich sah einen stecknadelkopfgroßen, stechenden weißen Lichtpunkt, der langsam größer wurde, sich rot verfärbte und sich wie ein spiralförmiger Komet drehte, so daß er einen Schweif von Lichtfunken hinter sich her zog. Ich hatte das Gefühl hineinzufallen, oder vielleicht wurde ich auch aufgesogen, bis ich ein Teil davon wurde und mich selbst in den Feuerball verwandelte. Ich hörte, wie eine Stimme, vielleicht meine eigene, immer und immer wieder sagte: »Ich bin alles, was es gibt.« Ich wurde gleichzeitig von großer Angst und großer Freude ergriffen. Und dann spürte ich eine schiere Ewigkeit gar nichts mehr, und um mich war Dunkelheit.

Aus der Finsternis trat eine schwarze Gestalt, eine dunkelhäutige Frau mit vier Armen, blutroten Handflächen und blutroten Augen. Unterhalb ihrer heraushängenden Zunge, von der ebenfalls das Blut tropfte, trug sie eine Kette aus Totenköpfen. Ihr Gewand war so schwarz wie die Nacht und mit Sternen besetzt, und hinter ihrem Kopf ging der Mond auf. Schlangen waren ihre Gürtel. Doch ihre Stimme klang sanft und verführerisch. Sie sprach – oder sang sie? – die folgenden Worte: »Komm voll Freude in meine Arme, dann wirst du alles wissen, was es zu wissen gibt.«

Als ich zu mir kam, hörte ich Wasser plätschern und Glöckchen klingeln. Die Sonne beschien warm meinen Körper, und ein süßer, jasminähnlicher Duft stieg mir in die Nase. Ich schlug die Augen auf, die verklebt waren wie nach einem Fieber, und stellte fest, daß ich unter einem niedrigen Orangenbaum oder -busch lag, dessen glänzende Blätter sich schwarz vom perlgrauen Morgenhimmel abhoben und Schatten auf mein Gesicht warfen, allerdings nicht auf meinen Oberkörper und meine Beine; sie wurden von den Strahlen der Morgensonne erleuchtet, die gerade über den Bergen im Osten der Stadt aufgegangen war, so daß es schlagartig warm wurde. Eine tiefe Zufriedenheit erfüllte meine Seele, und ohne mich zu fragen, wie ich hierhergekommen war, döste ich wieder ein und fiel in einen heilenden, geborgenen und glücklichen Schlaf.

Als ich wieder erwachte, schreckte ich hoch, und der letzte Schatten des zweiten oder dritten Traumes löste sich auf wie ein Nebelfetzen. Wieder hatte ich von einer Frau geträumt, die sich jedoch völlig von der ersten unterschied. Die zweite Frau war strahlend weiß gewesen und hatte gelbes Haar gehabt. Völlig nackt stand sie in einer Eishöhle. Als ich mich mühsam aufsetzte (die Blätter streiften meinen alten Turban, und eine große Orange fiel mir auf den Kopf), um mich zu orientieren, verschwand sie. Sie hatte mich mit einem warmen, angenehmen Gefühl in den Lenden und – so groß war ihre Macht, obwohl ich schon ein alter Mann war – mit einem Samenfleck auf dem Bauch zurückgelassen.

Ich pflückte mir eine Orange vom Baum, riß die Schale mit dem Daumen auf und labte mich daran. Noch nie hatte ich eine Frucht so genossen, und der Saft rann mir das Kinn hinab. Dabei betrachtete ich die Kuppeln der *shikharas*, jener bergähnlichen Türme, und die hohen Gebäude überall in der Stadt. Mit schimmernden Dächern aus Gold und leuchtenden Keramikmosaiken erhoben sie sich zu allen Seiten bis zum anderen Ende des Tals. Zwischen ihnen schlängelte sich der große Fluß, gesäumt von Wäldern und Gärten, bevor er zwischen den Feldern und Bäumen in der von Dunst verhangenen Ferne verschwand.

Wieder fragte ich mich, wie ich hierhergekommen war. War meine Begegnung mit Suryan und Uma auch nur ein Traum gewesen, wie der mit der nackten weißen Frau? Durchaus möglich. Aber mir war schließlich nichts zugestoßen, und ich konnte zum Großteil in angenehmen Erinnerungen schwelgen. Doch wenn ich wollte, daß Prinz Harihara mich bezahlte, hatte ich jetzt eine Verabredung.

Kapitel acht

Diesmal wurde ich vom Kammerherrn mit dem Stock aus Silber und Elfenbein bereits erwartet, und er begleitete mich gerne zu meiner Audienz beim Prinzen. Harihara hatte beschlossen, mich heute im Freien zu empfangen, und thronte in einem der kleinen ummauerten Gärten auf einem aus Marmor gemeißelten Sessel unter einer Palme. Neben ihm stand ein achteckiger Tisch, ebenfalls aus Marmor, der mit kunstvollen Steinmetzarbeiten verziert war wie ein prächtiger Tempel. Mit seinen langen Fingern betastete der Prinz die reifen, frischen Datteln, die auf einem silbernen Teller lagen. Daneben befand sich das Pergamentbündel, das ich quer durch die halbe Welt zu ihm gebracht hatte. Die roten Schnüre waren wieder lose zusammengeknotet.

Er befragte mich noch eingehender als am Vortag zu meinen früheren Reisen nach Ingerlond und erkundigte sich, wie gut ich die Sprache und die Sitten kannte und ob ich wohl in der Lage sei, das Versteck seines Bruders Jehani zu finden. Ich schloß daraus – fälschlicherweise, wie sich herausstellte –, daß er sich für die Stadt aus Gold und Edelsteinen ebenso interessierte wie für den Verbleib seines Bruders.

Seine Fragen beantwortete ich so aufrichtig ich konnte, doch da ich ahnte, daß er mir eine Stellung anbieten würde und da ich nach dem Verlust meiner Pferde durch den Schiffbruch völlig mittellos war, gab ich vor, das Inglysshe meisterhaft zu beherrschen und mich außerdem ausgezeichnet mit dem Land und seinen Gebräuchen auszukennen.

Als nächstes wollte der Prinz etwas über die Fähigkeiten der Inglysshe in der Kunst der Kriegsführung wissen. Aber ich mußte zugeben, daß ich auf diesem Gebiet nicht sonderlich bewandert war und nicht über Informationen aus erster Hand verfügte. Ich erwiderte, meiner Einschätzung nach kämpften Adel und gemeines Volk kühn und ohne Rücksicht auf Verluste und könnten geschickt mit der Waffe umgehen. Allerdings hätte ihnen in letzter Zeit die richtige Führung gefehlt. In der Vergangenheit hätten ihre Könige, denen kraft Erbschaft viele Städte und große Ländereien auf dem Festland gehörten, zwar einige wichtige Schlachten gegen die Franken gewonnen, jedoch fast alles eroberte Gebiet in jüngster Zeit wieder verloren, nicht zuletzt deshalb, weil sie jahrelang von einem Knaben regiert worden seien. Dieser habe sich zu einem unentschlossenen Schwächling entwickelt und sei angeblich auch vom Wahnsinn befallen. Außerdem seien die Franken von einer wilden, von Teufeln besessenen Frau kommandiert worden, die ihre Truppen zu den größten Heldentaten angestachelt habe. Wie sonst auch hätte ein schwaches Frauenzimmer so viele Siege erringen können, bevor die Ingerlonder sie gefangennahmen und sie als Hexe bei lebendigem Leibe verbrannten?

»Aber kennen sie sich mit den neuesten Errungenschaften der Kriegskunst aus?« beharrte Prinz Harihara, wodurch klarwurde, welche Antwort er gerne hören wollte.

Obwohl mir die höfischen Künste fremd waren, hielt ich es für sinnlos, etwas abzustreiten, über das er sich bereits eine Meinung gebildet hatte.

Ob sie zu Pferde kämpften? Ja. Ob sie wüßten, wie man Befestigungsanlagen baute? Ich erinnerte mich an die Türme und Mauern rings um Calais. Also ebenfalls ja. Und was war mit Schwarzpulver? Gab es in Ingerlond Schwarzpulver? Und zwar nicht nur zum Sprengen, sondern auch zum Abfeuern von Geschossen? Mir fiel ein, daß ich am Kai von Calais gewaltige Röhren auf Rädern gesehen hatte, die man als Kanonen bezeichnete. Man hatte mir erklärt, daß sie dazu dienten, große Kugeln aus Stein oder Eisen auf feindliche Schiffe – Piraten oder Franken – zu schleudern, falls diese versuchen sollten, in das Hafenbecken einzufahren. Also wieder ja.

Das Verhör dauerte noch über eine halbe Stunde, und obwohl ich die Absichten des Prinzen nur vermuten konnte, hatte ich das Gefühl, daß meine Antwort offenbar keine Rolle spielte. Prinz Harihara hatte sich entschieden und versuchte nur, Zeit zu schinden, damit man ihm später in einer derart wichtigen Sache keine Voreiligkeit vorwerfen konnte. Doch als er endlich auf den Punkt kam, war ich, wie ich zugeben muß, erstaunter, als ich es mir anmerken ließ.

Der Prinz räusperte sich und lehnte sich in seinem Sessel zurück, so daß sein Gesicht nicht mehr von der Sonne beschienen wurde. Der nahe gelegene Teich spiegelte sich in seinen Augen. Nachdenklich legte Harihara die langen Finger unter dem Kinn zusammen. »Ich habe beschlossen«, sagte er leise, aber mit Nachdruck, »selbst nach Ingerlond zu reisen, meinen Bruder Jehani zu suchen und ihn nach Hause zu bringen. Ich habe dieses Vorhaben bereits mit dem Kaiser erörtert, und er stimmt mir zu, allerdings nur unter der Bedingung, daß ich diese Reise mit Belangen verbinde, die von größerem öffentlichem Interesse sind. Deshalb brauche ich einen Führer, der die Sprache und das Land kennt. Kurz gesagt, erwarte ich von Euch, daß Ihr diese Rolle übernehmt und mich begleitet.«

Nicht etwa »Ich würde mich freuen ...« oder »Wenn Ihr so gütig wäret ...«, sondern: »Ich erwarte«. Am meisten erstaunte mich, daß er selbst mitkommen wollte. Damit hätte ich nicht gerechnet, denn schließlich gehörte er der kaiserlichen Familie an, hatte eine wichtige Stellung in der Regierung inne und war Verteidigungsminister des Reiches. Außerdem zweifelte ich angesichts seines Alters und des bequemen Lebens, das er bis dahin geführt hatte, daß er den auf dieser Reise unvermeidlichen Entbehrungen gewachsen sein würde.

Allerdings hatte er meine Verhältnisse richtig eingeschätzt und wußte, daß ich nicht in der Lage war, bezahlte Arbeit abzulehnen. Ich war nicht sicher, wie ich meinem Einverständnis Ausdruck verleihen sollte. Bei einem Kalifen oder Sultan wäre dies kein Problem gewesen. Ich hätte mich einfach vor ihm auf die Knie geworfen, seine Hände ergriffen und diese mit Küssen oder sogar mit Tränen der Dankbarkeit bedeckt. Die drawidischen Prinzen hingegen schienen weniger ritualisierte, dafür aber zurückhaltendere Respektsbezeugungen zu bevorzugen. Dennoch sind sie nicht minder stolz als ihre arabischen, mogulischen oder brahmanischen Amtskollegen und haben ebenso wie sie eine Schwäche fürs Zeremoniell, auch wenn sie diese herunterspielen und dadurch den fälschlichen Eindruck erwecken, man könne mit ihnen plaudern wie mit Gleichgestellten – mit nahezu Gleichgestellten wenigstens. Deshalb senkte ich nur meinen Kopf und behielt diese Stellung ein oder zwei Sekunden lang bei. Das schien dem Prinzen zu genügen.

»Also ist das geklärt. Anish, mein Kammerherr, wird sich jetzt Eurer annehmen. Ich möchte, daß Ihr ihn mit allen nötigen Vorbereitungen beauftragt, damit wir so bald wie möglich aufbrechen können. Selbstverständlich brauche ich ein Gefolge, wie es meinem Rang als Abgesandter des Kaisers geziemt, das jedoch auch nicht zu prunkvoll sein darf, um nicht Neid oder Argwohn zu erregen. Anish und Ihr könnt die Einzelheiten regeln.«

Als er mit der Hand wedelte, stellte ich fest, daß der Kammerherr auf leisen Sohlen zurückgekehrt war und bereits hinter mir stand. Sein Herr steckte sich eine Dattel in den Mund und teilte uns damit mit, daß die Audienz vorbei sei, weil er noch andere Dinge zu erledigen habe.

Drei Monate später stachen wir in See, und zwar nicht in Mangalore, sondern im weiter nördlich gelegenen Hafen Gové oder Goa, den wir Araber Sindābur nennen. Auf diese Weise kürzten wir die Reise auf dem Landweg um fünfundsiebzig Kilometer und die Überfahrt nach Jemen um mehr als dreihundertfünfzig Kilometer ab.

In der Zeit bis zum Aufbruch wurde ich in den Mitarbeiterstab des Prinzen aufgenommen und erhielt ein Zimmer in dem Gebäudeflügel der Palastanlage, den mein Brötchengeber als Privatresidenz, Amtssitz und Dienstbotenunterkunft benutzte. Das Zimmer war zwar klein, aber sauber, hatte jedoch den Nachteil, daß es genau über dem Hof lag, auf den die

Küchenfenster hinausgingen. Ständig lag der Geruch nach geklärter, aber ranziger Butter, Knoblauch und abgestandenen Gewürzen in der Luft. Doch die Bezahlung war ausgezeichnet, vor allem wenn man bedachte, daß ich keine Kosten hatte. Ich vertraute fast alles einem jüdischen Diamantenhändler auf der anderen Seite des Flusses an, mit dem ich mich anfreundete, und legte so den Grundstein zu dem kleinen Vermögen, das mich heute im Alter ernährt.

Suryan oder Uma sah ich während dieser Zeit nicht und begegnete ihnen auch nicht zufällig. Am frühen Nachmittag des Tages, an dem ich die Vereinbarungen mit meinem jüdischen Bankier getroffen hatte, schlenderte ich durch das Geschäftsviertel und suchte nach dem Haus, in das ich, wie ich glaubte, gebracht worden war. Leider jedoch entsprachen zwar unzählige Gebäude ungefähr der Beschreibung, aber keines deckte sich genau mit meiner Erinnerung, so daß ich es aufgab. Als wir die Stadt verließen, hatte ich mich mehr oder weniger damit abgefunden, daß mein ganzes Erlebnis nur ein Traum gewesen war – ausgelöst durch meine Erschöpfung, die neue Umgebung und einem Quentchen Wunschdenken.

Allerdings stieß ich auf einen Tempel, vielmehr einen Schrein, der jedoch nicht im heiligen Bezirk, sondern versteckt zwischen Geschäftsviertel und Fluß stand. Die Göttin dort sah genau aus wie in meinem Traum – sofern es denn ein Traum gewesen war –, eine schwarze, mit Totenköpfen geschmückte Frau, von der das Blut tropfte. Der Tempel war verlassen, als lastete ein Fluch darauf, doch sauber und gut gepflegt. Niemand wollte mir antworten, als ich fragte, wer diese Göttin war. Die Menschen, die ich ansprach, eilten weiter, und einige machten sogar abwehrende Gesten, wie die, mit der wir in den arabischen Ländern den bösen Blick verscheuchen. Ein kleines Mädchen, das eine Strohtasche mit flachen Brotlaiben trug, erklärte mir endlich, daß es sich um Kali handelte, Bhadra-kali, die Göttin des Todes, die der Legende nach Shiva ermordet hat.

Die restliche Zeit über genoß ich, was Vijayanagara an Sehenswürdigkeiten zu bieten hatte. Die riesigen Regierungsgebäude, Tempel, Verwaltungskomplexe und Vergnügungsstätten – viele davon öffentlich zugänglich – erfüllten mich immer wieder mit Erstaunen und Freude. Besonders im Gedächtnis geblieben sind mir das Badehaus der Königin, der Shiva-Tempel mit seinen Wandgemälden und dem terrassenförmig angelegten Wasserbecken. Die Steinstufen führten hinab ins kühle Wasser, so daß jedermann in der Nachmittagshitze Erfrischung finden konnte. Weiterhin beeindruckend waren die kaiserlichen Elefantenstallungen mit ihren vergoldeten Kuppeln und den großen Toren. Offenbar war jeder Einwohner, vom Kaiser, der als Verkörperung Krishnas galt, bis hinunter zum bescheidensten Lastenträger auf dem Fruchtmarkt, ein Musiker und Dichter. Der Kaiser schrieb Gedichte, in denen er den Gott und damit auch sich selbst lobte.

Früchte und Reis genügten für alle und waren so billig, daß sie fast gar nichts kosteten. Milch, Butter, Eier und Fisch waren zwar ein wenig teurer, aber nur unwesentlich. Der Verzehr von Fleisch wurde nicht gern gesehen, da man ihn als ungesund und religiös unerwünscht betrachtete. Allerdings gingen die Adeligen in den bewaldeten Bergen auf die Jagd nach Hirschen und Wildziegen, die bei Familienfesten verspeist wurden. Alle Bürger verfügten über eine angemessene Behausung, denn Holz, Ziegel und Steine waren im Überfluß vorhanden. Und so, mein lieber Mah-Lo, verbrachte ich meinen dreimonatigen Aufenthalt mit der angenehmen Aufgabe, unsere Reise vorzubereiten, und erfreute mich in meiner Freizeit an der harmonischen und prachtvollen Umgebung.

Es gab nur ein Übel, das man fürchten mußte: die Sultane im Norden des Flusses Krishna, ihre *satrapen* und die Böswilligkeit und den Neid ihrer brahmanischen Verbündeten. Zumeist bekämpften sie einander, nicht die Drawiden, doch hin und wieder fühlte sich ein Kriegsherr im Norden nach einem kurzen, aber erfolgreichen Feldzug gegen seine Nachbarn so sicher, daß er den Fluß überquerte und so weit er konnte auf vijayanagarisches Gebiet vordrang. Dann plünderten, zerstörten und schändeten seine Horden, bis es dem Kaiser gelang, eine Truppe zusammenzustellen, die stark genug war, ihn zurückzutreiben. Die Straßen der Stadt füllten sich mit Verwundeten und Verstümmelten, die Tempel wurden in Lazarette verwandelt, und auf den Plätzen schlugen Flüchtlinge ihr Lager auf.

Kammerherr Anish mit seinem Elfenbeinstab erwies sich als wertvoller Verbündeter und besaß Verhandlungsgeschick und eine Menge gesunden Menschenverstand. Er war etwa fünfzig Jahre alt, klein und gedrungen und hatte schmale Augen, die ein wenig an die eines Chinesen erinnerten. Die Marotten seines Herrn betrachtete er mit einem Augenzwinkern, was allerdings seinem Respekt für ihn keinen Abbruch tat. Anish trug einen kurzen seidigen Bart, der an eine etwa zwei Zentimeter lange Borte erinnerte und wie eine Schlinge von Ohr zu Ohr verlief. Wenn er vor einer schwierigen Entscheidung stand, strich er sich mit abgehackten Bewegungen über diese Kinnbehaarung. Abgesehen davon, daß ich diese Angewohnheit als störend empfand, kamen wir gut miteinander aus.

Eines Tages – die Zeit schleppte sich dahin, da wir im Schatzamt auf einen Beamten warteten, der uns Geld auszahlen sollte – fragte ich ihn, was der wirkliche Grund unserer Reise sei und warum Jehani sich damals auf den Weg gemacht habe.

Anishs sonst so gutmütige Miene verfinsterte sich. »Es ist geschichtlich unvermeidlich, daß Vijayanagara eines Tages überrannt werden wird«, erwiderte er. »Wenn nicht von den bahmanischen Sultanen, dann von den Horden der Moguln aus dem Norden. Unsere erleuchteten Kaiser haben schon immer getan, was sie tun können, um diesen schrecklichen Tag so lang wie möglich hinauszuschieben.« Er drehte sich im Vorzimmer des Schatzbeamten um und blickte über die Schulter, als fürchte er, belauscht zu werden. Dann nahm er mich beim Ellenbogen und führte mich in eine dunkle Ecke.

»Die Wurzel des Problems ist folgende: Unsere muselmanischen Armeen sind nur unter zwei Bedingungen bereit, gegen ihre Glaubensbrüder zu kämpfen. Die erste lautet, daß wir ihnen mehr bezahlen, als unsere Feinde es vermögen. Und die zweite, daß sie ganz sicher siegen und dabei nur minimale Verluste erleiden werden. Was nützt es, viel Geld zu verdienen, wenn man nicht mehr lebt, um es auszugeben? Das heißt, daß wir entweder eine noch größere Armee aufstellen oder unsere Leute mit den besten Waffen und Rüstungen ausstatten und ihnen außerdem beibringen müssen, wie sie diese am geschicktesten einsetzen. Aus offensichtlichen Gründen ziehen wir letzteres vor. Uns sind Gerüchte zu Ohren gekommen, daß die Inglysshe, obwohl sie das zurückgebliebenste und barbarischste Volk der Erde sind, nicht in der Schlacht geschlagen werden können, solange sie einen guten Feldherrn haben – und zwar nicht nur ihres Mutes und ihres kriegerischen Könnens wegen, sondern auch aufgrund ihrer Bewaffnung. Um den Wahrheitsgehalt dieses Gerüchts zu bestätigen, ist Jehani nach Westen gereist. Er hoffte, mit Wissen über die Kriegskunst der Inglysshe zurückkehren und womöglich auch Offiziere mitbringen zu können, die unsere Armeen im Kämpfen unterweisen. Aber Jehanis Reise hatte auch private Gründe. Er und Prinz Harihara hatten sich gestritten, selbstverständlich wegen einer Frau. Doch das ist nun vorbei, denn die Betreffende starb kurz nach Jehanis Aufbruch. Nun möchte der Prinz seinen Bruder unbedingt finden, ihm helfen, seinen ursprünglichen Auftrag zu erfüllen, und ihn nach Hause bringen.«

So waren Anishs Worte. Anfangs sei alles nach Plan gelaufen, doch dann sei etwas Unerwartetes geschehen: Jehani hatte sich in England mit einer Gruppe hedonistischer Atheisten angefreundet, die keinen Gott kannten außer jenem, der dem Menschen innewohnte. Weiterhin forderten sie, das menschliche Gewissen nicht mit heiligen Büchern oder den Ansprüchen der Priester zu belasten. Die *Brüder des freien Geistes* unterhielten Zellen in ganz Europa und pflegten auch

Schriftverkehr mit Gleichgesinnten im Orient. Überall warben sie Gefolgsleute an, für gewöhnlich aus den unteren Schichten, und wurden auf der ganzen Welt grausam verfolgt. Der Bruder, der mir Jehanis Päckchen übergeben und kurz darauf in Calais auf dem Scheiterhaufen sein Leben ausgehaucht hatte, hatte zu ihren Mitgliedern gehört.

Eine Angelegenheit, mit der wir uns dringend befassen mußten, war die Kleiderfrage. Weder der Prinz noch Anish hatten auch nur die geringste Vorstellung von dem kalten Regen, dem Frost, den tosenden Winterstürmen und all den weiteren Wettererscheinungen, denen wir auf den Inseln im fernen Westen ausgesetzt sein würden. Als ich ihnen schilderte, wie es war, wenn ein eisiger Wind Schneeregen vor sich her trieb, erwiderten sie nur, daß sie dann eben zwei Gewänder aus Seide oder Baumwolle übereinander anziehen würden. Nach einer Weile wurde mir deshalb klar, daß ich die Angelegenheit anders angehen mußte.

»Laßt uns«, schlug ich vor, »für jedes Mitglied unserer Expedition einen bestimmten Betrag beiseite legen, und zwar in einer leicht mit sich zu führenden und einfach umzutauschenden Währung. Diese Summe werden wir in versiegelten Päckchen bei uns tragen und schwören, sie erst anzurühren, wenn wir wegen des schlechten Wetters Kleidung kaufen müssen, wie sie die Einheimischen haben.«

Natürlich wären ihnen Gewürze am liebsten gewesen. Doch davon hatten wir bereits die verschiedensten Sorten säckeweise eingepackt, weshalb ich befürchtete, daß sie mit denen, die für den Kauf warmer Kleidung bestimmt waren, durcheinandergeraten und gegen etwas eingetauscht werden könnten, was in Ingerlond keinen besonderen Wert hatte, während es in Vijayanagara dringend gebraucht wurde. Schließlich einigten wir uns auf Perlen. Diese sind zwar wunderschön anzuschauen, kommen aber an den Küsten von Vijayanagara und auf den vielen kleinen Inseln und Archipelen draußen im Ozean häufig vor. In nördlichen Klimazonen hingegen haben sie einen hohen Wert, vor allem die, die, ungeachtet ihrer Größe, eine außergewöhnliche Farbe aufweisen. Also steckte jeder von uns einen kleinen Beutel mit Perlen ein, mit denen nur warme Kleidung oder festes Schuhwerk gekauft werden durfte, falls dieses nötig werden sollte.

Auf eine weitere Schwierigkeit stieß ich, als ich in den kleinen Hof hinter den Stallungen kam, wo wir unser Gepäck zwischenlagerten. Das Problem bestand aus einem Haufen von Lederschatullen, geprägt und zum Teil vergoldet und bemalt, mit Troddeln und Quasten verziert und mit Griffen versehen. Die Kästen waren von unterschiedlicher Größe, zwischen einem und drei Metern lang, und mehr oder weniger zylindrisch in der Form. Es waren mindestens vierzig Stück, begleitet von unzähligen Gestellen voller gefiederter Pfeile von verschiedener Länge und Machart. Sie verrieten mir, was die Lederkästen enthielten, obwohl Anish eine Erklärung murmelte. »Armbrüste«, meinte er, ein wenig spöttisch. »Der gnädige Herr sammelt sie.«

»Schön und gut, aber mitnehmen kann er sie auf keinen Fall«, erwiderte ich mit Nachdruck. »Wir würden sechs Maultiere und zwei zusätzliche Maultiertreiber brauchen, um sie wegzuschaffen. Und das bedeutet, daß ein siebtes Maultier nötig wäre, das wiederum das Gepäck der Maultiertreiber trägt. Außerdem sind das hier genügend Waffen, um ein ganzes Regiment von Bogenschützen auszustatten. Niemand wird uns glauben, daß wir friedliche Händler sind, wenn er dieses Arsenal sieht.«

»Ich befürchte, er wird darauf bestehen.«

»Warum?«

»Weil er nicht nur auf Waffen versessen ist, sondern auch darauf, sie zu benutzen. Er jagt. Es ist seine Leidenschaft. Für jede Art von Beute, die ihm über den Weg laufen könnte, gibt es eine besondere Armbrust und die passenden Pfeile dazu. Er besitzt winzige Armbrüste aus China, kaum fünfhundert Gramm schwer, mit denen man einen achtzehn Zentimeter langen Pfeil auf kleine Vögel – insbesondere Lerchen und Wachteln – abschießen kann. Und er hat auch riesige Katapulte aus Nepal, die in der Lage sind, einen Pfeil dreihundert Schritte weit zu schleudern und eine Bergziege niederzustrecken. Und dann gibt es noch dieses Ungetüm hier.« Er versetzte einer Tasche, die geräumig genug für einen einsachtzig großen Ringkämpfer gewesen wäre, einen Tritt. »Nach dem Zusammenbauen braucht man drei Männer, um es zu bedienen. Einer trägt das Ding auf dem Rücken, der zweite kurbelt die Sehne, die aus geflochtenem Wasserbüffelleder besteht, mit einer Winde zurück, und ein dritter, der gnädige Herr, legt an und schießt.«

»Und was jagt man damit? Elefanten?«

»Krokodile.«

Ich stieß mit meinem Stock dagegen. »Es kommt trotzdem nicht in Frage. Abgesehen davon, daß die Armbrüste zu sperrig und deshalb lästig sind, spricht noch ein weiterer Grund dagegen.«

»Welcher?«

»Die Adeligen in Ingerlond jagen nicht mit Pfeil und Bogen, sondern zu Pferde und mit Hunden.«

»Und welche Tiere jagen sie mit diesen Hunden?«

»Hirsche, Hasen, Otter, Wölfe, Füchse.«

»Sie essen tatsächlich Füchse?« rief Anish angewidert aus.

»Nein. Der Fuchs dient nur als Vorwand, damit sie querfeldein reiten können, ganz gleich, welchen Schaden ihre Pferde auch dabei anrichten.«

Trotz meines Verbots gelang es Prinz Harihara, heimlich eine große Anzahl seiner Armbrüste unter das Gepäck zu schmuggeln; ich bin sicher, daß Anish ihn dabei unterstützte.

Am Ende des dritten Monats nach meiner Ankunft in der Stadt des Sieges machten wir uns auf den Weg nach Govê. Wir waren zu dritt und wurden von vier Köchen, zehn Maultiertreibern, zehn Soldaten in voller Montur, einigen Schreibern, die sich in finanziellen Angelegenheiten auskannten, einem Wahrsager und einem buddhistischen Mönch – er hatte Anish erklärt, er wolle mit, weil er nichts Besseres zu tun hätte – begleitet. Hinzu kamen vier Diener, von denen zwei nur für den

Prinzen zuständig waren und riesige Sonnenschirme über ihn hielten, während er auf seinem prächtigen Maultier dahinritt, ein paar *dhobi wallahs*, um unsere Kleider zu waschen, ein Fakir oder Zauberer und drei Musiker. Also waren wir insgesamt zweiundvierzig Personen und hatten so viel Gepäck, daß wir alles in allem vierzig Maultiere brauchten.

Dieses Gepäck bestand – abgesehen von viel zuviel persönlicher Habe – hauptsächlich aus getrockneten Gewürzen: Ingwer, Kardamom, Pfefferkörner, Koriandersamen, Kreuzkümmel, Muskatnuß, Zimt und Nelken. Hie und da hatten wir weitere Perlen, Diamanten und ein paar Rubine dazwischen versteckt, einschließlich zweier *kurundams*, jeder so lang und so dick wie ein Daumen; dabei handelte es sich um formvollendete Rubine, die Prismen, sechseckige Pyramiden und Rhomboeder bildeten.

Natürlich war dieser Aufwand übertrieben; den Großteil der Leute und der Sachen hätte man getrost zu Hause lassen können. Aber wenigstens war es mir gelungen, die Grenze bei Elefanten zu ziehen, auch wenn der Prinz darüber gar nicht erfreut gewesen war. »Wie sollen die Bewohner der Länder, durch die wir kommen, und die Ingerlonder selbst wissen, daß wir wichtige Persönlichkeiten sind, wenn wir nicht auf Elefanten reiten?« Er gab erst nach, als wir uns darauf einigten, das Thema in Kairo, wo man afrikanische Elefanten kaufen konnte, noch einmal zu erörtern.

Gové liegt an der Grenze zu den bahmanischen Sultanaten und ist sogar noch weltoffener als Mangalore, da die Kaufleute dort mit beiden Reichen gleichermaßen Handel treiben, obwohl die Stadt damals unter drawidischer Regierung stand. Deshalb war die Auswahl an Schiffen und Mannschaften, die man anheuern konnte, groß, und es waren sogar einige italienische Seeleute aus Venedig und Genua und ein paar Portugiesen, Malaien und Chinesen dabei.

Auf meinen Rat hin entschieden wir uns für ein arabisches Schiff, eine mittelgroße Dhau mit einer Traglast von etwa hundertfünfzig Tonnen. Kapitän und Matrosen waren Araber.

Sie hatten gerade eine Schiffsladung schwarzer Mauren vom Sklavenmarkt in Sansibar abgesetzt, und nun suchte der Kapitän nach einem Auftrag, der ihn wieder ins Rote Meer führen würde. Sein Schiff hieß *Mond des Islam*. In den Laderäumen unter Deck befanden sich solide Kojen aus Holz, eigentlich eher Regalbretter, die für die Sklaven vorgesehen gewesen waren, sich jedoch großartig für unser Gefolge und unsere Ausrüstung eigneten. Außerdem gab es im Heck einen mit Schilf und Stroh überdachten Bereich, den Prinz Harihara sofort für sich und seine engsten Getreuen beanspruchte – also für mich und für Anish. Auf dem Vorderdeck stand ein ähnliches Dach. Die *Mond des Islam* war grün gestrichen und mit einem ziemlich neuen Segel ausgestattet. Die Ritzen waren ordentlich mit Pech verschmiert. Diese und andere Einzelheiten nimmt ein kluger Kaufmann stets gründlich unter die Lupe, wenn die Zeit und die Finanzen es zulassen. Ansonsten geht er ein zu großes Risiko ein und kommt gelegentlich auch zu Schaden, wie es mir mit meiner Schiffsladung Pferde geschehen war.

Einhundertfünfzig Tonnen? Die Kapitäne kleinerer Schiffe hätten darauf bestanden, an der Küste entlangzusegeln und im nächsten Hafen Unterschlupf zu suchen, sobald ein Sturm am Horizont dräute. Und das auch während der Jahreszeit, in der das Wetter normalerweise ruhig ist und die Winde stetig aus Nordosten wehen. Jedenfalls hätten wir, um alles unterzubringen, zwei kleinere Schiffe mieten müssen. Auch so waren wir gezwungen, die Maultiere zurückzulassen. Wir planten, neue Lasttiere zu kaufen, sobald wir in Suways waren, dem Hafen unweit der Stadt Misr-al-Kahira, oder Kairo, die die Hauptstadt Ägyptens ist.

Kapitel neun

Selbst ein alter Kaufmann wie ich findet es immer wieder aufregend, sich einzuschiffen und in See zu stechen. Wer es vermag, soll sich ausmalen, wie wir, gezogen von Ruderbooten, ablegten und die Mündung des Flusses Juari entlangfuhren. Hinter uns lagen die vergoldeten *shikharas* des Shiva-Tempels und die Kuppel und das Minarett der Moschee mit ihrer Säulenhalle aus schwarzem Marmor. Als die Mündung breiter wurde, kamen die Zollgebäude und die Hafenmeisterei in Sicht. Am Kai selbst standen alle Mitglieder des prinzlichen Haushaltes, die uns nicht begleiteten, einschließlich aller Frauen und der zehn Elefanten. Eine Kapelle spielte, Taschentücher und Schals wurden geschwenkt, die Elefanten trompeteten und wurden von ihren Treibern mit frischen Mangos belohnt.

Auf der gegenüberliegenden Seite des Flusses, am anderen Ufer der Mündung, reichte der Wald bis hinunter zum Wasser. Der Sand bildete eine weiße Linie zwischen den grünen Bäumen und den smaragdfarbenen Fluten. Boote lagen am Strand, und dahinter stieg Qualm aus den Hütten der Fischerdörfer auf, in denen der Fang geräuchert wurde. Ein Stück weiter, hinter den sich wiegenden Palmen und viel näher, als man sie in Mangalore sieht, ragten die westlichen Ghats in den fast makellos blauen Himmel. Am Himmel zog der nordöstliche Passatwind, der uns über das Arabische Meer tragen würde, die zarten Wolken fächerförmig auseinander.

Wir fuhren weiter die Flußmündung entlang und hatten die Dörfer schon hinter uns gelassen, als wir eine Stelle erreichten, wo Seekühe das im Überfluß vorhandene Seegras in der kleinen Bucht abweideten. Ehrfürchtig beobachteten wir, daß die Kühe ihre Jungen säugten fast wie Menschen. Ich merkte an, wie seltsam ich es fände, so nah bei einer menschlichen Behausung eine Kolonie dieser Tiere anzutreffen, da ihr

Fleisch sehr begehrt sei. Doch Anish erwiderte darauf, sie stünden als Diener der Göttin in ihrer Inkarnation als Königin des Meeres in dieser Gegend unter Schutz.

Auf unserem Schiff ging es geschäftig zu. Während die meisten Matrosen – das Tau, mit dem sie das große Lateinsegel hissen würden, in der Hand – am Mast standen, machten sich die anderen daran, sämtliche beweglichen Gegenstände festzuzurren, wo immer die Passagiere ihnen das gestatteten. Das Gefolge – abgesehen von den engsten Vertrauten des Prinzen – suchten sich Plätze hinter Dollborden und Schanzkleid, wo sie vor Gischt und Schlimmerem geschützt sein würden, und steckten mit ihren zusammengerollten Decken oder Korbtaschen ihr Gebiet ab. Nur wenige wollten nach unten gehen, wo der Großteil des Platzes ohnehin von sperrigem Gepäck und Gewürzsäcken eingenommen wurde.

Da sich Möwen und andere Seevögel um unser Schiff versammelten, zogen wir einen Schweif von ihnen hinter uns her wie ein Komet. Ihre zornigen, gierigen Schreie hallten durch die Luft. Als wir durch die Hafeneinfahrt fuhren, ruckte und schaukelte das Schiff kurz in der Brandung, und Gischt sprühte an Deck. Die Seeleute auf dem Vorderdeck machten die Taue los, die uns mit den Schleppkähnen verbanden, während ihre Kameraden mittschiffs das Segel setzten. Es blähte sich, bekam einen Bauch wie eine schwangere Frau und verhieß sofort ungeahnte Abenteuer.

Bald wurde die Bewegung zu einem steten Schaukeln auf den sanften Wellen, die unter uns hindurchglitten, um am bereits fernen Strand von Malabar zu zerschellen. Nach einer Weile war bis auf die von Wolken verhangenen Berge der westlichen Ghats kein Land mehr zu sehen. Die Vögel folgten uns, bis es dunkel wurde.

Inzwischen trugen die Wellen keine Schaumkronen mehr, und ein tiefblauschwarzes Meer erstreckte sich in alle Richtungen bis zum Horizont. Allerdings handelte es sich keinesfalls um eine Wasserwüste. Ein Schwarm fliegender Fische sauste vorbei, so daß sich das Licht grell und silbrig in ihren

Schuppen spiegelte und ihre scharfen Flossen die unruhige Wasseroberfläche durchschnitten. Dahinter folgte in wilder Jagd ein Schwarm Tümmler, die wie Kätzchen umhersprangen und wie Welpen nach den Fischen schnappten. Ihre Haut hatte die schimmernd schwarze Farbe von geschnittener, polierter Kohle. Ein Stück entfernt hielten drei Wale Wacht, nahmen Luft in ihre Lungen auf und ließen schaumige Fontänen wie Rauch in den Himmel emporsteigen.

Wie ich bereits sagte, empfinde ich bei solchen Gelegenheiten stets Aufregung und Ausgelassenheit. Obwohl man weiß, daß man irgendwann wieder Land erreicht – oder in ein feuchtes Grab sinkt –, hat man ein oder zwei Tage lang, vielleicht sogar eine Woche, Gelegenheit, Abstand von den Widrigkeiten des Alltags zu gewinnen. Angst und Sorge haben hier keinen Platz. Man genießt den hellen Sonnenschein und die kräftige Brise und erfreut sich am Geruch nach Teer, Hanf und abgehangenem Holz. Das Deck hebt und senkt sich in langsamem Rhythmus, und der Horizont bewegt sich, während das Schiff mit Wind und Wellen tanzt.

So empfand zumindest ich an diesem Tag – ganz im Gegensatz zu Anish, der wie viele andere heftig an Seekrankheit litt. Vermutlich fühlte sich Prinz Harihara auch nicht sehr wohl, denn er zog sich in seine Strohhütte im Heck zurück.

Auf meinen alten Stock gestützt, machte ich einen Rundgang über das Deck, während der Zipfel meines Umhangs mir gegen die Knie flatterte. Fünf unserer Maultiertreiber umringten bereits einen der Köche, der vor einer Metallschüssel voller Holzkohle kauerte, Teigklumpen auf eine darüber liegende Metallplatte warf und die Brotfladen umdrehte, wenn die Luftblasen auf der geschwärzten Kruste aufsprangen. Der Duft nach backendem Brot und Gewürzen sowie bläulicher Qualm trieben vorbei, so daß die arabischen Matrosen, die die Gefahren eines Brandes auf See sehr wohl kannten, ängstlich das Gesicht verzogen. Einer ließ einen Eimer aus Segeltuch über die Reling baumeln, jederzeit bereit, etwas von dem leewärts vorbeisausenden Wasser zu schöpfen.

Ein Stück weiter traf ich auf unseren Fakir, um den sich bereits ein paar Seeleute, einige Diener und vier unserer Soldaten geschart hatten. Der Fakir war mager, und die Sehnen an seinem Hals waren so fest gespannt wie die Saiten einer Sitar. Seine Fingerbewegungen verfolgten offenbar den Zweck, die Umstehenden in Trance zu versetzen. Er trug einen weiten, nicht allzu sauberen Lendenschurz und einen Turban, weshalb ich ihn für einen Muselmanen hielt, wie ich selbst einer war, auch wenn er offenbar aus Indien stammte.

Unser Feldwebel, der zweite Befehlshabende der Soldaten, war ein großer, kräftiger Mann mit einem Säbel, an dessen Knauf ein Dorn hervortrat. »Er weigert sich zu fliegen oder den Seiltrick vorzuführen, weil es zu windig ist«, knurrte er mir ins Ohr. »Er befürchtet, er könnte ganz allein über dem Ozean schweben, während das Schiff ohne ihn weitersegelt.«

Ich konnte ein Lachen nicht unterdrücken. »Tja«, erwiderte ich. »Dann warten wir eben ab, bis der Wind nachläßt oder bis wir wieder festen Boden unter den Füßen haben.«

Inzwischen unterhielt der Fakir sich und seine Zuschauer, indem er ihnen lange Reihen zusammengeknoteter Seidenschals aus den Ohren und sich selbst eine große Menge hartgekochter Eier aus dem Mund zog. Da sein Oberkörper abgesehen von dem Turban nackt war, stellte das wirklich eine beachtliche Leistung dar.

Ich ging weiter zum Vorderdeck und traf in der Spitze des Bugs den buddhistischen Mönch an. Als ich mich näherte, verbog er sich gerade unter seinem safranfarbenen Gewand zu einer Yogastellung, schloß die Augen, wandte das Gesicht zur Sonne und begann, irgendein bedeutungsloses Mantra vor sich hin zu leiern. Sein Schädel war rasiert. Die schlichten Werkzeuge seines Berufs – eine Bettelschale, eine tönerne Trommel, Fingerzimbeln und kleine Glöckchen – standen neben ihm auf dem Deck. Er war zierlich gebaut und hatte lange Finger und Füße, allerdings keine Augenbrauen. Die Haut, wo sie eigentlich wuchsen, war gerötet und schuppte sich. Abgesehen von einem dunklen Flaum auf der Kopfhaut war er haarlos wie ein Eunuch. Außerdem war er dunkelhäutiger als die anderen Mitglieder unserer Reisegesellschaft, zwar nicht so schwarz wie ein Afrikaner, aber nicht weit davon entfernt. Da er in seine Verzückung, Meditation oder was auch immer versunken war, achtete er nicht auf mich. Er schlug weder die Augen auf, noch bewegte er nur einen Muskel, bis auf seine Lippen, zwischen denen weiter ein monotones Brummen hervorkam. Wegen seines Glaubens und seines Äußeren hielt ich ihn für einen Singhalesen aus Sri Lanka.

Ein plötzlicher Tumult mittschiffs lenkte mich von dem Mönch ab. Prinz Hariharas Feldwebel hatte den Fakir an der Kehle gepackt, drückte ihn gegen das Dollbord, dessen Kante sich in den Rücken des Mannes grub, und machte alle Anstalten, ihn über Bord zu werfen. Ich umrundete eilig den Mast, duckte mich unter der Kante des Segels durch und klopfte dem Feldwebel mit dem Ende meines Stocks auf die Schulter. »Verratet mir wenigstens, warum er es verdient zu ertrinken, bevor Ihr ihn ins Wasser werft«, forderte ich ihn auf.

Der Feldwebel wendete den Kopf, so daß sich sein breites, derbes Gesicht nur wenige Zentimeter vor meinem befand. Er stank nach Reisbier, Knoblauch und Räucherfisch.

»Er betrügt«, brüllte er. »Er hat mich übers Ohr gehauen und mir einen goldenen Ring gestohlen.«

Durch mich abgelenkt, lockerte er seinen Griff um die magere Kehle des Fakirs, so daß der Übeltäter keuchend nach Luft schnappen konnte.

»Es ging alles mit rechten Dingen zu«, verteidigte er sich. »Ich habe sechs Monate in seinen Diensten gegen seinen goldenen Ring gewettet, falls er mir sagen könnte, in welcher Hand ich ihn halte. Paßt auf, er kann ihn wiederhaben. Er soll mir mit dem Ding doch den Buckel runterrutschen.« Der Fakir streckte die Hand mit dem Ring aus. Der Feldwebel nahm das große, protzige Schmuckstück, das einen Löwenkopf mit winzigen Rubinaugen darstellte, und steckte es sich an den Mittelfinger der rechten Hand. Dann zog er die Hand an die Schulter zurück, als spanne er einen Bogen, und holte mit aller Gewalt nach dem Gesicht des Fakirs aus. Ich griff nach seiner nach vorne schießenden Faust und verhinderte so knapp, daß der Fakir über Bord ging. Dennoch taumelte der Mann zurück, krümmte sich vor Schmerzen und spuckte etwas Blut und einen abgebrochenen Zahn aus.

»So«, verkündete der Feldwebel, und seine Schweinsäuglein glitten über die Schaulustigen, denn inzwischen hatten sich die meisten Passagiere und Seeleute versammelt, »wer mich zum Narren halten will, soll wissen, worauf er sich einläßt.«

Doch die Sache war damit noch nicht ausgestanden; so sah zumindest ich das. Es wurde Nacht, der Wind legte sich, und das Boot segelte unter einem mondlosen Himmel dahin. Nur der Steuermann, der die Kunst beherrschte, anhand der Sterne den Kurs zu halten, und ein Wachposten im Ausguck waren an Deck. Keiner von ihnen hörte etwas Außergewöhnliches, obwohl beide später berichteten, die Stille sei mitten in der Nacht durch das Plätschern und Gurgeln von Delphinen oder Walen, die ganz in der Nähe umherschwammen, gestört worden.

Am nächsten Morgen war der Feldwebel nirgendwo zu sehen. Nach dem Abendessen, bei dem er stark getrunken hatte, war er, den Kopf in die Arme gestützt, auf der Leeseite des Schiffes eingeschlafen. Als es hell wurde, war er verschwunden. Einige beschuldigten den Fakir, doch der buddhistische Mönch schwor, daß er die ganze Nacht neben ihm unter Deck verbracht habe. Sie hätten eine Koje und eine dünne Decke miteinander geteilt und sich beide bis zum Morgengrauen nicht gerührt. Ich selbst hatte auf Deck vor der Bambustür der Kabine übernachtet, in der Prinz Harihara und Kammerherr Anish schliefen. Auch ich hatte zwar das plätschernde Geräusch gehört, nur mit dem Unterschied, daß ich kurz davor dadurch geweckt worden war, daß jemand lange und ausgiebig ins Meer pinkelte. Darauf folgten ein leises Knacken, so als zerbräche man einen Zweig über dem Knie eines starken Mannes, ein Aufstöhnen und erst dann das

Platschen. Das Platschen eines aus dem Meer springenden Delphins? Oder ein kleiner Wal, der mit der Flosse auf die Wasseroberfläche geschlagen hatte? Ich glaubte es nicht. Doch welchen Sinn hätte es gehabt, meine Zweifel in Worte zu kleiden?

Die Kommandanten des Schiffes, also der Kapitän und sein Maat, gingen nach den für die Schiffahrt geltenden Regeln vor und lehnten Prinz Hariharas Wunsch ab, gründlichere Nachforschungen anzustellen, was den Verbleib seines Feldwebels betraf. Es sei, wie sie sagten, in der Geschichte der Seefahrt schon häufiger vorgekommen, daß Landratten, insbesondere solche, die sich betranken und die grundlegendsten Sicherheitsvorkehrungen außer acht ließen, über Bord gingen. Selbstverständlich blieben einige Fragen unbeantwortet, von denen die wichtigste war, warum der Feldwebel denn nicht um Hilfe geschrien hatte.

Der Kapitän zuckte verächtlich die Schultern, wie es nur ein Mann vermag, der ein langes Leben hinter sich gebracht hat, ohne auch nur einen Tropfen Alkohol anzurühren. Allerdings hatte er auf seinen Fahrten von Cadiz nach Surabaya ausreichend Gelegenheit gehabt, die üblen Folgen berauschender Getränke mitzuerleben. Von einem Betrunkenen konnte man eben kein vernünftiges Verhalten erwarten. Also ließ man die Sache auf sich beruhen, und falls jemand meine Vorbehalte teilte, behielt er das für sich.

Es gibt eine wirksame Methode, einen Menschen vom Leben zum Tode zu befördern: Zuerst legt man ihm einen langen Seidenschal um den Hals und hält die Enden, auf Armeslänge entfernt, mit beiden Händen fest. Dann hebt man den Fuß und setzt ihn mit rechtwinklig gebeugtem Knie am Hinterkopf oder an der Schläfe des Mannes an und streckt anschließend das Knie mit einer ruckartigen Bewegung durch. Man braucht dazu die Stoßgeschwindigkeit eines Falken und dazu Gelenkigkeit, Beweglichkeit, Entschlossenheit und nicht zuletzt eine Einweisung durch jemanden, der Erfahrung in solchen Dingen hat. Es ist die Methode des rituellen

Tötens, auch *thug* genannt, wie sie die Anhängerschaft der Göttin Kali praktiziert. Vielleicht hatten wir ja einen solchen *thug* unter uns. Den Fakir? Mag sein. Allerdings sind die *thugs* gerissen und arbeiten zumeist in kleinen Gruppen oder paarweise. Und sie sind sich nicht zu fein, einen arglosen Unschuldigen als Tarnung zu benutzen. Von diesem Tag an achtete ich stets darauf, mein damaszenisches Stilett unter den Falten meines Umhangs in meinem Lendenschurz zu verstecken, so daß ich es leicht erreichen konnte. Ich schlief, die Hand um den Griff gelegt.

Auch ich verfüge über einige Fähigkeiten.

Kapitel zehn

Die Überfahrt verlief ansonsten ereignislos. Zwei Wochen später erreichten wir die Straße von Bab el-Mandeb, ohne daß wir – abgesehen von einem gelegentlichen kleinen Sturm – auf schlechtes Wetter getroffen wären. Nun mußten wir noch die Strecke zum Roten Meer bewältigten, die etwa so weit war wie die, welche wir bereits hinter uns hatten. Wir legten im kleinen Hafen Mokha an, wo ich feststellte, daß das Verbot der Imame, einen Aufguß aus *k'hāwah*-Bohnen zu trinken, aufgehoben worden war. Dieses hatte vor etwa vier Jahren verhindert, daß ich ein Vermögen verdiente. Ich flehte Prinz Harihara an, mir Gold für ein paar Säcke zu leihen, und versicherte ihm, die Bohnen würden sich in Europa ebensogut verkaufen wie Koriandersamen. Wir nahmen auch Wasser und andere Vorräte, insbesondere Zitronen, an Bord, die uns allmählich auszugehen drohten.

Zum Glück wehten um diese Jahreszeit die Winde inzwischen meist aus Ost bis Südost, auch wenn häufig Flaute herrschte, was zusammen mit der hohen Luftfeuchtigkeit zu einer unerträglichen Schwüle führte. Bei Windstille hatte ich große Freude daran, im warmen, ruhigen Wasser des Roten Meeres zu schwimmen. Da sich unter mir Korallenriffe befanden, duckte ich häufig den Kopf unter Wasser und tauchte mit kräftigen Beinstößen wie ein Frosch nach unten, so daß Schwärme regenbogenbunter Fische vor mir die Flucht ergriffen. Trotz meines verkrüppelten, mageren und zernarbten alten Körpers war ich ein guter Schwimmer, was die übrigen Passagiere und die Mannschaft mit Neid, ja, sogar Ehrfurcht erfüllte. Nur wenige, die nicht am Ufer des Meeres oder eines Sees aufgewachsen sind, beherrschen diese Kunst, doch ich hatte mir Mühe gegeben, sie zu erlernen, als mir klarwurde, daß ich einen beträchtlichen Teil meines Lebens an Bord von Schiffen würde verbringen müssen.

Jene frühe Erfahrung, als ich den Säbelhieb überlebt und eine Nacht auf meiner verstümmelten Mutter liegend zugebracht hatte, hatte in mir nicht nur einen starken Überlebenswillen, sondern zudem auch den Wunsch geweckt, auch die widrigsten Umstände, sofern vorhersehbar, unbeschadet zu überstehen. Außerdem hatte ich so die Möglichkeit, die Freuden jedes vergänglichen Augenblicks zu genießen – jedes Gefühl, auch das allerflüchtigste und kaum wahrnehmbare, angefangen beim zarten Krabbeln einer kleinen roten Spinne, die sich einen Weg durch die Härchen auf meinem Handrücken bahnte, bis hin zu grandiosen Erlebnissen wie einem Sonnenuntergang bei tiefhängender Wolkendecke über dem Meer.

Außerdem überredete ich den Prinzen, eine kleine Summe für einen Sack Schwämme vorzustrecken; sie wurden von ein paar Jungen in einem winzigen Boot feilgeboten, die während einer Windstille von der arabischen Küste zu unserem Schiff hinüberruderten.

Die letzten dreihundert Kilometer waren, wie fast immer bei dieser Überfahrt, die unangenehmsten und nahmen ein Viertel der Zeit, die wir auf dem Roten Meer verbrachten, in Anspruch. Als sich die Ufer von Khalij As Suways, des Golfs von Suez, näherten, blies der Wind aus Westen und führte den schweren, scharfkantigen Sand der Wüste mit sich; der Himmel bewölkte sich und nahm eine bleigraue Färbung mit einem Anstrich von Ocker an. Kapitän und Mannschaft wurden immer übellauniger, während sie sich abmühten, uns im Wind zu halten, ohne Schubkraft zu verlieren. Die Delphine und fliegenden Fische wandten sich nach Süden, und ein widerwärtiger, schmieriger Schaum senkte sich auf das Deck und machte es glitschig, so daß das Umhergehen gefährlich wurde. Als sich der Golf verengte, wuchs das Risiko des Zusammenstoßes mit anderen Schiffen, denn die, welche dasselbe Ziel hatten wie wir, lieferten sich Rennen mit uns, um noch vor Dunkelwerden den besten Anlegeplatz zu erreichen. Die abfahrenden Schiffe rasten, den Wind von achtern, an uns vorbei und wurden wütend, weil wir ihnen den Weg versperrten. Wenn sie zu nah kamen, nahmen sie uns den Wind aus den Segeln, so daß wir häufig nur in der üblen Brise dahindümpelten.

Dennoch erreichten wir Suways kurz vor Mittag, und zwar am zweiundvierzigsten Tag, nachdem wir in Goa in See gestochen waren, so daß wir noch in der Zeit lagen, die ich dem Prinzen gegenüber veranschlagt hatte. Nun hatte ich die Aufgabe, die nächste Etappe unserer Reise vorzubereiten, denn schließlich hatte außer mir noch niemand Ingerlond besucht. Dazu war ich der einzige Araber unter uns, was hieß, daß ich die arabische Sprache beherrschte, die Sitten und die Preise kannte und wußte, welche Fehler und Mißgeschicke einem Reisenden in diesen Breiten widerfahren konnten.

Zunächst mußte ich eine Unterkunft für unsere Reisegesellschaft finden. Dann brauchten wir Kamele, die uns und unser Gepäck nach Al-Iskenderie – benannt nach dem großen Iskender, der angeblich vor etwa zweitausend Jahren die Welt erobert haben soll – brachten, und diese Verzögerung führte prompt zur nächsten. Eigentlich hatten wir beabsichtigt, Misr-al-Kahira links liegenzulassen und so unauffällig wie möglich das Delta zu durchqueren und die Landesgrenze zu überschreiten. Doch ich hatte Vorbehalte gegen diesen Plan, da ich gehofft hatte, meinen Sohn Haree an seinem Studienort besuchen und ein wenig Zeit mit ihm verbringen zu können. Dann stieß Prinz Harihara beim Bummeln auf einen Laden, der die Häute verschiedener wilder Tiere feilbot, unter anderem ein bräunliches, zerschlissenes Etwas, dessen Kopf unter einer verfilzten schwarzen Mähne noch teilweise erhalten war. Es handelte sich selbstverständlich um ein Löwenfell.

Der Prinz rief mich zu sich. »Ali, ist das nicht das Fell eines Löwen?«

Ich überlegte, ob ich ihm etwas vorschwindeln und mit dem Händler, einem mageren Mann mit rotem Gewand und rotem Fes statt eines Turbans, eine Absprache treffen und ihn auf arabisch bitten sollte, das Offensichtliche abzustreiten.

Dann jedoch dachte ich mir, daß es auch etwas für sich hatte. Schließlich ahnte ich, wozu es führen würde, und ich war nicht in Eile, Ingerlond zu erreichen. Es ging ja nicht um *meinen* Bruder, und nun eröffnete sich mir plötzlich eine Gelegenheit, mich doch noch mit Haree treffen zu können.

»Ja, Hoheit.«

»Gibt es in Ägypten Löwen?«

»Ich glaube schon, Hoheit.«

Er stand in dem dämmrigen, staubigen Laden, während das grelle Sonnenlicht jenseits des Vordaches mir in den Augen blendete und auf der Gasse dahinter Lärm und geschäftiges Stimmengewirr herrschten, und verhörte mich weiter. Dann schob er sich das glänzende schwarze Haar von den Schultern und strich sich rasch über das Kinn, das so glatt wie Marmor war. »Was für Großwild kommt sonst noch in Ägypten vor?«

»Krokodile im Nil. Ich glaube Flußpferde, ein Stück stromaufwärts ... Und außerdem große Vögel, Pelikane, Störche, Reiher ...«

Als wir aus dem Laden hasteten, zerrte der Händler mich am Ärmel. »Will er denn nichts kaufen? Will Euer Herr nichts kaufen? Ich kann die Preise senken!« rief er mit schriller Stimme.

»Ich glaube, er will die Tiere selbst schießen«, erwiderte ich und riß mich los.

Dazu war einige Planung vonnöten. Vor allem konnten wir uns nun nicht mehr als einfache Reisegruppe ausgeben. Also ritten wir doch nach Misr-al-Kahira und machten unsere Aufwartung am Hofe des Kalifen, wo man uns willkommen hieß und uns eine Unterkunft in dem den Ehrengästen vorbehaltenen Flügel des Palastes zuwies. Schließlich kamen wir aus einem der reichsten Länder der Welt und überreichten dem Kalifen angemessene Geschenke aus dem kleinen Schatz, den wir mit uns führten. Darauf folgte eine Woche, in der gefeiert wurde, während man den Jagdausflug in die Wüste vorbereitete.

Eine meiner größten Enttäuschungen auf dieser Fahrt erlebte ich, als ich zu Harees Haus ging und dort feststellen mußte, daß er vor erst einem Monat abgereist war, um bei einem maurischen Arzt an der Universität von Karnatta-al-Yahud, bei den Christen Granada genannt, die Ursachen der Blindheit zu studieren.

Wir waren gut in einem auf Säulen ruhenden Pavillon untergebracht, der in einem Rosengarten an einem mit Basalt eingefaßten rechteckigen Wasserbecken stand. Leider gab es nicht genügend Räume, so daß wir – ich, die Köche, die Soldaten, die Diener, die Schreiber, der Fakir und der Mönch – ein Zimmer miteinander teilen mußten. Natürlich verfügten unser Prinz und sein Kammerherr über eigene Räumlichkeiten direkt neben den Gemeinschaftsbädern. Als der Morgen des Tages graute, an dem der einwöchige Jagdausflug beginnen sollte, bat ich, mich zu entschuldigen. Mein Vorwand war, daß ich mich auf dem Rücken eines Kamels unwohl fühlte, Pferde verabscheute und außerdem zu alt für diese Art von Zeitvertreib sei. Prinz Harihara ließ mich nur ungern zurück, doch ich hatte vor ein paar Tagen festgestellt, daß einer der Musiker des Kalifen früher in der Militärkapelle eines pathanischen Häuptlings gespielt hatte und deshalb über genug Hindu-Kenntnisse verfügte, um einfache Gespräche zu übersetzen. Deshalb wurden meine Fähigkeiten als Dolmetscher nicht gebraucht. Abgesehen davon, daß ich mir die Schmerzen und Unbilden einer Reise zu Pferde ersparen wollte, benötigte ich dringend Ruhe. Schließlich war ich, auch wenn ich das vielleicht noch nicht erwähnt habe, bei weitem der Älteste in unserer Reisegruppe, und die Strapazen forderten allmählich ihren Tribut.

Ich blickte der Jagdgesellschaft nach. Die Diener ächzten unter der Last verschiedener Armbrüste, zu denen auch das für die Krokodiljagd bestimmte Ungetüm gehörte. Sobald sich das große geschwungene Tor hinter ihnen geschlossen und der Staub sich gesenkt hatte, kehrte ich in unsere Unterkunft zurück.

Es gibt nur wenig Schöneres als das Wissen, daß man eine begrenzte, aber verhältnismäßig lange Zeit für sich hat, und zwar in einer angenehmen Umgebung mit allen Bequemlichkeiten und der Möglichkeit, sich zu zerstreuen. Ich ließ mich auf einem Kissenhaufen neben dem Wasserbecken nieder, entlastete meine müden alten Knie, saß im Schneidersitz da und verzehrte ein Frühstück aus Wachteleiern, einer Mischung aus Auberginenmus und Stutenjoghurt, Sesambrötchen und Honigkuchen mit Mandeln. Eigentlich hätte eine Tasse *k'hāwah* ausgezeichnet dazu gepaßt, doch die Mühe und der Zeitaufwand der Zubereitung sprachen dagegen, weshalb ich mich mit meinem üblichen Glas *lassi*, gewürzt mit einer Prise molukkischem Muskat aus unserem Vorrat, begnügte.

Lange saß ich so da, beobachtete die Singvögel und lauschte ihrem Lied. Viele von ihnen waren bunt, hatten ein hübsches Gefieder und bewohnten den von einer Mauer umgebenen Garten, als wäre er eine Voliere gewesen. Ich freundete mich mit der schlanken, grauen Katze an, die eine breite, flache Stirn und große Ohren hatte und – entweder aus Faulheit oder da sie schon zu häufig gescheitert war – keinerlei Anstalten unternahm, die Vögel zu jagen. Es wurde später und immer heißer. Die Sonne spiegelte sich in den vergoldeten Kuppeln und Minaretten, die sich über die nahe gelegenen Dächer erhoben. Mein Blick blieb an einem Geierpaar hängen, das, fast ohne eine Bewegung der weißen Schwingen mit den schwarzen Spitzen, in den Himmel aufstieg und sich vom tiefblauen Himmel abhob. Die Geier kreisten offenbar über dem Hinrichtungsplatz, wo die Pfählungen stattfanden. Da der Gestank verbrannter Holzkohle und verrottender Eingeweide vom Duft der Rosen, der Orangenblüten und der nach Mandeln riechenden Kletterpflanze überdeckt wurde, die sich eine der Mauern emporrankte, wiesen nur die Vögel darauf hin, daß sich ganz in der Nähe eine laute und geschäftige Stadt befand.

Ich überlegte, ob ich Haree meine bisherige Reise in einem

Brief schildern und diesen bei unserer Abreise in seiner Unterkunft hinterlegen sollte. Doch ich wurde bereits von der süßen Trägheit ergriffen, die einen überkommt, wenn man nichts Dringendes zu erledigen hat, und beschloß statt dessen, ein Bad zu nehmen.

Das Schwimmbecken war mit einer Kuppel überdacht, die in der Mitte ein Loch und an den Seiten kleine Schlitze aufwies. Diese ließen das im Vergleich mit der samtenen Dunkelheit im Raumesinneren grelle und warme Sonnenlicht herein. Das Wasser schimmerte schwarz, mit Ausnahme der von der Sonne berührten Stellen. Die Lichtpunkte erzeugten ein smaragdgrünes Muster wie bei geädertem Marmor. Das Becken war von einer Fläche aus grauem Granit mit glitzernden Quarzpünktchen umgeben. Dahinter befanden sich Kabinen oder Nischen, die mit zarter Baumwollgaze verhängt waren. Stufen mit Geländer führten in das Becken. Oben an der Treppe befanden sich zwei lebensgroße Statuen von Löwinnen, die mit aufmerksam erhobenen Köpfen auf den Hinterbeinen kauerten, die Muskeln angespannt, die Ohren hellwach gespitzt.

Ich blieb auf der Schwelle dieser runden Halle stehen, damit mein gesundes Auge sich an den Kontrast aus Dunkelheit und Licht gewöhnen konnte. Genüßlich lauschte ich dem zarten Plätschern des Wassers an den Beckenrändern und dem regelmäßigen Tröpfeln. Dann schlüpfte ich aus den Sandalen, um den Boden nicht zu beschmutzen, und näherte mich der zweiten Kabine (wer würde sich in einer solchen Situation auch für die erstbeste entscheiden?), um dort meinen Umhang, meinen Lendenschurz und den Turban abzulegen. Ich benutzte die Kabine nicht aus Schamgefühl, denn schließlich rechnete ich damit, daß ich allein bleiben würde, sondern weil es dort ein niedriges Steinsims gab, während der Boden rings um das Becken naß war. Nachdem ich meinen Turban abgewickelt und mir den Umhang über die Schultern gezogen hatte, spürte ich, obwohl ich nichts hörte, die Gegenwart eines anderen Menschen. Meine rechte Hand fuhr in den

Lendenschurz, wo ich das Stilett aufbewahre, doch im nächsten Moment beruhigte ich mich wieder. Der Neuankömmling war der buddhistische Mönch, von dem mir meiner Ansicht nach keine Gefahr drohte, auch wenn es mich ein wenig ärgerte, daß nun Schluß mit dem angenehmen Alleinsein war.

Der Mönch zog die Sandalen und das bauschige Gewand aus und ließ sie am Beckenrand liegen, bevor er, zwischen den Löwinnen hindurch, ins Wasser stieg.

Der Großteil des Lichts beleuchtete ihn von vorne, spiegelte sich grell wie Diamanten im Wasser und ließ seine Gestalt nur als dunklen Umriß hervortreten. Doch ein Sonnenstrahl fing sich in einem der winzigen Tröpfchen, die zwischen uns von der Decke fielen. Eine Weile verging, während mein Verstand versuchte, das Bild zu begreifen, das sich meinem guten Auge bot. Es ist immer wieder erstaunlich, wie das Gehirn sich weigert, einen Sinneseindruck zu verarbeiten, wenn der Reiz den eigenen Erwartungen widerspricht. Unter diesen Umständen wäre es bereit zu schwören, daß sauer süß und heiß kalt ist. Und nun, in meinem Fall, beharrte es mit aller Macht darauf, daß die sanft gerundeten Schultern, die schmale Taille, die breiten Hüften mit Grübchen und das üppige Hinterteil einem Mann gehörten.

Doch mein Verstand gab sich geschlagen, als sie sich leicht bückte und in einer Geste, die so unbeschreiblich weiblich war, Wasser über ihre Brüste schöpfte. Ich konnte sie erst vollständig sehen, als sie in die Mitte des Beckens hineinwatete, wo ihr das Wasser bis zu den Achselhöhlen reichte. Dort drehte sie sich um, und ich stellte fest, daß ihr brauner Körper tatsächlich der einer Frau war. Und im nächsten Moment erkannte ich Uma, die – fast hätte ich Göttin gesagt – junge Frau, Suryans Schwester, die mir in meiner ersten Nacht in der Stadt des Sieges Gastfreundschaft gewährt hatte.

Kapitel elf

»Ali?« Wie soll ich ihren Tonfall beschreiben, als sie diese beiden Silben aussprach? Ihre Stimme liebkoste die Luft und das Wasser, und dennoch war es ein Ruf, eine Frage. »Ali ben Quatar Mayeen? Sei nicht schüchtern. Bitte komm zu mir.«

Ich nahm die Hand vom Stilett und ließ es, eingewickelt in mein Lendentuch, in der Kabine liegen. Dann hinkte ich zum Becken und blieb zwischen den beiden Löwinnen oben an der Treppe stehen. Mit meiner gesunden Hand hielt ich mich am Ohr einer der Statuen fest. Mein Herz flatterte wie die Flügel eines gerade in den Käfig gesperrten Vogels, und ich wußte auch den Grund dafür. Seit mehr als zwanzig Jahren hatte ich keine völlig nackte Frau mehr gesehen. Nicht seit dem Tag, als mir Harees Mutter mitteilte, daß sie ein Kind erwartete.

Uma war wunderschön, und das, was in den Augen eines Puristen vielleicht Makel gewesen wären – zum Beispiel ein oder zwei Muttermale am Rücken –, steigerte nur ihre Vollkommenheit. Sie verliehen ihr eine Individualität, eine Echtheit, welche die wahre Schönheit von der langweiligen Kopie eines Idealbilds unterscheidet. Die Muttermale zeugten von Veränderlichkeit und Sterblichkeit, den beiden Säulen, auf denen der Torbogen des Lebens ruht. Ach, du bist überrascht? Meine Lebensweise und meine körperlichen Einschränkungen haben eben die grüblerische Ader in mir gefördert, so daß bei mir am Anfang stets die Frage »Wie kann das sein?« steht. Und diese Zweifel wiederum haben mich zur Lektüre und darüber hinaus zu Gesprächen mit klugen Menschen angeregt.

Die strengen Konturen ihres rasierten Schädels wurden inzwischen von einem dünnen Flaum gemildert, der ihren Kopf so schutzlos wirken ließ, daß ich ihn am liebsten sanft gestreichelt hätte. Ihre Züge traten schärfer hervor, und ihre Augen, die an dunkle Teiche mit grünen Flecken erinnerten, wirkten größer. Ihre Wangenknochen erschienen nicht mehr so hoch, ihre rötlich-gelben Lippen dafür voller. Außerdem war sie bei unserer letzten Begegnung stark geschminkt gewesen, mit grünen oder blauen, silbrig bestäubten Augenlidern und sorgfältig umrandeten Lippen. Die mit Ketten und Bändern aus Gold und Edelsteinen behängten Arme und Beine hatten zwar eine verführerische Wirkung gehabt, eine tatsächliche Vertrautheit allerdings verhindert.

Sie kam durch das tiefe Wasser auf mich zu ins Seichte und bewegte sich dabei durch die Sonnenpünktchen, die ihre Haut vergoldeten. Einen Moment lag ihr Körper im Schatten, im nächsten war er wieder hell erleuchtet. Das Wasser plätscherte, erst wie schwarzblauer Samt, dann wie flüssiges Gold, um ihre wohlgerundeten Brüste, ihren Leib, den sanft gewölbten Bauch, ihr Geschlecht und ihre Schenkel. Einige Tröpfchen funkelten wie Diamanten in ihren Haaren. »Komm. Komm rein.« Sie streckte die Hand nach mir aus und winkte mich mit nach oben gewandter, bleicher Handfläche zu sich.

Im ersten Moment fühlte sich das eigentlich warme Wasser an meinen Knöcheln eiskalt an, als es meinen Fuß umfing, und ich gestattete mir ein kurzes Frösteln, während ich nach dem Grund des Beckens tastete.

Uma war zurückgewichen, als ich hereinkam. Nun trat sie wieder vor. Das Wasser zwischen uns geriet in Bewegung, und sie nahm mich fest in die Arme und schmiegte den Kopf an meine Brust. Ich spürte, daß sie erschauderte. Aber ich ahnte, daß ich nicht der Grund dafür war.

Dann ging sie einen Schritt rückwärts und tat etwas, das noch nie jemand vor ihr getan hatte, nicht einmal die Huren, die ich aufsuchte, bevor ich Harees Mutter heiratete. Diese war wegen ihrer Blindheit nicht dazu in der Lage gewesen, und ich hatte mich gescheut, ihr die Hand zu führen. Uma legte den Finger in die mit loser Haut erfüllte, zernarbte Grube zwischen Brustkorb und Hüfte, wo der Säbel des Sunniten vor sechzig Jahren sein Werk vollendet hatte. Langsam, so daß meine Haut und auch ich selbst unter ihrer Berührung erbebten, strich sie mit dem Finger die gezackte Linie entlang durch das Tal, das vom Stahl in meine Rippen geschnitten worden war. Sie fuhr über mein immer noch schiefes Schlüsselbein, über mein gespaltenes Kinn und meine Hasenscharte, über meine Wange und in meine blicklose Augenhöhle. Dann lachte sie, und ein Geräusch wie das Klingeln von Glöckchen hallte leise durch das eiförmige Gewölbe.

Wieder kam sie näher, und ich nahm trotz des scharfen Geruchs des Wassers, das warm aus einer tief im Herzen der Erde liegenden Quelle sprudelte, wahr, daß sie nach Zimt duftete. Dann glitt ihre Hand zwischen meine Arme und meinen Oberkörper fast bis hinauf zu den Achselhöhlen. Ich fühlte mich unbeholfen, da mein verkrüppelter linker Arm im Weg war, doch sie strich mit den Händen meine Seiten entlang bis zu den Hüftknochen und dann wieder hinauf. Dabei ließ sie mich ihre Nägel spüren, und ich fühlte, wie mich plötzlich Begierde überkam. Dann lächelte sie mich an und legte mir die Hände auf die Schultern, und ich bemerkte, daß mein alter kahler Mann endlich dick wurde und ihren Bauch berührte. Fast hatte ich das Gefühl, ein Sakrileg oder zumindest Hausfriedensbruch zu begehen, als ich meine Hände – alle beide, auch meine verkrüppelte Klaue – um sie legte, so daß ich die Rundung ihrer Brüste auf den Oberarmen spürte. Sie waren üppig, aber fest, und mich überkam ein unglaubliches Glücksgefühl, als sie sich an meinen Körper preßten.

Ihre Hände glitten meinen Hals entlang, die Fingerspitzen erkundeten die seilähnlichen Sehnen, zupften neckisch an losen Hautfalten, zogen an meinen herabhängenden Ohrläppchen und strichen über meinen Nacken und das schüttere graue Haar, das ich sonst tunlichst unter meinem Turban verstecke. Dann lachte sie wieder, es war kaum mehr als ein Hauch. »Ali, wie stark bist du? Wollen wir mal sehen.«

Ihre Liebkosungen wurden heftiger, als sie sich an meinen Hals klammerte und sich daran hochzog, so daß das Wasser von ihren Flanken floß. Ihre Schenkel umschlangen meine Taille, und ihre Füße trafen sich an meinem Rücken. Obwohl sie nicht schwer war und das Wasser sie trug, befürchtete ich, vornüberzustürzen.

»Halt mich fest, Dummkopf.«

Dazu hatte ich nur eine Möglichkeit. Ich schob meine gesunde Hand unter ihren Hintern und legte die verkrüppelte um ihre Taille. Sie bewegte sich, daß meine Finger weiter nach unten rutschten und die warme, dunkle feuchte Stelle zwischen ihren Beinen ertasteten. Ihr Beben ließ nach. Sie stützte das Kinn auf meine Schulter, knabberte an meinem Ohr und bewegte sich dann wieder, so daß sich ihre Brüste mit einem hübschen, aber auch komischen Schmatzen von meinem Körper lösten, das klang, als ziehe man mit geschürzten Lippen die Wangen ein.

»Ali, du mußt dich dringend waschen. Bring mich da drüben hin, wo die Seife ist.«

Bis jetzt war mir gar nicht aufgefallen, daß rings um das Becken, dicht oberhalb der Wasseroberfläche, ein Sims verlief. Neben der Treppe, wo mir das Wasser nur bis zu den Knien reichte, befanden sich eine kleine Alabasterflasche und ein Schwamm. Vielleicht war es ja einer der Schwämme, die wir auf der Fahrt durch das Rote Meer den Bootsjungen abgekauft hatten. Die Flasche enthielt eine klebrige Flüssigkeit, von der sie einen Tropfen auf einen Schwamm gab. Dann umfaßte sie diesen mit der rechten Hand.

»Komm näher. Zwischen meine Knie.«

Nur eine schöne junge Frau vermag es, einen Mann so herumzukommandieren.

Sie verteilte die Flüssigkeit, die perlweiß war und nach wildem Lavendel roch, auf meinen Schultern, meiner Brust und meinem Bauch.

»Noch näher. Ich kann dich nicht erreichen.«

Leicht schmollend verteilte sie die Flüssigkeit auf meiner Vorderseite, vermischte sie mit Wasser und schlug Schaum auf. Anfangs bekam ich eine Gänsehaut.

»Ganz ruhig. Schließlich soll das schön sein und Spaß machen.«

Wieder klopfte mir das Herz bis zum Hals. Ich mußte mich vorbeugen und mich rechts und links von ihr auf den Beckenrand stützen, wodurch wir noch dichter zusammenrückten. Wieder spürte ich ihren Atem im Ohr. Ihre Hände, eine davon mit dem Schwamm, glitten meinen Rücken hinunter und umfaßten mein mageres Gesäß, das runzelig war wie die Schale einer Walnuß.

»Stell die Füße auseinander. Komm schon, sei nicht schüchtern. Deine Mutter oder deine Amme haben dich auch dort angefaßt, als du ein kleines Kind warst.«

Wieder preßte sich der kahle Mann gegen ihren Bauch, doch nun war er noch härter und glühte, ebenso wie mein Gesäß, als ihre Finger dazwischenglitten. Tränen der Lust und auch der Dankbarkeit stiegen mir in die Augen, so heftig, daß ich glaubte, mir würde gleich das Herz zerspringen. Ich fühlte mich so unglaublich geborgen und so, als wäre ich nach sechzig Jahren endlich nach Hause gekommen. Nun schob sich ihre rechte Hand vorne zwischen uns. Während der kahle Mann sich immer noch gegen ihren Bauch drückte, begannen ihre Finger, daran auf und ab zu gleiten, so daß sich die Hitze immer mehr steigerte. »Er ist dünn«, murmelte sie. »Wie der Horngriff eines Messers, lang und ebenso hart. Nur in unseren Gefühlen sind wir wirklich lebendig«, fuhr sie fort. »Aber vergiß nicht, daß du fünf Sinne hast.«

Ihr Geruch, eine Mischung aus heißem Metall, Zimt und Seife, stieg mir in die Nase. Ich spürte, wie Wasser und Dampf uns umgaben, einen Luftzug an meinem Rücken, das Brennen der Tränen und das Glühen in meinem Körper, das sich auf einen brennenden Feuerstab konzentrierte, die glitschigen Kacheln unter meinen heißen Fußsohlen, ihre warmen Brüste und die Bewegungen ihrer Finger. Ich hörte ihren Atem, das Tropfen und Gurgeln des Wassers und das Rauschen des Blutes in meinen Ohren. Ich schmeckte das Salz ihrer Haut und die Angst in meinem Mund. Und durch mein eines Auge sah ich verschwommen die wirbelnden Wolkenfetzen durch die Lücke im Dach und die diamantenen Funken im Wasser. Dann vereinte sich alles zu einer kurzen Nova der Freude.

Ich sank im Wasser vor ihr auf die Knie, umfaßte sie voller Bewunderung und schmiegte das Gesicht an sie. Sie rutschte mit dem Gesäß auf den marmornen Beckenrand, spreizte die Beine, legte mir die Hand auf den Hinterkopf und führte meinen Mund zu ihrem Geschlecht. Dann schob sie sich über mich. »Iß mich«, stöhnte sie. »Iß mich und trink mich.«

Ich gehorchte. Und als sie den Kopf in den Nacken legte und aufschrie, hörte ich einen weiteren Schrei, der sich aufbaute wie eine Woge, bevor diese an den Strand schlägt. Der Schrei kam aus weiter Ferne und aus Tausenden von Kehlen und klang sehr wirklich. Wieder erschauderte sie, und das nicht wegen der Ekstase, die sie soeben erlebt hatte.

Wir zogen unsere Kleider an und kehrten in den Garten zum Pavillon zurück. Der weiße Stein leuchtete grell in der Mittagshitze, dazwischen lagen schwarze Schatten. Die Singvögel schwiegen, und nur die weißen Tauben gurrten in den Dachrinnen. Uma setzte sich auf einen mit Leder bespannten Sessel, streckte die Beine aus, neigte den Kopf zur Seite und stützte ihn auf Handfläche und Finger der rechten Hand. Die Haltung wirkte männlich und war sehr verräterisch. Und plötzlich wurde mir klar, daß dieser buddhistische Mönch nicht Uma, sondern Suryan, ihr Bruder, war. Oder vielmehr hatte sie sich als Suryan, der Mönch, verkleidet, um sich frei bewegen und kreuz und quer durch die Welt ziehen zu können, ohne die Belästigungen, die für gewöhnlich über eine unbegleitet reisende Frau hereinbrechen.

»Ich war«, sagte sie, »gerade von den Pfählungen zurückgekommen. Zur zweiten Runde bin ich nicht geblieben. Sicher hast du die Menschenmenge rufen gehört, als es vorbei war.«

Mir gefror das Blut in den Adern bei dem Gedanken, welches Grauen sie wohl auf dem Hinrichtungsplatz gesehen hatte.

»Die Männer taugten nichts«, fuhr sie fort. »Sie haben die Gelegenheit vergeudet. So eine Verschwendung.«

Ich glaubte zu verstehen. »Waren sie Feiglinge?« erkundigte ich mich.

»Von der schlimmsten Sorte. Sie haben geschrien, sich gesträubt und in die Hosen gemacht. Und dabei hatten sie die einmalige Chance, die höchste Stufe der Verzückung, das größte aller Gefühle zu erreichen. Im Todeskampf hätten sie einen Augenblick der Unsterblichkeit erleben können, wenn sie es denn zu schätzen gewußt hätten. Statt dessen haben sie Bauerntheater daraus gemacht.«

Da ich in Misr-al-Kahira und in vielen anderen arabischen Kalifaten gelebt hatte, hatte ich gewußt, was der Aufschrei zu bedeuten hatte. Auf dem Hinrichtungsplatz waren Räuber öffentlich gepfählt worden. Dazu wurden gebogene Haken, wie die, an denen Metzger geschlachtete Ochsen aufhängen, an der Fensterbrüstung des Gefängnisses befestigt. Dann zog man den Verbrecher hinauf zu der nach oben gebogenen Spitze, so daß diese sich durch den Rücken und die Gedärme bohrte und am Bauch wieder austrat, und ließ ihn dort hängen, bis er starb. Angeregt durch ihren merkwürdigen Glauben, war Uma hingegangen, um festzustellen, ob der körperliche Schmerz die Seelen in Verzückung versetzen würde.

Trompeten und Trommeln ertönten. Eine Woche war vergangen. Die Jagdgesellschaft kehrte zurück. Als die Männer durch das große Doppeltor geritten kamen, versuchten sie den Eindruck zu erwecken, daß sie sich großartig amüsiert hätten. Doch nichts konnte die Tatsache verbergen, daß sie mit Wüstensand verkrustet und von unzähligen Stürzen zerschunden und blau geschlagen waren. Nach stundenlangen Ritten auf galoppierenden Kamelen konnten sie kaum noch laufen, und sie waren mit getrocknetem Blut – ihrem eigenen und dem der erlegten Tiere – bespritzt. Außerdem waren sie so erschöpft, daß sie Mühe hatten, sich auf den wackligen Beinen zu halten. Hinter den Jägern folgten vier Wagen, die ausschließlich mit schwarzen Fliegen beladen zu sein schienen.

Selbst Prinz Harihara, der fest dazu entschlossen gewesen war, den Ausflug einen Erfolg werden zu lassen, wirkte skeptisch, als die Kadaver – verfilzte, formlose, blutige Klumpen aus Pelz und Haaren –, begleitet von spiralförmigen Insektenwirbeln, in den friedlichen hübschen Garten zwischen Zitronenbäumen und Rosen an den Rand des durch die Mitte verlaufenden rechteckigen Wasserbeckens gekippt wurden. Er schritt durch die schwarze, in der Sonne schillernde Wolke und stieß die Kadaver mit dem Griff seines Jagdspeers an, während seine andere Hand auf dem Knauf des malaiischen Jagdmessers in seinem mit Juwelen besetzten Gürtel ruhte. Sein langes, für gewöhnlich glänzendes Haar war struppig und schmutzig, sein Gewand war zerrissen, und sein Kinn zeigte endlich einmal einen Anflug von Bartstoppeln. »Zwei Büffel, Ali, schöne Tiere. Sechs Wüstenfüchse. Acht Wachteln, vier Fasane, drei Gazellen, ein Nilpferd, ein Krokodil und vor allem drei Löwen. Was haltet Ihr davon?«

Normalerweise erwartete er kein Lob von mir, da dieses nur an Wert verlor, wenn es von einem Untergebenen erteilt wurde. Doch außer mir war leider niemand da, der ihn bestätigte.

Also gut. Die Büffel waren weiß, hatten zwei Meter weit ausladende Hörner und riesige Wammen. Ich nahm an, daß sie gerade keinen Karren gezogen hatten, als der Pfeil sie traf, doch vermutlich waren seitdem nicht viele Stunden vergangen gewesen. Die Füchse waren Hunde, die, wie Anish mir später berichtete, ihnen zur Begrüßung entgegengelaufen waren, als sie sich einem Dorf näherten. Die Wachteln stammten aus den Fallen hiesiger Vogelfänger, und bei den Fasanen handelte es sich um Hausgeflügel, allerdings von einer auffälligen Rasse mit hübschem Gefieder. Das Nilpferd und das Krokodil waren Jungtiere. Einer der Löwen war ebenfalls ein Junges, die Löwin hatte sich vermutlich den Pfeilen der Jagdgesellschaft entgegengeworfen, um ihr Kind zu schützen. Der männliche Löwe war alt, räudig und zahnlos. Die Gazellen waren echte Jagdbeute und von einem Ahl-Bedu-Häuptling und seinen Söhnen vom Rücken eines Pferdes aus mit gewöhnlichen Pfeilen und Bogen erlegt worden. Die Jagdgesellschaft hatte einige Nächte in den Zelten dieses Häuptlings verbracht, nachdem sie sich in der Wüste verirrt hatte.

»Wahrlich, Prinz, Ihr seid ein zweiter Nimrod und der größte Jäger unter Allahs Sonne.«

»Nimrod? Wer war Nimrod?«

»Ein bedeutender Jäger, Prinz«, erwiderte ich, wobei ich einen leichten Anflug von Ungeduld in meiner Stimme nicht gänzlich unterdrücken konnte.

»Aha.«

Damit begaben er und sein Gefolge sich in die Bäder, so daß die Becken ganze vierundzwanzig Stunden lang schlammig, blutig und verschmutzt waren, bis der stete Wasserfluß sie endlich wieder gereinigt hatte.

Später stand ich mit Anish da und beaufsichtigte das Reinigen und Verpacken der Armbrüste und des ziemlich geschrumpften Vorrats an Pfeilen. »Das«, murmelte er, »das war wohl die schlimmste Erfahrung meines Lebens. Wir haben wirklich und wahrhaftig die Grenzen der Zivilisation überschritten.«

Ich dachte daran, daß er nicht ahnte, was ihm noch bevorstand.

»Anish-bey«, entgegnete ich, wobei ich ihn mit dem arabischen Titel ansprach, da ich schließlich Araber bin und wir uns in einem arabischen Land befanden. »Ich glaube, diese Grenze liegt noch vor uns. Wir sind zwar nah daran, aber ich denke, wir halten uns noch in einem Land auf, das man mit Fug und Recht als einigermaßen zivilisiert bezeichnen kann.«

»Ein Land, in dem öffentliche Hinrichtungen stattfinden? Pfählungen? Ganz zu schweigen von dieser gräßlichen Jagerei?«

»Glaubt mir, Ihr habt noch längst nicht alles gesehen.«

Kapitel zwölf

An diesem Abend nahmen wir unsere Mahlzeit draußen vor dem Pavillon ein. Von den Torbögen und in den Bäumen hingen silberne Lampen. Die Grillen zirpten, und ein riesiger orangefarbener Mond stand am Himmel über den Minaretten. Wir taten so, als äßen wir Fasan und Gazellenfleisch, doch die verrottenden Kadaver waren vergraben worden, und es gab Hühnchen und Ziege vom Markt. Dabei erörterten wir zu dritt die Route, auf der wir nach Ingerlond reisen wollten. Ich bevorzugte den Weg die Küste entlang nach Sebta. Anschließend wollte ich die Straße zum großen Felsen namens Jebel Tariq überqueren und mich dann nach Karnatta-al-Yahud auf den Weg machen. Auf diese Weise, so sagte ich, würden wir den Abschied von der Zivilisation länger hinausschieben können als auf jeder anderen Strecke. Natürlich spielte ich auch mit dem Gedanken, Haree zu besuchen, obwohl ich das tunlichst für mich behielt. Allerdings hatte Anish mit der Unterstützung eines indischen Kaufmanns, den er aufgespürt hatte, selbst Erkundigungen eingezogen und festgestellt, daß sämtlicher Handel zwischen den Zentren der Zivilisation und den Barbaren im Westen in den Stadtstaaten Venedig und Genua abgewickelt wurde. Trotz der Bedrohung durch Piraten segelten die Venezianer dort in Verbänden. Außerdem setzten sie nicht nur Segelschiffe, sondern auch Galeeren mit Ruderern ein, womit sie Verzögerungen durch Flauten oder widrige Winde vermieden. Deshalb erhielt ich den Auftrag, am nächsten Tag nach Iskenderia zu reisen, einen Schiffsmakler aufzutreiben und eine Galeere zu mieten, die uns nach Venedig bringen sollte. Daß ich mich in diesem Hafen gut auskannte, kam mir sehr zupaß, und so fiel es mir nicht schwer, das Gewünschte zu finden.

Kurz darauf nahm Uma mich beiseite und bat mich, ihr die Sprache der Inglysshe beizubringen. Ich tat es, wann immer sich eine Gelegenheit ergab, und stellte fest, daß sie eine gelehrige Schülerin war – viel begabter als der Prinz oder Anish, die sich hin und wieder zu uns gesellten, so daß sich der Privatunterricht in eine Schulstunde verwandelte.

Unser Weg führte uns Schritt für Schritt in die Welt der Barbaren. Venedig ist natürlich gen Osten orientiert und hat – zusätzlich zu den Schätzen, die es uns geraubt hat – viel von unserer Pracht in seine eigene Architektur übernommen. Sankt Markus sieht mit seinem Minarett nicht nur aus wie eine Moschee, sondern besteht auch aus Steinen, von denen viele aus arabischen und ottomanischen Ländern stammen. Die Stadtrepublik nennt viele erstaunlich fähige Maler ihr eigen, von denen es einige, wie Prinz Harihara bestätigte, durchaus mit denen aus Vijayanagara aufnehmen könnten, wären sie nicht so sehr auf die Kindheit ihres Gottes, seine Mutter oder seinen unschönen Tod fixiert gewesen. Außerdem schienen die Venezianer die Freuden des irdischen Daseins wirklich zu schätzen, eine Eigenschaft, die wir um so seltener antrafen, je weiter wir nach Westen und nach Norden kamen.

Während unseres Aufenthalts machte ich mich auf die Suche nach dem Alchemisten, dem bei der Zubereitung des *k'hāwah*-Aufgusses ein solcher Durchbruch geglückt war. Er lebte noch, allerdings in angespannten finanziellen Verhältnissen, und freute sich deshalb sehr darüber, daß wir zwei schwere Säcke voller Bohnen mitgebracht hatten. Wir nahmen eine Probe davon zu einem Juden mit, der in einem Haus an der Giudecca Geldgeschäfte betrieb. Nachdem er das Getränk gekostet hatte, lieh er meinem Alchemisten eine beträchtliche Summe, so daß dieser wieder ein *k'hāwah*-Haus am Markusplatz eröffnen konnte. Das Geld, das wir uns beschafften, deckte außerdem die Kosten des Aufenthalts unserer Gesellschaft in der Wasserstadt. Der Jude, der Schillem hieß, hatte eine interessante Vergangenheit. Eine kleinliche Entscheidung des obersten Gerichtshofes der Stadt hatte ihn gezwungen zu konvertieren, doch er hatte das rasch verwunden und war nun schon seit mehr als einem Jahrzehnt wieder als Bankier tätig. Ich muß sagen, daß er uns gerecht behandelte.

Was die Entfernung betraf, hatten wir nun schon mehr als die Hälfte unserer Reise hinter uns – allerdings nicht, was die Zeit anging. Allein der Weg nach Calais dauerte noch einmal so lange wie unsere ganze bisherige Fahrt. Da die Abenteuer und Schwierigkeiten, die wir dabei meistern mußten, für den roten Faden meiner Geschichte nicht wichtig sind, werde ich mich kurz fassen.

Nachdem wir in Mestre Maultiere und Esel gemietet hatten, ritten wir, die Po-Ebene entlang, durch Norditalien, und kamen durch Vicenza, Verona und Mailand und schließlich nach Turin.

In all diesen Städten hätte es eigentlich viel zu bewundern gegeben, doch sie litten unter den ständigen Kriegen, die sie gegeneinander führten, sowie unter den Zwistigkeiten rivalisierender Gruppen im Inneren. Häufig spielten sich diese blutigen Fehden unter Kaufmannsfamilien ab, die einander mit Schwertern, Dolchen und Gift zu Leibe rückten, anstatt auf dem Markt miteinander zu wetteifern, indem sie die Qualität ihrer Produkte verbesserten oder die Preise senkten. Besonders schlimm ging es in Verona zu, das wir so schnell wie möglich hinter uns ließen, nachdem wir einen unserer Köche in einer Prügelei zwischen zwei Gruppen ungebärdiger Jugendlicher, die zu zwei konkurrierenden Familien gehörten, verloren hatten. Diese jungen Männer gingen sogar so weit, die Gräber ihrer Widersacher zu schänden, doch das ist eine andere Geschichte.

Inzwischen war es Spätsommer und ziemlich heiß, so daß uns der Klimawechsel erst zu schaffen machte, als wir das Gebirge nordwestlich von Turin erreichten. Hier sahen wir auf einem Paß – er hieß Mont Cenis, und man hatte einen malerischen Blick auf die Gipfel, die sich rings um uns erhoben, so wie ich es nur vom hohen Pamir kannte – in der Ferne den ersten Schnee. Niemand glaubte mir, daß es sich nicht um

Marmorfelsen handelte, und man nannte mich einen Lügner, als ich erklärte, daß es wirklich kristallisiertes Wasser sei.

»Wie reiner Zucker oder Salz?« spöttelte Anish.

Da meine Begleiter in den Bergen froren, waren sie froh, als wir in das Tal eines weiteren großen Flusses hinabkamen. Diesmal war es die Rhône, an deren Ufern die Bauern mit der Ernte von Trauben beschäftigt waren. Daraus stellten sie ein vergorenes Getränk her, das eine ähnliche Wirkung hat wie *bhang* oder Reiswein, nur daß man nach dem Genuß an Übelkeit und Kopfschmerzen leidet. Wenn man es über große Zeiträume hinweg im Übermaß einnimmt, führt es zu inneren Blutungen und sogar zum Wahnsinn. Doch die Menschen in dieser Gegend waren so süchtig nach diesem Getränk, daß sie lieber Trauben anbauten als Weizen, Hanf oder andere sinnvolle Feldfrüchte.

Nun bekamen meine unerfahrenen Reisebegleiter die Folgen einer Erscheinung zu spüren, die ihnen in den nächsten anderthalb Jahren mehr zu schaffen machen sollte als alle anderen Strapazen: den Wechsel der Jahreszeiten. In Vijayanagara gibt es zwei Jahreszeiten, eine feuchtwarme und eine trockene und heiße. Sie folgen derart berechenbar, daß man den Regen auf den Tag genau vorhersagen kann. Man weiß, um welche Tageszeit es regnen wird und auch wie lange. Bald jedoch mußten meine Freunde herausfinden, daß ein Tag zwar warm und sonnig beginnen, aber kalt und naß enden konnte. Als die Monate vergingen, verloren die meisten Bäume ihre Blätter, und alles Wachstum kam zum Erliegen, so daß die Bevölkerung sich von dem ernähren mußte, was sie in ihren Scheunen eingelagert hatte und was bis zum nächsten Frühjahr unweigerlich verdorben war. Wir sahen Menschen, die an Hunger starben – ein Anblick, den ich durchaus kannte, der Prinz Harihara jedoch entsetzte. In den Augen von Anish und des Prinzen handelte es sich um eine verabscheuungswürdige Sünde gegen die Natur, und ich kann dem nur zustimmen.

Während ich eher ein Zweifler bin, war Anish ein Mensch,

der alles in Kategorien einteilte, benennen und bewerten mußte. Wenn wir über eine Hochebene kamen, wo man den Weizen vor der Ernte abgebrannt hatte, anstatt die Stoppelfelder anschließend abzusengen, wenn wir die unbeerdigten Leichen von Frauen und Kindern sahen, die vergewaltigt und gepfählt worden waren, und wenn wir auf eine offene Grube voller geschwärzter Toter stießen, die die Pest hinweggerafft hatte, pflegte er zu sagen: »Ali, sofern man unser Reich Vijayanagara als die erste und die arabischen Länder als die zweite Welt bezeichnen mag, dann ist das hier sicherlich die dritte und schlimmste. Eine Welt, in der die bissigen Hunde der Hungersnot, das Schwert, die Pestilenz und die Willkür herrschen und wo der Kriegsgott regiert.«

Entlang der Rhône und der Saône kamen wir nur langsam durch die verbrannte und verwüstete Landschaft voran. Wir folgten der Seine bis nach Paris und ritten durch Ländereien, die dem König der Franken und dem Herzog von Burgund gehörten oder von ihnen regiert wurden. Die beiden Fürsten kämpften in dieser Region sowie in vielen anderen Lehensgebieten, Fürstentümern und Herzogtümern um die Vorherrschaft, so daß wir unterwegs Zeugen verschiedener Scharmützel wurden. Außerdem stellten wir fest, daß die Bauern und auch sonst alle, die gegen die Unterdrückung und die Unvernunft der Kirche aufbegehrten, gnadenlos verfolgt wurden, was zu vielen Verbrennungen und noch schlimmeren Greueltaten auf öffentlichen Plätzen führte. Als Ausländer, die offensichtlich keine Christen waren und eine dunkle anstelle einer bleichen, kalten und blutleeren Haut hatten, wurden wir verdächtigt, keine wirklichen Menschen zu sein, und schwebten in ständiger Gefahr, verhaftet und als Ketzer, Spione oder böswillige Fremde angeklagt zu werden. Allerdings beteten diese Leute vor allem den Mammon an, obwohl sie es nur ungern zugaben, und so gelang es uns dank des mitgebrachten Goldes und der Juwelen stets, uns freies Geleit und sogar bewaffnete Eskorten von den Adeligen zu erkaufen, deren Land wir durchquerten.

Das Wetter wurde immer schlechter, so daß alle mir für meine Voraussicht dankbar waren. In der Stadt Dijon, der Hauptresidenz der Herzöge von Burgund, verkaufte jeder von uns den Inhalt seines kleinen Perlenbeutels, und bald brüsteten sich die Damen bei Hofe und auch so mancher Herr mit der Pracht der Perlenschnüre, die sie als Ketten, Ringe und Ohrringe trugen. Wir hatten eine neue Mode erfunden und so ein mögliches Überangebot in eine Knappheit verwandelt. Die Folge davon war, daß unsere gesamte Reisegesellschaft, in die wertvollsten Pelze und Wollstoffe gehüllt und auch mit teurem Schuhwerk an den Füßen, die von einer Mauer umgebene Stadt verließ.

So erreichten wir ohne allzu große Strapazen und Entbehrungen mitten im Winter wieder die Küste. Diesmal war es eine kalte, graue See, die uns in der Hafenstadt Calais empfing. Es war der Monat, den man in Ingerlond Januar nennt, und wir näherten uns dem Wechsel zwischen den Jahren, die man dort mit 1459 und 1460 bezeichnet.

Teil 2

Kapitel dreizehn

Als ich am nächsten Tag um die übliche Zeit eintraf, führte man mich wie immer durch eine schattige gepflasterte Passage zu dem durchbrochenen Wandschirm aus Stein, der die Vorhalle von Alis Haus vom dahinter liegenden Garten trennte. Die Sonne schien grell durch das spitzenartige Muster, und ich hörte das Plätschern von Wasser und das Singen der Vögel. Die Tür aus Zedernholz knarzte leise, als Alis Türhüter, ein riesiger schwarzer Nubier mit Pluderhose, Turban und Säbel, sie aufstieß und mich mit der gewohnten übertriebenen Dienstbeflissenheit hereinbat.

Ich stieg die beiden Stufen aus schwarzem Obsidian hinauf, und Farne streiften meine Schienbeine, als ich eine Weile blinzelnd im grellen Sonnenlicht verharrte. Erst da fiel mir auf, daß Ali nicht auf seinem Stammplatz unter dem Kardamombaum saß. Ich zögerte, doch der Türhüter forderte mich auf weiterzugehen. Ich schritt über die flachen, viereckigen Pflastersteine und spürte eine willkommene Kühle, als einige der Wassertropfen, die der Brunnen in alle Richtungen verspritzte, auf meine Füße fielen. Alis graue Katze kam unter einem Busch hervor und schmiegte sich an meine Hand, als ich mich bückte, um sie hinter dem Ohr zu kraulen. Dann richtete ich mich auf und sah auf dem Tisch, an dem wir normalerweise saßen, einige Blätter Papier. Sie wurden von einem Limonadenkrug beschwert, obwohl sich kein Lüftchen regte, das sie hätte durcheinanderbringen können. Nur ein einziges Glas stand bereit.

Die oberste Seite war so weiß, daß sie mich blendete. Die übrigen Blätter, es handelte sich um einen beträchtlichen Stapel, waren vergilbt und an den Ecken eingerollt. Ich nahm die erste Seite und las:

Mein lieber Mah-Lo,

heute bin ich müde, und es ist zu heiß. Um diese Jah-

reszeit sehne ich mich regelrecht nach dem Monsun, obwohl ich weiß, daß meine Gelenkentzündungen und die Schwellungen dann wiederkehren werden. Die Hitze regt einen gefährlichen Fluß in meinen Gedärmen an, ein Übel, das ich mir im finstersten Ingerlond zugezogen habe und das etwa alle drei Monate erneut auftritt. Allerdings möchte ich dich nicht enttäuschen und habe Murteza deshalb gebeten, einige Dokumente für dich zurechtzulegen, die du studieren kannst, um mehr über meine Geschichte zu erfahren. Es handelt sich um Abschriften von Briefen aus der Feder von Prinz Harihara an seinen Vetter, die sein Kammerherr Anish angefertigt hat. Nicht alle Originale sind in Vijayanagara angekommen, doch Anish hat, wie es seine Pflicht war, Abschriften gemacht, bevor er sie abschickte, so daß du nun die Möglichkeit hast, sie zu lesen. Auch wenn sie vielleicht nicht sehr erhellend sind, werden sie dir zumindest bestätigen, daß ich dir bis jetzt die Wahrheit gesagt habe. Außerdem wirst du so wissen, daß ich mich, wenn ich wieder gesund genug bin, um meinen Bericht fortzusetzen – so Allah will, daß ich diese üble Krankheit überlebe –, bei meiner Schilderung an die Tatsachen halten werde.
Mit den allerbesten Grüßen,
Ali ben Quatar Mayeen

Ich ließ mich auf der gepolsterten Steinbank nieder, schenkte mir ein Glas Limonade ein und begann zu lesen.

Lieber Vetter,
wir sind an der Palisade von Calais eingetroffen, und es ist Zeit, daß ich mit den versprochenen Briefen beginne, um dir mitzuteilen, wie wir mit den verschiedenen Aufgaben, die wir uns für diese Reise vorgenommen haben, vorankommen. Ich will deine Zeit – und auch meine – nicht mit einer Schilderung der Abenteuer vergeuden, die uns unterwegs widerfahren sind (obwohl viele davon äußerst faszinierend waren),

denn sie haben mit dem eigentlichen Grund unserer Unternehmung nichts zu tun. Der Bericht kann bis zu unserer Rückkehr warten und wird uns zweifellos viele Abende lang die Zeit zwischen Essen und Schlafengehen vertreiben.

Calais erinnert an eine Zwiebel, entzweigeschnitten durchs Meer. Die Stadt hat viele Häute. Zuerst kommt die Palisade, eine befestigte Grenze, die einen halbkreisförmigen Streifen Land, die zweite Haut, umgibt. Die Stadtmauer bildet die dritte Haut und liegt in der Nähe der Stelle, wo bei einer ganzen Zwiebel die Mitte wäre. Die größte Entfernung zwischen der Palisade und der Stadtmauer beträgt mehr als dreißig Kilometer, und die Ernte von den dazwischen liegenden Feldern und Weiden genügt, um die Bevölkerung zu ernähren. Zu den Befestigungen, aus denen die Palisade besteht, gehören Gräben und niedrige Erdwälle, die von einem Zaun aus Pfosten wie aus Palisander gekrönt werden (weshalb man vermutlich die gesamte Anlage als »Palisade« bezeichnet). Drei große Festungen schützen die Hauptstraßen, die hinein und hinaus führen. Hinzu kommen noch Gräben und Kanäle. Wo die Flüsse den passenden natürlichen Verlauf haben, werden sie ebenfalls als Hindernisse genützt.

Innerhalb der Palisade, aber dicht am Zaun, liegt eine große Festung namens Guisnes, die an der Straße von Calais nach Paris steht.

Die Mauern von Calais sind, wie man uns erzählte – und wir werden uns sicher bald selbst vergewissern können –, sehr dick und erinnern an die einer Burg. Dahinter befinden sich die Straßen und ein Burgfried, und zu guter Letzt gibt es noch den Hafen selbst, zwei Becken, von denen eines im anderen liegt. Das Ganze wird von Molen umrahmt, die den Hafen sowohl vor Stürmen als auch vor Eindringlingen vom Meer her schützen.

Das ganze Gebiet ist von den Ingerlondern besetzt und wird von diesen als Teil Ingerlonds betrachtet. Allerdings streiten sich zwei verfeindete Gruppen von Ingerlondern um die Vorherrschaft. Die eine Fraktion hat ihr Hauptquartier in der Festung Guisnes eingerichtet, die gebaut wurde, um die Franken abzuwehren, deren König Calais für sich beansprucht. Doch die Franken sind zur Zeit eher mit den Burgundern beschäftigt und stellen deshalb keine Bedrohung für Calais dar. Also benutzt die eine Gruppe von Ingerlondern Guisnes als Stützpunkt für ihre Angriffe gegen ihre Landsleute, die ihrerseits die Stadt und den Hafen von Calais okkupieren.

Die erste Gruppe wird vom Herzog von Somerset, einem Vetter des Königs von Ingerlond, angeführt. Die Gattin des Königs von Ingerlond, Königin Margaret, hat ihn hergeschickt, um dem Grafen von Warwick, der der Befehlshaber von Calais ist, die Stadt zu entreißen. Ein Graf ist ein hochrangiger Adeliger, aber nicht so bedeutend wie ein Herzog. Ich glaube, ein Herzog muß von königlichem Geblüt sein. Der Graf von Warwick ist ein Freund und Verbündeter des Herzogs von York, der ebenfalls ein Vetter des Königs, allerdings ein Gegner der Königin ist. Somerset hat guten Grund, Warwick zu hassen, denn dieser hat vor vier Jahren Somersets Vater in der Schlacht getötet. Ich weiß, daß das alles ziemlich verwirrend klingt, und ich muß zugeben, daß ich auch nicht sicher bin, ob ich es richtig verstanden habe. Vielleicht werde ich es im Laufe der Zeit ja besser begreifen.

Guisnes liegt ein Stück vom Meer entfernt, das wir überqueren müssen, um nach Ingerlond zu kommen. Calais ist der einzige Hafen, von dem aus man ungefährdet nach Ingerlond übersetzen kann. Das heißt, daß wir nach Calais müssen, was der Herzog von Somerset und seine Armee schon seit einigen Monaten erfolglos versuchen. Eine weitere Möglichkeit wäre, sich in einem fränkischen Hafen im Südwesten, zum Beispiel in Boulogne oder Dieppe, einzuschiffen, doch das ist nicht sehr ratsam, da es zu riskant für uns wäre, nach Franken zurückzukehren. Bei unserem Aufenthalt in Franken haben wir dem dortigen König nämlich versprochen, daß wir nichts mit den Ingerlondern zu tun haben würden, da diese schließlich seine Feinde seien. Außerdem sind die Häfen von Ingerlond für französische Schiffe ohnehin geschlossen. Wie du siehst, haben wir es also nicht leicht.

Die Zustände, die die Menschen hier »Wetter« nennen, tragen auch nicht unbedingt zu unserem Wohlbefinden bei. Es ist schwierig, jemandem, der so etwas noch nie mitgemacht hat, zu erklären, was »Wetter« ist. Ich will es versuchen, da es in den kommenden Monaten vermutlich eine wichtige Rolle in unserem Leben spielen wird. Und das »Wetter« in Ingerlond soll sogar noch schrecklicher sein als in Franken. Am besten fange ich mit dem Regen an.

Hier kann es zu jeder beliebigen Tages- und Nachtzeit regnen, und das entweder stundenlang oder nur für ein paar Minuten. Manchmal regnet es so stark wie bei uns zu Hause, dann wieder nur ganz leicht, was man hier als »nieseln« bezeichnet. Auch wenn du es nicht glaubst, herrscht diese Wechselhaftigkeit das ganze Jahr über, und das bringt mich zum Jahr als solchem und den Jahreszeiten, von denen wir zwei bereits kennen, nämlich den Herbst und den Winter. Aber nein, das wäre zu verwirrend. Ich werde lieber beim »Wetter« bleiben. Mit den Jahreszeiten befasse ich mich später und möchte an dieser Stelle nur erwähnen, daß wir uns augenblicklich in der kalten Jahreszeit befinden. Das ist nicht weiter erstaunlich, denn die Nächte sind doppelt so lang wie die Tage, was sich in sechs Monaten, wenn die Jahreszeit Sommer heißt, umkehren wird. Da es momentan, verglichen mit unserem milden Klima, unerträglich kalt ist, wird es im Sommer vermutlich schrecklich heiß werden. Doch jetzt sind die Tage, wie bereits erwähnt, kurz, düster und kalt.

Soviel also zum Regen. Als nächstes wenden wir uns dem Wind zu. Dieser tritt genauso überraschend auf wie der Regen und kann um jede beliebige Tages- und Nachtzeit aus jeder beliebigen Richtung wehen. Manchmal windet es auch überhaupt nicht. Der Wind kann nur ein Hauch sein oder als ausgewachsener Sturm daherkommen. Doch selbst wenn es stürmt, geschieht das stoßartig und in Böen, nicht in beständigen Wirbeln, wie sie manchmal über die Ostküste unseres Landes fegen.

Obwohl das »Wetter« um diese Jahreszeit immer kühl ist, kann es dennoch wechseln. Manchmal ist es so unerträglich kalt, daß das Wasser morgens hart ist; wenn es im Laufe des Tages milder wird, verflüssigt es sich gegen Mittag wieder. Wir hatten auch schon Schnee. Weißt du noch, was Schnee ist? Reisende aus den Bergen weit im Norden unseres Erdteils haben uns von diesem Naturschauspiel erzählt. Und auch Ali ben Quatar Mayeen hat uns gewarnt, daß wir auf Schnee treffen könnten. Tja, nun haben wir tatsächlich welchen gesehen, doch bis jetzt ist er wie das harte Wasser, das sogenannte »Eis«, gegen Mittag immer wieder zu Wasser zerschmolzen, so daß der Erdboden überall schlammig und schmutzig ist.

Besonders hervorzuheben ist dabei die völlige Unberechenbarkeit dieser Vorkommnisse. Nur selten hat man an zwei aufeinanderfolgenden Tagen dasselbe »Wetter«, und das einzige Beständige daran ist, daß es sich stets, manchmal mehr, manchmal weniger, von seiner unangenehmen und kalten Seite zeigt.

Außerdem kann ich dir gar nicht sagen, wie schlampig es hier zugeht. Ich sitze an einem Schreibtisch an einem kleinen Fenster, von dem aus man einen Blick über das Land und auf die etwa dreißig Kilometer entfernte Stadt hat. Der Tisch ist so grob gezimmert, daß mein Federkiel, wie du siehst, über die Ritzen holpert und deshalb kleckst. Die steinernen Mauern sind unverputzt und unregelmäßig. Die Steine wurden einfach aufeinandergetürmt und mit Mörtel zusammengeklatscht. Die Fensterscheibe besteht aus kleinen Glasstückchen, von denen keines dem anderen gleicht und die von Streifen aus Blei zusammengehalten werden. Das Glas ist zwar durchscheinend, aber nicht richtig durchsichtig, so daß man alles verschleiert und verschwommen sieht. Obwohl es mitten am Tag ist, brennt auf meinem Schreibtisch eine Kerze, die aus Tierfett gemacht ist. Dem Geruch nach stammt dieses von einem Schaf, und der Docht rußt fürchterlich. In einem riesigen Kamin liegt ein kleines Häufchen glühender Scheite. Die ganze Wärme entweicht durch den Schornstein. Die Wände sind mit grobgestickten Wandbehängen bedeckt, die Jagdszenen darstellen. Sie sind von dem Kot der Motten beschmutzt, die sich darin eingenistet haben.

Wenn ich das Fenster öffne, was nötig ist, um genug Licht zum Schreiben zu haben, blicke ich über durchweichte, streifenförmig angelegte Felder, Haine voller kahler Bäume, die aussehen wie abgestorben, und eine Straße, die sich um Bauernhöfe herumschlängelt und in die Stadt führt. Diese ist als Rauchwolke in der Ferne zu erkennen. Die Straße ist keine wirkliche Straße, sondern nur ein schmaler schlammiger Pfad voller Pfützen. Der Schlamm ist hellbraun. An manchen Stellen lugt der Fels hervor, der aber kein wirklicher Fels ist und aus einem weichen, pulverigen weißen, zur Zeit vom Regen glitschigen Stoff besteht.

Im Moment ist nirgendwo ein Lebenszeichen zu sehen, dafür aber zwei Leichen. Auf einer Anhöhe unweit der Straße stehen Galgen, an denen zwei am Hals aufgehängte Tote baumeln. Vorhin hat ein großer, schwarzer Vogel mit einem dicken grauen Schnabel an ihren Gesichtern gepickt, doch jetzt ist auch er verschwunden. Die armen Teufel wurden beschuldigt, für die Ingerlonder spioniert zu haben, die unter dem Kommando des Grafen von Warwick Calais besetzen.

Weißt du, was es mit diesem Ort auf sich hat, lieber Vetter? Er wirkt unfertig, so als wäre Parvati, die Schöpferin, in einer dringenderen Angelegenheit weggerufen worden, kurz nachdem sie mit der Arbeit angefangen hatte. Oder um es so auszudrücken: Parvati, die den Schöpfungsakt an den Ufern eines unserer heiligen Flüsse begonnen hatte, hat ihr vollkommenes Werk rechtzeitig fertiggestellt und es in einer Abfolge konzentrischer Kreise fortgesetzt. Nach vielen Hunderten oder gar Tausenden von Jahren ist sie hier angekommen und hat soeben erst mit ihren Bemühungen begonnen.

Aber genug für heute. Ich bin gerade vor den Rat des Herzogs von Somerset zitiert worden.

Ich bin von der Ratssitzung zurück. Der junge Herzog von Somerset – er kann nicht älter als fünfundzwanzig sein – ist ein stolzer Mann und ließ uns warten, während sich andere Bittsteller seinem Stuhl näherten, auf dem er saß wie ein König auf seinem Thron. Als wir an der Reihe waren, verlangte er von uns, daß wir uns tief verbeugten, nachdem man uns zu ihm geführt hatte. Ich muß zugeben, daß ich enttäuscht bin, denn ich hatte zumindest vom Adel erwartet, daß er Manieren hat und weiß, was sich gehört. Schließlich kennt dieser Mann meinen Namen und ist darüber im Bilde, daß ich der Vetter eines Kaisers bin. Außerdem hat er keinen Grund, auf dem hohen Roß zu sitzen, denn soweit ich informiert bin, belagert er zwar seine Gegner in Calais, hockt dafür aber in dieser schäbigen kleinen Burg fest. Er hat nur tausend Mann hier, obwohl er behauptet, daß er täglich mit Verstärkung rechnet, sobald das Wetter gut genug ist, um eine Landung am Strand zu gestatten.

Um die Geschichte abzukürzen: Ali hat wie immer ganze Arbeit geleistet. Im Austausch für einige Pfund Ingwer, Muskatnuß, Koriander, Kardamom und Nelken will der Herzog uns freies Geleit zu den Toren von Calais geben. Allerdings nur unter der Bedingung, daß wir ihm versprechen, nicht über den Ärmelkanal nach Ingerlond überzusetzen. Statt dessen haben wir uns bereit erklärt, mit einem Schiff die Küste hinauf zu einer deutschen Stadt namens Bremen zu fahren und dort umzusteigen. Offenbar ist Bremen ein bedeutendes Mitglied der Hanse, eines Kaufmannskartells, das die Häfen an der Festlandküste von Brügge bis nach Moskau kontrolliert und den Handel überall mit Ausnahme von Ingerlond überwacht. Da wir nicht vorhaben, dort hinzufahren – Bremen ist nur Alis Vorwand, damit wir endlich nach Ingerlond kommen –, ist das nicht weiter wichtig. Ich schreibe dir, wie es weitergegangen ist, sobald wir mehr wissen.

In der Zwischenzeit will ich dir ein wenig von Ali erzählen. Er hat sich wirklich großartig gemacht, obwohl er – wenigstens was sein Äußeres angeht – immer noch so unansehnlich ist wie eh und je. Allerdings ist seine Sprachbegabung erstaunlich. In jedem Land, durch das wir kamen, konnte er sich mit den Einheimischen verständigen. Obwohl mich das nicht überraschen sollte, da er uns das schließlich zugesagt hatte, muß ich zugeben, daß ich wider Erwarten beeindruckt bin. Außerdem besitzt er Verhandlungsgeschick und Organisationstalent und hat die von uns mitgebrachten Waren, soweit ich es beurteilen kann, mit großem Gewinn eingetauscht. Wie wir anderen ist er inzwischen in Pelze gewandet, obwohl sein Mantel ziemlich lang, abgetragen, struppig und schäbig ist. Shiva allein weiß, von welchem Tier dieses Fell stammt. Darunter trägt er weiter seinen alten Umhang mit einem Loch für seinen Kopf, seinen Turban und sein Lendentuch. Allerdings bewegt er sich mit so viel zurückhaltender Würde, daß jeder Respekt vor ihm hat.

Auch Anish schlägt sich ziemlich wacker, obwohl er mehr unter der Kälte leidet als wir anderen ... Es klopft an der Tür. Ich schreibe weiter, wenn ich nachgesehen habe, wer draußen ist.

Tja, es waren Anish und Ali mit schlechten Nachrichten. Unsere Soldaten sollen nach Hause geschickt werden. Offenbar wirken ihre gesunde dunkle Hautfarbe, ihre Waffen und ihre Ausrüstung seltsam auf diese abergläubischen Menschen und haben Feindseligkeit und vermutlich auch Neid ausgelöst. Kurz, Somerset verweigert ihnen die Erlaubnis, uns zu begleiten. Wie Ali glaubt, befürchtet Somerset, sie könnten zu Warwick überlaufen und gegen ihn eingesetzt werden, so daß ihre Zauberkräfte die Schlacht entscheiden. Schön und gut. Dann werden wir eben ohne sie weiterreisen. Ali meint, es dürfte nicht schwierig sein, Leibwächter anzuheuern, sofern wir sie brauchen sollten. Also besteht unsere kleine Truppe nun nur noch aus etwa zehn Personen. Dazu gehören auch ein buddhistischer Mönch, der uns seit unserem Aufbruch nicht mehr von der Seite weicht, und ein Fakir, der uns inzwischen langweilt, weil wir seine Kunststücke schon zu oft gesehen haben. Allerdings gelingt es ihm unterwegs in den Dörfern und auf den Marktplätzen immer, ein paar leichtgläubige Menschen um sich zu scharen. Sie entlohnen ihn mit Lebensmitteln und Münzen, die er mit dem Buddhisten teilt.

Mehr gibt es im Augenblick nicht zu sagen. Es dämmert, und die Kerze brennt allmählich herunter, was den Gestank noch vergrößert.

Unsere Soldaten sollen den Brief mit nach Hause nehmen. Fast beneide ich sie, trotz der langen Reise, die ihnen bevorsteht.

Es grüßt dich, mein lieber Vetter, dein ergebenster Diener,
Harihara

Kapitel vierzehn

Lieber Vetter,
tja, nun sind wir endlich in Calais, und zwar im Burgfried selbst, so daß sich unsere Lage im Vergleich zu vorhin ein wenig verbessert hat. Zumindest müssen wir nicht mehr so frieren. Außerdem sind wir von fröhlicheren, wenn auch derben und grobschlächtigen Menschen umgeben. Aber zuerst möchte ich dir die letzten dreißig Kilometer der Reise schildern, die uns hierhergeführt hat.

Auf der Straße stand der Schlamm stets mindestens knöchel-, wenn nicht sogar knietief. Außerdem hat uns der Herzog von Somerset die Reitpferde gestohlen – Beschlagnahme nannte er das –, so daß uns nur noch die Packtiere geblieben sind. Letztere hatte er zwar ebenfalls beschlagnahmt, doch Ali konnte ihn überreden, sie uns zurückzuverkaufen. So mußten wir zu Fuß gehen, waren aber zumindest in der Lage, den Rest unserer wertvollen Habe mitzunehmen, den wir noch zum Handeln und Tauschen brauchen.

Es schüttete immer weiter. Wie ein Vorhang aus grauer Seide wehte der Regen über die trübe Landschaft. Vielleicht lag es an den feinen Tröpfchen, daß er durch unsere Kleider zu dringen schien und jede Ritze zwischen Stoff und Haut zum Durchsickern nutzte. Unsere Füße wateten schmatzend in dem gelblichweißen Kalkschlamm, der von gleichzeitig zäher und schmieriger Beschaffenheit ist. Er klebte wie zu weich gekochter, ungewaschener Reis an unseren Schuhen, sorgte aber gleichzeitig dafür, daß wir ständig ins Schlittern und Rutschen gerieten. Einige der kleinen Flüsse, die wir überqueren mußten, verfügten über gefährliche Brücken aus Holzbohlen, gerade breit genug für einen schmalen Bauernkarren. Drei Bäche besaßen überhaupt keine Brücke, so daß wir hindurchwaten und unsere störrischen Esel hinter uns her ziehen mußten.

Die Felder waren gepflügt, aber noch nicht geeggt, und das Wasser, das sich in den Furchen gesammelt hatte, erinnerte an Streifen polierten Bleis. Wenn – oder falls – das Land austrocknet, pflügt man den Boden noch einmal um und setzt Samen ein, aus denen acht Monate später ein Getreide namens Roggen wächst. Dieses zermahlt man zu Mehl und backt daraus Brot, das Hauptnahrungsmittel des gewöhnlichen Volkes. Wir haben bereits mehr als genug davon gegessen. Es handelt sich um ein schweres, graues, ein entsetzliches Völlegefühl hervorrufendes saures Zeug, das bei den meisten von uns schwere Verstopfung auslöst. Hier in Calais essen die Adeligen jedoch Weißbrot, das aus Weizen besteht und halbwegs genießbar ist.

Die kahlen Bäume sahen aus wie abgestorben, doch man sagte uns, daß manche von ihnen, die in Reih und Glied angepflanzt sind, Obstbäume seien, die in der warmen Jahreszeit, im Sommer, Früchte trügen. Diese Früchte werden in Stroh eingewickelt und in Scheunen gelagert, so daß wir Gelegenheit hatten, sie zu kosten. Man nennt sie Äpfel. Ihre Haut ist trocken, runzelig und derb, das Fleisch schwammig und ebenfalls trocken. Die Äpfel sind hellbraun, doch man versicherte uns, daß sie, wenn sie frisch sind, eine gelblichgrüne Färbung haben und so deliziös schmecken, daß man sie auch als »golden« bezeichnet. Laut Ali sind die Äpfel, die in Ingerlond wachsen, besser.

Fleisch wird überall feilgeboten. Rind, das wir natürlich nicht anrühren, Schwein, das Ali verschmäht, sowie Schaf und Hausgeflügel. Allerdings bekommt das gemeine Volk kaum etwas davon ab, denn die Leute bringen fast alles Vieh und Geflügel, das sie züchten, in die Stadt und verkaufen es dort, damit sie die Pacht und die Steuern an die Landbesitzer, Adelige aus Ingerlond, bezahlen können. Das Fleisch wird entweder in Töpfen gekocht oder über dem offenen Feuer gebraten. Doch man unternimmt nichts, um es zu würzen, außer es vor dem Kochen mit Salz einzureiben, weshalb es fade oder schlichtweg widerwärtig ist. Die Milch wird direkt von der Kuh getrunken, ohne sie reifen oder gären zu lassen, so daß sie ebenfalls nach nichts schmeckt. Ein weiteres Getränk ist Bier, ein saures, starkes alkoholisches Gebräu, das man gären und faulen läßt. Der Wein ist so sauer, daß es einem schier die Haut aus dem Mund ätzt. Wasser wird verschmäht, da es angeblich Krankheiten überträgt. Aus diesem Grunde sind die Ingerlonder nach jeder Mahlzeit, auch nach dem Frühstück, betrunken.

Obwohl die letzte Etappe unserer Reise nur dreißig Kilometer betrug, dauerte sie zwei Tage. Das lag einerseits daran, daß die Tage so kurz waren, und andererseits am Zustand der Straße. Die Nacht verbrachten wir in einem befestigten Gasthof, der aus einem Hof, Stallungen auf drei Seiten und einer Gaststube mit gemeinschaftlichen Schlafräumen darüber auf der vierten bestand. Es gab nicht die geringste Möglichkeit, sich sauberzuhalten. Die Reisenden, Männer wie Frauen, mußten ihre Notdurft am Rande eines großen dampfenden Misthaufens – einer Mischung aus menschlichen Ausscheidungen und Dung aus den Ställen – mitten auf dem Hof verrichten. Eine Waschgelegenheit war nicht vorgesehen, so daß nur der unablässige Regen Wasser spendete.

Der Gasthof lag an der Grenze zwischen Somersets Gebiet und dem von Warwick beherrschten, das wir nun betreten sollten. Wir waren von einer kleinen Gruppe von Somersets Soldaten begleitet worden, die im Gasthof übernachteten und ihre Kameraden ablösten, welche am nächsten Tag nach Guisnes zurückkehren sollten. Im Gasthof befanden sich auch Soldaten, die in Warwicks Diensten standen. Eigentlich rechneten wir damit, daß sie gegeneinander kämpfen würden, doch obwohl sie gut bewaffnet waren, sahen sie keinen Grund dazu – das erste Zeichen von gesundem Menschenverstand, das ich an diesen Leuten habe beobachten können. Sie hatten Schwerter, Pfeile und Bogen bei sich und trugen Helme mit breiten Rändern über Kettenhauben und Wämsern. Schilde besaßen sie keine, da diese, wie sie sagten, beim Schießen mit dem Bogen hinderlich und deshalb nur etwas für Adelige seien. Ich machte keinen Hehl aus meinem Interesse an ihren Bogen, und sie waren so freundlich, mir deren Funktionsweise vorzuführen.

Es handelt sich um ehrfurchtgebietende Waffen. Ein Bogen besteht aus einem einfachen, gekrümmten und behandelten Ast und ist etwa zwei Meter lang. Die Pfeile haben eine Länge von etwa einem Meter und verfügen über eine schlanke Stahlspitze mit Widerhaken. Ein Soldat ist für gewöhnlich mit zehn bis zwölf dieser Pfeile ausgerüstet. Er kann damit weiter als mit fast jeder Armbrust schießen und auf hundert Meter Entfernung eine nahezu anderthalb Zentimeter dicke Rüstung durchschlagen. Allerdings haben diese Bogen im Vergleich mit Armbrüsten auch einen gewaltigen Nachteil, denn der Schütze muß über gewaltige Kräfte verfügen, wenn er damit etwas ausrichten will. Offenbar beginnen die meisten Männer in Ingerlond schon in sehr jungen Jahren mit kleinen Bogen zu üben und haben Befehl von ihren Herren, bis ins hohe Alter hinein nicht lockerzulassen. Das Ergebnis ist, daß man einen Ingerlonder – nicht die Adeligen, aber die gewöhnlichen Bauern – an den geschwollenen, viel zu stark ausgebildeten Muskeln an Schultern und Armen erkennt, insbesondere des rechten, mit dem sie den Schaft des Pfeils bis ans Ohr zurückziehen.

Obwohl die beiden Trupps von Bogenschützen verschiedenen Herren dienten, legten sie den Großteil des Abends keinerlei gegenseitige Feindseligkeit oder Abneigung an den Tag und aßen und tranken vergnügt miteinander. Erst als sie mit dem Würfelspiel begannen, war Schluß mit dem Frieden, denn ein Streit brach aus, nachdem ein Mann den anderen des Betrugs bezichtigt hatte. Natürlich waren inzwischen alle betrunken. Aus dem Streit wurde eine Prügelei, allerdings nicht mit wirklichen Waffen, sondern mit Fäusten, Tischbeinen, Stühlen und so weiter. Die Gaststube wurde verwüstet, viele Köpfe wurden blutig geschlagen, und ein oder zwei Männer blieben besinnungslos liegen. Dann, plötzlich, waren alle wieder die besten Freunde, ohne daß ein Grund ersichtlich gewesen wäre. Sie zechten weiter zusammen, als wäre nichts geschehen, bis auch der letzte betrunken unter den Tisch sank.

Als wir aufwachten, graute der Morgen, und es stand kaum ein Wölkchen am Himmel. Ein schneidendkalter Wind schien sich mitten aus der aufgehenden Sonne zu erheben. Der Himmel über uns war saphirblau, im Osten schimmerte er rosig wie die Blätter von Lotosblumen oder wilden Rosen, und der Boden, die Ackerfurchen und die Äste der Bäume waren mit einem Staub bedeckt, der funkelte wie Diamanten und in der Sonne glitzerte. Im ersten Moment glaubte ich, die Stadt aus Edelsteinen vor mir zu haben, welche die von meinem Bruder Jehani zitierten Verse schildern. Der Staub erinnerte ein wenig an Schnee, war aber feiner und wird Reif genannt. Er entsteht, wenn kleine Flüssigkeitströpfchen in der Luft gefrieren und sich dann über das Land senken.

Trotz der Kälte schien das helle Licht eine erfrischende Wirkung auf die Menschen zu haben, nicht nur auf uns, sondern auch auf die Soldaten, die Bogenschützen, die anderen Reisenden und die Bediensteten des Gasthofs. Alle liefen umher, ruderten mit den Armen, um sich zu wärmen, riefen einander zu und sangen sogar. Die fröhliche Stimmung legte sich allerdings, als man ein kleines Mädchen, kaum drei Jahre alt, in einer Ecke der Scheune fand, wohin sie nachts gegangen war, um ihre Notdurft zu verrichten. Zu weit entfernt von den Tieren und ihren Eltern, die betrunken gewesen waren, war sie erfroren.

Wir verspeisten ein Frühstück, bestehend aus dem widerwärtigen Brot und euterwarmer Milch. Die Bogenschützen legten aus gehacktem, nicht richtig durchgebratenem Rindfleisch geformte Stücke zwischen die Brotscheiben und tranken dazu Bier. Die Sonne stand noch kaum eine Stunde über dem Horizont, als wir uns schon wieder auf den Weg machten. Zuerst kamen wir besser voran als am Vortag, da das Wasser am Boden gefroren war, so daß wir nicht mehr durch den Schlamm waten mußten. Allerdings lagen überall steinharte

Klumpen herum, und man mußte achtgeben, wohin man trat, um sich nicht den Knöchel zu verrenken oder sich bei einem Sturz zu verletzen. Außerdem hatten sich die riesigen Pfützen in milchige Eisflächen verwandelt, die noch rutschiger als polierter Marmor oder selbst nasser Basalt waren.

Dennoch legten wir die Strecke zurück, und bald kamen die Mauern von Calais, eine lange, geschwungene Befestigungsanlage, hin und wieder durch Rundtürme unterbrochen, vor uns in Sicht. Diese bestand zum Großteil aus einem hellen, fast weißen Stein und glänzte in der Sonne, die inzwischen hinter uns stand. Der Stein war – besonders am oberen Rand – rußgeschwärzt. Die ganze Stadt lag unter einer schwarzen, fettigen Rauchwolke, da man im Winter hier Kohle verbrennt, einen schwarzen Stein, der in dieser Gegend häufig vorkommt. Kohle glüht sehr hell und gibt viel Wärme ab, erzeugt aber einen widerwärtigen schwarzen Qualm, der nach Schwefel stinkt und außerdem giftig ist. Offenbar ersticken jedes Jahr im Winter viele Menschen, weil sie sich zu nah ans Feuer setzen oder schlecht ziehende Kamine haben. Sie verlieren das Bewußtsein und sterben im Schlaf.

Natürlich wurden wir am großen Tor aufgehalten. Dieses hing nicht in Angeln, sondern war an Hanftauen über der Straße angebracht und wurde mit Hilfe von hoch an den Mauern angebrachten Winden hinauf- oder hinabgelassen. Es handelte sich um ein Gitterwerk aus schweren, mit Nieten beschlagenen Holzbohlen. Die viereckigen Lücken ermöglichen es den Verteidigern, ihre Feinde zu beobachten und Pfeile auf sie abzuschießen. Man nennt so etwas ein Fallgatter, und da es sich als nützlich erweisen könnte, habe ich davon eine Skizze anfertigen lassen.

Ganz offensichtlich waren wir weder Franken noch gehörten wir zu Somersets Ingerlondern, was die größte Sorge des Hauptmanns der Wache war. So gelang es uns rasch, ihn davon zu überzeugen, daß wir tatsächlich Kaufleute aus dem Orient waren, indem wir ihm eine Auswahl unserer Waren zeigten und ihm die Geleitbriefe der Herrscher der Länder vorlegten, die wir vor Francia durchquert hatten. Unsere Hautfarbe bestätigte unsere Aussage, und der Hauptmann, ein Ritter, sagte, sein Vater habe im östlichen Mittelmeer gegen die Türken gekämpft und ihm erzählt, daß die Männer und Frauen aus dieser Gegend häufig eine so dunkle Haut hätten wie die unsere.

Letzteres jedoch führte zu einer heftigen Debatte in der ungehobelten Sprache der Ingerlonder, deren Inhalt Ali uns später wiedergab. Es ging um die Frage, ob wir Muselmanen, also gottlose Heiden seien. Ali versicherte den Ingerlondern, daß sich das nicht so verhielte. Er beteuerte, wir kämen aus einem Land noch weiter östlich als jene, die von den Muselmanen beherrscht würden, und hofften, nicht nur Handelsgüter mit nach Hause zu bringen, sondern auch den wahren Glauben an Christus, den Erlöser. Außerdem seien wir Feinde der Muselmanen, die seit siebenhundert Jahren versuchten, unser Land zu erobern.

Das Ergebnis war, daß wir nach etwa einer Stunde – in der sich die Dunkelheit langsam über das Land legte, anstatt wie bei uns rasch hereinzubrechen – die Erlaubnis erhielten, uns in der Stadt eine Unterkunft für die Nacht zu suchen. Außerdem erhielten wir Anweisung, früh am nächsten Morgen beim Grafen von Warwick oder einem von ihm ermächtigen Offizier vorzusprechen, um uns die nötigen Pässe und Genehmigungen ausstellen zu lassen. Dann durften wir endlich in die Stadt.

Calais hat das Problem, daß es aus allen Nähten platzt und nicht mehr weiß, wohin mit der vielen Wolle. Da die inglysshe Wirtschaft von der Wolle abhängt, haben die Könige gesetzlich verfügt, daß sämtliche Ausfuhren ins Ausland über Calais abgewickelt werden müssen, und selbstverständlich zieht ein derart bedeutender Markt auch Handel mit anderen Waren und Dienstleistungen an. Deshalb strotzt die halbkreisförmige kleine Stadt, die man in einer knappen Viertelstunde durchqueren könnte, wenn die Straßen nicht so überfüllt wären, von Lagerhäusern, Kontoren und natürlich den

Unterkünften für die Menschen, die hier Arbeit gefunden haben: die Kerzenzieher, Seilmacher, Segelmacher, Schiffszimmerleute, Schiffsbauer, Schmiede und die vielen unzähligen anderen Handwerker.

Die Straßen sind eng und dunkel, da die oberen Etagen der Gebäude darüberragen und sich beinahe in der Mitte treffen, so daß man seinem Nachbarn von gegenüber die Hand schütteln könnte. Außerdem sind sie schmutzig. Wie schmutzig, würde deine Vorstellungskraft übersteigen. Jede Straße ist eine Kloake, und es kommt nicht selten vor, daß eine Seitengasse völlig von einem bis zu zwei Meter hohen Schutthaufen versperrt wird. Küchenabfälle, zerbrochene Möbel, die alten Ziegel eingestürzter Gebäude, alles wird einfach auf die Straße geworfen.

Ali brachte uns zu dem Gasthof, in dem er übernachtet hatte, als der geheimnisvolle *sadhu* ihm das Pergament von meinem Bruder Jehani überbrachte. Ein Blick genügte mir, um mich rundheraus zu weigern, dort zu schlafen. Auf unserer Reise sind wir nicht nur in Palästen, sondern auch in einigen ziemlich abstoßenden Absteigen untergekommen, aber das hier war einfach zuviel des Guten. Als ich einen zweiten Blick wagte, hätte ich mich beinahe übergeben, denn die Hündin des Wirtes, ein riesiges, räudiges Tier, machte nur wenige Zentimeter von mir entfernt einen riesigen Haufen. Daraufhin teilte ich Ali mit, ich verlange eine warme und saubere Unterkunft, ganz gleich, was es auch kosten möge, und es sei an ihm, eine solche zu finden. Während er sich auf die Suche machte, schlenderten wir zum Hauptplatz und warteten neben dem Stein, der dessen Mitte bildete. Dabei gaben wir uns Mühe, unseren Blick von dem Galgen abzuwenden, wo man die zweiunddreißig Viertel von acht zerstückelten Verbrechern ausgestellt hatte. Vermutlich war auch Alis *sadhu* hier bei lebendigem Leibe verbrannt worden.

Inzwischen war es dunkel, doch der Platz wurde von Fackeln aus qualmendem Pech erhellt, die meiner Schätzung nach keine Stunde mehr weiterbrennen würden. Es begann zu schneien. Die Fackeln zischten und spuckten, und drei oder vier von ihnen verloschen. Allerdings hörte ich von überall her fröhliches Feiern, laute Musik, Rufen und Gesänge. Viele Fenster, die auf den Platz hinausgingen, waren erleuchtet. Ich nahm an, daß in der Stadt ein Fest stattfand, und wie du bald hören wirst, hatte ich recht.

Fast hatte ich die Hoffnung aufgegeben, Ali wiederzusehen, und ich befürchtete schon, daß er von Räubern überfallen und getötet worden war, so daß uns die hiesigen Bürger am nächsten Morgen, zu Statuen erstarrt, auf dem Platz vorfinden würden. Doch da kam er schon an seinem dünnen weißen Stock angehumpelt.

»Prinz«, rief er. »Ich habe den Kammerherrn keines Geringeren als des Grafen von Warwick überreden können, uns in seinem Haus willkommen zu heißen. Das Festmahl steht schon bereit. Dort bekommt Ihr etwas zu essen, ein Dach über dem Kopf und auch Unterhaltung geboten. Außerdem ist es warm.«

Wir sammelten unsere Sachen ein, schüttelten uns den Schnee von den Mänteln und stampften mit den Füßen. Die Maultiertreiber rüttelten unsere Lasttiere wach, der Fakir erhob sich aus seiner Trance, und der Buddhist klapperte mit seinen Fingerzimbeln und stimmte einen monotonen Singsang an.

»Eigentlich«, fuhr Ali fort, als wir einen Hügel hinaufgingen, »wurden wir sogar erwartet. Man hatte Männer losgeschickt, um uns zu suchen.«

»Wie kann das sein?«

»Heute ist ein besonderer Festtag. Er heißt die zwölfte Nacht, da heute zwölf Nächte seit Jesu Geburt vergangen sind, den sie hier als Gott verehren. Offenbar sind in dieser Nacht drei Könige aus dem fernen Osten, vielleicht sogar aus Indien, mit Geschenken zu seiner Geburtsstätte gekommen. Der Hauptmann am Tor, der uns eingelassen hat, hat unsere Ankunft vermutlich den hiesigen Adeligen gemeldet und uns – wegen unserer dunklen Hautfarbe und den Reichtümern, die wir bei uns haben – mit den drei Königen verglichen. Daraufhin hat Warwick Befehl gegeben, Ausschau nach uns zu halten und uns in sein Haus zu bringen. Und als ich bei ihm vorsprach und um eine Unterkunft flehte, erkannte mich der Türhüter als ein Mitglied der Reisegesellschaft, die ihm beschrieben worden war ... «

Wir befanden uns bereits an den Mauern des Burgfrieds, der zentralen Festung der Stadt, unweit von zweien der großen Tempel oder Kirchen. Die Wachen ließen uns unter einem Fallgatter wie dem in der Stadtmauer durchgehen. Wir mußten in einem Vorzimmer oder einer Wachstube warten, während sie unserem Gastgeber unser Eintreffen meldeten. Hier brannten ein Feuer und Laternen, so daß mir die Lage schon viel rosiger erschien als zuvor. Wir hörten schrille Flötenmusik und dazu Getrommel über einen kleinen Hof wehen. Die Musik kam aus einer Halle mit hohen, schmalen, hellerleuchteten Fenstern.

Ali sprach weiter. »Die drei Könige«, sagte er, »hießen Kaspar, Melchior und Balthasar, und ich glaube, es würde unsere Gastgeber erfreuen, wenn wir sie so gut wie möglich verkörpern würden. Ihr, Prinz, müßt den Kaspar spielen, weil er zuerst kam. Ich gebe den Melchior, und Anish kann den Balthasar mimen, denn dieser wird stets als schwarzer Maure dargestellt, und Anish ist der dunkelste von uns.«

Anish ärgerte sich über die Bemerkung, denn er wird nicht gerne an seine tamilische Herkunft erinnert. Aber Ali hatte ganz offensichtlich recht, weshalb ich Anish befahl, mit dem Jammern aufzuhören und zu gehorchen. Ali fuhr fort: »Die Geschenke, die sie mitbrachten, waren Gold, Weihrauch und Myrrhe. Wir können anstelle von Myrrhe das Harz des Kampferbaumes aus unserem Medizinkästchen nehmen; das riecht ganz ähnlich, so daß wir mit allen drei Geschenken aufwarten können. Doch wenn ich einen König spielen soll, brauche ich prunkvollere Kleider als sonst ... «

Unser Ali überrascht mich immer wieder, denn nun sprang er herum wie ein Kind, das ein neues Spiel erfunden hat. Wir mußten unsere besten Kleider anziehen und uns Goldketten umhängen. Er selbst streifte mein zweitbestes Gewand über den Turban und den Umhang, die er immer trug, ohne diese zuvor abzulegen. Dann stellte er uns in einer Reihe auf. Ich bekam einen kleinen Goldkelch mit Diamanten und Rubinen und rings um den Rand eingeprägten Elefanten in die Hand gedrückt – wahrscheinlich erinnerst du dich noch daran, ein recht hübsches Ding, aber nicht besonders wertvoll. Er selbst bewaffnete sich mit einer Handvoll Räucherstäbchen, und Anish bekam eine Silberschatulle mit einem Stück Kampferharz, das wir als vorbeugendes Mittel gegen Magenkrämpfe mitgenommen hatten.

Kapitel fünfzehn

Wie soll ich die Halle schildern? Sie war ziemlich groß – etwa fünfzig Schritte lang und zwanzig breit –, mit einem hohen, gewölbten Dach, das auf Stichbalken und Kragsteinen ruhte. Wir traten durch riesige Doppeltüren an der Schmalseite des Raumes ein (sie bestanden aus einem harten Holz namens Eiche, das man hier für alle Teile benutzt, die hohen Belastungen standhalten müssen. Allerdings ist es bei weitem nicht so widerstandsfähig wie die Hölzer, die man bei uns verwendet). Am anderen Ende der Halle erhob sich eine Plattform, auf der die wichtigsten Adeligen thronten, so daß sie den gesamten Saal im Blick hatten.

Im Raum standen, parallel zueinander, zwei lange Tische, an denen mehr als vierzig Großgrundbesitzer, Ritter und geringe Adelige saßen. In der Mitte der Wand links von uns befand sich ein riesiger Kamin, in dem eine große Anzahl von Scheiten brannte und den ganzen Raum erwärmte. Auf der anderen Seite, dem Kamin gegenüber, lagen einige Türen, die kleiner waren als die, durch die wir hereingekommen waren. Bald fanden wir heraus, daß es sich um die Ein- und Ausgänge einer großen Küche handelte. Der gesamte Raum wurde von vielen Kerzen erleuchtet, die auf waagerecht von der Decke hängenden Eisenrädern oder in Halterungen an den Wänden steckten. Dennoch lagen die Deckenbalken und die Ecken im Schatten. Daß der Raum mit den Zweigen immergrüner Pflanzen namens Efeu und Stechpalme geschmückt war, verstärkte die düstere Stimmung noch.

Im Laufe des Abends verlosch eine Kerze nach der anderen zischend und qualmend, und um Mitternacht spendete fast nur noch das große Feuer Licht. Allerdings verhinderte das nicht, daß bis in die frühen Morgenstunden ausgelassen gefeiert wurde.

Über der Eingangstür befand sich ein Balkon mit … beinahe hätte ich sie Musiker genannt, doch das, was sie mit ihren Instrumenten veranstalteten, konnte man kaum als Musik bezeichnen. Diese Instrumente bestanden – wie Trompeten, Jagdhörner und Zugposaunen – aus Metall oder aus Holz wie die Flöten. Es war auch ein Blasinstrument namens Oboe dabei, dessen Mundstück ein scheußliches Quietschen erzeugte. Außerdem gab es noch ungestimmte Trommeln, die entweder ein lautes Getöse oder ein scharfes, durchdringendes Rasseln von sich gaben. An einigen der Flöten waren Blasen befestigt, aus denen eine weitere Pfeife ragte. Der Musiker füllte diese Blase mit seiner Atemluft und preßte diese dann durch die zweite Pfeife wieder nach draußen, so daß ein langgezogenes, monotones Quäken entstand.

Die Musiker begrüßten uns mit einem Tusch, und während wir den Gang zwischen den beiden Tischen entlangschritten, erhoben sich die Männer jubelnd und schlugen mit ihren Messern, die über Horngriffe verfügten, auf ihre Zinnteller und auf die Tischplatte. Ein wenig verdutzt, aber überzeugt davon, daß sie uns freundschaftliche Gefühle entgegenbrachten, führte ich unsere kleine Prozession, so feierlich ich konnte, zu dem Podium. Dort bot sich mir ein Anblick, wie ich ihn während unserer Reise von Venedig hierher häufig auf Gemälden, Buntglasfenstern und ähnlichen Darstellungen gesehen hatte. Es handelte sich um die Szene – oder besser gesagt, deren Verballhornung –, welche die sogenannte Heilige Familie verkörperte: Maria, die Mutter von Jesus, Joseph, der Vater, und der neugeborene Jesus selbst, dem wir unsere Geschenke darbringen sollten.

Es war wirklich ein Spottbild. Oder habe ich vergessen zu erwähnen, daß keine Frauen in der Halle anwesend waren? Es verhielt sich tatsächlich so, obwohl ich im ersten Augenblick schon glaubte, mich geirrt zu haben. Die Person, die die Mutter Jesu spielte, war zwar einen Meter achtzig groß und ziemlich kräftig gebaut, trug jedoch ein blaues Gewand mit einer Haube, unter der sie kokett hervorlugte. Außerdem konnten wir erkennen, daß sie kastanienbraune Locken, eine helle, glatte und weiche Haut, große, runde leuchtendblaue Augen und einen Mund hatte, der rot geschminkt war wie bei einer Hure. Nachdem mir klargeworden war, daß ich einen als Frau verkleideten Mann vor mir hatte, erkannte ich auch, was mich zunächst hatte täuschen können: Es war ein sehr junger, erst etwa siebzehn Jahre alter Bursche mit zarten, sehr einnehmenden Zügen. Hinter ihm stand »Joseph«, ein älterer Mann über dreißig, kräftig gebaut, muskulös und dunkelhaarig, wenn auch ein wenig rot im Gesicht. Bei unserer ersten Begegnung trug er einen dichten Bart und eine Perücke, die hastig aus Stücken von Schaffell, mit der pelzigen Seite nach außen, hergestellt worden waren. Dazu war er in ein derbes Gewand gehüllt.

Doch am meisten schockierte mich der kleine Jesus oder vielmehr das Geschöpf, das ihn verkörperte und in den Armen seiner »Mutter« lag. Denn es handelte sich um nichts anderes als um ein lebendiges Ferkel, das sich jedoch nicht sträubte, sondern damit zufrieden schien, sich in Marias Armbeuge zu schmiegen und ihr Gesicht zu betrachten. Dabei wirkte es sehr gelassen. Nur seine Schnauze kräuselte sich fordernd. Ob es wohl Milch brauchte?

In der Halle herrschte gespanntes Schweigen, so daß Alis geflüsterte Ermahnung, ich müsse dieses Theater unbedingt ernst nehmen, eigentlich überflüssig war. Ich näherte mich der Gruppe, kniete – so demütig und bescheiden wie möglich – vor Marias gestiefelten Füßen nieder und stellte den Kelch auf den Boden. Ali und Anish folgten meinem Beispiel. Als Anish sich mühsam aufrichtete (trotz der durchlittenen Entbehrungen ist er nicht magerer geworden), brachen alle Anwesenden in Gelächter und Jubelrufe aus. Wahrscheinlich erschrak sich das Ferkel, denn es begann, sich verzweifelt zu sträuben, und urinierte schließlich auf »Marias« Schoß. Der junge Mann, der die Rolle spielte, sprang mit einem Aufschrei hoch, so daß das Ferkel zu Boden purzelte. Dann trat er nach dem Tier, verfehlte es aber. »Dummes Vieh«, brüllte er. »Hätte es nicht Windeln tragen sollen?«

Dann streiften die beiden Männer ihre geborgten Gewänder ab und luden uns ein, uns zu ihnen zu setzen.

»Joseph« benahm sich wie der Gastgeber, was er auch war, denn es handelte sich um keinen Geringeren als Richard Neville, den Grafen von Warwick und Hauptmann von Calais (bitte verwechsle ihn nicht mit dem Hauptmann der Wache). Er ist – und er ließ keine Gelegenheit aus, das zu betonen – ein sehr wohlhabender und mächtiger Mann, der überall im Königreich Ingerlond riesige Ländereien besitzt. Das alles verdankt er der Hochzeit mit einer Dame, die auch den Titel, den er trägt, als Mitgift mit in die Ehe gebracht hat. Er selbst ist Sohn und Erbe des Grafen von Salisbury, eines alten Mannes, einst ein großer Krieger, der ebenfalls mit am Tisch saß. An diesem Abend und auch bei unseren späteren Begegnungen legte Neville ein hochfahrendes, herrisches Betragen und eine Willkür an den Tag, die man, wie wir noch herausfinden sollten, bei allen Adeligen in Ingerlond antrifft, auch wenn diese Eigenschaft bei ihm besonders stark ausgeprägt war. Aber sein Stolz war nicht ganz unbegründet. Wie wir bald erfuhren, hatte er sich in der Schlacht, insbesondere zur See, bewährt und den Ärmelkanal zwischen Ingerlond und Francia von Piraten gesäubert. Allerdings galt er zu Lande als herrschsüchtiger und unentschlossener Befehlshaber.

Der jüngere Mann wurde uns einfach als March oder Eddie vorgestellt. Ich hatte den Eindruck, daß dieser Eddie March ein Mann von einigem, wenn auch nicht übergroßen Einfluß sein mußte. Offenbar verdankte er seine Stellung unter den Anwesenden seinen Fähigkeiten, seinem guten Aussehen und seiner Freundschaft mit Warwick, nicht etwa einer adeligen Abstammung oder ererbtem Grundbesitz.

Wie ich hinzufügen möchte – und ich stehe in Alis Schuld, weil er mir so viel beigebracht hat –, messen die Ingerlonder dem Vermögen und der Herkunft eines Mannes viel größere Bedeutung bei als seinen Talenten oder Verdiensten. Doch das ist ein anderes Thema.

Da das Spiel nun vorbei war, konnte getafelt werden. Das

Essen war wie immer widerwärtig. Es gab riesige Mengen Rindfleisch und Schaf, abgeschnitten von einem ganzen Tier, das an einem Spieß über dem Feuer gebraten worden war. Die Tischdekoration bestand aus einem Schwan, gefüllt mit Pfau, der wiederum mit Hühnchen und Lerchen gefüllt war. Dazu servierte man verschiedene Gemüse von den Sorten, die man bei uns nur an die Tiere verfüttert, wie beispielsweise Kohl und diverse Wurzeln; das Brot, das bergeweise gereicht wurde, bestand aus Weizen und war mehr oder weniger genießbar; außerdem wurden Butter, Sahne und harte, scharf schmeckende Käsesorten aufgetragen. Zu guter Letzt bekamen wir eingelegte oder getrocknete Früchte, einige davon aus wärmeren Ländern, wie Datteln, Feigen, Walnüsse, Mandeln und Haselnüsse.

Doch das schlimmste waren die vielen alkoholischen Getränke. Pagen schleppten Unmengen von Bier und Wein, die natürlich bald ihre Wirkung zeigten, in riesigen Krügen an die Tische. Es wurde ausgelassen herumgetobt, und nachdem die Überreste des Festmahls bis auf die Kelche und Krüge abgeräumt worden waren, beteiligten sich die meisten Gäste an einem höchst albernen Spiel: Die jüngeren, leichteren Männer stiegen auf die Rücken ihrer größeren, schwereren Kameraden. Diese hakten die Ellenbogen um die Knie der Reiter und traten im Kampf gegeneinander an. Das Ziel war, die Reiter abzuwerfen oder Reiter und Pferd zu Boden zu schleudern. Dazu waren alle Waffen, die den Kombattanten in die Hände fielen – mit Ausnahme von echten – zulässig. Kissen und Polster wurden ins Spiel gebracht. Außerdem Schöpfkellen und Löffel, leere und halbvolle Krüge und Trinkgefäße, die man Humpen nennt und die aus Zinn bestehen.

Bald war alles voller Blut, und zerbrochene Möbel und Besteck lagen im Raum herum. Allerdings schien sich niemand ernstlich verletzt zu haben. Wenn ein Paar stürzte oder geschlagen wurde, zog es sich an den Rand des Raumes zurück, wo es weiter zu dem Radau beitrug, indem es die Kämpfenden anfeuerte. In der Folge war es, als nur noch zwei Paare übrig waren, noch lauter als am Anfang. Ein Paar bestand aus Richard Neville, der Eddie March auf dem Rücken trug. Sein Gegner war ein alter Mann namens William Neville, Lord Fauconberg, der auf einem jüngeren Ritter ritt. Dieser war auch schon über vierzig und hieß John Dynham. Wie ich später erfuhr, war Fauconberg Warwicks Onkel. Bis jetzt hatte ich gedacht, Richard Neville und March seien deshalb noch im Rennen, weil Neville schließlich als Graf von Warwick und Hauptmann von Calais der Ranghöchste im Raum war, so daß niemand gewagt hätte, ihn zu besiegen. Doch ich irrte. Seinem Onkel, der einen grauen Bart und Schultern so breit wie die eines Ochsen hatte, gelang es, seinen Fuß zwischen die Füße seinen Neffen zu schieben und seine Gegner mit einem kräftigen Schubs umzuwerfen. Allerdings hatte ihm nicht nur rohe Gewalt, sondern auch Schlauheit zum Sieg verholfen, denn Fauconberg hatte hinter Warwick einen umgefallenen Stuhl gesehen und dafür gesorgt, daß sein Neffe darüber stolperte.

Der junge March lachte zwar über diese Finte, doch Warwick war offenbar ein schlechter Verlierer. Mit zornesrotem Gesicht behauptete er, sein Onkel habe nur durch Unlauterkeit und Betrug gewonnen, doch die Zuschauer schrien ihn nieder und bestätigten Fauconberg und Dynham als die rechtmäßigen Sieger. Ich hatte den Eindruck, daß sich viele der jüngeren Männer über die Gelegenheit freuten, es ihrem General heimzuzahlen.

Tja, lieber Vetter, wie ich bereits sagte, dauerte es eine Weile, bis die Kerzen heruntergebrannt waren. Die meisten Männer schliefen nacheinander betrunken ein, allerdings erst, nachdem sie, begleitet von den Musikern, einige derbe Lieder gegrölt hatten. Der Großteil handelte von verschmähter Liebe, von aus der Ferne vergeblich angeschmachteten Damen und von Freunden, die in der Schlacht gefallen waren. Im Laufe der Nacht wurden wir immer wieder daran erinnert, daß wir unter die Barbaren geraten waren. Der steinerne Boden war mit Binsen und Sägemehl bedeckt, was die Männer offenbar als Aufforderung betrachteten, entlang der Wände zu urinieren oder noch Schlimmeres zu tun. Auch die Hunde, von denen sich einige ziemlich große Exemplare im Raum befanden, verrichteten ihr Geschäft nach Belieben. Wir blieben unter uns, drängten uns in einer Ecke um das Feuer und träumten, umhüllt von Dunkelheit, von einem Zuhause, das wir bis jetzt offenbar nie richtig zu schätzen gewußt hatten.

Kurz nach Morgengrauen wurden wir jäh und unsanft aus dem Schlaf gerissen, und zwar zuerst von einem Diener, der hereinkam, um das große Feuer wieder anzufachen und Reisig und trockenes Holz nachzulegen. Kurz darauf begannen die ersten Männer sich zu regen und sich verkatert aufzurappeln. Draußen auf dem Kopfsteinpflaster waren Hufgetrappel, Rufe und Losungsworte zu hören. Dann kamen drei Männer herein, die Kettenhemden, spitz zulaufende Helme und Schwerter an der Seite trugen. Ihre schweren Stiefel donnerten über das Pflaster. Auch ihre Arme und Beine waren gepanzert, allerdings nicht ihre Körper, zumindest, soweit wir es sehen konnten, denn diese wurden von Wappenröcken, versehen mit einem weißen diagonalen Kreuz auf rotem Grund, verdeckt. Wie wir später herausfanden, handelte es sich um das Zeichen der Gefolgsleute der Familie Neville.

Sie marschierten in die Halle und waren kurz darauf mit dem Grafen in einem Gespräch vertieft. Dieser war unter dem hohen Tisch eingeschlafen, an den er zurückgekehrt war, um seinen Kummer wegen seines durch die Niederlage im Turnier verletzten Stolzes im Alkohol zu ertränken.

Währenddessen kroch das graue Licht langsam durch die großen Fenster herein und tauchte den von der Nacht übriggebliebenen Dreck und das Durcheinander in einen fahlen Schein. Ich war froh zu sehen, daß wenigstens einige der Pagen, die uns bedient hatten, mit Besen zurückkehrten und Schmutz und Abfälle zu Haufen zusammenschoben, bevor sie den Boden mit frischem Stroh und Binsen bestreuten. Wegen des ständigen Kommens und Gehens standen inzwischen die verschiedenen Türen, auch die große Eingangstür, durch die wir eingetreten waren, offen, so daß die kalten Windböen wenigstens einen Teil der üblen Gerüche und der stickigen Luft vertreiben konnten. Übrigens kündigte der Wind einen gewaltigen Sturm mit viel Regen an, der fast eine Woche lang dauern sollte. Ali spitzte aufmerksam die Ohren und war bald in der Lage, Anish und mir Neues zu berichten.

»Anscheinend«, meinte er, »haben sich tausend Mann in Ingerlond am Rand einer kleinen Hafenstadt namens Sandwich versammelt, die knapp dreißig Kilometer entfernt am anderen Ufer liegt. Sie werden von Offizieren des Königs angeführt. Es heißt, daß sie das Meer überqueren werden, um sich in Guisnes dem Herzog von Somerset anzuschließen, sobald die Gezeiten und die Winde günstig sind. Unsere Gastgeber befürchten, daß die Pattsituation durch die Verstärkung aufgehoben werden wird. Somerset könnte so in der Lage sein, Calais anzugreifen und Warwick und seine Männer entweder gefangenzunehmen oder sie ins Meer zu treiben.«

»Wenn ihm das gelingt, könnten wir selbst in eine schwierige Lage geraten«, wandte Anish ziemlich erschrocken ein. »Somerset wird nicht erfreut sein, uns hier anzutreffen, denn schließlich hat er uns den Passierschein nur unter der Bedingung ausgestellt, daß wir von hier aus die Küste nach Bremen hinauffahren.«

»Ali«, befahl ich, »geht los und findet heraus, was Neville in dieser Sache zu unternehmen gedenkt.«

Zehn Minuten später kehrte er zurück. »Ein gewisser John Dynham, das ist der, der gestern mit Lord Fauconberg das Turnier gewonnen hat, soll eine kleine Truppe nach Sandwich führen. Er hofft, ihr Vorhaben dort sabotieren zu können, indem er ihre Schiffe in Brand setzt oder stiehlt. Offenbar kennt er sich in der Stadt und im Hafen gut aus und glaubt, daß er es dank dieses Wissens schafft, eine Menge Schaden anzurichten, ohne sich selbst in Gefahr zu bringen. Schließlich lagert der Großteil der tausend Mann draußen vor der Stadt.«

»Wenn ihnen nichts Besseres einfällt«, wandte Anish ein,

»glaube ich nicht, daß sie Erfolg haben werden.« Er fügte hinzu, wir sollten Calais so schnell wie möglich verlassen, bevor es zu einer Belagerung oder gar zu Kämpfen käme.

Ich erinnerte ihn an unseren Plan, nach Ingerlond zu fahren und meinen Bruder zu suchen, was uns nur gelingen würde, wenn wir hierblieben.

Nachdem der Sturm vorbei war, stach Dynham, begleitet von dreihundert Soldaten, die Neville kaum entbehren konnte, in See. Ein paar Tage später kam er zurück. Doch bevor ich dir berichte, ob seine Mission erfolgreich war, muß ich dir noch von drei weiteren äußerst wichtigen Ereignissen erzählen, die in der Zwischenzeit eintraten.

Zunächst bat ich Ali, soviel wie möglich über diesen Zwist – mag man ihn nun Fehde oder Bürgerkrieg nennen – in Erfahrung zu bringen, der alle Ingerlonder offenbar so in Anspruch nahm. Nun will ich dir schildern, was er uns erklärte, nachdem er die Ritter, deren Bekanntschaft er machte, und die jungen Männer, welche die Adeligen bedienten, einige Tage lang ausgefragt hatte.

Kapitel sechzehn

»Die Sache hat vor über achtzig Jahren begonnen«, begann er. »Damals wurde Ingerlond von einem großen Kriegerkönig namens Edward regiert, der einen großen Teil von Francia erobert und viele Schlachten gegen die Franken gewonnen hat. Er hatte einige Söhne. Der älteste war wegen der Farbe seiner Rüstung als schwarzer Prinz bekannt und ein ebenso tapferer Krieger wie sein Vater. Allerdings starb er noch vor ihm, und als Edward ebenfalls das Zeitliche segnete, bestieg gemäß der Gesetze, die derartige Dinge in Ingerlond regeln, Richard, der Sohn des schwarzen Prinzen, den Thron.

Dieser Richard war ein schwächlicher Knabe, der sehr dem Vergnügen zugetan war. Anstatt gegen die Franken zu kämpfen, blieb er zu Hause, lebte mit seinen Günstlingen in Saus und Braus und verschleuderte durch seine Verschwendungssucht sein Königreich. Viele Adelige lehnten ihn deswegen ab und bestimmten nach einer Weile einen Anführer, der ihn vom Thron jagen sollte, obwohl das gegen die Gesetze und die religiösen Vorschriften des Landes verstieß.

Der Aufstand wurde von einem Neffen von Edward angeführt, der Henry hieß. Dieser war der Sohn von John, bekannt als John von Gaunt, Herzog von Lancaster. So wurde dieser Henry König. Allerdings gönnten ihm viele der Adeligen die Königswürde nicht, so daß es während seiner Regierungszeit häufig zu Unruhen kam. Außerdem plante er, den vom Thron verstoßenen Richard heimtückisch zu ermorden. Henry regierte bis an sein Lebensende und wurde von seinem Sohn beerbt, der ebenfalls Henry hieß. Dieser zweite Henry, der fünfte König von Ingerlond, der diesen Namen trug, war ein tapferer Krieger und marschierte wieder in Francia ein, wo er vor seinem Tod viele große Siege errang. Er hinterließ als Nachfolger einen Sohn, kaum mehr als ein Säugling, der seinen Platz einnehmen sollte. Dieses Kind hieß ebenfalls Henry ...«

»Kennen diese Leute denn wirklich so wenige Namen, daß alle ihre Könige gleich heißen müssen?« beschwerte sich Anish.

Als ich ihn daran erinnerte, daß alle drei deiner Vorgänger, Exzellenz, den Namen Deva Raya getragen haben, hielt er den Mund.

Ali fuhr fort: »Dieser Henry, der sechste, der Ingerlond regierte, lebt noch und ist inzwischen fast vierzig Jahre alt. Wie Richard, dessen Lasterhaftigkeit eigentlich der Grund für dieses Durcheinander war, ist er ein unfähiger Herrscher. Er ist zwar kein Verschwender, der im Überfluß lebt, aber er gibt den gesamten Staatsschatz für prunkvolle Universitäten, Klöster und Bildungsstätten aus, um dem christlichen Gott zu huldigen. Außerdem ist er geistig, körperlich und seelisch ein Schwächling. Er leidet immer wieder an Wahnanfällen, ist häufig krank, und es fehlen ihm Entschlußfreudigkeit und Strenge. Darüber hinaus läßt seine Urteilsfähigkeit einiges zu wünschen übrig. Deshalb wird er, und dadurch das ganze Land, von seiner fränkischen Frau, Margaret de Anjou, regiert. Sie verschleudert das, was vom königlichen Vermögen noch übrig ist, für weniger hehre Dinge als Kirchen und setzt ihre Günstlinge, die aus unbedeutenden Familien stammen, in hohe Posten ein. Da die königlichen Truhen häufig leer sind, bringt die Regierung nichts zustande, und im ganzen Land breitet sich zunehmend Gesetzlosigkeit aus. Viele Adeligen nützen diesen Zustand der Anarchie aus, indem sie persönliche Rachefeldzüge wegen eingebildeter Kränkungen oder Streitigkeiten aufgrund von Besitz- und Erbansprüchen führen.«

Er hielt inne, drehte sich, auf seinen Stock gestützt, einmal vor dem Kamin im Kreis und zog sich den Pelz fester über die Schultern. »Also«, sprach er weiter, nachdem er sich wieder gesammelt hatte, »wenn der Wahnsinn des Königs zu unerträglich wird und sich zu lange hinzieht, bilden drei oder vier wichtige Adelige einen Rat, der in seinem Namen regiert. Die Königin gehört für gewöhnlich dazu. Außerdem Richard ...«

Anish seufzte auf.

»... Richard, der Herzog von York. Dieser Richard ist ein Nachkomme eines jüngeren Bruders von John von Gaunt, dem Herzog von Lancaster, und hat deshalb kein Recht auf den Thron. Dennoch stammt er auch mütterlicherseits von einem älteren Bruder von Gaunt ab, wodurch er eigentlich einen höheren Anspruch auf den Thron hätte als der augenblickliche König. Allerdings hat er nie versucht, diesen Anspruch durchzusetzen, zumindest nicht in der Öffentlichkeit. Wie ich bereits sagte, regiert er gemeinsam mit anderen das Land, wenn der König an Wahnsinn leidet. Gewiß ist Euch bereits aufgefallen, welche Inzucht in dieser Familie herrscht. Das ist sicher der Grund für das gehäufte Auftreten von Krankheiten und Wahnsinn. Die Königin haßt ihn und unterstellt ihm niedrige Beweggründe. Er selbst hat sich zum Protektor und Regenten ausgerufen, sagt, das Land brauche eine starke Regierung, die nach dem Rechten sieht, und hält sich selbst für den besten Mann für diesen Posten. Der Zwist zwischen den beiden hat zum offenen Konflikt geführt, und die Adeligen von Ingerlond haben alle Partei für eine der beiden Seiten ergriffen. Zunächst war dieser Richard von York im Vorteil. Er nahm den König gefangen und regierte an seiner Statt. Dann jedoch gewann die Königin eine Schlacht und drehte den Spieß um. Zur Zeit regiert die Königin mit dem König an ihrer Seite, und zwar nicht in London, sondern in einer Stadt namens Coventry, die mitten in Ingerlond liegt. Allerdings favorisieren die Kaufleute im allgemeinen Richard von York, der sich augenblicklich in Irland im Exil aufhält. Sein Vetter, Freund und Verbündeter Richard Neville, Graf von Warwick, hält, wie Ihr selbst wißt, inzwischen hier die Stellung.«

Soweit Ali ben Quatar Mayeens Worte. Nun jedoch muß ich schließen, lieber Vetter, und zwar mit einem Bericht über die beiden anderen wichtigen Angelegenheiten, die sich in den letzten Tagen ereignet haben.

Eines Nachmittags, kurz nachdem der Sturm sich gelegt

hatte und Dynham mit seinen dreihundert Mann nach Sandwich aufgebrochen war, machten ich, Anish und Ali einen Spaziergang im Hof des Burgfrieds. Wir waren nicht allein. In einer Ecke jonglierte der Fakir, umringt von einer Horde von Knaben, mit sechs Bällen. In einer anderen vertrieb sich unser Mönch die Zeit im Lotossitz.

Wir erörterten unsere Situation. Waren wir Gefangene oder Gäste? Würden Neville und seine Yorkisten uns helfen, nach Ingerlond überzusetzen, oder würden sie uns daran hindern? War unsere Handelsware in Sicherheit, oder würde Warwick sie beschlagnahmen, zu Geld machen und dieses dafür verwenden, den einen König vom Thron zu stürzen und einen anderen an seiner Statt einzusetzen? Schließlich klagten seine Gefolgsleute ständig darüber, daß Ebbe in seiner Kasse herrschte. Die livrierten Offiziere, die in seinen Diensten standen, hatten alle noch keinen Lohn bekommen. Und wenn sein Vorhaben fehlschlug, würden sie den Rest ihres Lebens durch Europa oder sogar den Orient ziehen und irgendwo als Söldner anheuern müssen, denn in Ingerlond waren sie vom Parlament geächtet.

Als wir fragten, was das bedeutete, erfuhren wir, daß es sich dabei um ein für den Betroffenen ausgesprochen unangenehmes Schicksal handelte. Das Parlament (von dem ich später noch mehr berichten werde) hatte gegen die Yorkisten ein Ächtungsgesetz ohne Anhörung und Rechtsverfahren erlassen, was bedeutete, daß der König all ihre Ländereien, ihre Habe und ihr Geld rechtmäßig hatte beschlagnahmen können. Außerdem waren ihre Familien dadurch enterbt, und wenn die Übeltäter selbst ihm in die Hände fielen, riskierten sie, gehenkt, gestreckt und gevierteilt zu werden.

Hierbei handelt es sich um die wohl widerwärtigste Form der Hinrichtung, die noch abstoßender ist als alles, was die Araber sich bis jetzt erdacht haben. Sie schlägt sogar das Pfählen um Längen. Zuerst hängt man den Verbrecher am Hals auf, allerdings nicht lange genug, um ihn zu töten. Anschließend wird er auf einen Tisch gelegt, und der Henker zieht ihm die Eingeweide aus dem Körper, insbesondere die Gedärme, die er dem Opfer vor die Augen hält. Schließlich werden Herz und Leber entfernt. Die Prozedur, an deren Ende der Tod des Bedauernswerten steht, nimmt bis zu einer halben Stunde in Anspruch. Zu guter Letzt schneidet der Henker ihm den Kopf ab und zerstückelt die Leiche in vier Teile. Diese stellt man dann getrennt an verschiedenen Stellen wie beispielsweise einem Stadttor oder einer Brücke als Mahnung für die Vorbeigehenden aus.

Nach einer durch Verrat vor ein paar Monaten in einer Stadt namens Ludlow verlorenen Schlacht waren alle Adeligen, die sich in Calais oder im Exil in Irland aufhielten, vom Parlament geächtet worden. Ihre Ländereien in Ingerlond hatte man enteignet, so daß ihre Familien nun in bitterer Armut lebten. Deshalb waren alle, denen wir während unseres Aufenthalts in Calais begegneten und mit denen wir sprachen, völlig mittellos und darum sicher nicht abgeneigt, uns zu bestehlen.

Allerdings taten sie das nicht, und einer von ihnen bot uns sogar seine Dienste an. Als wir, wie bereits gesagt, durch den Hof schlenderten und an den Ställen vorbeikamen, trat ein hochgewachsener Mann, der gerade einen großen schwarzen Hengst gestriegelt hatte, auf uns zu und wischte sich die Hände an einem Lappen ab. Als er im hellen Tageslicht stand (wenn man es denn so bezeichnen wollte, denn es war immer noch neblig und grau), erkannten wir ihn als Eddie March. Er kam direkt auf den Punkt. »Prinz«, sagte er, »Ihr seid auf dem Weg nach Ingerlond, um Euren verschwundenen Bruder zu suchen.«

Ali übersetzte, doch ich hatte den groben Sinn seiner Worte schon verstanden. Ich nickte.

»Ihr werdet einen Führer brauchen.«

Bei diesen Worten war Ali ein wenig empört. »Ich finde den Weg schon«, murmelte er. Doch March sprach bereits weiter.

»Ich würde Euch gerne, was das angeht, meine Dienste anbieten. Ich habe den Großteil unseres Königreiches bereist und verfüge über Freunde, die Euch bei der Suche helfen und Euch eine Unterkunft zur Verfügung stellen könnten. In den meisten Fällen werden sie aufgrund ihrer Freundschaft zu mir kein Geld von Euch verlangen.«

Ich musterte ihn von Kopf bis Fuß. Er war eindeutig ein hübscher Bursche und ziemlich breitschultrig, ein Eindruck, den die nach der neuesten Mode gepolsterten und bauschigen Ärmel und die schmale, mit einem Gürtel zusammengeschnürte Taille noch verstärkten. An seinem Gürtel hing ein kleiner Dolch. Seine enge Wollhose betonte die wohlgeformten, muskulösen Schenkel und den schmalen, festen Po, wenn er sich umdrehte. Seine Miene war offen und freundlich, und er hatte ein ebenmäßiges Gesicht. Er lächelte häufig und hatte eine zwar melodische, aber auch kräftige Stimme. Ich betrachtete meine beiden Gefolgsleute, Ali – eine Kreuzung aus Sindbad und dem Alten vom Meer – und den dicklichen, kurzatmigen Anish, dem seit unserer Ankunft in Calais ständig wäßriger Schleim aus der spitzen, nach unten gekrümmten Nase tropfte. Beide Männer waren im vorgerückten Alter. Und da wir nicht von Soldaten begleitet wurden, würden wir arg in der Klemme stecken, falls uns Räuber überfielen.

»Es ist freundlich von Euch, mir Eure Dienste anzubieten«, erwiderte ich und verbeugte mich leicht. »Wir nehmen gerne an.«

»Da wäre nur eine Schwierigkeit«, fügte March verlegen und leicht errötend hinzu. »Ich besitze im Augenblick kein Geld und bin völlig mittellos.«

Seine Ausdrucksweise war knapp und förmlich geworden, vielleicht, weil es ihm peinlich war.

»Selbstverständlich werde ich Euch bezahlen.«

»Ich würde nicht im Traum daran denken, mich für Geld zu verdingen, aber ein kleines Darlehen ... Ich werde gewiß bald wieder zu einem Vermögen kommen.«

»Ihr braucht nicht weiterzureden. Anish wird Euch so viel geben, wie Ihr benötigt.«

Und so trafen wir ohne großes Brimborium die weiteren Vorbereitungen und verabredeten, in einer Woche aufzubrechen. Ich blickte zum Himmel und suchte eine Möglichkeit, das Gespräch zu beenden, das March sicherlich unangenehm sein würde, falls seine Kameraden hinzutreten sollten.

»Es sieht nach Regen aus. Anish wird nicht gerne naß, und Ihr möchtet gewiß das Pferd Eures Herrn weiterstriegeln.«

Als wir hineingingen, murrte Anish, das Darlehen an March, zu dem wir uns verpflichtet hatten, würde sicher viel zu hoch ausfallen. Gleichzeitig mußte ich mir Vorwürfe von Ali anhören, denn ich war ordentlich ins Fettnäpfchen getreten: Der Hengst gehörte nämlich March selbst. Selbst wenn er sich keinen Diener leisten konnte, um das Tier zu versorgen, besaß er ein Pferd, das eines Königs würdig war. Natürlich hatten meine beiden Ratgeber recht.

Das zweite wichtige Ereignis war die Rückkehr von Sir John Dynham und seinen dreihundert Mann. Die Mission war erfolgreich gewesen. Weil er sich im Hafen von Sandwich gut zurechtfand, hatte er gewußt, wo die Kommandanten des Königs und der Königin absteigen würden. Er kannte die schmalen Straßen mit den Hütten der Fischer und den Läden der Schiffsausrüster und hatte es deshalb geschafft, alle königlichen Soldaten in der Stadt zu überrumpeln und gefangenzunehmen, ohne den Hauptteil der Truppe, der einen halben Kilometer entfernt in den Feldern biwakierte, aufzuschrecken.

Der Befehlshaber der gefangenen Soldaten war ein gewisser Richard Wydville, Lord Rivers, dessen Frau als Prinzessin geboren und in erster Ehe mit einem Herzog verheiratet gewesen war. Nun war sie die Gattin von Wydville-Rivers, und die beiden hatten einen zwanzigjährigen Sohn namens Anthony. Warwick beschloß, diese Leute, die damit beauftragt gewesen waren, ihn zu fangen oder zu töten, mit einer großen Geste zu demütigen, nachdem man sie nun schon einmal so rüde aus den Betten gerissen und auf die andere Seite des Ärmelkanals verschleppt hatte. Er ließ die Halle mit einhundertsechzig Fackeln und vielen Hunderten von Kerzen beleuchten. Wie er sagte, handelte es sich um das Lichterfest, das Fest der Reinigung von Maria, der Mutter Gottes. Ich fand das seltsam, da ich davon ausgegangen war, daß sie bereits als rein galt. Wir kämpften uns durch eine weitere gewaltige Mahlzeit, die diesmal nicht ganz so schauerlich war, da es am Spieß gebratenes Wildschwein und süße Mischgetränke gab, die Sillabubs hießen. Sie bestanden aus saurer Sahne und Honig und waren mit einer Prise von unserem Muskatnuß wirklich genießbar.

Nachdem die Tische abgeräumt waren, ließ Warwick die Wydvilles vorführen, und obwohl der Vater bereits ein würdiges Alter hatte, begann er sofort, ihn zu beschimpfen. Offenbar hatte Dynham ihm gemeldet, daß Richard Wydville sich seit seiner erniedrigenden Gefangennahme hochfahrend gebärdet habe. Er habe die Lords in Calais als geächtete Verräter und als noch Schlimmeres bezeichnet. Nach einer Weile ergriff Warwicks Vater, der Graf von Salisbury, der ein Altersgenosse von Wydville war, das Wort.

»Für wen haltet Ihr Euch, zum Teufel?« brüllte er und schlug den barschen Ton an, dessen sich inglysshe Adelige meiner Beobachtung nach häufig bedienen, wenn sie erbost sind. Für gewöhnlich jedoch haben die Ingerlonder eine eher träge Sprechweise, ziehen die Vokale in die Länge und verschlucken die Konsonanten. »Wie könnt Ihr Euch erdreisten, uns Verräter zu nennen? Wir sind die Männer des Königs und wollen das gemeine Volk von Euch und Eurem üblen Einfluß befreien. Ihr werdet noch als Verräter am Galgen enden ... denkt an meine Worte.«

Lord Rivers ließ diese Tirade, wie bereits gesagt, mit stoischer Ruhe und herablassender Miene über sich ergehen. Auch sein Sohn setzte ein höhnisches Grinsen auf und schwieg, was Salisburys Sohn Warwick noch mehr auf die Palme brachte.

»Vergeßt nicht, mein guter Mann, mit wem Ihr es zu tun habt. Auch wenn vierzig Jahre vergangen sind, seit Ihr einen Pflug geschoben und den Blick der Königin auf Euch gezogen habt, so daß Ihr aus der Gosse heraus nach der Adelskrone greifen konntet, ist der Geruch nach Bauernhof noch immer nicht zu verleugnen.«

Bei diesen Worten fuhr der junge Wydville empört auf. »Mein Vater ist ein geborener Adeliger, und mehr braucht ein Ingerlonder nicht, damit man ihm denselben Respekt entgegenbringt wie einem König. Wenn Ihr mir mein Schwert zurückgebt, werde ich Euch und allen Anwesenden den Beweis dafür liefern.«

»Da bin ich anderer Ansicht«, mischte sich Eddie March ein. »Wenn alles gesagt und getan ist, werden die Männer übrigbleiben, in deren Adern königliches Blut fließt. Und diese Männer kämpfen nicht mit Vasallen.«

Das war das Ende der Debatte, lieber Vetter. Ich erzähle dir diese Geschichte nur, um dir die merkwürdigen Sitten dieses inglysshen Volkes zu verdeutlichen. Alle Adeligen stammen – wenn zugegebenermaßen manchmal auch nur mütterlicherseits – von den normannischen Barbaren ab, die das Land vor vierhundert Jahren erobert haben. Für sie ist es eine Frage der Ehre, daß sich ihr Blut, zumindest in der väterlichen Linie, nicht mit dem der alten Ingerlonder mischt, denen sie das Land geraubt haben. Sie verachten diese Menschen und betrachten sie als zurückgebliebene Rüpel und unzivilisierte Vandalen – auch wenn diese »Adeligen« in ihrem Betragen nur wenig zeigen, das du oder ich als kultiviert bezeichnen würden.

Tja, lieber Vetter, es ist Zeit, diesen Brief zu beenden. Eigentlich wollte ich dir nur mitteilen, daß wir, was unser Ziel angeht, schon wieder ein Stück weitergekommen sind. Sobald der Wind günstig ist, werden wir nach Ingerlond segeln, und wir haben in Eddie March einen Führer gefunden, der gut für uns sorgen wird.

Ich werde erst wieder zur Feder greifen, wenn wir in Ingerlond sind und einen Teil unseres Vorhabens in die Tat umgesetzt haben,

und verbleibe, mein lieber Vetter, als dein ergebener Diener,

Harihara

Kapitel siebzehn

Ihr könnt euch meine Erleichterung kaum vorstellen, als ich am nächsten Tag zu Alis Haus zurückkehrte und ihn völlig genesen an seinem Stammplatz sitzend antraf. Ich verspürte nur wenig Lust, mich erneut durch einen Papierstapel mit den pedantischen Ergüssen von Prinz Harihara zu kämpfen. Von all den Edwards, Henrys und Richards schwirrte mir schon der Kopf, und ich fand es überflüssig, mich weiter mit ihnen zu befassen.

Ja, Ali war da, aber er war nicht allein. Neben ihm saß eine atemberaubend schöne Frau von etwa dreißig oder fünfunddreißig Jahren. Sie strahlte die Art von Vollkommenheit aus, die reife Frauen erreichen, wenn sie viel erlebt, viel erreicht und Kinder geboren haben und wenn es ihnen, entweder aus Charakterstärke oder in Verbindung mit Witwenschaft, gelungen ist, ihr Leben selbst in die Hand zu nehmen.

Sie trug eine kurze Jacke und eine Pluderhose aus reichbestickter Seide, so fein, daß sie fast durchsichtig war. In der Lücke zwischen diesen Kleidungsstücken war ihr Nabel zu sehen, den ein ziemlich großer Diamant zierte. Ihr Bauch war gewölbt, aber makellos. Ein Schal bedeckte ihre Schultern und ihren Kopf, den sie stolz und aufrecht trug. Ihre hohe, breite Stirn wurde von dichtem dunklem Haar umrahmt. Ihre dunklen Augen unter den dicken Brauen funkelten schalkhaft und manchmal spöttisch. Ihre Nase war markant und ziemlich groß, und sie trug einen kleinen Diamanten in ihrem rechten Nasenflügel. Ihre vollen Lippen über dem zierlichen, aber energischen Kinn und dem langen Hals waren tief dunkelrot geschminkt. Ein paar Fältchen am Hals dicht oberhalb des Schlüsselbeins waren – abgesehen von ihrer Würde, ihrem Humor und ihrer Gelassenheit – die einzigen Anzeichen ihres Alters. Sie trug viel Schmuck: Goldreife an den Oberarmen, mit Smaragden und Rubinen geschmückte Ringe und dazu Kettchen um die Knöchel. Eine unsichtbare Parfümwolke umgab sie und schien sich mit ihr zu bewegen.

»Mah-Lo, effendi, ich möchte dir Frau Uma vorstellen. Uma, das ist Mah-Lo, von dem ich dir schon erzählt habe.«

Ich hoffe, daß meine Verbeugung wenigstens einen Teil der Verehrung und des Staunens ausdrückte, die ich empfand. Die Göttin, die vor mir stand, legte die Handflächen vor dem weichen Busen zusammen, den die tief ausgeschnittene Jacke kaum verbarg, und neigte den Kopf leicht über die schmalen Spitzen ihrer Finger. Der Blick, mit dem sie mich bedachte, war gleichzeitig argwöhnisch, abschätzend und ziemlich verführerisch.

Ich setzte mich neben sie und legte die Hände auf die Knie. Sie griff nach meiner rechten Hand, plazierte sie zwischen uns auf dem Tisch, bedeckte sie mit ihrer und murmelte, es sei ihr ein Vergnügen, mich kennenzulernen, oder etwas dergleichen.

»Wie du weißt, spielt Uma in meiner Geschichte eine Rolle«, fuhr Ali fort. »Als Vision, als Verheißung, als Erfüllung meiner Träume. Du erinnerst dich sicher noch an unser gemeinsames Bad im Palast des Kalifen von Misr-al-Kahira. Sie war als buddhistischer Mönch verkleidet. Außerdem ist sie die Tante meiner beiden Ehefrauen.« Er nahm eine Dattel aus einer Silberschale, die neben dem Limonadenkrug stand, steckte sie diskret in den Mund, spuckte den Stein in die Handfläche, kaute, schluckte und sprach weiter. »Manche Teile unserer Geschichte kann sie besser erzählen als ich, da sie im Gegensatz zu mir bei den wichtigen Vorfällen zugegen war. Jedenfalls ist das, was ihr widerfahren ist, und sind die Ereignisse, die sie ausgelöst hat, an sich schon von Interesse. Also hat sie sich freundlicherweise bereit erklärt, uns einige ihrer Nachmittage zu opfern ...«

Er fuhr sich mit der gesunden Hand über die leere Augenhöhle und seufzte. »Uma, eigentlich könntest du jetzt beginnen«, murmelte er.

Uma entzog mir ihre Hand und richtete sich auf. »Also gut«, sagte sie. Sie trank einen Schluck Limonade und schloß die Augen. Eine Weile schien es totenstill im Garten zu sein, fast als hielte die Natur mit ihr den Atem an. Doch vermutlich bildete ich mir das nur ein, denn der Brunnen plätscherte sicher immer noch, und auch die Vögel zwitscherten bestimmt weiter.

Dann fing sie an zu erzählen.

Das Meer ist aufgepeitscht, die Segel knattern, der Wind heult, und bewegtes, braunes Wasser tätschelt die rauhen, von Seetang bewachsenen Steine des Piers wie die tröstende Hand einer Mutter. Der Wind umweht meine Taille, als ich mit gesenktem Kopf den Mantel fester um mich zusammenziehe. Niemand soll meine gerundeten Brüste oder die hervorstehenden Brustwarzen sehen, die sich im Wind versteifen.

Wir sind eine ziemlich große Gruppe, die fast an eine Raupe erinnert, so viele Beine haben wir, und so eng drängen wir uns zusammen. In einer gewundenen Schlange halten wir auf das vertäute Schiff zu, das von Seilen, so dick wie mein Arm, fest an die mit Hanf gepolsterte Hafenmauer gebunden ist, so daß auch der tosende Wind es nicht loszureißen vermag.

Als ich über die Köpfe meiner Begleiter hinweg zurückblicke, sehe ich die unzähligen Türme und Kirchen von Calais, das Gewirr aus Stroh- und Schieferdächern, die Rauchfetzen, die zwischen den Kaminen in der Luft schweben, und die Regenwolken, die darüber hinweggetrieben werden. Prinz Harihara Raya Kurteishi hat eine rote, mit Goldfäden bestickte Samtkappe auf den schimmernden schwarzen Locken sitzen; diese ist mit einem roten Seidenschal unter dem Kinn festgebunden, damit sie ihm nicht davonfliegt. Wegen des heftigen Windes, den er, wie ich weiß, verabscheut, hat er das runde Gesicht verzogen. Er trägt einen schwarzen Nerzmantel, der glänzt wie sein Haar, und dazu mit Pelz besetzte weiche Lederstiefel. Kammerherr Anish hat rotgeränderte Augen und bewegt sich übertrieben vorsichtig, um bloß nicht auf dem von der Gischt glitschigen Kopfsteinpflaster auszurutschen. Sein Ellenbogen wird von Ali ben Quatar Mayeen gestützt (*an dieser Stelle bedachte Uma unseren Gastgeber mit einem freundlichen Lächeln*), der Mühe hat, seinen Turban festzuhalten, seinen Stock nicht zu verlieren und gleichzeitig Anish vor einem Unfall zu bewahren, insbesondere auch deshalb, weil seine eine Hand nicht voll einsatzfähig ist. Dennoch findet er noch die Zeit, sich, neugierig wie immer, mit seinem gesunden Auge umzusehen und Ausschau nach fremden, unbekannten Dingen zu halten. Unser Fakir, dem das Haar zu Berge steht wie die Stacheln eines Igels, murmelt seltsame Zaubersprüche und Mantras in seinen Spitzbart und schilt den Knaben, der die Kiste mit seinen Gerätschaften trägt. Zu guter Letzt, allerdings gefolgt von unserem Gepäck, erscheint Eddie March mit klappernder Rüstung. An einem mit wellenförmigem, lilafarbenem Sackleinen geschmückten Zügel führt er seinen hochbeinigen Hengst, dessen Hoden an riesige Pflaumen erinnern. Dieser Ingerlonder ist der einzige in unserer Reisegesellschaft, mit dem ich es noch nicht getrieben habe. Doch das werde ich noch tun und gleichzeitig jeden von ihnen in dem Glauben lassen, er wäre der einzige, der meine Brüste, meinen Po und meinen Garten der Lüste kennt.

Dann kommen die Maultiere, inzwischen sind es nur noch zwölf, da so viel von den mitgebrachten Waren mittlerweile verbraucht wurde, und sechs unserer ursprünglich zehn Maultiertreiber. Anish hat die *dhobi-wallahs*, die Köche und alle Schreiber bis auf zwei mit den Soldaten nach Hause geschickt. Er sagte, es sei zu teuer, sie unterwegs durchzufüttern.

Ich wende mich um und blicke über den Hafen hinweg. Vor den Lagerhäusern erhebt sich ein Wald aus Masten, und an den Kais stapeln sich Wollballen und Weinfässer. Als ich durchatme, brennt mir die scharfe Luft in der neugierigen Nase. Es riecht nach Teer, Tauen und Holz, nach Fisch und

Essig, nach dem Meer und all seinen Düften, nach süßlich verwesendem Fischgedärm, nach Salz und Seetang, nach Ratten und Urin, nach gebleichter Wolle und den Gebeinen ertrunkener Seeleute und nach reinigendem Ozon, der den Geruch von frischem Samen mit sich zu führen scheint.

Und dann riecht es auch noch nach Landwirtschaft und nach allen Gewürzen und Düften Indiens, als die Maultiere vorbeitrotten und eines von ihnen einen gelben Dunghaufen vor meine Füße fallen läßt. Sie fahren nicht mit uns auf dem Schiff; wir werden in Dover neue mieten oder kaufen. Doch zuerst müssen wir die Säcke und Beutel an Bord schaffen.

Ich liebe es, abzufahren und anzukommen. Und heute werde ich beides erleben – letzteres entweder in Dover, wo die Bürger Yorks Männer unterstützen, oder auf dem Meeresgrund.

Obwohl es sich um die bei weitem kürzeste unserer Seereisen handelt, ist es das größte Schiff, ein riesiger Dreimaster, der mit seinen gebogenen Dauben aussieht wie ein auf der Seite liegendes dickes Faß. Im Hafen ankern einige dieser Frachter, die man Karavellen nennt. Sie dienen dazu, Wolle, Kohle, Blei, Feuerholz, Eisenwaren und billige Blechtabletts aus Ingerlond hierherzubringen und, beladen mit Pelzen, Seide, Rüstungen aus Teutschland und teutschem und französischem Wein, zurückzukommen. Mit all den wertvollen Handelsgütern also, die Kaufleute wie Ali schon immer vom Osten in den Westen schaffen. Doch da die Ingerlonder nun einmal sind, wie sie sind, wird hauptsächlich Wein eingeführt.

Wegen des gewölbten Schiffsrumpfes ist der Laufsteg, vom Kai aus gemessen, zweieinhalb Meter lang und ziemlich breit. Die Seiten sind mit Seilen gesichert, und man hat Leisten über die Planken genagelt, damit wir nicht ausrutschen. Zuerst laden die Maultiertreiber die Waren ab und tragen unser Gepäck nach unten, wo sie es im Frachtraum verstauen. Dann ist Marchs Hengst an der Reihe, der Genêt heißt. Aber Genêt weigert sich, auch nur einen Huf auf den Laufsteg zu setzen. Der Schweiß steht ihm auf den Schultern und wird vom Wind zu Schaum aufgepeitscht. Er reckt den Hals und verdreht die Augen, daß man das Weiße sehen kann. Dann wiehert er aus Leibeskräften, daß es klingt wie eine Trompete, bäumt sich auf und schlägt mit den Hufen; seine Hufeisen sprühen auf dem Granitpflaster Funken. Er verströmt einen heißen, metallenen Geruch wie nach einem Blitzschlag. Zwei Maultiertreiber müssen ihn festhalten, und dennoch gelingt es ihm, einem von ihnen in die Schulter zu beißen, so daß ihm das Blut den Rücken hinunterläuft.

Eddie March tritt, hochrot vor Zorn, vor und nimmt dem obersten Maultiertreiber die lange Peitsche ab. Er hält sie so, daß der lange Riemen um den Griff gewickelt ist, und schlägt dem Hengst damit so lange ins Gesicht und auf den Hals, bis das Tier eingeschüchtert und mit gesenktem Hals zurückweicht. Doch sobald man das Pferd wieder zum Laufsteg führt, scheut es erneut, und es gelingt ihm fast, sich zu befreien. Ich merke March an, daß er es wieder schlagen will, und da es sich um ein edles Tier handelt, bekomme ich Mitleid mit ihm. Also trete ich vor. »Überlaßt das mir«, sage ich.

»Verschwinde, Junge. Du hast keine Chance gegen ihn.« Seine Stimme hat den trägen Tonfall, den die Ingerlonder verwenden, wenn sie jemanden erniedrigen und sich über ihn erheben wollen.

»Das glaube ich nicht.«

Mit diesen Worten nehme ich das Geschirr dicht an Genêts Hals, stelle mich auf die Zehenspitzen und murmle ihm zärtlich ins angelegte Ohr, bis er es aufstellt. Mit der freien Hand streiche ich beruhigend über seine zitternden Flanken. Sein kurzes Fell ist weich wie Seide, wenn man die Hand in die eine Richtung, und rauh wie die Haut eines Hais, wenn man sie in die andere bewegt. Ich fühle seinen feuchten Schweiß, rieche an seinem Atem, was er gefressen hat, und blicke in seine geblähten, scharlachroten Nüstern. Ich spüre, wie seine Kraft auf der Oberfläche seiner Haut knistert. Doch als er bemerkt, daß ich es gut mit ihm meine, läßt seine Anspannung nach. Seine Augen verengen sich ein wenig, blitzen nicht mehr weiß und verwandeln sich in bernsteinfarbene Teiche. Ich würde alles dafür geben, so lange Wimpern zu haben wie er. Mit der freien Hand taste ich nach einer Tasche unter meinem Umhang und hole die drei Zuckermandeln heraus, die ich schon fast vergessen hatte. Ich warte ab, bis seine feuchtheißen Lippen sie mir von der Handfläche genommen haben. Und nun kann ich mit Fug und Recht behaupten, daß er mir auf immer und ewig verfallen ist.

Ich stelle mich ein Stück vor seine linke Schulter. Er dreht sich um und beugt den Hals, so daß seine Wange die meine berührt. Dann zupfe ich ganz leicht am Geschirr und lasse mich von ihm mit donnernden Schritten über den Laufsteg und eine Rampe hinunter in den Stall führen, der unter Deck für ihn vorbereitet worden ist.

Als ich die halbhohe Tür hinter ihm schließe, höre ich Eddie Marchs Rüstung hinter mir klappern. Ich glaube nicht, daß er allzu erfreut ist, denn schließlich hat er vorhin ein wenig das Gesicht verloren. Jedenfalls packt er mich mit schwerer Hand und einem Griff, der an die Zange eines Schmiedes erinnert, nimmt mich an der Schulter, wirbelt mich herum, drängt mich mit dem Bauch an die Tür und schiebt mir Umhang und Gewand hoch.

»Wenn du ein Tier so behandelst, verwöhnst du es nur«, knurrt er. »Wie soll er mich in die Schlacht tragen, wenn er mich nicht mehr fürchtet als Pfeile, Schießpulver und Kugeln?«

»Wenn er Euch liebt, wird er Euch in die Schlacht und wieder zurück tragen«, erwidere ich.

Als ich fünf Minuten später – er hat versucht, es mit mir zu treiben – wieder an Deck komme, holt die Mannschaft bereits das viereckige Toppsegel vom Rahnock, um den es gewickelt war, um es auszubreiten. Außerdem haben sie das Lateinsegel gehißt. Ich bin immer noch nicht sicher, ob Eddie bemerkt hat, welches Geschlecht ich in Wirklichkeit habe. Vielleicht hat er es ja gesehen und ist vor lauter Überraschung zu früh in meiner Gesäßfalte gekommen, anstatt in meinem Rektum. Aber ich weiß es nicht genau. Offenbar bedeutet Sex den Ingerlondern – sowohl was die Zeit, die sie dafür zu opfern bereit sind, als auch was die Freude, die sie dabei empfinden, angeht – nur wenig mehr als das Pinkeln. Angesichts dessen, wieviel Bier sie trinken, vielleicht sogar noch weniger. Tja, wir werden sehen.

Bald sind wir auf dem offenen Meer. Vor und hinter uns sehen wir an beiden Horizonten weiße Klippen. Doch dann dreht der Wind und läßt ein wenig nach, so daß die dahinrasenden Wolken weniger werden und sich wie Liebhaber auf das Meer hinabsenken. Das Meer selbst ist nun, da wir die Hafenausfahrt hinter uns haben, tiefgrün. Die Gischt besteht aus winzigen eiskalten Tropfen, die mir ins Gesicht schlagen und die Kehle hinunterrinnen. Wie sehr ich diese raschen Wetterwechsel liebe! Sie zu erleben, ist allein schon eine neue Erfahrung, die die Reise wert ist und mich für alle Entbehrungen entschädigt. Am liebsten würde ich den Mantel ausziehen, aus meinem Gewand schlüpfen und mich vom Regen durchnässen, säubern, stechen, liebkosen und kitzeln lassen. Wenn ich an die Hinterlassenschaft des edlen Lords zwischen meinen Gesäßhälften denke, wäre eine Reinigung sicher nicht das Schlechteste für meinen Po und meine Schenkel. Aber ich muß vorsichtig sein, wenn auch nur, um sicherzugehen, daß der stete Strom von Gefühlen, auf den es mir ankommt, sowie meine Phantasien, kostenlos und ohne Folgen für mich bleiben.

Das große Schiff segelt weiter. Es schaukelt hin und her, tanzt auf den Wogen, schwebt auf den Wellenkämmen und sinkt, mit dem Bug und dem Spriet voran, in die Fluten, so daß sich das Wasser über Vorderdeck und Hauptdeck ergießt. Es erinnert mich daran, wie sich die Elefanten zu Hause im Krishna mit Wasser bespritzen. Mir ist schwindelig von dem Geschaukel und sogar ein wenig flau im Magen, aber es ist ein Gefühl, und Gefühle sind Zeichen dafür, daß man noch am

Leben ist. Im Himmel schreien die Möwen und schweben, fast ohne die Flügel zu bewegen, über dem Lateinsegel dahin. Rechts von uns sehen wir einen Schwarm Buckelwale, die Luft ausblasen und mit der Schwanzflosse schlagen, als sich zwei schwarz-weiße Orcas unter sie mischen.

Ich will aus jedem einzelnen Augenblick das meiste herausholen, und das ist auch der Grund, warum ich hier bin und diese Reise überhaupt unternommen habe. Ich möchte die übermächtigsten Gefühle erleben, die diese Welt zu bieten hat, um auf diese Weise die Göttin in mir zu entdecken. Ich klettere die vier oder fünf Stufen zum Vorderdeck hinauf, halte mich an Geländern und Tauen fest, stelle mich in die peitschende Gischt, spüre, wie sie mir im Gesicht brennt und wie meine Gewänder mir an Brüsten, Bauch und Schenkeln kleben. Hinter mir heult der Wind durchs Toppsegel. Und während ich so dahingetragen werde, bemerke ich, wie durch Dunst, Gischt und Regen die berühmten weißen Klippen vor uns auftauchen, die so viel höher und majestätischer sind als die, welche wir zurückgelassen haben. Als wir noch näher herankommen, erkenne ich die Dohlen, die über ihren Nestern kreisen, und höre trotz des tosenden Wassers ihre pfeifenden Schreie. Und nun spüre ich ihn hinter mir. Er schützt meinen Rücken vor dem Wind, seine Brust drückt sich warm an mich, und, ja, da ist auch wieder sein Schwanz über meinem Hintern, anscheinend so hart und so lang wie der des Hengstes unter Deck.

Seine großen Hände umfassen meine Taille und gleiten dann nach oben über meine Brüste. Ich höre sein Seufzen in meinem Ohr, ein zufriedenes Seufzen, weil er nun sicher ist, daß ich eine Frau bin.

Er flüstert mir ein Wort ins Ohr.

»Albion.«

Obwohl ich nichts erwidere, erahnt er meine Frage, weil ich mich an ihn lehne und den Kopf hebe, so daß meine Schläfe an seinem Hals ruht.

»Albion«, wiederholt er, und als er sich ein wenig bückt,

streifen seine Lippen mein Ohr. »Albion, mein neu entdecktes Land.«

Im ersten Moment glaube ich, daß er mit mir oder über mich spricht, doch als ich aufblicke, stelle ich fest, daß sein leidenschaftlicher Blick auf den Klippen ruht. »Eines Tages«, ruft er, »werde ich König sein ... König der ganzen Welt!«

Bei diesen Worten drückt er meine Brüste so fest, daß ich beinahe aufschreie.

Doch mir werden weitere Schmerzen oder Peinlichkeiten erspart, denn der Kapitän und die Mannschaft luven das Schiff, die Segel erbeben knirschend, das Holz knarrt, und ein Regenschauer peitscht uns ins Gesicht. Dann dreht sich das Schiff, und das Tor zur Hafeneinfahrt öffnet sich, um uns einzulassen. Wir sind in Ingerlond. In *England*. In Albion.

Kapitel achtzehn

LONDON!
Wir gehen nicht in Dover von Bord, sondern bleiben am Kai liegen, während March mit den Bürgern verhandelt, die sich Freunde der Nevilles und des Hauses York nennen. Allerdings fürchten sie den Zorn des Königs oder vielmehr der Königin, falls diese erfahren sollte, daß sie Yorkisten Gastfreundschaft gewähren oder ihnen erlauben, hier an Land zu kommen. Da gegen alle Anhänger des Hauses York ein parlamentarisches Ächtungsgesetz erlassen worden ist, wäre das Hochverrat und würde mit dem Tode, der Beschlagnahme des Besitzes und allen sonst üblichen Sanktionen bestraft. Deshalb schlagen sie uns vor, mit dem Schiff nach London weiterzufahren, wo alle einflußreichen Persönlichkeiten Yorkisten sind und über genug Macht verfügen, ihre Interessen auch zu verteidigen. Also beschließen wir, am nächsten Tag an der Küste von Albion entlang und dann den Fluß hinauf nach London zu segeln, sofern der Wind günstig ist. Das tun wir auch, obwohl die Fahrt einen Tag, eine Nacht und dann noch einmal einen Tag dauert.

Währenddessen überprüfen die Zollinspektoren rasch unsere Gewürze und verlangen Einfuhrsteuer von uns. Da March sie mit Hariharas Gold besticht, achten sie nicht auf die kleinen Päckchen mit Kostbarkeiten, die zwischen dem Rest versteckt sind. Sie befestigen Siegel an den Säcken, die besagen, daß alle Steuern bezahlt sind, und quittieren das außerdem schriftlich. So können wir uns ungehindert auf den Weg nach London machen, ohne weitere Belästigungen durch Bedienstete der Krone fürchten zu müssen.

Ein Fluß ist mit Sicherheit der beste Weg, um einen Binnenhafen zu erreichen. Während wieder einmal ein englischer Winterabend herandämmert, der beginnt, sobald die Sonne ihren niedrigen Höhepunkt überschritten hat, segeln wir gemächlich und nur geleitet von einem schwachen Licht aus Nordosten durch die hereinbrechende Dunkelheit. Jede

Küste, an der man vorbeigleitet, bleibt ein Geheimnis. Sie liegt vor einem, lächelnd, ernst, einladend, großartig, abweisend, nichtssagend oder wild, immer stumm und umhüllt vom Flüstern des Windes. Komm und sieh selbst, scheint sie einen aufzufordern. Die Küste hier besitzt offenbar überhaupt keine Eigenschaften und wirkt irgendwie unvollendet, doch sie hat etwas Eintöniges und Unwirtliches an sich. Hinter uns sind Meer und Himmel nahtlos miteinander verschmolzen. Es ist, als stünden die Segel still, die von der Flut hinter uns herangetragen werden und bräunlich aus dem Licht ragen. Rote, spitz zulaufende Segel drängen sich zusammen, und lackierte Sparren schimmern. Dunst liegt über dem ebenen Ufer, das immer flacher wird und ins Meer übergeht. Vor uns, wo Gravesend liegt, ist der Himmel dunkel und hängt düster über der größten und bedeutendsten Stadt von Ingerlond.

Diesmal leistet mir der Schiffsjunge im Vorderdeck Gesellschaft. Er ist zwölf Jahre alt, hat einen verkrüppelten Arm und sagt, daß er ihn sich bei einem Sturz vom Rahnock seines ersten Schiffes gebrochen hat, wonach er nicht mehr richtig zusammengeheilt ist. Obwohl er die dunkle Haut eines Arabers hat, stammt er aus London oder zumindest ganz aus der Nähe, nämlich aus Deptford, einem Dorf am Südufer. Und so kann er mir die Namen aller Ortschaften nennen, an denen wir gemächlich vorbeisegeln.

Anfangs ist das Land kaum zu erkennen, das sich tief und eben in einigen Kilometern Entfernung in beide Richtungen erstreckt. Doch dann nähern sich allmählich die Ufer, und der große Fluß beginnt sich zu schlängeln, wie es Flüsse gemeinhin tun. Nun passieren wir immer mehr Dörfer: Gravesend und Tilbury, Greenhithe und Purfleet, Thamesmead und Creekmouth. Auch der Verkehr nimmt zu, oder es macht zumindest den Eindruck, da der verfügbare Platz langsam weniger wird. Karavellen wie unsere, einige von weit her, kleinere Koggen, flache Jollen, Fischerboote, die Netze hinter sich herziehen, Skiffe und winzige Boote aus Weidengeflecht sind darunter.

Lord Djym – das ist sein Name oder Spitzname, denn er ist gewiß kein echter Lord – weist mich auf die Männer und Frauen hin, die, hölzerne Scheiben statt Schuhen an den Füßen, in den Sumpfebenen Austern, Kamm-Muscheln, Jakobsmuscheln und Miesmuscheln sammeln, wo der Fluß eine Biegung beschreibt und Sandbänke freiliegen, über die die Flut bald wieder hinwegspülen wird. An den Mündungen der kleineren Bäche, die sich in den Fluß ergießen, schneiden die Leute Schilf mit Messern, um damit ihre Dächer zu decken. Wir sehen auch Helligen, Schiffsbauwerften und Sägemühlen, die vom Wasser der im Landesinneren gelegenen Bäche angetrieben werden. Obwohl es mitten im Winter ist und auf den Hügeln hinter Woolwich und Greenwich Schnee liegt, geht es fast überall geschäftig zu – ausgenommen in Bugsby Marsh links von uns, einem verfluchten Fleck Erde in einer Flußbiegung, wo blaue Flammen über Schwaden vergifteter Luft züngeln.

Dann, plötzlich, senkt sich ohne Vorwarnung Dunkelheit über uns, und die Sonne, die zwar tief am Himmel stand und einen schwachen Schein verbreitete, aber dennoch so hell war, daß ich mir fast schützend die Hand vor die Augen gehalten hätte, verwandelt sich in eine rote Scheibe, die in einem schwarzen Meer schwimmt.

»Was ist passiert?« rufe ich und glaube, daß es sich vielleicht um eine Sonnenfinsternis oder eine göttliche Erscheinung handelt, die den Zweck verfolgt, unsere Ankunft anzukündigen.

Lord Djym versteht meine Frage nicht ganz. »Gar nichts ist los.«

»Aber es ist plötzlich so dunkel. Man sieht die Sonne fast nicht mehr.«

»Ach, das ist nur der Qualm aus der Stadt. Im Winter, besonders, wenn es kalt ist und friert und kaum ein Wind weht, legt er sich wie eine Decke über alles. Manchmal ist es so rauchig, daß man schon am Mittag kaum noch die Hand vor Augen erkennen kann.«

Ganz, ganz langsam tasten wir uns, diesmal am rechten Ufer, um eine Landzunge herum. Sie ist eben und wirkt sumpfig. Aus unzähligen brennenden Abfallhaufen steigt Qualm auf, dessen Dämpfe vermutlich zu der Wolke beitragen, die uns umwabert. Der Gestank ist übermächtig und ekelerregend, denn es liegt eine Menge verfaulendes Fleisch auf diesen Haufen.

»Die Hundeinsel«, verkündet Lord Djym und spitzt die Ohren. Und wirklich kann ich ein monotones Heulen und Bellen hören und erkenne durch den Nebel die Umrisse kranker, ausgemergelter Köter, die am Ufer entlanglaufen, uns anbellen oder in den Abfallhaufen wühlen.

Wieder beschreibt der Fluß eine Biegung und verläuft für einige Kilometer nahezu gerade. Die Sonne versinkt. Unter dem wirbelnden Dunst verfärbt sich die Wasserfläche nicht durchgehend rot, sondern wird, wo sich das Licht in den Wellenkämmen fängt, von Zickzacklinien durchzogen. Es sieht aus, als hätte jemand eine Samtbahn vorsichtig mit einem Dolch angeritzt, bis das Blut floß. Bald ragen rechts von uns durch Qualm und Nebel vier große, quadratische Türme auf. Sie werden von Pyramiden aus schwarzem Schiefer oder Blei gekrönt und heben sich dunkel vom Himmel ab. Davor erhebt sich eine Festungsmauer mit Zinnen, die um die Türme herum und dann einen niedrigen Hügel hinaufführt. Jenseits dieser Türme ragt der hohe, schlanke, elegante Kirchturm empor, den wir schon seit einer Weile am Horizont sehen, der aber den ganzen Tag lang nicht näher zu kommen schien.

»Der Tower von London«, verkündet Lord Djym. »Und St Paul's.«

Weiter kommen wir an diesem Abend nicht, denn der Kapitän legt an einem Kai am Südufer an. March ruft uns nach mittschiffs, wo der Hauptmast steht.

»Wir bleiben heute nacht an Bord«, sagt er mit lauter, strenger Stimme. »Es ist zu gefährlich, nachts ohne bewaffnetes Geleit durch die Stadt zu laufen, und zu spät, um eine geeignete Unterkunft zu finden. Morgen stehen wir früh auf und entscheiden, was wir als nächstes tun.«

Die Sonne geht hinter einer Reihe von Häusern, ein Stück flußaufwärts vom Tower, vollends unter. Auf einmal ist es, bis auf das Licht einer Fackel, die einer der Matrosen hält, stockfinster. Dämmrige Lichter flammen in den Befestigungsanlagen am gegenüberliegenden Ufer auf. Es sind mehr, als Sterne am Himmel stehen, und ihr Licht genügt, um den dunklen Nachthimmel über uns zu durchdringen. Der Fluß leuchtet nicht mehr blutrot, aber im Westen schimmert ein rötliches Leuchten.

Als wir am nächsten Tag aufwachen, ist der Morgen so traumhaft wie bei unserer Ankunft in Calais. Der Himmel ist leuchtend blau, allerdings bläßlichazurblau, nicht lapislazuliblau wie in Vijayanagara. Die Farbe erinnert an einen Aquamarin. Rauch – weißer vom Holz und schwarzer von der Kohle – steigt kerzengerade aus Tausenden von Kaminen auf, so daß er an die Fäden auf einem Webrahmen erinnert. Auf allen Schindeldächern glitzert Reif und überzieht Schiefer und Ziegel mit einer Schicht wie gestoßenes Glas. Strohdächer sind, wie Djym mir erklärt, innerhalb der Stadtmauern verboten, weil man eine Feuersbrunst fürchtet. Lange, tiefe Schatten liegen dunkelrot zwischen den Häusern. Doch am meisten fasziniert mich, daß jedes Tau und jede Sparre unseres Schiffes und auch der anderen, die rings um uns herum liegen, mit winzigen scharfkantigen Kristallen überzogen ist.

Eine Weile herrscht Stille. Dann erscheint ein Stück flußaufwärts die Sonne über dem Wasser. Sie taucht den Himmel über uns und auch den Fluß, der am Abend zuvor blutrot geleuchtet hat, in einen goldenen Schein. Im selben Moment erwacht die Stadt zum Leben. Kirchenglocken läuten, Hähne krähen, auf den Zinnen des Tower wird eine Kanone abgefeuert, und die Luft ist so ruhig, daß eine weiße Rauchkugel fast eine Minute lang wie eine Faust über dem Wasser schwebt. Der Fluß füllt sich mit Booten, die als Fähren dienen und zumeist Waren und Menschen vom Südufer zum Nordufer bringen. Händler erscheinen am Kai und bieten ofenwarmes Brot, gefüllt mit geschmolzenem Käse, feil. Dazu gibt es knuspriges, geräuchertes und gesalzenes Schweinefleisch, das man Speck nennt. Flaschen mit heißem, gewürztem Rotwein werden herumgereicht. Die Männer freuen sich darüber, denn es ist sehr kalt. »Verdammte Kälte«, sagt March, der sich zu mir gesellt. »Wenn wir das Frühstück hinter uns haben, müssen wir uns Lasttiere für unser Gepäck besorgen. Das dürfte nicht schwierig werden. Ein paar Straßen weiter gibt es einen Gasthof namens Tabard, wo sich die Pilger auf dem Weg nach Canterbury versammeln. Allerdings beginnt die Pilgersaison erst im April, weshalb sie sicher noch Lasttiere für uns haben.«

Er kippt seinen restlichen Wein hinunter, kauft sich ein zweites Stück Brot und schlendert eine Straße entlang, wo ihn die düsteren Schatten bald verschluckt haben.

Als er davongeht, geschieht etwas Merkwürdiges: An der Straßenecke wirft er einem beinamputierten Bettler, dessen Stümpfe auf dem Pflaster ruhen, eine Kupfermünze zu. Der Bettler blickt ihm aus wäßrigen Augen argwöhnisch nach, blinzelt noch einmal, starrt auf Marchs Rücken, der sich allmählich entfernt, und schüttelt den struppigen Kopf. »Verdammt«, brummt er. Er packt seine Krücken und schwingt sich mit bemerkenswerter Geschicklichkeit daran hoch. Dann schreitet er wie ein großer Vogel – ein Reiher oder ein Kranich – auf seinen Gehhilfen den Kai entlang und flußaufwärts davon.

Als meine Begleiter nacheinander an Deck kommen, wiederhole ich Marshs Worte, während sie sich ebenfalls etwas zu essen und zu trinken besorgen. Allerdings verschmähen sie den heißen Wein und entscheiden sich statt dessen für warme Milch. Anschließend weist Ali die Träger an, das Gepäck aus dem Frachtraum zu holen. Der Kapitän besteht darauf, daß es an Bord bleiben muß, bis er sein Geld bekommen hat. Da Prinz Harihara die gängigen Preise für eine Überfahrt von Calais nicht kennt, stimmt er zu, es an Deck stehenzulassen, bis March zurück ist. Etwa eine Stunde später kommt dieser wieder. Inzwischen befindet sich die Sonne etwas höher am Himmel; allerdings ist sie nur ein kleines Stück gewandert, denn die Umlaufbahn ist in diesen Breiten ziemlich flach.

Etwa zwanzig Minuten lang herrscht geschäftiges Treiben, als March die Maultiere, die er zusammen mit zwei ingerlondischen Maultiertreibern mitgebracht hat, beladen läßt, den Kapitän bezahlt und auch sonst alles Nötige erledigt. Dann ist endlich alles bereit. Ich verabschiede mich von Djym, der mich mit einem Kuß überrascht. Der letzte von Bord ist Genêt, der für ein Pferd ziemlich intelligent ist, offenbar weiß, daß er wieder an Land zurückkehren darf, und deshalb keine Schwierigkeiten macht. Obwohl einer von Marchs Burschen ihn gesattelt hat, steigt Eddie nicht auf, sondern führt das Pferd am Zügel. Offenbar hat er die Frage in meinem Blick erkannt.

»Wir sollten nicht zu viel Aufmerksamkeit erregen«, erwidert er. »Ich habe zwar viele Freunde in London, aber auch einige Feinde.«

Da fällt mir der beinamputierte Bettler ein, der March meiner Ansicht nach erkannt hat, und ich erzähle ihm davon. Seine Miene verdüstert sich, er schiebt die Unterlippe vor und geht zu dem Maultier, das seine persönliche Habe trägt. Nachdem er einige Riemen gelöst hat, zieht er ein zweischneidiges, mehr als einen Meter langes Schwert hervor und schnallt es an Genêts Sattel. Dann wendet er sich an Ali. »Ali«, sagt er, »falls wir uns aus den Augen verlieren oder falls Ihr Euch verlauft, fragt nach dem Haus des Ratsherrn Roger Dawtrey in der East Cheap. Könnt Ihr Euch das merken?«

Ali nickt.

»Er erwartet Euch und wird sich um Euch kümmern.«

Und so machen wir uns schließlich auf den Weg. March führt Genêt, Ali geht neben ihm her, und wir anderen folgen mit den Maultieren. Viele unserer Gewürzsäcke wurden bereits verkauft, so daß fast die Hälfte der Tiere die Armbrüste des Prinzen trägt.

Nach ein paar hundert Metern erreichen wir ein Gebäude an einer Flußbiegung hinter dem Tower, das ich am Vorabend für eine Häuserzeile gehalten habe. Doch es entpuppt sich als Brücke, und zwar als einziger Überweg über die Themse im Umkreis von vielen Kilometern. An jedem Ende befindet sich ein großer steinerner Torbogen, in der Mitte steht eine Kirche, und beide Seiten sind von Häusern gesäumt. In der unteren Etage befinden sich Läden, deren Türen auf die Brücke gehen.

Doch bevor wir die Brücke betreten können, müssen wir uns in eine lange Schlange von Händlern, Gärtnern und Bauern einreihen, die mit Schafherden, Wagenladungen voller Kohl, Herden von Stieren und Kühen, Schweinen und Geflügel auf die Märkte ziehen. Und während wir warten, haben wir, ganz gleich, ob es uns gefällt, keine Möglichkeit, dem Grauen zu entrinnen, das sich uns über dem steinernen Torbogen präsentiert. Ein ahnungsloser Reisender mag sich zunächst fragen, warum man schlampig zerteilte Schweinehälften auf Stangen spießt und sie dort oben anbringt, damit die unzähligen Krähen und roten Milane darüber herfallen können. Doch im nächsten Moment dämmert es ihm vermutlich, daß es sich nicht um Tierkadaver handelt, sondern um die sterblichen Überreste von Männern und möglicherweise auch Frauen.

March selbst bleibt stehen, kurz bevor wir unter diesem schrecklichen Anblick hindurchgehen müssen, schaut nach oben und hält wegen des immer noch leuchtenden Himmels schützend die Hand vor Augen. Ich sehe, daß er den Kopf schüttelt und sich auf den Daumen beißt. Dann wendet er sich an Ali, und da ich direkt hinter ihm bin, verstehe ich den Großteil seiner Worte. »Das sind keine Verbrecher. Der Mann links ist Sir John Thin, er hat in der Schlacht von Blore Heath die Seiten gewechselt und sich meinem Herrn Salisbury angeschlossen.«

In diesem Moment fliegt ein Milan mit gegabeltem Schwanz, ein Leichenteil im Schnabel, los und wird von einer schwarzen Krähe angegriffen. Er läßt seine Beute in die Menge fallen, so daß sie auf der Schulter eines Fischhändlers landet. Der Mann wischt das Ding, begleitet vom Gelächter seiner Freunde, weg und befördert es mit einem Tritt in den Rinnstein. Kurz ruht Marchs Blick auf seinem Schwert, das am Sattel hängt, doch er beherrscht sich, was vermutlich das beste ist, denn ich habe inzwischen herausgefunden, daß er sehr aufbrausend sein kann. Als wir an dem Leichenteil vorbeigehen, an dem sich bereits eine magere Katze mit der Pfote zu schaffen macht, stelle ich fest, daß es sich um eine Niere handelt. Sie erinnert an die eines Schweines, denn Sir Johns Körperbau entsprach ganz und gar nicht seinem Nachnamen, der auf inglysshe »dünn« bedeutet.

»Welche Verzückung müssen diese Männer durchlitten haben«, murmle ich leise. »Denn da sie Ehrenmänner waren, haben sie sicher nicht ihrer Angst nachgegeben und vor Schmerzen geschrien ...«

Kapitel neunzehn

»Ich habe hier einen Mann, der behauptet, daß Ihr Edward March seid. Ist das richtig?«

Wir haben die Brücke hinter uns gelassen, was wegen der etwa vierzig Läden zu beiden Seiten, deren umfangreiche Auslagen uns den Weg versperrten, mehr als zwanzig Minuten gedauert hat. Nun biegen wir in eine Gasse namens Crooked Lane ein. Vor uns steht ein hochgewachsener, in scharlachroten Samt gewandeter Mann, der einen schwarzen Hut trägt. Unter seinem roten Bart baumelt eine emaillierte Scheibe an einer schweren Goldkette. Er hält einen geschnitzten Stab in der Hand, an dessen Spitze ein silbernes Abzeichen prangt. Hinter ihm erkenne ich einen kleinen Trupp bewaffneter Soldaten. Auf ihren Köpfen sitzen Helme, deren Rand vorne nach oben gebogen ist. Außerdem sind sie mit Brustpanzern, Kettenhemden, Speeren und Schwertern ausgerüstet. Die drei Bogenschützen unter ihnen halten die Waffen mit eingespannten Pfeilen im Anschlag, so daß sie jederzeit schießen könnten. Auf diese Entfernung würde einer dieser Pfeile geradewegs meine Brust durchbohren und mich mit Ali zusammenheften, der direkt hinter mir steht. Ich zittere beim bloßen Gedanken, doch die Vorstellung erregt mich auch. Neben dem Beamten steht der beinamputierte Bettler auf seinen Krücken.

Eddie blickt dem Beamten in die Augen. »Und wer seid Ihr, daß Ihr Euch das Recht herausnehmt, rechtschaffene Kaufleute ins Verhör zu nehmen, die aus dem Osten gekommen sind, um hier Geschäfte zu betreiben, zu kaufen und zu verkaufen?«

»Mein Stab und mein Abzeichen müßten Euch verraten, wer ich bin, nämlich der Ratsherr Thomas Gilpin, Sheriff von Bridge Ward. Es gehört zu meinen Pflichten, behördlich bekannte Übeltäter und Verräter festzunehmen, welche die

Brücke überqueren. Wer diese Leute sind, die sich in Eurer Begleitung befinden, geht mich nichts an. Doch Ihr, March, seid kein Reisender aus dem Orient, sondern ein vom Parlament geächteter Mann. Ich muß Euch bitten, mir Euer Schwert auszuhändigen und mitzukommen.«

March sieht sich in alle Richtungen um; er schaut auch nach hinten, so daß ich sein Lächeln erkennen kann. Eigentlich ist es eher ein Grinsen, das da um seine Lippen spielt. Als ich seinem Blick folge, stellte ich fest, daß viele der Leute, die sich um uns versammelt haben, unruhig und kampfeslustig wirken. Wer von ihnen eine Waffe trägt, lockert das Schwert in der Scheide. Ein Mann kauft rasch ein paar Eier, die eine Straßenhändlerin aus einem Korb feilbietet. Eddie erhebt die Stimme und ruft laut, so daß seine Stimme aus den Tiefen seiner Brust aufzusteigen scheint: »Wer von Euch möchte mit ansehen, wie ein Mann des Hauses York und treuer Untertan von König Harry vor Euren Augen verhaftet und ins Gefängnis geschleppt wird?« Mit einer raschen Bewegung schwingt er sich in Genêts Sattel und zieht elegant das Schwert.

»Ich nicht«, sagt der Mann, der die Eier gekauft hat, und es gelingt ihm, drei davon zu werfen, von denen zwei den Sheriff treffen. Die übrige Menge umringt die Soldaten, bevor diese die Waffen ziehen können. Allerdings schaffen es die Bogenschützen, ihre Pfeile abzuschießen, so daß sie über unsere Köpfe hinwegsausen. Eigentlich wollen sie uns nur erschrecken und uns keinen Schaden zufügen, aber ein Pfeil trifft eine Frau, die oben an einem Fenster steht, in die Schulter. Als ihr Blut spritzt und sie schrille Schreie ausstößt, gerät die Menge in Wallung. Die Menschen stürmen, angeführt von Eddie, los; dieser holt ein- oder zweimal nach den bewaffneten Männern aus und hebt dann das Schwert, um einen von ihnen zu enthaupten, der auf einer Bananenschale ausgerutscht ist.

»Haltet ein, Mylord!« ruft der Mann und blickt vom schmierigen Pflaster zu Eddie auf. »Ich schwöre, ich wollte Eurer Lordschaft keinen Schaden zufügen.«

Eddie setzt die Spitze seines Schwertes an den Brustpanzer und stößt ihn um. Dann gibt er Genêt die Sporen und galoppiert, das Schwert schwingend, die Bridge Street entlang. Dabei wirft er eine Fischbude um, so daß silbrige Flundern zu den Füßen der Umstehenden zucken.

Angeführt von einem der Maultiertreiber, der den Weg zu kennen scheint, flüchten wir uns in die Crooked Lane, biegen rechts in Richtung St Michael's ab und erreichen so das westliche Ende der East Cheap, wo wir Eddie treffen, der uns, immer noch auf Genêts Rücken, entgegenkommt. Er fuchtelt mit dem Schwert herum und trabt raschen Schrittes auf uns zu, so daß die Fußgänger in alle Richtungen auseinanderstieben. Vom Sheriff ist nirgendwo eine Spur zu sehen.

Mit einem breiten Grinsen steckt Eddie sein Schwert weg, denn offenbar hat ihm das kleine Abenteuer Spaß gemacht. Er schwingt ein Bein über den Sattelknauf und springt vor mir auf den Boden. Und dann schockiert er alle, die mich immer noch für einen orientalischen Mönch und darüber hinaus für einen Mann halten, indem er mich leidenschaftlich – in etwa so wie Lord Djym – und fest auf den Mund küßt. Als er mir einen Arm um die Taille legt und mich an sich zieht, spüre ich, wie kalt sein Panzer ist.

»Das war ein Spaß«, verkündet er. »Ich jedenfalls habe es genossen.«

Ich komme zu dreierlei Erkenntnissen: Erstens fand ich es ebenfalls amüsant. Zweitens ist dieser Eddie March trotz seiner herablassenden, hochfahrenden Art immer noch ein kleiner Junge. Und drittens habe ich den Eindruck eines Déjà-vu, und mir ist, als ob ich schon einmal hier gewesen wäre und diesen Ort jetzt erneut besuchen würde. Ich habe das Gefühl, die letzten zehn Minuten bereits erlebt zu haben. Aber ich schiebe es beiseite. Schließlich handelt es sich um eine Empfindung, die häufig auftritt, wenn man verwirrt und müde ist. Und dann stelle ich fest, daß Eddie sein Abenteuer nicht unbeschadet überstanden hat. An seinem linken Unterarm, unterhalb der Panzerung, klafft eine tiefe, ziemlich stark blutende Wunde.

»Ich bin momentan wahrscheinlich nicht«, seufzt er viele Stunden später, »in der Lage, das zu tun, was du dir am meisten wünscht. Obwohl der Geist willig ist, wurde das Fleisch durch diese verdammte Wunde so geschwächt ...« Seine rechte Hand gleitet über seine nackte Brust, die so glatt und haarlos ist wie Marmor, obwohl sich Knochen und Muskeln darunter abzeichnen, um den Verband auf der anderen Seite zu berühren.

Ich liege, auf den Ellenbogen gestützt, auf der Seite und blicke auf ihn hinunter. Kurz gestatte ich meiner freien Hand, langsam über seine Brust und seinen Bauch zu fahren. Er schreckt zusammen, und die Haut unter meiner Hand zuckt ein bißchen. »Das kitzelt.«

Ich streckte die Hand aus, nehme sein kräftiges, hartes und knochiges Handgelenk, ziehe seinen Arm zurück, umfasse seine Hand, hebe die Finger hoch, schnuppere an seinen Fingerspitzen und lutsche zärtlich daran. Sie riechen nach Meer und schmecken nach in Honig gedünsteten Austern. Dann lecke ich seine Handfläche ab, hebe den Oberschenkel ein wenig an und lege die Hand dorthin zurück, wo sie gewesen ist.

»Könnte es sein«, erwidere ich, »daß du zu viel gegessen und getrunken hast?«

In der Tat haben sich Ratsherr und Gevatterin Dawtrey als ausgesprochen großzügige Gastgeber erwiesen; seit unserem Abschied vom Palast des Kalifen in Misr-al-Kahira sind wir nicht mehr so gut bewirtet worden. Ihr Haus befindet sich nur wenige Meter vom Anfang der East Cheap entfernt an der Ecke St Clement's Lane und ist ein großes, dreistöckiges Gebäude mit zwei Dächern und Giebeln, einem Rahmen aus Holz und roten Dachziegeln. Der Ratsherr und seine Frau hießen uns an der Eingangstür willkommen, und ich bekam den dritten und vierten Kuß des Tages (es sollten noch viele mehr werden) geradewegs auf die Lippen, was, wie ich inzwischen weiß, englische Sitte ist. Dann brachten sie uns durch einen schmalen, vertäfelten Vorraum in eine Halle, die den Großteil des Erdgeschosses einnimmt. Davon gehen die Kontore, in denen Dawtrey seine Geschäfte betreibt, und die Wirtschaftsräume des Haushaltes ab.

Der restliche Tag ist eine Abfolge aus Mahlzeiten, Unterhaltung, geschäftlichen Verhandlungen und viel Kommen und Gehen. Man holt einen Arzt, der Eddies Arm verbinden soll, und ich muß mich zusammennehmen, um die Torheiten, die er im Namen der Medizin veranstaltet, nicht öffentlich in Frage zu stellen. Obwohl ich es mir verkneife, ihm meine eigenen Mittel und Kräutermedizinen anzubieten, mische ich später einen Trank aus den Gewürzen, die wir mitgebracht haben, und Kräutern aus dem Küchengarten hinter Dawtreys Haus zusammen. Er wird Eddies Fieber senken und die Heilung beschleunigen.

Am Nachmittag empfängt Eddie einige Kaufleute, denn er muß Geld für die Yorkisten auftreiben. Sie hingegen fordern, daß nach der Thronbesteigung eines York die Zölle gesenkt und die Verwaltungsvorschriften gelockert werden, und wünschen sich eine Regierung durch die Yorks anstelle eines wahnsinnigen, verschwenderischen Königs und einer Hexe als Königin. Selbstverständlich kann Eddie ihre Bitten ohne Geld nicht erfüllen, während sie es nicht wagen, die Yorkisten zu unterstützen, bevor diese nicht an der Macht sind, da sie befürchten, daß es sie buchstäblich den Kopf kosten könnte. Also machen sie nur winzige Zugeständnisse, und Eddie verspricht ihnen Dinge, die er ohnehin nicht halten kann.

Dann kommt ein alter Mann mit einem wallenden weißen Bart und einem riesigen roten Samthut herein. Um den Hut hat er einen langen Schal geschlungen, der auch um seinen Hals reicht. Dazu trägt er einen schwarzen Samtmantel. Er poltert ins Haus, stampft sich den frischgefallenen Schnee von den Stiefeln und weigert sich, den Mantel auszuziehen, ehe er nicht einen Liter heißen Rotwein mit Zimt und Nelken, in dem kleine saure Äpfel schwimmen, getrunken und einen halben Laib warmes Brot und einen Teller Kanincheneintopf gegessen hat. Danach hustet er wie ein Wal und spuckt einen riesigen Schleimklumpen ins Feuer, vor dem er sich breitgemacht hat, so daß sonst niemand etwas von der Wärme abbekommt. Ohne auf Eddie zu achten, wendet er sich an Ratsherr Dawtrey. »Ich scheiß auf die Hanse«, sagt er.

»Hört, hört«, erwidern die anderen.

»Diesmal sind sie verdammt noch mal zu weit gegangen«, fährt er fort.

»In der Tat«, entgegnen die Anwesenden.

»Wißt Ihr, was sie als nächstes vorhaben?«

»Nein, aber Ihr werdet es uns sicherlich gleich erzählen.«

»Nördlich und westlich der Weser darf kein inglyssher Stoff mehr verkauft werden, wenn er nicht in Schiffen der Hanse eintrifft.«

»Ihr scherzt.«

»Nein. Einer meiner Leute arbeitet in der Küche der Teutschen unten in Steelyard und hält für mich Augen und Ohren offen. In ein oder zwei Tagen werden sie den Beschluß in der Gildhalle verkünden.«

»Verfluchte teutsche Sauhunde.«

»Was sollen wir tun? Wir müssen etwas unternehmen. Sie haben bereits die Stoffmärkte in Antwerpen, Brüssel und Köln geschlossen. Wenn wir Glück haben, verdienen wir noch zehn Prozent.« Dawtrey wandte sich an Eddie. »Seht Ihr? Wenn wir einen richtigen König hätten, der in London oder wenigstens in Westminster lebt und Mumm in den Knochen hat, würden die Teutschen so etwas nicht wagen. Was würdet Ihr tun, wenn Ihr König wärt?«

Eddie zögert nicht.

»Ich würde den Lord Großadmiral auffordern, die Flotte klarzumachen und den nächsten Verband der Hanse, der sich in der Nähe unserer Küste blicken läßt, zu versenken. Dann würde ich die Sauhunde aus Steelyard zum Essen in den Tower einladen und ihnen mitteilen, daß sie erst nach Hause dürfen, wenn eine Einigung erzielt worden ist.«

Genau das wollen die Männer hören.

In diesem Augenblick hinkt Ali an seinem Stock herein, nimmt Eddie beim Ellenbogen und meint, er müsse unter vier Augen ein Wort mit ihm reden. Übrigens leisten Prinz Harihara und Anish uns nicht länger Gesellschaft. Sie haben sich in eine Kammer hinten im Haus zurückgezogen, wo sie damit beschäftigt sind, ihre Nachttöpfe zu füllen. Ich habe sie gewarnt, das hiesige Wasser nur dann zu trinken, wenn sie mit eigenen Augen gesehen haben, wie es abgekocht wurde. Später werde ich dafür sorgen, daß sie ungewürzten Reis essen und dazu ein oder zwei Zitronen lutschen. Nach einer Weile nickt Eddie und wendet sich wieder an die Kaufleute. »Ich weiß nicht, warum es mir nicht gleich eingefallen ist«, meint er, »aber der Graf von Warwick drüben in Calais besitzt acht Karavellen, die mit Kanonen ausgestattet sind. Für eine kleine Spende wäre er sicher bereit, sie als Piratenschiffe zu tarnen ...«

Und so geht es weiter bis etwa zwei Uhr, als Gevatterin Dawtrey eine Mahlzeit servieren läßt, damit alle Besucher vor dem frühen Einbruch der Dunkelheit etwas in den Magen und natürlich auch etwas zu trinken bekommen. Es gibt gebratenen Schwan und Stör und ein Faß mit Austern, gefolgt von Marzipan, das aus Mandeln und kristallisiertem Zuckerrohrsaft hergestellt wird. Dieses stammt von einem maurischen Boot, das gerade aus Malaga eingetroffen ist. Dazu wird ein Faß süßen Weins aus demselben Hafen ausgeschenkt. Doch während des Essens wird Eddie ein wenig bleich, und der Schweiß bricht ihm aus, weshalb ich ihm vorschlage, zu Bett zu gehen. Er sträubt sich, bis ich hinzufüge, ich würde selbst nach oben kommen und ihn zudecken.

Und so liegen wir nun da. Sein kleiner Mann ist kein kleiner Mann mehr, sondern ein sehr großer, und ragt stolz wie ein Bugspriet über seinen Bauch. Er zuckt wie immer bei einem jungen Mann, wenn er voller Blut und Kraft ist und auf den Herzschlag reagiert.

»Aber ich kann nicht bei dir liegen«, klagt er. »Der verdammte Arm. Ich würde es nie schaffen, mich auf dir zu halten und es richtig zu machen.«

»Richtig?« erwidere ich, erstaunt über die Naivität dieses Siebzehnjährigen. »Was genau meinst du denn mit richtig?«

Und mit diesen Worten schwinge ich mein Bein, das im Kerzenschein schimmert wie ein reifer Pfirsich, über seinen Bauch und knie mich über ihn. Kurz streiche ich mit meinen Schamlippen über die Spitze seines Penis und presse mich dann an ihn, so daß er in mir versinkt. Natürlich kommt der kleine Narr sofort, und ich muß wieder ganz von vorne anfangen.

Kapitel zwanzig

Ich schwöre, es liegt nicht an unseren Liebesspielen, sondern an einer Entzündung, daß Eddies Fieber steigt. Gewiß hat er sie sich auf dem schmutzigen, feuchtkalten Speicher zugezogen, wo sie ihn versteckt haben. Die Wunde an seinem Arm schwärt ein wenig und sondert zunächst gelblichen Eiter, dann eine farblose Flüssigkeit ab, und Eddie klagt über Schüttelfrost. Er schwitzt entsetzlich und leidet schrecklichen Durst. Es geht ihm so schlecht, daß Gevatterin Dawtrey ihn am liebsten aus dem Haus haben möchte, da sie befürchtet, es könnte die Pest sein. Aber es ist Winter; in den meisten Nächten und manchmal sogar tagsüber herrscht Frost, und außerdem hat Eddie schon drei Tage überstanden; niemand, der die Pest hat, überlebt so lange. Irgendwann fällt mir auch wieder ein, warum die Pest niemals im Winter ausbricht, obwohl die anderen mir nicht glauben: Die Pest wird nämlich von Flöhen übertragen, und die vertragen keinen Frost. So einfach ist das.

Ich finde, daß das Fieber unsere Liebesspiele steigert. Sein Körper ist fast zu heiß, um ihn zu berühren, wenn ich mich unter den von Spinnweben bedeckten Balken entkleide. Sie sind so niedrig, daß ich mich bücken muß, und ein eisiger Wind fährt wie ein Schwert durch die Ritzen rings um das winzige Fenster. Wir liegen auf dicken Strohmatratzen, unter uns Daunen aus Seeland, über uns einen Haufen Wolldecken und Pelze, eine Hütte, angefüllt von den Gerüchen nach Schweiß, Sperma, meinen Liebessäften und der glitschigen Süße von Eiter und Kot. Danach bleibe ich, den Kopf an seine Schulter geschmiegt, liegen. Meine tropfende Nase ragt über die Decke. Unser Atem erzeugt eine Dampfwolke über unseren Köpfen. Die Tauben gurren in den Dachrinnen, und zwischen den Sparren huschen die Mäuse umher. Tropfende Nase? Ja, auch ich habe mir einen Schnupfen eingefangen.

Den Schnupfen, an dem jeder auf dieser feuchtkalten Insel leidet.

Allerdings will Gevatterin Dawtrey Eddie noch aus einem weiteren Grund loswerden: Er ist Yorkist. Das trifft zwar auf den Großteil der Bewohner dieser Stadt zu, doch die Garnison im Tower steht unter dem Befehl von Lord Scales, und der ist ein Anhänger des Königs. Scales und seine Garnison sind zwar unbeliebt, doch falls er erfährt, wo Eddie sich aufhält, genügt ein kurzer Ausflug mit etwa hundert Berufssoldaten die sieben Häuserblocks lange East Cheap entlang, um ihn zu schnappen, bevor man in der Stadt Zeit hätte, die Miliz zu mobilisieren. Das behauptet wenigstens Gevatterin Dawtrey, und der Ratsherr stimmt ihr zu.

Und so herrscht außerhalb unseres Speichers Unruhe im Haushalt. Anish und seine beiden Schreiber – Moplahs aus Malabar, magere, fleißige Burschen, die allmählich das Augenlicht verlieren, weil sie selbst bei Dämmerlicht über ihrer Buchführung brüten oder die Briefe des Prinzen abschreiben müssen – rechnen Zahlenkolonnen nach und geben sich schwer beschäftigt. Und tatsächlich finden sie auch beim achten oder neunten Durchgang immer noch einen neuen Fehler. Der Prinz sitzt schweigend am Kopf des großen Tisches in der Halle, was den Ratsherrn verärgert, weil es sich um seinen Stammplatz handelt. Er trommelt mit den Fingern auf die Tischplatte und starrt mit einem Blick, den er für gleichzeitig würdevoll und melancholisch hält, in eine ungewisse, wenn nicht sogar sinnlose Zukunft. Offen gestanden leidet er nur an chronischen Verdauungsstörungen. Ich versuche, diese mit Pfefferminztee zu lindern, den ich in einer Apotheke in der Poultry Lane unweit der Old Jewry erwerbe. Die Apotheke an sich ist schon einen Besuch wert. Der Apotheker hat eine tote Schildkröte an der Decke hängen; außerdem besitzt er ein kleines Krokodil, Blasen und muffige Samen, und überall ist es schrecklich schmutzig. In Vijayanagara hätte man diesen Laden längst wegen Gefährdung der öffentlichen Gesundheit geschlossen.

Mit jeder Stunde wird Gevatterin Dawtrey mürrischer, obwohl sie bei unserer Ankunft einen so überschwenglichen und gastfreundlichen Eindruck gemacht hat. Sie kümmert sich um ihre Hausarbeit, die hauptsächlich daraus besteht, die Dienstboten herumzuscheuchen, und murmelt dabei ständig vor sich hin, daß die Königin inzwischen sicher schon Suchtrupps nach uns ausgeschickt hat. Gewiß haben diese bereits die Watling Street von Norden nach Westen und die Ermine Street im Norden gesperrt – als ob es sich hierbei um die einzigen Straßen handelte, die uns aus London heraus und an unser eigentliches Ziel bringen könnten. Sie selbst hat London noch nie verlassen und nicht die geringste Vorstellung davon, wie es sonst auf der Welt aussehen könnte.

Ratsherr Dawtrey, ein Weinhändler, der sich auf süße iberische Weine wie Sherry und Malaga spezialisiert hat, hat sich in sein Kontor im hinteren Teil seines Grundstücks zurückgezogen und beauftragt seine Lehrlinge mit Botengängen. Sie müssen zu den Kais laufen, um festzustellen, ob seine Schiffe wirklich abgelegt haben, und um die zurückkehrenden Boote zu begrüßen. Er gibt sich sehr beschäftigt, aber in Wirklichkeit bleibt er zu Hause, weil er weiß, daß ihn die anderen Ratsherren und womöglich auch die städtischen Richter nach unserem Verbleib befragen könnten, wenn er sich an den üblichen Treffpunkten blicken läßt. Und er möchte sie nicht belügen. Offenbar hat der Haushalt uns unter der Annahme willkommen geheißen, daß wir höchstens eine Nacht bleiben würden.

Tja, und es muß im Haus – wie meistens – einen Verräter geben, denn in der dritten Nacht kommen sie uns holen. Genaugenommen haben sie es auf Eddie abgesehen, und sie wissen genau, wo sie suchen müssen. Wir hören ihre Schritte die East Cheap hinaufpoltern und ...

»Eddie«, sage ich. »Es sind Soldaten, das erkenne ich am Klappern ihrer Rüstungen und auch am Hufgetrappel ihrer Pferde.«

Doch es ist das erste Mal, daß er sich stark genug fühlt, um es »richtig« zu machen, was heißt, daß ich mit gespreizten Beinen und hochgezogenen Knien unter ihm liege, während er, auf Arme und Ellenbogen gestützt, über mir lehnt. In dieser Haltung stößt er auf mich ein wie ein Mörser in einen Mahlstein, was uns beiden viel weniger Vergnügen bereitet, als wenn ich die Führung übernehme. Doch zumindest bin ich feucht, da wir es an diesem Abend schon zweimal auf meine Weise getrieben haben, und so tut es nicht weh, auch wenn ich es nicht als sonderlich aufregend empfinde. Allerdings hatte ich gar keine andere Wahl, als mich einverstanden zu erklären, da es sonst in einer Art Vergewaltigung geendet hätte.

Daß es sich bereits um den dritten Anlauf handelt und ich ihm beigebracht habe, sich zurückzuhalten, wird uns fast zum Verhängnis, denn nun braucht er viel zu lang.

»Komm schon, Eddie«, rufe ich, denn wir hören, wie es unten laut an der Eingangstür klopft. »Mach, daß du fertig wirst, verdammt.«

Schaut, ich lernte bereits, Englisch zu sprechen wie die Einheimischen.

»Nein, verdammt«, stöhnt er. »Ich lasse mich von denen nicht hetzen.« Und er macht in demselben eintönigen Rhythmus weiter.

Inzwischen haben sich die Geräusche verändert, kommen näher und klingen lauter, denn die Männer sind nun im Haus. Das Krachen von Zinn und Fayence ertönt, und ich weiß, daß die kostbare maurische Schale mit dem grünen und hellgelben Muster, an der der Gevatterin Dawtrey so viel liegt, vom großen Tisch auf den Boden gefallen ist. Einen weiteren Schaden wird sie sicher nicht riskieren, und ich male mir aus, wie sie mit dem Kopf auf die gedrechselte Treppe weist, die die Soldaten kurz darauf hinaufstürmen.

Von dort aus kommt man nur noch mit Leitern weiter. Die erste führt durch eine breite, viereckige Luke in den ersten Stock, die zweite, die an der Schwelle einer niedrigen Brettertür lehnt, bringt die Besucher direkt in unser Liebesnest.

Ich höre ein Rumpeln auf den Stufen und spüre die Erschütterung in meinem Becken. Rauhe, barsche Stimmen dröhnen, und als einer der Männer sich räuspert, klingt das schleimige Rasseln wie das Klappern von Kieseln auf einer Schaufel.

»Da oben ist er, Mylord. Diese verdammte Leiter hinauf. Hinter der Tür.«

Es herrscht Schweigen. Dann ergreift eine andere Stimme, diesmal mit gedehntem normannischen Akzent, das Wort.

»Kommt schon, Eddie. Seid ein braver Junge, und macht es uns nicht so schwer.«

»John Clifford, dieser Hurensohn«, flüstert Eddie mir ins Ohr. Dann fügt er, viel lauter, hinzu: »Verschwindet, Clifford. Der Mistkerl haßt mich«, ergänzt er, wieder ein wenig leiser. »Bevor er mich dem Henker übergibt, schneidet er mir bestimmt die Eier ab.«

Diese Vorstellung hindert ihn nicht daran, mich weiter zu vögeln.

Draußen: »Holt eine Axt, alter Junge, seid so gut.«

Drinnen: »Sein Vater wurde bei St Alban's getötet. Er mag die Yorkisten nicht.« Zwei Stöße. »Ich bin gleich soweit.«

Draußen: »Ach, verdammt, dann seht am Kamin in der Haupthalle nach.«

Lautes Fußgetrappel, die Treppe hinauf und hinunter, Gepolter auf den Leitern.

»Gebt her.« Ein Krachen, und die Brettertür beginnt dicht über meinem Kopf nachzugeben. Kurz sehe ich eine Axt aufblitzen. Dann höre ich einen Freudenschrei. Eigentlich sind es zwei.

»Ich bin soweit!« klingt es gleichzeitig von drinnen und von draußen.

Ein weiteres Brett löst sich. Eddie wälzt sich von mir herunter und zieht mich hoch, so daß wir splitternackt dastehen. Er nimmt eine Truhe, die am Fußende unseres provisorischen Bettes steht, und schlägt damit gegen die Dachsparren.

Beim zweiten Hieb hat er das Dach durchbrochen, und Ziegel ergießen sich in die Schlucht zwischen den beiden Dachrinnen. Dann wirft er die Truhe in Richtung Tür. Wir hören einen Aufschrei und dann ein lautes Poltern und Krachen, als sie einen der Männer – vermutlich Clifford – am Leib trifft und ihn von der Leiter reißt. Aus dem melodischen, geheimnisvollen Klimpern, das uns ans Ohr dringt, schließe ich, daß die Truhe aufgegangen ist, so daß sich Goldstücke über ihn ergießen.

Eddie steht schon auf dem Dach, packt mich am nackten Arm und zerrt mich hinaus. O Shiva, es ist bitterkalt. Ich rutsche auf dem Hintern in die Dachrinne, als er mir folgt, landet er fast auf mir. Dann zieht er mich auf die Füße. so daß ich kurz den Nachthimmel, die Sterne, die vielen hundert Dächer, die Kirchtürme, den aufgehenden Mond, der schon zu drei Vierteln voll ist, das silberne Band des Flusses und die aus den noch immer brennenden Feuern aufsteigenden Rauchfahnen bewundern kann. Dann schlägt die Kälte wieder zu, daß es mir in den Lungen schmerzt und mir wie mit Messern in Hände und Füße schneidet.

»Komm mit!«

Es gibt zwei Dinge, vor denen die Bewohner Londons eine Heidenangst haben: die Pest und Feuersbrünste. Wegen der Gefahr von letzterem verfügen große Häuser, deren Höfe nicht von der Straße aus zugänglich sind, über in die Wände eingelassene Sprossen, so daß sich die Menschen aus jedem Fenster, selbst aus den ganz oben gelegenen, in Sicherheit bringen können. Von unserem Platz aus befindet sich das nächste Fensterbrett etwa einen Meter fünfzig unter uns, und die oberste Sprosse ist einen knappen Meter darunter. Eddie klettert voran und hält sich mit steifgefrorenen Fingern an der Dachrinne fest. Ich strecke die Füße aus, damit er sie auf das Sims stellen kann. Meine Fußsohlen fühlen sich kitzelig an, und der rauhe Mörtel der Wand zwischen den Balken schabt mir an den Brüsten. Das Fenster ist mit Backsteinen umrandet, und es gelingt mir, die Fingerspitzen meiner linken Hand in eine schmale Ritze zwischen zwei Ziegeln zu schieben.

Es geht nicht sehr tief nach unten. Das Dach des Nebengebäudes, das flacher ist als die der umliegenden Häuser, befindet sich unter uns. Doch dann passieren mehrere Dinge gleichzeitig.

Ali erscheint; er kommt von der Straße und tritt durch die Hoftür ein. Mit einem funkelnden Auge blickt er zu uns hinauf, winkt und verschwindet im Stall. Clifford – ich nehme an, daß es Clifford ist – erscheint über uns an der Dachrinne. Dann ist er wieder weg, und ich kann ihn brüllen hören. Aber ich verstehe nicht, was er sagt, als er drinnen durchs Haus stürmt, seine Soldaten zusammenruft und sie zur Vordertür schickt. Ali kommt, Genêt am Zügel, aus dem Stall. Nach kurzem Zögern wirft Eddie sich mit nacktem Hintern auf den Rücken des Hengstes. Genêt bäumt sich auf wie wahnsinnig, aber Eddie klammert sich an seinem Hals fest und greift nach dem Zügel. Ein Soldat taucht im Torbogen hinter Ali auf. Dieser tritt zur Seite, während Eddie Genêt mit Knien und Knöcheln zwischen ihnen hindurchtreibt. Das Klappern von Waffen und einer Rüstung ertönt, die Hufe schlagen Funken auf dem Kopfsteinpflaster. Ein Wiehern wie das Heulen eines Geistes, und dann sind sie fort. Die Soldaten folgen ihnen halbherzig.

Ali nähert sich dem Haus, bleibt unter mir stehen und blinzelt zu mir hinauf. »Du wirst dir noch den Tod holen«, sagt er.

Mit seinem gesunden Arm hilft er mir beim Abstieg und stützt mich mit dem verkrüppelten, bis meine Zehen das Pflaster berühren. Dann schlüpft er aus seinem muffigen alten Pelzmantel und legt ihn mir um.

»Und das, Mah-Lo, genügt für eine Sitzung.«

Ich holte Luft und stieß einen langen Seufzer aus. Natürlich hatte sie recht, aber ich hatte ihrer Schilderung dieser acht Jahre zurückliegenden Ereignisse so gebannt gelauscht, daß ich ganz vergessen hatte, wo ich mich befand. Doch ich war nach wie vor in Alis Garten, und Ali selbst saß mir im Schatten seines Baumes am Tisch gegenüber. Offenbar hatte er geschlafen, aber er regte sich, furzte leise und schlug sein gesundes Auge auf.

Uma wandte sich zu ihm um. »Ali, bitte Murteza, die Kinder zu holen. Ich muß jetzt gehen.«

Als Ali ein kleines Glöckchen läutete, erschien ein nubischer Diener, nahm seine Anweisungen entgegen und verschwand wieder.

Uma erhob sich. »Es war mir ein Vergnügen«, sagte sie und neigte wieder den Kopf über die Fingerspitzen.

Mühsam stand ich auf. »Es war wirklich wundervoll«, stieß ich hervor. »Werdet Ihr ... wann werdet Ihr ...«

»Oh, ich komme wieder, wenn Ali an einem Punkt seiner Erzählung angelangt ist, an dem er meine Unterstützung braucht.«

Als sie, über das Pflaster und vorbei an dem kleinen Brunnen, davonging und durch die durchbrochene Tür aus Sandelholz schritt, erkannte ich kurz zwei kleine Kinder, die in der Vorhalle Murtezas breite schwarze Hände hielten. Er übergab die Kinder ihrer Mutter, und dann schloß sich die Tür.

Lange herrschte Schweigen. Dann stieß ich erneut einen Seufzer aus.

»Sie kann gut erzählen, stimmst du mir zu?« murmelte Ali.

»Ja«, erwiderte ich. »Und ich nehme an, es ist die Wahrheit«, fügte ich hinzu, nachdem ich eine Weile nachgedacht hatte.

»Selbstverständlich. Warum zweifelst du daran?«

Wieder hob sich seine Augenbraue wie die Ahle eines Schusters.

»Ach, ich weiß nicht so recht. Du vermittelst mir drei verschiedene Standpunkte: deinen eigenen, den aus den Briefen des Prinzen und jetzt auch Umas. Ich habe langsam den Verdacht, daß es sich dabei um einen Kunstgriff handelt.«

»Einen Kunstgriff? Ich habe keine Ahnung, was du damit meinen könntest.«

Kapitel einundzwanzig

Als ich über die niedrigen Dachrinnen blickte und die kunstvollen Drachen und anderen Schnitzereien betrachtete, welche die Giebel von Alis Haus zierten, erschauderte ich. Solange er sich auf drei Erzähler beschränkt, dachte ich, werde ich ihm weiter zuhören. Aber wenn noch ein vierter auf der Bildfläche erscheint, so daß sich die ganze Geschichte noch mehr ineinander verschachtelt ... Ich nahm wieder Platz und schnupperte. Ein Hauch von Umas Parfüm lag noch in der Luft. »Was hast du als nächstes getan?«.

Ali trank einen Schluck Limonade und sah mich über den Rand seines vergoldeten Bechers hinweg an. »Lieber Mah-Lo«, antwortete er leise. »Nun bist du an zehn aufeinanderfolgenden Tagen gekommen, um meiner Geschichte zu lauschen. Und ich kann angesichts von Umas kraftvollem Erzählstil nicht glauben, daß du noch nicht genug davon hast. Es wäre vermessen von mir, es mit ihrer Wortgewandtheit und ihrer Begeisterungsfähigkeit aufnehmen zu wollen.«

Ich merkte ihm an, daß ihm meine leichten Zweifel sauer aufgestoßen waren, und ich versicherte ihm deshalb, ich sei wirklich gespannt und hielte seinen Bericht für die unverrückbare Wahrheit.

»Also gut.« Ali stellte den Becher weg, streckte die Füße in die Sonne und verschränkte die Finger – die gesunden und die verkrüppelten – über dem Bauch. Dann räusperte er sich. »Ich brachte das arme zitternde Mädchen zurück ins Haus«, begann er, »und wies sie an, sich vor das Kaminfeuer zu setzen. Dann schürte ich das Feuer, legte noch ein Scheit nach und besorgte ihr etwas Heißes zu trinken. Das Haus des Ratsherrn Dawtrey war bis auf die kleinen, langhaarigen weißen Hunde, die er sich hielt, verlassen. Sie schnüffelten überall herum und besprangen die Schienbeine der Leute, wenn diese sich setzten. Doch als ich mit einem Krug

Glühwein für Uma aus der Küche zurückkam, hatte sich eine ziemlich große Menschenmenge versammelt; vermutlich waren die Leute von dem Tumult, der sich gerade abgespielt hatte, angelockt worden ...«

Prinz Harihara hatte sich auf dem großen Stuhl mit Armlehnen am Kopf der Tafel niedergelassen, was den Ratsherrn natürlich wie immer verärgerte. Der Prinz trug ein mit Spitze besetztes Nachthemd und eine enganliegende Kappe aus Samt mit einer goldenen Quaste am Zipfel, die er beide in Venedig erstanden hatte. Sein langes schwarzes Haar und seine glatten Wangen schimmerten im Schein der Lampen und Kerzen. Neben ihm stand Anish, der trotz seines Bibermantels zitterte. Am anderen Ende des Tisches erlitt Gevatterin Dawtrey gerade einen Tobsuchtsanfall, während der Ratsherr sich neben Uma und mit dem Rücken zum Feuer aufgebaut hatte. Obwohl er zornig und aufgebracht war, bemerkte ich, wie sein Blick immer wieder zu der nackten Haut über ihren Brüsten wanderte, die trotz des Mantels, den ich ihr gegeben hatte, zu sehen war. Wie gerne hätte ich den armen Narren von seinen Leiden erlöst und ihm gesagt, daß er tatsächlich eine Frau vor sich hatte, die darüber hinaus auch noch unter dem Mantel nackt war.

Als ich mit dem Krug heißen Wein an dem Prinzen vorbeiging, hob dieser den Kopf. »Ali? Ist Eddie March fort?«

»Es macht ganz den Eindruck.«

»Und er kommt auch nicht wieder?«

»Das bezweifle ich.«

»March setzt keinen Fuß mehr in dieses Haus«, kreischte Gevatterin Dawtrey. »Sonst enden wir alle noch gevierteilt auf dem Anger vor dem Tower.«

Auch wenn sie unser Gespräch natürlich nicht verstehen konnte, hatte sie offenbar den Namen March herausgehört.

Ohne auf sie zu achten, fuhr der Prinz fort: »Also, Ali, haben wir keinen Führer mehr, der uns den Weg ins nördliche Ingerlond zeigt?«

Ich bejahte.

»Ratsherr Dawtrey hat den Wunsch geäußert, daß wir noch vor Morgengrauen aufbrechen sollen. Die Frage ist nur, wohin? Wohin sollen wir uns wenden?«

Ein ungewöhnliches Zittern lag in seiner Stimme, das auf Müdigkeit und Besorgnis, ja, sogar Furcht hindeutete. Mir dämmerte, daß er am Ende seiner Kräfte war: Tausende von Meilen entfernt von zu Hause, ohne die gewohnten Privilegien seines gesellschaftlichen Ranges und verwirrt durch die fremde Umgebung, wußte er nicht mehr ein noch aus. Außerdem befand er sich in einer unsicheren Position, denn schließlich hatte er sich mit einem Rebellen und Verräter verbündet. Und darüber hinaus machten ihm das Essen, die fremde Sprache, die merkwürdigen Menschen und das scheußliche Wetter zu schaffen. Ich hielt mir vor Augen, daß ich in meinem Leben weit gereist war und mich deshalb mit solchen Situationen auskannte. Ich hatte kein Zuhause, und Vijayanagara war mir genauso fremd wie Ingerlond. Dieser Überlegung hatte ich bis jetzt nicht genug Aufmerksamkeit geschenkt, insbesondere darum, weil Prinz Harihara und Anish sich ziemlich wacker zu schlagen schienen. Nun aber sehnten sie sich offenbar nur noch danach, sich wieder zum Fluß zu begeben, mit dem nächsten Schiff über das Meer zu fahren und in ihre Heimat zurückzukehren, wo Wärme, Behaglichkeit, Sicherheit und Zivilisation herrschten.

Uma nieste.

Ich drehte mich zum Ratsherrn Dawtrey um und versuchte, mich trotz meiner begrenzten Sprachkenntnisse so gewandt wie möglich auszudrücken. »Sir«, sagte ich, »Ihr könnt nicht von dem Prinzen und seinem Gefolge verlangen, daß sie noch vor Morgengrauen Euer Haus verlassen. Aber ich glaube, daß ich in London Menschen finden kann, die uns weiterhelfen, wenn Ihr mir bis zum Nachmittag Zeit gebt, alles Nötige in die Wege zu leiten.«

Nachdem er sich – vermutlich hauptsächlich seiner Gattin zuliebe – ein wenig geziert hatte, erklärte er sich einverstanden, insbesondere als ich ihm anbot, ihm unsere restlichen Gewürze und Kräuter zu einem angemessenen Preis zu verkaufen, da wir das Geld bräuchten, um den Rest unserer Reise zu finanzieren. Er offerierte mir ein Fünftel des Marktpreises, doch ich handelte ihn auf ein Drittel herauf – fünfundvierzig Pfund. Aber ich war mit diesem Ergebnis zufrieden, denn so hatten wir nicht so viel Gepäck und brauchten deshalb weniger gemietete Maultiere und Maultiertreiber. Außerdem würden wir ohne Karawane auf unserer Reise durch das Land nicht so sehr auffallen. Obwohl wir einen besseren Preis hätten erzielen können, handelte es sich um eine ziemlich hohe Summe, die ausreichte, um uns alle einen Monat oder länger über Wasser zu halten und uns ein verhältnismäßig angenehmes Leben zu sichern. Außerdem besaßen wir noch die kleinen Beutel mit Edelsteinen, die wir am Körper versteckt hatten.

Allerdings mußte ich meinen Plan noch zu Ende denken und ihn anschließend in die Tat umsetzen. Uma trug nur meinen Mantel und nichts darunter, und obwohl fast alle Männer im Raum wußten, daß sie eine Frau war, glaubte jeder, als einziger im Besitz dieser Information zu sein. Deshalb war es ratsam und konnte sich eines Tages vielleicht als nützlich erweisen, wenn wir weiter Theater spielten und sie als Mann ausgaben. Also flüsterte ich ihr etwas ins Ohr und folgte ihr die Treppe hinauf, wo noch immer Porzellanscherben, das zersplitterte Holz der Truhe und ein paar Goldstücke herumlagen, die man aufzuheben vergessen hatte. Über die beiden Leitern erreichten wir den Speicher, den Uma mit March geteilt hatte. Während ich durch das Loch, das Eddie ins Dach gebrochen hatte, auf den silbrig glänzenden Fluß hinausblickte, der, beschienen vom untergehenden Mond, in einer großen Schleife nach Süden zu den Zwillingstürmen von Westminster verlief, zog sie meinen Pelzmantel aus und schlüpfte wieder in ihre Mönchskutte.

»Wo willst du hin?« fragte sie. »Wer sind diese Verbündeten, die du gefunden hast und die uns angeblich helfen wollen?« Aber sie wartete meine Antwort nicht ab. »Laß es, ich kann es mir denken. Ich komme mit.«

Mit einem Grinsen zog sie den hübschen Nerzmantel, den March zurückgelassen hatte, über ihr Mönchsgewand, während ich mich wieder in die Mischung aus Fuchs und Bisamratte hüllte, die noch warm von ihrem Körper war und nach ihr duftete.

Leise pirschten wir uns durch Küche, Vorratskammern und Hof und schlichen uns durch das Tor in die East Cheap hinaus. Dann bogen wir in die Candlewick ein und überquerten diese, so daß wir die Budge Row erreichten. Nun sahen wir am Ende der Budge Row den Turm von St Paul's vor uns, der an eine dünne Nadel erinnerte. Links davon stand ein orangefarbener Mond am Himmel. Wir gingen weiter nach rechts.

»Ich glaube, ich weiß, wohin wir wollen«, sagte Uma und drückte meine Hand. Ihr Tonfall klang fast freudig.

»Wirklich?«

»Du folgst den Zeichen.«

»Welchen Zeichen?«

»Den kleinen roten Herzen.«

Sie hatte recht. An jeder Ecke oder Kreuzung, an die wir kamen, war ein kleines rotes Herz – mit Kreide, Farbe oder aus Stoff – hoch oben an der Mauer des jeweiligen Hauses angebracht, das einen anwies, aus der einen Straße ab- und in eine andere einzubiegen. Man konnte sie zwar in der Dunkelheit nicht wirklich sehen, aber ich hatte mich – sofern sich die Möglichkeit ergab – schon am Vortag an ihnen orientiert, genau wie in den meisten großen Städten, durch die wir seit unserer Landung in Venedig gekommen waren. So setzten wir unseren Weg fort, während der Himmel hinter uns allmählich hell wurde. Hie und da rührten sich die kleinen Vögel in den Dachrinnen und sangen ihr Lied. In der Ferne bellte ein Hund, als wir ein Gewirr aus kleinen Gassen erreichten, die fast zu schmal für einen Wagen oder einen Esel mit zwei Satteltaschen waren. Und dann ließen wir den Alltag und die trügerische Welt des Handels, der Politik, des Gesetzes, der Ordnung und der gesellschaftlich verordneten Religion hinter uns und betraten das parallel dazu existierende Universum, in dem die meisten von uns einen Teil ihrer Zeit verbringen. Es handelte sich um den einzigen Ort, an dem wir wirklich freie Menschen sind – die Unterwelt der Brüder.

In der Needler's Lane stand eine winzige Kirche zwischen höheren Gebäuden, deren Dachrinnen darüber hinwegragten. Es war die Kirche St Benet Sherehog, und gleich daneben befand sich die Kirche St Pancras. Beide waren klein, kaum größer als der Schrein des elefantenköpfigen Gottes Ganesha, wo man mich bei meinem ersten Besuch in Vijayanagara willkommen geheißen hatte – doch das war auch die einzige Gemeinsamkeit.

Unter einem halbkreisförmigen Bogen, in den Teufel und verlorene Seelen eingemeißelt waren, gab es eine niedrige doppelflügelige Tür mit einem Klopfer. Dieser bestand aus Bronze, war fein modelliert und stellte eine Hand dar, die eine Kugel umfaßte. Nachdem ich viermal – dreimal kurz und einmal lang – angeklopft hatte, warteten wir. Einige schwarze Ratten huschten vor uns über die Gasse. Dann wurden auf der anderen Seite der Tür lautlos die gutgeölten Riegel zurückgeschoben, und der runde Türknauf bewegte sich ein bißchen. Wir hörten keine Schritte, die Türangeln knirschten nicht, und auch die Unterkante der Tür schabte nicht über den Steinboden.

»Nichts ist wahr«, sagte ich.

»Alles ist erlaubt«, erwiderte die mit einer Kapuze verhüllte Gestalt, die die Tür öffnete. »Tritt ein, Bruder Ismail, und dein Begleiter auch.«

Der Mann trug eine Lampe, deren Licht kurz das fast viereckige Kirchenschiff erhellte, durch das er uns führte. Die Strahlen tanzten über die gedrungenen Säulen mit ihren verzierten Kapitellen. Wie ich bereits sagte, war ich schon einmal hier gewesen, allerdings bei Tageslicht. Nun, im Spiel der Schatten, wirkten die derb in Primärfarben gestalteten Kobolde, die ihre nackten Hintern zeigten und an ihren Genitalien lutschten, noch abstoßender und seltsamer auf mich als zuvor. Ich konnte nicht anders, als sie mit den Abbildungen und Statuen in Vijayanagara zu vergleichen, wo eine offene und ungezwungene Atmosphäre herrschte, während hier alles heimlich vor sich gehen mußte und ein wenig angeschmuddelt schien. Allerdings war dies nicht der richtige Ort, um Betrachtungen über religiöse Kunst anzustellen. Ich möchte nur noch hinzufügen, daß die Darstellung der Maria die einzige war, die mich ansprach. Sie befand sich über dem Altar in einer Seitenkapelle, durch die unser Begleiter uns nun führte, trug ein tief meerblaues Kleid und eine silberne Krone und hatte schwere Lider und einen engelsgleichen Mund. Ihre Füße ruhten in der Rundung eines Halbmondes, der dünn war wie die Klinge einer Sichel. Das Lächeln auf ihrem Gesicht war wissend, so daß man den Eindruck hatte, daß sie mehr ahnte, als sie eingestehen wollte.

Hinter der Kanzel lag eine Treppe, die hinunter zu einer weiteren Holztür führte. Dahinter befand sich eine unterirdische Krypta, die ziemlich groß war und die beiden Kirchen miteinander verband. Sie wurde durch Reihen von Säulen unterbrochen, welche die niedrige Gewölbedecke stützten. Etwa dreißig steinerne Quader, die Gräber, waren im Raum verteilt. In einer Ecke kauerte eine Familie Obdachloser, ein Mann, zwei Frauen, drei Kinder und ein Hund, unter einem Haufen Lumpen und Fellen und versuchte vergeblich, sich zu wärmen. Unser Führer ließ sich auf einem Grabstein nieder und stellte die Lampe neben sich.

»Das«, sagte ich zu Uma, »ist Bruder Abraham, ein Bruder des freien Geistes.«

»Ich weiß«, erwiderte sie. »Ich meine, ich weiß, daß er ein Bruder des freien Geistes ist.« Sie lächelte Abraham freundlich und verschwörerisch zu. Als er seine Kapuze zurückschob, war ein mageres, aber ansprechendes Gesicht zu sehen, das Lachfältchen aufwies, aber auch von freiwillig auf sich genommenen Entbehrungen gezeichnet war. Sein Haar war dünn und grau, doch seine Tonsur stammte nicht von einem Rasierer, sondern war von der Natur geschnitten worden.

Trotz seiner unbewegten, ernsten Miene hatte er ein warmes Lächeln. Er räusperte sich. »Was kann ich also für dich tun, Bruder Ismail?«

Ich erklärte ihm, was ich ihm bei meinem ersten Besuch verschwiegen hatte, nämlich daß wir in den Nordwesten des Landes reisen wollten, um Prinz Hariharas Bruder Jehani zu suchen. Uma berichtete ihm, wir hätten einen Führer namens Eddie March gehabt, der jedoch die Aufmerksamkeit der königlichen Soldaten erregt habe, weshalb er habe fliehen müssen, um nicht von Lord John Clifford und Lord Scales verhaftet zu werden. Nun sei er spurlos verschwunden, und unser Gastgeber und unsere Gastgeberin wollten uns loswerden, da sie sich vor den Soldaten der Königin fürchteten.

Abraham nickte, lauschte und strich sich mit Daumen und Zeigefinger über die stoppelige Oberlippe.

»Wir haben einen Bruder, der aus dem Nordwesten stammt«, meinte er, als wir fertig waren. »Er heißt Enoch. Aber er ist ein reisender Fischhändler und arbeitet bis mittags am Fischereidock am Ende der Pudding Lane unweit von Billingsgate. Ich kann jemanden damit beauftragen, zu seinem Haus zu gehen und seine Frau zu bitten, ihn sofort zu uns zu schicken, wenn er von der Arbeit kommt. Seid ihr einverstanden?«

Uma und ich sahen einander schulterzuckend an.

»Ja, das wäre gut.«

Da es uns wenig sinnvoll erschien, vor unserer Unterredung mit diesem Enoch in die East Cheap zurückzukehren, nahmen wir Bruder Abrahams Einladung an, in der Krypta auf unseren neuen Führer zu warten. So erhielten wir Gelegenheit zu gelehrten Gesprächen, denn Abraham kannte sich eindeutig in der Kunst aus, das Leben zu genießen. Außerdem war er neugierig auf Vijayanagara, das, wie er rasch bemerkte, einer irdischen Manifestation der Heiligen Stadt so nahe kam, wie man es sich nur erhoffen konnte. Er wollte soviel wie möglich über Umas Geburtsstadt hören, um daraus die Kraft für den täglichen Kampf zu schöpfen, den es bedeutete, angesichts von Verfolgung durch Kirche und Staat dem Glauben abgeschworen zu haben.

Uma und ich hingegen interessierten uns für die Zukunft der Gottlosigkeit in Ingerlond.

»Ali, warum das alles?« unterbrach ich.

»Mein lieber Mah-Lo, haben wir noch nicht über die drei großen freien Orden gesprochen?«

»Ich habe keine Ahnung, wovon du redest. Was für drei Orden?«

»Die Brüder des freien Geistes, die Assassinen, die den innersten Kreis der Ismailiten und der Sufis bilden, und die Thug.«

»Von den letzten beiden habe ich gehört, bevor ich hierherkam. Und du hast bereits angedeutet, daß du zumindest für die Assassinen Sympathien hegst. Aber nun klingt es bei dir, als bestünde eine weltweite Verschwörung.«

Ali lachte leise auf. »So etwas ist unmöglich. Denn das oberste Gebot aller drei Orden ist, daß alle Mitglieder frei sein müssen. Es gibt nur eine einzige Verpflichtung: Wenn man einen Gleichgesinnten trifft, der in Not ist oder in Schwierigkeiten steckt, muß man ihm helfen. Verschwörungen jedoch erfordern Regeln, Pläne und Gehorsam. Und Gehorsam ist genau das, was wir am allermeisten verabscheuen.«

»Ich bin immer noch nicht klüger als zuvor, aber am besten fährst du jetzt mit deiner Geschichte fort. Du hattest diesen Abraham gerade nach der Lage in Ingerlond gefragt.«

»Nicht sehr gut.« Er seufzte auf und rutschte ein wenig auf dem kalten Stein herum, auf dem er saß. »Die Gottlosen leben fast überall im verborgenen, denn in den letzten fünfzig Jahren sind zu viele von ihnen gefoltert und verbrannt worden. Deshalb bekennen sich einige, die die Ansichten von John Wycliffe teilen und dem Weg folgen, den er für uns abgesteckt hat, im Gegensatz zu ihren Vätern und Müttern nicht zu ihren Überzeugungen. Dennoch zieht ein Lollardenprediger auf einem Friedhof, vor einem Stadttor oder sogar an einem Marktkreuz stets viele Zuhörer an. Diese fühlen sich anschließend gestärkt und sind manchmal sogar bereit, gegen den König und die Bischöfe zu marschieren, wie es Wat Tyler, John Ball, Jack Straw und John Cade getan haben. Und viele Tausende mit ihnen.«

»Doch wie weit werden sie die Straße des freien Geistes beschreiten?« hakte Uma nach.

»Ach, nicht sehr weit. Es genügt ihnen, die Lehren der Kirche in einem vernünftigen Licht zu betrachten. Sie leugnen die materielle Gegenwart von Jesus in den Sakramenten, da sie es für seltsam halten, daß ein Gott von den Hunden beleckt und den Mäusen angeknabbert werden kann. Sie erkennen, wie sehr es gegen die Heilige Schrift verstößt, daß Priester den Sündenablaß verhökern können. Und sie finden die Vorstellung eines Fegefeuers abstoßend, in dem die Reichen sich den Weg in den Himmel dadurch erkaufen, daß sie Messen für ihre Seele lesen lassen. Sie lehnen die Keuschheit der Priester und Mönche ab, da diese ihrer Ansicht nach zu unnatürlichen Lastern und bei Nonnen sogar zu Abtreibungen und Kindesmord führt. Die Extremeren unter ihnen betrachten jeglichen Krieg als Mißstand, weil dabei nur die Armen abgeschlachtet und ausgeplündert werden, während die Könige den Ruhm ernten. Auch die Herstellung von Waffen ist für sie Sünde ...«

»Aber das zeigt doch nur, was sie alles ablehnen«, unterbrach Uma. »Haben sie denn keine Vorstellung davon, womit sie all dieses Übel ersetzen wollen?«

»Einige schmieden Pläne in der Abgeschiedenheit ihres Hauses oder in Gegenwart gleichgesinnter Freunde, denen sie vertrauen können.« Falls Abraham von Umas heftigem Tonfall überrascht oder schockiert war, zeigte sich das nur an seinen beschwichtigenden Worten. »Zum Beispiel sagen sie, daß es ungerecht ist, Frauen gegen ihren Willen zu verheiraten. Und zwar nicht aus Lüsternheit, wie ihre Gegner behaupten, sondern weil man Frauen nicht behandeln soll wie Vieh. Einige fordern, daß sämtlicher Besitz gemeinschaftlich sein sollte. Beiräte, in denen alle zusammensitzen, sollen über die Gesetze und Sitten entscheiden, nicht die Willkür von Königen, Lords und Bischöfen.«

»Und welche Sorte von Menschen schließt sich den Brüdern an?«

»Ganz verschiedene. Vom einfachen Bauern bis zum Adeligen. Vor achtzig Jahren, als John von Gaunt, der Urgroßvater unseres jetzigen Königs, als Stellvertreter von König Richard regierte, hielt er seine schützende Hand über John Wycliffe. Lord Cobham – oder Sir John Oldcastle, wie er vor seiner Hochzeit hieß – setzte diese Tradition fort und hielt sich an die Lehren der Lollarden. Doch er wurde auf Befehl des Vaters des augenblicklichen Königs vor fünfundvierzig Jahren verbrannt. Und die größte Schande ist, daß er inzwischen dank der Bemühungen unserer Herrschenden als betrunkener Hurenbock und Feigling verlacht wird und den Spitznamen Falstaff trägt.«

Kurz verdüsterte sich seine Miene. Dann fuhr er fort: »Doch der wichtigste Grund, warum wir anders als vor ein paar Jahren einige Rückschritte hinnehmen mußten, sind die gegenwärtigen Unruhen, also die Kriege zwischen den großen Lords. Seit der Pestepidemie vor hundert Jahren haben sie weniger Leute, die ihnen die Felder bestellen, so daß die Löhne gestiegen und die Preise gefallen sind. Deshalb haben es die Lords auf die Ländereien ihrer Standesgenossen abgesehen. Und anstatt ihre Zwistigkeiten vor Gericht, im Parlament oder durch Befehl des Königs beizulegen, bekämpfen sie einander. Und das bedeutet, daß jeder gesunde Mann einen guten Lohn verdienen kann, wenn er die Uniform seines Herrn anzieht. Falls er auf der Siegerseite ist, hat er zudem Aussicht auf einen Anteil der Beute, des Lösegeldes und sogar auf ein eigenes Stück Land oder einen Pachtvertrag. Wenn sein Herr verliert, macht er sich einfach aus dem Staub und schließt sich in der nächsten Schlacht wieder der Truppe an. Wegen dieser Kriege ist die bürgerliche Gesellschaft außerhalb von London und der anderen großen Städte mehr oder weniger zusammengebrochen, und das Gesetz hat keinerlei Gültigkeit mehr. Also gibt es nichts, gegen das man rebellieren könnte, und da nur noch das Recht des Stärkeren herrscht, ist jede Hoffnung auf eine bessere Zukunft dahin. Schließlich haben wir ja nun eine Art von Anarchie, weshalb kein Grund besteht, für eine Anarchie auf einer höheren Stufe, die uns alle adeln würde, den Tod auf dem Scheiterhaufen zu riskieren.«

So verbrachten wir die letzten düsteren Stunden vor Tagesanbruch, bis endlich die Sonne aufging und sich in dieser ganz und gar nicht himmlischen Stadt das erste Leben regte. Wir hörten Hufgetrappel, das Blöken von zur Schlachtbank getriebenen Schafen, das Quietschen von Wagenrädern, das Rufen und Schreien von Straßenhändlern und das allgemeine Rumoren der schwärenden Pestbeule, in deren Mitte wir uns verborgen hielten.

Bruder Abraham erzählte uns, wie heilig der Ort sei, an dem wir Zuflucht gefunden hatten. Die Hälfte sei dem jungen Heiligen Pankratins geweiht; einer seiner Fingerknochen werde in einem Reliquienschrein in der zweiten der winzigen Kirchen aufbewahrt. Es handle sich, wie er sagte, um die erste Kirche, die in Albion gebaut worden sei, und zwar vom heiligen Augustin. An dieser Stelle habe zuvor ein Schrein aus der Zeit noch vor dem großen Julius Cäsar gestanden, der den Tower erbaut habe. Dieser Schrein oder Tempel, so alt wie die Kultstätten im Westen, habe laut Abraham König Lud gehört, der darum herum eine Stadt errichtet habe und eigentlich kein König, sondern ein Gott des Flusses gewesen sei.

Die Bettlerfamilie rappelte sich auf und verschwand unauffällig und lautlos die Stufen hinauf. Da wir sie nun ohne ihre Lumpen und fadenscheinigen Decken sehen konnten, erkannten wir an ihrer Haut, die noch dunkler als meine und fast so dunkel wie die von Uma war, daß wir Zigeuner vor uns hatten. Ich fragte mich, wo wohl der Rest ihrer Sippe stecken mochte und wodurch sie von ihr getrennt worden waren.

Von oben waren immer wieder Geräusche zu hören, als die Leute die Kirchentüren öffneten, um dem Bildnis in der Seitenkapelle Opfergaben darzubringen oder davor zu beten: die Mutter, Maria, Isis, Ishtar, Parvati. Wir verharrten in der steinernen Krypta und setzten unser Gespräch fort, während wir auf Enoch, den Fischhändler, warteten. Wir wandten uns wieder der Frage zu, wie die vollkommene Gesellschaft auszusehen habe, nach der wir uns alle sehnten. Abraham schilderte uns ausführlich Ingerlond vor dem Einmarsch der Normannen. Es sei ein bäuerlich und dörflich geprägtes Land, aber auf seine Weise so glücklich und gesegnet gewesen wie die Himmlische Stadt, die wir drei uns erhofften und die von Vijayanagara verkörpert wurde – so wie dessen Kaiser und Kaiserin Fleischwerdungen der Götter Vishnu und Parvati waren.

Außerdem sprachen wir darüber, wie wir und all die anderen Anhänger unserer Weltanschauung ungeachtet unserer so unterschiedlichen Herkunft und auf völlig anderen Wegen desselben Lichts angesichtig werden und dasselbe Wissen hatten erringen können.

Kapitel zweiundzwanzig

In der East Cheap erwartete mich ein Brief.

Ali,
kurz nach Eurem Aufbruch heute am frühen Morgen beehrte Lord Scales, Kommandant des Tower, den Ratsherrn Dawtrey mit einem Besuch. Scales ist ein energischer alter Mann und wurde von einem Trupp Bewaffneter begleitet. Er erbot sich, Anish, unseren wenigen verbliebenen Dienern und mir selbst eine bequemere Unterkunft zur Verfügung zu stellen, als es der Ratsherr vermag. Allerdings befindet sich diese im Tower, der nicht nur eine Festung, sondern auch ein königlicher Palast ist.

Scales zürnt, weil wir in Calais die Gastfreundschaft von Richard Neville und Edward March in Anspruch genommen und in der vergangenen Nacht Beihilfe zu Marchs Flucht geleistet haben. Doch als ich ihn darauf hinwies, daß Anish und ich eigentlich nichts mit den Vorfällen zu tun und uns auf das einzige Mitglied unserer Reisegesellschaft verlassen haben, das sich ein wenig in Ingerlond auskennt – also auf Euch –, hatte er, wie ich glaube, Verständnis dafür.

Es wird uns schon nichts zustoßen, denn schließlich haben wir das Geld vom Verkauf unserer Waren und außerdem einen für alle Fälle versteckten Vorrat an Edelsteinen, von denen ich ein paar für Euch unter meiner Matratze versteckt habe. Ich schlage vor, daß Ihr sie benützt, um unsere Mission voranzutreiben. Allerdings rate ich Euch, Euch unter die Yorkisten zu mischen, da die Männer des Königs nun glauben, daß Ihr auf deren Seite steht.

Zweifellos werden wir uns unter glücklicheren Umständen wiedersehen. Ich übersende Euch meine besten Wünsche. Richtet Eurem Begleiter aus, daß ich ihm in tiefster Zuneigung (*dick durchgestrichen*) in größtem Respekt verbunden bin.

Harihara, Prinz von Vijayanagara, Vetter und ermächtigter Gesandter seiner Himmlischen Eminenz, Kaiser Mallikārjuna

Das hatte Kammerherr Anish auf die Rückseite eines alten Lieferscheins geschrieben, den ihm der Ratsherr inmitten des Tohuwabohus zugesteckt hatte, und zwar in den wenigen Minuten, die Lord Scales ihnen gewährte, bevor er sie in den Tower scheuchte.

Ich wandte mich an Bruder Abraham, der uns von den Kirchen St Benet Sherehog und St Pancras in die East Cheap begleitet hatte. Dabei tat ich mein bestes, um nicht auf Gevatterin Dawtrey zu achten, die versuchte, uns durch Schreien und Kreischen aus dem Haus zu treiben.

»Können wir sie denn nicht aus dem Tower befreien?« fragte ich.

»Nein«, erwiderte der Bruder. »Ohne die Hilfe und die Unterstützung der Wärter ist es unmöglich, von dort zu entkommen.«

»Wärter? Ist es nicht nur ein Palast, sondern auch ein Gefängnis?«

»Ja. Hauptsächlich eines für Verräter.«

»Schweben der Prinz und Anish also in Lebensgefahr?«

Abraham überlegte eine Weile und strich sich wieder über die Oberlippe. »Nicht solange die Wärter davon überzeugt werden können, daß es vorteilhaft für sie ist, deine Freunde am Leben zu lassen«, erwiderte er schließlich. »Zweifellos kann man für sie ein Lösegeld bekommen oder sie gegen Gefangene austauschen, die sich in der Hand der Yorkisten befinden. Möglicherweise möchte man mit ihrer Hilfe auch einen ertragreichen Handel mit Gewürzen und Edelsteinen aufbauen. Und aus all diesen Gründen sind sie lebendig gewiß mehr wert als tot. Deshalb wird man wahrscheinlich dafür sorgen, daß sie es einigermaßen bequem haben.«

»Und was sollen wir tun?«

»Du und Uma schwebt in viel größerer Gefahr. Schließlich habt ihr March bei der Flucht geholfen. Und da ihr nur als Bedienstete geltet, hättet ihr im Fall einer Gefangennahme keinen Wert. Die Königin ist eine Feindin, die keine Gnade kennt und Spaß daran hat, das Blut derer zu vergießen, die sich ihr in den Weg stellen. Sie wird es Lord Scales als Verdienst anrechnen, wenn er euch öffentlich zerstückeln läßt ...«

Ich erinnerte mich an die gevierteilten, ausgeweideten Leichen über dem Eingangstor der London Bridge und erschauderte.

»Ich halte es für das beste, wenn ihr die Stadt so schnell wie möglich verlaßt«, fuhr Abraham fort. »Über die Watling Street gelangt ihr in den Teil des Landes, der noch von den Yorkisten beherrscht wird. Enoch wird euch führen. Aber ich glaube, daß ihr euch außerdem verkleiden solltet, zumindest, bis ihr ein gutes Stück entfernt seid.«

»Verkleiden? Wie?«

»Ihr könntet euch ... äh ... weiß schminken.«

Da Gevatterin Dawtreys Gebaren immer unerträglicher wurde, verschloß ich die Ohren vor ihrem Gekreische und ging nach oben in das Zimmer, in dem Prinz Harihara und Anish geschlafen hatten. Als ich unter der Matratze wühlte, stieß ich auf zwei weiche, mit Bändern verschnürte Lederbeutel, jeder davon faustgroß, die laut und angenehm klackerten, als wären sie mit kleinen Kieseln gefüllt. Als ich einen davon betastete, erkannte ich die beiden großen *kurundams* mit ihren spitz zulaufenden und pyramidenförmigen Enden. Ich fragte mich, was sie uns nützen sollten, denn wegen ihrer Größe und Farbe waren sie höchstens für das Zepter eines Königs geeignet und außerdem viel mehr wert, als wir je brauchen und als wir je dafür bekommen würden. Dann aber fiel mir ein, daß genau das Prinz Hariharas Plan gewesen sein mochte. Wenn man ihn den einflußreichsten Männern im Land und darüber hinaus einer Königin gegenüberstellte, die ihre Macht mit Zähnen und Klauen verteidigte, bestand durchaus die Möglichkeit, daß man ihm die Steine abnahm – entweder mit Gewalt oder für einen Preis, der ihren Wert bei weitem unterschritt. Indem er sie jedoch meiner Obhut überließ, konnte er sichergehen, daß ich sie gut verstecken und mich nur in höchster Not von ihnen trennen würde.

Ich steckte die Beutel tief in mein Lendentuch unter Umhang und Pelzmantel und eilte wieder ins Erdgeschoß. Inzwischen hatte man begonnen, Uma einer Verwandlung zu unterziehen. Enoch, der Fischhändler, war eingetroffen und beschmierte ihr Gesicht mit einer Mischung aus Schweineschmalz und Kreidestaub, so daß sie aussah wie ein Gaukler oder ein Jongleur. Als ich gerade Einspruch erheben wollte, diese Bemalung würde eher Aufmerksamkeit erregen anstatt sie zu verhindern, holte Abraham tief Luft, trat vor und verteilte die Paste mit einem Zipfel seines Gewandes, so daß die kupferbraune Haut durchschimmerte.

»So«, rief er aus. »Das ist schon viel besser. Sie sieht jetzt aus wie eine Aussätzige.«

Enoch nickte begeistert und nahm einige leichte Veränderungen an seinem Werk vor, um die gewünschte Wirkung zu erzielen.

Enoch war stumm. Er war ein kleiner, rundlicher Mann, etwa vierzig Jahre alt und fast kahl, und hatte einen dichten schwarzen Schnurrbart und ein stoppeliges Kinn. Abraham erzählte uns, er habe vor etwa dreißig Jahren die Sprache verloren, als man ihn gezwungen habe, die landesübliche grausige Hinrichtung seines Vaters, ebenfalls Fischhändler, und auch seiner Mutter mit anzusehen, und zwar deshalb, weil diese einen abtrünnigen Priester beherbergt hatten. Die Exekution war im Rahmen der Säuberungen erfolgt, die nach dem Tod von Lord Cobham auf dem Scheiterhaufen durchgeführt worden waren.

Die Gilde der Fischhändler hatte sich des Waisen angenommen und in ihrer Güte beschlossen, den Jungen bei einem ihrer Mitglieder in die Lehre zu schicken, allerdings aus Sicherheitsgründen in London, nicht in dem Fischerdorf im Norden, wo seine Eltern gelebt hatten. Enoch hatte sich als fleißiger Schüler erwiesen und rasch gelernt, einen guten Fang zu erkennen, wenn die Fischerboote am Kai anlegten.

Er bemerkte sofort, wenn der Fisch alt oder verdorben war, und entwickelte sich bald zu einem ausgesprochenen Fachmann für die verschiedenen Fischsorten, die in der Themsemündung und der Nordsee heimisch sind. Allerdings verhinderte seine Stummheit, daß er den Meisterbrief erwerben und ein vollwertiges Mitglied der Gilde werden konnte, weshalb er gezwungen war, sich gegen Lohn zu verdingen. Niemand wußte, ob er deshalb grollte oder ob er den freien Geist seiner Eltern geerbt hatte, jedenfalls war er ein unabhängiger Mensch, reiste viel und hatte in den meisten englischen Häfen gearbeitet, in die das Schicksal ihn verschlagen hatte. Außerdem war er bereit, jedem zu helfen, der, wie seine Eltern, von der Gesellschaft ausgestoßen wurde, weil er als Ungläubiger, Ketzer oder politischer Abweichler galt.

Enoch hatte stets seine scharfen, blitzenden Messer bei sich, die seine Arbeitswerkzeuge waren. Bei dem zweiten handelte es sich um eine dünne Klinge aus grauem Stahl, etwa dreißig Zentimeter lang und durch das ständige Schärfen zur Form eines großen Grashalms abgeschliffen.

»Er geht überallhin, solange er am Aschermittwoch nur genug frischen Fisch in die Finger bekommt«, erklärte Abraham.

»Warum ausgerechnet dann?« erkundigte ich mich.

»Ab diesem Tag essen wir vierzig Tage lang kein Fleisch, nur Fisch. Für einen Fischhändler ist die Fastenzeit die geschäftigste Zeit im Jahr, da er dann das meiste Geld verdient. Und wann Aschermittwoch ist? Genau in zehn Tagen. Während der Fastenzeit kann er sich für drei Pence am Tag verdingen, vielleicht sogar für mehr.«

Das also war Enoch, der gerade damit beschäftigt war, mich und Uma mit Hilfe von Schmalz und Kreide in Aussätzige zu verwandeln, deren weiße Haut aufgrund der Krankheit mit braunen Flecken übersät war.

Allerdings fehlten uns die notwendigen Gerätschaften, das hieß, jeweils eine Klapper, bestehend aus einem kleinen Holzstück, das an einem Klangkörper befestigt war. Wenn man sie schüttelte, erzeugte sie ein lautes Klappern und Rattern. Es war gesetzlich vorgeschrieben, sie zu benutzen, wenn sich andere Menschen näherten, damit diese gewarnt waren und sich nicht bei uns ansteckten. Wir – oder besser Enoch – kauften sie in einem kleinen Laden unweit von Ludgate am Fuße des Hügels zwischen dem Tor und der Brücke über den Fluß Fleet. Der Laden war nicht mehr als ein Schuppen, doch bis an die Dachsparren mit Stühlen, Töpfen, zerbrochenen Küchenutensilien, unbenutzbaren Waffen und Rüstungen und allem möglichen anderen Tand vollgestopft. Der Großteil des Krimskrams war alt und nicht mehr funktionstüchtig – abgesehen von unseren Klappern, die ihren Zweck großartig erfüllten. Ein seltsamer Laden.

So ausgestattet, wurde uns bald klar, wie wunderbar Abrahams Idee gewesen war. Sobald uns jemand nah genug kam, um uns entweder zu erkennen oder gar zu befragen, sorgte ein kräftiges Klappern dafür, daß der Betreffende rasch die Beine in die Hand nahm. Außerdem stellten wir fest, daß wir fast immer eine Unterkunft fanden, wenn wir eine benötigten, und zwar in Gestalt von Aussätzigenhäusern am Straßenrand. Es gab sie in der Nähe vieler Städte und größerer Dörfer, und sie bestanden aus einem kleinen scheunenähnlichen Gebäude, so groß, daß zwölf Personen nebeneinander auf dem Boden schlafen konnten. Für gewöhnlich grenzte daran ein kleines Stück Land an, auf dem häufig ein wenig Gemüse wuchs, und es gab auch eine Koppel für Tiere – und außerdem Gräber, da Aussätzige ihre Toten zumeist selbst beerdigen mußten.

Wir fürchteten uns nicht vor diesen Häusern, denn sie waren fast immer unbenutzt. Falls wir doch eines besetzt vorfanden, zogen wir weiter und suchten uns entweder ein anderes Nachtlager oder warteten ab, bis wir auf ein verlassenes Haus stießen. Wir versuchten, von Enoch zu erfahren, warum man Vorkehrungen für so viele Aussätzige getroffen hatte, obwohl es erstaunlich wenige davon gab. Er mühte sich trotz seiner Behinderung ab, es uns zu erklären. Aber wir kamen nie dahinter, ob er recht hatte, denn uns überforderten alle Gespräche, die mehr als Grundkenntnisse verlangten und abstrakte Überlegungen nötig machten. Bei ihm lag es an seiner Stummheit, bei uns daran, daß wir die englische Sprache nur unzureichend beherrschten. Viele Monate später erhielt ich Gelegenheit, einen gelehrten Mönch zu diesem Thema zu befragen. Doch selbst er war sich nicht sicher, so kurz ist das Gedächtnis eines Volkes, wenn ein Land von Unruhen und Gesetzlosigkeit heimgesucht wird. Die Anzahl der Aussätzigen hatte schon vor der Geburt des Mönchs deutlich abgenommen, und als er das Mannesalter erreicht hatte, waren kaum noch welche übrig gewesen. Er vermutete, daß die Pest dahintersteckte. Aussätzige, so glaubte er, seien besonders empfänglich für Ansteckung, denn während die Epidemie einen von drei Gesunden dahingerafft hatte, waren fast alle Leprakranken daran zugrunde gegangen.

Enoch war viel daran gelegen, uns noch vor Beginn der Fastenzeit zur Westküste der Insel zu bringen, denn er wollte sich bei einem Fischhändlermeister verdingen, seinen Beruf ausüben und genug Geld verdienen, daß er und seine Familie die mageren Sommermonate überstanden. In dieser Zeit verdirbt Fisch rasch, so daß die Kunden lieber verzehrten, was während des Winters geräuchert, getrocknet, eingelegt oder gepökelt worden war. Und aus diesem Grund hielten wir eher Kurs nach Westen als nach Norden.

Ich habe nicht vor, mein lieber Mah-Lo, dir unsere Reise Schritt für Schritt zu schildern, aber ich muß rasch auf eine Schule eingehen, an der wir vorbeikamen, da diese den ersten greifbaren Beweis für den Wahnsinn des Königs darstellte. Sie befand sich vor einem großen Dorf mitten in einer Sumpfwiese, die um diese Jahreszeit zum Teil überflutet und gefroren war, und bestand aus zwei großen Backsteingebäuden, von denen jedes ein Quadrat bildete. An der Südseite, die dem Fluß am nächsten war, erhob sich das riesige Schiff einer noch nicht fertiggestellten Kirche.

Die Straße, die zwischen der Schule und der Sumpfwiese

hindurchführte, war mit einer unangenehmen Mischung aus gefrorenem, schmutzigem Schnee und hartem, aufgewühltem Schlamm bedeckt. Beschnittene Weiden, deren stummelige Äste wie geballte Fäuste in den bleigrauen Himmel zeigten, säumten den Fluß. Am anderen Ufer des breiten, tiefen und träge dahinströmenden Gewässers lag ein anderes kleines Dorf, das sich um ein ziemlich großes Schloß drängte. Dieses hatte mächtige Türme, die an Trommeln erinnerten. Über die vereisten Wiesen hallte das Krächzen von Raben. Es gab auch eine Brücke, aber wir blieben nicht lange genug, um herauszufinden, ob sie in begehbarem Zustand war.

Denn im nächsten Moment drang aus der Kirche ein klagender Gesang an unser Ohr. Es waren sehr hohe Knabenstimmen, die eine Art beständiges Jaulen ausstießen, welches an das Schluchzen einer trauernden Frau erinnerte. Wir blieben stehen, um zu lauschen, und während wir so verharrten, kam eine Horde von etwa zwanzig Jungen in schwarzen Samtgewändern und mit weißen Kragen über den Schultern und Samtkappen auf den Köpfen hinter uns um die Ecke gebogen.

»Schaut euch das an, Kinder«, rief ein magerer, aber hochgewachsener Fünfzehnjähriger. »Offenbar haben wir hier drei Aussätzige.«

Wie die meisten anderen Menschen, denen wir begegnet waren, hielt er Enoch ebenfalls für einen Aussätzigen, der an einem frühen Stadium der Krankheit litt, so daß noch keine Verunstaltungen zu sehen waren. Warum hätte er sonst bei uns bleiben und Gefahr laufen sollen, sich ebenfalls anzustecken?

»Hört zu«, schrie er uns dann an. »Verschwindet, sonst setzt es was. Ein bißchen Beeilung, wenn ich bitten darf. Nur keine Müdigkeit vorschützen.«

Da wir ihn nicht richtig verstanden und uns nicht sofort in Bewegung setzten, nahm er eine Handvoll Schmutz und Schnee, formte sie zu einem Ball und warf diesen nach uns. Offenbar hatte er einige Übung im Umgang mit Bällen, denn das Geschoß traf mich fest an der Schläfe. Unwillkürlich hob ich meinen Stock und wollte mich auf ihn stürzen. Uma streckte die Hand aus, um mich zurückzuhalten, doch auch sie bekam einen Schneeball ins Gesicht, den ein anderer Junge, der hinter dem Rädelsführer stand, geworfen hatte. Das steigerte meine Wut noch, und ich stürmte mit gefletschten Zähnen los.

Im ersten Moment glaubte ich, daß er die Flucht ergreifen würde, doch seine Freunde scharten sich hinter ihm, und ich ahnte, daß er sich in ihrer Gegenwart nicht als Feigling erweisen wollte. Statt dessen bückte er sich, hob einen weiteren Schneeball auf und schleuderte ihn. Er traf mich mitten auf der Brust, und da ich gerade eine gefrorene Pfütze überquerte, wurden mir die Füße weggerissen, und ich landete so unsanft auf dem Rücken, daß mir die Luft wegblieb. Nun schlossen sich die anderen jungen Männer ihrem Anführer an und bombardierten mich, Uma und Enoch mit Schneebällen. Wenn ich nicht am Boden gelegen hätte, hätten sie wohl die Flucht ergriffen. Einige, die vor ihren Freunden den Helden mimen wollten, suchten sich Stöcke und stießen mich damit. Nachdem ich mich wieder aufgerappelt hatte, brachten sie mich damit zum Stolpern, so daß ich erneut in den Schnee und den Schlamm fiel. Dabei riefen sie: »Nimm das, schmutziger alter Mann! Los, du widerlicher alter Knochensack, verschwinde. Wenn ich mich nicht irre, ist er ein Schwarzer, vielleicht gar ein Zigeuner. Dieser Abschaum schnappt immer irgendwelche Krankheiten auf ... « Und so ging es weiter und weiter. Die meisten hatten hohe Stimmen wie die, die immer noch in der Kirche sangen.

Allerdings wurde kein größerer Schaden angerichtet. Die Knaben jagten uns, als wären sie Hunde und wir Schafe, bis wir die Gebäude hinter uns gelassen hatten, und gingen dann wieder hinein. Wir untersuchten einander, stellten fest, daß niemand verletzt worden war, und nahmen uns Zeit, wieder zu Atem zu kommen und uns zu beruhigen.

Dieser Vorfall, Mah-Lo, hatte auch etwas Interessantes an

sich, das Uma und ich später herausfanden. Es handelte sich tatsächlich um eine Schule, allerdings um eine sehr seltsame. Erstens stand sie nur den sogenannten Besten im Land offen, was einzig und allein anhand der Herkunft des Betreffenden beurteilt wurde. Man riß die Schüler schon als kleine Kinder aus ihren Familien und zwang sie, den Großteil des Jahres in dieser Schule zu leben. Sie teilten große Schlafsäle miteinander und nahmen die Mahlzeiten gemeinsam ein, wobei die Jüngeren die Älteren bedienen mußten wie Sklaven. Die Knaben wurden nicht nur von den älteren Schülern, sondern auch von den Lehrern häufig geschlagen und mußten außerdem alle möglichen Grausamkeiten wie zum Beispiel anale Vergewaltigungen über sich ergehen lassen. Dabei muß ich betonen, daß es sich wirklich um eine Schule handelte! Nicht etwa um ein Straflager oder eine Kaserne. Diese Schule war, und das war das allermerkwürdigste daran, vom König höchstpersönlich gegründet worden, damit die Söhne der wichtigsten Familien gutes Benehmen lernten und ihm und seinen Nachfolgern einmal helfen würden, das Land zu regieren. Dies war, wie ich bereits erwähnt habe, bei weitem nicht das letzte Beispiel für seinen Wahnsinn, auf das wir in diesem Land stießen. Und obwohl man uns keine große Wahl gelassen hatte und es uns eigentlich auch gar nichts anging, war ich inzwischen froh, daß wir zu den Anhängern seiner Gegenspieler gehörten. Leider jedoch wollten diese Leute ihn nicht seiner Krone berauben, da man hierzulande dem Aberglauben anhing, daß Kronen unmittelbar von Gott verliehen würden. Aber zumindest beabsichtigten sie, ihn der Macht und der Rechte zu entkleiden, die damit einhergingen.

Der Fluß beschrieb nun eine Biegung nach Nordwesten. In der Mitte der Kurve lag eine Stadt namens Marlow, die man genauso ausspricht wie deinen Namen. Nein, mein lieber Mah-Lo, das ist kein Scherz. Nachdem Enoch den Namen auf einem Schild gelesen hatte, setzte er sich in den Kopf, daß er nach Oxenford wollte. Er versuchte zwar, uns den Grund dafür zu erklären, aber wir konnten sein Grunzen und Keuchen nicht entschlüsseln. Da wir auf ihn angewiesen waren und da dieses Oxenford weitab vom Fluß im Nordwesten lag, taten wir ihm gern den Gefallen. Schließlich war es mehr oder weniger unsere Richtung.

Nachdem wir einen Tag lang Gebirge und Wälder durchquert hatten, standen wir plötzlich auf einer Hochebene. Es ging steil bergab, und darunter erstreckte sich das breite Tal der Themse – es war immer noch derselbe Fluß, doch offenbar hatte er eine große Kurve nach Südwesten gemacht, bevor er wieder nach Norden zurückgekehrt war. Wir hatten den Halbkreis, den er beschrieb, durchquert. In der Ferne, erleuchtet von den letzten goldenen Sonnenstrahlen, die fächerförmig hinter einer Wolkenbank hervorlugten, erkannten wir die Türme einer Stadt. Wie die versunkene Stadt aus dem Paradies ragte sie aus dem Dunst, der sich aus dem Fluß erhob. Dann verschwand die Sonne, und alles wurde so schwarz wie die Umrisse in einem Schattenspiel.

Uma drückte meine verkrüppelte Hand, die sie unterwegs meistens festhielt. »Ein widersprüchliches Land«, murmelte sie, und dann machten wir drei uns an den langen Abstieg in das Tal.

Kapitel dreiundzwanzig

Den restlichen Tag über gingen wir weiter bergab. Häufig konnten wir in der Ferne die Stadt erkennen, die uns zuzuwinken schien. Als wir das breite Flußtal erreichten, setzte Tauwetter ein. Plätschernde Bächlein entstanden, als der Schnee schmolz, die Vögel sangen, und in einem Hain schlanker, anmutiger Bäume mit fleckiger, silbriger Rinde entdeckten wir Büschel winziger weißer Blumen, deren Blüten die Form von Glöckchen hatten. Der Weg wurde schlammig, und das restliche Eis knisterte wie dünnes Papier unter unseren Füßen. Wir begegneten kleinen, rotbraunen Hirschen mit weißen Bäuchen und zierlichem Geweih, die denen in unseren dichten Bergwäldern ähnelten. Sie erinnerten mich zum ersten Mal seit unserem Aufbruch aus London an Prinz Harihara und seine Jagdleidenschaften, und ich fragte mich, was wohl aus seiner Sammlung von Pfeilen und Armbrüsten geworden war. Ich konnte mich nämlich beim besten Willen nicht entsinnen, beobachtet zu haben, daß sie im Haus des Ratsherrn Dawtrey von den Eseln geladen worden waren. Allerdings waren sie ganz sicher dort eingetroffen und vermutlich irgendwo eingelagert worden – vielleicht im Keller.

Die Hirsche grasten, doch als sie uns witterten, verschwanden sie wie durch Zauberhand und völlig lautlos, und zwar noch ehe der Prinz Gelegenheit gehabt hätte, auf sie anzulegen. In einem Hain höherer, dickerer Bäume beobachteten wir Wildschweine, die in den reichlich am Waldboden herumliegenden Eicheln wühlten. Auch sie wären eine begehrte Beute gewesen.

Als wir uns dem Fluß näherten, stießen wir auf kleine menschliche Siedlungen, selbst wenn die Behausungen in meinen und in Umas Augen nicht einmal als Viehställe geeignet waren. Die meisten Gebäude waren rund und bestanden aus Weidengeflecht. Die Ritzen hatte man mit Lehm, Stroh und einer Masse verschmiert, bei der es sich allem Anschein nach um Mist handelte. Die Dächer waren aus getrocknetem Gras oder Schilf gefertigt und in der Mitte so hoch, daß ein Mann gerade noch aufrecht stehen konnte. Aus diesen winzigen Kuppeln stiegen bläulichweiße Rauchwolken auf, die ziemlich angenehm rochen, so daß ein kräftiger Duft in der Luft lag. Allerdings muß es die Hölle gewesen sein, in diesen Hütten zu wohnen, geschweige denn, darin zu Atem zu kommen. Aber der Großteil der Ingerlonder lebte so, denn diejenigen, die sich geweigert hatten, sich den normannischen Eroberern zu unterwerfen, waren von ihnen versklavt worden.

Am Nachmittag führte der Pfad wieder am Flußufer entlang. Seine verschlungenen Windungen wurden von einer fast durchgehenden Linie kleiner, verkrüppelter Bäume gesäumt, von denen man die dünnen Zweige abgeschnitten hatte, so daß die knotigen Stümpfe, rauhen Steinen gleich, aus den Stämmen ragten. Die so gewonnenen Weidenruten wurden in den verschiedensten Bereichen eingesetzt: Man flocht daraus die Wände der Hütten oder die Hürden genannten Teilstücke von Zäunen. Die ganz zarten Triebe wurden zu Körben verarbeitet.

Inzwischen war die Stadt Oxenford gut durch den Dunst zu sehen, der über dem Fluß aufstieg. Bald bahnten wir uns einen Weg durch eine schlammige, elende Siedlung aus Bretterbuden, die sich an die niedrige Stadtmauer schmiegte. Dahinter befand sich eine beträchtliche Anzahl von Türmen und Kirchen, fast so viele, wie wir in London gesehen hatten, auch wenn sie hier einen anderen Zweck erfüllten. Sie gehörten zu den gefängnis- oder kasernenähnlichen Unterkünften, in denen Mönche, Klosterbrüder und andere Geistliche wohnten. Offenbar war Oxenford nicht nur eine wohlhabende Stadt am Anfang des beschiffbaren Teils der Themse, die, unterstützt von alten Römerstraßen, den mittleren und den nördlichen Teil des Landes miteinander verband, sondern auch ein Zentrum religiöser Gelehrsamkeit und Wissenschaft.

Enochs Ziel war nicht die Stadt selbst, sondern ein Franziskanerkloster draußen vor der Stadtmauer, das sich am Südufer des Flusses am westlichen Rand der Stadt befand. Deshalb ließen wir das Haupttor hinter uns, das von einer kleinen, aber alten Burg geschützt wurde, und marschierten durch die eng beieinanderstehenden Hütten zwischen Stadtmauer und Fluß zu einer kleinen Fährstation.

Hier entledigten wir uns unserer Aussätzigen-Kostüme, indem wir die weiße Schminke gleichmäßig verstrichen und die Klappern wegwarfen, denn es war Enoch gelungen, uns mitzuteilen, daß es jetzt an der Zeit sei, unseren Mitmenschen Vertrauen einzuflößen, anstatt sie zu verscheuchen.

Inzwischen war die Strömung des Flusses stärker geworden. Das Wasser war braun und wies reißende Strudel auf, so daß wir die Überfahrt als ziemlich beängstigend empfanden. Die Gefahr, in einem feuchten Grab zu enden, war hier höher als während der Taifune, die ich auf dem Chinesischen Meer durchgemacht hatte. Unser Schiff war ein winziges Boot, eher eine Nußschale, aus Weidengeflecht und mit einer klebrigen schwarzen Masse abgedichtet, die es wasserfest machen sollte. Allerdings drang das Wasser rascher ein, als der in Lumpen gehüllte junge Bursche es abschöpfen konnte, während sein Vater uns über den Fluß ruderte.

Wir legten auf einer langgezogenen Insel namens Osney an, die zwischen dem Hauptarm des Flusses und einem seiner Nebenarme lag und zum Großteil vom Franziskanerkloster eingenommen wurde. Enoch fand, daß es das beste war, wenn wir uns in Oxenford trennten, da unser Ziel der Norden war, während er nach Westen wollte. Hier, bei den Franziskanern, würden wir auf die Wycliffiten und Lollarden treffen, die mit den Brüdern des freien Geistes sympathisierten.

Die Gebäude, in denen die Franziskaner lebten und ihre Forschungen betrieben, waren hübsch anzusehen und ziemlich neu. Sie bestanden hauptsächlich aus Backstein, einem Baustoff, der hierzulande erst vor kurzem entdeckt worden war, waren zwei Stockwerke hoch, besaßen Reihen von ummauerten Fenstern und waren um zwei viereckige Höfe herum erbaut. Im ersten wuchsen Kräuter in Reih und Glied, der zweite enthielt einen Fischteich, wo die schwarzen Karpfen gezüchtet wurden, die man während der Fastenzeit verspeiste. Zwei größere Gebäude, deren steile Dächer ein Stockwerk höher waren als die der übrigen, trennten die beiden Vierecke voneinander. Das eine war die Kapelle, das andere das Refektorium. In den Erdgeschossen waren die Bibliothek, die Küchen und die Ställe der Haustiere untergebracht. Über eine schmale steinerne Wendeltreppe erreichte man die Gemächer des Priors und einen Sitzungssaal, die darüber lagen. Der restliche Raum wurde von den Zellen eingenommen, in denen die Mönche schliefen und ihre Studien betrieben. Es handelte sich um winzige Zimmer, zu denen ein weiteres Treppenhaus führte.

Die Brüder waren in Kutten aus derbem, braungrauem Stoff gewandet, die von einem Seil zusammengehalten wurden und über eine Kapuze verfügten. Häufig trugen sie diese Kapuze auf dem Kopf, nicht, wie man uns sagte, um sich zu wärmen, sondern um ihren Mitbrüdern zu sagen, daß sie tief in Gedanken, in die Meditation oder ins Gebet versunken seien und nicht angesprochen werden wollten. Wenn die Kapuzen auf ihren Schultern ruhten, stellte sich heraus, daß ihre Köpfe rasiert waren, allerdings nicht der gesamte Schädel wie bei den buddhistischen Mönchen, sondern nur ein kleiner Kreis, so daß ein Haarkranz über den Ohren zurückblieb. Alle Priester und auch die Männer, die Geistliche, Mönche oder Klosterbrüder werden wollten, trugen ihr Haar so geschoren, obwohl die kahle Stelle bei den Franziskanern größer und auffälliger war als bei den anderen.

Wir wurden herzlich begrüßt, denn die bedingungslose Gastfreundschaft gegenüber Reisenden – insbesondere mittellosen Vertretern dieser Art, was wir ganz offensichtlich waren – gehörte zu den vom Ordensgründer aufgestellten Regeln. Doch trotz der liebevollen Umarmungen fielen Unterkunft und Verpflegung recht ärmlich aus. Wir bekamen eine Brühe aus gekochten Hühnerknochen, Karotten und Kohl, die aber wenigstens warm war. Dazu gab es schwarzes Roggenbrot und dünnes Bier. Unsere Betten waren nichts weiter als mit Stroh gefüllte Säcke, die auf einem stacheligen, wenn auch nachfedernden Untergrund aus trockenem Heidekraut in einem großen Besucherschlafsaal lagen. Doch zumindest hatten wir diesen Schlafsaal für uns, denn um diese Jahreszeit waren nur wenige Bedürftige freiwillig unterwegs.

Als wir uns gerade zum Schlafen fertig machten und uns fragten, wie wir uns während der Nacht wärmen sollten, klopfte ein Bruder an die Tür und verkündete, der Prior würde gerne mit uns sprechen. Uma und ich ließen Enoch zurück und folgten unserem Führer über den viereckigen Hof in die Gemächer des Priors, von denen ihm das größte als Studierstube diente. Der Raum enthielt mehr als hundert Bücher, einen Schreibtisch zum Lesen, einen großen Tisch, einige Stühle und ein knisterndes Kaminfeuer.

Prior Peter Marcus, der freundlichste und rücksichtsvollste Mann, dem ich je begegnet bin, war klein und von Natur aus kahlköpfig und hatte geheimnisvoll durchdringende blaue Augen, buschige Brauen, eine Stupsnase und volle Lippen, die sich fast zu bereitwillig zu einem breiten Lächeln verzogen. Auch seine Finger waren außergewöhnlich: kurz und dicklich, sehr rosig, aber kräftig, mit viereckig gestutzten, nahezu weißen Nägeln. Bei unserem Anblick stand er von seinem riesigen, derb geschnitzten Stuhl auf (um offen zu sein, waren alle Schnitzereien und Steinmetzarbeiten, die wir nördlich von Venedig antrafen, ziemlich unbeholfen), watschelte um den langen Tisch herum und umfaßte meine beiden Hände.

»Bruder Ali, mein armer Bruder in Freiheit. Ali, wie siehst du nur aus!«

Tja, wie du weißt, Mah-Lo, mache ich auch unter den günstigsten Umständen keinen sehr ansprechenden Eindruck, und die Strapazen der Reise hatten ihren Tribut gefordert. Seit unserer Ankunft auf dieser umnachteten Insel litt ich fast ständig an Durchfällen – anfangs handelte es sich noch um

Stuhl, später nur um Blut und schwarzes Wasser. Da ich keine Flüssigkeit bei mir behalten konnte, hatte ich ständig schrecklichen Durst, den ich im Vorbeigehen an jeder Quelle und an den sauberer wirkenden Bächlein zu stillen versuchte. Außerdem hatte ich mir angewöhnt, den schmelzenden Schnee und Eis zu essen, bis das Tauwetter mir diese Möglichkeit zur Linderung nahm. Zweifellos wirkte ich deshalb noch abgezehrter als sonst.

Die Ursache? Selbstverständlich lag es an den unglaublichen hygienischen Zuständen in London, verbunden mit der ständigen üblen Luft und der Tatsache, daß unsere Gastgeber eine Schwäche für Fleisch hatten, das man einige Tage, ja, sogar Wochen abhängen ließ, bevor man es verzehrte.

Prior Peter stellte ein paar sachliche, knappe Fragen und läutete dann ein kleines Glöckchen. Im nächsten Moment erschien einer der Brüder und erhielt von ihm eine kurze Liste von Kräutern, von denen einige im Garten, den wir zuvor durchquert hatten, gepflückt werden mußten. Weitere fanden sich, getrocknet und gepreßt, im Herbarium des Klosters, und manche waren vom Apotheker zu Tinkturen und Essenzen verarbeitet worden. »Allerdings werden wir uns nur im äußersten Fall der Essenzen bedienen«, kicherte er, »wie es uns unser größter Gelehrter rät.«

So begann eines der längsten und lohnendsten Gespräche, die ich je geführt habe. Es erstreckte sich über mehrere Monate hin und wurde nur vom Schlaf und von den Verwaltungspflichten meines neuen Freundes unterbrochen. Zu ihnen gehörte, stets zu den gleichen Tageszeiten den gläubigen Christen zu mimen, da sich häufig Abgesandte des Bischofs von Winchester, zu dessen Diözese Oxenford gehörte, verkleidet in die Abteien und Klöster schlichen, um sich zu vergewissern, daß die täglichen Messen auf die geziemende und würdige Weise gelesen oder gesungen wurden und daß niemand etwas Ketzerisches hörte, sagte oder lehrte.

Uma hatte die Gottesdienste und unsere Gespräche bald satt und verschwand für eine Weile aus unserem Leben, um das zu tun, wovon unsereins nur redete. Gewiß amüsierte sie sich dabei großartig, denn wie Peter stets sagte, wenn er Aristoteles zitierte, »ist nicht *gnosis*, sondern *praxis* die Frucht«. Wissen ohne Handeln ist sinnlos.

Allerdings ergänzten sich bei unserer ersten Begegnung Wissen und Handeln, und schon eine halbe Stunde später hatte mein neuer Freund, zum Großteil eigenhändig, einen Tee zubereitet, der hauptsächlich nach Pfefferminz und Anis schmeckte, also gar nicht so schlecht war. »Dieser Trank«, verkündigte er, »wirkt in zweifacher Hinsicht. Ein tiefer Schlaf wird dir sofortige Linderung verschaffen. Dieser wird durch eine Opiumtinktur, aufgelöst in Alkohol, verursacht, ein arabisches Rezept, das wir Laudanum nennen. Das Opium verhilft dir nicht nur zu der dringend benötigten Ruhe, sondern bringt auch die Bewegungen des Dickdarms vorübergehend zum Erliegen. Das Pfefferminzöl und das Anisöl brauchen zwar ein wenig länger, um zu wirken, werden aber dafür sorgen, daß das heilsame Ergebnis anhält, nachdem der Effekt des Opiums nachgelassen hat. Die Mischung wurde von einem Arzt hier in Oxenford entwickelt, der Collis Browne heißt. Außerdem kann ich dich unmöglich zurück in den Schlafsaal schicken, wo es kalt und ungemütlich ist. Trink aus, und dann bekommst du mein Sofa ...«

Natürlich protestierte ich, aber er ließ sich nicht erweichen und führte mich mit Umas Unterstützung in einen kleinen Raum, der hinter dem großen Kamin auf der anderen Seite des Schornsteins lag, weshalb es dort angenehm warm war. Sie legten mich auf das Bett von Prior Peter, das zwar schmal war, aber über eine Matratze verfügte, die, wie er sagte, Schwanendaunen enthielt. Außerdem roch es nach getrocknetem Lavendel.

Die darauffolgenden Stunden waren so wundervoll, wie ich es schon lange nicht mehr erlebt hatte. Nachdem die beiden mich ausgezogen hatten und ich nackt in der warmen Luft lag, reinigten sie meinen müden, schmutzigen Körper mit in parfümiertes Wasser getauchten Schwämmen. Ich wurde von einem wohligen Gefühl ergriffen, das bis in meine schmerzenden Knochen drang. Inzwischen übte das Laudanum eine ähnliche Wirkung auf meine Seele aus. Ich schloß die Augen und betrat eine Welt, die mit scharlachroten Stoffen verhängt und mit vergoldeten Stühlen möbliert war. Es war ein Ort, der an einen Mutterschoß erinnerte, und ich stellte mir vor, ich wäre ein ungeborenes Kind, das sehr bald als Mensch mit grenzenloser Macht das Licht der Welt erblicken sollte.

Alis Stimme erstarb. Er holte tief Luft, seufzte auf, und dann entstand eine kleine Speichelblase an seinem Mundwinkel. Er war eingeschlafen. Ich schlich mich davon.

Teil 3

Kapitel vierundzwanzig

Erst drei Tage später kehrte ich zurück, da ich geschäftlich verhindert gewesen war. Wieder saß Uma am Tisch und teilte einen Krug k'hāwah mit Ali. Als ich das Getränk kostete, fand ich es ohne Zucker zu bitter und mit Zucker zu süß. Nachdem wir uns also niedergelassen hatten, griff Uma wieder zum Weberschiffchen und begann, ihren roten Faden in Alis Geschichte hineinzuflechten. Das Ergebnis war ein fliegender Teppich, mit dem sie mich rasch ans andere Ende der Welt entführte.

Ich sehe Ali vor mir, der einen sehr elenden Eindruck macht. Sein Gesicht ist noch grauer als sonst, und die Sehnen an seinem Hals erinnern an die dünnen Zweige einer Stechpalme. Er liegt gemütlich in Prior Peters Bett, und das Feuer hält ihn warm; deshalb beschließe ich weiterzuziehen.

Seit ich Eddie March das letzte Mal umarmt habe, ist erst eine knappe Woche vergangen, und dennoch vermisse ich ihn schon. Seine Hände, die mein Gesäß umfassen, seine Finger, die meinen Garten der Lüste liebkosen, seinen heißen Atem in meinem Nacken und den Druck seines Geschlechts in mir. Aber ich habe natürlich keine Ahnung, wohin er geflohen sein könnte. Ohne lange zu überlegen, verlasse ich die Insel Osney mit ihrem Kloster und ihren in Reih und Glied stehenden beschnittenen Weiden und mache mich, durch Felder und Wälder, auf den Weg nach Süden. Nun sitze ich auf einem Meilenstein, der die Straße nach Swindon markiert, und lasse mir die Angelegenheit durch den Kopf gehen.

Eddie ist auf der Flucht vor dem König und der Königin, die seine Feinde sind. Der König und die Königin befinden sich in einer Stadt namens Coventry in der Mitte von Ingerlond. Und deshalb wird Eddie um diese Stadt ganz sicher einen Bogen machen – außer er wird ergriffen.

Allerdings haben der König und die Königin sicher Häscher nach ihm ausgeschickt, die ihn, so sie ihn denn fangen, gewiß nach Coventry schleppen werden. Wenn es etwas Neues von ihm gibt und falls er – wie von dem beinamputierten Bettler in London – gar gesehen und erkannt worden ist, wird diese Stadt die Nachrichten anziehen wie ein Magnet die Eisenspäne. Deshalb bin ich in der widersprüchlichen Lage, an dem Ort am meisten über ihn erfahren zu können, wo ich ihn ganz sicher nicht antreffen werde. Nachdem ich mir das alles gründlich überlegt habe, stehe ich von meinem Meilenstein auf, kehre um in Richtung Osney und Oxenford, umrunde die Stadt und gehe weiter nach Norden. In dieser Nacht schlafe ich in einem Straßengraben.

Am Morgen knüpfe ich ein kurzes Gespräch mit einem jungen Schnösel an, der sein Maultier einen Hügel hinaufführt. Hinter uns liegen die Türme und Kirchen der Stadt träumerisch in der Morgensonne. Er trägt einen Beutel mit einem aufgestickten Schild, das in zwei Ecken goldene Löwen auf rotem Grund zeigt; die anderen beiden sind mit silbernen Blüten geschmückt. Als wir uns dem Gipfel des Hügels nähern, kommt es zu folgender Unterhaltung.

»Sagt mir, Sir«, beginne ich. »Ist das die Straße nach Coventry?«

»Ja, in der Tat«, erwidert er. »Die Stadt liegt etwa fünfundsiebzig Kilometer nördlich von hier am Ende dieser Straße. Ich bin selbst auf dem Weg dorthin«, fügt er hinzu. »Denn ich bin ein berittener Bote Ihrer Majestäten und habe gerade den Würdenträgern der Stadt einige Briefe überbracht.« Er weist nach rückwärts.

Wir haben die Kuppe des Hügels fast erreicht.

»Verehrter Bruder«, spricht er weiter, mustert mich argwöhnisch, runzelt die Stirn und wendet den Blick ab. »Ihr seid willkommen, hinter mir im Sattel zu reiten, wenn die Straße eben ist oder bergab führt. Doch bergauf müssen wir zu Fuß gehen, denn mein Tier ist müde, da die Briefe dringend waren und es schnell gelaufen ist.«

»Lieber nicht«, antworte ich ihm. »Ich würde Euch nur aufhalten, denn ich muß ja meine täglichen Gebete sprechen.«

Von Mönchen, Klosterbrüdern und anderen Geistlichen wird nämlich erwartet, daß sie mindestens sechsmal am Tag den christlichen Gott mit Gebeten und Psalmen loben.

Der magere, pickelige junge Mann, dessen Atem nach Speck und Zwiebeln und auch nach den Nelken riecht, die er gekaut hat, um den Gestank zu überdecken, zuckt die Schultern. Vielleicht hat er auch Zahnschmerzen, denn seine Zähne sehen ziemlich übel aus. Da wir nun oben auf dem Hügel sind, besteigt er sein Maultier und trabt los. Ich folge ihm langsam und kann deshalb gut beobachten, was als nächstes geschieht.

Am Fuß des Hügels springt ein kleiner Trupp Männer mit dunklen Umhängen und großen Schlapphüten hinter einem verfallenen Schafstall hervor. Ihr Anführer hat eine kleine Schußwaffe geschultert. Sein Kumpan berührt das hinten herausragende Ende mit einer glimmenden Lunte; dann macht es *peng*, und meinem jungen berittenen Boten wird der Kopf weggepustet. Kurz bleibt sein Körper im Sattel sitzen, während ihm das Blut aus dem Hals schießt. Dann kippt er zur Seite und fällt vom Pferd. Ich warte lange genug, um sicherzugehen, daß sie es auf seine Börse abgesehen haben, die nun nicht nur mit Seide und kostbaren Stickereien, sondern auch noch mit Blut verziert ist. Anschließend mache ich einen Satz in den Straßengraben und verstecke mich im Dornengebüsch.

Der Tag vergeht, die Schatten werden länger, und der Verkehr auf der Straße nimmt zu. Die meisten Reisenden werden von bewaffneten Wachen begleitet. Denn es handelt sich hier um die Verbindungsstraße zwischen der Stadt, in der der König und sein Hof residieren, und der, wo die weisesten Männer des Reiches, auch königlicher Rat genannt, ihre Sitzungen abhalten. Allerdings habe ich nun mit eigenen Augen gesehen, wie gefährlich das Reisen ist, weshalb der Großteil der

Leute – bis auf meine bedauernswerte Reisebekanntschaft – mit zuweilen ziemlich großen Gruppen von Leibwächtern unterwegs ist. Da ich davon ausgehe, daß in den Verstecken neben der Straße noch weitere Räuber und Mörder lauern, beschließe ich, mich ein wenig weiter westlich zu halten und mich statt dessen auf Feldwegen und Nebenstraßen nach Coventry durchzuschlagen, auch wenn der Weg auf diese Weise vier Tage dauern wird anstatt zwei oder drei.

Das Wetter ist schön. Ein böiger Wind weht, und immer wieder ziehen Wolken über den Himmel. Ab und zu schauert es, aber der Regen ist nie stark genug, um den Sonnenstand zu verschleiern. Deshalb fällt es mir nicht schwer, weiter Kurs auf Norden zu halten. Gelegentlich kann ich von einer Hügelkuppe aus die Hauptstraße sehen, die sich rechts von mir durch Täler und über Berge schlängelt und von Dörfern gesäumt wird. Hellwach beobachte ich meine Umgebung, allerdings nicht aus Angst, sondern weil wir meiner Ansicht nach auf unserer Pilgerfahrt über unsere Erde stets die Augen offenhalten sollten. Da ich nun nicht mehr von Enochs und Alis Gegenwart abgelenkt werde, kann ich auch die schönen Kleinigkeiten an diesem Land wahrnehmen. Die Landschaft hier ist längst nicht so eindrucksvoll wie in Vijayanagara, von dem ich einfach nicht loskomme, denn es fehlen die ehrfurchtgebietenden Gebirge, die dichten Wälder, die fruchtbaren Plantagen, die blitzsauberen, mit Juwelen geschmückten Städte, die weißen Strände und das smaragdgrüne Meer. Deshalb mache ich mich mit Augen, Ohren und Nase auf die Suche nach den schlichteren Vorzügen dieses Landes.

Zu ihnen gehören die gelben Blüten, die wie die Puppen winziger Schmetterlinge an dünnen, blattlosen Zweigen hängen. Wenn der Wind sich darin fängt, tanzen sie hin und her, und kleine Wolken goldenen Pulvers steigen aus ihnen auf. An den Wurzeln dieser Bäume – oder vielmehr Büsche, sehr groß sind sie nämlich nicht – entdecke ich weiße Sterne, die allerdings nicht nach unten baumeln wie die Blumen, die wir nach der Schneeschmelze gesehen haben. Dann gibt es noch anmutige Bäume mit hängenden schwarzen Zweigen in den Kronen, deren Stämme mit einer silbergrauen Rinde bedeckt sind. Sie schält sich ab wie eine Papierschicht, wenn ich daran zupfe. An diesen Bäumen wachsen häufig große, ledrige Pilze, die die Form von geschwollenen Elefantenohren haben. Eine leuchtendgrüne Moossorte, deren Fäden aus winzigen smaragdfarbenen Sternen bestehen und ein zartes Spitzenmuster bilden, bedeckt die Bodenwellen, wo die Erde feucht ist. Als ich genauer hinschaue, stelle ich fest, daß viele Pflanzen und Bäume kleine pralle Knospen aufweisen, die jedoch nicht aussehen, als würden sie so bald zu Blättern aufplatzen. Blau- und gelbschillernde Vögel flattern umher, und auch einer, der eine rote Brust und einen pechschwarzen, nadelspitzen Schnabel hat. Allerdings sind die Vögel sehr klein, und sie singen auch nicht, sondern zirpen und klagen, während sie nach Nahrungskrumen suchen.

Alles in allem herrscht jedoch nicht der Eindruck blühenden Lebens, und die Natur scheint sich gegen Eis und Schnee zu stemmen, die noch vereinzelt an schattigen Stellen zu sehen sind. Offenbar steht ihr noch ein langer und harter Kampf bevor. Als ich etwas Weißes aufblitzen sehe, bücke ich mich und entdecke den zarten Schädel eines – wie ich an den langen Schneidezähnen erkenne – Nagetiers. Parvati wird sich eine Weile gedulden müssen, dieser stille Wald wird noch von Kali beherrscht.

Als es dämmert, führt mich ein gewundener Pfad bergab durch den Wald. Daneben plätschert ein Bächlein, und nach einer Weile erreiche ich ein breites, aber kurviges Tal, wo man die Bäume gerodet hat, um primitiven Ackerbau zu betreiben. Vor mir, etwa einen halben Kilometer entfernt, befindet sich ein Dorf, ganz ähnlich wie die Siedlungen, an denen wir auf dem Weg nach Oxenford vorbeigekommen sind. Es besteht aus zwanzig bis dreißig Elendshütten, jede mit einem winzigen Garten und einem Obstbaum, die sich um eine Handvoll größere Gebäude drängen: eine Kirche mit einem gedrungenen Turm und eine geräumige Scheune. Selbst aus dieser Entfernung kann ich feststellen, daß sich hier etwas tut. Ich höre die derbe, dröhnende Musik verschiedener ungestimmter Trommeln und schriller Flöten. Immer wieder ertönen gellende Schreie – ob vor Schmerzen oder vor Freude, vermag ich nicht zu sagen.

Als ich mich der Ortschaft nähere, geht die Sonne hinter den Hügeln im Südwesten unter. Ein paar Leute kommen aus der großen Scheune, und die Musik wird lauter. Ich stelle fest, daß auch die Musiker vor die Tür getreten sind. Alle tanzen oder springen wie die Wahnsinnigen um einen großen Haufen aus Reisig, Stechpalmenzweigen, Efeu, Stechginster und Holzresten herum. Inzwischen stehe ich in einem kleinen Hain von mit Flechten bewachsenen Apfelbäumen, die wie die meisten Bäume, die mir bis jetzt untergekommen sind, tot oder zumindest halb abgestorben aussehen. Da sich die Leute ziemlich wild gebärden, bekomme ich es mit der Angst zu tun und klettere in die unteren Zweige eines der Bäume hinauf, in der Hoffnung, nicht entdeckt zu werden – wenigstens so lange, bis ich mich vergewissert habe, daß sie freundliche Absichten hegen.

Eine brennende Fackel wird unten in den Holzhaufen gestoßen. Trotz des leichten Nieselregens, der nun einsetzt, ergreifen die Flammen das Holz und arbeiten sich rasch in die Mitte des Haufens vor. Das Feuer knistert und knackt, während es immer höher emporschlägt. Eine weiße, von goldenen und rubinroten Funken durchsetzte Rauchschwade steigt in den wolkigen, sich allmählich verdunkelnden Himmel empor. Dann wird eine lebensgroße, in alte Kleider gehüllte Strohpuppe herausgebracht. Zwei Männer halten sie an Schultern und Füßen und schleudern sie auf den brennenden Haufen, so daß es aussieht wie bei einer Hinrichtung.

Lautes Geschrei erhebt sich. Die Frauen, die ich nun im Schein des Feuers sehen kann, tragen Masken oder Kapuzen aus bunten Stoffen mit Augenlöchern. Sie packen Fackeln, springen im Takt zu der schauerlichen Musik herum, kommen, die lodernden Flammen schwenkend, in den Obsthain gestürmt und brüllen dabei Verwünschungen. »Trag Äpfel, verfluchtes Ding!« schreien sie, während sie mit den Fackeln auf die Bäume einschlagen. »Du sollst mir Birnen geben, zum Teufel!« Nachdem die Fackeln zerbrochen sind, lüpfen einige die zerlumpten Röcke, halten sich an den unteren Zweigen fest, schlingen die Schenkel um die Stämme und reiben ihr Geschlecht an der Rinde.

Es ist überflüssig zu erwähnen, daß ich während dieses Treibens entdeckt werde. Eine hochgewachsene junge Frau, der das rote Haar unter der Kapuze hervorquillt, wirft in echter oder gespielter Verzückung den Kopf zurück und entdeckt meinen Fuß nur wenige Zentimeter über sich. Sie erstarrt und fängt an zu kreischen. Diesmal sind Angst und Feindseligkeit nicht zu überhören.

Die Umstehenden erkennen den Tonfall und kommen mit geschwungenen Fackeln näher. Bald hat es sich herumgesprochen, und die gesamte Dorfgemeinschaft – Männer, Frauen und Kinder – versammelt sich um meinen Apfelbaum und starrt zu mir hinauf. Inzwischen beherrsche ich das Inglysshe gut genug, um den Worten der Männer, die sich nach vorne durchgedrängt haben, den Grund für ihre Ablehnung zu entnehmen.

»Das ist doch ein gottverfluchter Mönch und ein Klosterbruder.«

»Eindeutig. Aber was will er hier?«

»Bestimmt spioniert er für den Bischof. Daran besteht kein Zweifel.«

»Und was machen wir jetzt mit ihm?«

»Schneiden wir dem Mistkerl doch die Kehle durch. Und dann vergraben wir ihn irgendwo.«

»Wenn er lebend hier rauskommt, schickt der verfluchte Bischof seine Männer. Die brennen dann unser Dorf nieder, und wir sind die Angeschmierten.«

So geht es immer weiter.

»Zuerst sollten wir ihn aus dem Baum rausholen.«

Grobe Hände strecken sich aus, schließen sich um meine Knöchel und zerren daran.

»Schon gut, schon gut«, rufe ich. »Ich komme freiwillig runter.«

Da ich ein wenig verängstigt bin, vergesse ich, mit tiefer Stimme zu sprechen.

»Hört sich an, als wäre es ein ganz junger.«

Als ich unten angekommen bin, zieht mir der eine die Kapuze weg, während zwei andere mich an den Ellenbogen festhalten.

»Hier ist er. Holt ein Licht, damit wir ihn uns besser ansehen können.«

Sie bewundern mich von allen Seiten und finden mich höchst merkwürdig. Mein Schädel war zwar einmal rasiert, ist aber inzwischen von einem mit Henna gefärbten schwarzen Pelz bedeckt und weist keine Tonsur auf. Meine dichten Augenbrauen sind mittlerweile auch nachgewachsen. Außerdem habe ich eine gerade Nase, volle Lippen und ein rundes Kinn. Meine Augen ähneln tiefen Bergseen. Da meine kupferfarbene Haut viel der Sonne ausgesetzt war, bräunt sie sich allmählich und verliert ihre goldene Tönung. Eine der Frauen packt meine Hand und hält sie ins flackernde Licht. »Das ist keine Männerhand«, verkündet sie. »Sondern die einer Frau, einer feinen Dame.«

»Und das ist auch keine Mönchskutte«, meint eine andere. »Falsche Farbe und falscher Schnitt. Außerdem ist der Stoff viel zu kostbar.«

»Und Titten hat sie«, ruft eine der beiden Frauen, die mich von hinten festhalten, nachdem sie mit der freien Hand rasch zugedrückt hat.

Bei diesen Worten läßt mich die Frau, die meine Hand umfaßt und die mich als erste gesehen hat, los und zieht mir den Saum des Gewandes hoch, so weit der Gürtel es gestattet.

»Ja«, verkündet sie, »das ist kein Mönch oder Klosterbruder, sondern eine Henne.«

»Finger weg«, sage ich, und als ich ihr über die Schulter

blicke, sehe ich einige neugierige Kinder und Männer, die sich um einen Mann mit einer Fackel scharen. Dieser senkt die Lichtquelle, um meinen Unterleib zu beleuchten. »Tut mir leid«, flüstert sie mir ins Ohr. Und ich höre einen Anflug von weiblicher Verbundenheit heraus, das Gefühl, daß ich zumindest über eine Eigenschaft verfüge, die einen Hauch von Mitgefühl ausgelöst hat. Ich atme auf.

Kapitel fünfundzwanzig

Mittlerweile ist mir klar, daß ich an diesem Tag die Schwelle zwischen Winter und Frühling überschritten habe; unter meinen Füßen und rings um mich herum in den Wäldern regten sich die ersten Vorboten der neuen Jahreszeit. Auch diese Menschen ahnen nur allzu deutlich, daß besagte Schwelle erreicht worden ist und daß die für diese Angelegenheiten zuständigen Götter nur noch einen kleinen rituellen Schubs brauchen. Götter? Damit sind nicht der christliche Kindergott, seine Mutter und sein Vater im Himmel gemeint, sondern die Göttinnen und Götter, die hier und überall auf der Welt verehrt werden. Nur daß sie vielerorts nicht versteckt werden müssen wie Spielsachen, denen man entwachsen ist. Die Menschen hier und in vielen anderen Ländern riskieren, wenn man sie ertappt, die Streckbank, Daumenschrauben und den Tod auf dem Scheiterhaufen und nicht nur eine Tracht Prügel. Und deshalb löst das Erscheinen des vermeintlichen Mönchs auch so heftige Ablehnung aus.

In meiner Heimat gehen die Mädchen hinaus auf die Felder und schmücken Abbildungen von Parvati und Shiva mit Blumen. Dann spielen sie die Hochzeitszeremonie zwischen der Göttin und dem Gott nach. Obwohl es sich um die spielerische Darbietung von Kindern handelt, liegt doch der alte Geruch darüber, der einem in die Nase steigt, wenn man eine lange verschlossene Truhe öffnet. Es ist ein übermächtiges Erbe aus einer Zeit, in der die Götter noch unter uns wandelten. Und jetzt, im finstersten Ingerlond, werde ich wieder daran erinnert.

Inzwischen debattieren die Dorfbewohner, wie sie mit mir verfahren sollen. Die älteren Männer befürworten, mir die Kehle durchzuschneiden, während einige jüngere vorschlagen, es mir zuerst zu »besorgen«. Allerdings stimmen die Frauen dagegen. Eine ältere Frau wendet ein, wenn ich eine

Nonne wäre, dann gewiß eine Clare, wie man, wie ich später erfahre, eine Schwester des Franziskanerordens bezeichnet. Offenbar sind sie die einzigen Nonnen, die je das Kloster verlassen, um den Armen und Kranken Linderung und Almosen zu bringen. Doch wenn ich keine Clare bin, was bin ich dann? Es wäre Leichtsinn, mir etwas anzutun, ohne zuvor herauszufinden, welche Folgen das haben könnte.

Inzwischen sind wir in der großen Scheune. Ringsherum an den Wänden liegen Haufen aus Heu und Getreide. Während die Älteren weiterstreiten, bereiten die Jüngeren offenbar ein Festmahl vor. Die Musiker – ein besserer Ausdruck fällt mir einfach nicht ein – versammeln sich mit ihren Trommeln, Flöten und Saiteninstrumenten am anderen Ende des Raums gegenüber der großen Flügeltür. Es wird ein wenig gepfiffen, der Dudelsack jault, und einer der Männer schüttelt eine Schachtel, die gewiß mit trockenen Erbsen gefüllt ist. Ein anderer fängt an, mit den Handflächen auf eine primitive Trommel – ein über einen Tontopf gespanntes Stück Leder – zu schlagen. Einige Holztische werden aufgestellt. Sechs starke Männer hieven auf einen davon ein großes Faß mit tropfendem Hahn. Aus einem Schuppen nebenan weht Qualm herein, der nach angebranntem Fleisch stinkt.

Ich stehe immer noch in einer Ecke hinter der Kapelle und werde an den Armen festgehalten. Die Frauen umringen mich, und einige Männer blicken ihnen neugierig über die Schulter. Plötzlich ruft die Frau, die mich entdeckt hat und die die anderen Erica nennen: »Nur die dicke Joan weiß die Antwort. Sie wird uns einen Rat geben.«

»Du hast recht«, erwidert eine andere.

»Aber wer traut sich, sie zu wecken?« fragt eine dritte. »Sie wird demjenigen vierzehn Tage Krämpfe und Seitenstechen anhexen.«

»Aber sie sollte hier sein. Sie hat noch nie den Namenstag der heiligen Bridget und das Festmahl versäumt.«

»Und sie hat auch noch nie einen Monat lang geschlafen, ohne zu essen und zu trinken.«

»Dann geh und weck sie. Und wenn es sie umbringt, hat sie eben Pech gehabt. Sie ist schließlich schon alt genug.«

Drei oder vier der Frauen verschwinden im Qualm, der immer dichter wabert. Er riecht nach Feuchtigkeit, als ob sie auf frischem Holz statt auf Holzkohle kochen.

Wenig später kommen sie mit einer uralten Frau zurück, die sie zwischen sich stützen müssen. Da in Vijayanagara die alten Hexen und weisen Frauen sehr mager sind, habe ich eigentlich mit einem Knochenbündel gerechnet. Doch diese alte Frau ist, obwohl sie angeblich einen Monat lang gefastet hat, entsetzlich dick. Ihre Brüste schwabbeln unter ihrem Gewand, sie hat einen Bauch wie ein Faß, gewaltige Oberschenkel und Knöchel so schwammig wie in Schafsgedärm gefüllter Pudding. Außerdem ist sie kahl und zahnlos, so daß ihre Wangen eingefallen wirken. Sie murrt und zetert und stößt Beschimpfungen aus, wie ich sie selbst hier in Ingerlond noch nicht gehört habe.

Nachdem sie sie vor mich gestellt haben, blickt sie mich aus Augen an, die gleichzeitig nach rechts und nach links, nach oben und nach unten zu schauen scheinen. Eines ist milchigblau, das andere hellgrün. Sie hat eine Warze auf der Wange, aus der vier schwarze Haare wachsen, und außerdem ein riesiges Doppelkinn wie ein Wasserbüffel, das zittert und wabbelt, wenn sie spricht oder den Kopf bewegt. Trotz des Gestanks im Raum ist sie von einer muffigen Wolke umgeben. Sie riecht nach altem, ungewaschenem Körper und menschlichen Ausscheidungen.

»Komm, Joan, sag uns, wer sie ist«, rufen die Leute. »Ist sie eine Hexe? Euresgleichen erkennt einander doch.« Und so geht es immer weiter.

Sie beäugt mich, tritt von einem Fuß auf den anderen, streckt eine Hand aus, die an ein Kuheuter mit langen Zitzen erinnert, und berührt mein Handgelenk. Dann kichert sie. Es ist ein hartes, schnarrendes Geräusch. Als sie zischt wie eine wütende Gans, bespritzt sie uns mit ihrem Speichel. Endlich ist der Anfall vorbei, und sie scheint vor meinen Augen zu schrumpfen und ein wenig in die Knie zu gehen.

»Ihr Narren, ihr Dummköpfe. Seht ihr denn nicht, wie dunkel ihre Haut ist? Ihre Schönheit und das Leuchten, das sie umgibt? Daß ich diesen Tag, diese Nacht noch erleben durfte. Nun bin ich doch noch gesegnet worden. Am Ende meines Lebens wurde ich gesegnet.«

»Komm, Großmutter Joan, red nicht so lang. Sag uns, wer sie ist«, rufen die Frauen.

»Schon gut, schon gut. Sie ist keine Geringere als Maria, die Zigeunerin. Maria von Ägypten, Marry Gyp persönlich. Miriam. Marina. Sie wird für euch tanzen, wenn ihr sie höflich bittet. Und wenn sie euch nicht mag, hext sie euch Warzen in den Schoß und Zähne in die Möse.« Dann senkt sie die Stimme und wendet sich nur an mich. »Verzeiht mir, meine Dame, Eure Schwester ist es, die sich mir inzwischen zugewandt hat. Eure Schwester und meine Mutter, die alte Hekate. Aber ich habe Euch wirklich einmal verehrt.«

Mit diesen Worten macht sie kehrt, stapft – schwankend wie ein toter Baum im Sturm – davon und kehrt durch den Qualm zurück in das Bett, aus dem man sie geholt hat.

Mit Hekate meint sie bestimmt Kali.

Die Leute sehen mich verdattert an.

»Bist du wirklich Marry Gyp?« fragen sie. »Wirst du für uns tanzen? Bitte tanz für uns.«

Ich blicke über die kleine Frauengruppe hinweg zu den anderen, die im Takt der Trommeln und des Jaulens der schrillen Pfeifen herumspringen und mit den Füßen stampfen. Hin und wieder schwenken sie die Arme über dem Kopf und brüllen: »Hey-ho, silberner Mond«, um die Königin des Himmels anzurufen. Drüben bei den Tischen wird das Bier aus dem Faß getrunken. Die meisten schlürfen es direkt aus dem Hahn, und die jungen Männer fangen den Strom auf, der aussieht wie ein Rinnsal Pisse. Er schießt ihnen in den Mund wie die Milch aus dem Euter einer Kuh in das Maul eines Hundes. Die anderen verschlingen Schweinefleischbatzen, die zwischen zwei graue Roggenbrotscheiben geklemmt sind. Es ist offensichtlich, daß niemand meinen Tanz aufmerksam verfolgen wird. Ich würde mich nur zum Narren machen, wenn ich mich in einer Ecke verrenke, während die anderen im Raum herumtorkeln, versunken in ihre eigene Welt aus Alkohol, Essen und Feierstimmung.

»Später«, verspreche ich.

Später ist in etwa einer Stunde. Ich überrede meine Freundin Erica, mich mit in ihre Hütte zu nehmen, damit ich mich vorbereiten kann. Drinnen glüht ein Holzkohlefeuer, und ein Baby schläft in einem Korb, der an der Decke hängt. Ein Mann ist nirgendwo zu sehen. Also ist sie entweder Witwe oder vom Ehemann einer anderen Frau verführt worden. Bis auf ein paar Kupferarmbänder, die sie in saures Bier taucht, damit sie glänzen wie Gold, besitzt sie keinen Schmuck. Mir ist Kupfer sowieso lieber, da es sich um Parvatis Metall handelt. Außerdem habe ich ja noch meinen kleinen Perlenbeutel. Wo er versteckt ist, verrate ich nicht. Nein, das ist keine Unhöflichkeit, aber ich ziehe es vor, ein paar Geheimnisse zu bewahren.

Wir machen uns auf die Suche nach einem Kostüm, und sie geht ein großes Risiko ein, als sie mit mir in die Kirche schleicht. Sie bekommen einmal im Monat Besuch von einem Priester, der einige Gewänder in einer Truhe zurückgelassen hat. Mit Zündschwamm, Feuerstein und Spänen entzündet Erica ein paar Kerzen, und während sie in der Truhe wühlt, nehme ich eine davon, um mich umzusehen. Der Raum riecht feucht, als schwitze der kalte Stein die Körperflüssigkeiten der Toten aus. Hier ist Jesus, der arme Narr, mit angespannten Muskeln und leichenblasser Haut, ausgestreckt auf seinem Kreuz. In einer Seitenkapelle hält seine Mutter das Baby, das einen Heiligenschein aus Blattgold um den Kopf hat. Aber wo wird hier die Mutter selbst verehrt? Sollte das Baby nicht sie bewundernd anblicken, anstatt umgekehrt?

Ich kehre in die Sakristei zurück und ziehe meine Kutte über den Kopf. Erica schnappt nach Luft. Ich nehme ihre vom

Kleiderwaschen und der Feldarbeit rauhe Hand und lasse sie über meine Brust, meine Schultern, meinen Rücken und mein Gesäß streichen. Mit einem ehrfürchtigen Seufzer betrachtet sie meine im Kerzenlicht dunkel schimmernde, glatte Haut. Dann falten wir aus einer hübsch bestickten Tunika mit Bändern einen kurzen Rock zurecht, wie ihn Tempeltänzerinnen tragen.

Für gewöhnlich würde ich mein Haar mit Fett zusammenhalten und zu einer schimmernden Krone aufstecken, doch ich habe im Augenblick nur Stoppeln vorzuweisen, so daß es viel zu kurz dazu wäre. Also zerreißen wir ein goldenes und weißes Meßgewand und machen daraus einen Turban. Ich bemale mir das Gesicht mit einer Mischung aus Holzkohle und Butter, ziehe mir die Augen mandelförmig nach, betone meine Brauen und Wimpern und schminke mir die Lippen mit roter Tonerde und Butter. Zu guter Letzt verziere ich meine Brustwarzen mit Spiralen und Punkten in roter Farbe.

So herausgeputzt – eine schäbige Version dessen, was ich zu Hause darstellen würde, denn dort würde ich einen Gürtel, eine Kette, ein Diadem, Fußkettchen und Ringe an Fingern, Zehen und Ohren tragen, die alle aus Gold und Edelsteinen bestehen –, sehe ich so großartig und ehrfurchtgebietend aus, daß Erica auf die Knie sinkt, meine Schenkel umfaßt und den Kopf in meiner Tunika vergräbt.

»Du bist wirklich Marry Gyp«, stöhnt sie. »Du bist es.«

Ich stecke mir die winzigen Fingerzimbeln an Mittelfinger und Daumen, beuge die Ellenbogen, winkle die kleinen Finger an und lasse sie das silberne Klingeln hören.

Im Saal ist es inzwischen viel ruhiger geworden. Von allen Blasinstrumenten spielt nur noch eine Blockflöte, und der Trommler trommelt mittlerweile mit den Fingern und nicht mehr mit den Handflächen. Fünf Paare wiegen sich, engumschlungen, im Takt. Die übrigen liegen, zumeist paarweise, kichernd auf dem Boden oder in den Heuballen herum. Es qualmt nicht mehr so, und aus dem großen Faß auf dem Tisch kommt nur noch ein spärliches Rinnsal, das ein alter Mann, der flach auf dem Rücken liegt, mit dem Mund aufzufangen versucht. Es ist überflüssig zu sagen, daß Schweigen entsteht, als ich eintrete. Bald ist es totenstill in der Halle. Nur hie und da ist ein Schnarchen zu hören, als alle Augen auf mir ruhen.

Ich schlage kurz die Zimbeln an, neige den Kopf gleichzeitig nach vorne und zur Seite, hebe ein Knie und stampfe mit dem Fuß leicht auf den Boden. Dann sind die andere Seite und der andere Fuß an der Reihe. Meine Arme schwingen, meine Finger strecken und beugen sich. *Klingeling*. Der Trommler, der breite Schultern, Arme wie Elefantenbeine und eine dichte schwarze Brustbehaarung hat, greift meinen Rhythmus mit den Fingern auf. Sein hochgewachsener, magerer, blonder Freund mit der Flöte versucht sich an einem kleinen Lauf. Und rund um meine Füße vertreibt der Weihrauch, den Erica aus der Kirche mitgebracht hat, den beißenden Qualm des Holzfeuers und den Gestank nach saurem Bier.

Dann singe ich in der Telugasprache:

O Göttin Minakshi,
deren liebreizender Körper tiefblau schimmert,
deren große Augen geformt sind wie ein Karpfen,
du, Göttin, die uns von den Fesseln des Lebens erlöst
und die im Wald der Kadambabäume wohnt,
du Verehrteste,
die Shiva besiegte,
schenk mir Glück.

Der Trommler fügt einen kleinen Vers hinzu:

Ich sah sie, guter Herr,
mit Engelsgesicht,
sie erschien wie eine Fee, eine Königin,
ihr Gang, so anmutig …

Springend und tänzelnd husche ich durch den Saal. Die Weihrauchwolken teilen sich um meine Schenkel, meine braunen Füße wirbeln den Staub auf. Die Glut des Feuers spiegelt sich in Kupfer und Perlen, und die Flammen der Fackeln erzittern, wenn ich vorbeiwirble. Meine nackten Brüste verheißen mehr als Granatäpfel, mein Po erinnert an zwei Pfirsichhälften. Blicke richten sich auf mich. Sie leuchten auf und strahlen, doch bis auf ein sehnsüchtiges Seufzen ist kein Laut zu hören. Aber ich kann nicht für immer tanzen, und sie wissen, daß sie so etwas wie mich nie wieder zu Gesicht bekommen werden.

Flöte und Trommel lernen mich kennen. Botschaften fliegen zwischen uns hin und her. Die erste zittert wie ein Hauch in der Kehle eines Kleinkindes. Die zweite erbebt in einem wollüstigen Zittern. Ich wirble auf den Zehenspitzen, stampfe mit den Füßen auf den Boden und schleudere die Arme wie Windmühlenflügel über dem Kopf. Ohne die begehrlichen Blicke von mir abzuwenden, streckt jeder die Hand nach seinem Partner aus. Schweiß schimmert auf meinen Schultern, rinnt mir zwischen den Brüsten hindurch und die Schenkel hinunter. Die von mir aufgewirbelte Luft pfeift durch die Ecken des Raumes. Der Sackvorhang bläht sich wie ein Segel, und ein Sturm, ein warmer Wind, der Regen bringt, saust herein, nimmt mich in die Arme und löscht die Lichter.

Die lange Nacht ist noch nicht zu Ende. In der Dunkelheit ist Alan, der Trommler, der erste, der mich findet. Aber er ist ein Radaubruder, und sein Grunzen und Schreien locken bald David und seine Flöte in unsere Ecke. Das Heu ist tief und weich und riecht frisch und sogar noch nach den Sommerblumen, die sich beim Mähen unter das Gras gemischt haben. Die beiden sind zwar nette Kerle und stillen meinen Hunger ein wenig, können den Vergleich mit Eddie jedoch nicht aufnehmen. Als sie endlich einschlafen und es still wird – wenigstens bis auf Alans lautstarkes Schnarchen und Davids Seufzen –, kommt Erica zu mir. Sie nimmt meine Hand und bringt mich in ihre Hütte, wo ihr kleiner Junge noch in seiner an der Decke hängenden Wiege schläft und mitten auf dem Boden das Kohlefeuer glimmt. Sie wäscht mich mit einem in Wasser getauchten Lumpen und gibt mir kühles Quellwasser, Käse und Brot. Dann legt sie sich neben mich in ihr Bett und wiegt mich in ihren Armen in den Schlaf, die Lippen an meinen Hals geschmiegt, die Brüste, aus denen ein wenig Milch tropft, an meine gepreßt und ihre kräftigen Beine um meine Taille und auf meinem Schenkel.

Vor Morgengrauen – der Hahn hat schon gekräht – schickt sie mich weiter nach Banbury. Doch ich habe das Dorf kaum hundert Meter hinter mir gelassen, als ich rasche Schritte höre und mich umdrehe. Alan gesellt sich wortlos zu mir, die tönerne Trommel auf dem Rücken, einen Umhang über Lederwams und Schürze.

Zehn Meter weiter geschieht es wieder. Durch Nebel und funkelnden Rauhreif kommt David auf uns zu. Auch er trägt einen Umhang und hat gewiß seine Flöte bei sich. Nachdem er Alan einen nicht sehr freundlichen Blick zugeworfen hat, nimmt er, ebenfalls wortlos, seinen Platz auf meiner anderen Seite ein.

So geht das nicht. Beide wollen mich allein für sich haben. Ich flüstere Parvati ein Gebet zu, und zehn Minuten später wird es erhört. Wir steigen gerade einen steilen Hügel hinauf. Wenn wir die Kuppe hinter uns haben, wird das Dorf nicht mehr zu sehen sein. Dann wird nichts mehr sie zur Rückkehr bewegen können. So unauffällig wie möglich fange ich an, kürzere Schritte zu machen. Ich keuche sogar ein wenig und halte mich an einem Ast fest, als müsse ich verschnaufen. Und dann, endlich, kommen sie. Zuerst ein kleines Mädchen in einem Wollkleid und mit offenem Haar. Doch sie wird kurz darauf von einem Jungen überholt, der an ihr vorbeiläuft und uns als erster erreicht.

»Onkel Alan«, ruft er. »Großvater Bert hat eine Kette an seinem Pflug zerrissen. Wenn du nicht kommst, können wir die Felder nicht umpflügen und nicht aussäen.«

Inzwischen steht das kleine Mädchen neben mir. »Onkel David, wenn du jetzt nicht mitkommst, kriegt Onkel Alan die Schmiede niemals heiß, denn der Blasebalg hat ein Loch.«

Ich sehe die beiden, zuerst Alan und dann David, an.

»Also bist du der Dorfschmied. Und du bist der Blasebalgflicker. Ich wünsche euch beiden Lebewohl.«

Als ich weiter über den Hügel und auf der anderen Seite wieder bergab gehe, singe ich ein kleines Dankeslied an die Göttin.

Kapitel sechsundzwanzig

Auf dem Marktplatz von Banbury findet ein Volksfest statt. Ein ganzer Ochse wird gebraten, was ich natürlich abstoßend finde, doch es werden auch viele andere Eßwaren feilgeboten, die meinen Appetit anregen: auf Stöckchen gesteckte Äpfel werden in Honig getaucht und dann gebacken; Spieße mit Lamm- und Schweinefleisch brutzeln auf Grillrosten; dazu gibt es Rosinenkuchen, eine hiesige Spezialität. Heißer, gewürzter Wein wird ausgeschenkt, und überall verkauft man verschiedenen Krimskrams und Tand. Außerdem bieten Jongleure, Feuerschlucker und Seiltänzer allenthalben ihre Kunststücke dar. Man kann seine Kräfte mit denen seiner Konkurrenten messen, und es wird ein Wettbewerb veranstaltet, bei dem es darum geht, große Holzkugeln eine lange Bahn entlangzurollen und damit neun keulenförmige Spielfiguren umzuwerfen. Außerdem bekommen wir eine Prozession zu sehen, die von einem wunderschönen Mädchen auf einem weißen Pferd angeführt wird. Sie hat schneeweiße Haut und langes gelbes Haar und trägt ein grünes Kleid. An ihren Fingern stecken Ringe, an ihren Zehen Glöckchen, und ihr folgt die übliche Kapelle aus Flöten, Dudelsäcken und Trommeln. Wissen die Leute von Banbury, wer diese Jahrmarktskönigin wirklich ist? Vielleicht, aber sie wagen es nur hinter vorgehaltener Hand zu sagen.

Doch das beste – oder zumindest das zweitbeste nach diesem Mädchen – ist das Schattenspiel, das mir vor allem deshalb so gut gefällt, weil es mich an zu Hause erinnert, wo derartige Darbietungen häufig sind. Ein zweirädriger Karren steht da, in den noch das uralte Pferd eingeschirrt ist und Futter aus seinem Hafersack kaut. Die rückwärtige Klappe ist heruntergelassen; dahinter hat man ein weißes Stück Baumwolle oder Seide in einen Rahmen gespannt. Durch eine Ritze im Karrenboden schiebt der Puppenspieler, der sich hinter bodenlangen Vorhängen versteckt, flache Puppen hinauf und bewegt sie hin und her. Beleuchtet wird das Ganze von einer Reihe Öllampen und Kerzen hinter einer Zeltwand. Um die Mittagszeit, als ich ankomme, klappt das noch nicht sehr gut. Doch später füllt sich der Himmel mit violetten Wolken, die Sonne verschwindet hinter der großen neuen Kirche, und ein paar Schneeflocken treiben über den Marktplatz, so daß sich der Eindruck schlagartig verbessert. Die Bühne erinnert an eine kleine erleuchtete, gemütliche Höhle.

Auf einem halbkreisförmigen Holzschild über der Bühne steht in roten und gelben Buchstaben etwas geschrieben: *Geoff Reeve und Familie, Schattenpuppen zu Eurer Erbauung und Belehrung, an denen sich schon die gekrönten Häupter Europas erfreut haben.*

Sie geben ein Wunder zum besten, das die Mutter Gottes auf der Pilgerstraße nach Santiago vollbracht haben soll. Meine anfängliche Begeisterung legt sich, so daß ich durch die Menge davonschlendere und ein paar mit Honig gewürzte Gerstenkuchen stehle, um sie zu kosten. Als ich die Zuschauer des Schattenspiels jubeln höre, kehre ich zur Bühne zurück.

Inzwischen hat man unter dem ersten Schild ein zweites angebracht, auf dem »Der letzte Inglysshe Koenig« steht. Da das interessanter klingt, stelle ich mich zwischen die Zuschauer neben einen Bauern, der in einem heißen Kohlebecken geröstete aufgeplusterte Gerste ißt.

Ein Krieger, offensichtlich der Held, da er größer ist als die anderen handelnden Figuren, schwört einem Herzog den Treueeid. Die Zuschauer buhen ihn aus und rufen, er sei durch Betrug dazu verleitet worden. Ein alter König mit Krone und Bart stirbt in seinem Bett. Als der heldische Krieger die Krone an sich nimmt, jubelt die Menge. Dann kämpft der Held gegen zwei Männer mit geflügelten Helmen und besiegt sie. Wieder johlt die Menge. Schiffe gleiten schwankend über die Bühne, und aus einem von ihnen steigt der Herzog. Wieder buht das Publikum. Es kommt zu einer zweiten

Schlacht, die ziemlich lange dauert. Dann trifft ein Pfeil den Helden ins Auge; der Herzog kommt mit seinem Schwert hinzu, tötet ihn und nimmt ihm die Krone ab. Die Zuschauer buhen wieder, aber diesmal ziemlich bedrückt. Einige wenden sich ab, und ich bemerke, daß ein paar von ihnen wirklich traurig sind.

Die Vorstellung endet mit einer Komödie. Es geht um einen alten Mann, der eine junge Frau hat. Diese klettert auf einen Birnbaum, wo sie von einem jungen Mann gevögelt wird. Man muß den zwischen den Zeilen verstecken Sinn lesen: Der alte Mann ist der Winter, der junge Mann ist der Frühling, und der Birnbaum ist der Baum der Liebe, der der Göttin geweiht ist. Das Stück eignet sich sehr gut, um den Übergang vom Winter zum Frühling zu feiern. Angesichts dessen, daß die gesamte Theatervorführung nur aus Schatten auf einem Stoffschirm bestand, war sie sehr gut gemacht und erfüllte das Versprechen, den Zuschauer gleichzeitig zu belehren und zu unterhalten.

Ich will gerade gehen, als ich von hinten einen gereizten Seufzer höre. Ein zierlicher Mann mit schütterem grauem Haar, einer Brille und einem freundlichen offenen Gesicht drängt sich zwischen die Leute. In der einen Hand hält er eine Sammelbüchse, in der anderen einen Spazierstock mit gebogener Krücke. »Pennys für die Puppen«, sagt er, und mein Bauer, der mit der gerösteten Gerste, verdrückt sich rasch. Ich werfe einen Penny in die Büchse – ich habe ihn und vier weitere dem Bauern während der Vorstellung aus der Börse gestohlen.

»Großzügig«, meint der Neuankömmling. »Ein Farthing hätte genügt.«

»Ihr habt doch um einen Penny gebeten.«

»Nur eine Redensart.« Er nimmt mich am Ellenbogen und sieht sich um. »An Eurer Sprechweise und an der dunklen Haut erkenne ich, daß Ihr ein Fremder seid. Stammt Ihr vielleicht gar aus einem weit entfernten Land?«

Ich nicke bestätigend.

Inzwischen zerstreut sich die Menge. Geoff Reeve, denn er ist es offensichtlich selbst, blickt ihnen mit gelblich angelaufenen Augen nach.

»Von denen habe ich nicht mehr zu erwarten. Hättet Ihr nicht Lust, ein Gläschen mit mir zu trinken?« Er überlegt kurz. »Vielleicht im Weißen Pferd?«

Er rappelt mit der Sammelbüchse, und ich folge ihm zu seinem Karren und zur Bühne. Von hinten erinnert er ein wenig an einen Geistlichen: Die kahle Stelle an seinem Hinterkopf sieht ein bißchen wie eine Tonsur aus, sein Gewand mit dem Seil als Gürtel könnte auch als Kutte durchgehen. Möglicherweise war er früher einmal Mitglied eines kleinen Ordens; zumindest weisen seine Redegewandtheit und sein höfliches Gebaren darauf hin – denn wie ich inzwischen herausgefunden habe, trifft man diese beiden Eigenschaften in Ingerlond außerhalb der Kirche nur selten an.

»Jenny?« ruft er. »Hier ist ein junger Mann, ein wirklich netter Bursche, aber ein Ausländer. Ich gehe mit ihm auf ein Bier ins Weiße Pferd. Begleite uns doch, wenn du möchtest.«

Eine hübsche blonde Frau, die jünger ist als er, packt gerade die Kissen, die für die Kinder vor den Wandschirm gelegt worden sind, zurück in den Wagen. Sie dreht sich um und lächelt mich an.

»Ich freue mich, Euch kennenzulernen«, sagt sie. »Ich komme gleich nach.«

Geoff Reeve schüttelt ein paar Münzen aus der Sammelbüchse, steckt einige Pennys ein und gibt Jenny das restliche Geld. Dann nimmt er mich wieder am Arm, und wir überqueren den kopfsteingepflasterten Platz. Am Marktkreuz vorbei gehen wir zu einem Gasthof namens Weißes Pferd, der gegenüber der Kirche steht.

Man kennt ihn in der Taverne. »Master Reeve, was kann ich Euch bringen?« Ein fröhliches Mädchen hat ihn bemerkt und erbietet sich, ihn vor den übrigen Gästen zu bedienen, die versuchen, sie auf sich aufmerksam zu machen.

»Zwei Krüge warmes Winterbier, Bess, in Zinn, wenn Ihr so

gut seid. Und zwei Dutzend Austern aus dem Faß, das heute eingetroffen ist. Peter soll sie uns ans Kaminfeuer bringen.« Mit diesen Worten schiebt er mich vor sich her zu dem großen Kamin mit einer großen Sitzecke, die aus einer Bank und einem dreibeinigen Tisch besteht. »Wenigstens ist es hier warm. Die Kälte macht mir schwer zu schaffen, besonders meiner Hüfte.« Mit diesen Worten rafft er sein Gewand über die Knie und hält diese und auch seine Hände ans Feuer. Die Flammen spiegeln sich in seiner Brille.

»Woher stammt Ihr?« fragt er.

Ich sehe keinen Grund zu lügen. »Aus Bharatavarsha«, erwidere ich und benutze das Wort in Sanskrit. »Ich glaube, hier wird es Indien genannt.«

»Wirklich? Ihr müßt meinem Gedächtnis auf die Sprünge helfen. Auf welcher Seite von Afrika liegt das?«

»Auf der weiter entfernten.«

»Und was führt Euch in diesen Teil der Welt?«

Das ist keine leichte Frage. Mit der Antwort, daß ich auf der Suche nach Weisheit bin, obwohl ich aus dem Land stamme, das als die Quelle aller Weisheit gilt, würde ich den Spott dieses offenbar gebildeten Herrn herausfordern. Zum Glück werden wir dadurch unterbrochen, daß das Essen serviert wird.

Die Austern sind köstlich. Sie sind bereits geknackt, so daß wir sie nur noch aus den schimmernden, perlmuttartigen Schalen nehmen und in den Mund stecken müssen. Sie sind kleiner und runder als die, die wir an der Küste von Malabar ernten, und haben einen zarteren Geschmack. Das Bier ist dunkel, schwer und fruchtig und macht schnell betrunken, was vielleicht auch daran liegt, daß es warm ist. Ein kleiner Wildapfel schwimmt im Krug.

»In Eurem Stück ging es um die Normannen«, merke ich an. »Die Leute, die Euch beherrschen.«

Seine Brille blitzt auf, und sein Blick wird ernst und wissend. »Hurensöhne! Aber es stimmt nicht ganz. Es handelt von Harold, ein guter Kerl, aber leider ein Pechvogel.«

»Der Pfeil ins Auge?«

»Natürlich verliert er ... William wird König, und die Normannen übernehmen das Land. Alles Hurensöhne«, wiederholt er.

»Unterscheiden sich die Normannen wirklich so von der übrigen Bevölkerung?«

Er beugt sich vor und legt mir die Hand aufs Knie. »Ja«, erwidert er. »Sie haben nie zu uns gepaßt, obwohl sie Däninnen und Sächsinnen geheiratet haben. Ihnen blieb nicht viel anderes übrig, denn sie hatten kaum eigene Frauen mitgebracht. Ihre Könige heirateten in die fränkische Familie Angevin ein, die sich selbst Planta-Genêt nennt, nach dem Ginsterzweig, den ihr Anführer am Helm getragen hat ... «

Der Name wirbelt eine Erinnerung auf dem Grund meines Gedächtnisses auf, wie ein Krebs es auf dem Grund eines Flusses mit dem Sand tut. Doch ich kann sie nicht einordnen. Geoff fährt fort. »... nachdem sie uns fast vierhundert Jahre lang regiert haben, machen sie sich erst seit sechzig Jahren die Mühe, Inglysshe zu lernen. Aber sie sind keine richtigen Engländer, sondern steif, stolz, kleinlich und besessen von Vorschriften, Regeln und Rangordnung.«

Mir fällt ein, wie herablassend Warwick und seine Bundesgenossen Lord Wydville in Calais behandelt haben, weil er kein Normanne ist. Geoff spricht weiter: »Sie haben einen festen Familienzusammenhalt und lieben den Sport, allerdings muß er so kriegerisch sein wie möglich. Wer dazu weder die Neigung noch den Körperbau hat, wird Geistlicher, und man ernennt ihn irgendwann zum Bischof. Ihr Umgang miteinander ist freundschaftlich, aber sie begegnen allen Außenstehenden mit Verachtung.«

»Was ist mit ihren Frauen?« frage ich.

»Bei denen dreht sich alles um ihre Männer. Sie bedienen sie wie Sklavinnen, heiraten den, der für sie ausgesucht wurde, gebären Kinder, wie Kühe Kälber werfen, und sind noch mehr als ihre Gatten auf gesellschaftlichen Stand und Reichtum versessen.«

»Wie sind die echten Ingerlonder denn wirklich?«

»Es gibt zwei Sorten: die, die sich den Normannen unterwerfen, und die, die sich weigern. Die Angepaßten sind brav und gehorsam und bereit, alles zu tun, um ein möglichst ruhiges Leben zu führen, solange sie nicht verhungern müssen. Wißt Ihr, die Normannen hatten ein Problem: Um das Land zu regieren, brauchten sie Schreiber, Beamte, Sheriffs, Wachleute, Zollinspektoren und so weiter und so fort. Und solange die Sachsen sich gut betrugen, hatten die Normannen nichts dagegen, ihnen diese Aufgaben zu überlassen.«

Er seufzt und fährt fort. »Die Angepaßten haben ein ausgeklügeltes System aus Regeln und Vorschriften ersonnen, um ihre Herren zufriedenzustellen. Sie erkennen die Normannen als ihre rechtmäßigen Herren an und beugen sich ihnen in allem. Ständig kriechen sie vor ihnen zu Kreuze, und sie ahmen auch das Verhalten der Normannen nach. Meistens waren es die Sachsen, die mit ihnen zusammengearbeitet haben. Die Dänen sind unabhängiger. Doch beide Rassen hatten vor der Ankunft der Normannen gemeinsame Sitten und Gebräuche, die inglysshen nämlich.«

Wieder rutscht er auf seinem Stuhl herum, führt den leeren bleigrauen Krug an die Lippen und schüttelt ihn. Als ich mich umdrehe, sehe ich neben mir den Jungen, der uns das Bier und die Austern gebracht hat, und bestelle zwei weitere Krüge. Diesmal geht es auf meine Rechnung.

Als er weiterspricht, ist sein Ton nachdenklicher als zuvor, so als grüble er zum ersten Mal über seine Worte nach.

»Früher regierten die Sachsen und die Dänen sich selbst, und zwar durch Dorfversammlungen. Selbst der König mußte sich der größten Versammlung, dem *witenagemot*, beugen. Und obwohl uns die meisten dieser Rechte genommen und ihre Verfechter in den Untergrund getrieben wurden, hat der Geist, der dahintersteht, überlebt.«

»Und er erfüllt die zweite Gruppe der Ingerlonder bis heute«, vermute ich.

»Ja, in der Tat. Wir spielen zwar Gehorsam vor, aber wir dürsten weiterhin nach Unabhängigkeit und achten die Persönlichkeit des einzelnen. Wir können hart arbeiten, wenn es uns in den Kram paßt, doch wir trinken, tanzen und amüsieren uns lieber. Und das könnten wir noch viel öfter tun, wenn unser Harold diese verdammte Schlacht gewonnen hätte ...« Er schwankt ein wenig auf seiner Bank und wischt sich eine Träne aus dem Augenwinkel. »Glückliches Ingerlond«, sagt er. »Wir haben es verloren.«

»Geoff. Geoff? So beruhige dich doch.« Als ich aufblicke, sehe ich seine Frau Jenny, die uns anlächelt.

»Hallo, meine Liebe.« Geoff schreckt hoch und ist auf einmal wieder nüchtern. »Ich erzähle unserem jungen Freund nur von den Ingerlondern und von der Vergangenheit. Er stammt aus Indien. Ein faszinierendes Land. Vielleicht können wir seine Erlebnisse zu einem Schattenspiel verarbeiten. Wir nennen es ... Laßt mich überlegen ... ›Abenteuerliche Reise eines Inders nach Ingerlond ...‹. Setz dich, meine Liebe, iß und trink etwas, und sag uns, was du davon hältst.«

Mit diesen Worten zwinkert er mir zu, was sie gewiß bemerkt hat, denn auch sie zwinkert verstohlen, bevor sie sich neben mich setzt.

Coventry. Wieder bleibe ich auf dem flachen Land, um die Gefahren der Straße zu meiden, so daß ich die Stadt erst anderthalb Tage später erreiche. Ich muß zugeben, daß ich im Stall des Gasthofes in Banbury eine unruhige Nacht verbracht habe. Ich mußte das Stroh mit anderen teilen und mich inmitten von Pferdeknechten und Stallburschen als Mann ausgeben. Als die Reeves sich verabschiedeten, hatte ich vier Liter Bier getrunken, die ich irgendwie wieder loswerden mußte. Und es war nicht leicht, das Spiel durchzuhalten, während ich mich neben einem ebenfalls pinkelnden Mann erleichterte. Außerdem waren mir die Austern nicht bekommen. Es ist ein weiser Grundsatz, daß man nie Meeresfrüchte essen soll, wenn man das Meer nicht sehen kann. Und außerdem sollte man Austern stets selbst öffnen. Eine einzige, die verdorben ist, genügt, und es muß eine solche darunter gewesen sein. Zweifellos habe ich es wegen der Hitze des Feuers und im Bierrausch nicht bemerkt.

Das Ergebnis war, daß ich die Stadt erst gegen Mittag erreiche, obwohl ich eigentlich schon am Vorabend habe eintreffen wollen. Das erste, was man schon aus beträchtlicher Entfernung sieht, ist der Turm der Kathedrale, dessen Nadelspitze aus der verqualmten, schmutzigen Luft über den Hausdächern ragt. Da die Stadt auf einem niedrigen Hügel liegt, der sich über die Felder und Wiesen ringsumher erhebt, bemerkt man als nächstes die Elendsviertel vor den Stadtmauern. Da das Königshaus in London auf zu viel Ablehnung stößt, hat der König – oder vielmehr die Königin – beschlossen, diese Stadt zum Mittelpunkt des Landes und zur Hauptstadt der Insel zu ernennen. Hier ist nun der Regierungssitz, wo das Parlament zusammentritt und wo sich sämtliche Behörden befinden, welche die Angelegenheiten der Nation regeln.

Deshalb ist eine Unzahl von Menschen hierhergezogen, hauptsächlich Leute, die kaum in der Lage sind, ihren Lebensunterhalt zu bestreiten, wie arbeitslose Handwerker, Gaukler, Kesselflicker, Zigeuner, Huren, verstoßene Geistliche, herrenlose Söldner, Pferdehändler und außerdem diejenigen, die damit ihr Geld verdienen, diese Massen mit Nahrung und Getränken zu versorgen – insbesondere dem starken Alkohol, den die Ingerlonder so lieben. In einer Stadt von der Größe Londons könnte man derart viele Menschen möglicherweise noch unterbringen, und es ließe sich sogar für einige von ihnen Arbeit finden. Doch die verhältnismäßig kleine Gemeinde von etwa fünftausend Seelen ist durch diesen Ansturm buchstäblich überrannt worden. Gesetz, Ordnung und die Versorgung mit dem Nötigsten sind zusammengebrochen, so daß die Stadt nun mitten in einem menschlichen Dschungel sitzt, wie ein gutgeformter Dotter auf einem zerlaufenen Eiweiß.

Am Rande der Elendsviertel erheben sich gewaltige dampfende Müllberge, auf denen sich Abfälle und menschliche und tierische Ausscheidungen häufen. Über dieses Miniaturgebirge klettern und rutschen alte Frauen und Kinder auf der Suche nach Lebensmitteln wie Kohlstrünken, altem Brot, Fischköpfen, Eierschalen, in denen sich noch Reste von Ei befinden könnten, und Fleischresten wie Schweinefüßen, Schweineohren, Kuhschwänzen und Ziegenköpfen. Doch dieser Nachschub wird bald versiegen, weil wir nun Fastenzeit haben und vierzig Tage lang kein Fleisch gegessen werden darf.

An die Müllberge schließen sich die Hütten an, die sich ohne erkennbare Straßen oder Gassen aneinanderdrängen. Es gibt nur zwei Hauptstraßen, die aus jeder der vier Himmelsrichtungen heranführen und über die man die Tore in der Stadtmauer erreicht. Ein Besucher hat keine andere Wahl, als sie zu benutzen. Hier greifen unzählige Bettler zu sämtlichen Mitteln, um Leib und Seele zusammenzuhalten. Frauen halten schreiende Kleinkinder hoch, die sie von Vermittlern gemietet haben, zupfen mich am Ärmel und strecken die schmutzige Hand aus. Junge Männer in der Blüte ihrer Jahre haben sich die völlig gesunden Gliedmaßen hochgebunden, damit sie wie amputierte Stümpfe aussehen, und behaupten, im Dienste des Königs oder sogar in den Franzosenkriegen zum Krüppel geworden zu sein. Manche malen sich Schwären aufs Gesicht, und wieder andere spiegeln Blindheit vor.

Ein Stück näher an der Stadtmauer trifft man auf Quacksalber und Schwindler; sie verkaufen Glücksbringer, Pilgermedaillen, Amulette und dergleichen, die angeblich gegen jegliche Form von Übel schützen sollen. Fahrende Apotheker offerieren Drachenblut, Steine aus den Köpfen giftiger Kröten, die geschrumpften Mägen von Haien, aus Holz geschnitzte falsche Gliedmaßen und Glasaugen. Andere handeln mit den vertrockneten Händen und Füßen von Kleinkindern, die sie als die Reliquien von Heiligen ausgeben. Einer behauptet sogar, die Pisse einer Hexe in seiner Glasflasche zu haben. Wenn man ein Tröpfchen davon auf den Nacken einer Frau gibt, werden sie der Dampf und der üble Geruch als treulose Hure enttarnen.

Alle scheinen gute Geschäfte zu machen, doch am wackersten schlägt sich offenbar ein hochgewachsener, magerer Mann, dessen glattes gelbes Haar bis zu den Schultern reicht. Er verkauft Sündenerlasse, die das Siegel des Papstes in Rom tragen und von ihm unterzeichnet sind. Angeblich kann sich ein Mann oder einer Frau damit eine Verkürzung des Fegefeuers erkaufen, eines Ortes, wo sündige Seelen vor dem Eingang ins Paradies – von dessen Existenz diese abergläubischen Leute überzeugt sind – gereinigt werden.

All das führt natürlich zu einem schrecklichen Tumult aus Schreien, Rufen und Gesängen, der mir in den Ohren pfeift wie das Knirschen von Kreide auf Schiefer. Auch mein Gesichtssinn, mein Geruch und mein Tastsinn leiden unter dem Tohuwabohu um mich herum.

Das Südtor ragt über die mit Stroh und Zeltbahnen gedeckten Dächer auf. Es wird von Zwillingstürmen flankiert, und das Fallgatter ist zur Zeit heruntergelassen. Oben am Türsturz ist die übliche abstoßende Sammlung aus den Schädeln und halbzerfressenen Köpfen jener Menschen angebracht, die das Mißfallen der Obrigkeit erregt haben. Kurz bleibe ich verdattert stehen, denn das Tor ist tatsächlich geschlossen; davor hat sich eine Abteilung von etwa zehn Soldaten mit gezückten Schwertern und Bogen aufgebaut. Ich habe kaum Zeit zu überlegen, wie ich in die Stadt gelangen soll, als schon eine Trompete erklingt und ich hinter mir das Donnern von Hufeisen auf dem Pflaster, das Rattern von Rädern, das Knallen von Peitschen und das Klappern von Rüstungen und Waffen höre.

Weder Zeit noch Platz genügen, um aus dem Weg zu gehen. Es nähert sich eine Abteilung berittener Soldaten, ausgerüstet mit offenen Helmen, die ihre Gesichter frei lassen, Kettenhemden, Brustpanzern, mit Kettengliedern verbundenen Stahlplatten an Armen und Beinen, großen Schwertern an der Seite, an der Rüstung befestigten Schilden und mit dicken Speeren in der Hand. Es sind etwa zwanzig Mann, und sie reiten alle auf großen Pferden, die zwar unter ihrer Last schwitzen, aber dennoch in langsamem, stetem Trott weitertraben. Sie brauchen eine Menge Platz, so daß die Leute an die Mauern der Hütten zurückweichen. Einige Gebäude stürzen ein und begraben ihre Bewohner unter sich. Die Soldaten führen eine riesige Kanone mit sich, die von einem Maultiergespann gezogen wird. Es handelt sich um eine aus gußeisernen Streifen gefertigte Röhre, die verschweißt und mit Messingreifen versteift worden ist. Ihr folgt ein Karren mit Steinkugeln und ein weiterer mit Fässern voller Schießpulver. Die Wagen sind zwar nicht so groß und so prächtig wie der, auf dem man Jagannath zieht, wenn er im Puri in Orissa von Tempel zu Tempel reist, zeitigen aber eine ganz ähnliche Wirkung – allerdings haben die Pilger, die von Jagannath, einer Verkörperung Vishnus, zerquetscht werden, diese Form der Selbstopferung frei gewählt, während die armen Seelen hier gegen ihren Willen sterben müssen und unter schrillen Schreien ihr Leben aushauchen.

Dennoch ist dieses Ungeheuer genau zum richtigen Zeitpunkt gekommen, denn ich erhalte so die Gelegenheit, die Stadt zu betreten. Man muß es sich vorstellen, als triebe ein riesiger Baumstamm in einem nach einem Unwetter Hochwasser führenden Strom dahin und saugte in seiner Bugwelle das aufgewirbelte Wasser und alle kleinen Teile an, die darin schwimmen. Die Wachen tun ihr Bestes und stellen sich dem Menschenstrom entgegen, um ihn abzudrängen, während sich die spitzen schwarzen Zähne des Fallgatters langsam von oben auf uns herabsenken. Aber etwa dreißig von uns schaffen dennoch den Durchbruch. Ich gehöre auch dazu.

Nachdem ich wie die anderen kurz gezögert habe, entscheide ich mich für eine Seitengasse und flüchte mich zwischen die Häuser, deren Giebel so hoch sind, daß man weder das Sonnenlicht noch den Himmel sehen kann. Nach etwa einer Minute werde ich langsamer, bleibe stehen und blicke mich um. Die dunkle, gewundene Gasse, in der ich mich befinde, ist so kühl, als würden das Kopfsteinpflaster und die Steinplatten unter meinen Füßen niemals von der Sonne berührt. Es sind kaum Menschen unterwegs, und es herrscht eine düstere, bedrückende Totenstille, die sich von dem Tohuwabohu, dem ich gerade entronnen bin, himmelweit unterscheidet. Als ich mich umsehe, kann ich keine Verfolger entdecken. Dennoch fühle ich mich wie ein Eindringling, so als befände ich mich an einem Ort, an dem ich von der Obrigkeit gewiß nicht erwünscht bin. Ich pirsche mich durch ein Gewirr ähnlich schmaler Straßen, um das Tor und die Wachen so weit wie möglich hinter mir zu lassen. Dann entdecke ich den schlanken Kirchturm, der sich wie ein stählerner Speer in den grauen Himmel erhebt. Der Wetterhahn an seiner Spitze blitzt golden auf, und ich steuere darauf zu.

Eine knappe Stunde später sitze ich im Gefängnis.

Kapitel siebenundzwanzig

Uma blickte seufzend ins Leere. Dann schüttelte sie sich und lächelte mir so zärtlich zu, daß ich unmöglich damit gemeint sein konnte; wahrscheinlich hatte sie sich gerade an etwas erinnert. Sie suchte die wenigen Dinge zusammen, die sie stets bei sich trug.

Als sie fort war, nahm Ali wieder seinen Bericht auf. Und so ging es in den kommenden Tagen weiter. Abwechselnd erzählten sie mir ihre Geschichte, bis sie sich wieder zu einem Handlungsstrang verband.

Meine Genesung dauerte lange, *begann Ali.* Wie Peter Marcus sagte, war mein Körper nicht nur von den Durchfällen, den Strapazen während der monatelangen Reise und davon geschwächt, daß ich gezwungen gewesen war, ungewohnte Speisen zu mir zu nehmen. Ein weiterer Grund sei darin zu sehen, daß meine Gesundheit in früher Kindheit von dem Säbelhieb des Sunniten in Mitleidenschaft gezogen worden sei. Da ich stolz auf meine Kraft und Gesundheit war, die ich mir in fast sechzig Jahren – vielleicht sogar noch länger – trotz der ständigen Entbehrungen während meiner Reisen und trotz meiner Behinderung erhalten hatte, zweifelte ich an seinen Worten. Ich hatte sogar fast den Verdacht, daß einige der Tränke, die Prior Peter mir einflößte, das Ziel verfolgten, mich zu schwächen und müder zu machen, als ich eigentlich war. Wie er so häufig anmerkte, hatte er nur selten die Gelegenheit, jemanden kennenzulernen und Gespräche mit ihm zu führen, der so weit gereist, welterfahren und belesen war wie ich und der den weisesten Männern unserer Zeit zu Füßen gesessen hatte. Wir verbrachten sechs Wochen zusammen, also die gesamte Fastenzeit, ohne das Kloster und die Gärten je zu verlassen. Wann immer seine Pflichten, die er, wie bereits gesagt – allerdings nicht aus Gründen der Frömmigkeit – sorgfältig erfüllte, es ihm gestatteten, plauderten und studierten wir gemeinsam.

»Siehst du, mein lieber Ali, meine Stellung hier bringt mich in eine Zwickmühle. Schließlich bin ich Nachfolger und Erbe der drei größten Ingerlonder, die je gelebt und die, jeder für sich, eine Schule des Denkens und ein Wertesystem begründet haben. Wenn die Zeit gekommen ist, wird man diese als das größte Geschenk erkennen, welches die Menschheit unserer Nation verdankt.«

Ich war ausreichend im Bilde, um sicher zu sein, daß die Ingerlonder, die er meinte, Roger Bacon, William von Occam und John Wycliffe waren. Da ich mit ihren Theorien ziemlich vertraut war, wußte ich über ihre Verbindungen zu Oxenford und den Franziskanern Bescheid. Alle drei hatten Oxenford zu ihrer Wahlheimat und zum Zentrum für ihre Forschungen erkoren und waren von der Universität vor Verfolgung geschützt worden.

Bruder Peter hatte das Ziel und den Ehrgeiz, alles über die Lehren und die Lebensweise dieser drei Männer zu sammeln, zusammenzutragen und miteinander zu verknüpfen, und aus den Übereinstimmungen und Überschneidungen zwischen ihren Theorien eine Lebensphilosophie zu formulieren, ein System von Grundsätzen also, auf deren Basis die Menschheit binnen der nächsten tausend Jahre zur Vollkommenheit finden sollte. Zunächst war ich sehr stolz darauf, daß er das Ausmaß anerkannte, in dem sich die Lehren dieser Männer auf die Erkenntnisse der großen arabischen Philosophen beriefen. Insbesondere war damit Ibn Rushd gemeint, den die Christen als Averroes kennen. Zweitens schätzte er meine Einblicke in die hermetischen Lehren von Hassan Ibn Sabbah und meine daraus resultierenden Erfahrungen. Ob er wußte, daß ich ein Eingeweihter war, weil Uma es ihm vor ihrem Aufbruch anvertraut hatte? Oder hatte er es aus dem dünnen Stahldolch – in die Scheide war in arabischen Buchstaben unser wichtigster Grundsatz, nämlich die Zurückweisung der Religion, eingraviert – geschlossen, den er beim Baden in meinem Lendentuch gefunden hatte? Ich wagte nicht, ihn danach zu fragen.

Die Schneeglöckchen – so nannte Peter passenderweise die winzigen, weißen, glockenähnlichen Blumen, die wir in den Bergen gesehen hatten – wurden von Narzissen abgelöst, die wir als Jonquillen bezeichnen. Außerdem wuchsen überall an den roten Backsteinmauern Schöllkraut, Anemonen, Liebstöckel, Levkojen, Vergißmeinnicht und sogar einige Tulpen. Die Tulpenzwiebeln waren ein Geschenk des Ottoman Sufi von der Moschee des Großimams der Derwische in Iconium, der die philosophischen Debatten mit einigen von Peters Brüdern sehr genossen hatte. Mitte März sprachen meine Verdauungsprobleme, insbesondere der heftige und hartnäckige Durchfall, an dem ich gelitten hatte, auf Peters Tränke an. Wir verbrachten die ersten warmen Tage in den Gärten und saßen auf einfachen Bänken, die aus lackierten Latten bestanden. In die Lehnen waren die Namen der weisen Männer eingeschnitzt, die schon in diesen Gärten meditiert hatten und zu bahnbrechenden Ergebnissen gekommen waren. Auch die drei, um die sich der Großteil unserer Gespräche drehte, zählten dazu.

Im Kloster herrschten Ordnung und Sauberkeit. Selbst die Pfade waren mit runden, erbsengroßen Steinchen bestreut. Hinter uns an den Wänden rankten sich nach dem Vorbild der arabischen Gärtner in Spanien Äpfel und Birnen an Spalieren empor, und sogar eine Weinranke zeigte die ersten winzigen Knospen. Der Duft der Narzissen und Osterglocken lag in der Luft.

Unsere Gespräche folgten entweder logischen Mustern oder den Pfaden, auf die unsere schweifenden Gedanken uns führten. Nur selten hielten wir uns an die zeitliche Abfolge, wie sie die Lebensgeschichte und die philosophischen Werke der drei Männer, welche wir zu begreifen und zu ergründen versuchten, eigentlich vorschrieben. Wir verfolgten die Absicht, unsere Erkenntnisse zu einem dichten und wärmenden Kleidungsstück zu verweben, um die verwirrte und hilflose

Menschheit vor den kalten Winden zu schützen, welche aus der Dunkelheit, die unsere Existenz umgibt, heranwehen. Doch ich werde unsere Ergebnisse, mein lieber Mah-Lo, der Verständlichkeit und Übersichtlichkeit halber, ein wenig ordnen.

Zunächst erörterten wir Roger Bacon, der vor etwa zweihundert Jahren gelebt hatte. Da in der Welt der Gelehrsamkeit nichts von selbst entsteht, baute Roger seine Philosophie auf den Thesen der großen arabischen Denker, nicht nur auf Avicenna und Averroes, sondern auch auf Abū Yūsuf Ya'Qū Ibn Ishāq ul-Kindī und Albumazar auf. Vom ersteren der letzten beiden lernte er viel über die Optik und war deshalb in der Lage, die Brille zu erfinden oder sie zumindest sehr zu verbessern, ein Gerät, ohne das wir Gelehrten so blind wären wie die Maulwürfe. Von letzterem bezog er seine mathematischen Kenntnisse und auch sein Vertrauen in die Mathematik, das so weit reichte, daß er sie für so zuverlässig hielt wie die Heilige Schrift.

Doch noch wichtiger als die Brille waren die Prinzipien, auf die Bruder Bacon seine optischen Studien begründete. Selbstverständlich handelte es sich hierbei um die Mathematik, aber auch um die aus Erfahrung und Experiment gewonnenen Kenntnisse.

Sicher fragst du dich jetzt, was ein Experiment ist (*und ich muß sagen, daß Ali in diesem Moment so lebhaft wurde, wie ich ihn noch nie gesehen hatte; die Philosophie schien eine anregende Wirkung auf ihn auszuüben*). Man beobachtet ein Phänomen – sagen wir mal, wie das Sonnenlicht durch eine Linse zu einem dünnen Strahl gebündelt wird, und zwar auf eine Fläche, die schräg zur Position der Sonne im Himmel steht. Dabei erkennst du, daß der Abstand zwischen Linse und Fläche, auf der der Lichtpunkt zu sehen ist, je nach der Stärke der Linse kleiner und heller wird. Daraufhin stellst du eine algebraische Formel auf, die dir gestattet vorherzusagen, welcher Abstand bei welcher Linsendicke vonnöten ist, um die perfekte Schärfe zu erreichen. Und zu guter Letzt überprüfst du die Korrektheit deiner algebraischen Formel, indem du mit ihrer Hilfe wiederholt die Stärke der Linse bei bekanntem Abstand und umgekehrt vorsagst. Algebra? Das ist eine mathematische Methode, die von Muhommad ben Musa a-Khwarizmi entdeckt wurde. Wenn ein Experiment, das wiederholt werden kann, oder die kontrollierte Beobachtung eines Phänomens die mathematische Hypothese bestätigen, kannst du sicher sein, daß du auf eine wahre Tatsache gestoßen bist. Wissen, oder *scientia*, wurde erworben.

Anfangs glaubte Bruder Bacon, daß auf diese Weise gewonnenes Wissen mehr wert sei als ein *groat* (in Ingerlond eine kleine Geldsumme, lieber Mah-Lo, die dem Tageslohn eines gelernten Arbeiters entspricht), doch natürlich durfte er das nicht öffentlich verkünden. Und warum? Weil er so den Wahrheitsanspruch der göttlichen Gesetze und des göttlichen Willens geleugnet hätte, wie die Heilige Schrift sie uns überliefert und wie unsere Mutter Kirche sie deutet. Diese eifersüchtigen Götter hätten ihn bei lebendigem Leibe verbrannt, wenn er sich gegen sie gewendet hätte.

Allerdings wagte er sich ziemlich weit vor, indem er die vier Gründe der Unwissenheit aufzählte: die Verneigung vor der falschen Autorität, die Gewöhnung an das Alte, die dummen Vorurteile und der Stolz auf die angebliche Weisheit. Wenn man genauer darüber nachdachte, fügte Peter hinzu, beschrieben drei dieser vier Ursachen ziemlich genau die Methode, mit der die Heilige Schrift und die Kirche zu den Grundsätzen gelangt seien, an die wir glauben sollen …

Irgendwann fragte ich Bruder Peter, was er vom Mythos des Kopfes aus Messing hielte, der angeblich von Bacon stammte. Es hieß, dieser Kopf habe über prophetische Kräfte verfügt, allerdings nur den banalen Satz »Die Zeit war, die Zeit ist, die Zeit ist gewesen« von sich gegeben, bevor er in tausend Stücke zerborsten sei. Die dabei entstandenen Atome stellten laut Demokrit die Grundbausteine der Materie dar. Mein neuer Freund senkte die Stimme, blickte sich um, um sich zu vergewissern, daß niemand in Hörweite war, und murmelte dann: »Schießpulver, so wie man es benutzt, um eine Flinte oder eine Kanone abzufeuern. Er war der erste, der es tat, und er verwendete dazu eine riesige Kirchenglocke aus Messing mit einer riesigen Öffnung, an deren Rand diese Worte geschrieben standen.«

»Warum flüsterst du? Schießpulver ist doch nichts Geheimnisvolles. Man setzt es in der Schlacht und bei Belagerungen von Bristol bis nach Bombay ein.«

Bruder Peters Stimme blieb leise. »Warum, glaubst du, ist die Messingkanone explodiert?«

Ich überlegte eine Weile. »Weil Bruder Bacons Schießpulver besser war, als er gedacht hatte?«

»Genau. Durch Experimente und mathematische Berechnungen hatte er die Rezeptur gefunden, die bis auf die letzte Prise stimmte. Und so erzeugte er ein Pulver, das wirksamer und zuverlässiger war als alles bisher.«

Mein Herz schlug schneller. Endlich schien eines der Ziele, die uns über die halbe Welt auf diese barbarische Insel geführt hatten, nämlich die neuesten Erfindungen auf dem Gebiet der Rüstung kennenzulernen, zum Greifen nah.

»Hast du das Rezept in Oxenford?«

»Hier auf Osney. Aber natürlich verschlüsselt.«

»Warum verschlüsselt?«

»Seine Vorgesetzten und der Orden selbst hatten nichts gegen seinen Forscherdrang einzuwenden. Den Großteil seines Lebens gestattete man ihm, ungestört Berechnungen und Experimente anzustellen. Allerdings nur unter der Bedingung, daß er die Ergebnisse seiner Arbeit denen vorenthalten würde, denen die Disziplin fehlt, sie mit der nötigen Sorgfalt und mit Respekt zu behandeln. In anderen Worten, es sollte verhindert werden, daß jemand sie mißbrauchte, um sich persönlich zu bereichern oder die Lehren der heiligen Kirche anzugreifen. Und deshalb wurden die Texte verschlüsselt.«

»Aber du kannst sie lesen?«

Peter tippte sich mit dem Zeigefinger an den Nasenflügel. »Vertrau mir«, erwiderte er. »Roger hatte nicht die Absicht, sein Licht unter den Scheffel zu stellen. Um seinen Code zu knacken, braucht man kein Kryptologe zu sein. Er hat einen losen Faden heraushängen lassen. Ein kräftiger Ruck daran, und alles fällt auseinander.«

Kapitel achtundzwanzig

Ich verbringe die Fastenzeit tatsächlich mit Büßen, und zwar in einer winzigen Zelle, die kaum anderthalb Meter lang, einen Meter breit und einen Meter zwanzig hoch ist. In der Mitte ist das Gewölbe dreißig Zentimeter höher. Als Tür dient ein schmiedeeisernes Gitter, hinter dem sich ein Flur mit vielen anderen Zellen, so ähnlich wie meine, befindet. Die Wände bestehen aus rauhem, unverputztem Stein und werden von losen Mörtelklumpen zusammengehalten, von denen ich später noch mehr berichten werde. Wenn es regnet, sammelt sich dort ein Wasserschleier, der fast an einen Vorhang erinnert. Er läuft an der Wand herunter, bildet eine Pfütze auf dem Boden und fließt unter den Gitterstäben auf den Flur hinaus. Auf dem Boden liegt ein Strohhaufen, der wöchentlich gewechselt wird.

Natürlich bin ich allein. Anfangs gab es hier noch eine Mäusefamilie, aber ich habe die Mäuse aufgegessen. Das war dumm von mir, denn wenn ich die trächtigen Weibchen hätte austragen lassen, hätte ich jetzt mehr Mäuse. Vielleicht hätte ich sie züchten und somit meine Ernährung etwas anreichern können. Diese besteht aus Brotkrusten, die an den meisten Abenden unter den Gitterstäben durchgeschoben werden. Zwischen dem Stroh finden sich manchmal ein paar Getreidekörner, hin und wieder sogar eine ganze Ähre.

Der Mörtel wurde meiner Ansicht nach mit zu viel Sand angemischt und wird durch die eingelagerten Quarzsplitter noch bröckeliger. Am zweiten Tag gelingt es mir, einen davon herauszustochern, der etwa zweieinhalb Zentimeter lang ist und eine scharfe Spitze hat. Ihn und seine Nachfolger benutze ich dazu, mich durch den Mörtel zu kratzen und zu bohren. Heute, ungefähr vier Wochen später, bin ich endlich auf Tageslicht gestoßen, das erste, das ich seit einem guten Monat zu Gesicht bekomme. Das leicht gekrümmte Loch ist gerade groß genug, daß ich die Hand und den Arm bis zur Schulter nach draußen strecken kann. Die Wirkung, die das auf mein Gemüt hat, kann ich kaum in Worte fassen: Die ersten beiden Gelenke meines Zeigefingers werden von der Sonne beschienen.

Ich stelle mir vor, wie es von draußen aussehen muß: die kahle Wand auf der Rückseite eines Anbaus der Gildhalle; ein plötzliches Rieseln von Mörtel und Sand an einer Stelle, wo die drei Ecken eines Steins nicht so aufeinandertreffen, wie sie eigentlich sollten. Und dann ein kleiner brauner Finger, der sich hindurchstreckt und wackelt. Auf welcher Höhe befinde ich mich? Dreißig Zentimeter über einer Seitengasse? Einen Meter achtzig? Oder gar noch höher? Wird man mich bemerken? Was wird in diesem Fall geschehen? Ich drehe und winde mich und ziehe meinen Arm zurück. Wie ich diese Leute einschätze, würde es mich nicht wundern, wenn man mir die Finger mit einem Stein zermalmt, sie mit einem Messer abschneidet oder sie sogar abbeißt. Also lege ich mein Auge an das Loch und kann trotz der Krümmung im Tunnel das Sonnenlicht spüren. Dann presse ich das Ohr dagegen. Ich höre eine Glocke in der Ferne, Hufgetrappel auf Kopfsteinpflaster und, ein wenig näher, die heisere Stimme einer Frau, die beteuert, daß die Kohlköpfe, die sie feilbietet, jetzt, im Frühjahr, ganz frisch geerntet worden seien, weshalb man sie ihr unbesorgt abkaufen könne.

Also ist diese Zelle vielleicht doch eher ein Mutterschoß als ein Grab, so daß das nackte Kind, das darin gefangen ist, einen Geburtskanal finden wird. Warum auch nicht? In der fast völligen Dunkelheit, an die sich meine Augen einfach nicht gewöhnen konnten, habe ich es geschafft, die Größe der Mörtelfläche zu ertasten, die ich bearbeitet habe. Sie hat mindestens den Umfang meines Kopfes – und wie jeder Zauberer weiß, kann der restliche Körper durchschlüpfen, solange nur der Kopf paßt ... wenn man sich geschickt genug anstellt. Ich krieche herum, suche meinen neuesten Quarzsplitter und mache mich daran, das angefangene Loch zu vergrößern. Natürlich ist es eine eintönige Plackerei. Man muß kratzen und kratzen, den Mörtel durch Drehungen lockern und dann den gelösten Staub und Kies mit gebogenen Fingerspitzen aus dem Loch herausziehen. Hin und wieder bluten meine Finger, und inzwischen kann ich das Blut auch sehen. Bis jetzt habe ich es nur geschmeckt. Doch da meine Aufgabe keine geistige Konzentration erfordert, kann ich meine Gedanken schweifen lassen.

Endlich habe ich wieder die Gelegenheit, das zu tun, was mir am meisten Freude bereitet, nämlich mich sorgfältig und genüßlich mit meinen körperlichen Empfindungen zu befassen: Meine Schenkel sind verkrampft, ich friere an den Fußsohlen, meine Schultern sind steif, und der harte Sand, der Zement und die Quarzsplitter fühlen sich trocken, kratzig, grob und unangenehm an. Außerdem habe ich Hunger, der wie ein Krebsgeschwür in meinen Eingeweiden wütet. Nur durch unsere Sinne wissen wir, daß wir leben, und nur sie ermöglichen es uns, das Beste daraus zu machen.

Allerdings muß ich zugeben, daß ich meinen Aufenthalt in dieser Mischung aus Grab und Mutterschoß allein meiner Dummheit zu verdanken habe.

Ich trat auf einen offenen Platz hinaus. Auf der einen Seite erhob sich eine riesige Kirche, wahrscheinlich die anmutigste, die mir auf meinen Reisen untergekommen ist. Sie ist wohl kleiner als St Paul's, nicht ganz so ehrfurchtgebietend wie Nôtre Dame in Paris, erhebt sich aber schier endlos in den Himmel mit emporragenden Steinbrücken, geformt wie die Rippen eines Vogels, die die Kräfte ausgleichen, mit denen das Gewicht des Daches die Wände nach außen drückt. Diese Wände sind von so vielen Fenstern durchlöchert, daß es den Eindruck macht, als bestünden diese nur aus Säulen und Glas. Der Betrachter läßt das Auge – und auch die Seele, wie der Erbauer vermutlich sagen würde – hinauf zum Turm, zur Kirchturmspitze und von dort aus in den Himmel schweifen, wo nach Ansicht dieses Volkes die drei Götter mitsamt ihrer

Mutter wohnen. In ihrer Unvernunft beharren die Leute hier darauf, daß diese drei Götter in Wirklichkeit ein einziger sind.

Die großen Türen am westlichen Ende standen offen, und es herrschte ein reges Kommen und Gehen, so daß ich mich aus lauter Neugier den Leuten anschloß. Drinnen wurde eine Reihe von übereinander angelegten Balkonen durch hohe Säulen gestützt. Der Großteil des Steins hatte eine samtighellgraue Farbe, doch einige der Säulen bestanden aus schwarzem Marmor und verzweigten sich hinauf zum Dach wie gewaltige, fächerförmige Blätter, versehen mit einem Äderwerk aus Stein. Bei uns gibt es in den Wäldern oberhalb der Küste von Coromandel Bäume mit so riesigen Blättern, doch in Ingerlond oder Francia habe ich nie dergleichen gesehen. Das wunderbarste an ihnen ist angesichts ihrer Höhe, daß sie in leuchtenden blauen, roten und goldenen Farben bemalt sind und nicht in Grün, wie es sich eigentlich für Bäume geziemen würde. Sie sind fast so prachtvoll wie die Gemälde, Kacheln, Intarsien und Emaillearbeiten, welche die Tempel bei uns zu Hause schmücken.

Auch die gläsernen Wände sind überall bemalt. Manche bilden Muster, andere stellen Bilder dar, die das Leben ihrer Heiligen und *sadhus* schildern. Doch die prächtigsten und wunderschönsten Fenster sind die großen Rosetten, die hoch oben in die Wände an den Schmalseiten eingelassen sind. Sie sind hauptsächlich in einem ehrfurchtgebietenden, tiefen Blau gehalten und dem Leben und dem Ruhm Marias gewidmet. Ganz gleich, was diese Christen auch denken mögen, ist sie ganz sicher eine Verkörperung von Parvati oder Uma, wie man sie manchmal auch nennt. Als ihre Dienerin bin ich nach ihr benannt.

Allerdings regiert in diesem Land zumeist nicht Parvati, sondern Kali, selbst wenn man sie nie zu Gesicht bekommt, denn der Tod ist allgegenwärtig: in dem Mann, der blutend am Kreuz hängt, in den Darstellungen des Märtyrertums und auch darin, wie die *sadhus* die Gerätschaften umklammern, mit denen sie zu Tode gefoltert wurden, als handle es sich um

Auszeichnungen. Katharina mit ihrem Rad, Laurentius mit dem Scheiterhaufen und viele Hunderte mehr. Außerdem treibt sich Kali auch in den unterirdischen Arkaden und Wandelgängen herum, denn hier befinden sich die Gräber der Bischöfe und Adeligen, auf denen – einige in Rüstung, andere in Amtstracht – Statuen ihrer Leichname liegen. Einige Gräber werden sogar von grausigen Skeletten aus Stein geziert, über die noch die Würmer kriechen.

An diesem Ort werden sowohl die Verzückung der Heiligen als auch die Leiden des Todes gezeigt, allerdings ohne Raum zu lassen für die Liebe und das Wissen um die Freuden, die uns auf unserer Pilgerfahrt von der Dunkelheit durch das Licht und zurück in die Dunkelheit erwarten. Was für eine Religion ist das nur, die den Verstand hinauf in den blauen Himmel trägt, während sie sich gleichzeitig dauernd mit Kadavern befaßt?

Ich habe meine eigene Erklärung dafür: Indem die Kirchenmänner und Fürsten Pracht und Todesangst miteinander verknüpfen, sichern sie sich die Herrschaft über die Seelen des Volkes, das für sie Sklavenarbeit verrichtet. Die Kathedralen überwältigen die Sinne mit der Verheißung einer Verzückung, die sich stets knapp außerhalb der menschlichen Reichweite befindet und letztlich nur im Tod errungen werden kann. Gleichzeitig versetzt die geistliche und weltliche Obrigkeit die Menschen in Todesangst und droht mit ewigen Martern. Aber es herrschen hier nicht nur Farben und Licht, sondern auch Reichtümer in Form von Kreuzen, Gemälden und Gewändern. Wolken von Weihrauch steigen aus den geschwenkten Ampeln auf, die aus poliertem Silber bestehen. Musik aus Flöten, Pfeifen, Oboen, Trompeten, Posaunen und Trommeln erklingt, und es wird auch gesungen. Außerdem spielt jemand auf einer Reihe von Pfeifen, durch die man mit einem Blasebalg Luft pumpt, während man gleichzeitig auf kleine Stückchen aus mit Elfenbein überzogenem Holz drückt und damit verschiedene Töne erzeugt. All diese Pracht appelliert an sämtliche Sinne, mit Ausnahme des allerwichtigsten, des Tastsinns, und kann zu einer Euphorie führen, die mit dem durch den Genuß von *bhang* erzeugten Rausch vergleichbar ist. Fast könnte man meinen, im Himmel zu sein – zumindest stellt man sich das Paradies so vor.

Dieser Himmel ist der Lohn, den die Kirchenfürsten und Prinzen ihren Sklavenhorden versprechen, wenn sie die ihnen von Gott zugeteilte Aufgabe erfüllen und nicht versuchen, sich über ihren gesellschaftlichen Rang zu erheben oder dem Elend zu entrinnen, in das sie hineingeboren sind. Es handelt sich nicht nur um eine Verheißung, sondern auch um eine Drohung, denn der gute und verzeihende Gott läßt die Seelen derer, die sich gegen sein Wort auflehnen, in ewiger Verdammnis schmoren. Auch das wird hier dargestellt, und zwar in den unteren Etagen dieses Gebäudes.

Darin genau liegt der Unterschied zwischen dieser Religion und der unsrigen, der sich auch in der Verschiedenartigkeit unserer Tempel zeigt. Ihre Kirchen erheben sich scheinbar schwerelos, um die Gläubigen in die Vollkommenheit des Himmels hinaufzutragen, strafen alles Irdische mit Verachtung und tun es als verderbt ab, während sie sich gleichzeitig ständig mit dem Grauen beschäftigen. Unsere Tempel hingegen, so groß und prächtig sie auch sein mögen, versuchen nicht, ihr Gewicht zu leugnen, sondern stehen fest auf der Erde, die sie verherrlichen.

Diesen Gedanken nachhängend, schlendere ich durch das Gebäude, das einem Halbgott namens Michael geweiht ist, einem Kriegerengel, der angeblich den Teufel in die Hölle verbannt hat. Dieser wird hier als Drache oder als Schlange dargestellt, in dessen Kehle Michaels Speer steckt. Schließlich trete ich wieder auf den Platz hinaus.

Mir gegenüber steht ein weiteres Gebäude, fast so prachtvoll wie das erste, mit einer Fassade aus kunstvoll behauenem Stein und bemalten und mit Blattgold verzierten Statuen in Nischen, die an die in der Kirche erinnern. Dieses Gebäude verfügt über viele Räume und Vorzimmer; darunter und dahinter befinden sich – wie ich inzwischen nur allzugut weiß –

verschiedene Kerker und Folterkammern. Es ist, zumindest dem Namen nach, ebenfalls der heiligen Maria oder Parvati gewidmet, dient aber in Wahrheit dem Handel und dem Abwickeln von Geschäften. Es ist die neue Gildhalle, die zur Zeit jedoch nicht für den Zweck genutzt wird, für den man sie erst kürzlich erbaut hat. Denn seit etwas über einem Jahr wird sie von König Henry und Königin Margaret, ihrem Hofstaat und ihren höchsten Regierungsbeamten bewohnt.

Als ich aus der Kirche auf den Platz komme, wo sich auch ein paar Marktbuden befinden, beobachte ich ein paar Krähen, die krächzend darüber hinwegsegeln und vermutlich erörtern, auf welches Sims sie ihr Nest bauen sollen. Plötzlich höre ich eine Fanfare, und eine Abteilung Soldaten erscheint im Haupttor der Gildhalle. Die Soldaten marschieren die Treppe hinunter auf den Platz und gesellen sich zu ihren Kameraden, die sich bereits in Formation aufgestellt haben. Sie bilden eine Absperrung zwischen dem Volk ... und der Kanone, hinter der ich durch das Stadttor geschlüpft bin.

Nach den Soldaten erscheint eine kleine Gruppe, zu der der König, die Königin und ein siebenjähriger Junge gehören, offenbar der Sohn der Königin. Wie ich mich erinnere, hat Eddie March mir erzählt, daß der König vermutlich nicht der Vater des Knaben ist. Die königliche Familie bleibt oben auf der Treppe stehen und blickt auf den Platz und die Kathedrale hinab. Dann steigen sie hinunter, um das bedrohliche Rohr auf Rädern zu begutachten, vor dem, dampfend und mit den Hufen scharrend, die mit Federn geschmückten Maultiere stehen.

Unten an der Treppe sind nicht viele Menschen, nur die Soldaten, die die Kanone bewachen. Deshalb hält niemand mich auf, als ich durch eine Arkade aus schwarzem Holz schlüpfe, hinter der sich einige Ladentüren befinden. Ich erreiche den Anfang der Treppe, die ich hinaufeile, um das königliche Paar zu betrachten und vielleicht sogar zu belauschen. Hoppla! Ja, ausgezeichnet! Ein Stück Mörtel ist aus der Oberseite meines Tunnels gebrochen, und mit ein wenig Geschicklichkeit gelingt es mir, es endgültig zu lösen. Es hat den

Umfang einer Kokosnuß, und das beste daran ist, daß der Stein darüber nun ein wenig zu wackeln beginnt wie ein loser Zahn im Maul eines Riesen. Wenn ich nur etwas Größeres als diese Quarzsplitter hätte, um es als Hebel zu benutzen …

Wo war ich stehengeblieben? Ach, ja, ich befinde mich auf der Vortreppe der Gildhalle und starre die königliche Familie an, die ein Stück unter mir und seitlich von mir steht. Königin Margaret gehört zu den Leuten, die in einer Menschenmenge stets alle Blicke auf sich ziehen. Für eine Frau ist sie mittelgroß, also kleiner als die meisten Adeligen und Höflinge, die sie umringen, hat aber dennoch Charisma und Ausstrahlung. Sie ist dreißig Jahre alt und auf dem Höhepunkt ihrer Schönheit und ihrer körperlichen und geistigen Blüte. Ihre Haltung ist kerzengerade, und ihr Kopf ruht auf einem langen, elfenbeinfarbenen Hals, den sie ein wenig nach hinten neigt, so daß man ihr wohlgeformtes Kinn bewundern kann. Auch ihre Nase ist zierlich, was den leichten Höcker auf dem Nasenrücken ein wenig abmildert. Ihre Augen sind klein, mit schlaffen Lidern, allerdings durchdringend und blau, schauen aufmerksam in alle Richtungen und fixieren die Menschen, die sie ansprechen, mit strengen Blicken. Das Haar trägt sie unter einer Samtkappe und einer mit Juwelen besetzten Goldkrone aufgesteckt. Ihr purpurfarbenes Gewand ist schlicht, aber mit Perlen bestickt und mit Gold eingefaßt. Auch ihre Schuhe bestehen aus goldenem Stoff. Ihre Hände sind schmal mit langen Fingern, die nur selten stillstehen und mit unzähligen Ringen bedeckt sind.

Sie könnte sich nicht stärker von ihrem Mann unterscheiden. Obwohl er nur zehn Jahre älter ist als sie, wirkt er doppelt so alt. Er ist hochgewachsen und mager und mit einer braunen Samtkappe und einem braunen, fleckigen Wollwams bekleidet. Sein Blick aus rotgeränderten Augen ist unstet, und er hat einen schlurfenden Gang. Seine schmalen Lippen sind ungewöhnlich rot, aber, wie ich glaube, nicht geschminkt. Sein einziges Schmuckstück oder Rangabzeichen besteht aus einer dicken Goldkette mit glanzlosen Granaten, bei der sich S-förmige Glieder mit viereckigen abwechseln. Daran baumelt ein geschmücktes Kreuz mit Perlen zwischen den Balken.

Der König unterscheidet sich nicht nur von seiner Frau, sondern auch von den Lords, die ihn umgeben. Sie alle wetteifern wie die Pfaue um das auffälligste Äußere und tragen geschlitzte und geraffte Wämser, jede Menge Schmuck und dazu militärische Ausrüstungsgegenstände wie mit Gold verzierte Brustpanzer und mit Edelsteinen besetzte Dolche. Das sind die Männer, über die wir die Yorkisten haben schimpfen hören, die Lieblinge der Königin, welche die Staatskasse ausgeplündert und dem König das Land abgenommen haben und von deren Steuern die Regierung des Reiches abhängig ist.

»Ein Prachtstück«, ruft die Königin aus, »das uns Lord Beaumont da mitgebracht hat.« Ihre Stimme ist der unangenehmste Zug an ihr, denn sie klingt schrill und häufig schmollend. »*Onrie*, komm her, und sieh dir dieses Prachtstück an.«

Sie hat einen eindeutig französischen Akzent, obwohl sie schon seit fast fünfzehn Jahren Königin von England ist, so daß »Henry« sich bei ihr wie »Onrie« anhört.

»Aber was sollen wir damit anfangen?« fährt sie fort. »Sie ist viel zu groß und zu unhandlich, um sie in die Schlacht mitzunehmen.«

Sie wendet sich an einen schlanken, dunkelhaarigen Mann, der mir bis jetzt kaum aufgefallen ist. Nun erkenne ich ihn als einen Kammerherrn des Herzogs von Somerset, dem wir in der Festung Guisnes am Rand von Calais begegnet sind.

»Mountfort, Ihr kennt Euch dort doch aus. Wäre mein Lord Somerset in der Lage, mit diesem Ding ein Loch in die Mauer von Calais zu schießen und die Stadt einzunehmen?«

»Ja, in der Tat, Ma'am. Wenn ich die Kanone zu ihm hinschaffen könnte ...«

Der König beginnt zu stammeln und will offenbar etwas sagen. Die kleine Gruppe verfällt in Schweigen, allerdings ziemlich widerstrebend, als täte sie einem Greis oder einem altklugen Kind einen Gefallen.

»Würden die Franzosen so ein Loch nicht ausnützen, um Lord Somerset in die Stadt zu folgen?« bringt der König schließlich heraus.

Einige Lords nicken zustimmend, doch die Königin will nichts davon hören.

»*Onrie*, du hast doch keine Ahnung von solchen Dingen. Warum gehst du nicht und setzt dich wieder an deine Bücher. Liest du nicht gerade Chaucers Übersetzung von Boethius‹ ›Trost der Philosophie‹? Es ist gewiß sehr spannend.«

Als sie mit den Fingern ein Zeichen gibt, nehmen zwei Diener den verwirrt wirkenden Mann an den Ellenbogen und führen ihn weg. Einer der beiden ist hochgewachsen und bleich und trägt einen schwarzen Hut, der andere ist klein, dick und schmuddelig. Ich lerne sie später noch näher kennen – der Große heißt John Clegger, der Dicke Will Bent.

Dann packt die Königin, die sich freut wie ein Kind über ein neues Spielzeug, ihren Sohn an der Hand und läuft mit ihm die Stufen hinunter zur Kanone. Einer der Lords hebt den Jungen hoch und setzt ihn rittlings auf den Lauf, während die Königin sich ernst mit einem der anderen Adeligen bespricht. Zweifellos erörtern sie die Einsatzmöglichkeiten für diese neue Waffe. Der kalte Wind weht ihr das dünne Kleid gegen die Brüste, so daß ihre Brustwarzen zu sehen sind. Der Lord, dessen eine Hand liebkosend über die Kanone streicht, bekommt rote Flecken am Hals. Im selben Moment spüre ich, daß jemand hinter mir steht, und eine schwere Hand senkt sich auf meine Schulter.

Ich glaube, ich habe es wirklich geschafft, meinen Riesenzahn zu lockern. Noch zehn Minuten, und ich bin soweit.

Es ist wirklich jemand hinter mir, und zwar Mountfort, dieser Mistkerl.

»Dich habe ich doch irgendwo schon mal gesehen, oder irre ich mich? Warst du nicht mit diesen Burschen aus dem Orient zusammen, die in Guisnes Station gemacht haben?«

Kapitel neunundzwanzig

Etwa eine Woche nach unserem Gespräch über Roger Bacon – es war vermutlich im April, denn ich erinnere mich, daß es ständig leicht nieselte, so daß wir das Haus kaum verlassen konnten – wandten wir uns dem zweiten von Bruder Peters bedeutenden Engländern zu. Wir saßen in seinem oberen Zimmer inmitten seiner Bücherregale in bequemen Sesseln, als er mit einem apologetischen Angriff auf Avicenna begann, dessen Deutung von Aristoteles auf der Interpretation des *Stagyritus* des Neuplatonikers Porphyrios basiert. Auf der Grundlage von William von Occam und auf seine Schriften sowie gelegentlich auf das *Organon* von Aristoteles anspielend, bewies er, wie die Neuplatoniker Aristoteles' Überlegungen, was das Wahrsein, Dasein und Was-Sein betraf, verdreht hatten. Diese setzten einen über alle Bestimmungen erhabenen Gott voraus, aus dem nicht durch Schöpfung, sondern durch wesensnotwendige Ausstrahlung alle Seinsformen hervorgingen. Zuerst der Geist, dann die Seele und die Bereiche der Erscheinung bis hinab zur Materie. So habe die Bezeichnung »Katze« – und bei diesen Worten streichelte mein Freund eine getigerte Schönheit namens Winnie, die häufig auf seinem Schoß schlief oder schnurrend dort saß – im göttlichen Denken bereits als der Inbegriff aller Katzen bestanden, noch ehe die erste Katze erschaffen worden sei. Keine Katze, die jemals gelebt habe, sei eine vollkommene Katze, da die Materie niemals mit der Perfektion einer Idee mithalten könne.

»Doch das«, fuhr Peter fort, während er Winnie an der Kehle und an der Stirn kraulte, auf der ein »W« zu sehen war, »würde bedeuten, das zu leugnen, was Winnies wichtigste und eindeutigste Eigenschaft ist, ihre Individualität, die sie einmalig macht, wodurch sie sich von allen anderen bisher dagewesenen Katzen unterscheidet. Sie ist auf ihre eigene Weise vollkommen. Ob sie der Inbegriff einer Katze ist oder nicht, vermag ich nicht zu beurteilen, jedenfalls ist sie der Inbegriff von Winnie.«

»Aber, aber«, widersprach ich. »Katzen haben doch viele gemeinsame Eigenschaften. Abgesehen von ihrem Aussehen und ihrem Körperbau weisen sie auch identische Verhaltensmuster auf. Sie putzen sich auf dieselbe Weise. Sie fressen und trinken auf dieselbe Weise. Sie jagen auf dieselbe Weise. Ich könnte noch mehr Punkte aufzählen, doch du weißt ja, was ich meine. Du kannst nicht abstreiten, daß es eine Idee gibt von dem, was wir als ›Katze sein‹ bezeichnen und das all diese Merkmale einschließt.«

Ein langes Schweigen entstand zwischen uns. »Du warst offenbar noch nie Besitztum einer Katze«, meinte Peter schließlich.

Sein kühler Tonfall ärgerte mich fast genauso wie seine alberne Formulierung. Vielleicht war ich damals auch reizbarer als gewöhnlich, wie es bei genesenden Kranken häufig der Fall ist.

»Nein«, erwiderte ich. »Ich habe Katzen gern, doch sie mögen das Reisen nicht, und ich habe mich seit meinem achten Lebensjahr nie länger als sechs Monate an einem Ort aufgehalten. Abgesehen von der Zeit in den Bergen, wo ich das Wissen erwarb, über das ich heute verfüge.«

»Dann gestehe mir zu, daß ich besser über die Natur von Katzen Bescheid weiß als du.«

»Genau das ist es ja«, rief ich aus, beugte mich vor und tippte ihm aufs Knie, so daß Winnie auf den Boden sprang und mit einem Miauen zur Tür lief. »Du sprichst von der Natur der Katzen. Doch damit meinst du doch sicher ihr unveränderliches Wesen, die Eigenschaften also, die ihnen allen gemeinsam sind.«

»Nein, lediglich jene, die wir betonen, um sie von anderen uns bekannten Tieren ähnlicher Größe abzugrenzen. Ich bitte dich nur, folgendes zu überdenken: Es liegt in der Natur von Katzen, sich voneinander zu unterscheiden. Glaub mir. Und zwar nicht wegen der Verderbtheit der Materie in Folge des menschlichen Sündenfalls oder wegen eines ähnlichen Schwachsinns, sondern weil Katzen nun eben einmal so sind.«

Wenn ich einen Streit vermeiden wollte, war es anscheinend ratsam, das Gespräch auf eine höhere Ebene zu lenken.

»Würdest du das auf alles, also auf jedes Phänomen der wahrnehmbaren Welt, anwenden?«

»Ich, Aristoteles und William von Occam. Ja, darin sind wir uns einig.«

Ein Sonnenstrahl durchdrang die Regenwolken und beschien kurz den Tisch zwischen uns.

»Selbst auf zwei Staubkörnchen?«

»Vergiß nicht«, sagte Bruder Peter, »daß zwei Staubkörnchen nie gleichzeitig denselben Platz einnehmen können. Zumindest in dieser Hinsicht unterscheiden sie sich. Und ich glaube, daß wir, wenn wir ausreichend starke Linsen schleifen und damit selbst μικρο Teilchen beobachten könnten, in der Lage wären, Unterschiede zwischen ihnen zu erkennen. μικρο ist das griechische Wort für *sehr klein* ...«

»Ich weiß sehr wohl, was μικρο heißt. Ich wollte doch damit nur sagen, daß wir Wörter dazu benützen, Dinge voneinander abzugrenzen. Das Wort ›Katze‹ hat eine festgelegte Bedeutung. Vertritt so ein Wort denn nicht eine Idee, eine Essenz also?«

»Einen Typus ja, eine Essenz nein. Obwohl ich es vorziehen würde, anstatt Typus das Wort ›Spezies‹ zu verwenden und ›Allgemeines‹ anstelle von ›Wesen‹ oder ›Essenz‹.«

»Jetzt verstehe ich gar nichts mehr. Du tauschst einfach nur die Begrifflichkeiten. Damit hast du aber noch nichts bewiesen.«

»Das liegt daran, daß du Wörtern zu viel Bedeutung beimißt. Wörter sind Werkzeuge. Sie sind zwar nützlich, enthalten für sich genommen jedoch nicht die Wahrheit. Es ist zweckmäßig, ein Bier als Bier zu bezeichnen, weil damit eine bestimmte Spezies von Getränk gemeint ist. Es ist nützlich, weil ich auf diese Weise ›Möchtest du ein Bier?‹ fragen kann, und du daraus schließt, was ich dir anbiete. Aber das heißt nicht, daß es ein Wesen des Biers, den Inbegriff eines Biers im göttlichen Denken gibt. Ganz gewiß nicht. Wenn man es andersherum betrachtet, weist das Wort genau aufs Gegenteil hin, denn wir können damit ausdrücken, daß dieses Bier sich von jenem Bier unterscheidet und daß jenes Bier besser ist als dieses Bier. Magst du übrigens das hiesige Bier?«

Wir beide tranken einen Schluck. Ich gestattete mir im Kloster Bier, denn Peter hatte mir versichert, daß es nicht stark sei. Außerdem stamme das einzig verfügbare Trinkwasser auf der Insel aus dem Fluß und sei nicht sehr sauber.

»Ja«, antwortete ich. »Und es schmeckt anders. Du hast recht.«

»Das liegt daran, daß dieses Bier aus einer bestimmten Art von Hopfen gebraut wird. Einige unserer hussitischen Brüder aus Pilsen in Böhmen haben uns einen Sack davon geschickt. Aber wir sollten uns jetzt wieder William von Occam zuwenden. Laß mich zusammenfassen, was er über Wörter gesagt hat. Es gibt Ausdrücke der Absicht erster Ordnung, wie wir die Wörter nennen, die einzelne Dinge benennen und die wir, zumindest im Englischen, mit einem Artikel versehen: *die* Katze an *der* Tür. *Diese* Katze an *jener* Tür. Da ist *eine* Katze an *der* Tür. Weiterhin sind da noch die Wörter, mit denen man eine Absicht zweiter Ordnung benennt, sowie Allgemeinheiten, Arten und Spezies. Katzen mögen Fisch. Katzen putzen sich hinter den Ohren, bevor es regnet. Eine Allgemeinheit kann auf eine Vielzahl von Dingen hinweisen, in diesem Fall auf die unterschiedlichen Merkmale, die gemeinsam eine Katze ausmachen. Allgemeinheiten haben kein eigenständiges Sein, sondern existieren nur in Form von Eigenschaften einer individuellen Katze.«

»Hmmm«, brummte ich.

»So benutzte Wörter sind lediglich Werkzeuge«, wiederholte Peter. »Wir verwenden sie aus Gründen der Bequemlichkeit, da sie nicht etwas beschreiben, das eine eigene Realität besitzt. Nur individuelle Dinge haben diese Realität. So dachte Aristoteles, wenn man ihn richtig deutet. Und auch Occam meinte es, als er sagte: ›*Essentia nunc sunt multiplicanda praeter necessitatem.*‹ Eine strenge Aussage, die tiefe Wunden schneidet, da sie bedeutet, daß man Prinzipien nicht grundlos vermehren darf. Und letztlich ist Gott, der wichtigste Akteur und das einzig notwendige Prinzip. Und«, bei diesen Worten senkte er die Stimme, denn das, was er nun sagen wollte, war höchst umstritten, »vielleicht reicht er, oder es, bereits lange, lange Zeit zurück. Möglicherweise war es lediglich ein Knall, ein großer Knall wie der beim Zerschellen des Messinghauptes, allerdings mit dem leicht veränderten Wahlspruch: ›Zeit ist, Zeit wird sein, Zeit wird vermutlich für immer weitergehen‹.«

Ich konnte ihm nicht mehr folgen, wie es gelegentlich geschah, wenn er von einer Art göttlicher Beredtheit, einer prophetischen Ahnung, überkommen wurde. Also versuchte ich, ihn wieder auf die Erde zurückzuholen: »Ist es nicht so, daß dein Bruder Bacon jahrelang in einer Zelle des Franziskanerordens in Paris eingesperrt und zu Stillschweigen verurteilt wurde. Landete Occam nicht wegen Ketzerei im Gefängnis? Selbst John Wycliffe ist dem Tod auf dem Scheiterhaufen nur knapp entkommen.«

»Aber, mein lieber Ali ... Moment, ich muß zuerst Winnie hinauslassen. Siehst du? Wie die meisten Katzen kehrt sie nicht mehr an ihren Ruheplatz zurück, wenn sie erst einmal gestört worden ist. Doch nicht alle Katzen rütteln mit den Vorderpfoten am Riegel, um zu sagen, daß sie nach draußen möchten. Also. Seine Thesen waren ... wie Schießpulver, und sie drohten, unsere gesamte Gesellschaftsstruktur in die Luft zu sprengen. Sie untergruben die Fundamente, auf denen die Autorität der Kirche und des Königs ruht, denn schließlich sind als letzte Konsequenz seines Denkens die Beobachtungen und das Urteil des Einzelnen ausschlaggebend. Er zeigte den Menschen Wege zur Wahrheit, die man auch ohne die Erlaubnis der Mutter Kirche und der von Gott gesalbten Könige beschreiten konnte. Einzig das durch alltägliches Erleben erworbene Wissen war dazu nötig, so wie bei jenen *empirici* genannten Ärzten der Antike, die sich allein auf ihre Erfahrungen und Beobachtungen verließen. Was gibt einem Papst das Recht zu regieren? Wenn man sich nicht mehr vor seiner falschen Autorität verneigt, sich nicht an das Alte gewöhnt, nicht auf die dummen Vorurteile hört und nicht stolz ist auf die angebliche Weisheit, fällt seine Legitimation. Ohne die Idee, daß ein Papst oder König – und sei es auch nur in materieller und irdischer verderbter Form – die Allgemeinheit oder den Inbegriff des Priestertums und der Königswürde nach göttlichen Maßstäben verkörpert, bleiben nur zwei Gründe übrig, warum gewisse Einzelpersonen oder Einrichtungen den Rest der Menschheit beherrschen können.«

»Und die wären?«

»Erstens die Macht, jene, die sich ihnen in den Weg stellen, durch Gewalt, Tod, Folter und Entbehrungen zu bestrafen.«

»Das verstehe ich zwar, doch brutale Gewalt ist doch keine Rechtfertigung.«

»Natürlich nicht. Aber das gilt auch für den zweiten Grund.«

»Und was ist das für ein Grund?«

»Die bereitwillige Unterwerfung der Beherrschten.«

»Das«, wandte ich ein, »klingt zwar wie eine Rechtfertigung, ist jedoch auf jeden Fall der brutalen Gewalt vorzuziehen.«

Bruder Peter erwärmte sich für sein Thema.

»Das hängt davon ab«, erwiderte er, und seine Worte überschlugen sich fast, »auf welche Weise man diese bereitwillige Zustimmung gewinnt. Wenn man die Menschen Generation um Generation belügt und keine Zweifel zuläßt, arbeiten sie diese Unwahrheiten mit der Zeit in ihr Wertesystem ein, ohne sie je zu hinterfragen oder einer Überprüfung zu unterziehen. Sie verschwenden einfach keinen Gedanken mehr daran, und so werden diese Lügen zum Maßstab für jede neue Idee. Auf diese Methode, die so effektiv und allgegenwärtig ist, aber gleichzeitig so unbemerkt wirkt wie die Kräfte, die dafür sorgen, daß ein fallen gelassener Gegenstand zu Boden stürzt, wird die Zustimmung des Volkes gewonnen und aufrechterhalten. Alles was diese unsichtbare Mauer des Glaubens bedroht – so wie man mit Schießpulver eine Burg zum Einsturz bringen kann –, wird zurückgewiesen und als Verrat bezeichnet.« Seufzend blickte Peter sich um und sah aus dem beschlagenen Fenster. »Es hat zu regnen aufgehört. Wycliffe, der letzte der drei, hatte einige Vorschläge zu diesem Thema. Aber es genügt für heute. Laß uns im Garten spazierengehen und die Regentropfen auf den Kirschblüten bewundern. Anschließend können wir vielleicht die Fische füttern.«

Als wir zwischen den gestutzten Hecken einherschritten, die nach dem Regen frische Luft einatmeten und die plötzlich warmen Sonnenstrahlen genossen, versuchte ich, das Gesagte zusammenzufassen.

»Ohne diese ...« – ich suchte nach einem Wort und erfand schließlich eines – »... *indoctrinatio* von Glaubensgrundsätzen gäbe es für einen Menschen doch keinen Grund, dem Beherrschtwerden zuzustimmen.«

»Der Betreffende würde sich auf seine Beobachtungen, seine Analysen und seine Berechnungen verlassen und so bestimmen, welcher Regent und welches System seinen Interessen und denen seiner Mitmenschen am besten dient. Mit Mitmenschen meine ich die Männer und Frauen, mit denen er sich auf einer Ebene befindet. Seine Arbeitgeber gehören einer anderen Gesellschaftsschicht an und werden voraussichtlich die genau entgegengesetzten Absichten verfolgen. Er und seine Genossen werden vermutlich den Maßstab ansetzen, was ihnen die meisten Vorteile bringt. Und sie würden sämtliche vorgefertigten Konzepte bezüglich des Gemeinwohls ablehnen, die angeblich auf göttlichen Prinzipien beruhen.«

Ich biß auf eine Rosmarinnadel und ließ mir den scharfen Geschmack auf der Zunge zergehen. »Gerade hast du John Wycliffe, den letzten deiner inglysshen Franziskaner, erwähnt. Sicher gibt es über diesen Mann noch mehr zu sagen.«

Aber Bruder Peter hatte genug für heute. Er verteilte einige Brotkrumen über die Fläche des ersten Teichs (die Fische erkannten seinen Schatten, als dieser auf das Wasser fiel, und schwammen zum Ufer, noch ehe er das Brot warf) und meinte dann: »Auch wenn es dir entgangen ist, mein lieber Ali, nähern wir uns dem Ende der Fastenzeit. Gestern war der Tag der Kreuzigung Jesu, den wir Karfreitag nennen. Nach drei Tagen des Fastens, das bis morgen zur heiligen Kommunion dauert, feiern wir seine Auferstehung aus dem Grabe. Anläßlich dieser Feier werde ich einen Vortrag über die Lehren von Vater John Wycliffe halten. Wenn du mich jetzt entschuldigst, werde ich diesen nun vorbereiten. Morgen um elf Uhr bist du in unserer Kirche herzlich willkommen.«

Kapitel dreißig

Ich komme hier raus, verdammt, und wenn es die letzte Tat meines Lebens ist. Denn falls ich es nicht schaffe, kann ich gleich mein Testament machen. Ich habe mir einen Nagel eingerissen, und es blutet. Außerdem tut es weh wie ein Schlangenbiß.

Ach, du meine Güte, in der Gerichtsverhandlung gegen mich haben sie mir alles mögliche vorgeworfen. Eigentlich dürfte man es gar nicht als Gerichtsverhandlung bezeichnen, aber sie nannten es trotzdem so. Viele weise Richter haben die Anklagepunkte gegen mich gehört. Ja, sogar der König und die Königin, deren schrille Stimme ich gut kennengelernt habe. Erstens habe ich Lord Somersets Befehl mißachtet, indem ich mit dem Schiff von Calais nach Ingerlond gefahren bin. Zweitens bin ich angeblich von schwarzer Hautfarbe, also eine Ketzerin und Heidin und vielleicht sogar nicht einmal ein Mensch, sondern ein Affe. Offenbar erkennen diese Leute im Gegensatz zu uns unsere Verwandtschaft mit den Affen nicht an und empfinden auch keinen Respekt für sie. Drittens berichtete Lord Scales aus London, daß ich mit Lord March Unzucht getrieben hätte. Anscheinend ist damit Eddie gemeint, und ich muß zugeben, daß ich in Coventry bin, weil ich mich nach ihm sehne. Aber ein Lord? Ich wußte gar nicht, daß Eddie ein Lord ist.

Angesichts dieser Anschuldigung dämmerte es einigen Richtern, daß ich womöglich gar kein Junge war. Schließlich seien wir alle nicht vollkommen, hielt ich dagegen. Ich sei tatsächlich eine Frau. Obwohl man es Eddie allgemein zutraute, daß er auch dem eigenen Geschlecht zugetan war, hielt man es für ratsam, auf Nummer Sicher zu gehen. Nur um des Protokoll willens. Man vergewisserte sich auf die übliche Methode von meiner Weiblichkeit – und schloß daraus, daß ich überdies noch eine Hexe sei.

Insbesondere die Königin bekam einen Tobsuchtsanfall. In einem Keller, der eigentlich zur Aufbewahrung von Wein gedacht war – es stank, als wären einige Fässer ausgelaufen –, stürzte sie sich auf mich, kreischte mich an und zerkratzte mir mit langen, scharlachroten Nägeln die Wangen. »Du hast den jungen Eddie verhext«, keifte sie. »Kein Ingerlonder oder Franke, und Eddie ist schließlich beides, würde beim Anblick deiner dunklen Haut nicht von Ekel ergriffen werden. Gestehe, daß du mit dem Teufel im Bunde bist, der dich in der Kunst unterwiesen hat, junge Männer zu verführen.«

Zu allem Überfluß war ich eine Yorkistin und möglicherweise sogar in die Pläne dieser Verbrecher eingeweiht. Es war bekannt, daß Warwick sich mit York in Irland aufhielt. Beabsichtigte er, nach Calais zurückzukehren? Was führte York im Schilde? Und wo steckte March? Und so weiter und so fort. Sie wandten einige Mittel an, um mir das zu entreißen, was ich angeblich wußte. Hauptsächlich handelte es sich um glühende Eisen und Zangen, die insbesondere zwischen meinen Beinen zur Anwendung gebracht wurden. Doch da ich ihnen nichts verraten konnte, wovon ich keine Ahnung hatte, gaben sie es bald auf. John Clegger und Will Bent, die ich bereits als Diener der Königin erwähnt habe, machten sich abwechselnd an mir zu schaffen, aber der Großteil der Befragung wurde vom städtischen Henker durchgeführt, einem widerwärtigen Mann, Schmied von Beruf, der eine tiefe Narbe auf der rechten Wange hatte und stets nach versengtem Metall roch. Er und seine Lehrlinge stellten unsägliche Dinge mit mir an. Unsäglich? Ja, warum also darüber reden.

Nun mußte nur noch entschieden werden, wie ich sterben sollte, doch man konnte sich einfach nicht einigen. Der Bischof wollte mich als Hexe verbrennen. Der Oberste Richter schwankte, ob er mich als Verräterin enthaupten oder strecken und aufhängen lassen sollte. Und das ist der augenblickliche Stand der Dinge. Man will mich unbedingt hinrichten, weiß aber noch nicht, wie.

Autsch! Verdammter Mist! Der Stein ist herausgefallen – allerdings auf meinen Fuß. Er erinnert weniger an den Zahn eines Riesen als an eine Kanonenkugel oder wenigstens eine Melone. Aber nun bin ich ziemlich sicher, daß es mir bis Einbruch der Dunkelheit gelingen wird, zu entwischen. Es hat sich nicht nur der Stein, sondern auch eine Menge loses Geröll in der Mauer gelockert, so daß ich es nur noch herauskratzen muß. Aber ich sollte besser aufpassen, wo es hinfällt.

Ich stehe im Mondlicht inmitten von Kohlblättern und stelle fest, daß mich meine Nacktheit stört. Nicht weil ich friere – auf der Straße ist es auch nicht kälter als in meiner Zelle. Ich schäme mich auch nicht, wie es die Christen angeblich tun. Es liegt eher daran, daß ich so schmutzig bin. Mein Körper ist von meinen eigenen Ausscheidungen und außerdem vom Schleim der Nacktschnecken bedeckt, mit denen ich meine winzige Gruft geteilt habe. Außerdem habe ich überall verkrustete Wunden, obwohl seit der letzten Folterung schon ein Monat vergangen ist. Doch das schlimmste ist, daß ich so mager geworden bin. Allerdings wäre es mir um einiges schwerer gefallen, zu entkommen, wenn ich noch im Besitz meiner weiblichen Rundungen gewesen wäre – und dabei war mein Körper nicht etwa zu dick, sondern ein angemessener Tempel für die Göttin, die in mir wohnt. Allerdings gefällt es mir gar nicht, daß ich so abgezehrt und kläglich aussehe. Und so mache ich mich auf den Weg zu einem Ort, wo ich gewiß Kleidung finden werde.

An der Ecke der Gasse, dort, wo sie auf den Platz trifft, steht eine öffentliche Wasserpumpe. Als ich den Pumphebel ein paarmal hinunterdrücke, erzeuge ich zunächst einen heftigen Wasserschwall, dem ein stetiges Plätschern folgt. Es gelingt mir, den Großteil meines Körpers unter den Strahl zu halten, während ich mit der rechten Hand weiterpumpe. Dann drehe ich mich um und säubere die andere Seite. Zu guter Letzt streife ich das Wasser von beiden Armen, den Schenkeln und Hüften, dem Bauch – oder eher der Mulde, wo früher mein Bauch gewesen ist – und meinen geschrumpften Brüsten. Das Wasser glitzert im Mondlicht. Es ist sehr, sehr kalt, aber ich fühle mich dadurch noch sauberer. Dann schreite ich kräftig aus und versuche, das krampfartige Zittern zu unterdrücken, das mich ergriffen hat. Ich schleiche mich an den Läden vorbei durch die Arkade und in die Kirche.

Ja, es sind Leute dort. Eine ziemlich große Menschenmenge füllt das große Kirchenschiff. Einige knien, andere stehen da und beten mit geschlossenen Augen und lassen dabei ihre albernen Gebetsperlen durch die Finger gleiten. Fast alle haben die Köpfe gesenkt, und die, die aufrecht dastehen, starren nach vorne auf den Hochaltar jenseits des Chorgestühls, wo Tausende von Kerzen leuchten. Einige davon sind ziemlich groß. Weihrauchwolken wabern durch die Luft, ein Chor läßt ein scheußliches an- und abschwellendes Klagen ertönen, Glocken läuten, die Ketten der Weihrauchfässer klappern, mit Edelsteinen besetzte Gewänder funkeln im Licht, und – frohe Ostern – niemand hat Augen für das nackte Mädchen, das sich, vorbei an Kanzel und Chorgestühl, durch eines der Seitenschiffe schleicht und durch den Wandelgang und das Hauptschiff die Marienkapelle erreicht. Falls mich doch jemand bemerkt hat, hält er es vermutlich für eine Halluzination, die ihm der Teufel eingeflößt hat.

Hier, hinter einem Wandschirm, ist es fast dunkel, und kein Mensch ist zu sehen. Ich klettere auf den kleinen Altar, nehme die Mutter Gottes in die Arme und hebe sie mit einer gemurmelten Entschuldigung herunter. Sie trägt eine goldene, mit Sonnenstrahlen verzierte Krone, die jedoch nicht aus richtigem Gold, sondern aus vergoldetem Holz besteht. Genaugenommen ist sie eine Holzpuppe, kunstvoll geschnitzt und bemalt, wo Gesicht und Hände für die Gläubigen sichtbar sind, aber unter der Kleidung grob und unvollendet. Gesicht und Hände bestehen aus polierter Eiche, ein wenig nachgedunkelt vom Alter, so daß die Farbe fast der meiner Haut ähnelt. Sie ist in einen blauen wollenen Kapuzenmantel, ein langes schwarzes Kleid und ein Unterkleid aus weißem, mit Spitze besetztem Leinen gehüllt, das sich jedoch als Schürze entpuppt. Ich lehne die Figur an eine Säule und schlüpfe in die Kleider. Sie passen nicht schlecht, obwohl sie vermutlich ziemlich eng gewesen wären, hätte man mich nicht so lange auf schmale Kost gesetzt.

Ich verberge mein nasses Haar unter der Kapuze. Das Schaudern läßt nach, und mir ist fast warm. Natürlich bekomme ich sofort Hunger. Tja, aber ich bin inzwischen ausreichend über die Riten dieser seltsamen Religion im Bilde und weiß, was sich in dem kleinen verglasten Kasten hinter der brennenden Öllampe verbirgt. Ich nehme einen kleinen und völlig ungenügenden Imbiß, bestehend aus trockenen weißen Plätzchen und ein wenig Wein aus einem kleinen Silberkelch, ein, die ich dort vorfinde. Es ist zwar nicht viel, aber ich fühle mich schon um einiges besser. Es ist Zeit, zu gehen. Ich halte inne. Warum eigentlich nicht? Ich mache kehrt, nehme die goldene Krone, setze sie mir über die Kapuze auf den Kopf und lege dann auch den Schmuck – Ringe und Ohrringe und so weiter – an.

Die zusammengerollte Schürze immer noch in der Hand, mache ich mich auf den Weg zu den Türen im Querschiff, die mich zurück auf den Platz bringen werden. Da treffe ich in einer der dunkelsten Ecken ausgerechnet das alte Narbengesicht höchstpersönlich, meinen widerwärtigen Folterknecht. Bei unserer letzten Begegnung hat er sich mit der einen Hand einen runtergeholt, während er gleichzeitig mit einem Stock in mir herumstocherte. Mir schwanden die Sinne. Der Stock hatte Dornen, vielleicht handelte es sich um den Zweig einer Rose.

Ich erkenne ihn wieder, und auch er weiß sofort, wer ich bin. »Heilige Mutter Gottes ...«, beginnt er. »Ja, in der Tat«, erwidere ich. Trotz meiner Schwäche habe ich meine Fähigkeiten nicht verloren, und außerdem steht die Überraschung auf meiner Seite. Der alte Narr fällt auf die Knie und bekreuzigt sich gleichzeitig. Rasch wickle ich ihm die Spitzenschürze einmal um den Hals, umfasse fest beide Enden, stütze die rechte Fußsohle gegen seine Stirn und ... knack!

Ich löse die Schürze, murmle ein Gebet an Kali und laufe auf den Platz hinaus. Dort bleibe ich stehen und blicke mich um. Mein Atem wird wieder langsamer, mein Herzschlag beruhigt sich, und die Wärme, die sich von meiner Leibesmitte in meinem ganzen Körper ausgebreitet hat, als ich das Knie durchdrückte, läßt nach. Mit einem Fluch auf den Lippen betrachte ich diese verdammte Stadt, die mir so viel angetan hat.

»Du sollst verbrennen«, sage ich. »Du sollst verbrennen.«

Und ich weiß, daß es eines Tages geschehen wird.

Kapitel einunddreißig

Zwischenspiel

Predigt von Bruder Peter Marcus
gehalten am Ostermorgen
im Jahre des Herrn 1460
zu St Francis auf Osney

»Geht hin und verkündet: ›Genaht hat sich das Reich des Himmels! Heilt Kranke, weckt Tote auf, macht Aussätzige rein, treibt Dämonen aus! Umsonst habt ihr empfangen, umsonst gebet. Verschafft euch weder Gold noch Silber noch Geld für eure Gürtel, auch keine Tasche für unterwegs, auch nicht zwei Röcke noch Schuhe noch Stab; denn der Arbeiter ist seiner Nahrung wert.‹ Vers sieben bis zehn, Kapitel zehn des Evangeliums nach Matthäus.

Liebe Kinder Gottes, meine Predigt an diesem Ostermorgen wird eine sehr schlichte sein. Ich möchte euch nur an die Lehren von Vater John Wycliffe oder zumindest an die Grundlagen seines Denkens erinnern und versuchen, zu zeigen, wie seine Theorien uns den Weg weisen, den wir einschlagen sollen.

Im Mittelpunkt seiner Lehren steht die Armut. Darin tritt er in die Fußstapfen des heiligen Franz, unseres Ordensgründers, der im Augenblick seiner Bekehrung die Worte des Evangeliums hörte, die ich euch soeben vorgelesen habe. Daraus gewann er die Gewißheit, daß Gerechtigkeit nichts mit Herrschaft, Besitz oder Eigentum zu tun hat. Wer etwas besitzt, hat es jemand anderem weggenommen. Wer einen Penny mehr hat, sorgt dafür, daß dieser Penny einem anderen fehlt. Außerdem verleiht die wahre Gerechtigkeit niemandem die Macht oder das Recht, Unterdrückung und Herrschaft auszuüben. John war überzeugt davon, daß Herrschaft und Macht nur weltlichen Einrichtungen gebühren, nicht aber der Kirche oder den Geistlichen. Doch selbst dieser Zustand war für ihn nur vorübergehend, ein Provisorium, bis alle Männer und Frauen, alle Menschen in Eintracht miteinander leben würden, gleichberechtigt und gemeinsam, wie die Israeliten im Jahr des Jubels, wenn alle persönlichen Besitztümer der Menschheit als Ganzes zurückerstattet werden.

Außerdem glaubte Vater John daran, daß die direkte Verbundenheit jedes Christen mit Gott das wichtigste im Leben eines Menschen sei, wodurch die Vermittlung der Priester überflüssig würde. Auch die Sakramente der Kirche seien nicht notwendig. Er ging sogar so weit zu sagen, daß sich um die Sakramente, die nichts weiter als Zeichen und Symbole seien, inzwischen ein abzulehnender und schädlicher Aberglaube ranke. Dieser sei von den engstirnigen, sogenannten Kirchenvätern zu Dogmen und Doktrinen verhärtet worden. Und indem die Kirche die Sakramente zum Privileg der Priester machte, die sie gewähren oder verweigern könnten, wie es ihren verderbten Naturen beliebt, habe sie die Schlüsselgewalt über die Himmelstore an sich gerissen. So könne angeblich niemand in den Himmel kommen, ohne den Leib und das Blut Christi genossen zu haben. Und lediglich ein geweihter Priester habe die Macht, das Brot und den Wein in Leib und Blut zu verwandeln. Ich sage euch, daß diese Doktrin der Wandlung laut den Lehren unseres Vaters John eine gotteslästerliche Narrheit ist, ein Betrug, der die Menschen hinters Licht führt und sie zum Götzendienst verführt. Wenn es schon Sakramente geben muß, dann nur solche, welche die schönen Dinge des Lebens feiern, damit wir Brot und Wein in Kameradschaft miteinander teilen, wie wir es bei unserer österlichen Kommunion getan haben. Sie sollen uns an die Lehren Jesu Christi erinnern und an das Beispiel, das er uns gegeben hat.

Brüder, diese die Sakramente betreffenden Doktrinen, wie sie in Rom, Avignon – oder wo der Papst sich sonst derzeit aufhalten mag – festgelegt werden, leugnen die wahre Kirche, die in uns allen wohnt, insbesondere dann, wenn zwei oder drei sich in Gottes Namen versammeln. Das ist die Kirche, die unser Herr uns hinterlassen und für die John gelebt und geatmet hat. Die wahre Kirche besteht einzig und allein aus einer Gemeinschaft der Erwählten, und ihre einzigen Regeln sind die Lehren unseres Herrn, wie das Neue Testament sie uns übermittelt. Die oberste und einzige Autorität ist die Heilige Schrift, insbesondere die tatsächlichen Worte unseres Herrn, wie sie in den Evangelien stehen. Deshalb hat John Wycliffe auch einen Großteil seines Lebens der Aufgabe gewidmet, die Evangelien in unsere Sprache zu übersetzen und sie zu verbreiten. Aus diesen und ähnlichen Gründen wurden seine Gebeine nach seinem Tod wieder ausgegraben und wegen Ketzerei verbrannt – so als ob man durch diese hinterhältige und böswillige Tat die Wahrheit seiner Worte zunichte machen könne.

Johns Weisheit war kein handgewebter Stoff, der auf dem Webstuhl des gesunden Menschenverstands gewirkt wurde – auch wenn sie viel davon enthält. Es handelt sich vielmehr um eine Verknüpfung der Fäden, die seine beiden bedeutenden Vorgänger Roger Bacon und William von Occam hinterlassen haben. Der erste fand die Wahrheit in dem, was er sehen, fühlen, berühren, hören, riechen und messen konnte. Der zweite bewies, wie die Lehren der Väter und der Schulmeister uns von der Erfahrung weggelockt und zu Mutmaßungen verleitet haben, vom Besonderen zum Allgemeinen, von der Tatsache zum Prinzip. John erkannte darin die Ansätze zu der Tyrannei, die unser aller Leben beeinträchtigt. Also haben wir die Pflicht, den Weg zu beschreiten, den diese drei weisen Männer vor uns gegangen sind.

Ich glaube, nein, ich bin aufgrund meiner Erfahrungen und auch der Logik davon überzeugt, daß wir ihre Lehren als Trittsteine, als Stufen zu einer höheren Ebene benutzen können, aus der wir zurückblickend erkennen werden, woher wir kommen. So werden wir den gewaltigen Fehlschluß sehen, auf den unsere Philosophie und unsere Moral sich gründen –

insbesondere die Verwandlung von Tatsachen in Prinzipien und von historischen Bedingungen in metaphysische. Die Schwachheit und Erbärmlichkeit des Menschen, die Fehlbarkeit der Mächtigen und Reichen, die Ungerechtigkeit und das Leid werden von der Kirche und ihren Vordenkern auf irgendein Verbrechen und eine Schuld zurückgeführt, die wir in einer anderen Welt auf uns geladen haben. Die Rebellion, die Auflehnung gegen Gott, wurde zur Ursünde, die auf unser aller Gewissen lastet. Und das Bemühen um ein zufriedenes Leben wurde mit der Sünde der Fleischeslust belastet.

Dieser Rückzug ins Reich des Metaphysischen gipfelte in der Vergöttlichung der Zeit. Da alles in der empirischen Welt vergänglich ist, ist auch der Mensch als solches ein endliches Wesen, womit der Tod im Begriff des Lebens enthalten ist. Doch der Grundsatz der Wahnsinnigen lautet: ›Alle Dinge sind sterblich, also verdienen sie es, sterblich zu sein! Das ist die Gerechtigkeit selbst, das Gesetz der Zeit, die ihre Kinder verschlingt.‹

Und wieder erzeugte dieser Wahnsinn eine Doktrin, die besagte, daß nur die höheren Werte ewig und somit wirklich sind: Der Glaube und eine Liebe, die nichts verlangt und nichts begehrt, wurden zu Idealen erklärt, die wir alle anstreben sollen. Und warum? Weil die Kirche auf diese Weise versucht, die Benachteiligten dieser Erde zu beschwichtigen, sie für ihre Entbehrungen zu entschädigen und ihnen ein Ziel zu geben, während sie sie in Armut verharren läßt und diejenigen schützt, die diese Zustände verschuldet haben. Diese Lehre schränkt Herren und Sklaven, Herrscher und Beherrschte gleichermaßen in einer Weise ein, die dazu führt, daß die menschlichen Instinkte immer mehr abnehmen und der Mensch selbst dem Untergang geweiht ist.

Traditionelle Formen der Vernunft, wie man sie im Denken von Aristoteles und bei seinen Schülern und bei den Empirikern der Antike findet, lehnen diese Leute ab. Die Erfahrung des Seins als Selbstzweck, aus reiner Freude, *Lust* (wie die Teutschen sagen und damit ›Vergnügen‹ und ›Verlangen‹

zu einem Begriff vereinen) und Genuß, verurteilen sie in Bausch und Bogen. Um auf den Pfad, von dem man uns weggelockt hat, zurückzukehren und auf der anderen Seite des Berges nicht in das Tal des Todes hinabzusteigen, sondern in das Land, wo Milch und Honig fließen, so daß wir eine Welt erringen, die wirklich uns gehört, müssen wir uns gegen die Herrschaft der Zeit und gegen die Tyrannei des Werdens anstelle des Seins wehren. Solange der unverstandene und unbezwungene Fluß der Zeit weiterbesteht – sinnlose Verluste und ein schmerzliches ›es war einmal‹, das nie wiederkehren wird –, wird das Sein den Samen der Zerstörung beinhalten, der das Gute ins Böse verdreht und umgekehrt. Der Mensch kann sich selbst nur finden, wenn er die Transzendenz besiegt und wenn die Ewigkeit im Hier und Jetzt zur Gegenwart wird.

Bevor ich zu euch sprach, machte ich einen Spaziergang in unserem Garten. Der Kirschbaum blüht, unser Kirschbaum, der einzige Kirschbaum in der gesamten Schöpfung, der jetzt, in diesem Augenblick, so ist, wie er ist. Daneben knospet der Flieder, den unsere Brüder in Anatolien uns geschickt haben. Die Knospen haben schon weiße Spitzen und werden bald aufspringen. In den Zweigen sang ein Dompfaff. Sein schwarzes Köpfchen schimmerte in der Sonne, und seine rote Brust leuchtete wie Feuer. Kein anderer Dompfaff auf der Welt als dieser hat heute morgen einen Fliederbaum wie unseren besucht.

Denkt an die Lilien auf dem Felde, wie sie wachsen, ohne zu arbeiten und zu spinnen. Jetzt, zur Osterzeit, wenn der Kirschbaum blüht, wenn der scharlachrote und schwarze Dompfaff im Flieder zwitschert, zur Zeit der Geburt und der Auferstehung, sollten wir uns erinnern, daß alles wiederkehrt, wenn alles vergeht. Alles dreht sich im Kreis und kommt zurück. Die Ewigkeit bewegt das Rad des Seins. Alle Dinge sterben, alle Dinge erblühen wieder, das Jahr des Seins ist ewig. Alle Dinge zerbrechen, und alle Dinge werden wieder zusammengefügt. Das Haus des Seins baut sich immer wieder neu auf. Alle Dinge trennen sich, und alle Dinge heißen einander wieder willkommen.

Die Ewigkeit, seit langem schon der letzte Trost einer entfremdeten Existenz, wurde zu einem Instrument der Unterdrückung, indem man sie der transzendentalen Welt zuordnete. Sie ist der unwirkliche Lohn für wirkliches Leid. Heute, an Ostern, fordert die Erde die Ewigkeit zurück, und zwar in Form der ewigen Rückkehr ihrer Kinder – der Wasserlilie und der Rose, des Liebenden und des Geliebten ... Die Erde ist schon zu lange ein Tollhaus. Wir müssen den Sinn der Schuld umkehren und wieder lernen, diese nicht als Bestätigung des Lebens, sondern als dessen Leugnen zu sehen, nicht als Auflehnen, sondern als Anerkennung der Unterdrückung, als Leitbild.

Es ist keine traurige Wahrheit, sondern eine wundervolle und erhebende, daß diese Erde unser Zuhause ist. Es wäre schon genug, wenn sie uns nur ein schlichtes Dach über dem Kopf, einfache Kleidung und ein karges Mahl gewähren würde. Doch wenn man die Wasserlilie und die Rose, den Apfel und die Birne hinzufügt, ist sie eine angemessene Heimat für den sterblichen und den unsterblichen Mann, für die Frau, für alle Menschen.«

»Wie fandest du es, Ali?«

»Erbaulich, aber ein wenig verwirrend.«

»Es ist nicht leicht, mit ein paar kläglichen Sätzen die Zeit um tausend Jahre zurückzudrehen.«

»Ich kann es mit einem Satz.«

»Wirklich?«

»Wie der Alte vom Berge sagte: ›Nichts ist wahr. Alles ist erlaubt.‹«

»Das wäre die schwarze Seite meines Vortrags, die andere Seite des Mondes.«

»Wenn du meinst.«

Bruder Peter blieb am Teich stehen und betrachtete mich. Seine hellblauen Augen blickten auf einmal traurig, und seine

Körperhaltung wirkte ein wenig müde, vielleicht hatte er sich bei seiner Predigt ja verausgabt. Möglicherweise lag es auch an seiner Gewißheit, daß wir uns trennen mußten.

»Es gibt eine kleine Schule von Menschen«, meinte er, »die aus diesen Gedanken düstere Schlußfolgerungen gezogen haben. Sie leben im Norden, wandern aber ständig umher, um ihren Häschern nicht in die Hände zu fallen.«

»Die Brüder des freien Geistes?«

»Ich glaube, so nennen sie sich.«

»Und wo genau halten sie sich auf?«

»Versuch es im Wald von Macclesfield.«

Bevor ich aufbrach, bat ich ihn, Roger Bacons verschlüsselte Aufzeichnungen über seine letzten Experimente mit Schießpulver für mich herauszusuchen. Ich glaube, daß ich dadurch mehr als jeder andere dazu beitrug, die Zerstörung des Reiches Vijayanagara noch ein wenig hinauszuschieben.

Kapitel zweiunddreißig

Da ich dieses ganze Gerede über Occam und Wycliffe nicht nur ziemlich verwirrend, sondern auch langweilig und nebensächlich gefunden hatte, versuchte ich, Ali wieder zu seinem ursprünglichen Thema zu bringen, insbesondere auch deshalb, weil mir seine letzte Bemerkung über das Schießpulver einfach nicht aus dem Kopf wollte.

»Aber was«, so erkundigte ich mich nach einer kurzen Pause bei ihm, »aber was war denn währenddessen aus dem Prinzen und aus Anish geworden? Waren die beiden noch immer im Tower eingesperrt?«

»Gut, daß du fragst. Denn ich habe es – wie du vermutlich auch – satt, mir beim Reden zuzuhören. Außerdem haben wir einen Punkt der Geschichte erreicht, an dem es nicht unangebracht wäre, uns wieder dem Briefwechsel des Prinzen mit dem Kaiser zuzuwenden.«

Mit diesen Worten schob er mir einen kleinen Stoß Papiere zu. Während ich las, machte er ein Nickerchen.

Lieber Vetter,
nun, einige Monate, oder genaugenommen Wochen später, sitzen wir immer noch in diesem gewaltigen Gefängnis, so daß ich natürlich nicht sagen kann, ob du meine Briefe erhalten hast und die nötigen Schritte unternehmen kannst, um unsere Freilassung zu erwirken. Vermutlich ist mit einer Antwort von dir erst in der doppelten Zeit zu rechnen, die unsere Reise hierher gedauert hat, auch wenn wir schon eine schiere Ewigkeit hier schmachten. Also muß ich mich wohl in Geduld üben.

Was die Bequemlichkeit angeht, könnten wir es schlechter getroffen haben. Man hat Anish und mir drei kleine Räume im Hauptgebäude oder Burgfried dieses Schlosses zugewiesen, das man den »Turm« von London nennt, obwohl die

Anlage nicht nur aus einem, sondern aus mehreren durch Mauern verbundenen Türmen besteht. Der Hauptflügel, in dem wir untergebracht sind, ist freistehend. Alles ist aus Stein gebaut, entweder handelt es sich um Blöcke aus hellgrauem Kalkstein oder um Mörtel mit Glimmerstückchen darin. Die Dächer sind aus Blei oder aus Schiefer. Auch die Böden sind mit Schiefer oder Kalkstein belegt. Die Räumlichkeiten sind, bis auf einen Wandbehang hie und da, recht schmucklos. Nur eines unserer Zimmer verfügt über einen Kamin. Doch trotz der spartanischen Umgebung drängt man uns ständig, uns für diese Annehmlichkeiten dankbar zu zeigen, und ich muß zugeben, daß unsere Gefangenenwärter auch nicht luxuriöser leben als wir.

Geleitet wird dieses Gefängnis von Lord Scales, einem alten, reizbaren Adeligen, der den Tower im Auftrag des Königs verwaltet. Hin und wieder lädt er uns zum Essen ein und schimpft dabei auf den Herzog von York und dessen Anhänger und auf die Kaufleute in der Stadt, die angeblich planen, ihn auszuhungern, indem sie sich weigern, Lebensmittel und andere Dinge des täglichen Gebrauchs in den Tower zu liefern. Gelegentlich verlangt er von uns Bezahlung für unseren Unterhalt, in Form von Geld oder einem Edelstein. Entweder ist er sich des wahren Werts der Juwelen nicht bewußt, oder er ist sehr bescheiden in seinen Ansprüchen, denn eine Perle, kaum größer als ein Taubenei, stellt ihn für mehr als eine Woche zufrieden.

Außerdem erfahren wir von ihm stets die letzten Neuigkeiten. Der Herzog von York hält sich auf Hibernia oder Erin auf, einer Insel westlich von Ingerlond, die ein wenig kleiner ist. Sie steht unter der Herrschaft des Königs von Ingerlond, obwohl sich seine Macht nur über die Ostküste und ein Stück ins Landesinnere erstreckt. Die restliche Insel, die auch Irland genannt wird, ist von Wilden bevölkert. Es heißt, daß Warwick dort mit York zusammengetroffen ist, und zwar in einer Hafenstadt namens Waterford an der südöstlichen Küste. Man befürchtet, die beiden könnten eine gemeinsame Invasion planen. York von Irland über das Meer und Warwick von Calais aus.

In Calais dauert die Pattsituation an. Der Herzog von Somerset wird von Warwicks Armee und Warwick wiederum von Somerset in Schach gehalten. Keiner von ihnen kann in See stechen, ohne für seinen Gegner angreifbar zu werden, und sie sind beide nicht stark genug, um es auf eine offene Schlacht ankommen zu lassen.

Von Eddie March, dem Urheber unserer augenblicklichen mißlichen Lage (es war wirklich ein Fehler von mir, ihn als Führer und Beschützer anzuheuern. Ali hatte hierin recht, wie auch in so vielen anderen Dingen), haben wir nichts mehr gehört. Entweder hält er sich mit Warwick in Waterford auf oder ist wieder nach Calais zurückgekehrt. Viel wichtiger ist, daß wir nicht wissen, wo Ali und sein Begleiter, der buddhistische Mönch, stecken. Deshalb waren Anish und ich – oder zumindest Anish – gezwungen, die Folgen seines Verschwindens ein wenig abzumildern, indem wir uns unter einigen Mühen die englische Sprache aneigneten. Ach ja, der Fakir, der sich uns angeschlossen hatte, ist ebenfalls wie vom Erdboden verschluckt.

Also, mein lieber Vetter, ist die Zeit zwar langsam, aber nicht ohne Vorteile für unser Land und unser Volk vergangen, und ich hoffe, dir bald die Ergebnisse persönlich berichten zu können. Trotz des feuchtkalten Wetters waren Anish und ich an den meisten Tagen in der Lage, die Festung eingehend zu erkunden, allerdings nur in kleinen Schritten, um uns nicht als Spione verdächtig zu machen. Insbesondere interessierten wir uns für die Schutzmaßnahmen gegen Schießpulver und Kanonenkugeln, beziehungsweise deren Fehlen. Wir haben dieses Thema ausführlich mit dem zweiten Waffenoffizier erörtert, der Bardolph Earwicca heißt.

Der erste Waffenoffizier ist natürlich ein Normanne von edlem Geblüt und ein ziemlicher Tropf. Es handelt sich um einen jungen Schnösel namens Guy Fitzosbern, der kein Kinn, dafür aber eine Stimme wie ein Pferd oder, besser noch, wie ein Esel hat. Zumindest beim Lachen klingt er eindeutig wie ein Grautier: *i-ah, i-ah, i-ah*. Über seinen Posten weiß er nichts weiter, als daß er dafür ein Gehalt bekommt.

Feldwebel Bardolph hingegen ist ein Meisterkanonier. Wie die meisten Sachsen ist er von gedrungenem Körperbau und hat ein von Karbunkeln und Warzen übersätes rotes Gesicht. Außerdem flicht er wie der Großteil seiner Landsleute ständig das Wort *facking* in seine Rede ein, ohne jeden erkennbaren Sinn. Das Wort bezeichnet den Akt der geschlechtlichen Liebe, besonders jenen Teil, der zur Empfängnis führt, und ihr Gebrauch des Wortes scheint anzudeuten, daß sie für die geschlechtliche Liebe nur Verachtung empfinden.

Gleich zu Anfang fragte ich Bardolph, ob er die Wände des Towers, insbesondere die äußeren, nicht ein wenig dünn fände, da sie sich meiner Meinung nach durch einen gutgezielten Schuß mit einer Kanone leicht zum Einsturz bringen ließen. Wäre es – so merkte ich an – nicht sinnvoll gewesen, sie zu verstärken, nachdem der technische Fortschritt den Einsatz von Schießpulver möglich gemacht hatte?

»Reine *facking* Zeitverschwendung, gnädiger Herr«, erwiderte er, nachdem er zuerst seine vorstehenden Lippen eingesogen und dann mit einem an einen Furz erinnernden Geräusch die Luft wieder ausgeblasen hatte.

»Seht Ihr, gnädiger Herr«, fuhr er fort, »es ist nicht möglich, eine *facking* Mauer so zu bauen, daß sie der Gewalt von Schießpulver widerstehen könnte. Da ist es ganz gleich, wie *facking* dick das *facking* Ding auch sein mag.«

»Und wenn sie fünfzehn Meter dick wäre und aus massivem Felsgestein bestünde?«

»Dann wäre sie ja keine *facking* Mauer mehr, sondern ein *facking* Gebirge. Aber selbst dann könnte man das *facking* Gebäude in die Luft jagen, wenn man genügend Zeit und Pulver hat.«

»Und wie, mein lieber Freund«, fragte ich – oder vielmehr Anish in meinem Auftrag –, »kann man eine Stadt oder eine Burg dann gegen Kanonenschüsse absichern?«

»Schlicht und ergreifend gar nicht, zum Teufel.«

Mittlerweile standen wir zwischen zwei Türmen auf den Zinnen einer Mauer, die kaum breit genug war, daß zwei bewaffnete Männer aneinander vorbeigehen konnten.

»Kommt mit.«

Er führte uns in einen großen runden Raum von ungefähr zehn Metern Durchmesser, der die gesamte Grundfläche des nächstgelegenen Turms ausmachte. Er wurde von einer vier Meter langen Kanone und den dazugehörigen Ausrüstungsgegenständen eingenommen, also einem Ladestock, dessen eines Ende an einen riesigen Mop erinnerte, einem offenen Wasserfaß, einem Faß mit Schießpulver und etwa zwanzig Steinkugeln, die mühsam in eine vollkommen runde Form gebracht worden waren. Jede hatte gut sechzig Zentimeter Durchmesser. Auf einem Regalbrett lagen Feuerstein, Zündschwamm und Zunderbüchse, gemeinsam mit einem in Salpeterlösung eingeweichten und getrockneten Docht.

»Alles da und in bester Ordnung«, rief Feldwebel Earwicca aus, »und bereit, jedem, der es auch nur wagte, die Person oder den Besitz Seiner Majestät anzutasten, die Eier wegzupusten.«

Ich wunderte mich, wie er es geschafft hatte, so viele Wörter aneinanderzureihen ohne ein *facking*.

»Wie Ihr hier seht, besteht die Kunst, diese Mauern gegen eine Kanone zu verteidigen, darin, daß man selbst eine Kanone hat. Wir besitzen noch sechs weitere, um genau zu sein, und zwar viel größere, als die je gegen uns *facking* aufbringen könnten.«

»Ich verstehe«, erwiderte ich. »Ich gehe doch recht in der Annahme, daß es darauf ankommt, die gegnerische Kanone abzuschießen, bevor diese Eure Mauern zum Einsturz bringen kann. Und Ihr seid sicher, daß Euch das gelingen wird, weil Eure Kanone größer ist als die, welche für gewöhnlich gegen Euch eingesetzt werden. Außerdem steht sie erhöht und hat somit eine bessere Reichweite.«

Die fragliche Kanone war, wie bereits gesagt, außergewöhnlich groß; es handelte sich um eine Eisenröhre, die etwa alle dreißig Zentimeter mit einem Messingreifen verstärkt war und auf einem Gestell aus massivem Eichenholz ruhte. Dieses befand sich auf einer gewaltigen Drehscheibe, so daß man – selbstverständlich begrenzt durch die Schießscharte, aus der das Rohr lugte – den Schußwinkel sowohl zur Seite als auch nach oben und nach unten hin verändern konnte.

»Für einen hohen Herren habt Ihr *facking* viel Grips«, stellte unser Freund fest und tippte sich mit dem Zeigefinger an die Seite seiner riesigen, birnenförmigen Nase, eine Geste, die ich als Hinweis auf unsere Intelligenz deutete.

Jetzt weißt du es also, verehrter Vetter: Um zu verhindern, daß die Artillerie der Bahmanis unsere Festungen dem Erdboden gleichmacht, müssen wir diese mit Kanonen verteidigen, die noch größer und besser sind als die, welche sie gegen uns einsetzen werden. Wahrscheinlich hätten wir auch von selbst dahinterkommen können, ohne dazu die halbe Welt bereisen zu müssen. Dennoch wird es uns vielleicht noch gelingen, etwas über das Gießen von großen Kanonen in Erfahrung zu bringen. Anish und ich werden uns mit diesem Thema beschäftigen. Und möglicherweise gibt es auch Mittel und Wege, die genaue Zusammensetzung des Schießpulvers zu verfeinern, um eine bessere Wirksamkeit zu erreichen.

Mein lieber Vetter, ich bleibe dein ergebenster Diener,
Prinz Harihara

Kapitel dreiunddreißig

Lieber Vetter,
wir sind jetzt schon seit fünf Monaten hier und nähern uns dem Ende des sechsten Monats des Jahres 1460 christlicher Zeitrechnung. Ohne den Rat unserer *sadhus* kann ich nicht genau sagen, was das nach unserem komplizierteren Mondkalender genau bedeutet, doch ich würde schätzen, daß etwa ein Jahr vergangen ist, seit wir in Gové in See stachen. Anish meint, es seien zwei Monate mehr als ein Jahr, also hast du jetzt eine ungefähre Vorstellung.

Genaugenommen sind wir Gefangene. Wir genießen zwar einigen Komfort, doch es kommt nicht in Frage, einen Spaziergang durch die Stadt zu unternehmen, die wir von den Mauern aus sehen können, oder uns gar auf den Heimweg zu machen. Man hat uns zwar nicht offiziell unter Anklage gestellt, aber wie stehen im Verdacht, Yorkisten zu sein und mit den Verrätern zusammengearbeitet und sie unterstützt zu haben. Wenn Scales zu tief ins Glas geschaut hat, wodurch er gereizt und bösartig wird, weist er uns stets darauf hin, man könne den Papierkram schließlich nicht über Nacht erledigen. Außerdem könnten wir froh sein, daß man uns noch nicht den Kopf abgeschlagen habe.

Und so sitzen wir immer noch in unserem trüben Palast-Tempel-Gefängnis namens Tower von London. Allerdings muß ich zugeben, daß es hier seit dem Anbruch des sogenannten Sommers nicht mehr ganz so düster ist. Habe ich Sommer gesagt? Es handelt sich eher um einen kurzen Zeitraum, in dem die Sonne häufiger scheint als sonst, so daß die Temperaturen es gestatten, das Feuer in unseren Räumen erst gegen Abend anzünden zu lassen. Wie ich hinzufügen muß, wird es inzwischen erst ziemlich spät dunkel, so daß die Nacht nur etwa sechs Stunden dauert. Man möchte meinen, daß es bei so viel Tageslicht hier heißer sein müßte als bei uns zu Hause, aber weit gefehlt. Die Sonne steht sogar gegen Mittag merkwürdig tief am Himmel, und tagsüber ist es nur selten wärmer als an einem außergewöhnlich kühlen Tag in Vijayanagara. Außerdem bleibt das Wetter wechselhaft. Es ist immer noch möglich, daß eine Woche lang kalter Regen fällt, gefolgt von ein paar Tagen Wärme und Sonnenschein, in denen allerdings ein scharfer Ostwind weht. Daran schließen sich bewölkte, schwüle Tage an, die immer heißer werden und schließlich in einem Gewitter gipfeln. Dann regnet es so heftig wie bei uns zuweilen im Monsun. Hin und wieder sind die Regentropfen sogar gefroren, was man hier Hagel nennt. Danach muß man wieder böige Winde und häufige Schauer erdulden.

Dennoch sind die auch innerhalb der Mauern ziemlich großen Gärten nun meistens ein angenehmer Aufenthaltsort. Hier gedeihen viele hohe Rosenbüsche, Lilien, Pfingstrosen (obwohl sie inzwischen verblüht sind) und auch zahlreiche blühende Kräuter, insbesondere Thymian, Rosmarin (mittlerweile ebenfalls verblüht, weil er früher dran ist als der Rest) und Salbei. Gewiß erinnerst du dich noch an die Säcke mit getrocknetem Salbei, die uns Händler von Zeit zu Zeit aus den Vorgebirgen des Himalaja mitbringen. Wie ich jetzt weiß, war er völlig überteuert.

Es ist kaum zu glauben, aber in den Fischteichen wachsen tatsächlich Lotosblumen. Man nennt sie Wasserlilien oder Seerosen, und sie sind zwar kleiner als bei uns, stehen aber gerade in Blüte. Die Blüten selbst sind sehr ähnlich wie zu Hause und haben sechs oder acht Blütenblätter pro Stück. Hier gelten sie offenbar als Rarität und werden nur wegen ihrer Schönheit, nicht wegen ihrer spirituellen Bedeutung bewundert. Bei ihrem Anblick wurde ich plötzlich von starkem Heimweh ergriffen.

Was es hier sonst noch gibt? Vögel mit gegabelten Schwänzen, genau wie die Schwalben, die vom Ende des Monsuns bis zur heißen Jahreszeit unsere Tempel scharenweise bevölkern. Vor etwa einem Monat sind sie hier eingetroffen und bauen winzige, wie zementiert wirkende Nester unter die Giebel von Türmen und Befestigungen. Es sind Hunderte, und sie haben inzwischen Eier gelegt und ziehen nun ihre Brut heran. Wie du sicher weißt, war es denen unter uns, die sich über derartige Dinge Gedanken machen, schon immer rätselhaft, wo unsere Schwalben sich wohl fortpflanzen. Nun, ich glaube, jetzt haben wir die Antwort. Aus Gründen, die vermutlich nur sie selbst und Devi-Parvati, die über alles Lebendige herrscht, kennen, fliegen sie dazu in diese nördlichen Gefilde.

Allerdings gilt in Ingerlond eine andere Lehrmeinung. Als ich einen der Gärtner, einen alten Mann mit rotem Gesicht, langem, weißem Haar und den knotigen, geschwollenen Gelenken, unter denen in Ingerlond die meisten alten Menschen leiden, dazu befragte, nuschelte er durch seine Zahnstummel: »Wißt Ihr, Sir, am Sankt-Michaels-Tag springen sie in die Schlammteiche, fallen in Starre und halten dort Winterschlaf. Wenn sie die wärmende Kraft der Sonne auf dem Rücken spüren, wachen sie wieder auf.«

Hier im Tower gibt es auch Raben, die denen ähneln, welche in den Klippen und Felsspalten unserer höchsten Berge leben. Sie sind fast zahm, und die Wachen ziehen die Jungen auf, die kurz nach unserer Gefangennahme geschlüpft sind, indem sie sie mit Leberstückchen und anderen Innereien füttern. Ein Aberglaube besagt, daß Albion (ein anderer Name für Ingerlond) so lange gedeihen wird, wie die Raben im Tower wohlauf sind.

Tja, lieber Vetter, vermutlich langweile ich dich mit diesen Ausflügen in die Naturgeschichte. Doch da Anish und ich meistens nicht wissen, wie wir die Zeit totschlagen sollen, beschäftigen wir uns häufig mit solchen Banalitäten. Doch nun zu wichtigeren Themen.

Lord Scales, unser Gefängniswärter – er bezeichnet sich lieber als unser Gastgeber – suchte uns heute morgen in eben dem Garten auf, den ich dir geschildert habe. Er ist ein alter Mann mit einem Bart wie ein Leopard und ebenfalls mit rotem Gesicht (Anish sagt, die meisten alten Männer hier hätten deshalb rote Gesichter, weil sie seit ihrer Kindheit übermäßige Mengen von Alkohol trinken), einer barschen Art und üblen Launen. Er kam auf uns zugeeilt, während wir gerade eine langbeinige Fliege beobachteten, die über das Wasser lief. Anish stellte Überlegungen dazu an und mutmaßte, es handle sich um ein Beispiel für die Vergänglichkeit bedeutender Ereignisse im Fluß der Zeit. Darauf hatte ihn der Umstand gebracht, daß die Fliege keine Fußabdrücke auf der Wasseroberfläche zurückließ.

»Es ist etwas geschehen«, keuchte Lord Scales. »Und zwar eine ganz üble Sache. Eure yorkistischen Spießgesellen aus Calais sind vorgestern spät am Abend in Sandwich an Land gegangen und befinden sich bereits in Canterbury. Erzbischof Bourchier, dieser Hundsfott, unterstützt sie, so daß sie ihre Anzahl bereits auf zwanzigtausend Mann verdoppeln konnten. In ein oder zwei Tagen werden sie an unsere Tür klopfen.«

»Was haben sie vor?« fragte ich.

»Sie behaupten, sie wollen dafür sorgen, daß dieses Königreich wieder eine fähige Regierung erhält. Angeblich beabsichtigen sie, den König zu ehren, der der rechtmäßige Herrscher sei. Aber man kann diesen Leuten nicht über den Weg trauen.«

»Und was führen sie tatsächlich im Schilde?«

»Den König zu verjagen und Richard Plantagenet, Herzog von York – ein arroganter Affe, das könnt Ihr mir glauben –, statt dessen auf den Thron zu setzen. Aber ich werde ihnen schon das Handwerk legen. Denkt an meine Worte.«

»Aber wenn sie zwanzigtausend ...«

Wie ihm klar war, wußte ich sehr wohl, daß im Tower nur ein paar hundert Mann stationiert sind.

»Ich habe doch meine Kanonen, oder? Ihr habt sie ja selbst gesehen. Ich puste diese Mistkerle weg, sobald sie auch nur einen Fuß in die Stadt setzen.«

»Wer ist der Anführer?« meldete sich Anish zu Wort.

»Richard Neville, dieser Trottel, der sich Graf von Warwick nennt, weil er die Tochter des alten Warwick geheiratet hat. Salisbury ist sein Vater, Lord Fauconberg sein Onkel; er hat seinen Titel ebenfalls im Bett erworben. Eddie March gehört auch dazu. Alles nur Ganoven, eine Schweinebande, Verbrecher.«

»Also nicht York selbst?«

»Nein. Dazu ist er zu schlau. Er wird in Irland abwarten, wie sich die Sache entwickelt. Und es wird ein böses Ende mit ihm nehmen. Denkt an meine Worte.«

Damit stolzierte er davon und stürmte keuchend die steile Treppe hinauf. Zweifellos wollte er seine Kanonen inspizieren und sich persönlich vergewissern, daß unser Freund Bardolph Earwicca alles gut in Schuß gehalten hatte.

»Falls March, Warwick und die anderen sich noch an uns erinnern, könnten wir mit einem blauen Auge davonkommen«, merkte Anish an. »Sofern Ratsherr Dawtrey sich die Mühe macht, ihnen zu sagen, wer wir sind.«

»Jedenfalls erleben wir jetzt mit, ob diese Kanonen auch funktionieren«, fügte ich hinzu.

In diesem Moment kam die langbeinige Fliege einem Seerosenblatt zu nahe, auf dem ein kleiner Frosch saß. Ein Zungenschlag, und sie war verschwunden.

»Sagt mal, Anish«, meinte ich, »welche Rolle spielt dieser Frosch in Eurer kleinen Kosmologie? Shiva, der Zerstörer?«

»Zu groß«, erwiderte er. »Einigen wir uns auf Takata, die männerverschlingende Dämonin.«

Verehrter Vetter, die Dinge hier entwickeln sich rasch. Ständig geschieht etwas Neues, weshalb ich diesen Brief nicht wie geplant einem arabischen Händler mitgegeben habe, der inzwischen abgereist ist und in etwa einem Monat Tyrus in Levantinien erreicht haben wollte. Statt dessen werde ich ihn noch eine Weile hierbehalten und die Abfolge der Ereignisse darin notieren. Ich werde schon einen Weg finden, ihn abzuschicken, wenn sich die Lage beruhigt hat. Seit meinem letzten Eintrag sind fünf Tage vergangen. Wir stehen jetzt am Anfang des Monats, den man hier nach Julius Cäsar Juli nennt. Offenbar hat er diesen Kalender erfunden, etwa zu der gleichen Zeit, in der er die Festung baute, wo wir uns jetzt befinden.

Hoppla! Ich hätte noch ein wenig warten sollen. Lord Scales amüsiert sich großartig beim Abschießen seiner Kanonen. Während die Kanoniere sie laden und alles vorbereiten, eilt er von Stellung zu Stellung, hält seinen Saltpeterdocht an die Ladung, sieht zu, wie es im Lauf knistert. Dann geht das Ding mit einem Riesenknall los. Er läuft zur nächsten Stellung, raus aus dem Turm, die Stufen hinunter auf die Mauer, was ziemlich gefährlich ist, weil er dabei in den Hof hinunterstürzen könnte, und die Treppe des nächsten Turmes wieder hinauf. Peng! Und so geht es immer weiter. Er hat sechs Kanonen, die über die ganze Stadt zeigen. Drei weisen nach Norden in Richtung der Gegend, die man Smithfield nennt, und drei nach Westen. Sie decken die kleine Anhöhe namens Tower Hill sowie Billingsgate ab. Trotz der erhöhten Lage und der Größe der Kanonen kann er jedoch offenbar jenseits einer Reichweite von hundertfünfzig Metern keinen Schaden anrichten. Das wurmt und bedrückt ihn erheblich, da sich die Brücke ein winziges Stück außerhalb dieses Radius befindet. Über diese Brücke marschiert nun Warwicks Armee und wird vom Oberbürgermeister und den Ratsherren – einschließlich Ratsherr Dawtrey, wie ich vermute – willkommen geheißen.

Warwick und seine Yorkisten sind bei den Kaufleuten in der Stadt aus verschiedenen Gründen sehr beliebt. Erstens hat der König – oder die Königin in seinem Namen, wie die meisten sagen – sie mit hohen Steuern belegt, und außerdem hat er den Kaufleuten der Hanse für eine gewaltige Geldsumme Rechte eingeräumt, die diese vorher nicht besaßen. Die Yorkisten versprechen, all das rückgängig zu machen, wenn sie den wahnsinnigen König erst einmal in ihre Gewalt gebracht haben. Inzwischen haben Warwicks Schiffe – unter willkürlich gewählter Flagge, nicht unter dem Banner der Festung Calais – die Schiffe der Hanse auf hoher See aufgebracht. Also begrüßen die Londoner Kaufleute Warwicks Armee nicht nur mit offenen Armen, sondern überreichen ihm auch noch die beträchtliche Summe von vierzehntausend Goldstücken, um seine Soldaten zu bezahlen und zu verpflegen.

Natürlich drängen nun alle Männer zur Armee wie Bienen zum Bienenstock und wollen unbedingt Soldat werden. Lord Scales hat einen seiner Leute auf dem höchsten Turm Posten beziehen lassen, wo er mitzählen soll, wie viele Menschen die Brücke überqueren. Er kommt auf vierzigtausend Mann, was tatsächlich eine gewaltige Armee ist, auch wenn sich noch zeigen wird, wie viele davon wirklich bleiben, nachdem sie etwas zu essen und ihren Sold erhalten haben und es ans Marschieren und ans Kämpfen geht.

In den nächsten Tagen werden die umliegenden Straßen jeweils einige Stunden lang bombardiert. Nach jeder Salve tritt eine Pause ein, da weitere Steinkugeln und Pulverfässer zu den Kanonen hinaufgeschafft werden müssen. Irgendwann werden wir Zeugen eines kurzen Streits zwischen Feldwebel Earwicca und Lord Scales, der uns darüber aufklärt, warum es den Kanonen nicht gelingt, die Wurfgeschosse bis zur Brücke zu schleudern.

»Das *facking* Pulver wurde in Epping gemischt, woher auch die *facking* Holzkohle kommt, Euer Gnaden.«

»Das weiß ich, du Narr. Aber wo wurde das Pulver gemischt?«

»Und in Fässern den Fluß Lee hinaufgebracht.«

»Du bist ein Hornochse, im Dorf Finsbury mischt man doch kein Pulver ...«

Und so ging es weiter und weiter – daß die beiden Männer zwei Stunden lang Kanonen geladen und abgefeuert hatten, war ihnen aufs Gehör geschlagen.

Endlich gelang es ihnen, sich einander verständlich zu machen. Die drei Inhaltsstoffe des Pulvers waren in Epping Forest gemischt und dort in Fässer gefüllt worden. Allerdings haben die Bestandteile ein unterschiedliches Gewicht, weshalb sie sich durch das Rütteln und Schütteln während des Transportes, gefolgt von einem Jahr Lagerung, voneinander getrennt hatten, so daß das leichtere Holzkohlenpulver nun ganz oben lag; als nächstes kam der Schwefel und zu guter Letzt der Salpeter. Es war zwar nicht zu einer vollständigen Spaltung der Inhaltsstoffe gekommen, doch sie genügte, um die Wirksamkeit des Pulvers zu beeinträchtigen.

Die Dächer der umliegenden Häuser sind zerschmettert, die Zimmer in den oberen Etagen zerstört worden. Offenbar gab es auch einige Tote und Verletzte. Deshalb hat eine Abordnung am Tor des Tower vorgesprochen und Lord Scales gebeten, das Feuer einzustellen. Er kam ihnen auf der Zugbrücke entgegen und überhäufte sie mit Verwünschungen. »Ihr räudiges Verbrecherpack«, schimpfte er. »Solange ihr auch nur einem einzigen Yorkisten Unterschlupf gewährt, schieße ich die ganze Stadt in Schutt und Asche. Und jetzt nehmt die Beine in die Hand, bevor ich euch in die Hölle puste!« Seine Bogenschützen ließen einen Pfeilhagel auf die Leute los, die schleunigst den Rückzug antraten.

Ein Mann jedoch hatte die Voraussicht gehabt, einen Schild mitzubringen, der wegen der darin steckenden Pfeile bald aussah wie der Rücken eines Stachelschweins. »Lord Scales, ich krieg Euch noch, zum Teufel!« schrie er. »Eine Eurer gottverdammten Kanonen hat meine Tochter getötet!« So brüllte er immer weiter, bevor er sich, rückwärts gehend, wieder seinen Freunden anschloß, die in sicherer Entfernung auf dem Tower Hill warteten, gleich vor dem Haupttor, wo manchmal Verräter hingerichtet werden.

Dank dieser neuen Entwicklungen ist bei uns endlich Geselligkeit eingekehrt. Einige Lords, die Anhänger der Königin sind und sich gerade in London aufhielten, haben sich mit ihren Familien zu uns geflüchtet. Ich möchte dich nicht mit ihren Namen langweilen, denn sie sind ein ungebildeter Haufen. Die Frauen laufen mit tief ausgeschnittenen Miedern herum, die ihre Brüste fast bis zu den Brustwarzen sehen lassen. Die Kleider sind vorne geschlitzt, so daß die bestrumpften Beine bis zum Knie freiliegen. Alle – Männer wie Frauen – tragen Massen von Schmuck. Jedoch ist das meiste davon gefälscht oder billiges Zeug: Granate anstelle von Rubinen, Feldspat statt Amethyst, Topase und außerdem Gold, das kräftig mit Kupfer vermischt wurde. Mit diesem Tand erinnern sie eher an die Tempeltänzer und Schauspieler bei uns zu Hause als an Prinzen und Minister.

Anish und ich haben einen Heidenspaß daran, sie zu beobachten oder mit ihnen zu plaudern (inzwischen beherrschen wir die inglysshe Sprache ziemlich fließend). Die Frauen reden über nichts anderes als über das Geld, das ihre Ehegatten und Väter für ihre Kleider und ihren Schmuck aufbringen müssen. Die Männer prahlen unablässig mit ihren Jagderfolgen, der Schnelligkeit ihrer Pferde, der Geschicklichkeit ihrer Hunde und ihren Siegen im Turnier. Von letzterem später noch mehr, sofern die Zeit es mir gestattet.

Jeden Morgen schickt Scales Kundschafter los, die abends zurückkommen und berichten, was die Yorkisten in der Stadt im Schilde führen. Diese haben einen gewaltigen Trumpf in Gestalt eines italienischen Priesters namens Coppini auf ihrer Seite. Der Papst hat ihn geschickt, damit er eine friedliche Lösung zwischen den gegnerischen Parteien vermittelt, aber in seinen Predigten vor den Bürgern verteidigt er die Position der Yorkisten. Offenbar rechnet der Papst damit, daß die Yorkisten ihm verschiedene Rechte zusprechen, die zwischen Krone und Kirche umstritten sind, und drängt den König deshalb dazu, deren Forderungen nachzugeben. Währenddessen veranstalten die yorkistischen Lords auf dem Vorplatz von St Paul's ein Riesentheater, indem sie dem wahnsinnigen König Treue und Gefolgschaft schwören und beharren, ihnen ginge es nur darum, dem Land wieder zu einer fähigen Regierung zu verhelfen.

Inzwischen haben wir den sechsten Juli, und die Yorkisten befinden sich nun schon seit zwei Wochen auf inglysshem Boden. Der König sitzt in Coventry und hat noch keine Anstalten gemacht, etwas gegen sie zu unternehmen. Es heißt, er fürchte, York selbst könne in den Norden einmarschieren, und wagt deshalb nicht, sich zu rühren. Deshalb hat man gestern den Feldzug gegen ihn begonnen und zehntausend Mann unter der Führung von Lord Fauconberg nach Norden geschickt. Heute sind Warwick und March mit weiteren zwanzigtausend Soldaten oder noch mehr aufgebrochen. Warwicks Vater, Lord Salisbury, bleibt mit zweitausend Mann hier, um uns im Tower festzuhalten und die Stadt zu besetzen.

Eigentlich sollte heute in den Gärten ein Turnier für die jungen Männer stattfinden, die sich allmählich langweilen und ruhelos werden. Bei einem Turnier kämpfen die Männer miteinander wie die Welpen, während die Dienstmädchen und sogar einige Damen in Angst vor einer Vergewaltigung leben. Nachdem die Listen aufgestellt worden sind, legen die jungen Adeligen ihre aus unzähligen Einzelteilen bestehenden und schweren Rüstungen an. Es ist wirklich ein alberner Sport! Dann steigen die Rivalen auf Pferde, greifen einander mit dicken Speeren an und versuchen, sich gegenseitig aus dem Sattel zu werfen. Das Ganze sieht ziemlich beängstigend aus. Die Männer stecken wie Krokodile oder riesige Schildkröten in ihren eisernen Panzern, und wer von ihnen fällt, trägt mit Sicherheit einige blaue Flecke davon. Allerdings wird offenbar nur selten jemand schwer verletzt. Doch da es am Morgen heftig zu regnen begann, so daß die Wiesen sich in Sümpfe verwandelten, mußte die Veranstaltung abgesagt werden.

Ich werde jetzt schließen, denn Anish meldet, er habe von einer Karavelle gehört, die bei Einsetzen der Flut nach Levantinien segeln will. Er ist sicher, einen der Küchenjungen bestechen zu können, die jeden Morgen auf den Markt gehen, damit dieser unsere Briefe mitnimmt. Ich habe zwar ein wenig weit ausgeholt, aber du kannst mir glauben, daß mein erster Gedanke stets dem Schicksal von Prinz Jehani gilt. Ich hoffe, daß wir ihn eines Tages wiederfinden werden, auch wenn wir es nur den Launen eines alten Säufers zu verdanken haben, daß unser Kopf noch auf unseren Schultern sitzt; doch Anish und ich tun unser Bestes, diesen Umstand nach Möglichkeit zu vergessen.

Dein gehorsamer, dir zugetaner Vetter,
Prinz Harihara

Kapitel vierunddreißig

»Regen, Mah-Lo, selbst ein warmer Regen wie heute, erfüllt meinen Körper mit Schmerzen und Krämpfen und meine Seele mit düsterem Trübsinn.«

Und es regnete tatsächlich. Es war der stete, warme Regen, der, wie wir wissen, im Juni jeden Abend fällt. Davor erklingt aus den Ghats in der Ferne ein gedämpftes Donnergrollen. Deswegen hatten wir uns vom Schatten des Kardamombaums unter einen kleinen, frei stehenden Pavillon in der Mitte des Hofes zurückgezogen. Er hatte ein gekacheltes, gewölbtes Dach, auf dem sich das Wasser sammelte und zu den Ecken abgeleitet wurde, so daß es sich in Sturzbächen auf die Bodenfliesen aus Granit ergoß. Der Regen fiel plätschernd in den kleinen Teich und prasselte auf die Blätter der Ziersträucher nieder. Wie wir hatten sich auch die Vögel, die Alis Garten bevölkerten, auf die Simse unter den Dachrinnen geflüchtet, beäugten argwöhnisch die Tropfen und warteten, daß es endlich aufhörte. Alis graue, schlanke Burmakatze lief wie ein eingesperrter schwarzer Leopard oder Panther auf dem Geländer der Veranda hin und her. Offenbar brannte sie darauf, zu dem geschützten Erdhaufen zu laufen, wo sie ihr Geschäft verrichtete, wollte aber auf keinen Fall naß werden.

Ali sprach weiter: »Schau nur, Mah-Lo, wie geschwollen meine Fingerknöchel sind. Meine Knie sehen zwar nicht anders aus als sonst, aber du mußt mir glauben, daß in ihrem Inneren schreckliche Schmerzen toben. Hier oben an meinem Oberschenkel fühlt es sich an wie ein Schwerthieb. Ohne das Haschisch, das du mir gestern mitgebracht hast, wäre ich längst tot oder hätte den Verstand verloren …«

Mit diesen Worten legte er die Kugel öligen Harzes, etwa so groß wie ein Wachtelei, die er zwischen den Handflächen gerollt hatte, auf die glühende Holzkohle im Pfeifenkopf sei-

ner nargileh, *bevor er am Mundstück sog, als ginge es um sein Leben. Und vielleicht war es auch wirklich so. Zumindest, was seinen Verstand betraf. Der üppige, süßliche Pflanzenrauch, gekühlt von dem Rosenwasser, durch das er blubbernd zog, umwaberte uns. Ich atmete ihn ein und lehnte mich zurück, um das davon ausgelöste leichte Glücksgefühl zu genießen. Ich war zufrieden. Der Regen tröpfelte gemütlich. Es war feuchtwarm. Der bewölkte Himmel hatte sich früh verdunkelt. Und die Greisenstimme meines Gastgebers fuhr langsam und monoton fort zu sprechen.*

Der letzte Brief des Prinzen hat etwa drei Monate abgedeckt. Nun müssen wir unsere Fußspuren im Sand der Zeit zurück bis zum Osterfest und dem Tag nach Peters Vortrag verfolgen, dem Tag, an dem ich mich wieder auf meinen kurzen Marsch durch das mittlere Ingerlond machte.

Noch ehe ich das Tor aus Korbgeflecht erreichte, begann es zu regnen, und als ich es durchschritt, schüttete es wie aus Kannen. Beinahe wäre ich umgekehrt. Ich tat es sogar, doch der Mann, mit dem ich nun seit einigen Monaten befreundet war, stand nicht etwa trocken im Schutz des Türhüterhäuschens. Statt dessen eilte er über den Kiesweg auf mich zu. Er nahm mich beim Ellenbogen und schob mich weiter auf den Weg, den ich gehen sollte, um die Hauptstraße zu erreichen. Diese führte an der Stadtmauer von Oxenford entlang und ließ die Insel auf der anderen Seite des braunen, wirbelnden, fleckigen Wassers zurück. In der rechten Hand hielt er eine große, weiche Ledertasche mit Henkeln.

»Verzeih mir, Ali«, rief er. »Es war unhöflich von mir, dich einfach so wegzuschicken. Ich werde dich ein Stück des Wegs begleiten.«

Wir wateten durch Pfützen und kletterten über Wurzeln. Nach einer Weile ließ der Regen ein wenig nach, und die Sonne wärmte unsere Rücken, so daß leichter Wasserdampf von uns aufstieg. Rechts von uns erschien ein Regenbogen, der den düsteren, gefängnisähnlichen Behausungen der Gelehrten und Geistlichen kurz eine bessere Zukunft verhieß. Ich muß zugeben, daß ich mich freute, wieder unterwegs zu sein. Seit ich zuletzt einen Fuß aus dem Kloster von Osney gesetzt hatte, waren drei Monate vergangen. Ich hatte mich zwar wohl gefühlt und die Gastfreundschaft genossen, brannte aber darauf, neue Gesichter und unbekannte Orte zu sehen. Wie du weißt, mein lieber Mah-Lo, habe ich aufgrund meines Nomadenlebens bis jetzt nur selten mehr als einen Monat an einem Ort verbracht, und ich werde immer noch von Wanderlust ergriffen, obwohl ich inzwischen nur noch Ruhe für meine müden Knochen brauche. Übrigens fühle ich mich nun schon besser. Das Haschisch, das du mir mitgebracht hast, ist viel hochwertiger als das, welches man hier in der Stadt angeboten bekommt.

»Es stammt aus den Mondbergen«, erwiderte ich. »Gestern ist ein Schiff vom Golf eingetroffen.«

»Also ist es wirklich rein.«

Ein träumerischer Blick trat in seine Augen. Vielleicht erinnerte er sich an seine Jugendjahre unter den Assassinen im Hindukusch, als er zu Füßen der Fakire gesessen hatte, die Hassan Ibn Sabbath anhingen und zur Inspiration bhang *rauchten. Er nahm einen tiefen Zug, schüttelte den Kopf, grinste schief und sprach weiter.*

Bald kamen wir an eine Weggabelung, genaugenommen handelte es sich um eine Straßenkreuzung. Ein Weg führte zu einer Brücke und zurück in die Stadt, der andere geradeaus nach Norden. »Banbury« und »Coventry« stand auf dem linken Schild, während das rechte nach Burford wies.

»Die Straße nach Burford führt nach Nordwesten«, sagte Peter und stellte seine Ledertasche ab. »Burford ist eine interessante Stadt.«

Eigentlich hatte ich damit gerechnet, daß er mich jetzt verlassen würde, nachdem er mich zu der richtigen Straße gebracht hatte. Doch er nahm wieder meinen Ellenbogen, hob seine Tasche auf und begleitete mich. Dabei funkelte ein fast kindlicher Schalk in seinen Augen.

»Wie du sicher weißt, sind wir ein Prediger- und ein Bettlerorden. Ich habe zu lange im gemütlichen Kloster herumgesessen und finde, daß es nun an der Zeit ist, ein wenig herumzuziehen, zu predigen, neue Gesichter zu sehen und einige der Früchte eines in Kontemplation und Gelehrsamkeit zugebrachten Winters an andere weiterzugeben. Als ich dir nachblickte, wußte ich, daß ich dich vermissen würde, und ich dachte mir, wenn nicht jetzt, wann dann? Und schau ...« Er öffnete das Zugband seiner schwarzen Tasche. »Ich habe sämtliche Schriften von Roger mitgebracht, derer ich so schnell habhaft werden konnte.«

Er holte vier in Leder gebundene Pergamentbüchlein hervor und blätterte rasch die Seiten durch. Die Schrift war winzig.

»Alles verschlüsselt«, verkündete er. »Aber ich habe den Code geknackt.«

Meine ursprünglichen Pläne wurden über den Haufen geworfen, denn wir verbrachten viel zuviel Zeit damit, umherzuwandern und uns dabei zu unterhalten. So vergingen die Wochen, in denen wir unsere Freundschaft pflegten, mit angenehmem Geplauder. Obwohl ich Bruder Peter gegenüber immer wieder beteuerte, daß ich unbedingt die Gemeinschaft der Brüder des freien Geistes finden müßte, die, wie er selbst gesagt hatte, unweit einer Ortschaft namens Macclesfield oder Manchester lebte, hatte er offenbar keine Eile. Allerdings war Prinz Jehani schließlich Prinz Hariharas Bruder und nicht meiner, und solange dieser im Gefängnis saß, war es ziemlich sinnlos, den Verschollenen auf eigene Faust suchen zu wollen.

Wir erbettelten Lebensmittel (wir besaßen beide nicht mehr als unsere Wanderstöcke und die Kleider, die wir am Leibe trugen) und bekamen immer mehr, als wir brauchten. Hin und wieder predigte Peter an einer Straßenecke, an Marktkreuzen, auf den Vorplätzen von Kirchen oder auf dem

Land, wo die Obrigkeit und der Arm des Gesetzes uns nicht erreichen konnten. Seine Zuhörerschaft war zwar meist nicht mehr als zwanzig Köpfe stark, doch er sah sich auch nie gezwungen, dem Beispiel seines Mentors und Ordensgründers zu folgen und den Vögeln zu predigen. Wir schliefen in Scheunen, Aussätzigenunterkünften und gelegentlich auch in den Betten von Witwen.

Die Landschaft wurde grün. In den Straßengräben wuchsen Blumen, und bald vergaß ich, daß die Bäume je kahl gewesen waren. Zuerst blühten die Apfelbäume, dann die Birnen. Auf den Wiesen streckten Blümchen, Butterblumen genannt, die Köpfchen in die Höhe und überzogen die ganze Umgebung mit einem gelben Schleier. In den Wäldern erklang Gezwitscher, und wir hörten den Zweitonruf des Kuckucks, der seine Eier in die Nester anderer Vögel legt. Die Leute beschenkten uns mit säuerlichem Weichkäse und Sahne, Eiern, frischen Wurzeln und Kresse. Die Enteneier waren besonders schmackhaft.

Meistens fielen Peters Predigten nicht so radikal aus wie die vom Ostersonntag, auch wenn er offen über die Segnungen der Armut, das Teilen und den gemeinsamen Besitz von Eigentum sprach. Er griff den Priesterstand und die Normannen an, weil diese das gemeine Volk ausplünderten, und verdammte Aberglauben, Habgier, Prunksucht, Faulheit, Krieg und viele weitere Mißstände. Aus dem Gedächtnis zitierte er aus der inglysshen Bibel, und zwar aus der Übersetzung von John Wycliffe. Stets beobachtete er seine Zuhörer mit wachem Blick und richtete seine Aussage nach dem Gemüt der Anwesenden. Wenn er eines Wachtmeisters oder eines Vogts ansichtig wurde, stimmte er sofort einen Lobgesang auf den König und das irdische Gesetz an. Entdeckte er einen mittellosen Priester, redete er der Armut das Wort. Doch wenn ein wohlhabender Geistlicher, ein Domherr oder gar ein Abt in der Nähe war, beendete er rasch seinen Vortrag, und wir zogen weiter.

Viel fesselnder jedoch waren die langen Gespräche, die

wir auf unseren Wanderschaften von Dorf zu Dorf führten.

»Einigen wir uns darauf ...«, sagte er schon ganz zu Anfang, und er spähte hinter sich ins Stechpalmendickicht, ob auch niemand in Hörweite war. Wir schlenderten gerade mutterseelenallein durch einen Eichenwald, dessen Äste in leuchtendem Gelb und frischem Grün erstrahlten, wobei es sich, wie er mir erklärte, nicht um Blätter, sondern um grüne Blüten handelte. »... daß Gott ein bedeutungsloses Konstrukt ist. Wir brauchen ihn nicht ...«

»Oder sie?«

»Allerdings, sie auch nicht ...« Er schüttete sich aus vor Lachen. »Was für ein Fuchs du bist, Ali, aber du hast recht. Warum sollen wir uns Gott nicht als Frau vorstellen? Da wir übereinstimmen, daß er vermutlich nicht existiert, kann sie genausogut eine Frau sein.«

»Also sagst du, daß wir sie nicht brauchen ...«

»Außer vielleicht als treibende Kraft. Jemand muß die Angelegenheit in Bewegung gesetzt haben, doch dann begannen die Gesetze von Ursache und Wirkung zu greifen, so daß Gott sich wieder den anderen Universen widmen konnte, auf die sie vielleicht sonst noch ein Auge geworfen hatte. Allerdings ist es wirklich interessant, darüber zu spekulieren, wie Ursache und Wirkung zu einer Reaktionskette geführt haben können, die so mannigfaltige und verschiedene Arten hervorgebracht hat, wie wir sie rings um uns sehen. Vielleicht wäre es auch interessant zu erraten, welche von ihnen die ersten waren, aus denen sich der Rest entwickelt hat.«

»Spekulation ist kostenlos und kann nie schaden«, erwiderte ich, aber ich sah mich ebenfalls um. »Doch sie könnte auch dafür sorgen, daß man auf der Streckbank oder auf dem Scheiterhaufen landet. Also, nur zu. Fang an zu spekulieren.«

»Ich hatte eher gehofft, du würdest es tun.«

»Warum ich?«

»Da du sämtliche menschliche Gelehrsamkeit auf die beiden Grundsätze des Gründers deiner Sekte reduzierst:

›Nichts ist wahr, und alles ist erlaubt.‹ Auf diese Weise hast du dich noch gnadenloser des Ballasts entledigt, den unsere Gesellschaft uns aufbürdet, und kannst deshalb freier umherspringen, als ich es vermag. Ich meine, metaphorisch gesprochen«, fügte er mit einem Blick auf meine verdorrte Hand und meine mageren Beine hinzu.

»Meinetwegen«, stimmte ich zu. »Also paß auf.« Allerdings folgte darauf ein kurzes Schweigen, als wir unter einem grünen, vielschichtigen Baldachin zwischen Ahornbäumen und Birken einhergingen, und zwar deshalb, weil Peter sich kurz entschuldigte, um hinter einem Stechpalmenbusch einem menschlichen Bedürfnis nachzugeben. Dann begann ich.

»Das erste Lebewesen ...« Ich verbesserte mich. »Das erste tierische Lebewesen war vermutlich ein einfach gebauter Organismus, aus dem sich alle anderen Arten entwickelt haben.«

»Und wie sah der aus?«

»Wie ein Sack. Nein, wie eine Röhre! Eine Röhre, die sich am Leben erhielt, indem sie mit dem einen Ende Nahrung aufsaugte, ihr alles Benötigte entnahm und alles Überflüssige am anderen Ende wieder ausschied. Wenn du genauer darüber nachdenkst, ist es bei allen Tieren, einschließlich des Menschen, im Grunde genommen genauso. Der Rest wurde nur hinzugefügt, damit das Grundmodell der Röhre besser funktioniert. Also waren die ersten Tiere wahrscheinlich nichts weiter als Röhren.«

»Und wie haben sie sich verändert und sich so vielfältig und unterschiedlich entwickelt? Warum gibt es derart viele verschiedene Ausprägungen und Arten? Wodurch«, so fügte Peter hinzu, »entsteht nach den Gesetzen von Ursache und Wirkung, von Aktion und Reaktion etwas *Neues*? Wo liegt der Ursprung der Spezies?«

Ich dachte eine Weile darüber nach. »Hör zu«, meinte ich dann. »Ich bin weit gereist und habe Tiere wie wilde Hunde und Ratten beobachtet, die sich in der Wüste wohl fühlen. In Moskau habe ich einen Elefanten gesehen, der in einem Eisblock eingefroren war und sehr langes Haar hatte, während die Elefanten in Vijayanagara nahezu kahl sind. Ich bin Affen begegnet, die auf Bäumen umherklettern, und welchen, die in den Felsen von Jebel Tariq in Höhlen leben. Sie laufen auf dem Boden herum, haben eine andere Körperhaltung und benutzen auch ihre Beine ganz anders als die Baumbewohner. Und so weiter und so fort. Die Welt unterscheidet sich von Region zu Region. Es gibt Berge und Ebenen, Täler und Gipfel, heiße Länder und kalte, feuchte Regionen, trockene, felsige Wüsten und üppige Wälder. Und in jedem Gebiet haben sich die Tiere mit ihren unterschiedlichen Eigenschaften ihrer Umwelt angepaßt.«

»Ach, ich verstehe, worauf du hinauswillst.« Peter konnte sich kaum beruhigen. »Die ersten einfachen Röhren mußten sich gemeinsam mit ihrer Umgebung verändern, sobald die Nahrung, die sie aufnahmen und wieder ausschieden, anders wurde ... Doch wie ist es zu diesen Anpassungen gekommen? Was war der Anlaß? Warum sind sie nicht einfach ausgestorben?«

Inzwischen in gedrückter Stimmung, trotteten wir weiter, voller Angst, wir müßten doch wieder anfangen, an den bärtigen alten Riesen zu glauben, der sieben Tage lang getöpfert und dann den von ihm geformten Geschöpfen Leben eingehaucht hatte.

Später an diesem Tag wurde es so warm, daß die Hitze uns zu quälen begann; zumindest erging es Peter so, denn er war im Gegensatz zu mir nicht daran gewöhnt. Wir hatten eine kleine Lichtung erreicht, wo ein Sturm einen der Riesen des Waldes entwurzelt hatte. Die dadurch entstandene kahle Stelle wurde schon von kurzem grünem Gras überwuchert. Wir setzten uns mit dem Rücken zum Stamm des gefallenen Helden und blickten hinauf ins grüne Buchenlaub.

Dort bemerkten wir Hunderte von ebenfalls grünen, winzigen Raupen, die sich an hauchdünnen Fäden von den Blättern baumeln ließen. Zwei kleine Vögel mit roter Brust und scharfen schwarzen Schnäbeln flatterten dazwischen umher.

Sie fingen die kleinen Raupen, die zu groß waren, um sie auf einmal hinunterzuschlucken, und trugen sie fort. In der kurzen Zeit, die wir sie beobachteten, hatte jeder von ihnen etwa zehn Stück erbeutet.

»Was machen sie bloß damit?« wunderte ich mich. »Sie fressen sie doch wohl nicht alle selbst.«

Dann lachte ich auf, denn eines der Rotkehlchen ließ ein Häufchen auf die Glatze meines Freundes fallen.

»Scheiße«, schimpfte dieser und tastete am Baumstamm nach einem Blatt, um sich zu säubern. Da er sich selbst nicht sehen konnte, blieb ein grünlicher Schmierer auf seinem Schädel zurück. »Dort oben haben wir ein Beispiel für einfache Röhren, die Blätter oder Blüten zerkauen und kleine grüne Krümel ausscheiden. Dazwischen fliegen größere, komplizierter gebaute Tiere herum, fressen die kleineren und verwandeln das, was sie nicht brauchen, in schwarzweißen Kot. Sie wirken deshalb so gierig, weil sie ihre Jungen füttern müssen. Das Nest befindet sich in dem Loch, wo der Baum einen Ast verloren hat. Und was kann man daraus lernen? Im Grunde genommen, daß sie auch nicht viel anders sind als die röhrenförmigen Kotproduzenten, und doch unterscheiden sie sich völlig von ihnen. Warum?«

»Die einfacheren Tiere brauchen nur Blätter zu zerkauen. Wenn ein Blatt fast aufgegessen ist, spinnen sie einen Faden zum nächsten. Doch die Vögel müssen fliegen können, wenn sie die Raupen fangen wollen. Deshalb mußten sie sich Flügel wachsen lassen, die sie von Raupe zu Raupe tragen. Irgendwann vor langer Zeit waren sie gewiß auch nur Raupen, doch weil sie nicht mehr ausreichend mit Nahrung versorgt wurden, waren sie gezwungen, sich anzupassen.«

»Also gut. Soll das heißen, daß wir alle, sämtliche Landtiere, Fische und Vögel, die es gibt, eigentlich nur röhrenförmige Kotproduzenten sind, die sich an veränderte Umstände ...« – er suchte nach dem richtigen Wort – »... *angepaßt* haben, um weiter ihrem hauptsächlichen Daseinszweck, der Herstellung von Kot, nachkommen zu können?«

»Und um am Leben zu bleiben ... zumindest so lange, bis sie sich fortgepflanzt haben.«

»Aber das Ganze hat sicher länger als sieben Tage gedauert.«

»Das würde ich auch meinen.«

»Und diese Raupen, du und ich, die wir uns an unsere Umgebung angepaßt haben, erfüllen lediglich den Zweck, zu fressen, zu scheißen und zu sterben, nachdem wir uns fortgepflanzt haben.«

»Ja«, erwiderte ich. Und ich spürte, wie eine merkwürdige Aufregung in mir hochstieg, so wie bei einem Mann, der schweigend auf einem Berggipfel steht und einen völlig neuen Ozean des Wissens vor sich sieht, der jedoch noch unter einem undurchdringlichen Nebel verborgen liegt.

»Ein Daseinszweck, dem die Würde fehlt, als Ebenbild Gottes geschaffen worden zu sein.«

»Was hat denn Würde damit zu tun?«

Peter stand auf, reichte mir die Hand, und wir machten uns wieder auf den Weg. Wie zwei Kühe kauten wir immer weiter auf derselben Sache herum.

»Wenn«, meinte ich nach einer Weile, »es keine Rotkehlchen gäbe, würden die Raupen alle Blätter fressen, und die Bäume würden aussterben. Wenn die Bäume ausstürben, wäre auch Schluß mit den Raupen und möglicherweise sogar bald mit den Rotkehlchen ... Es herrscht eine Art Gleichgewicht, eine Balance.«

»Schön und gut, wenn es keine Raupen mehr gäbe, dann gäbe es ganz gewiß auch keine Rotkehlchen. Doch die Bäume wären immer noch da, und zwar eine ganze Menge von ihnen.«

Kapitel fünfunddreißig

Nachdem wir etwa eine Woche gemächlich und gelegentlich auch in Kreisen mit immer größer werdendem Radius durch die Lande gezogen waren (als wir das östliche Ufer des Flusses Severn erreichten, kehrten wir um, da wir uns laut Peter in den walisischen Sümpfen befanden; die Waliser, die auf der anderen Seite wohnten, sprächen eine Sprache, die ebenso barbarisch sei wie ihr Betragen), viele Dispute geführt und auch ein wenig gepredigt hatten, trafen wir endlich in Burford ein, das wirklich eine interessante Stadt war. Je näher wir kamen, desto mehr veränderte sich die Landschaft. Die Flußauen wurden von einem hügeligen Gebiet mit zwar nicht sehr hohen, aber häufig recht steilen Bergen abgelöst, die von vielen Flüssen und Bächlein durchquert wurden. Es gab hier viele Wälder, aber auch – insbesondere in den Tälern – einige Sumpfwiesen, wo riesige hellbraune Kühe lagen und unablässig das üppige Gras und die Sumpfdotterblumen kauten. In den höheren Regionen waren die Wiesen und ehemaligen Felder, auf denen Schafe grasten, immer öfter von Zäunen aus Weidenruten eingegrenzt. Die Dörfer, durch die wir marschierten und wo wir gelegentlich übernachteten, wirkten wohlhabend. Viele Häuser, auch die der ärmeren Leute, bestanden aus einem angenehm warmen, grauen Stein. Wenn es nicht regnete, saßen die Frauen auf den Türschwellen, spannen Wolle von Rocken auf Spindeln und plauderten im Sonnenschein, während drinnen die Männer das Garn auf primitiven Webstühlen zu Stoffen verarbeiteten. Zumindest machten ihre Gerätschaften, verglichen mit denen, die man in den arabischen Ländern benutzte – für Baumwolle und Seide im maurischen Spanien und für feine Wollstoffe in Asien –, einen recht ungeschlachten Eindruck. Viele dieser Leute sprachen nicht Inglysshe, sondern eine Sprache, bei der es sich laut Peter um Flämisch aus den Niederlanden jenseits des Ärmelkanals handelte. Da sie die Kunst des Spinnens und Webens besser beherrschten als die Angeln und die Sachsen, hatte man sie ermuntert, sich in Ingerlond niederzulassen.

»Woher bekommen diese Leute ihr Brot, das doch das Grundnahrungsmittel ist, wenn Schafe und Rinder auf ihren Feldern grasen?« fragte ich.

»Sie kaufen den Lords und Gutsbesitzern die Rohwolle ab. Diese haben das Land eingezäunt und die Leute hier angesiedelt ...«

»Moment mal«, fiel ich ihm ins Wort. »Was ist mit den Bauern passiert, die zuerst hier gelebt haben? Den Angeln und den Sachsen?«

»Drei Dinge«, erwiderte er, während wir uns einen Hügel hinaufquälten, der noch steiler war als die anderen. Der Pfad war von dornigem Gebüsch gesäumt, das leuchtendgrüne Blätter hatte. Wenn man sie mit Daumen und Zeigefinger abpflückte, hatte man einen köstlichen Salat, den wir beim Gehen knabberten. Weißdorn nannte man diese Pflanze. »Zuerst hat die Pest vor über hundert Jahren die meisten von ihnen hinweggerafft. So standen die Lords vor dem Problem, zu viel Land und nicht genügend Arbeitskräfte zu haben, so daß die Löhne stiegen. Zweitens heirateten viele der Überlebenden in flämische Familien ein, und man mischte sich fröhlich miteinander. Und drittens entschieden sich viele derjenigen, die durch die Einzäunungen ihr Ackerland verloren hatten und weder Familien gründen noch Spinner und Weber werden wollten, für ein Leben als Gesetzlose in dem Wald, den sie den Greenwood nennen. Sie ernähren sich vom Wild der Lords, Kaninchen, Hasen und so weiter, oder sie heuern in den Kriegen, die die Lords untereinander führen, als Söldner an. Es wundert mich, daß wir noch keinem von ihnen begegnet sind. Sie praktizieren in vielerlei Hinsicht das, was ich predige.«

Ich jedoch interessierte mich mehr für die Spinner und Weber.

»Sie kaufen die Wolle«, erklärte Peter, »spinnen sie und verweben sie. Dann bringen sie sie zum Markt, wo sie sie an Händler verkaufen. Natürlich schlagen sie auf den Preis, für den sie die Wolle gekauft haben, etwas auf, so daß eine Differenz entsteht. Und damit bestreiten sie ihren Lebensunterhalt und beschaffen sich zum Beispiel Mehl aus anderen Teilen des Landes.«

Inzwischen hatten wir die Kuppe des Hügels erreicht und blickten hinab auf ein breites, üppiges Tal, in das sich ein großes Dorf oder eine kleine Stadt schmiegte. Ich vergaß meine Fragen zum Wollhandel.

»Burford«, verkündete Peter.

Auf dem Weg nach unten passierten wir eine kleine Grube am Abhang, wo zwei Männer die blaugraue, klumpige, aber bröckelige Erde abtrugen und in einen Karren luden.

»Fullererde«, erklärte Peter. »Gemeinsam mit viel fließendem Wasser eine der Notwendigkeiten, wenn man im Wollhandel erfolgreich sein will. Die anderen beiden Dinge sind gute Weiden für die Schafe und ausgebildete Handwerker. Fullererde dient dazu, die Fette aus der Wolle herauszuwaschen; das Fell der Schafe wird durch sie ganz und gar wasserdicht.«

»Diese Eigenschaft ist hierzulande wirklich nötig«, stellte ich fest, denn es hatte schon wieder zu regnen angefangen. »Warum baut man denn diese riesigen Disteln an, die abgesehen von Eseln doch gewiß kein Tier frißt?«

Unmittelbar unterhalb der Erdgrube befand sich ein kleines Feld mit hohen, stacheligen Pflanzen, die gerade knospten.

»Das sind keine Disteln, sondern Karden. Nach der Blüte bilden sie harte, trockene Samenkapseln mit gebogenen, dornigen Borsten. Damit rauen die Weber die Knötchen im Stoff auf und rasieren sie dann ab, so daß der Stoff einen fast seidigen Glanz erhält. Dieser ist bei den reichen Leuten sehr beliebt.«

»Hier scheint eine Verschwörung zwischen dem Menschen und …«

»Und ... Gott?«

»... der Natur zu bestehen, die eine Region geschaffen hat, in der die Stoffherstellung florieren kann.«

»Vergiß die Geschichte und die Vergangenheit nicht. Die Pest.«

Burford war tatsächlich eine wohlhabende Stadt, und zwar erst seit kurzem. Eine Hauptstraße, gesäumt von neuen Häusern aus Fachwerk und Backstein, führte von der Straße nach Oxenford, die wir überquerten, zu einem kleinen Fluß, an dessen Ufer eine merkwürdige Kirche stand. Merkwürdig deshalb, weil sie zwar schon dreihundert Jahre alt war, zur Zeit jedoch grundlegenden Umbaumaßnahmen unterworfen wurde. Eine neue, anmutige Kirchturmspitze war bereits auf dem gedrungenen, viereckigen Turm errichtet worden. Haupt- und Seitenschiffe wurden mühsam einige Etagen aufgestockt, und man stützte das neue Dach mit weiteren Balken. Der Unterbau und die Nebenkapellen blieben jedoch völlig unverändert.

Ich wies Peter auf diese seltsame Vorgehensweise hin. »Selbstverständlich«, entgegnete er, »wäre es sinnvoller gewesen, ganz von vorne anzufangen, denn auf diese Weise wäre anstelle eines Kuddelmuddels ein einheitliches, harmonisches und wohlproportioniertes Gebäude entstanden. Vermutlich wäre es auch billiger gekommen.«

Während er mir antwortete, nahm er mich am Ellenbogen, wie er es immer tat, wenn er mir etwas Vertrauliches oder Geheimes mitzuteilen hatte oder mich von einer Sache überzeugen wollte, und führte mich ins Hauptschiff, wo er auf eine Nische über einem der älteren Torbogen wies. Dort befand sich eine grob gearbeitete, primitive kleine Statue, die eine Frau auf einem Pferd darstellte. Dann geleitete er mich rings um die Kapitelle der älteren Seitenschiffe und zeigte auf ähnlich derbe Darstellungen des Fortpflanzungsaktes und vergleichbare Kunstwerke. Zu guter Letzt erklärte er mir draußen auf dem Kirchplatz, was wir gesehen hatten.

»Das hier«, sagte er, »ist keine Kirche, sondern ein Tempel, und zwar einer, der nicht Gott, sondern der Göttin geweiht ist, der weißen Herrin, die während der Sommersonnwende, nackt, bis auf ihr goldenes Haar, durch die Lande reitet. Wenn man weiß, wonach man suchen muß, findet man hier überall Zeichen von ihr und dem Kult, der sie noch verehrt. In Banbury trägt sie Ringe an den Fingern und Glöckchen an den Zehen. In Coventry heißt sie Godgifu. Auch wenn die Kirchenfürsten versuchen, das zu verstecken, indem sie ein Gebäude darübersetzen, wagen sie nicht, es vollends zu zerstören.«

»Warum also«, hakte ich nach, »wird dieser Tempel als Kirche getarnt, die einem Mann, dem Propheten Johannes dem Täufer, geweiht ist? Weshalb widmet man sie nicht wenigstens Maria, der Mutter des Propheten Jesus, den ihr Gott nennt? Wenn er das wirklich ist, muß seine Mutter doch eine Göttin sein?«

Er betrachtete mich mit einem ernsten, aber ausdruckslosen Blick. »Wahrscheinlich weißt du es nicht«, meinte er, »aber der Tag, an dem man des heiligen Johannes, insbesondere seines Todes, gedenkt, ist der fünfundzwanzigste Juni, der Tag der Sommersonnwende. Doch sicher ist dir bekannt, daß Johannes als Ergebnis des Tanzes einer schönen nackten Frau enthauptet und ihr gewissermaßen geopfert wurde. In wenigen Wochen, wenn die Sommersonnwende da ist und überall im Land die Feuer angezündet werden, wirst du mir glauben.«

An jenem Abend predigte er und richtete seine Worte wie immer sorgsam an die kleine Gruppe, die sich an der Brücke am anderen Flußufer eingefunden hatte. Zum Großteil handelte es sich um vollbusige, rotwangige Frauen, zur Feier des Tages in ihre besten Kleider gehüllt. Allerdings waren diese nicht auffällig wie die der Adeligen, sondern ordentlich und sauber und in Weiß, Grau, Braun und Schwarz gehalten. Alle trugen gestärkte Hauben, manche mit nach oben gebogenen Zipfeln wie Segel, so daß ihre nicht eben bescheidenen Goldketten und Broschen gut zur Geltung kamen.

Peter sprach von der Tugend des Fleißes. Wohlstand sei nicht nur ein Zeichen harter Arbeit, sondern auch eines gottgefälligen Lebens und auch dessen, daß Gott sie zu seinen Mägden erwählt habe. Er fügte hinzu, ein Mensch werde nicht durch gute Werke oder die Sakramente gerettet und zu den Erwählten gezählt, denn diese seien nur Spielzeuge für die Schlichtsinnigen. Erwählt zu sein bedeute, daß man von Gott ausgesucht werde. Und woher wisse man, ob man zu den Erwählten gehörte? Erstens durch eine innere Überzeugung und zweitens durch äußere Anzeichen, sprich, den Wohlstand, den man durch gute Werke und harterarbeitete Kenntnisse erworben habe. Peter untermauerte seine These durch die Worte des heiligen Paulus, wie sie in der inglysshen Wycliffe-Bibel standen. Dieser Paulus schien – seinen Spekulationen über die Themen Glauben, die Erwählten und die Wirksamkeit oder Unwirksamkeit guter Werke nach zu urteilen – eine Art Philosoph gewesen zu sein.

Alle waren begeistert. Die Frauen lächelten selbstzufrieden und strichen ihre Schürzen glatt, die Männer bliesen die Brust auf, räusperten sich laut und nickten ihren Begleitern vielsagend zu.

»Wozu brauchen wir Priester und Latein?« rief Peter, der nun zu seiner Schlußfolgerung kam. »Schließlich besitzen wir die Heilige Schrift in gutem, klaren Inglysshe, um uns von ihr leiten zu lassen. Warum brauchen wir Kirchen, obwohl uns versprochen wurde, daß Gott bei uns ist, wenn sich drei in seinem Namen versammeln? Welchen Zweck erfüllen Beichte und Absolution, solange wir unserem Gewissen gehorchen?«

Schließlich erzählte er eine Geschichte, die, wie er sagte, aus dem Matthäus-Evangelium stammte, und zwar aus dem Kapitel fünfundzwanzig von Wycliffes Übersetzung. Es war das Gleichnis von den Talenten, das davon handelte, wie ein Mann diejenigen seiner Knechte lobte, welche die ihnen anvertrauten Goldstücke am besten genutzt hatten. Der Knecht hingegen, der sein Gold nur vergraben hatte und ihm die ursprüngliche Summe zurückerstattete, wurde in die Finsternis hinausgeworfen.

Ein Weber, ein hochgewachsener, magerer alter Mann, der ein prächtiges Samtgewand und eine Goldkette um den Hals trug, war von dieser Geschichte besonders angetan und lud uns ein, in seinem Haus zu essen und zu übernachten. Er war so wohlhabend, daß er sogar ein Gästezimmer besaß. Sein Haus erinnerte mich an das des Ratsherrn Roger Dawtrey in London, obwohl es nicht ganz so geräumig war. Dennoch bewirteten er, seine große blonde Frau, die eine Hakennase und gewaltige Brüste hatte, seine drei Töchter und seine zwei Söhne uns großzügig mit einem Festessen.

Später, als das Dienstmädchen des Haushalts, eine Bienenwachskerze in der Hand, vor uns die Treppe hinaufstieg, um uns unser Bett zu zeigen, fragte ich Peter: »Und was ist mit unserer Herrin? Der Herrin auf dem weißen Pferd?«

»Ach, ich liebe sie abgöttisch«, erwiderte er. »Aber würde sie uns zu einem Tisch verhelfen, der sich unter Gänsebraten, Pflaumenpudding und Sahne biegt? Sie wohnt bei den Hirten, den wenigen übriggebliebenen Bauern und den Zigeunern im Greenwood.«

In der Nacht, als Peter auf der anderen Seite des dicken Polsters, das zwischen uns lag, schnarchte, geriet ich ins Grübeln. Diese Leute sind reich. Sie verdienen gut, aber sie gehen sparsam mit ihren Mitteln um. Sie leben im Wohlstand, werfen aber nicht mit ihrem Geld um sich und schwelgen nicht im Luxus. Und dennoch sind sie keine Geizkragen. Was machen sie also mit ihren Talenten, ihrem überzähligen Gold?

Ein Adeliger, dessen Bauern einen Überschuß an Lebensmitteln erzeugt haben, verkauft diesen gegen Geld an Handwerker und Kaufleute, die kein Land besitzen. Dieses Geld benutzt er, um seinen Reichtum zur Schau zu stellen, denn seine Selbstachtung und der Respekt, den andere ihm entgegenbringen, bedeuten ihm am meisten. Er bezahlt damit Arbeitskräfte und Baumaterialien, um sich noch größere Burgen und Paläste zu errichten, kauft noch prächtigere Kleidung und Möbel und veranstaltet gewaltige Feste. Und wenn er, wie es häufig geschieht, von einem anderen Adeligen bedroht wird oder es selbst auf das Land eines seiner Standesgenossen abgesehen hat, beschafft er sich die teuersten Waffen und Rüstungen, heuert Unmengen von Soldaten an und zieht in den Krieg.

Und was tut der Bauer, der entweder in Form von Lohn oder durch den Verkauf seiner Feldfrüchte mehr Gold verdient, als er braucht? Er spart es sorgfältig und vergräbt es unter dem Boden seiner Hütte oder Kate, für den Fall, daß es eines Tages eine Mißernte gibt oder daß sein Herr ihn davonjagt.

Und diese Weber und Spinner? Die Kaufleute und Handwerker? Tja, da ich im Auftrag anderer Handel getrieben hatte, hatte ich es mit eigenen Augen gesehen und erlebte es nun in Burford aufs neue: Sie kauften einen zweiten Webstuhl, weitere Spinnräder und Spindeln und zusätzliche Wolle. Und da die Stunden eines Tages nicht reichten, all diese Gerätschaften eigenhändig zu bedienen, kauften sie außerdem anderen Menschen ihre Zeit ab. Obwohl sie durch das Spinnen und Weben mehr verdienten, als sie brauchten, veräußerten sie ihren Stoff für mehr Geld, als die zusätzlichen Webstühle und Spinngerätschaften und die Zeit ihrer Arbeitskräfte gemeinsam gekostet hatten, da ihre Investitionen ja ansonsten sinnlos gewesen wären. Das führte wiederum zu einem noch größeren Überschuß an Gold. Und was machten sie damit? Sie wiederholten das Ganze. So lange, bis ein Mann Hunderte oder sogar Tausende von Webstühlen besaß und Tausenden von Arbeitskräften ihre Zeit abkaufte ... und so weiter und so fort.

Natürlich war irgendwann einmal eine Grenze erreicht. Bald würde es in diesem Land, ja, auf der ganzen Welt mehr Stoff geben, als benötigt wurde. Und sobald jeder Mensch drei Mäntel besaß – einen für besondere Gelegenheiten, einen für den Alltag und einen für Notfälle –, würde Schluß sein mit dem Geldverdienen. Oder nicht? Oder würde ein unternehmungslustiger Mann sich dann nicht nach anderen Dingen umsehen, die er statt dessen herstellen und verkaufen könnte?

Mir drehte sich der Kopf, und mir schwindelte, als ich versuchte, mir Beispiele auszudenken, wie es funktionieren könnte. Ich stellte Zahlen auf, multiplizierte sie und vergaß dabei die Zahl, die mir zunächst vorgeschwebt hatte. Bald begann ich vor Verzweiflung zu schwitzen und zu stöhnen. Peter wachte auf, brummte mürrisch und bat mich dann, ihm zu erklären, was mich bedrückte.

Nachdem ich ihm meine Beispiele und Zahlen geschildert hatte, erwiderte er: »Ali, mit deiner Geschichte von den Röhren, die Nahrung aufsaugen und Kot ausscheiden, hast du dir eine ferne Vergangenheit vergegenwärtigt. Nun erzählst du mir von einem Mann, der mit zwanzig Metern Leinen auf den Markt geht, und malst dir damit die Zukunft aus. Jetzt schlaf endlich.«

»Wolle«, widersprach ich. »Wollstoff. Zwanzig Meter Wollstoff, nicht Leinen.«

»Komisch«, entgegnete er. »Ich hätte schwören können, daß du Leinen gesagt hast.«

Am nächsten Tag machten wir uns in nordwestlicher Richtung auf den Weg. Wir beabsichtigten ernsthaft, nach Macclesfield oder Manchester zu gehen, hielten uns aber weiterhin an die Nebenstraßen und die kleineren Ortschaften. Wie ich mich entsinne, gewährte man uns am nächsten Abend ein Nachtlager in einer Scheune, wo wir im Heu des letzten Sommers schliefen. Ich erinnere mich daran, weil wir am Rand des Dorfes stehenblieben und uns umsahen. Ringsherum herrschte abendliche Stille. Dann öffnete ein Star seinen Schnabel und sang im Wipfel einer Weide sein Lied, in das alle Vögel in einem Umkreis von vielen Kilometern einstimmten. Durch den Abendnebel hörten wir sie aus voller Kehle zwitschern. Die Ortschaft hieß Adle's Trap.

Inzwischen standen die Büsche, die in dieser Gegend wie Hecken die Wege säumten und deren Blätter uns so köstlich geschmeckt hatten, in voller Blüte. Die blühenden Zweige rankten sich über uns, so daß sie mit ihren Tausenden winziger weißer Blüten an die Schaumkrone einer sich brechenden Welle erinnerten, und ich dachte an das grüne Meer, das hier in Malabar an unsere Küste schlägt. Ich weiß, daß dieser Vergleich weit hergeholt klingt, aber er wurde noch dadurch bestärkt, daß die Gräben unterhalb dieser Hecken inzwischen mit noch winzigeren weißen Blüten gefüllt waren. Sie wuchsen in tellerförmigen Kreisen, so daß sie den Strudeln einer Woge glichen.

Die Blüten, die auf den Büschen wuchsen, hatten einen berauschenden Duft, der ein wenig süßlich, aber auch leicht animalisch roch. Ich möchte dich nicht in Verlegenheit bringen, Mah-Lo, indem ich dir sage, woran genau mich das erinnerte. Doch für einen Mann und auch für manche Frauen handelt es sich meiner Ansicht nach um den betörendsten Duft der Welt. Kein Wunder, daß diese Büsche im Monat Mai blühen, einer der Namen, die Parvati oder Uma in dieser Gegend trägt.

All das sorgte dafür, daß ich ein wenig wehmütig und sogar mit einem Anflug von Sehnsucht, denn ich war schon damals ein ziemlich alter Mann, an unsere Uma dachte und mich fragte, wo sie wohl war und wie es ihr ergangen sein mochte.

Am nächsten Tag kamen wir durch eine der vielen Städte in Ingerlond, die Stratford heißen. Peter sagte, sie sei für die wertvollen Handschuhe berühmt, die hier hergestellt würden. Deshalb seien die Menschen dort ziemlich wohlhabend, allerdings längst nicht so reich wie die Weber und Spinner in den Hügeln, die wir hinter uns gelassen hatten. Wir überquerten einen Fluß namens Avon – es gibt hier mindestens so viele Avons wie Stratfords – und bewunderten die Schwäne, die ein Stück flußabwärts im Schilf, das unter einer Trauerweide auf dem Kirchhof wuchs, ein großes Nest gebaut hatten. Dann marschierten wir noch eine Stunde lang die Straße nach

Coventry hinauf, bis wir ein Dorf namens Snitterfield erreichten.

Hier gewährte uns ein Bauer, der Shagsper hieß, ein Nachtlager, was wohl an Peters geistlichem Gewand lag, denn er glaubte, die Hilfe und den Beistand eines Franziskanerbruders bitter nötig zu haben: Die Hebamme hielt sich an diesem Tag in Stratford auf, und nun lag seine Frau in den Wehen. Sie blutete stark. Zwei oder drei Frauen aus dem Dorf, die sich ihren Lebensunterhalt als Klageweiber und Leichenbestatterinnen verdienten, hatten sich bereits vor Shagspers Tür versammelt. Offenbar rechneten sie mit dem Schlimmsten – oder von ihrer Warte aus betrachtet mit dem Besten, denn sie waren wie Krähen, die sich um einen Leichnam scharen.

Peter bereitete sofort einige Tees aus frischen, grünen Himbeerblättern, Weidenrinde, Baldrian und Rosmarin zu, während mir die Aufgabe oblag, diese der stöhnenden und schreienden Gevatterin Shagsper einzuflößen. Dann holte er die Patientin aus dem Bett und setzte sie auf den Geburtsschemel, was ihr Mann ohne die Anwesenheit der Hebamme nicht gewagt hatte. Sie gebar einen zierlichen, runzeligen kleinen Jungen, den Peter eilig auf den Namen John taufte, damit er auch in den Himmel kam, falls er sterben sollte.

Allerdings trank der Kleine bald genüßlich an den Brüsten seiner Mutter. Die bläuliche Färbung seiner Haut ließ nach und verwandelte sich in ein gesundes Rosa. Schließlich schlief er, eingelullt vom Singen seiner Mutter, ein. »Kein Schaden, kein Zauber noch Hexerei soll unser Kind nachts befallen«, sang sie ein offenbar gerade erfundenes Lied. »Schlaf, Kindlein, schlaf.« Es war zwar kein besonders künstlerisches Gedicht, erfüllte aber seinen Zweck.

Als wir Snitterfield verließen, kamen wir an zwei Dorfbewohnern vorbei, die die Weißdornhecke stutzten, denn sie war an manchen Stellen so über den Weg gewachsen, daß sie das Fortkommen erschwerte. Einer hackte mit einer kleinen Axt die Zweige ab, während der andere mit einem Messer den Feinschnitt besorgte.

»Ich hau das Grobe weg«, verkündete der eine, als wir weitergingen.

»Und ich form die Enden«, fügte der zweite hinzu.

»Diese Männer sind wirkliche Philosophen«, rief Peter aus.

»Was meinst du damit?«

»Die unwiderstehlichen Kräfte der Natur, wie wir sie in den Gesetzen von Ursache und Wirkung beobachten können, die die Arten erschaffen, legen die grobe Richtung fest. Und der erworbene Wohlstand formt, wenn man ihn vermehrt, unsere Enden. Das ist Geschichte in zwei Sätzen zusammengefaßt.«

Kapitel sechsunddreißig

Die Straßen wurden zunehmend belebter. Jeden Tag sahen wir Männer in Rüstung und häufig auch zu Pferde, die unterwegs nach Coventry waren. Dreimal begegneten wir sogar einem Kanonentransport. Maultiere mußten die unhandlichen Waffen über Straßen schleppen, die eigentlich zu schmal und zu holperig dafür waren, oder sie durch viel zu tiefe Furten ziehen. Da wir wußten, daß sich der König und sein Hofstaat in Coventry aufhielten, war nicht schwer zu erraten, was dort geschah. Er oder – falls er wirklich wahnsinnig war, wie man behauptete – seine Getreuen und Ratgeber, insbesondere die Königin, bereiteten sich offenbar auf das Eintreffen der Yorkisten vor. Die Truppe, die der Herzog anführte, wurde jeden Tag aus Irland erwartet, was auch für die von seinem Vetter, dem Grafen von Warwick, befehligte Armee aus Calais galt. Mir fiel ein, daß Eddie March, der beinahe von Lord Scales mit Uma im Bett erwischt worden wäre, zu einer dieser beiden Abteilungen gehörte. Nur daß ich rasch eingegriffen und ihm sein Pferd gebracht hatte, hatte ihm den Hals gerettet. Also hielt ich es nicht für unwahrscheinlich, daß Uma versuchen würde, ihn wiederzusehen, wenn sie denn überhaupt noch lebte. Prinz Harihara und Anish hegten möglicherweise dieselben Absichten, denn schließlich hatten sie March dafür bezahlt, daß er sie durch Ingerlond führte. Angesichts dessen hatte ich nichts dagegen einzuwenden, unsere Reise nach Nordwesten, wo angeblich die Brüder des freien Geistes lebten, zu verschieben – zumindest so lange, bis ich etwas über den Aufenthalt und das Schicksal meiner Freunde und meines Brotherren in Erfahrung gebracht hatte. Deshalb befürwortete ich den Plan, dort hinzuziehen, wo sich die königliche Armee sammelte. Gewiß würden die Yorkisten dasselbe tun, sofern sie es auf eine Schlacht ankommen lassen wollten.

Inzwischen war es nicht mehr schwierig, frische Lebensmittel zu beschaffen, von denen viele den Eßgewohnheiten von uns Arabern entsprachen. Es gab Bohnen und später auch Erbsen und viele Blattsalate, allerdings – bis auf Pfefferminze und Petersilie – keines der Gewürze und Kräuter, die den Speisen bei uns eine interessante Geschmacksnote geben. Doch wäre das verrückte Wetter nicht gewesen, man hätte sich fühlen können wie im Paradies.

Aber am stärksten ist mir an dieser Gegend eines im Gedächtnis geblieben, an dem auch die Hindus ihre Freude gehabt hätten: Es waren die Felder, die sich im Besitz der ganzen Dorfgemeinschaft befanden und häufig an den Ufern von Flüssen lagen. Dort wuchsen dichtes, üppiges Gras und Hunderte von kleinen Kräutern und Blumen, die von den Kühen abgeweidet wurden. Die meisten Familien hatten eine Kuh, und jedes Dorf verfügte über gemeinsame Ländereien, die allen gehörten. Die Kühe waren nicht so groß wie bei uns und hatten kleinere Hörner und Kinnlappen, allerdings gewaltige Euter. In Mittelengland gab es Sahne, Butter, Käse und Milch im Überfluß.

Was unsere Hindus allerdings abgestoßen hätte – Prinz Harihara und Anish hätten sich gewiß mit einem Schaudern abgewandt –, war, wie gierig sich die Einheimischen mit Rindfleisch vollstopften. Die Bullen wurden von den Kühen getrennt und meistens geschlachtet und verzehrt, bevor sie zwei Jahre alt waren. Häufig briet man sie auf Märkten und bei Festlichkeiten über riesigen Feuern. Mich störte es nicht, und nachdem ich das inglysshe Rindfleisch erst einmal gekostet hatte, folgte ich stets dem köstlichen Bratenduft, wenn dieser über die Wiesen zog, bis ich auf eine Ansammlung von Marktbuden stieß. Da es grünes, frisches Gras und auch Wasser im Überfluß gab, mußten die Tiere selten weiter als ein paar Schritte gehen, weshalb ihr Fleisch zart und fett war.

Was in Ingerlond allerdings nicht wuchs, war Hanf, was ich sehr bedauerte. Das Starkbier und den Met, ein alkoholisches Getränk, das aus Honig gemacht wird, rührte ich nicht an.

Denn obwohl ich die Vorschriften des Propheten inzwischen als albernen Aberglauben abtat, hatte sich das Alkoholverbot so tief in mein Bewußtsein eingegraben, daß mir allein vom Geruch ein wenig übel wurde. Ich hätte meine Seele für ein bißchen *bhang* gegeben – vorausgesetzt, daß ich eine besitze und daß jemand sie haben will.

Die Festlichkeiten boten einen Vorwand für sportliche Wettbewerbe, die häufig albern und auch gefährlich waren. Die Männer schossen mit Pfeilen auf tote Vögel, die an Seilen herumgewirbelt wurden, um den Flug vorzutäuschen, oder auf weit entfernte Zielscheiben, die die Form von Sarazenenköpfen hatten. Obwohl seit den letzten Dschihads – oder Kreuzzügen in der Sprache der Christen – bereits einige Jahrzehnte vergangen waren, hatte man sie nicht vergessen. Aber merkwürdigerweise hielt mich niemand wegen meines dunklen Gesichts für einen Sarazenen; vielleicht interessierte es die Leute ja auch einfach nicht. Im großen und ganzen verfahren die Inglysshe nach dem Grundsatz leben und leben lassen, solange ihre Mägen und ihre Bierkrüge voll sind, was allerdings nur für die Ureinwohner, nicht für die Normannen gilt. Einer der Wettbewerbe bestand darin, daß sich die Männer auf eingefettete Baumstämme setzten, die über Bäche gelegt worden waren; dann versuchten sie, einander mit Sandsäcken zu Fall zu bringen. Sie liefen in voller Rüstung um die Wette, hackten Holz mit riesigen Äxten und rangen nach verschiedenen Regeln. Die gebrochenen Knochen, blutigen Nasen und verbeulten Gesichter, die wir häufig sahen, wurden von Siegern und Verlierern gleichermaßen stolz präsentiert.

Die meisten dieser Wettbewerbe waren Kämpfe Mann gegen Mann. Doch wir wurden auch – insbesondere in der Nacht der Sommersonnwende – Zeugen eines Sports, bei dem die Männer eines Dorfes gegen die eines anderen antraten. Dabei ging es darum, eine mit Luft gefüllte Blase in die Mitte des gegnerischen Dorfes oder an einen anderen vereinbarten Punkt zu bringen. Eigentlich war das nicht weiter schwer, denn es gab keine Regeln, außer der, daß es verboten war, Waffen zu tragen. Manche Mannschaften verließen sich auf ihre Muskelkraft, während andere hofften, den Gegner durch List und Tücke zu schlagen. Erstere scharten sich um den Mann, der den Ball an sich gebracht hatte, und versuchten, sich in Formation durch die gegnerische Mannschaft und zum Ziel zu drängen. Die Anhänger der zweiten Methode griffen zu Ablenkungsmanövern, liefen so schnell sie konnten und schlugen Haken. Häufig lockten sie ihre Widersacher durch einen Läufer, der eine ähnliche, aber nicht die tatsächliche Blase trug, auf die falsche Fährte. Die Blase war so beschaffen, daß man sie mit dem Fuß über eine ziemlich große Entfernung, bis zu hundert Schritte weit, stoßen konnte; so sauste sie, über die Köpfe der Gegner hinweg, zu den Spielern der eigenen Mannschaft. Durch Treten war es möglich, sie viel weiter zu befördern als durch Werfen, und die Männer, die diese Technik gut beherrschten, wurden von ihren Mitstreitern besonders geschätzt und respektiert.

Mein Begleiter hatte eine merkwürdige Vorliebe für diesen Sport. Wenn wir zusahen, ergriff er zumeist rasch Partei für eines der beiden teilnehmenden Dörfer und kaufte oder lieh sich ein Abzeichen, das ihn als Anhänger dieser Mannschaft auswies, wie zum Beispiel ein Band in besonderen Farben oder einen Schal. Dann lief er umher, bejubelte die Erfolge seiner Mannschaft und stöhnte oder benutzte sogar unflätige Ausdrücke, wenn dieser ein Fehler unterlief. Außerdem feuerte er sie mit Wahlsprüchen und Gesängen an. Wie er mir erklärte, war er vor seiner Priesterweihe im Alter von zwanzig Jahren als Student in Oxenford ein begabter Spieler gewesen und für das Seminar, in dem er wohnte, angetreten.

Am Abend wurden alle Anwesenden im Dorf der Verlierer bewirtet. Man versammelte sich um ein gewaltiges Feuer und labte sich an Bier oder an Apfelwein. Dieser bestand aus Äpfeln, die vor neun oder zehn Monaten geerntet worden waren, und schmeckte unerträglich sauer auf der Zunge. Doch obwohl er keine Spur von Süße aufwies, wurde er in großen Mengen getrunken, da er sogar noch schneller berauschte als

Bier. Dabei wurden zum Klang von Dudelsäcken, Flöten und Trommeln seltsam verschlungene Reigen getanzt und Stöcke zusammengeschlagen. Viele hatten sich Glocken an Bändern umgebunden. Und plötzlich sah und hörte ich hinter diesem Höllenlärm, dem Herumgespringe und albernen Gehüpfe etwas völlig anderes, nämlich die wirbelnden Schwerttänze der Mauren in Granada und die zum Kreis geformten Arme und stampfenden Füße der maurischen Frauen. Möglicherweise bildete ich mir das nur ein, doch ich erfuhr später, daß diese Tänze angeblich von John von Gaunt, dem Urgroßvater des augenblicklichen Königs, der in Spanien gekämpft hatte, nach Ingerlond gebracht worden waren.

Gegen Mitternacht sprangen alle, die noch gerade stehen konnten, durch die Flammen. Wer nicht mehr in der Lage dazu war, aber noch nicht schlief, trieb es mit einem der Mädchen. Die übrigen lagen besinnungslos da und schnarchten bis zum Morgengrauen.

Wie ich bereits sagte, war Bruder Peter ein begeisterter Anhänger des Blasenspiels, das er Fuß-Baal nannte, und etwa eine Woche später verriet er mir endlich, warum wir die ganze Zeit über nach Südosten und nicht nach Nordwesten marschiert waren. Jedes Jahr, etwa um den zehnten Juli herum, fand ein besonders denkwürdiger Wettbewerb zwischen zwei Dörfern statt, die am Ufer des Flusses Nene, ungefähr anderthalb Kilometer südlich einer Stadt namens Northampton, lagen. Diese Dörfer hießen Sandyford und Hardingstone, wobei sich letzteres schätzungsweise anderthalb Kilometer weiter im Süden befand. Am späten Abend des neunten Juli trafen wir, klitschnaß nach zwei Tagen Dauerregen, dort ein und standen plötzlich vor einer Reihe bewaffneter Männer, die die Furt bewachten.

»Aha«, meinte Peter, »das sind gewiß die Wachtmeister, die darauf achten, daß kein Mitglied der beiden Mannschaften die festgelegten Spielfeldgrenzen verletzt, den Fluß überquert und sich den anderen gegenüber in Vorteil versetzt.«

»Mag sein«, erwiderte ich und blickte in das tosende, wilde

Wasser hinab, »aber glaube mir, ohne Boot wird das ohnehin niemand versuchen.«

Auch wenn sich hier für gewöhnlich eine Furt befand, sah das Wasser wegen des Regens sehr tief und reißend aus.

Als wir weitergingen, dämmerte es, und wir stießen schließlich auf die Hauptstraße, die nach Süden führte und zwischen dem Fluß und der hügeligen Ebene eine kleine Anhöhe kreuzte.

»Das ist ein wunderbarer Aussichtspunkt, von dem aus wir den morgigen Wettkampf sehr gut verfolgen können«, verkündete Peter begeistert, und wir machten uns an den Aufstieg.

Eine Gruppe von etwa zwanzig Männern in Teilrüstung schleppte, beaufsichtigt von einem weiteren Reiter, eine riesige Kanone vom Fluß aus den Hügel hinauf, wo bereits vier weitere aufgebaut waren. Sie sollten den Zugang zur Stadt schützen, deren Türme und Kirchen in etwa anderthalb Kilometern Entfernung am anderen Flußufer aus dem Nebel ragten.

»Zweifellos gehören diese Männer zur Mannschaft von Sandyford«, fuhr Peter fort. »Sie sind hier, um die Grenzen ihres Gebiets zu bewachen.«

Ich war skeptisch. Offenbar hatte er die Kanonen nicht bemerkt, oder er zog es vor, nicht auf sie zu achten. Da fiel mir auf, daß er irgendwie verändert aussah.

»Peter«, sagte ich, »ist dir klar, daß du deine Brille trägst? Für gewöhnlich benutzt du sie doch nur zum Lesen.«

Wenig später – Peter fingerte noch an seinen Augengläsern herum und sah sich mit zunehmend verdatterter Miene in alle Richtungen um – beschuldigte uns der Anführer der Soldaten, Spione der Yorkisten zu sein; er ordnete an, uns an einen knorrigen, mit Flechten bewachsenen Apfelbaum zu binden, der oben auf dem Hügel wuchs.

»Hier könnt ihr meinetwegen schmoren«, verkündete der unfreundliche junge Mann in einem Akzent, der ihn, wie ich inzwischen wußte, als Normannen auswies, »bis wir euren widerwärtigen Kumpanen den Garaus gemacht haben. Dann bringen wir euch in die Stadt und finden heraus, von welcher Farbe eure Eingeweide sind.«

Zu allem Überfluß regnete es die ganze Nacht lang.

Kapitel siebenunddreißig

Ich wachte auf, ja, ich hatte tatsächlich geschlafen, obwohl ich Rücken an Rücken mit Peter stand und, den Baum zwischen uns, mit Handgelenken und Knöcheln an ihn gefesselt war. Ein Ast voller unreifer winziger Äpfel stieß mir gegen die Stirn, die Pisse lief mir das Bein hinunter, und der Gesang einer Lerche schrillte mir im Ohr. Wir waren beide gräßlich steif, und sämtliche Muskeln und Gelenke taten uns weh. Doch als wir uns bewegten, ging über der Ebene im Osten die Sonne auf, und die warmen Sonnenstrahlen linderten bald unsere Schmerzen.

Die Kanoniere um uns herum erwachten ebenfalls, zündeten Feuer an und bereiteten ein Frühstück zu, das dem Geruch nach hauptsächlich aus Speck und Blutwurst bestand. Wir beide waren zunächst von diesem Geruch angewidert, doch dann regte sich selbst bei mir, dem Moslem, und bei Peter, dem Franziskaner, der Hunger. Nach einer Weile bekam ein Feldwebel, ein Hüne von einem Mann mit langem, gelbem Haar, einem gleichfarbigen Schnurrbart und Bartstoppeln, der in braunes, mit Nieten beschlagenes Leder, einen Kettenrock, einen Brustpanzer und einen randlosen Helm gekleidet war, Mitleid mit uns und befahl einem seiner Soldaten, uns Brot zu geben. Natürlich mußte er uns füttern.

Dann fragte mich Peter, was ich auf meiner Seite des Baums sehen könne.

Da ich nach Südosten blickte, mußte ich wegen des Sonnenlichts die Augen zusammenkneifen. Die Sonne stand noch tief unter einer schwarzen Wolkenbank am Himmel. »Tja«, erwiderte ich. »Der Abhang ist holperig, aber nicht sehr steil. Er geht in eine Ebene über, die jedoch nicht völlig flach ist. Dahinter liegen Gemeinschaftswiesen, Weiden und ein, zwei Dörfer, von denen eines vermutlich Hardingstone vorstellt. Es ist von Feldern umgeben. Jenseits davon befindet sich der Wald. Die Straße verläuft in Kurven den Abhang hinunter, führt zwischen den Dörfern hindurch und verschwindet zwischen den Bäumen.«

»Herrscht großer Betrieb?«

»Es ist ziemlich viel los. In etwa hundert Metern Entfernung versuchen die Männer, die Kanone in Stellung zu bringen, die unter Leitung des Schnösels, der uns hier festgebunden hat, hergeschafft wurde. Doch sie haben ihre liebe Not damit, da die Räder über Nacht fast bis zu den Achsen im Schlamm versunken sind. Unser junger Freund verliert allmählich die Geduld.«

»Ich kann ihn hören.«

»Zweifellos hörst du dann auch das gleichförmige Hämmern von Holz auf Holz. Das liegt daran, daß viele weitere bewaffnete Männer in Rüstung eingetroffen sind und Pfähle, die scharfen Spitzen nach oben gewandt, in den Boden rammen. Außerdem heben sie einen Graben aus und werfen Erdwälle auf, die sich auf beiden Seiten etwa dreihundert Schritte weit erstrecken und im rechten Winkel dazu verlaufen. Das war's. Nein, falsch. Sie sind auf einmal sehr aufgeregt, und ich weiß auch, warum. Aus dem Wald kommt eine lange Reihe von Soldaten mit Lanzen auf den Schultern und marschiert zwischen den Dörfern hindurch. Es sind auch Gruppen von fünfzig Männern oder mehr in schweren Rüstungen dabei, die auf großen Pferden reiten ...«

»Wie weit sind sie noch weg?«

»Ungefähr anderthalb Kilometer.«

»Und trotzdem kannst du derart viele Einzelheiten erkennen?«

»Mein eines Auge ist immer noch um einiges besser als deine zwei.«

Mein Freund schwieg kurz; möglicherweise hatte ich ihn gekränkt. Da ich befürchtete, ihn beleidigt zu haben, versuchte ich, den Schaden wiedergutzumachen.

»Und was siehst du auf deiner Seite?«

»Nicht sehr viel. Ein großes Feldlager. Zelte. Die Standarte des Königs. Aber keine Spur von den Spielern. Doch es ist ja noch früh.«

Der Morgen verging. Mehr und mehr Männer kamen vom Fluß hinauf und sammelten sich hinter den Palisaden. Viele von ihnen waren Bogenschützen und mit den gefährlichen Langbogen ausgerüstet. Es wimmelte auch von gepanzerten Pferden, die bewaffnete Männer auf dem Rücken trugen. Immer wenn sie in eine sumpfige Senke gerieten – links von mir, wo sich ein Bächlein durch die Felder schlängelte, um in den von hier aus nicht zu sehenden Nene zu münden, befand sich eine solche –, wurde das gemeinsame Gewicht von Roß und Reiter zu viel, so daß die Pferde in die Knie gingen. Verängstigt wiehernd und schreiend, drohten sie, ihren Reiter abzuwerfen, sofern dieser nicht schon freiwillig abgestiegen war. Doch zum Großteil handelte es sich um Fußsoldaten, ebenfalls in voller Rüstung. Sie waren mit Messern ausgestattet, die verbreiterte Klingen hatten, und trugen außerdem riesige Schwerter.

Am späten Vormittag hörten wir Fanfarenklänge und Trommelwirbel. Jetzt geht es los, dachte ich, aber nein, es handelte sich nur um eine Machtdemonstration. Aus den entfernten Reihen, die sich vor dem Wald im Süden aufgebaut hatten, löste sich ein Trupp von etwa zwanzig Reitern, angeführt von einem Herold mit Trompete. Sie trugen riesige Fahnen mit sich, bedeckt mit den komplizierten Abzeichen, mit denen die Einheimischen in die Schlacht ziehen, um sich gegenseitig auseinanderhalten zu können. Doch wie ein einfacher Soldat, der keine Liste sämtlicher Wappen parat hat, auch im Eifer des Gefechts wissen soll, wer Freund und wer Feind ist, wird mir immer ein Rätsel bleiben. Vermutlich ist diese Frage auch schon so manchem zum Verhängnis geworden.

Unser junger Fatzke, inzwischen zu Pferde, da der Boden oben auf dem Hügel fester war als unten auf der Wiese, hielt sich schützend die Hand vor Augen und sprach mit einigen ebenfalls berittenen Schnöseln in Rüstung, die sich zu ihm gesellt hatten. »Um Himmels willen, die Götterboten!« rief er aus.

»Götterboten, Justin? Was soll denn ein Mensch darunter verstehen?«

»Bischöfe, Maurice, mein Guter. Der alte Bourchier ist dabei, der Erzbischof von Canterbury, sein weißer Bart ist unverkennbar. Er ist doch auch ein Vetter von York, richtig?«

»Eher eine Art Schwager. Und er wird von Salisbury begleitet«, ergänzte ein anderer.

»Ihr redet Unsinn, alter Junge. Salisbury ist doch noch älter als der Erzbischof.«

»Mein Gott, Maurice, was seid Ihr doch für ein Tropf. Es ist der Bischof von Salisbury, nicht der Graf. Und der dunkelhäutige Mensch bei ihm muß Coppini sein. Der Gesandte des Papstes. Verdammter Ausländer.«

»Die Frage ist, was sie im Schilde führen.«

»Vermutlich werden sie zum König gehen und ihm mitteilen, daß sie nicht ihm ans Leder wollen, sondern der Königin und ihren Anhängern; wenn er ohne Widerstand mitkommt, wird es keinen Krieg geben.«

»Tja, das könnte klappen. Der alte Narr kämpft nicht gern. Böse Männer, die mit Äxten aufeinander eindreschen, verursachen ihm Kopfschmerzen.«

»Aber der alte Stafford wird sie doch nicht etwa durchlassen?«

»Auf keinen Fall. Schließlich halten wir diesen Hügel und haben Kanonen. Wir können also nicht verlieren. Stafford will unbedingt kämpfen. Also räumen wir sie aus dem Weg und machen uns dann auf nach London, um dem armen alten Scales aus der Klemme zu helfen. Der sitzt nämlich seit Weihnachten im Tower fest.«

»Doch ich muß sagen, daß diese Burschen eine ganze Menge Leute mitgebracht haben. Sieht aus, als stünde es zwei gegen einen.«

»Keine Sorge, Maurice, wir haben ja schließlich die Kanone.«

»Gewiß habt Ihr recht. Kein Grund also, die Pferde scheu zu machen. Ich melde mich jetzt am besten bei meinem Vorgesetzten.«

Mit scheppernder und klappernder Rüstung ritt Maurice davon. Unser Mann und Justin blieben zurück.

»Zu wem gehört Maurice eigentlich. Warum trägt er dieses lange schwarze Ding am Helm?«

»Lord Grey von Ruthin, ein hiesiger Bursche. Er hat sich dem König angeschlossen, weil er hoffte, so Unterstützung in seinem Landdisput mit seinem Nachbarn zu bekommen. Ich traue ihm nicht über den Weg. Wenn Warwick ihm ein besseres Angebot unterbreitet, wird er die Seiten wechseln.«

»Aber wir haben ja die Kanone.«

»Richtig, richtig, wir haben die Kanone.«

Es fing wieder an zu regnen.

Um vier Uhr war alles vorbei. Peter und ich hatten alles gut im Blick, und was wir nicht sehen konnten, reimten wir uns später zusammen.

Die Bischöfe kehrten gegen ein Uhr zurück, und da nichts geschah, vermuteten wir zu Recht, daß sie mit ihrer Mission gescheitert waren. Dann fing Peter an zu brüllen und zu schreien: »Tritt schon, du Trottel, gib ab, so gib das Leder doch ab. Ach, der Vollidiot hat ihn verloren ...« So ging es immer weiter, und ich spürte, wie seine Hände an mir zerrten. Mein Rücken wurde gegen den Stamm des Apfelbaumes gedrückt, und ein Stoß fuhr durch meine Schienbeine, als er versuchte, einen Tritt nachzuahmen. Ich dachte wirklich, die Schlacht habe begonnen. Offenbar war es den Yorkisten irgendwie gelungen, die Linien des Königs zu durchbrechen und das Flußbett hinter uns zu stürmen. Aber nein, es waren die Fuß-Baal-Spieler. Ich muß dir sagen, Mah-Lo, daß die Ingerlonder und auch einige ihrer Frauen dieses Spiel sehr ernst nehmen.

»Ach, diese Schweinekerle, was machen sie denn jetzt schon wieder?«

»Verrat es mir.«

»Die Nachhut des Königs schickt sie weg. Sie haben ... das darf doch nicht wahr sein ... ihnen den Baal abgenommen ... Jetzt gehen alle nach Hause. Sie können zwar nicht fassen, daß das Spiel vorbei ist ... aber im Moment sieht es ganz danach aus.«

Da er wieder zu schreien und zu fluchen anfing, konnte ich ihm nicht gleich berichten, was sich auf meiner Seite tat.

Zuerst erklangen die Trompeten. Dann rückten die Yorkisten am Fuß des Hügels vor. Der Mann, der Justin hieß, und unser junger Schnösel trabten durch den Regen davon, der inzwischen wie ein Pfeilhagel auf die herannahende Armee herniederprasselte. Ich sah, wie sie sich an der Kanone zu schaffen machten, auf die Lunte pusteten und versuchten, einen Funken zu entfachen. Tatsächlich stieg ein kleines Rauchwölkchen auf, und ein Flämmchen funkelte, aber anstelle eines Knalls ertönte nur ein Geräusch, das an ein lautes Furzen erinnerte. Die Kugel kullerte mehr oder weniger aus der Mündung und rollte ein Stück den Hügel hinunter, bis sie liegen blieb und gute hundert Meter vor den Yorkisten im Schlamm versank. Diese stießen Jubelrufe aus und stürmten den Hügel hinauf, so schnell Matsch und Regen es gestatteten. Sie kamen nur langsam voran.

Wegen der Steigung und des Morastes genügte die Kraft der Pferde nicht, ihre eigenen Panzer und die Rüstungen der Reiter zu tragen. Also stiegen die Ritter ab, glitten aus den Sätteln mit den hohen Knäufen und gingen wie die gewöhnlichen Soldaten zu Fuß. Es war ein merkwürdiger Anblick und erinnerte mich an die riesigen mechanischen Puppen, die ich in Byzanz gesehen hatte. Auf den Helmen trugen die Ritter gewaltige Aufbauten, die die Köpfe von Ungeheuern oder Tieren sowie Bäume, Adler mit ausgebreiteten Schwingen, Schlösser und sogar Schiffe darstellten, wodurch sie ihre Soldaten um sechzig Zentimeter bis einen knappen Meter überragten. Wenn einer von ihnen stolperte, waren vier Männer nötig, um ihn wieder auf die Füße zu hieven. Ein gutgezielter Pfeil konnte vielleicht die Kettenglieder in ihrem Schritt oder ein Gelenk in der Rüstung durchdringen, doch ansonsten ließ ihre Panzerung, die überall abgerundet und gewölbt war und keine ebene Angriffsfläche bot, jedes Geschoß abprallen.

Wenn sie ihre Feinde endlich erreichten, metzelten sie rücksichtslos alles nieder, was sich ihnen in den Weg stellte. Sie zerschmetterten die einfachen Soldaten in ihren leichteren Rüstungen mit gewaltigen Schlägen ihrer Keulen, Äxte und Schwerter, die einen Meter zwanzig lang waren und schreckliche Wunden zufügen konnten. Schädel wurden gespalten, Schultern und Brustkörbe zerschmettert, das Blut spritzte in Fontänen zum Himmel, und abgehackte Arme wurden durch die Luft geschleudert.

Da die Kanonen im Regen nutzlos waren, herrschte auf meiner Seite Gleichstand. Die Yorkisten hatten zwar mehr Leute, aber die Männer des Königs hielten den Hügel besetzt, was angesichts des zähen, glitschigen Schlamms ein nicht von der Hand zu weisender Vorteil war.

Allerdings ging es auf der anderen Seite des Schlachtfeldes, wo sich der Sumpf und der Bach befanden, etwas anders zu, denn hier verhinderte der mit Wasser vollgesogene Boden ein Vorrücken des Gegners. Die Lords und Ritter mußten absteigen, weil ihre Pferde sie nicht länger tragen konnten, und mit ihren Männern zu dem Schutzwall und den Palisaden waten, wo sie von Pfeilsalven aus den gefährlichen Bogen empfangen wurden. Viele Soldaten fielen. In der Mitte der Kämpfenden und in vorderster Reihe erkannte ich die ehrfurchtgebietende Gestalt eines Mannes. Pfeile prallten von seinem Schild ab, während er ein riesiges Schwert schwenkte und seine Männer mit lauter Stimme aufforderte, ihm zu folgen. Selbst auf diese Entfernung ahnte ich sofort, wen ich vor mir hatte. Es lag an seiner Körperhaltung und der Art, wie er mit dem Schwert drohte, daß ich sicher war, ihn schon einmal gesehen zu haben. Eddie March? Es war durchaus möglich.

Die Kanonen hatten zwar versagt, doch die Langbogen, der zähe Morast und der Regen forderten ihren Tribut. Eine Weile sah es aus, als würden die Yorkisten den Schutzwall nie erreichen und es ganz sicher nicht schaffen, ihn zu erklimmen – zumindest nicht, solange den Bogenschützen nicht die Pfeile ausgingen. Doch dann wendete sich für Stafford, Herzog von Buckingham, und für den König das Blatt – und zwar zum Schlechten.

Die Front zwischen den Bogenschützen, die sich March entgegenstellten, und der Kanone direkt unter mir wurde von über tausend Mann gehalten, die alle ein schwarzes, stabförmiges Abzeichen trugen: die Soldaten von Lord Grey of Ruthin. Sie hatten kaum einen Pfeil abgeschossen, und als die ersten Yorkisten, angeführt von einem Lord in voller Rüstung, klappernd den Hügel hinaufstürmten und den Schutzwall erreichten, beugten Lord Greys Männer sich vor und halfen ihnen hinüberzuklettern.

Damit war die Schlacht entschieden. Diejenigen von Greys Leuten, die nicht damit beschäftigt waren, den Yorkisten unter die Arme zu greifen, strömten durch die Lücke und verteilten sich links und rechts auf unserer Seite der Absperrung. Als die Männer des Königs bemerkten, daß sie geschlagen worden waren, nahmen sie die Beine in die Hand und liefen hinunter zum Fluß.

Nun war Peter an der Reihe, mir zu erzählen, was passierte.

»Ach, die armen Schweine!« rief er aus. »Sie können den Fluß nicht überqueren, das Wasser steht zu hoch und fließt zu schnell, und die Brücke ist zu schmal. Sie werden niedergemäht wie der Roggen im Juli. Igitt! Überall ist Blut. Der Fluß ist rot vom Blut. Es ist ein Gemetzel. Ich kann den Kommandanten sehen, Stafford, den Herzog von Buckingham. Er versucht, seine Leute aufzuhalten, damit sie kehrtmachen und kämpfen. Oh, nein. Er liegt am Boden. Ach, der arme Kerl. Seine Standarte ist auch gesunken. Etwa sechs Männer dreschen auf ihn ein. Er hat keine Chance. Jetzt ist es aus mit ihm. Sie haben ihm den Kopf abgeschlagen und ihn auf eine Lanze gesteckt. Mein Gott, da läuft ja der König. Er schlägt Haken wie ein gejagter Fuchs und will zur Brücke. Seine Männer lassen ihn vorbei. Er wird es schaffen, ja, er kommt durch. Oh. Nein, doch nicht. Er steht vor einem Bogenschützen, der mit dem Bogen auf ihn zielt. Hoppla, das war's dann wohl. Die Yorkisten nehmen ihn gefangen, sie bringen ihn zu seinem Zelt ... Tja, wenigstens haben sie ihn nicht geköpft. Noch nicht.«

Kurz darauf erreichte ein Ritter der Yorkisten keuchend den Gipfel des Hügels. Als er uns bemerkte, schloß er aus unserer mißlichen Lage, daß wir Feinde des Königs und deshalb Freunde des Hauses York sein mußten, und schnitt uns los.

Er wartete ab, während wir uns die aufgeschürften Handgelenke und Knöchel rieben, und stützte mich sogar eine Weile, da meine Knie nachgaben. Als wir ihm sagten, daß wir seit vierundzwanzig Stunden nichts weiter als ein Stück Brot gegessen hätten, machte er sich auf die Suche und kam mit Brot, Käse und einem Krug Milch zurück. Ein wirklich netter junger Mann, wenn man darüber hinwegsah, daß der Umhang über seinem Brustpanzer mit Blut bespritzt war, das sicherlich nicht von ihm selbst stammte.

Plötzlich lag Stille über dem Feld. Der magere, schlaksige König Henry stand im Eingang seines Zelts, flocht die Finger ineinander und überlegte zweifellos, so gut sein aufgewühlter Verstand es ihm gestattete, wie er sich jetzt verhalten sollte. Sollte er auf die Knie fallen und um sein Leben flehen?

Aber nein. Statt dessen knieten die Yorkisten ihrerseits vor ihm nieder, so daß man selbst aus dieser Entfernung glaubte, die Gelenke ihrer Rüstungen knirschen und quietschen zu hören.

»Ein reichlich seltsames Benehmen für einen Sieger«, murmelte ich.

Nachdem sie ihre Visiere hochgeklappt hatten, nahmen sie ihre mit Federn geschmückten und lächerlich hohen Helme ab. Und als sie aufstanden, konnte ich ihn klar und deutlich erkennen: Eddie March, ja, er war es wirklich. Sein hellbraunes Haar war naßgeschwitzt, sein Gesicht noch gerötet von der Hitze innerhalb des Helms und dem anstrengenden

Kampf, eingesperrt in eine schwere Metallhülle. Die Wappen auf seinem Schild ähnelten denen auf der Flagge des Königs: viergeteilt mit zwei goldenen Löwen auf rotem und zwei silbernen Lilien auf blauem Grund. Ich fragte mich, ob das als Glücksbringer oder als Beleidigung gedacht war, aber ich vergaß, danach zu fragen, bis der Grund dafür ohnehin offensichtlich wurde.

Doch noch ehe ich länger darüber nachdenken konnte, trat Warwick vor, dunkelhaarig, hochgewachsen und stattlich und im Gegensatz zu Eddie, der noch keine achtzehn Jahre zählte, ein Mann im besten Alter. Nachdem er dem König die Achtung erwiesen hatte, die ihm als angeblich von Gott gesalbten Herrscher, gebührte, legte er den Kopf in den Nacken und brüllte wie ein wilder Stier: »Also, wo ist die gottverdammte Königin? Und der Bastard, den man den Prinzen von Wales nennt?«

Ali, dessen Sprache in den vergangenen Minuten immer schleppender geworden war, hielt inne und gähnte. Der Regen hatte nachgelassen, als die Dämmerung hereinbrach. Die Burmakatze kehrte aus dem Gebüsch zurück und sprang Ali auf den Schoß. Er kraulte sie unter dem Kinn.

Als ich das Klicken eines Türriegels hörte, blickte ich über das Wasserbecken hinweg zur Veranda. Seine beiden Frauen, mit Musselin verschleiert, aber ebenso wunderschön und mit denselben wohlgerundeten Brüsten und schmalen Taillen wie ihre Tante, näherten sich.

»Komm morgen wieder, lieber Mah-Lo«, sagte Ali. »Dann werden wir zu hören bekommen, wie es Uma ergangen ist.«

Teil 4

Kapitel achtunddreißig

Als ich in meinen Gewändern durch die Lande ziehe, errege ich einiges Aufsehen, denn die meisten Menschen kennen und verehren die Heilige, deren Kleidung ich mir angeeignet habe. »Verehren« ist vielleicht das falsche Wort, denn sie bedeutet ihnen mehr als eine Göttin oder die Mutter Gottes, sondern ist für sie eher eine Vertraute und Freundin. Bald stelle ich fest, daß zwischen dem Umgang der kirchlichen Würdenträger mit ihren Heiligen und der Herangehensweise der einfachen Leute ein himmelweiter Unterschied besteht. Erstere verneigen sich, sprechen vorgefertigte Gebete, verbrennen Weihrauch und behängen die Statuen mit Schmuck, der häufig echt ist und aus Edelmetallen besteht. All das verfolgt die Absicht, die Heiligen in abgehobene, unerreichbare Gestalten zu verwandeln, die Ehrfurcht oder sogar Angst einflößen.

Das Volk hingegen hat sich trotz alledem ein eigenes Bild von der Gottesmutter gemacht, das sich von Ort zu Ort unterscheidet. Die Jungfrau von Coventry ist ganz anders als die Jungfrau von Nottingham oder gar die von Walsingham. Jedes Dorf hat seine eigene Maria, mit der die Menschen sprechen und der sie sich anvertrauen können. Was sie ihr entgegenbringen, ist eher Liebe als Verehrung, und auch wenn die Heilige häufig launenhaft und unzuverlässig ist, gehört sie doch zum Leben dieser Menschen und sorgt dafür, daß die Ernte gedeiht und daß die Frauen gesunde Kinder gebären. Und wenn die Zeit eines Menschen gekommen ist, findet er im Tod in ihren Armen den Frieden.

Also heißen sie sie, wenn sie sie die Straßen entlang, über die Hügel und am Fluß entlang gehen sehen und wenn sie, mit ihrer hohen Goldkrone, dem blauen Mantel, dem schwarzen Kleid und den mit Edelsteinen besetzten Abzeichen ihrer Göttlichkeit, durch ihre Felder und Dörfer schreitet, feierlich und ehrfürchtig willkommen. Sie sind bescheiden und versuchen wie Kinder, ihr eine Freude zu machen ... und sie bringen ihr das kindliche Vertrauen entgegen, daß sie sämtliche Schwierigkeiten lösen kann, die sie im Augenblick belasten. Mit den Menschen in unserem Land haben sie eine urwüchsige Religion gemeinsam, die noch nicht durch die Machenschaften der Obrigkeit verfälscht wurde.

Ich für mein Teil fühle mich durcheinander und verwirrt. Die wochenlangen Folterungen, gefolgt von vielen Monaten, in denen man mir, bis auf mein Leben und die feste Entschlossenheit, es auch zu behalten, alles genommen hat, haben mich geistig und körperlich geschwächt. Ich habe das Gefühl, langsam, aber fast mühelos über den Boden zu schweben. Ich höre eine Stimme, die in einer hohen, flötenähnlichen Lage Liebes- und Dankeslieder an Parvati singt, und kann kaum glauben, daß es wirklich meine eigene ist. Die Dorfbewohner bestreuen den Boden vor meinen Füßen mit Apfel- und Birnenblüten und stöhnen voll Freude auf, wenn ich feierlich innehalte, mich umdrehe und ihnen meine goldenen Pantoffeln zeige, während ich zum Klang ihrer klagenden Pfeifen, der Trommeln und der Tamburine tanze und die gebogenen Arme gen Himmel recke.

Sie geben mir auch zu essen: Sahne und Käse, als endlich wieder üppiges Gras auf den Weiden wächst; Honig vom letzten Jahr, Fisch, Brot, Butter, eingelegte Eier, und als der nächste Monat beginnt, weißliche Bohnen aus innen flauschigen Schoten, Erbsen und Salate aus Sauerampfer und Weißdornknospen. Und es wundert sie nicht, daß ich das Fleisch neugeborener Lämmer, Kaninchen, Hühner oder Tauben verschmähe.

Ich bleibe nie länger, als ich an einem Ort willkommen bin – oder, besser gesagt, ich verabschiede mich, bevor mein Zauber verfliegen und man das Menschliche in mir jenseits des Göttlichen entdecken könnte. Da die Leute an mich glauben, vollbringe ich Wunder. Alte Frauen stehen vom Sterbebett auf ... und wenn nicht, sinken sie mit einem lieblichen

Lächeln auf dem Gesicht in einen friedlichen Schlaf. Ein kleines Kind, das in seinen sieben Lebensjahren noch kein Wort gesagt und nur ein sinnloses Grunzen und Jaulen von sich gegeben hat, spricht ein Ave Maria, bevor es wieder in Wortlosigkeit verfällt – das behauptet wenigstens seine Großmutter. Ein Mann, der bei der Ernte von einem Apfelbaum gefallen ist und seither nicht mehr laufen kann, springt aus dem Bett, um einen besseren Blick auf mich zu erhaschen, als ich vorbeikomme. Und ein Pony, das beinahe lahm war, geht fast gerade, nachdem ich auf seinem Rücken geritten bin.

Während dieser Zeit erhole ich mich allmählich. Meine weiblichen Rundungen kehren zurück …

Bei diesen Worten lehnte Uma sich zurück und schüttelte stolz und freudig ihre Brüste, die heute unter einem feuerroten Jäckchen verborgen waren. Ich mußte mir vor Augen halten, daß die reife Schönheit, die hier mit uns sprach, früher ein keckes junges Ding gewesen war und sich in der Zeit, von der sie berichtete, auf der Schwelle zwischen Mädchen und erwachsener Frau befunden hatte.

… meine Haut war wieder cremeweiß und glatt, und die dunklen Schatten, die nach all den Schmerzen und Strapazen unter meinen Augen lagen, verschwanden langsam. Ich genoß den Frühling und die Rückkehr des Sommers. Die Weißdornblüten dufteten wie die Mösen lüsterner Jungfrauen. Petersilie und Kerbel wucherten ebenso wie Calla-Lilien mit ihren wächsernweißen, hängenden Blüten, die zwischen den fleischigen Blättern hingen. Dazu Heckenrosen, Geißblatt und hohe Fingerhutstauden. Die Wiesen waren von gelben Butterblumen übersät.

Warum machst du so ein gelangweiltes Gesicht? Hast du das alles schon von Ali gehört? Ich bin sicher, daß er nicht so viel darüber weiß wie ich und auch nicht so viel Liebe für diese nördlichen Regionen empfand. Unsere Gärten, Felder und Wälder sind zwar eine Pracht, aber sie ändern sich nicht mit dem Wechsel der Jahreszeiten, weshalb ihre Schönheit eine völlig andere ist. Großartiger vielleicht, aber nicht dasselbe. Du hast dich nicht gelangweilt? Das Bild, das ich gewählt habe, um den Geruch des Weißdorns zu beschreiben? Na ja. Du darfst es mir nicht übel nehmen. Schon gut. Ich erzähle am besten weiter. Wo war ich stehengeblieben? Ich erholte mich ...

Genau. Als die Jahresmitte heranbricht – die Dorfbewohner feiern rings um ihre Sonnwendfeuer, das Heu wird geschnitten, der Weizen verfärbt sich allmählich gelb, der Roggen steht einen Meter fünfzig hoch, und ein leichter Wind streicht darüber, der Himmel ist blau wie gewässerte Seide, hinter jeder Hecke und auf jeder Lichtung vergnügen sich die Jungen und die Mädchen miteinander, und die Schwalben und die weißen Mauerschwalben sausen über die Regenpfützen, um zu trinken und Mückeneier aus dem Wasser zu fischen –, habe ich mein Jungfrauengewand satt. Ich bin der Bewunderung der zumeist alten und schwachen Menschen überdrüssig, und auch der Ehrfurcht und des Respekts der Männer, denen ich begegne. Außerdem platzt das Kleid bald aus allen Nähten, da mein Körper schon fast wieder seine ursprünglichen Formen hat. Also wird es Zeit, in eine neue Rolle zu schlüpfen und vielleicht auch Eddie March wiederzufinden.

Ich bin mir nicht ganz sicher, welche Richtung ich einschlagen soll. Manchmal zieht mich die Sehnsucht nach Eddie gen Süden, dann gehe ich wieder nach Nordwesten, da ich weiß, daß ich dort vielleicht Prinz Hariharas Bruder finden und auf Ali und die anderen treffen werde. Jedenfalls befinde ich mich irgendwo im Nordwesten des Landes, ich glaube, nicht weit entfernt von der Grenze zwischen Ingerlond und Gwalia, von dem ich später mehr erzählen werde. In einer fruchtbaren, hügeligen Ebene, in der sich Wälder, Felder und kleine Flüsse abwechseln und wo in der Ferne auf einem niedrigen Hügel namens Malpas eine Burg zu sehen ist, entdecke ich einen jungen Ritter, der sich auf dem Rücken eines sehr großen, orangefarbenen Wallachs mühsam auf dem gewundenen Pfad bergab quält. Ich muß zugeben, daß mich plötzlich das Bedürfnis ergreift, diesem Jungen, sozusagen als Ersatz für Eddie, ein wenig näherzukommen. Außerdem habe ich den Hintergedanken, daß ich mir eine neue Verkleidung besorgen könnte, indem ich ihn dazu bringe, seine Rüstung abzulegen und vielleicht ein Nickerchen zu halten.

Er kommt nur langsam voran, sein Pferd trottet im Schrittempo dahin, und von der kleinen Anhöhe, auf der ich mich befinde, sehe ich, daß er bald einen Mühlteich mit einem grasigen, von Gänseblümchen bewachsenen Ufer passieren wird. Die Mühle selbst ist eine Ruine und umgeben von Weiden, Schilf und gelben Blumen, die hier Schwertlilien heißen und überall aus dem Schlamm wachsen. Heutzutage herrscht eine solche Gesetzlosigkeit, daß viele weitab von Dörfern, Städten oder Burgen stehende Gebäude von umherziehenden Räuberbanden ausgeplündert werden. Sie töten die Bewohner, stehlen ihr Gold und setzen häufig das Haus in Brand. Über der ganzen Szene liegt trotz des gesund aussehenden Riedgrases und des Vogelgezwitschers etwas Trauriges, das mir eigentlich eine Warnung hätte sein sollen.

Durch blühendes Brombeergebüsch und Heckenrosen schleiche ich mich rasch weiter, so daß ich das Ufer vor dem jungen Mann erreiche. Eilig streife ich das Jungfrauengewand, die Krone und auch alles andere ab, so daß ich, als er zu der Wiese kommt, unter einer Weide sitze, wie die Natur mich geschaffen hat. Ich habe die Knie angezogen und die Arme darum geschlungen und beobachte augenscheinlich die smaragdgrünen und saphirfarbenen Libellen, die kopulierend über den Seerosenblättern schweben. Die Blüten stehen kurz davor, aus ihren drüsenförmigen Knospen zu brechen.

»Oh, Mist«, ruft er entsetzt aus. »Heilige Maria, Mutter Gottes.«

Du meine Güte, denke ich. Das darf doch nicht wahr sein. Aber nein, er hat es auch nicht so gemeint. Seine Worte waren als Fluch gedacht, nicht als Mutmaßung, wen er vor sich hat. Er schwingt ein Bein über den Sattelknauf und springt vom Pferd.

»Du löst dich sicher gleich in Luft auf«, sagt er. »Oder wirst du dich in eine häßliche alte Hexe verwandeln? So ist das in den Märchen nämlich immer.«

Jetzt kann ich ihn sehen, und ich bin ein wenig enttäuscht. Er ist nicht älter als vierzehn, ziemlich pummelig, mit blondem, fast weißem Haar und einem gelben Flaum auf der Oberlippe.

»Wer löst sich auf?« frage ich und drehe mich um, um ihn anzusehen.

»Die nackten Weiber, denen ein Ritter begegnet, wenn er in heiliger Mission unterwegs ist.«

»Bist du denn ein Ritter? Und hast du eine heilige Mission?«

»Ein Ritter bin ich nicht. Ein Mann wird nämlich erst Ritter, wenn er seine Tapferkeit bewiesen hat. Zumindest in den Legenden. In Wirklichkeit geht es eher darum, vierzig Pfund im Jahr aufbringen zu können und ins Parlament berufen zu werden.«

Seine Stimme kiekst noch hin und wieder – kein sehr vielversprechendes Zeichen.

Eine Pause entsteht. Ich strecke die Knie und lehne mich auf die Ellenbogen zurück, damit er meine Brüste betrachten kann. »Ich werde mich nicht in Luft auflösen, und ich habe auch nicht vor, mich in irgend etwas zu verwandeln. Außerdem beiße ich nicht. Jedenfalls nicht fest.« Damit schüttele ich mein Haar, das inzwischen wieder schwarz und glänzend nachgewachsen ist. »Hättest du etwas dagegen, dein Pferd ein bißchen zur Seite zu führen? Es zieht eine widerliche Sorte von Fliegen an.«

Er betrachtet erst mich und dann sein Pferd, dessen Schwanz durch die Luft saust. Immer wieder zuckt es krampfartig mit den Schultern, um die ekelhaften Tiere zu verscheuchen. »Komm, Dobs«, sagt er und führt es auf die andere Seite der Wiese, wo er die Zügel an den Ast einer Erle bindet. Beim Zurückkommen schnürt er schon sein Wams auf. Ich stehe auf, um ihm zu helfen und ihm alles zu zeigen, was ich zu bieten habe.

»Das hier passiert doch alles in Wirklichkeit, oder nicht?«

»Darauf kannst du Gift nehmen.« Ich fingere an der Schnalle seines Gürtels herum, an dem ein schweres Schwert hängt.

»Ich bin John Coombe von Annesbury«, sagt er. »Und wie heißt du?«

»Du darfst mich Uma nennen.«

Tja, sein Geschlecht ist noch ziemlich klein, schmal und spitz, aber dafür frisch und unverbraucht, und steht hübsch ab. Natürlich ist er schon fertig, bevor er richtig drinnen ist. Doch da er in seinem Alter nicht so rasch schlappmacht, habe ich ihn beim zweiten Mal dort, wo ich ihn haben will. Beim dritten Mal ebenfalls. Dann schlage ich vor, ein bißchen im Mühlteich zu schwimmen, da es ein schwülwarmer Tag ist und wir beide verschwitzt und mit Sperma beschmiert sind. Ich bleibe in Ufernähe, wo der Schlamm zwischen meinen Zehen hindurchquillt, wasche mich ein wenig und fordere ihn dann zu einem Wettschwimmen zum anderen Ufer heraus. Mein Plan ist, ihm die Kleider und das Pferd zu stehlen, während er mich zu besiegen versucht.

Allerdings geschieht nun etwas, das ich nicht beabsichtigt habe, denn ich habe nicht geahnt, wie trügerisch diese Mühlteiche sind. Mein Kavalier kann nämlich gar nicht schwimmen, was ich zuvor nicht richtig mitbekommen habe, da er herumgewatet ist und nur so getan hat als ob. Offenbar war er wie die meisten sehr jungen Männer zu stolz, es zuzugeben. Statt dessen watet er in Richtung des anderen Ufers. Plötzlich ein Ruf, ein Aufschrei und ein Prusten. Ein pummeliger weißer Arm rudert zwischen den Lotosblumen herum, die, während wir hier waren, alle sechzehn Blüten geöffnet haben, um das Licht ihrer Herrin, der Sonne, in sich aufzunehmen. Dann ist er verschwunden.

Tut mir leid.

Andererseits habe ich ihn gerade ins Paradies entführt und ihn auf eine Weise mit seiner inneren Göttin bekannt gemacht, wie es einem hiesigen Mädchen niemals gelungen wäre. Und da er ein Adeliger war, habe ich ihn vermutlich davor bewahrt, von irgendeinem erwachsenen Mann mit der Axt zerstückelt zu werden. Die meisten Leute haben nicht so viel Glück im Leben.

Seine Kleider passen mir gar nicht so schlecht, und sein butterblumenfarbenes Pferd hat nichts dagegen, mich an Bord zu nehmen. Das Pferd und ich machen uns gemeinsam auf den Weg zur Burg Malpas. Aber wir sind noch nicht weit gekommen, als wir hinter einer Kurve auf eine Szene stoßen, bei der es sich offensichtlich um einen Raubüberfall handelt.

Kapitel neununddreißig

Offenbar ist heute mein Tag der zufälligen Begegnungen. Tja, aber das gilt doch eigentlich für jeden Tag, oder? Allerdings ist es normalerweise eher selten, daß sich bedeutsame Treffen derart häufen. Es passiert nämlich folgendes: Ein magerer, bleicher Mann mit einem struppigen schwarzen Schnurrbart und einem breitkrempigen schwarzen Filzhut steht inmitten einer Gruppe von vier oder fünf Personen und geht den Inhalt eines großen Lederbeutels mit Zugbändeln durch. Er sortiert die Gegenstände in zwei Haufen – die, die er behalten, und die, die er zurücklassen will. Auf der Behalten-Seite liegen eine beträchtliche Menge hochwertigen Schmucks und Kleider aus teuren Stoffen wie Samt, feine Baumwolle und Seide. Körperpflegeutensilien, Wolle, Leder, Gabardine und so weiter landen auf dem anderen Haufen. Er wird von einer bleichen, erschöpft wirkenden Frau beobachtet. Sie ist eigentlich recht hübsch, kocht im Augenblick aber vor Wut. Bekleidet ist sie mit einem scharlachroten Reitgewand mit Goldstickerei und Stiefeln aus weichem Leder. Ihr blondes Haar ist aufgesteckt, quillt aber unter der Samtkappe mit der Feder hervor. Als ich hinzukomme, versucht sie gerade, den blassen, mageren Mann mit ihrer Reitpeitsche zu schlagen, doch ein dicklicher Bursche, sein Begleiter, hindert sie daran. Die vierte Person ist ein kleiner, etwa siebenjähriger Junge, der lauthals Zeter und Mordio schreit.

Ich kenne sie alle.

Der blasse Mann ist John Clegger, der dicke ist Will Bent, die Frau ist die Königin, und das kreischende Kind ist ihr Sohn – wenn auch nicht der ihres Ehemannes –, Edward, Prinz von Wales. Woher ich weiß, wer diese Leute sind? Offenbar hast du nicht richtig aufgepaßt. Ich bin ihnen allen in Coventry begegnet, und zwar an dem Tag meiner Verhaftung und bei meinem Prozeß.

Aber natürlich bin ich jetzt nicht Uma, die Hexe, sondern John Coombe von Annesbury. Mein Pferd Dobs ist nicht nur von ungewöhnlich gelber Farbe, sondern auch sehr groß. Ich glaube, sie haben alle mehr Angst vor meinem Pferd als vor mir, obwohl ich es schaffe, das Schwert des armen John Coombe zu ziehen und es so nachdrücklich wie möglich über ihren Köpfen zu schwingen. Es gelingt mir, Clegger mit der Flachseite einen Schlag gegen die Schläfe zu versetzen, so daß es ihm fast den Kopf abreißt und er in den Straßengraben taumelt. Doch er rappelt sich sofort wieder auf und rennt stolpernd über ein Maisfeld davon. Will Bent nimmt ebenfalls die Beine in die Hand.

Da Madam eine Königin ist, hat sie mich natürlich längst vergessen und könnte mich nicht mehr von Adam – oder besser von Eva – unterscheiden. Rasch faßt sie sich wieder, wie es sich für eine Königin geziemt, atmet tief durch und verpaßt ihrem Sohn ein paar Ohrfeigen, was dieser ganz richtig als Aufforderung versteht, mit dem Geheul aufzuhören. Er gehorcht und zieht nur hin und wieder mit einem scheußlichen Geräusch die Nase hoch. Dann richtet sich die Königin zu voller Größe auf und bedenkt mich mit einem strafenden Blick.

Ich verstehe die Botschaft und rutsche prompt von Dobs' Rücken.

»Junger Mann, Eure Manieren sind eine Schande. Wißt Ihr denn nicht, wen Ihr vor Euch habt? Aber natürlich wißt Ihr das.«

Was erwartet sie jetzt von mir? Soll ich auf die Knie fallen? Mit der Stirn auf den Boden schlagen?

Also nicke ich ihr nur zu und sage: »Ich freue mich, daß ich Euch zu Diensten sein konnte, Ma'am.« Dann schicke ich mich an, Dobs am Zügel wegzuführen. Ich bleibe stehen, raffe die Zügel mit einer Hand und greife nach dem Sattelknauf, den ich gerade mit Mühe erreichen kann, als wolle ich wieder aufsteigen.

»Halt. Wie ist Euer Name?«

»John Coombe«, erwidere ich, da es mir gerade noch rechtzeitig einfällt.

»Master Coombe, Ihr werdet mich nach Denbigh in Wales bringen. Das liegt etwa fünfundvierzig Kilometer von hier im Westen. Ich habe dort Freunde, die Euch gut bezahlen werden. Euer Pferd sieht groß und kräftig aus. Ich werde vor Euch sitzen und mein Sohn hinter Euch. Aber bitte sammelt zuerst meine Sachen wieder ein, welche diese Ganoven, die mich eigentlich beschützen sollen, mir stehlen wollten.«

Kurz denke ich darüber nach. Ich habe einen Wahlspruch im Leben, der mir immer, oder fast immer, gute Dienste geleistet hat. Vielleicht, Mah-Lo, kannst du dir denken, wie er lautet. Er ist ganz einfach: Sag ja. Sag ja zu allem, wozu man dich auffordert. Ich glaube, bis jetzt zeigt meine Geschichte sehr gut, wie streng ich mich an dieses Motto halte. Obwohl ich keinen Grund habe, diese Frau oder ihren mißratenen Sohn zu mögen, stimme ich zu, wobei natürlich auch die Aussicht auf Bezahlung eine Rolle spielt. Denn ich habe bereits festgestellt, daß sich John Coombes Barschaft auf sechs Pence und zwei Farthings beläuft.

»Meinetwegen«, erwidere ich, »aber die Sachen soll Euer Sohn aufheben.«

Sie überlegt eine Weile. »Edward!« befiehlt sie dann. »Tu, was der junge Mann sagt.«

Es gelingt mir, aus ihren weniger wertvollen Kleidern ein Polster zu formen und es an Dobs' Schwanzriemen zu befestigen. Dann helfe ich Madam hinauf. Sie sitzt aufrecht im Damensattel und hält sich an Dobs' gelber Mähne fest. Ich steige hinter ihr auf, muß aber wieder hinunterklettern, weil Edward es nicht allein hinaufschafft. Nun aber passe ich nicht mehr zwischen die beiden. Also steige ich erneut ab, hebe Edward herunter, nehme ihren Kleidersack, binde ihn hinter dem Sattel fest, setze Edward darauf und schwinge mich wieder aufs Pferd. Dann brechen wir endlich auf.

Nach fünf Minuten beginnt sie zu erzählen.

»Als wir hörten, daß Warwick, dieser Hundsfott, auf dem

Weg nach Norden ist, hielt Buckingham es für das beste, wenn der König ihn und seine Armee begleitete, während ich und Edward uns in die entgegengesetzte Richtung davonmachten. Auf diese Weise würden sie uns nicht alle beide erwischen, falls sich die Sache zum Schlechten wenden sollte – auch wenn wir nie damit gerechnet hätten. Schließlich hatten wir nicht nur das Recht und Gott auf unserer Seite, sondern auch sechs große Kanonen. Gott unterstützt für gewöhnlich die Leute, die Kanonen haben.« Wir traben weiter. »Also ritt ich nach Norden, und zwar nach Eccleshall, wo ich auf Nachricht wartete. Lord Lovell kam als erster und berichtete, ein heftiger Regen habe die Kanonen außer Gefecht gesetzt, so daß unsere Armee geschlagen worden sei. Buckingham sei gefallen, der König sei gefangengenommen worden. Also nahm ich die Pferde und machte mich mit meinen beiden Dienern und meinem Sohn auf den Weg nach Denbigh. In Malpas erhielten wir weitere Nachrichten: York, der übelste Mistkerl von allen, werde bald aus Irland eintreffen und zum König gekrönt werden. Also beschlossen diese beiden Trottel, Clegger und Bent, meine mißliche Lage auszunützen und mich zu berauben. Und da seid Ihr erschienen.«

Kein Wort des Dankes.

Wir reiten immer weiter und weiter.

Ich befürchte, daß sie meine Verkleidung durchschauen könnte. Und natürlich tut sie es. Sobald wir die erste Hügelkuppe hinter uns haben und auf der anderen Seite wieder hinuntertraben, bildet Dobs sich ein, in einen langsamen Galopp verfallen zu müssen. Ich werde nach vorne geschleudert. Um nicht über den Kopf des Pferdes zu kippen, lehnt die Königin sich mit aller Macht zurück. Ich lasse die Zügel los und umklammere ihre schmale, aber kräftige Taille. Hinter uns fängt der Prinz natürlich wieder zu schreien an. Sobald wir unser Gleichgewicht wiedergefunden haben, wendet seine Mutter ein wenig den Kopf und nähert ihre Wange der meinen.

»Ich glaube, wir sollten die Plätze tauschen, meine Dame.«

»Warum das?« erwidere ich ihr mit meiner tiefsten Stimme.

»Weil Ihr eine Frau seid. Ich habe Eure Brüste an meinem Rücken gespürt. Außerdem scheint Ihr nicht in der Lage zu sein, dieses Tier zu bändigen. Vermutlich liegt es an Eurer niedrigen Geburt, daß Ihr diese Kunst nicht beherrscht. Jedenfalls bin ich größer als Ihr und kann deshalb besser sehen, wohin wir reiten, wenn ich hinter Euch sitze, als umgekehrt.«

Also geht das ganze Spiel wieder von neuem los, denn auch der Prinz muß erst herunter- und dann wieder hinaufgehoben werden.

Die Nacht verbringen wir in einem winzigen walisischen Gasthof, der über drei Zimmer verfügt, von denen wir eines ergattern können.

Ihre Majestät gestattet mir, den Raum mit ihr und ihrem Sohn zu teilen, allerdings unter der Bedingung, daß ich hinausgehe, wenn sie sich in den bereitgestellten Eimer erleichtert.

»Eine Bürgerliche sollte ihrer Königin nicht beim Pinkeln zuschauen«, verkündet sie.

Allerdings verhindert meine untergeordnete Stellung nicht, daß sie von mir erwartet, die Rechnung zu bezahlen. Da Ihre Majestät auf einem reichhaltigen Abendessen und Frühstück für sich und den Jungen – drei Lerchen und zwei Wachteln, auf Spießen über dem Holzkohlenfeuer gebraten, Erdbeeren mit Sahne, heiße Milch, frischgebackenes Weißbrot und ein halbes Dutzend Eier – bestanden hat, habe ich Glück, daß die Wirtin (sie trägt ein Kopftuch unter einem hohen, kegelförmigen schwarzen Hut) sich mit sechseinhalb Pence zufriedengibt.

Auf diese Weise lerne ich eine wichtige Lektion über die Reichen und Mächtigen: Sie sind wohlhabend, weil sie nie ihr eigenes Geld ausgeben. Und sie haben Macht, weil sie Pferde besitzen und wissen, wie man auf ihnen reitet.

Am Abend des zweiten Tages erreichen wir die Burg von Denbigh im Fürstentum Gwalia oder Wales. Es handelt sich um ein wildes, unwirtliches Land, bevölkert von Wilden, die viel mit unseren Stämmen in den Bergen und Wäldern gemeinsam haben. Denbigh selbst liegt unweit von Ingerlond, weshalb sich die Landschaft kaum von der dortigen unterscheidet. Im Westen jedoch befinden sich düstere, abweisende Berge, und in den Tälern dazwischen wachsen undurchdringliche Wälder. Bei unserer Ankunft stellen wir fest, daß Denbigh – oder Dinbych, wie die Waliser es nennen – eine kleine Stadt im Schatten einer gewaltigen Burg ist. Die äußere Stadtmauer hat einen Umfang von anderthalb Kilometern und schließt die Stadt und einen riesigen, fast palastähnlichen Burgfried ein, in dem sich auch terrassenförmig angelegte Gärten befinden. Die Burg wird von einem Waliser bewohnt, der eine Art Häuptling ist und den Namen Owen ap Maredudd ap Tewdyr trägt.

Vermutlich bedeutet »ap« so etwas wie »Sohn von«.

Verzeih mir, aber ich muß weinen, wenn ich an Owen denke.

Ah ... Hah!

Er ist über einen Meter achtzig groß und hat breite Schultern, ungewöhnlich starke Arme und Beine wie Baumstämme. Seine Brust ist breit und geformt wie ein Faß oder eine Glocke. Er hat weißes, kurzgeschnittenes Haar, das jedoch in der Mitte eine schwarze gelockte Strähne aufweist. Seine Augenbrauen sind zum Großteil schwarz. Und obwohl sein Gesicht und seine Hände kupferrot sind, hat er einen schneeweißen Körper. Sein Mund ist breit, er hat kleine Zähne, und sein Atem riecht nach Quellwasser oder nach Milch ... All das verwundert mich vor allem deshalb, weil er ein alter Mann ist und bereits sechzig Jahre zählt.

Wie dem auch sei. Jedenfalls heißen er, seine Kinder und seine Kindeskinder uns willkommen, denn er ist aus Familientradition und auch aus eigener Entscheidung ein Anhänger des Königs und der Königin. Er hat gute Gründe dafür, die er mir erläutert, als ich ihn deshalb zur Rede stelle.

Unser Gespräch findet im Bett statt. Überhaupt verbringen

wir viel Zeit im Bett, nachdem die Königin nach Schottland weitergezogen ist, um eine neue Armee zusammenzustellen. Inzwischen bin ich lange genug hier und wage es deshalb, meine Abneigung und – ja, ich gestehe – Eifersucht gegenüber dem hübschen Mädchen zum Ausdruck zu bringen, dessen Porträt an der Wand neben der Tür hängt.

»Ach ja«, erwidert er mit seiner tiefen Stimme. Selbst wenn er leise spricht, dröhnt sie mir im Ohr, das auf seinem weißen Brusthaar ruht. »Sie war die erste Liebe meines Lebens. Eine Königstochter und die Gemahlin eines Königs.«

»Gemahlin? Du bist doch kein König.«

Er lacht auf. »Wer weiß schon, was ein König ist? Ich bin ein König in allem, nur nicht dem Namen nach. Sie war die Tochter des wahnsinnigen alten Königs von Frankreich, und nach der großen Schlacht dort am St-Crispins-Tag – ich war dabei, obwohl ich damals erst fünfzehn Jahre zählte – hat der inglysshe König sie geheiratet. Und dabei war sie ein Jahr jünger als ich.«

»Welcher König war das?«

»Henry, doch er ließ sich lieber Harry nennen.«

Stirnrunzelnd verfalle ich ins Grübeln. Er bemerkt meine Verwirrung.

»Genau«, sagt er. »Der Vater unseres gegenwärtigen Königs.«

»Also war deine Geliebte seine Mutter. Die Mutter des gegenwärtigen Königs?«

»Auch das ist richtig. Aber König Harry starb, als sie erst einundzwanzig war. Ich war Page am königlichen Hof gewesen und stand mittlerweile als Ritter in ihren Diensten.«

»Und du hast dich in sie verliebt.«

»Ja. Natürlich machte ich mich damit nicht sehr beliebt. Nach der Geburt unseres Sohnes Edmund wanderte ich deshalb sogar ins Gefängnis. Aber schließlich gaben sie es auf und ließen uns als Mann und Frau zusammenleben, solange wir niemanden störten. In gewisser Hinsicht war man sogar erleichtert, die Königin los zu sein. Sie war Französin, und die alten Kriege waren wiederaufgeflammt. Als Mutter des minderjährigen Königs hätte sie sich einmischen, auf einer Regierungsbeteiligung bestehen und den Krieg verhindern können ...«

»Doch statt dessen hast du sie hierhergebracht, und ihr habt glücklich zusammengelebt.«

Er hört den Neid in meiner Stimme.

»Nein. Wir blieben im Süden und wohnten in London, oder richtiger, in der Nähe von London, meistens in Schloß Waltham, wo ich ihr oberster Garderobier war. Da sie ihren Sohn, den König, genauso liebevoll und mütterlich umsorgte wie unsere gemeinsamen Kinder, mußten wir in London leben.«

»Hattet ihr also noch mehr Kinder?«

»Drei.«

»Und dann starb sie? Im Kindbett?«

»Nein, an einer langen, schmerzhaften Krankheit, die Klauen hat wie ein Krebs.«

»Dieses Übel kann ich heilen. Wann war das?«

»Vor zwanzig, nein, vor dreiundzwanzig Jahren.«

Sein Zögern macht mir Mut. Wenigstens zählt er nicht die Tage.

Er seufzt ein wenig und streicht mir mit der einen Hand durchs Haar, während er mit der anderen meinen Rücken fester umfaßt und meine Brüste an seinen Leib drückt. Er beantwortet meine Fragen, bevor ich sie stellen muß.

»Du bist genauso liebreizend wie sie, allerdings auf eine völlig andere Weise.«

Tja, das sehe ich selbst. Die Frau auf dem Bild ist hellhäutig, hat aber dunkles Haar. Als ich später allein bin, blicke ich in ihre haselnußbraunen Augen und küsse ihre Lippen, die an Rosenknospen erinnern. Sie war wirklich recht hübsch, aber ganz anders als ich.

Und wie hat sie angefangen, diese Leidenschaft, die ich mit Owen ap Maredudd ap Tewdyr teilte?

Als die Königin, der Prinz und ich durch die Tore in der dicken Mauer reiten und auf Dobs' Rücken den Kiesweg zwischen den blühenden Rosenbeeten entlangtraben, vorbei an den Teichen, wo sich die Karpfen in der sommerlichen Hitze treiben lassen, steht Owen bereits da. Er erwartet uns im Kreise seiner Familie unter dem Fallgatter des Burgfrieds, um uns willkommen zu heißen. Sein Sohn Edmund ist vor vier Jahren gestorben, doch seine Schwiegertochter ist mit ihrem dreijährigen Sohn Henry hier, der seinen Vater nie gesehen hat.

Der kleine Junge ist ein nachdenkliches Kind, und ich lerne ihn in den nächsten Monaten gut kennen. Er nimmt das Spielen sehr ernst und ist, was sein Verhalten und seine Sprachfähigkeit angeht, seinen Altersgenossen weit überlegen. Außerdem ist er ziemlich gerissen und hat ein Talent, die Erwachsenen gegeneinander auszuspielen. Sein Großvater, mein Owen ap Tewdyr, den die Engländer Tudor nennen, mag ihn nicht sehr, da er etwas Verschlagenes an sich hat, was der Natur des alten Mannes fremd ist. Doch er sagt, der Junge wird es noch weit bringen. Vielleicht. Um in Ingerlond als Mann etwas zu werden, muß man nichts weiter als stark, gewalttätig und grausam sein. Von diesen Eigenschaften legt Henry – mit Ausnahme vielleicht der Grausamkeit – bis jetzt nichts an den Tag, und auch das nur, wenn es darum geht, seinen Willen durchzusetzen. Aber er ist schlau, wie ich bereits sagte.

Verzeihung, du hast gefragt, wie es zwischen mir und Owen angefangen hat. Es war nicht weiter schwer. Bald bricht der Tag an, an dem beschlossen wird, daß die Königin nach Schottland reisen soll. Die schottische Königin ist eine alte Freundin von ihr und wird ihr möglicherweise helfen, das nötige Geld aufzutreiben und eine Armee aufzustellen. Während die anderen ihr nachwinken, schleiche ich mich nach oben, ziehe die Männerkleider aus und lege mich in Owens Bett, wo er mich etwa eine Stunde später vorfindet.

Jetzt weißt du es. Und das genügt auch für den Augenblick. Denn im Süden tat sich eine ganze Menge, und Ali kann darüber viel mehr berichten als ich, weshalb ich ihn jetzt weitererzählen lasse.

Kapitel vierzig

Doch es kam nicht dazu. Statt dessen fand ich weitere Briefe von Prinz Harihara an seinen erlauchten Vetter, geschrieben in Kammerherr Anishs ordentlicher Hand, vor, die ich zuerst studieren sollte.

Lieber Vetter,
endlich wurden wir aus unserem Palast-Gefängnis entlassen und sind wieder auf freiem Fuß. Es ist herrlich! Ich möchte dir berichten, wie es dazu kam, solange es mir noch frisch im Gedächtnis ist. Gewiß erinnerst du dich – sofern du den Brief je erhalten hast –, daß wir immer noch im Tower saßen, obwohl sich London bereits in der Hand der Yorkisten befand. Der Hauptteil von Yorks Armee war unter der Führung von Warwick, Fauconberg und March nach Norden marschiert, so daß etwa zweitausend Mann unter dem Befehl von Lord Salisbury, Warwicks Vater, in London zurückblieben. Drei Wochen lang belagerten sie den Tower, allerdings ohne sich dabei große Mühe zu geben, offenbar in der Absicht, uns auszuhungern. Währenddessen beschoß unser reizbarer Gastgeber Lord Scales weiterhin die umliegenden Häuser mit seinen Kanonen – sehr zum Ärger und Nachteil der Bürger, denen sie gehörten und die darin wohnten.

Er prahlte laut damit, daß das Feuer nicht erwidert würde, denn in diesem Fall hätte er die auf ihn gerichteten Kanonen unter Beschuß genommen. Allerdings war ihm dabei ein schwerwiegender Irrtum unterlaufen. All seine Kanonen befanden sich in den Türmen, die die Stadt überblickten, und er rechnete mit einem Angriff aus dieser Richtung. Doch Lord Salisbury beschloß nach etwa zwei Wochen, in denen er sich kundig gemacht hatte, fünf große Kanonen über die Brücke zum Südufer, also flußabwärts, zu schaffen (dazu war die Zerstörung einer Reihe von Läden nötig). So gelang es ihm, aus einer Entfernung von nur zweihundert Schritten die dem Fluß zugewandten Mauern zu beschießen, ohne sich selbst in Gefahr zu bringen. Die Kanonen im Tower waren nämlich so fest verankert, daß man sie nicht so schnell umsetzen konnte.

Wir lernten daraus wieder eine Lektion, die eigentlich offensichtlich war, allerdings zu den Dingen gehört, an die man immer erst zu spät denkt: Man muß seine Kanonen zwar vor denen der Feinde schützen, allerdings nicht so gut, daß es schwierig oder gar unmöglich wird, sie an einen anderen Ort zu bringen.

Drei Tage gingen die Salven auf die auf den Fluß zeigenden Mauern nieder, die bald einstürzten, als hätten sie nie den Zweck gehabt, einem Ansturm standzuhalten. Am vierten Tag lag die südliche Mauer des Burgfrieds schutzlos da. Inzwischen schwebten wir in Gefahr, und der Staub, das herabstürzende Mauerwerk und der Lärm stellten eine nicht unbeträchtliche Belästigung dar. Deshalb drängten die Lords, die, wie ich in meinem letzten Brief geschildert habe, mit ihren Familien im Tower Schutz vor den Yorkisten gesucht hatten, Lord Scales bald, die Waffen zu strecken. Da uns, wie ich ebenfalls bereits erwähnte, inzwischen die Lebensmittel auszugehen drohten, sah der Lord keinen anderen Weg. Und deshalb handelten von beiden Seiten ausgeschickte Herolde gestern abend aus, daß die Schlüssel zum großen Tor heute morgen offiziell übergeben werden sollten. Nun aber ist unsere größte Sorge, daß Lord Salisbury uns wegen der Kürze unseres Aufenthalts in Calais vor fast sieben Monaten nicht als Befürworter der yorkistischen Sache wiedererkennen könnte.

Nach Abschluß der Verhandlungen, es war bereits dunkel, trafen Anish und ich einen betrunkenen und mürrischen Feldwebel Bardolph Earwicca in den Gärten des Tower an. Er machte sich Sorgen, daß er nun seine Stellung verlieren könnte, obwohl er doch nur seine Pflicht getan und dem König, beziehungsweise dessen Stellvertreter Lord Scales, gehorcht hatte. Gewiß würde nun ein zuverlässiger Befürworter der Yorkisten seinen Posten als zweiter Waffenoffizier erhalten, während er selbst gezwungen sein würde, auf den Straßen betteln zu gehen. Und falls sich dort herausstellen sollte, wer er war und welchen Beruf er zuvor ausgeübt hatte, würden ihn die Leute in Stücke reißen, denn er hatte immerhin die Bombardierung der Stadt geleitet. Anish ergriff die Gelegenheit sofort beim Schopf und versprach ihm einen Posten in Vijayanagara, sofern ihm die weite Reise nichts ausmachte. Er hatte nichts dagegen einzuwenden, denn er hatte bei der letzten Pestwelle seine Frau und seine drei Kinder verloren. Deshalb war er ganz allein auf der Welt, und seine Niedergeschlagenheit wuchs wieder, als er um die Menschen weinte, die er als seine »*facking* Lieben« bezeichnete.

Daß seine Angst vor seinen Mitbürgern begründet war, wurde uns im nächsten Moment bestätigt. Wir hörten zornige Schreie, Waffengeklirr und Wutgebrüll. Dann wurde ein Kopf über die zerschmetterte Festungsmauer geworfen. Obwohl die widerwärtigen und blutigen Züge zu einer Maske des Entsetzens verzerrt waren, erkannten wir das Antlitz und den Bart von Lord Scales. Da er den Zorn der Londoner Bevölkerung fürchtete, hatte er versucht, in einem Boot den Fluß hinauf zur Abtei von Westminster zu rudern, wo er Asyl zu bekommen hoffte. Offenbar gestattet der Aberglaube dieser Leute, daß sich sogar verurteilte Verbrecher nach gewissen komplizierten Regeln der Verhaftung entziehen, indem sie sich in eine Kirche flüchten, wo sie vor jeglicher Verfolgung sicher sind.

Jedenfalls wurde er von den altgedienten Fährleuten auf der Themse, deren Beruf es ist, Menschen und Waren hin und her, stromaufwärts und stromabwärts zu bringen, erkannt und sein Plan durchschaut. Sie zerrten ihn aus seinem kleinen Boot und schleppten ihn zu den Stufen des sogenannten Verrätertores, das so heißt, weil Verräter für gewöhnlich mit einem Boot hierher zur Hinrichtung gerudert werden. Dort wurde er mit Messern zerstückelt und erschlagen, bevor man ihm den Kopf abhackte.

Ich bedauere seinen Tod nicht, obwohl ich ihm ein gnädigeres Ende gewünscht hätte.

Am nächsten Tag, nach dem hiesigen Kalender ist es der achtzehnte Juli, hatte Shiva Gnade mit uns, und wir kehrten in das Haus des Ratsherrn Dawtrey an der Ecke der Straße zurück, die East Cheap hieß. Da Lord Scales nun nicht mehr unter den Lebenden weilte, die Yorkisten das Zepter schwangen und wir ja angeblich zu ihren Anhängern zählten, überschlugen sich der Weinhändler und seine aufbrausende Gattin fast vor Gastfreundschaft. Sie bestand darauf, daß wir bleiben müßten, bis wir eine Unterkunft gefunden hätten. Außerdem hatten sie einige Waren für uns aufbewahrt, die wir noch nicht hatten verkaufen können. Und da wir noch eine beträchtliche Menge Gold und Schmuck verborgen am Körper tragen, haben wir in finanzieller Hinsicht nichts zu befürchten.

Doch es gibt noch mehr zu erzählen. Gestern ist, ohne daß wir es ahnten, Yorks Armee, offenbar siegreich, zurückgekehrt, während wir noch die letzten Stunden der Bombardierung des Towers über uns ergehen lassen mußten. Es heißt, sie hätten die Armee der Königin unweit einer Stadt namens Northampton bezwungen und den König gefangengenommen. Der König wurde im Bischofspalast in der Nähe von Burg Baynard untergebracht, wo die Yorkisten ihr Hauptquartier haben. Es handelt sich hierbei um eine Festung unweit von Lud's Gate, die heute ein Palast ist. Der König, der häufig wirr im Kopf ist, hat nichts dagegen, sich von den yorkistischen Lords leiten zu lassen.

Nun muß nur noch der Herzog von York aus Irland zurückkehren und im Namen des Königs die Regierung übernehmen. Die Sache ist, lieber Vetter, und ich glaube, ich habe es bereits erwähnt, daß diese Leute einen gekrönten und gesalbten König mit wahrer Affenliebe vergöttern. Wegen ihres Aberglaubens sind sie davon überzeugt, daß sie den Zorn ihres Gottes auf sich ziehen, wenn sie so einem König Schaden zufügen. Und obwohl dieser König der Enkel eines Thronräubers ist, der – und da sind sich alle einig – wiederum seinerseits den Tod eines rechtmäßigen Königs herbeigeführt hat, gilt der augenblickliche Monarch, wenn auch frühzeitig gealtert und unter häufigen Anfällen von Wahnsinn leidend, als heilig und dadurch als unantastbar.

Zu guter Letzt noch eine wunderbare Nachricht: Ali ben Quatar Mayeen hat sich in Begleitung eines Franziskanerbruders namens Peter Marcus – übrigens für einen Ingerlonder ein sehr kluger und gebildeter Mann – bei unserem yorkistischen Gastgeber aufgehalten. Er besitzt immer noch die beiden *kurundam*-Kristalle, die ich ihm anvertraut habe. Ich weiß nicht, ob sie uns von Nutzen sein werden, denn sie sind viel zu wertvoll, um sie zu verkaufen oder einzutauschen, aber irgendwann werden wir sie sicher noch gebrauchen können. Jedenfalls ist es schön, ihn wieder bei uns zu haben, und er scheint seine Abenteuer gut überstanden zu haben.

Der buddhistische Mönch, der Gové mit uns verlassen hat, ist offenbar ebenso wie der Fakir verschwunden. Tja, die beiden waren sowieso nur Anhängsel, auch wenn ich ihnen gegenüber eine gewisse Verantwortung empfinde und es gar nicht gerne sehe, daß sie allein auf dieser von Barbaren bevölkerten Insel umherziehen.

Gerade sind die neuesten Nachrichten eingetroffen. Der Krieg ist noch nicht vorbei. Die Königin ist nach der Schlacht von Northampton geflohen, und es heißt, daß sie in Schottland eine Armee zusammenstellt. Selbst in Ingerlond hat sie noch viele Anhänger unter den Adeligen. Sie fürchten, ihre gewaltigen, neu gewonnenen Ländereien wieder zu verlieren und auch die Posten einzubüßen, die sie durch ihre Protektion erhalten haben. Außerdem haben sie Angst vor der Rache der Yorkisten, deren Familien ihretwegen haben leiden müssen. Zweifellos werden wir noch viele Kämpfe erleben und etwas daraus lernen können.

Das schlimmste jedoch ist, daß wir unserem Ziel, meinen Bruder Jehani zu finden, noch keinen Schritt näher gekommen sind. Allerdings glaubt Bruder Peter, von einem Mann gehört zu haben, auf den seine Beschreibung paßt. Doch er rät uns, bei unserer Suche Vorsicht walten zu lassen. Wie es scheint, lebt mein Bruder in der Gemeinschaft eines geheimen Ordens mit dem Namen Brüder des freien Geistes und steht unter deren Schutz. Dieser Orden predigt eine freie Gesellschaft und glaubt an eine himmlische Stadt auf Erden, wo alle Menschen frei, gut ernährt, gleichberechtigt und glücklich sind. Klingt fast wie Vijayanagara. Allerdings gilt eine derartige Überzeugung hierzulande als Ketzerei und Gotteslästerung und wird mit einem langen und schmerzhaften Tod bestraft.

Im Hafen von London liegt ein von Stoffhändlern gemietetes Schiff mit dem Ziel Jezair, das die Ingerlonder Algerien nennen und das an der Nordküste von Afrika liegt. Ratsherr Dawtrey hat dafür gesorgt, daß der Kapitän den Brief bis dorthin mitnimmt. Tja, das wäre zumindest schon einmal die richtige Richtung. Wer weiß, vielleicht bekommst du das Schreiben ja irgendwann.

Dein dir zugetaner Vetter und Diener,
Prinz Harihara Raya Kurteishi

Kapitel einundvierzig

Lieber Vetter,
welche Freude, welche Glückseligkeit! Wir werden wohl nie erfahren, wie dein Brief, deine Antwort auf das Schreiben, das ich dir vor neun Monaten aus Calais geschickt habe, mich erreichen konnte. Jedenfalls wurde es mir heute morgen vom Maat einer Kogge übergeben, die gerade aus Jerez in Spanien eingetroffen ist, und zwar mit Fässern voll mit einem Getränk, das man hier Süßwein nennt. Spanien befindet sich inzwischen zwar in der Hand der Christen, treibt aber immer noch mit dem arabischen Hafen Motril südlich von Granada Handel. Es tut unseren Herzen unglaublich wohl zu hören, daß bei dir in der Stadt des Sieges zumindest vor vier Monaten alles zum besten stand und daß deine neue Bedu-Kavallerie einige Erfolge gegen die Truppen der bahmanischen Sultane erringen konnte. Außerdem freut es uns zu hören, daß die umfangreichen Baumaßnahmen, die du vor unserer Abreise geplant hast, inzwischen gut gedeihen und daß der Streit mit den Ärzten über eine kostenlose öffentliche Gesundheitsfürsorge beigelegt worden ist. Für gewöhnlich hilft es, wenn man die Leute darauf hinweist, welche Vorteile ihnen selbst aus einer Lösung des Problems erwachsen.

Da mein erster Brief dich erreicht hat, schließe ich daraus, daß du auch die darauffolgenden erhalten wirst, und werde dich deshalb nicht mit Wiederholungen langweilen (allerdings werde ich Anish bitten, für alle Fälle eine kurze Zusammenfassung zu erstellen). Statt dessen möchte ich dir lieber schildern, was geschehen ist, seit ich einen Monat nach der Sommersonnwende das letzte Mal an dich geschrieben habe.

Tja, was die ersten Monate betrifft, muß ich zugeben, daß sie ziemlich ereignislos waren. Auf dieser für gewöhnlich regennassen und elenden Insel eignen sich der siebte, achte und neunte Monat wahrscheinlich am besten für kriegerische Unternehmungen, da die Sonne eine gewisse Wärme erzeugt und der Boden selbst nach einem Regenguß ziemlich rasch trocknet. Allerdings gibt es um diese Jahreszeit frische Lebensmittel im Überfluß – Hülsenfrüchte, Wurzeln, Getreide, Obst und auch Futter für die Tiere –, weshalb die Bauern nur wenig Lust haben, sich zu den Waffen zu melden, und auch die Lords sie nur ungern darum bitten.

Der Grund ist offensichtlich, wenn man sich klarmacht, daß in diesen drei Monaten eine plötzliche, reiche Ernte sämtliche Nahrung bringt, mit der sich das ganze Land das restliche Jahr über am Leben erhalten muß. Was nicht geerntet wird, verfault auf den Feldern, so daß im kommenden Winter Lebensmittelknappheit herrschen würde. So erhielten wir zwar immer wieder Nachricht, die Königin ziehe, zuerst in Schottland, dann im Norden von Ingerlond, eine gewaltige Armee zusammen, doch sie hat nichts gegen uns unternommen. Vermutlich liegt das daran, daß diese Armee bis jetzt nur auf dem Papier besteht und nichts weiter ist als ein noch nicht eingelöstes Versprechen, das erst jetzt, im Monat, den man Oktober nennt, erfüllt werden wird.

Währenddessen hat sich hier im Süden von London bis vor zwei Wochen nicht viel getan. In den letzten Monaten veranstalteten Warwick, Fauconberg, Salisbury, March und die anderen viele Feste und Feierlichkeiten, und man verbrachte unzählige Tage mit albernen Turnieren und sogar noch mehr Zeit mit Jagden, die hier auf eine ausgesprochen törichte Weise vonstatten gehen. Wie Ali uns bereits erklärt hat, werden dabei Tiere – ja, sogar Füchse – mit Hunden und zu Pferde über das Land gehetzt. Als ich den Adeligen vorschlug, daß es doch zivilisierter sei, mit Armbrüsten bewaffnet am Ende eines Tals Stellung zu beziehen, während ihre Gefolgsleute ihnen die zuvor in Pferche eingesperrte Beute in die Arme trieben, wurde ich ausgelacht. Und das, obwohl ich sogar bereit gewesen wäre, ihnen mit Hilfe meiner Armbrüste vorzumachen, was ich meinte. Ich weiß, daß du die Jagd als solches ablehnst, doch du mußt trotzdem zugeben, daß meine Methode zivilisierter ist als die der Ingerlonder.

Ansonsten behandeln uns die Yorkisten im großen und ganzen respektvoll, und man hat uns gestattet, mit dem Erlös der mitgebrachten Edelsteine ein geräumiges Haus in einer Straße namens Lombard Street zu mieten (sie ist nach den Mailänder Kaufleuten benannt, die früher hier gewohnt haben) und Dienstboten einzustellen. Rubine und Perlen sind hier äußerst begehrt, und man kann insbesondere erstere zu einem Preis verkaufen, den du nie für möglich halten würdest. Die meisten Leute haben noch nie Rubine gesehen und können kaum fassen, wie farbenprächtig sie leuchten und wie hart sie sind. Ein angeblicher Rubin soll in die Krone des Königs eingelassen sein, und man sagte mir, er sei sehr groß und habe früher dem Schwarzen Prinzen, dem Ururgroßonkel des gegenwärtigen Königs, gehört. Man zeigte mir diesen »Rubin«, einen stumpfen, bräunlichen Stein, der ganz bestimmt ein Granat ist.

Wo war ich stehengeblieben? Bei den Turnieren und der Jagd. Außerdem wurde viel getanzt, eine Beschäftigung, die die Lords und ihre Damen – es ist kaum zu glauben – selbst ausüben, anstatt ausgebildeten Fachleuten dabei zuzusehen. Wie man sich denken kann, ist das Ergebnis ein leichtfertiges Betragen, das zumeist zu noch Schlimmerem führt, vor allem, wenn man es mit dem Konsum großer Alkoholmengen verbindet.

Doch es wurde nicht nur gefeiert. Inzwischen haben die Yorkisten unter Warwicks Leitung ihre Beziehungen mit der Stadt London verbessert, den Kaufleuten immer mehr Privilegien und Rechte zugestanden und auch diejenigen wiederhergestellt, die ihnen von der Königin aberkannt worden sind. Genaugenommen hatte sie sie an Ausländer, insbesondere die Teutschen von der Hanse, verkauft, die hier Handel treiben.

Aber was war mit York? Tja, in den ersten drei Monaten hörten wir nichts von ihm. Der große Mann und Fürst, der während einer früheren Wahnsinnsattacke des Königs als Protektor regiert hat und von dem es hieß, er werde einmal selbst König werden, blieb in Irland. Und das, obwohl viele wichtige Männer für ihn alles riskiert und nicht wenige Bürger für ihn Leib und Leben aufs Spiel gesetzt hatten. Doch vor einer Woche traf er endlich hier ein und scheint nun, mit einem Mal, alles verloren zu haben.

Ich habe dir ja bereits erklärt, wie sehr dieses abergläubische Volk seine Könige, die es als von Gott gesalbt bezeichnet, verehrt. Tja, und so bleibt Henry eben König Henry, während Richard Plantagenet weiterhin nur der Herzog von York ist, auch wenn er noch so viel Anspruch auf den Thron hätte. Und mit dem Herzog muß er sich begnügen, bis er gesalbt wird. Dennoch ist er, angeführt von Trompetern und mit gezücktem Staatsschwert, in London eingezogen, was für dieses seltsame Volk wieder einmal ein großer Anlaß mit mystischer Bedeutung war. Niemand kann leugnen, daß Schwerter eine Notwendigkeit sind, solange es Barbaren gibt, doch nur ein krankes Hirn ist in der Lage, ein so häßliches Ding wie einen Götzen zu verehren. Die größte Dummheit war, daß er außerdem Flaggen mit Löwen und Lilien darauf schwenken ließ, Abzeichen, die einzig und allein dem König geziemen. Auf diese Weise verlor er die Unterstützung von mehr als der Hälfte seiner Anhänger, die das Höllenfeuer oder ewige Qualen fürchteten und deshalb von ihm abfielen. Außerdem führte diese Aktion beinahe zum endgültigen Bruch zwischen York und Warwick …

An dieser Stelle endete die Seite, und ich legte sie auf den Stapel derjenigen, die ich bereits gelesen hatte. Im selben Moment fiel ein dicker Regentropfen auf eine Ecke des Papiers. Als ich aufblickte, stand Ali neben mir und sah mich aus seinem gesunden Auge an, das sich funkelnd von seinem verwüsteten Gesicht abhob. Hinter ihm erkannte ich die geschwungenen Giebel des Hauses und einen violetten Himmel. Ali rieb mit den geschwollenen Knöcheln seiner un-

versehrten Hand über den Stoff, der seine magere Brust bedeckte, während er die linke Hand zu einer Klaue krümmte und sich mit den gebogenen Nägeln durch den Spitzbart fuhr.

»Du ahnst ja nicht«, meinte er mit heiserer Stimme, »wie es im Oktober in Ingerlond war.«

Mit diesen Worten zog er sich einen gepolsterten Stuhl heran, setzte sich neben mich und starrte blicklos ins Leere. Alle Blätter im Garten schienen sich dem abendlichen Regen entgegenzurecken. Ali war vom bhang *berauscht, das konnte ich riechen. Er beugte sich über den Tisch, der zwischen uns stand, nahm einen kleinen Haschischkuchen zwischen Daumen und Zeigefinger und steckte ihn in den Mund. Sein Auge funkelte.*

Er drehte die Seite von Prinz Hariharas Brief um, die ich gerade gelesen hatte, schluckte und wischte sich mit dem Ärmel seines verkrüppelten Armes über den Mund. Dann nickte er leicht. »Lies das«, forderte er mich auf. »Und zwar laut. Ich würde es gern noch einmal hören.« Ich griff nach der nächsten Seite und wandte mich wieder dem Bericht des Prinzen zu, wie Ali mich gebeten hatte.

Warwick und sein Bruder Thomas Neville suchten uns in unserem Haus in der Lombard Street auf, um Perlen für seine Frau Anne zu kaufen. Er hatte einen Juwelier mitgebracht, der auswählte, was er brauchte, um ein Diadem für die Gräfin anzufertigen. In diesem Moment kam ein Ritter hereingestürmt und verlangte den Grafen zu sprechen. Er meldete, York sei mit einem riesigen Gefolge, Trompeten und anstößigen Fahnen in Westminster eingetroffen. Da er sich erst vor zwei Nächten in Abingdon unweit von Oxenford aufgehalten hatte, hatte man hier frühestens am Abend mit ihm gerechnet.

Tja, ich war neugierig auf diesen Herzog von York, der so viel Aufruhr verursacht hatte. Deshalb trotteten Anish, ich und Ali hinter Warwick her zur Westminster Hall, die ein paar

Kilometer entfernt am anderen Ende eines Pfades namens *Strand* liegt und wo sich das Parlament versammelt. Kurz vor dem Herzog trafen wir dort ein.

Ich glaube, ich habe bereits in einem früheren Brief versprochen, dir an geeigneter Stelle zu erklären, was das Parlament ist, und ich glaube, jetzt ist der richtige Zeitpunkt dafür gekommen.

Das Parlament ist eine große Versammlung, in der die Lords und Fürsten des Reiches sowie die Ritter der Rittergüter vertreten sind. Bei letzteren handelt es sich um Landbesitzer oder Pächter, die häufig von ihren Nachbarn gewählt werden. Jede Grafschaft entsendet eine bestimmte Anzahl von ihnen, die alle eine gewisse Barschaft vorweisen müssen. In Geld ausgedrückt ist das ein Einkommen von mindestens vierzig Pfund jährlich. Dieses Land ist verglichen mit unserem so arm, daß die Kaufkraft von vierzig Pfund ungefähr dem entspricht, was eine gute Tempeltänzerin oder der Besitzer einer Marktbude in Vijayanagara verdient. Doch in Ingerlond gilt das als kleines Vermögen. Jedenfalls werden diese Leute etwa einmal im Jahr vom König zusammengerufen, um die Gesetze zu verabschieden, die er erlassen will, die Steuern zu erhöhen und so weiter und so fort. Da gegen die Wünsche des Königs nur selten Einspruch erhoben wird, handelt es sich bei dieser Veranstaltung meiner Ansicht nach um Zeitverschwendung. Ich glaube, es ist eine aus der Zeit vor der normannischen Invasion vor vierhundert Jahren überlieferte Sitte, die damals noch etwas bedeutete und beibehalten wurde, um den Ingerlondern einen Gefallen zu tun.

Jedenfalls tritt das Parlament in Westminster zusammen, wo der vorletzte inglysshe König vor den Normannen eine große Halle und eine riesige Kirche hat bauen lassen. Es fand gerade eine Sitzung des Parlaments statt, das unter dem Siegel von König Henry, den man von Northampton hierhergebracht hatte, zusammengetreten war. Sie hatte den Zweck, York als Protektor zu bestätigen und seine Anhänger in alle wichtigen Posten in der Regierung einzusetzen.

Am einen Ende der Halle steht ein Thron, und an den Seitenwänden befinden sich viele hübsche Fenster. Außerdem gibt es eine Zuschauergalerie hinten über den großen Türen, wo wir und die Abgesandten aus fernen Ländern sitzen durften. Trompeten erklangen, und dann kam York, das Staatsschwert immer noch in der Hand, herein. Er schritt unter uns durch die Menge und steuerte direkt auf den Thron zu. Dort blieb er kurz stehen, drehte sich um und legte die Hand darauf. Es war eine offensichtlich besitzergreifende Geste, die den Anwesenden ein Aufstöhnen entlockte.

Der Herzog von York, den wir nun endlich zum ersten Mal sahen, war ein hochgewachsener stolzer Mann, allerdings bereits um die fünfzig Jahre alt. Er hatte dunkles, graumeliertes Haar, breite Schultern, eine ebensolche Brust, große Hände und muskulöse Beine. Doch sein Gesicht war faltig, und um seinen Mund hatte sich ein bitterer Zug eingegraben. Er machte den Eindruck eines Mannes, dem alles zuzutrauen war, solange er sich damit nicht selbst erniedrigte. Und die Beanspruchung des Thrones fiel eindeutig nicht darunter.

Anscheinend hatte er mit Beifall und Bestätigung gerechnet. Doch diese blieben aus. Nach dem ersten Seufzer, der geklungen hatte, als rausche der Wind durch die Bäume, blieb es still. Nur hin und wieder war das Klimpern von Sporen oder ein Husten zu hören.

York holte tief Luft, und sein Blick wurde argwöhnisch. »Hört, hört«, verkündete er mit tiefer, sonorer Stimme. »Ich als Großneffe des gestürzten Richard II. und Urenkel von Edward III. beanspruche den Thron von Ingerlond. Ich verlange, daß man mich am kommenden Allerheiligen krönt ...«

»Wann ist denn das?« flüsterte ich Ali zu.

»Allerheiligen ist am ersten November, also genau in drei Wochen ...«

Er hätte vielleicht noch mehr gesagt, doch in diesem Moment drängte sich ein Mann in goldenen Gewändern zu York vor. Er trug einen seltsamen Hut, der mit Juwelen besetzt und zweigeteilt war, als hätte jemand mit einer Axt hineingeschlagen. Wie sich herausstellte, handelte es sich um seinen Schwager Thomas Bourchier, den Erzbischof von Canterbury.

»Glaubst du nicht, Richard, daß wir, da wir bereits einen König besitzen, dem wir alle, einschließlich deiner, den heiligen Treueeid abgelegt haben, zunächst ein paar Worte mit ihm wechseln sollten, bevor wir weitermachen? Wir sollten ihn fragen, was er davon hält.«

Das Parlament nickte zustimmend.

»Ich kenne niemanden im Reich, der sich nicht lieber mir anschließen würde als ihm«, entgegnete York. Doch dann sah er sich um und schloß aus den Mienen der Anwesenden, daß er zu weit gegangen war. »Gut, wenn du willst, dann bring mich zum König«, fügte er hinzu und marschierte aus der Halle.

Wir taten zwar unser Bestes, um ihm zu folgen, wurden aber diesmal abgehängt. Doch man berichtete uns, König Henry habe endlich einmal ein wenig Würde an den Tag gelegt, sich vor seinem Vetter aufgebaut und erwidert, er selbst sei der rechtmäßige, vom Volk bestätigte König. Dann erinnerte er sie alle an ihren Treueeid.

Es schien keine Lösung zu geben. Henry war, obwohl der Enkel eines Thronräubers, tatsächlich der gesalbte und gekrönte König. Andererseits stammte York von einem Onkel von Richard ab, der älter war als John von Gaunt, Herzog von Lancaster, welcher Henrys Ururgroßvater war, allerdings durch die Tochter dieses älteren Onkels ... Wie du siehst, war das alles höchst kompliziert.

Doch Warwick, der schlau und nicht so hitzköpfig war wie York, verstand, daß die Lords und Bürger auf Henrys Seite standen, auch wenn sie die Königin und die Regierung ablehnten. Nachdem zwei Wochen lang gestritten worden war, gelang es ihm, York zu überzeugen, sich mit der Rolle des Protektors zu begnügen und auf die Königswürde zu verzichten, allerdings unter der Bedingung, daß er, York, und nicht Edward, der Prinz von Wales – der Sohn der Königin und nur sehr vielleicht auch des Königs –, den Thron erben würde, falls Henry zuerst starb.

Inzwischen habe ich bemerkt, lieber Vetter, daß ich von den Lords und Bürgerlichen schreibe, als ob sie alle daran beteiligt gewesen wären. Aber das verhielt sich nicht so. Eine große Anzahl von Lords, und zwar viel mehr, als an der Schlacht von Northampton teilgenommen hatten, hielt sich bei der Königin und dem Prinzen im Norden auf. Die meisten Ritter und Bürger im Norden standen ebenfalls auf ihrer Seite. Der Herzog von Somerset, den wir in Guisnes in der Festung Calais kennengelernt hatten, war nach Exeter im Westen zurückgekehrt und stellte ebenfalls eine Armee zusammen. Die übrigen Anhänger der Königin scharten sich im Nordwesten, und zwar in Northumberland an der schottischen Grenze, wo bereits eine zwanzigtausend Mann starke Armee stand. Als die Königin erfuhr, daß ihr Sohn enterbt worden war, bekam sie einen Tobsuchtsanfall. Inzwischen marschiert sie mit ihren Truppen nach Süden und ermuntert ihre Soldaten, zu plündern und alle zu töten, die auf Yorkistenland siedeln.

Hier in London ist das Parlament auseinandergegangen, und auch der Großteil der zukünftigen yorkistischen Armee hat sich zerstreut. Offenbar hat der Griff nach dem Thron York viel Sympathien gekostet, und außerdem fürchten alle hier die Königin. Nur seine treuesten Freunde, die ohnehin nicht mit der Gnade der Monarchin zu rechnen gehabt hätten, halten noch die Stellung. York möchte gern nach Norden ziehen, um gegen die Königin zu kämpfen, doch es heißt, daß es ihm nur mit viel Glück gelingen wird, auch nur eine halb so große Armee wie sie auf die Beine zu stellen.

So hat York durch seinen Stolz und seinen übersteigerten Ehrgeiz das verloren, was schon zum Greifen nah schien. Und er wird vielleicht noch viel mehr verlieren, womöglich sogar seinen Kopf.

Glaub mir, mein lieber Vetter, ich werde dir das Ergebnis mitteilen, sobald es bekannt ist.

Dein gehorsamer und dich liebender Vetter,
Prinz Harihara Raya Kurteishi

Endlich holte ich Luft und legte die letzte Seite des in der ordentlichen Handschrift von Kammerherr Anish abgefaßten Schreibens beiseite.

»Also«, sagte ich, »ich muß zugeben, daß ich darauf brenne zu hören, wie es weitergegangen ist.«

Doch ein leises Schnarchen verriet mir, daß Alis Interesse erlahmt war. Offenbar war es ihm endlich gelungen, seine Schmerzen zu lindern, die der Regen ihm verursachte. Ich griff zur nächsten Seite und las, diesmal stumm, weiter.

Kapitel zweiundvierzig

Lieber Vetter,
zwei Wochen vor der Wintersonnwende verließen wir, ich, Ali, Peter Marcus und Anish, London. Nachdem wir uns vergewissert hatten, daß die Schlacht im Norden stattfinden würde, beschloß ich, im Schutz von Yorks Armee so nah wie möglich zum Wald von Macclesfield zu reisen, um Jehanis Versteck zu suchen. Auf diese Weise würden wir die Gefahren der Straßen meiden, die sich inzwischen fast völlig in der Hand von Räuberbanden und Diebesgesindel befanden.

Aufgrund der Bürgerkriege herrschte auf dem flachen Land und auch in den kleineren Städten Gesetzlosigkeit. Da die beiden Regenten gegeneinander kämpften, anstatt ihre Pflicht zu tun und für Recht und Ordnung in ihrem Reich zu sorgen, nützten die Lords und die kleinen Adeligen die Gelegenheit, alte Rechnungen zu begleichen und einander mit Waffengewalt das Land abspenstig zu machen, anstatt deshalb die Gerichte zu bemühen. Allerdings ist letzteres in diesem Land auch unter normalen Bedingungen eine ausgesprochen langwierige Angelegenheit, bei der keinesfalls die Weisheit erfahrener und unparteiischer Richter entscheidet. Statt dessen ist man auf Gedeih und Verderb Horden von mit Pergamentbergen beladenen Anwälten ausgeliefert; diese werfen mit Besitzurkunden, Abtretungserklärungen, Einsprüchen und Titeln um sich, welche entweder auf die Zeit des Eroberers zurückgehen oder sogar noch älter sind. Die Folge daraus ist zumeist, daß der strittige Besitz häufig gänzlich für Gebühren aufgebraucht ist, bevor das Gericht, an dem ebenfalls Anwälte tätig sind, endlich zu einer Entscheidung gelangt.

Zu einem viel rascheren Ergebnis kommt man mit ein paar Schüssen aus der Pulverbüchse und einigen Knüppelschlägen, weshalb ein Unbeteiligter leicht ins Kreuzfeuer zweier rivalisierender Sippen geraten kann, wenn er nicht gleich ausgeraubt und ermordet wird.

Also verließen wir am neunten Tag des zehnten Monats, der eigentlich der zwölfte ist, durch die Lud's Gate die Stadt. Die Armee, an deren Spitze wir reisten, bestand angeblich aus zehntausend Mann, war aber in Wirklichkeit kaum halb so groß. Wir kamen so rasch voran wie das Ochsengespann, das die riesige Kanone über die schlechten Straßen zog, also in einem eher trägen Schrittempo. Muß ich noch hinzufügen, daß es regnete? Doch inzwischen war es ein kalter, durchdringender Regen, der wie ein grauer Schleier über die hügelige Landschaft wehte und aus einem ebenfalls grauen Himmel rieselte.

York ritt an der Spitze seines bunten Haufens, und zwar mit seinem Sohn, einem hübschen jungen Mann von siebzehn Jahren, den man den Grafen von Rutland nannte. Die Nachhut stand unter dem Befehl von Warwicks Vater, dem Grafen von Salisbury. Warwick selbst war mit anderen führenden Yorkisten in London geblieben, angeblich um dafür zu sorgen, daß der Armee der Nachschub nicht ausging, und um bei den Kaufleuten weitere Spenden einzusammeln (obwohl diese bereits vierhundert Mark, eine beträchtliche Summe, zur Verfügung gestellt hatten). In Wirklichkeit aber machte er sich für eine Rückkehr nach Calais bereit, für den Fall, daß sich die Dinge nicht nach seinen Wünschen entwickeln sollten. Der König wurde ebenfalls in London festgehalten, um die Gerechtigkeit der yorkistischen Sache zu symbolisieren, auch wenn er Gefangener im Tower war, und zwar in eben den Räumlichkeiten, die wir so viele Monate bewohnt hatten.

Nur Eddie March bildete eine Ausnahme. Man schickte ihn an die Grenze zwischen Wales und Ingerlond, wo die Yorkisten viel Land besaßen. Seine Aufgabe war, eine große Armee zusammenzustellen, die mit York zusammentreffen sollte, und zwar hoffentlich, bevor es zu einer Konfrontation mit den von der Königin rekrutierten Schotten und Tynesidern kam. Diese rückten – plündernd, brandschatzend und frauenschändend – langsam nach Süden vor und kosteten die Königin allerhand Sympathien. Da sie reiche Beute machten, mit der sie nach Gutdünken verfahren konnten, nahm ihre Anzahl immer mehr zu. Die soeben erwähnten Räuberbanden und das Diebesgesindel schlossen sich nur allzugern den Truppen an, um ihren Beruf auf diese Weise erlaubtermaßen ausüben zu können.

Unsere Armee hingegen blieb gleich groß oder schrumpfte sogar, obwohl sich anfangs viele neue Rekruten, aus Angst vor der Königin oder weil sie Pächter von York waren, zu den Waffen verpflichteten. Doch je weiter wir uns von London entfernten, desto mehr schmolz ihre Anzahl dahin, denn die Soldaten machten sich einfach aus dem Staub.

Am Tag der Wintersonnwende erreichten wir eine Stadt namens Wakefield. Etwa anderthalb Kilometer entfernt stand eine gewaltige graue Burg namens Sandal Castle, die, umgeben von Wäldern und Feldern, hoch in den Himmel ragte. Die Wintersonnwende ist das genaue Gegenstück zu derjenigen, in der die Sonne nur etwa fünf Stunden in der Nacht verschwindet und der Himmel selbst dann noch hell leuchtet. Nun war es genau umgekehrt: Die Sonne zeigte sich lediglich knapp fünf Stunden am Himmel, stand selbst gegen Mittag tief, war zumeist von Wolken verhangen, brachte keine Wärme und bescherte uns stockfinstere, lange Nächte. So weit im Norden war es sogar noch schlimmer als in Calais. Woran das liegen mochte, überstieg meine Vorstellungskraft.

Sandal Castle war zwar riesig und besaß einen Burgfried, der größer war als der des Tower, konnte aber trotzdem keine Armee von etwa sechstausend Mann beherbergen. Außerdem genügten die verfügbaren Vorräte nicht. Dennoch bedeutete die Burg einen sicheren Zufluchtsort, und die Hauptleute drängten York, die Soldaten innerhalb der Mauern oder zumindest dicht davor lagern zu lassen, bis Eddie March mit der bitter benötigten Verstärkung eintraf. Die Armee der Königin zählte inzwischen mindestens zwanzigtausend Mann, und ihre Hauptleute flehten sie an, zu kämpfen, solange sie derart in der Überzahl waren.

Wahrscheinlich hast du aus den Szenen in London, die ich in meinem letzten Brief geschildert habe, bereits geschlossen, daß dieser York ein ungebärdiger, unbeherrschter, stolzer Mann war, der leicht in Rage geriet und wenig Geduld besaß. Er brannte darauf, auch dem Namen nach König zu sein. Und als man ihn bat, die Burg nicht zu verlassen, warf er mit Möbelstücken um sich und brüllte: »Soll ich mich hinter verschlossenen Türen verkriechen, um Schwierigkeiten zu vermeiden? Sollen meine Männer mich einen Feigling und Waschlappen nennen? Denn das werden sie tun, wenn ich mich von einer Hexe kleinkriegen lasse, deren einzige Waffen ihre Fingernägel und ihre Zunge sind.« Eine höchst unvernünftige Bemerkung, wenn man bedachte, daß die Königin außer ihren Fingernägeln und ihrer Zunge auch noch dreimal so viele Soldaten und Kanonen hatte wie er.

Weihnachten kam, das Fest, bei dem die Christen die Geburt Jesu feiern. Sie tun das, wie wir bereits vor einem Jahr in Calais erlebt hatten, indem sie sich zwölf Tage lang bis zur Bewußtlosigkeit betrinken und Unmengen von Fleisch in sich hineinstopfen, was beides, insbesondere bei reizbaren Männern, die Übellaunigkeit fördert. Die Königin machte sich das zunutze, indem sie Herolde zur Burg schickte, die York verhöhnten, er fürchte sich vor einer Frau. Währenddessen meldeten seine Lagerverwalter, die Lebensmittel und – noch schlimmer – die geistigen Getränke würden allmählich knapp, da die Truppen der Königin ihrer Armee den Nachschub abschnitten.

Doch das abscheulichste war, daß alle Versuche vergeblich blieben, der menschlichen Ausscheidungen von sechstausend Mann innerhalb der Burgmauern Herr zu werden – die Ingerlonder zeigen für diese Angelegenheit einfach gar kein Talent. Nachdem die Männer sieben Tage lang wahllos überall ihre Notdurft verrichtet hatten, froren und schmolzen draußen die Haufen oder dampften in den Zimmerecken leise vor sich hin. Dennoch war es Yorks einzige Rettung und zugleich auch die beste Strategie, zu bleiben, wo er war, und zu hoffen, daß March bald mit Verstärkung aus dem Westen eintreffen würde.

Dann, in der Nacht des neunundzwanzigsten Dezember, als die meisten hohen Herren im Rittersaal der Burg saßen und das zähe Fleisch von geschlachteten Legehennen kauten, waren auf dem Gang plötzlich Schritte zu hören. Fünf Wachsoldaten stürmten, einen mit Schlamm bespritzten, aber bewaffneten Ritter zwischen sich, herein. Er trug einen Umhang mit einem weißen diagonalen Kreuz auf rotem Grund, dem Wappen der Nevilles. Nachdem man ihn vor Yorks erhöhten Sitz geschleppt hatte, kam es zu dem folgenden Gespräch.

»Mein Name und Titel sind Arnold Fiennes, Ritter und Gefolgsmann von Andrew Trollope ...«

»Trollope ist ein übler Verräter!« rief unser edler Herzog aus. »Vor fünfzehn Monaten hat er in Ludlow Fahnenflucht begangen. Er soll machen, daß er wegkommt.«

»Nicht doch, Euer Gnaden«, sprach Fiennes. »Er hat sich lediglich an seinen Eid gegenüber König Henry erinnert und will seinem Herrscher nun die Treue halten. Da er weiß, daß Ihr in des Königs Namen hier seid, wird er auf Eurer Seite kämpfen, wenn Ihr morgen gegen die Königin in die Schlacht zieht.«

»Wie viele Männer hat der alte Lump?«

»Sechstausend, Euer Gnaden.«

»Zum Teufel, damit müßte es wahrscheinlich zu schaffen sein.«

Der Stolz machte York blind, ganz im Gegensatz zu Bruder Peter, der fand, daß wir im Fall einer Niederlage besser nicht dabeisein sollten. Er schlug uns daher vor, daß wir uns besser aus dem Staub machten, solange wir noch unversehrt waren, und es gelang ihm bei Morgengrauen, die Wachen zu überreden, uns durchzulassen. In unsere Umhänge gehüllt, gaben wir uns als Bürger von Wakefield aus, die in der Stadt Lebensmittel und andere Notwendigkeiten bestellen wollten.

Von der Burg aus führte uns ein Pfad über eine baumlose Ebene, die Wakefield Green hieß und in Friedenszeiten als Weide für die Rinder und Schafe der Burg und auch der Dorfbewohner diente. Der Weg brachte uns eine sanfte Anhöhe hinauf und zu einem Fluß mit einer Brücke. Er verlief etwa zweieinhalb Kilometer weit bergauf und endete an einer niedrigen, runden Kuppe, die sich zwischen zwei Waldstücke schmiegte. Der Fluß war dort nur ein Bächlein und fast ausgetrocknet. Außerdem war das wenige Wasser gefroren, so daß man ihn überall leicht überqueren konnte. Doch wenn man es eilig hatte, war es dennoch lästig.

Als wir die Burg durch ein Ausfalltor, das ein geschmierter Feldwebel für uns öffnete, verlassen hatten, war keine Menschenseele zu sehen gewesen. Hinter uns im Nebel erhoben sich, abweisend und uneinnehmbar, die Mauern und Kerker der Burg. Selbst mit einer Kanone hätte es mindestens eine Woche gedauert, sie zu durchbrechen, und es wären gewaltige Mengen Pulver dafür nötig gewesen. Vor uns und um uns herum waren die Wiesen weiß vom Rauhreif, der unter unseren Füßen knirschte und mich daran erinnerte, wie die Bauersfrauen bei uns zu Hause frisch gewaschene Laken zum Trocknen über die Büsche breiteten.

In den Wäldern stiegen krächzende Krähen aus ihren Nestern in den Baumwipfeln auf, und die Dohlen in der Burg antworteten ihnen. Es war, als hätte sich die Armee der Königin über Nacht in Luft aufgelöst. Doch als wir über die Kuppe kamen, stellten wir fest, daß das keineswegs der Fall war.

Unter uns erstreckte sich ein riesiges Feldlager aus Zelten und provisorischen Schuppen aus gebogenen Haselnußzweigen, Planen und Decken in alle Richtungen. Vor den runden Zelten waren Standarten auf Pfähle aufgepflanzt, und Schilde hingen an Lanzen. Bruder Peter, der über ein Wissen verfügte wie ein Lexikon, hatte gerade begonnen, die Namen ihrer Besitzer aufzuzählen – »Somerset, Northumberland, Exeter, Devon und Clifford ...« –, als man uns wieder einmal verhaftete und in das Zelt der Königin schleppte.

Ja, sie war wirklich wunderschön, aber sie hatte einen harten, bösen Zug um den Mund und eine keifende Stimme. Vielleicht war ihr Tonfall ja deshalb so barsch, weil sie sich ständig unter stolzen Männern ohne Manieren Gehör verschaffen mußte. Als sie erfuhr, daß wir aus dem Schloß kamen, wollte sie uns an Ort und Stelle den Kopf abschlagen lassen, doch zuerst erkundigte sie sich, ob wir über Yorks Absichten Bescheid wüßten.

»Madam«, erwiderte ich. »Wir sind nur Reisende in Eurem Land und müssen für vieles dankbar sein. Überall wurden wir freundlich aufgenommen, und beide Seiten in diesem traurigen Konflikt haben uns ihre Gastfreundschaft gewährt. Deshalb wäre es unrecht von uns, wenn wir ...«

Ihre Wut steigerte sich, obwohl ich so feierlich sprach, wie es einem Prinzen geziemte. Doch in diesem Moment mischte sich ein Bischof ein, dem Bruder Peter etwas zugeflüstert hatte. »Dieser heilige Bruder«, sagte er, »hat Nachrichten, die uns alle interessieren dürften. Während wir uns hier miteinander unterhalten, bereitet sich York, der glaubt, daß Trollope heute auf seiner Seite kämpfen wird, auf eine Attacke vor.«

Die Königin wandte sich an ihre Hauptleute Somerset und Northumberland: »Laßt Trommeln und Trompeten erschallen«, rief sie. »Und schickt die Männer auf die festgelegten Positionen.«

Nun bekamen wir die erste der vier Schlachten zu sehen, die sich innerhalb des nächsten Vierteljahres ereignen sollten. Es handelte sich um die einzige, der ein im voraus einigermaßen durchdachter Plan von einer der beiden Seiten zugrunde lag, an den die Beteiligten sich auch mehr oder weniger hielten. Die Finte, York durch Trollopes angeblichen Verrat aus der Reserve zu locken, hatte den Auftakt gebildet, und jede Begegnung verlief blutiger als die vorangegangene. Es war ein grauenhaftes Gemetzel. Das Gelände, auf dem die Kämpfe stattfanden, habe ich dir ja bereits beschrieben. Wie es Sitte war, wurde die Armee der Königin in drei Gruppen aufgeteilt. Die mittlere Abteilung stand unter Somersets Kommando und wurde von der Königin und ihrem siebenjährigen Sohn begleitet. Die anderen Lords führten große Abteilungen in die Wälder zu beiden Seiten von Wakefield Green, und zwar auf Umwegen, damit die Yorkisten ihre Gegenwart nicht bemerkten. Allerdings hätte sie die Wolke aufsteigender Krähen sicher darauf hingewiesen, wenn sie sich die Mühe gemacht hätten, die Augen aufzusperren. Aber sie sahen nur eine einzige Reihe bewaffneter Männer in Rüstungen, zum Großteil zu Fuß, die sich auf der niedrigen Hügelkette vor ihnen aufbauten.

Yorks Leute rückten über die Wiese und das darunter verlaufende Bächlein vor und nahmen ihre Positionen ein. Es war eine undurchdringliche Phalanx, sechstausend Mann, sechs Reihen tief und angeführt von einer Kanone. Die Königin rührte sich nicht. Nach einer Weile preschten drei Ritter in voller Rüstung mit den Kriegsflaggen nach vorne und blieben an der Spitze der Truppe stehen. Der Herold der Königin, der unweit von uns stand, erklärte die Wappen. »Das königliche Wappen, Madam, und das königliche Wappen irgendwie anders. Das müssen York und sein jüngerer Sohn Rutland sein. Außerdem das weiße Andreaskreuz auf rotem Grund, das der Familie Neville gehört, vermutlich Salisbury ...«

»Ich bin nicht blöd, Garter«, erwiderte die Königin. »Ich habe selbst Augen im Kopf, und ob Ihr es glaubt oder nicht, ich kann auch das königliche Wappen erkennen.«

Nun drehte sich York im Sattel um, zog das Schwert und winkte den Soldaten hinter sich zu. Die Kanone gab einen einzigen Schuß ab, doch da sie bergauf zielte, traf die Kugel nicht. Dann rückte die Armee den Hügel hinauf vor und entfernte sich immer weiter vom Bach.

»Also gut«, sagte die Königin, deren Augen nun zufrieden funkelten. Sie saß seitlich im Sattel, eine neue Mode, die ausschließlich für Damen gedacht war, vermutlich, um zu verhindern, daß sie sich zwischen den Beinen wund scheuerten. Heute trug sie Jagdkleidung, einen langen scharlachroten

Samtmantel und schwarze Stiefel. Auf dem Kopf hatte sie eine Krone. »Gebt Somerset das Zeichen zum Angriff.«

Ein Page lief los, um ihre Befehle zu übermitteln.

Und im nächsten Moment strömten sie über die Bergkuppe. Es waren etwas mehr als sechstausend Mann, aber nur geringfügig mehr, doch das Gelände versetzte sie in Vorteil. Der Boden war durch den Frost gehärtet, allerdings nicht starr oder rutschig genug, um jemanden zu Fall zu bringen. Die Lords und Ritter waren zu Pferde, hatten sich aber zwischen ihren Männern verteilt, um sie anzufeuern und den Überblick zu behalten. Sie zügelten ihre Rösser zu einem leichten Trab, so daß die einfachen Soldaten, die zwar bewaffnet waren und Rüstungen trugen, aber zum Großteil zu Fuß gehen mußten, mithalten konnten. Die beiden Truppenteile stießen mit der Armee der Königin zusammen. In der ersten Reihe, rechts von York, hatten sich die nicht mit Schilden gewappneten Bogenschützen postiert, als von links weitere Soldaten aus den Wäldern gestürmt kamen.

Yorks Männer hätten am liebsten die Beine in die Hand genommen – doch es gab keinen Ausweg. Selbst der Rückzug zur Burg war ihnen abgeschnitten, da Trollopes Leute von hinten vorgerückt waren und Position bezogen hatten. Außerdem hatte kein Mensch daran gedacht, die Zugbrücke hochzuziehen oder das Fallgatter herunterzulassen. Da außerdem niemand bis auf ein paar Diener und Küchenhilfen zurückgeblieben war, um die Burg zu verteidigen, befand sich Sandal Castle bald in Trollopes Hand.

York wurde vom Pferd gezerrt und wäre beinahe sofort ums Leben gekommen. Rutland, begleitet von seinem Standartenträger, der auch sein Lehrer war, konnte fliehen und mit Hilfe der Brücke über den großen Fluß nach Wakefield entkommen, wurde dort jedoch von Lord Clifford gestellt, der vor einem Jahr Eddie March aus dem Haus des Ratsherrn Dawtrey in London gejagt hatte. Salisbury war zwar schon ein alter Mann, aber es gelang ihm dennoch, sich aus dem Staub zu machen. Allerdings wurde er von Trollope bemerkt, der ihm flugs Soldaten hinterherschickte. Diese holten ihn fünfzehn Kilometer später ein, als er gerade eine andere Burg namens Pontefract erreichte.

Der krönende Abschluß fand am nächsten Morgen statt, dem letzten Tag des Jahres 1460 der hiesigen Zeitrechnung, als Clifford der Königin drei Köpfe überreichte. »Madame, Euer Krieg ist vorüber«, meldete er.

Einige sagten, sie wäre erbleicht, doch ich bemerkte nichts dergleichen. Sie tätschelte York die kalte, tote Wange und befahl, ihm eine Papierkrone aufzusetzen. »Steckt ihn auf eine Stange und stellt ihn über dem Micklegate Bar in York aus«, verkündete sie mit lauter Stimme. »York soll einen Blick auf York haben.«

Dann hielt sie inne, bewegte die Lippen und spuckte das Haupt an.

Später ging sie die Liste der Gefangenen durch und ordnete weitere Exekutionen an. Das war der Anfang einer Gepflogenheit, die sich auf beiden Seiten durchsetzte, nämlich die Adeligen mitsamt ihrer Familien hinzurichten, ihre Ländereien zu beschlagnahmen und ihnen die Titel abzuerkennen. Die Königin hakte die auf der Pergamentrolle verzeichneten Namen ab. »Runter mit seinem Kopf! Ergreift möglichst auch seine Kinder. Den hier will ich selbst sterben sehen.« Und so weiter und so fort. Sie erweiterte die Liste sogar um die Namen derer, die weder Partei ergriffen noch sich an den Auseinandersetzungen beteiligt hatten. »Wie schon Jesus sagte: Wer nicht für mich ist, ist gegen mich.«

All das und die vorangegangene Schlacht bewegen mich zu der Frage, was einen Mann wohl dazu bringen mag, in einen Stahlpanzer zu klettern, sich damit einen Hügel hinabzuquälen und sich zu schlagen oder sich schlagen zu lassen, bis entweder er oder sein Widersacher zu Boden stürzt und durch die Gelenke in seiner Rüstung abgestochen werden kann. In ganz schweren Fällen dreschen die Gegner sogar mit Knüppeln und Äxten aufeinander ein, so daß der Unterlegene in seinem Stahlpanzer buchstäblich zerquetscht wird. Ist es die

Angst, daß er anderenfalls als Fahnenflüchtiger ohnehin sein Land und auch sein Leben verlieren wird? Mag sein. Oder ist es die Hoffnung auf Lösegeld für einen gefangenen Feind oder auf Beute? Die Beute könnte ein Grund sein, aber ganz sicher nicht der ausschlaggebende, denn wer nimmt schon Wertgegenstände mit in die Schlacht? Lösegeld hingegen ist ganz bestimmt nicht das Motiv, denn keine der beiden Seiten macht Gefangene. Allerdings ist mir aufgefallen, daß zwischen den Männern eine seltsame Kameraderie herrscht. Sie brennen regelrecht darauf, sich zusammenzurotten und – um es in ihren Worten auszudrücken – »loszuschlagen«, angetrieben durch die Furcht, daß ihre Freunde sie für faul oder feige halten könnten. Auch der Alkohol spielt eine bedeutende Rolle, denn beide Seiten haben vor der Schlacht gewaltige Mengen von Bier und Wein getrunken. Aber wahrscheinlich ist die einzige Erklärung die, daß wir es eben mit Ingerlondern zu tun haben.

Dein dich liebender und gehorsamer Vetter,
Harihara Kurteishi, Prinz von Vijayanagara

Kapitel dreiundvierzig

»Es geht doch immer und vor allem um Kontraste und Gegensätze, oder etwa nicht?« murmelte Uma. Am nächsten Tag hatte sie sich wieder zu uns gesellt, und ihre sanften, aber wissenden Augen blickten in die Ferne, während sie in Erinnerungen schwelgte. Sie seufzte tief auf. »Er war wirklich der beste von allen.«

Kontraste und Gegensätze. Arbeiten wir uns von oben nach unten vor. Sein kurzes weißes Haar, durch das ich die Fingerspitzen gleiten lasse, und die auffällige schwarze Strähne, die gerade lang genug ist, um sie einmal um den Finger zu wikkeln. Mein Haar ist beinahe zu seiner ursprünglichen Länge nachgewachsen. Es ist zwar schwarz, aber ich habe es mit Henna gefärbt, so daß hin und wieder rötliche Funken darin aufblitzen. Es ist schimmernd, seidig und duftend. Sein Kinn und seine Wangen sind mit weißen Stoppeln bedeckt und heben sich kupferrot von meinen ab, welche die Beschaffenheit und die Farbe eines reifen Pfirsichs haben. Sein Atem ist ein wenig scharf, mit einem milchigen Nachgeschmack, meiner riecht nach Johannisbeeren und Honig. Sein Kinn ist kantig, meines rund. An seinem Hals treten die Sehnen hervor, und er ist faltig, während meiner ... tja, inzwischen habe ich auch ein paar Fältchen, doch damals ... Meine Schultern sind cremeweich und glatt, rundlich und zart. Seine sind zweimal so breit und weiß, mit einigen roten Punkten, die zu meinen wenigen Muttermalen passen. Meine Brüste sind wie Granatäpfel, doch weich und mit großen Brustwarzen, die sich zusammenziehen, wenn er sie berührt, und hin und wieder einen süßen Tropfen absondern. Seine sind breit und flach mit Brustwarzen wie Pickel, die sich erheben und hart werden wie zwei Körner, wenn ich mit der Zunge darüberstreiche. Dazwischen liegt eine Matte borstigen Haars. Seine

Arme sind wie Wurzeln, stark und kräftig, aber auch anmutig, wenn sie mich langsam, doch auch voller Sehnsucht umfassen. meine Arme ähneln den glatten Zweigen einer hohen Espe, mein Bauch ist eine abgeflachte Wölbung mit einer verschlungenen Grube in der Mitte, wohin Parvati ihren Daumen gedrückt hat. Seiner ist hart und von Muskeln durchzogen.

Er hat kurze, dicke weiße Zehen, mit denen er eine Münze oder eine Feder aufheben kann. Meine sind lang und haben – wenn es mir gelingt, Lack aufzutreiben – vollkommen gepflegte Nägel. Seine Knöchel sind zierlicher, als ich erwartet hätte, was auf adelige Herkunft hinweist, aber nicht so zart wie meine, die ihn, wie er sagt, an zerbrechliche Dinge wie Glas erinnern. Seine Waden sind Zwillingsmuskeln und mit zarten grau- und braungestreiften Haaren bedeckt wie die einer Katze. Seine Knie, über die er hin und wieder klagt, allerdings nicht so häufig wie Ali, sind breit und kräftig, meine sind glatt wie Butter, aber fest wie Äpfel. Seine Schenkel sind Säulen, die einen Tempel stützen. Sein Gesäß erinnert an zwei Kokosnüsse in der Krone einer Palme, meines an eine Mango, doch er hat noch nie eine Mango gesehen.

Auch unsere Finger sind sehr verschieden. Seine sind kurz, verglichen mit seiner riesigen Handfläche, aber stark mit breiten Enden. Meine sind lang und dünn. Welche geheimen Freuden erfahren sie, wenn sich unsere Leiber aneinander schmiegen. Sein Daumen streicht die Falten und Kurven entlang, bis er auf den Hügel trifft, wo er das drahtige Haar teilt und die geschürzten Lippen erkundet. Mein Daumen und Zeigefinger umfassen die Wurzel seines Geschlechts, während die anderen drei Finger seine Eier in ihrem runzeligen Sack herumrollen. Wir spielen aufeinander wie auf Musikinstrumenten.

Die Schönheit raubt uns den Atem, wenn wir uns einander mit geschlossenen Augen hingeben, uns beschnuppern und uns sanft liebkosen. Ich sehne mich nach einer Vergangenheit, die nie stattgefunden hat, schmiege mich eng an ihn und lasse sein Geschlecht los, um seinen Kopf zu halten und ihn auf den Hals und auf die Lippen zu küssen, während er uns herumwälzt. Eine Hand schiebt er unter meinen Rücken und betastet mein Gesäß, während er mit der anderen Hand seinen heißen Schwanz in mich einführt, so daß eine Woge der Verzückung …

Tja, Ali, da du und ich es ein paarmal gemacht haben, weißt du, wovon ich rede. Und sicher hast du nichts dagegen, wenn ich dir sage, daß dieser walisische Häuptling sich seiner Qualitäten voll bewußt war.

Der Sommer geht allmählich in den Herbst über. Die zuvor dunkelroten walisischen Hügel werden erst fliederfarben, dann tief violett, und überall blühen winzige glockenförmige Blumen. Es sind so viele, daß sie an eine lilafarbene Decke erinnern. Und da sie nachfedern und weich sind, kann man sich, solange man die dickeren Zweige am Boden meidet, daraufsinken lassen und sich in dem süßen, leichten Duft verlieren, während man in einen aquamarinblauen Himmel hinaufblickt. Hoch oben fliegen die Adler, deren Halsgefieder schimmert wie ein goldener Ring. Und unter den niedrigen Büschen versteckt sich noch ein weiterer Busch vor den Schneefällen und Winden, die im Winter hier über die Hügel sausen und feine, pulverige Verwehungen vor sich her treiben. Nun jedoch strotzen sie von kleinen schwarzen Beeren; jedenfalls wirken sie schwarz auf mich, bis Owen mir ihren Namen sagt, denn da sehe ich, daß sie in Wirklichkeit tiefblau sind.

Die Hügel sind schartig von Tälern durchschnitten, die so schmal sind, daß man sie erst erkennt, wenn man an der Felskante steht. Dort geht es plötzlich steil bergab, und man sieht braunes Gestein und klares, allerdings ebenfalls braunes Wasser, das unten über die grauen, flachen Kiesel strömt. Im Laufe der Jahrtausende hat es die Steine abgeschliffen und fließt plätschernd von Becken zu Becken. Unten in diesen Schluchten ist die Luft reglos, und die Sonne brennt heiß herab. Während unsere Ponys oben grasen (wenn jemand käme, würden sie Lärm machen und wiehern), ziehen wir die wollenen Mäntel und Hosen aus, sinken in das nach Thymian duftende Gras neben dem Fluß und lieben uns wieder und immer wieder. Manchmal liegen wir einander auch nur in den Armen, lehnen die Rücken an einen von der Sonne erwärmten und mit Flechten bewachsenen Felsen und beobachten die braunen Fische, die unter Wasser das Moos abweiden.

Bei diesen Gelegenheiten erzählt Owen mir häufig alte walisische Sagen wie die von Pwyll, Prinz von Dyfed, oder Branwen, Tochter des Llyr. Ich revanchiere mich mit Geschichten von Rama und Sita. Dann singt er mir die Liebes- und Klagelieder von Dafydd ap Gwilym und Dafydd Nanmor vor. Letzterer, so sagt er, ist ein Barde, der noch am Leben ist und vielleicht eines Tages nach Dinbych kommen wird, um für uns zu singen. Ich erkläre ihm die Legende von Parvati, unserer aller Mutter, und auch von Kali mit ihrer Kette aus Totenschädeln, deren Verkörperung ich manchmal bin. Er nennt sie Rhiannon, die gleichzeitig jungfräuliche Mutter und pferdeköpfige Menschenfresserin ist.

Es beginnt zu frieren, und dann ziehen, wie bereits erwähnt, der Schnee und die Stürme vom grauen Meer heran, auf das wir von den höheren Hügeln aus einen Blick erhaschen können. Zwischen den Schafpferchen heulen die Wölfe, und eines Tages, Anfang Dezember, reiten wir mit den großen grauen Hunden aus. Da sie so lange Beine haben, macht der Schnee ihnen keine Schwierigkeiten, und sie haben kräftige Hälse, die so stark sind wie der von Owen. Wir erlegen die Wölfe zwar nicht, aber wir treiben sie tiefer und tiefer, höher und höher in die Berge hinein. Sie huschen vor uns her, springen und klettern fast senkrechte Felswände hinauf und heben sich vom dämmrigen Abendhimmel ab. Es sind drei, die den Mond anheulen und uns verspotten, wie wir zitternd in einer Schäferhütte neben einem schwarzen Teich kauern. Doch es gibt hier Brennholz und Kerzen, und wir fünf, denn Owen hat auch noch drei Jäger mitgebracht, verspeisen ein Abendessen aus Zwieback und getrocknetem und gesalzenem Hammelfleisch, bevor wir uns unter ein Bärenfell schlafen legen.

Weihnachten kommt und wird von Owen und seinem Clan oder Stamm mit großem Aufwand gefeiert. Sicher hast du inzwischen verstanden, Mah-Lo, daß in den Klimazonen weit nördlich von diesem und auch von deinem Land das stete Sinken der Sonne bis hin zur Wintersonnwende ein bedeutendes Ereignis ist. Alle Bewohner dieser Gebiete hoffen, daß der Niedergang der Sonne irgendwann aufgehalten wird, und wenn es tatsächlich geschieht, verkünden sie, die Göttin habe empfangen und einen Sohn namens Adonis oder Adonai geboren. Dazu stellen sie Berechnungen an, indem sie den Stand der Sonne im Zusammenhang mit hohen Steinen, die eigens zu diesem Zweck wie riesige Zähne im Kreis auf Berggipfeln aufgestellt worden sind, sorgfältig beobachten. So können sie mit Sicherheit sagen, daß die Sonne im Vergleich zum Vortag ein Stückchen weiter links aufgegangen und ein bißchen weiter rechts untergegangen ist.

An diesem Tag kommen nichtchristliche Priester, Druiden genannt, aus den Wäldern. Ihr Anführer trägt einen Mistelzweig bei sich, und sie führen, untermalt von eichenen Trommeln, die Donner vortäuschen sollen, gewisse Rituale durch. Der Anführer hat auch ein altes Schwert dabei, das geformt ist wie eine Sichel und aus Gold besteht; damit hat er die Misteln abgeschnitten und bewacht sie jetzt.

Er verkörpert die Fleischwerdung des großen Himmelsgottes, der mit einem Blitzstrahl zur Erde gefahren ist, um in Form einer Mistel unter den Menschen zu wohnen. Die Mistel heißt auch Donnerbesen und wächst an heiligen Eichen in den tiefsten Tälern von Gwalia an den Ufern schwarzer, unergründlicher Teiche. Die Göttin, der er dient und die er heiratet, ist keine andere als die Himmelskönigin ... denn auch sie liebt die Einsamkeit der Wälder und die verlassenen Berge. Als silbriger Mond gleitet sie in klaren Nächten über den Himmel und blickt zufrieden auf ihr eigenes Spiegelbild herab, das sich in der klaren Wasserfläche eines ruhigen Sees zeigt, in Dianas Spiegel.

Hier, in unserem Land, nennen wir sie Shiva, Devi oder Parvati.

So werden die Hochzeit der Götter, die Geburt der Sonne und das neue Jahr feierlich und auch freudig begangen. Man hofft auf viele Lämmer, auf Gerste und Roggen in den geschützten Tälern und auf dicke Lachse, die blitzend in den Flüssen und Strömen schwimmen.

Doch in diesem Jahr trifft, noch ehe die zwölf Tage um sind, eine Nachricht ein, die mich mit Sorge erfüllt. Owen allerdings ist erfreut, daß die Königin bei Wakefield einen großen Sieg errungen hat und daß York und sein Sohn Rutland zu Tode gekommen sind.

»Ein Vipernnest wurde ausgehoben!« ruft mein Geliebter mit volltönender Stimme aus, die wie eine Orgel dröhnt. »Vielleicht läßt man uns jetzt endlich in Frieden leben.«

Aber im Laufe des Winters werden die Nachrichten und die Befehle, welche die zu Pferde eintreffenden Kuriere bringen, so schlecht wie das Wetter selbst. Und besonders besorgniserregend sind die Neuigkeiten, die sein Sohn für ihn hat.

Eines Tages – wir reiten gerade durch ein langes, gewundenes Tal unter den Ebereschen hindurch, an denen noch alte Beeren hängen, da die Vögel, die Owen Drosseln nennt, sie nicht alle weggepickt haben – trifft er ein. Inzwischen ist der Boden nicht mehr mit Schnee bedeckt, denn wie immer auf dieser Insel blieb er nur eine Woche liegen, um dann wieder wegzuschmelzen. Doch die Erde ist gefroren, und das Eis auf den Pfützen knistert unter den Hufen der Ponys. Ein paar rote Milane mit gegabelten Schwänzen kreisen im Aufwind des Kamins einer Schäferkate und fragen sich vermutlich, ob es sich lohnt, wegen eines Bissens von einem toten Schaf eine Begegnung mit dem Berglöwen zu riskieren, der ganz in der Nähe unter einem überhängenden Felsen kauert. Ich reite vorne (Owen ist der einzige Mann, den ich kenne, der das zuläßt), als ich einige Männer erkenne, die zu Pferde die etwa anderthalb Kilometer entfernte Burg verlassen und in stetem Galopp auf uns zupreschen. Beide tragen eine Teilrüstung, der hintere hat eine Standarte bei sich, die vermutlich dem vorderen gehört.

Ich halte an, damit Owen mich einholen kann. Er runzelt die breite Stirn und schiebt sich die schwarze Locke aus dem Gesicht. Natürlich rutscht sie sofort wieder zurück.

»Mist«, sagt er.

Er seufzt leise auf und läßt die Schultern hängen. Seine Hände, die die Zügel umfassen, sinken auf den Sattelknauf. Ich spüre, daß ihn ein Teil seiner Lebenskraft verlassen hat, und ich werde von Trauer ergriffen. Dieser Mann ist alt genug, um mein Großvater zu sein, er ist beinahe ein Greis. Und wie vielen alten Männern fällt es ihm zunehmend schwer, sich auf unangenehme Überraschungen einzustellen.

»Was ist los? Wer sind diese Männer?«

»Mein Sohn. Mein jüngerer Sohn Jasper.«

»Du solltest dich freuen, ihn zu sehen.«

»Natürlich freue ich mich. Aber er hat im Auftrag der Königin die Waliser und die Männer an der Grenze zu den Waffen gerufen. Gewiß ist er nur aus einem einzigen Grund hier.«

»Er will, daß du ihn begleitest.«

»Genau.«

Die beiden Reiter erreichen uns und wirbeln mit klappernden Rüstungen herum. Jasper, dem ich noch nie zuvor begegnet bin, beugt sich im Sattel vor, um seinen Vater zu umarmen und ihm die Hand zu schütteln. Er sieht Owen sehr ähnlich, ist aber hellhäutiger, und ich erkenne, daß er die Augen von Katherine de Valois hat, deren Porträt ich dir bereits beschrieben habe.

»Das ist Uma«, sagt Owen, »eine indische Prinzessin.«

Ich will schon widersprechen, aber dann fange ich seinen Blick auf. Er will das in seinem Fürstentum umgehende Gerücht aus der Welt schaffen, er habe sich mit einer Zigeunerin eingelassen.

Jasper tippt sich an den Rand seines Helmes. »Ma'am«, sagt er, was zwar höflich klingt, aber alles ist, was ich von ihm zu hören bekomme.

»Ich weiß, warum du hier bist«, meint Owen, und seine Stimme klingt schicksalsergeben.

»York ist in Shrewsbury und hat im Westen von Ingerlond eine Armee zusammengestellt. Es sind bereits zwanzigtausend Mann. Sobald er dreißigtausend beisammen hat, will er in London einmarschieren. Im Süden hat es viel geregnet. Wenn er es schafft, sich mit Warwick zusammenzuschließen, werden sie die Königin schlagen. Insbesondere deshalb, weil sich der König in ihrer Hand befindet und sie behaupten können, daß sie seine Unterstützung haben.«

Wie du dir sicher vorstellen kannst, werde ich bei der Erwähnung des Namens York unruhig und frage mich, wie du wahrscheinlich auch, was das alles zu bedeuten hat. Aber sie sind in ein Männergespräch vertieft, wenden die Pferde und reiten zurück in Richtung Burg.

»Wo ist die Königin?«

»Nach der Schlacht von Wakefield hat sie ihre Armee in Hull zurückgelassen und sich nach Berwick-on-Tweed im Norden begeben. Angeblich will sie die Stadt als Gegenleistung für weitere Truppen und Gelder der schottischen Königin Mary überlassen. Doch selbst sie und ihre Hauptleute bezweifeln, daß es ihr gelingen wird, Warwick und York zu schlagen, wenn diese sich zusammenschließen.«

Wieder runzle ich die Stirn, aber sie achten nicht auf mich. Owen reitet zehn Schritte an einer riesigen Eibe vorbei, die ihre uralte Krone ausbreitet. Darunter auf dem Boden liegen trockene Nadeln und herabgefallene Beeren. Sie sind kirschrot und klein, enthalten jedoch einen giftigen schwarzen Samen in einer winzigen, fleischigen Hülle. Wenn man den Samen herausdrückt, quillt dabei eine farblose Flüssigkeit hervor wie aus einem ... Na ja, da mir traurige Zeiten bevorstehen, versuche ich, mir die frohen Erinnerungen noch eine Weile zu bewahren.

Owen passiert die Eibe und wendet sich dann wieder seinem Sohn zu.

»Also will sie eine Armee zusammenstellen und London noch vor York erreichen?«

»Genau.«

Endlich komme ich zu Wort.

»Aber York und sein Sohn sind in Wakefield gefallen. Ihre Köpfe wurden am Stadttor von York zur Schau gestellt. Das hast du mir doch selbst gesagt.«

»Er hatte noch einen zweiten Sohn, Rutlands älteren Bruder.« Es ist Jasper, der antwortet. »Er wurde zwar geächtet, bezeichnet sich aber als den neuen Herzog von York – als Herzog und auch als König.«

»Also«, sagt Owen, »ist es endlich soweit gekommen.«

Das Lichterfest. Der Tag, an dem im Norden die Tage länger werden. Alle Kerzen, die man im nächsten Jahr in der Kirche brauchen wird, werden gesegnet, doch eigentlich gilt das Fest einer Göttin, die sie die Heilige Braut, oder Bridget, nennen. In den Hütten werden Strohpuppen, die sie darstellen sollen, in die Betten gelegt. Dann zündet man ringsherum Kerzen an. Allerdings steht das diesjährige Lichterfest nicht unter dem Stern der heiligen Bridget oder von Parvati, Deva oder von Uma, denn am folgenden Tag, in einer Stadt namens Hereford, führt man den armen Owen hinaus auf den Marktplatz. Der Bedauernswerte kann es nicht fassen, daß er tatsächlich hingerichtet werden soll. Schließlich hat er seine Männer im Namen des Königs für die Königin geführt. Die Königin, der ich das Leben gerettet habe, ist eindeutig Kali, eine wahre Verkörperung der Todesgöttin, die Tausende ins Verderben reißt.

Owens Verbrechen besteht – abgesehen davon, daß er in einer Schlacht einige Kilometer entfernt von Hereford eine Armee gegen diesen zweiten Herzog von York befehligt hat, dummerweise den Kampf verlor und in die Hände seines Gegners fiel – darin, daß er der Stiefvater von König Henry ist.

Auge um Auge, das ist die Rache, welche die abgeschmackten Heiligen Schriften sowohl des Christentums als auch des Islam fordern. Und in diesem Fall heißt es eben Vater um Vater.

Ein paar andere müssen ebenfalls dran glauben. Zwei junge Burschen sollen vor Owen hingerichtet werden, und einem von ihnen gelingt es, sich zu befreien. Er wird in Stücke gehackt wie ein Stier im Schlachthaus.

Owen wendet sich an den Henker und sagt: »Ich vertraue darauf, daß Ihr nicht so grob mit mir umspringen werdet. Schließlich habt Ihr eine Axt und einen Henkerblock.«

Sie reißen ihm den Kragen von seinem roten Samtwams, und als sie seinen Kopf auf den Block legen, meint er: »Dieser Kopf hat auf dem Schoß von mehr als nur einer Königin geruht.«

Später, nachdem alle fort sind, nehme ich seinen Kopf und plaziere ihn auf der obersten Stufe des Marktkreuzes. Dann hole ich mit drei anderen Frauen hundert Kerzen aus der Kirche und stelle sie ringsherum auf den Stufen auf. Ich wische ihm das Blut vom Gesicht und küsse seine kalten Lippen. Reif funkelt in der Luft, und die Kerzen brennen die ganze Nacht lang. Als rötlich der Morgen am Himmel dämmert, spüre ich, daß jemand hinter mir steht, wie ich so auf der untersten Stufe sitze. Die Kerzen sind inzwischen fast heruntergebrannt und flackern in der ersten Morgenbrise. Der Geruch erhitzten Bienenwachses liegt in der Luft.

Ich blicke mich um und sehe hinter mir eine hochgewachsene Gestalt in voller Rüstung. Diese ist aus blauem Stahl und mit goldenen Einlegearbeiten geschmückt. Hinter dem Mann erblicke ich zwei weitere Ritter, die Schilde tragen. Auf einem prangen silberne Blumen auf blauem und goldene Löwen auf blutrotem Grund. Das andere zeigt drei Sonnen aus Blattgold, frisch auf eine Gipsschicht aufgetragen und so blitzblank poliert, daß sich das Licht darin fängt. Ich habe von der Schlacht bei Mortimer's Cross gehört und auch davon, daß drei Sonnen im Himmel über dem Mann erschienen waren, der König werden sollte. Beide Armeen haben das als Zeichen dafür gedeutet, daß Gott auf der Seite dieses Mannes stand.

Er hebt das Visier. Es ist Eddie. Eddie March. Edward Plantagenet, König von Ingerlond, Herzog von York. Hinter ihm stößt der schwarze Hengst, den ich einmal vor einer Tracht Prügel bewahrt habe, die Hufe aufs Pflaster, daß die Funken sprühen, und sein Wiehern klingt wie der Schall einer Trompete.

Kapitel vierundvierzig

Sie seufzte tief auf und tupfte sich mit einem Musselintüchlein die Augen.

»Ich gehe ein paar Schritte spazieren, wenn es euch nicht stört. Der Regen hat fast aufgehört. Ali wird dir erzählen, was ihm in der Zwischenzeit widerfahren ist ...«

Am Tag nach der Schlacht von Wakefield stellten wir fest, daß man in dem allgemeinen Tohuwabohu nicht mehr auf uns achtete. Prinz Harihara war trotz allem weiterhin fest entschlossen, die Reise zum Wald von Macclesfield fortzusetzen, der etwa fünfundsiebzig Kilometer im Westen lag. Doch da Yorks Armee geschlagen war, genossen wir inzwischen nicht mehr den Schutz, ohne den sich ein kluger Reisender besser nicht auf die von Gesetzlosigkeit beherrschten Straßen wagte. Die Königin wollte zurück nach Nordosten, um ihre schottische Amtskollegin um mehr Geld und zusätzliche Soldaten zu bitten. Währenddessen feierte ihre Armee den Sieg und machte nicht die geringsten Anstalten, sich entweder nach Süden oder nach Norden in Bewegung zu setzen. Dennoch befand der Prinz, daß wir unserem Ziel nie wieder so nah sein würden, und wies mich an, einen Führer zu suchen, der uns das letzte Stück Weges geleiten würde.

Bruder Peter entdeckte ein kleines Franziskanerkloster unweit der Kathedrale. Der dortige Prior brachte uns zum Haus eines Schusters, der ein noch glühenderer Anhänger der Brüder des freien Geistes war als die Franziskaner selbst. Der wackere Mann legte Leisten, Ahlen, Leder, Hämmer und seine übrigen Werkzeuge beiseite und erklärte sich freudig bereit, uns zu begleiten. Er hatte insbesondere deshalb nichts dagegen einzuwenden, da um diese Jahreszeit mit seinem Handwerk ohnehin nicht viel zu verdienen sei, denn die Tage seien zu kurz und gute Kerzen zu teuer. Zweifellos spielte auch das Gold des Prinzen eine Rolle bei seiner Entscheidung. Doch die Unternehmung bekam vor allem dadurch einen Sinn, daß er uns beim Anblick unserer Hautfarbe zu unserer Freude versicherte, er habe vor einiger Zeit von einem Mann mit einem ebensolchen Äußeren gehört, welcher bei den Brüdern im Wald von Macclesfield lebte und bei den einfacheren Leuten in der näheren Umgebung auf große Neugier stieße.

Wie lange sei das her?

Ach, etwa drei oder vier Jahre, vielleicht auch schon länger.

Der Schuster hieß Edwin. Er war zwar eigentlich ein vergnügter Mensch, lebte jedoch allein und war rechtschaffen, fleißig und sparsam. Sein Vater, ein reisender Maurer, hatte beim Neubau der Kathedrale mitgearbeitet, die heute, zwanzig Jahre später, immer noch nicht fertig war. Kurz nach seiner Hochzeit war er hoch oben im Fenstergeschoß, das modernisiert werden sollte, von einem zusammenbrechenden Gerüst gestürzt und an den Folgen gestorben. Der Bruder der Mutter war Schuster, und so wurde Edwin schon als Junge zu ihm in die Lehre geschickt. Da er sehr an seiner verwitweten Mutter hing, hatte er nie geheiratet und seine Zeit statt dessen dafür genutzt, sich selbst das Lesen beizubringen. So hatte er die Evangelien in Wycliffes Übersetzung studiert, die von den Webern in Wakefield, welche zu seinen Kunden gehörten, wieder und wieder abgeschrieben und unter der Hand weitergegeben wurden.

Nicht zum ersten Mal begegnete ich in ihm einem Menschen, dem ich mich sofort brüderlich verbunden fühlte, was ich Bruder Peter gegenüber anmerkte.

»Ich nenne diese Leute immer meine Familie Johnson«, erwiderte er.

»Warum das?«

»Weil Johnson ein absoluter Dutzendname ist, der dennoch nach Widerstandskraft, Unabhängigkeit und einem Quentchen Durchschnittlichkeit klingt. Nicht alle Johnsons sind Freigeister, doch viele hängen dieser Überzeugung an. Leute wie sie haben keine Achtung vor der weltlichen oder geistlichen Obrigkeit, benehmen sich jedoch zurückhaltend, bleiben unter sich und lassen den lieben Gott einen guten Mann sein.«

Nachdem er eine Weile überlegt hatte, fuhr er fort: »Ein Johnson kümmert sich nicht um anderer Leute Angelegenheiten, hilft seinem Nächsten aber, wenn dieser ihn braucht. Er steht nicht untätig daneben, wenn jemand zu ertrinken droht oder unter einem umgestürzten Baum oder einer Mauer eingeklemmt ist. Ein Johnson weiß, daß Gut und Böse miteinander im Widerstreit stehen, und zwar mit ungewissem Ausgang. Allerdings kann dieser Konflikt nicht ewig dauern, weil eine der beiden Seiten irgendwann den letztendlichen Sieg erringen muß. Die Frage ist nur, auf welcher Seite man steht.«

Die letzte Etappe unserer Reise war ziemlich beschwerlich und führte uns über eine niedrige Bergkette, welche man die Penninen nennt. In den ersten Wochen des Jahres war das Wetter feuchtkalt, die Tage waren kurz, und die Nächte dauerten unerträglich lang. Durchgefroren und klatschnaß stiegen wir die westlichen Abhänge der Hügel hinunter. Regen peitschte uns entgegen, als wir eine kleine Stadt namens Manchester erreichten. Ich kann mich kaum noch daran erinnern und weiß nur noch, daß ich dort zum ersten Mal an angeschwollenen, schmerzenden Gelenken litt. Während ich zitternd in einer Ecke des Gasthofes kauerte, wo wir die Nacht verbringen wollten, stritten Bruder Peter und Edwin darüber, ob es westlich oder östlich der Penninen die besten Fuß-Baal-Spieler gebe. Für zwei kluge Männer, von denen einer darüber hinaus noch hoch gebildet war, schien das ein ziemlich albernes Gesprächsthema zu sein, aber ich fühlte mich zu elend, um etwas dazu anzumerken.

Inzwischen hatten wir bis zum Wald von Macclesfield nur noch einen knappen Tagesmarsch vor uns, und Prinz Harihara platzte schier vor Ungeduld. Entweder lief er mit aufgeregt funkelnden Augen in der Gaststube auf und ab, oder er saß brütend in der Ecke und malte sich die Enttäuschungen aus, die der morgige Tag vielleicht bringen würde. Nachdem Anish dafür gesorgt hatte, daß wir trockenes Bettzeug und genug zu essen und zu trinken bekamen, setzte er sich zu mir. »Morgen«, meinte er, »haben wir es geschafft. Unsere Mission ist erfüllt. Ganz gleich, was auch geschieht, können wir sicher bald wieder nach Süden wandern und endlich nach Hause zurückkehren. Wie lange wird das wohl dauern, Ali? Bitte sag nicht, genauso lange wie der Herweg.«

Er hielt die pummeligen Hände ans Feuer, drehte sich um und strahlte mich an. »Ich brenne darauf, nach Hause zu kommen«, meinte er. »Aber wir haben eine Menge erlebt. Ich hätte es um alles auf der Welt nicht verpassen wollen. Und all das wegen eines Pergamentbündels, das du aus Calais nach Vijayanagara gebracht hast.«

Mein Interesse war geweckt. »Hast du es bei dir?« fragte ich.

»Es ist oben in unserem Zimmer. Ich hole es.«

Kurz darauf war er zurück. Er schnürte die roten Lederriemen auf und entfaltete dann das knisternde Pergament.

As John the apostel hit syy with syght
I syye that cyty of gret renoun
Jerusalem so nwe and ryally dyght
As hit was lyght fro the heven adoun
The birgh was al of brende golde bryght
As glemande glas burnist broun
With gentyl gemmes anunder pyght
Wiyth banteles twelve of tiche tenoun
Uch tabelment was a serlypes ston ...

Offenbar bemerkte Ali meine verdatterte Miene.

»Laß es mich dir zuliebe in eine Sprache übersetzen, die du verstehst«, sagte er.

Als Johannes jedem der Steine einen Namen gab,
Erkannte ich sie aus seinen Erzählungen wieder.
Jaspis war der Name des ersten Steins,
Den ich den Sockel schmücken sah;
Er schimmerte grün am untersten Rand.
Auf der zweiten Stufe sah man Saphire,
Dann Quarz, so makellos und rein,
Der auf der dritten Stufe hell leuchtete.
Die vierte war smaragden in grünlichem Glanz;
Der Sardonyx war der fünfte Stein.
Der sechste war ein Rubin, wie beschrieben
In der Offenbarung des Apostels Johannes …

Alis Augen verschleierten sich. »Ich erinnere mich«, sagte er, »an das erste Mal, als ich diese Worte las. Es war doch im Garten, oder? Oder in der Halle von Vijayanagara. Zusammen mit dem Prinzen. Was haben wir in der darauffolgenden Zeit nicht alles gesehen und erlebt.« Er seufzte. »Als ich in Manchester die Seiten aufschlug, sagte ich in etwa dasselbe zu Anish, nachdem ich den dritten Vers gelesen hatte.«

Und Johannes sprach auch vom Chrysolite,
Dem siebten Stein auf den Stufen der Plinthe.
Der achte war der Beryll, so klar und so weiß,
Und der zweifarbige Topas war der neunte.
Der zehnte war der Chrysopras, fest verankert.
Und der sanfte Hyazinth war der elfte Stein.
Der violette und blaue Amethyst,
Heiler allen Übels, war der zwölfte …

»Weißt du, Anish«, merkte ich an, nachdem ich die Verse in diesem Gasthof in Manchester gelesen hatte, während draußen der Regen vom Himmel prasselte und der kalte Wind im Kamin heulte. »Ich kann einfach nicht glauben, daß nur achtzehn Kilometer von hier eine Stadt liegen soll, wie sie in diesem Text beschrieben wird.«

Anish runzelte die Stirn und musterte die Teluga-Schrift, die unter den inglysshen Gedichtzeilen stand. »Nichts weist darauf hin«, erwiderte er, »daß sich dieser Ort überhaupt in Ingerlond befindet.«

»Warum sind wir dann hier?« fragte ich wie vor den Kopf geschlagen.

»Um Jehani aufzuspüren und ihn nach Hause zu bringen«, antwortete Anish zögernd.

»Und außerdem?«

»Um von dem kriegerischsten Volk der Welt soviel wie möglich über das Kämpfen zu lernen, damit wir uns gegen die bahmanischen Sultane verteidigen können.«

Ich ging ein paar Schritte in dem düsteren Raum mit der niedrigen Decke auf und ab, einerseits in der Hoffnung, die Schmerzen in meinen Knien zu lindern, andererseits, um Zeit zum Nachdenken zu gewinnen. Dabei stolperte ich über die ausgestreckten Beine eines Betrunkenen.

»Paß doch auf, Trottel«, knurrte dieser.

Ich kehrte an meinen Ausgangspunkt zurück und musterte Anish, der sich, das Päckchen auf dem Schoß, in einem Sessel niedergelassen hatte.

»Also nicht, um die himmlische Stadt auf Erden zu finden?«

»Welchen Grund hätte ein Einwohner von Vijayanagara auch, eine himmlische Stadt zu suchen?«

Dieser Einwand hatte, wie ich zugeben mußte, etwas für sich. Der Mensch kann nur sich selbst erkennen, wenn er die Transzendenz überwindet und wenn die Ewigkeit im Hier und Jetzt gegenwärtig wird. Das hatte Peter in seiner Osterpredigt gesagt. In diesem Moment döste er am Kamin vor sich hin.

»Warum hat Jehani diese englischen Verse dann aufgeschrieben, wenn nicht, um uns zu einer Stadt zu führen, wo wir unsere Säcke mit Edelsteinen füllen können?«

Anish runzelte die Stirn; vermutlich hatte ihn mein leicht gereizter, wenn nicht gar spöttischer Ton gekränkt. Vielleicht lag es ja an dem Bier, von dem ich einige Gläser getrunken hatte (ich fürchte, inzwischen war ich ziemlich süchtig danach). Der Wirt hatte es selbst gebraut. Der Mann hieß Boddington, und sein Name stand draußen auf einem Schild. Anish musterte wieder den in Teluga, der Sprache der drawidischen Prinzen und ihres Hofstaates, gehaltenen Text, der für mich ein Buch mit sieben Siegeln war.

»Er schreibt, er hätte sie in einem hübschen Gedicht entdeckt, das ein Mann für seine verstorbene Tochter verfaßt habe. Sie sei ihm in einem Traum erschienen und habe ihm die Stadt gezeigt, die dieses Gedicht schildert. Diese Verse weckten Jehanis Heimweh, und er sehnte sich nach Vijayanagara.«

Bruder Peter wachte auf und beugte sich über die Seite. »Der Dichter war ein Ritter«, sagte er, »und außerdem ein Bruder des freien Geistes oder zumindest ein Lollarde. Diese Verse sind an Wycliffes Übersetzung des letzten Buches der Bibel angelehnt.«

»Außerdem ist es mir rätselhaft, warum ein Mann, der bei klarem Verstand ist, das Bedürfnis haben sollte, Säcke mit Edelsteinen zu füllen«, fuhr Anish in leicht tadelndem Tonfall fort.

»Wirklich nicht?« entgegnete ich.

»Nein. Edelsteine sind doch nur dazu da, Tänzer zu schmücken. Männer und Frauen. Sogar Gebäude und Statuen. So wie in Vijayanagara.«

»Du vergißt, daß ich kein Bürger dieser Stadt bin, sondern ein Reisender. Und für Reisende kann es sich manchmal als nützlich erweisen, Säcke voller Edelsteine mit sich zu führen.«

Brummig gab er mir recht, daß wir nie so weit gekommen wären und auch nicht die Mittel gehabt hätten, uns warme Kleidung und Speisen und Getränke, geschweige denn jede Nacht ein mehr oder weniger trockenes Bett zu leisten, wenn wir nicht auf meinen Vorschlag hin große Mengen an Edelsteinen bei uns gehabt hätten. Und zwar in Säcken.

In diesem Moment rief Prinz Harihara, der uns, das Gesicht

im Schatten und mit funkelnden Augen, aus einer zugigen Ecke beobachtet hatte: »Laßt es gut sein, Anish! Und Ihr auch, Ali. Wir werden es schon noch früh genug erfahren.«

Dann bat er Boddington um eine Kerze, um uns den Weg ins Bett zu leuchten.

Also keine himmlische Stadt. Keine Straßen, die mit Juwelen gepflastert waren, und keine unvorstellbaren Reichtümer. Und was fanden wir statt dessen vor? Zuerst einen Fluß namens Mersey, den wir mit einer Fähre überquerten. Dahinter einen Wald mit einer Lichtung in der Mitte. An der Fähre verabschiedete sich Edwin von uns. Der Fährmann sagte, es sei riskant für einen armen ungebildeten Mann in der Umgegend des Ortes angetroffen zu werden, wo die Brüder des freien Geistes gelebt hatten. *Gelebt hatten*? Gerald, der Fährmann, verzog finster das Gesicht und antwortete nicht auf unsere Fragen.

Damit ein Wald auch Gewinn abwarf, mußte er ordentlich gepflegt werden. Das erklärte uns ein Förster, der uns auf der anderen Seite des Flusses empfing und sich bereit erklärte, uns zu führen. Er war ein Hüne, wie ich noch nie einen gesehen hatte, mit einem roten lockigen Bart und fröhlich dreinblickenden Augen.

Alte, verfaulte Bäume müßten gefällt und Schneisen geschlagen werden, die in trockenen Sommern das Ausbreiten von Waldbränden verhinderten. Das Gebüsch hingegen müsse man wuchern lassen, damit die Hirsche darin Schutz suchen könnten, insbesondere die Weibchen, die sich zurückzögen, um ihre Jungen zu bekommen. Auch einige Vögel bevorzugten Büsche gegenüber Bäumen und bauten dort ihre Nester. Flüsse müsse man eindämmen oder vertiefen, so daß sie, wo das Gelände es gestattete, Teiche bildeten, in die man dann Fische einsetzen könne. Der Wald von Macclesfield sei, wie so vieles in Ingerlond, wegen der Kriege im In- und Ausland mehr als zwanzig Jahre lang vernachlässigt worden. Schneisen und Pfade waren mit Brombeergestrüpp und Dornengestrüpp überwuchert, und umgestürzte Bäume faulten vor sich hin. Allerdings war das jetzt, mitten im Winter, nicht weiter von Bedeutung. Die Brombeeren bestanden nur aus zusammengerollten dornigen Strünken, das Gras war verwelkt, und von den kleinen und großen Bäumen waren die Blätter abgefallen, so daß man überall gute Sicht hatte. Von den gelegentlichen Anhöhen aus konnte man viele Kilometer weit blicken. All das erklärte uns der Förster, während er uns zur Mitte des Waldes brachte.

Es regnete zwar, allerdings nicht so kräftig wie am Vortag in Manchester. Es war eher ein leichter Dunst, ein heilsamer Regen, wie der Förster es nannte. Der Mann war nicht nur hoch gewachsen, sondern auch gut gebaut, trug ein grünes Gewand und hatte einen Langbogen und ein Horn am Gürtel. Bruder Peter bezeichnete ihn scherzhaft als Robin Hood und handelte sich für seinen Vorwitz eine gehörige Standpauke ein. Derartige Kleidung sei für einen Förster nicht weiter außergewöhnlich, lautete die Antwort. Am Sattelknauf des Mannes baumelte eine große Axt, deren Klinge in einer ledernen Scheide steckte. Obwohl eine Axt bei einem Förster nicht unbedingt seltsam wirkte, murmelte Peter, daß er, wenn nicht Robin Hood, dann sicher der grüne Riese sei, dem Sir Gawain am Hof von König Arthur mit seiner eigenen Axt den Kopf abgeschlagen hatte.

Kurz darauf zügelte der Förster sein Pferd und wies von der niedrigen Hügelkette, auf der wir standen, hinab in ein breites Tal, das ein fast kreisrundes Becken von etwa anderthalb Kilometern Durchmesser bildete. Selbst im Winter war offensichtlich, daß die Natur hier üppiger grünte und blühte und besser gedieh als im übrigen Wald.

»Manche nennen diesen Ort den Garten Eden«, meinte der Förster. »Andere sagen, es wäre der Garten der irdischen Freuden. Doch die Kirche und der Bischof bestehen auf dem Namen Teufelsbecken. Vor etwa fünfzig Jahren ist hier ein Feuerball vom Himmel gefallen. Die Erde erbebte, und eine Woche lang wütete ein Brand in diesem Teil des alten Waldes. Und als der Rauch sich legte und die Flammen verloschen, hatte die Landschaft diese riesige Delle, die an eine offene Hand erinnert. Alle hatten Angst davor, und niemand wagte die Gegend zu betreten. Etwa ein Jahr später begannen die Pflanzen wieder zu wachsen. Anfangs waren es nur Moose und Heidekraut. Aber dann kamen die Bäume wieder, und da die Menschen das Gebiet mieden, zog sich sämtliches Wild hierher zurück, um sich ungestört fortzupflanzen. Vielleicht war es so wie im Paradies. Deshalb leben hier Hirsche, Hasen, Wildschweine, Fasane und Rebhühner, Pirole und Elstern. In dem Fluß, der dort verläuft, tummeln sich Otter, Biber, Forellen, Flußkrebse und im Frühsommer auch Lachse. Und alle sind sie größer und schöner als sonst irgendwo. Es gibt auch viel mehr verschiedene Pflanzen, nicht nur die, welche normalerweise im Wald wachsen, sondern auch Apfelbäume, Birnbäume, Kirschbäume, Johannisbeersträucher, Himbeerbüsche und Erdbeerstauden. Sie alle siedelten sich dort an, bevor die großen Waldbäume wie die Eichen, Eschen und Buchen das Land mit ihrem lebensfeindlichen Schatten überziehen konnten. Und selbstverständlich blühen dort auch Blumen: Eisenhut, dessen Blüten man möglicherweise schon auf dem Waldboden findet, Schöllkraut, Anemonen, Pfingstrosen, Schneeglöckchen, Veilchen, Osterglocken, Lilien, Borretsch, verschiedene Kräuter, wilder Knoblauch und viele, viele andere. Ein Jammer, daß Ihr das Tal nicht im Mai oder im Juni sehen könnt ...« Er hielt inne und musterte uns. »Ihr findet die Siedlung der Brüder in der Mitte des Tales.«

»Und die Brüder selbst?« rief Prinz Harihara, bleich vor Anspannung.

Doch der grünberockte Mann hatte bereits sein Pferd gewendet und ritt auf einen Berghang zu, bei dem es sich, wie wir nun bemerkten, um den Rand einer kleinen Vertiefung handelte. Plötzlich brach ein Sonnenstrahl durch die Wolken, und Regentropfen, so klar wie Quarzsplitter, fielen ihm auf die Schultern. Dann war er verschwunden.

Kapitel fünfundvierzig

Nach einem knappen Kilometer verengte sich der breite Pfad, der sich unter den Ästen von Buchen dahinschlängelte. Er war fast vollständig von Stechpalmen und Besenginster überwuchert und führte uns in die Mitte des Tals. Unterwegs hörten wir rote Eichhörnchen in den Wipfeln schnattern; sie ließen Nußschalen auf unsere Köpfe fallen. Ein Rotfuchs trottete vorbei. Wie überquerten einen Bach, der zwischen Ufern aus rotem Ton dahinfloß. Ein Rotkehlchen sang darüber auf einem Weidenast. Ich äußerte laut, daß Rot die Farbe des Todes war, und versuchte, nicht mehr daran zu denken, als meine Begleiter mit keiner Silbe darauf reagierten.

Es bestand kein Zweifel, daß wir den gesuchten Ort nun endlich erreicht hatten. Zuerst erblickten wir eine ringförmige Stechpalmenhecke, an der noch schwere, rote Beeren hingen. Sie umschloß eine etwa zwanzig Meter breite Grasfläche, deren Halme von Hirschen und Kaninchen auf eine Länge von weniger als drei Zentimetern abgeweidet worden waren, die aber sogar im Januar noch dicht und üppig wirkten. Auch sie war ringförmig und umgab einen niedrigen Weidenzaun, von dem einige Teile aufgrund mangelnder Wartung umgestürzt oder umgeworfen worden waren. Innerhalb dieses Kreises stand ein kleines Dorf aus etwa zehn mit Rasensoden gedeckten Steinhütten, doch der Großteil der Dächer war entweder aus Altersgründen eingesackt oder mutwillig zerstört worden. In der Mitte erhob sich ein rundes Steingebäude, das größer war als die übrigen. Abgesehen von einem Loch im Dach, war es mehr oder weniger intakt.

In den Hütten und den schmalen Gassen dazwischen zählten wir fünfzehn nahezu skelettierte Leichen, von denen acht nicht von Erwachsenen zu stammen schienen, sondern von Babys und größeren und kleineren Kindern. Allerdings handelte es sich genaugenommen nicht um Skelette, denn obwohl die Waldtiere die inneren Organe herausgerissen und die Vögel die Augen ausgehackt hatten, war der Rest in der Sommerhitze getrocknet, so daß die Schädel noch Haut und Haare aufwiesen. Einige der Toten hatte man geköpft, doch die meisten waren mit Speeren erstochen oder mit Schwertern und Äxten in Stücke gehauen worden.

Nichts wies darauf hin, daß sie Kleider getragen hatten. Vier hielten noch Rosen in der Hand, die inzwischen verwelkt und vertrocknet waren. Doch zweifellos hatten die Opfer sie vor dem Angriff gepflückt oder sie vielleicht sogar in der Absicht geschnitten, sie ihren Gegnern zu überreichen. Die Gärten, aus denen sie kamen und die inzwischen natürlich verwildert waren, fanden wir am Rand der Siedlung.

Die große Hütte in der Mitte schien keinem besonderen Zweck gedient zu haben, denn sie bestand nur aus einer runden Mauer und hatte weder Türen noch Fenster. Wir umkreisten sie. Bruder Peter murmelte seufzend vor sich hin und stolperte immer wieder über die behauenen Steine, die auf dem Weg lagen. Anish liefen die Tränen über die rundlichen Wangen. Prinz Harihara schien vor Wut zu kochen. Er hatte die Lippen fest zusammengepreßt und die Fäuste geballt. Sein Gesicht war bleich, und seine Augen loderten. Ich blieb stehen und überlegte, was ich bei diesem Anblick empfand. Tja, ich habe, seit ich für tot gehalten und auf den Leichen meiner Eltern und Geschwister in einem Brunnen zurückgelassen wurde, viel zu häufig derartige Dinge gesehen. Ich fühlte mich wie betäubt. Und meine Knie und Knöchel schmerzten.

Doch eine Sache stand für mich fest, denn ich kannte die Anzeichen. Wenn jemand um der Macht und des Ruhmes willen, vor Hunger oder auch aus Rache und Vergeltung tötet, spürt man die instinktiven Beweggründe, die dahinterstehen. Die Motive erscheinen einem mitunter sogar vernünftig, da sie der menschlichen Natur nun einmal innewohnen. Selbst die Opfer ahnen, worum es geht, und wissen, warum sie sterben müssen. Die grausamsten, sinnlosesten, gemeinsten und schrecklichsten Morde hingegen erwachsen aus einem Haß, der nur eine Wurzel hat, die sinnentleert, banal, unnatürlich, unvernünftig und von Übel ist: Religion. Offenbar hatten sich die Bewohner dieses Dorfes – so wie damals mein eigener Stamm – schlicht und einfach für den falschen Gott entschieden.

Und wie kam jemand dazu, aus religiösen Gründen zu töten? Wer ein erbärmliches, unwürdiges Leben in Armut führt und sich von früh bis spät abplagt, ohne selbst davon reich zu werden, und wer sich in allen Dingen einem Herrscher unterwerfen muß, der kann nur auf eine Belohnung im Himmel hoffen. Ist der Himmel und der Gott des Nachbarn jedoch ein anderer, muß entweder er oder man selbst im Irrtum leben. Und wenn dieser Nachbar es dann sogar noch – so wie diese Menschen – wagt, einfach *jeden* Gott zu leugnen ... Tja, dann bleibt einem wohl nichts anderes übrig, als ihm den Kopf zurechtzurücken. Schließlich unterstellt er einem ja, man selbst hätte einen schweren Fehler gemacht. Und deshalb ist es wohl das beste, wenn man ihn für alle Zeiten zum Schweigen bringt.

»Ali, ich weiß ja, daß Ihr Euch nicht wohl fühlt, aber könntet Ihr hier wohl mal mit anfassen?«

Der Prinz war – überzeugt, daß er seinen Willen ohnehin durchsetzen würde – selbst in dieser Situation ein Inbegriff der Höflichkeit. Mit »hier« meinte er einen großen, flachen Stein, der eine annähernd ovale Form hatte. An den Rändern war er etwa dreißig Zentimeter dick, in der Mitte jedoch fast neunzig, und dazu einen Meter achtzig hoch. Es machte ganz den Anschein, als habe er als Tür gedient. Doch da seine Unterkante in den Boden eingesackt war, brauchten wir vier beinahe eine Stunde, um ihn fortzuschaffen.

»Muß das denn sein?« murrte ich, nachdem wir uns die ersten zwanzig Minuten lang vergeblich abgemüht hatten.

»Wenn mein Bruder nicht hier draußen ist, ist er vielleicht da drin.«

Er hatte recht.

Sie saßen zu siebt im Kreis, die Knöchel überkreuzt, die

Hände mit nach oben gereckten Handflächen ausgebreitet. Keiner von ihnen trug irgendwelche Kleidung, obwohl alle, drei Frauen und vier Männer, mit Diademen, Halsketten, Armbändern und Reifen, Gürteln und Fußkettchen geschmückt waren. Diese bestanden aus gedrehtem Blei und Kupfer, inzwischen vom Alter angelaufen, aber mit gelben, weißen, roten und grünen Kristallen und Feldspat besetzt. Einige der Juwelen waren milchig wie Mondstein, andere leuchteten wie die Sonne. Vor jedem Toten stand ein schlichter Becher ohne Henkel. Peter griff nach einem davon, auf dessen Grund sich eine angetrocknete, dunkelviolette Paste abgesetzt hatte, und schnupperte daran.

»Eine Mischung aus extrahiertem und konzentriertem Belladonna, Eisenhut und Schierling«, stellte er fest. »Die ausdörrende Wirkung und die Muskelkontraktion dürften der Grund dafür sein, daß sie nach dem Trinken aufrecht sitzen blieben. Allerdings müssen sie zunächst beträchtliche, wenn auch nur kurzzeitige Schmerzen erlitten haben, um diese Stellung beibehalten zu können.«

Aber Prinz Harihara hörte ihn nicht. Er lag auf den Knien vor einem der Toten, umfaßte sein Gesicht mit den Händen und wiegte sich hin und her. Die Haut aller Verstorbenen war zwar ledrig und verdorrt, doch die Züge dieses Mannes waren um einiges dunkler als die der anderen. Und obwohl alle Gesichter im Tod erstarrt und den Auswirkungen der Mumifizierung, des Gifts, der Hitze, der Kälte und der Trockenheit ausgesetzt gewesen waren, erkannte der Prinz ohne Zweifel das Antlitz seines jüngeren Bruders. Außerdem wußten wir ja, daß man ihm die Beine unterhalb der Kniegelenke amputiert hatte.

In der Mitte dieses gespenstischen Kreises stand der einzige Gegenstand von Geldeswert, der in der gesamten Siedlung zu finden war: eine dünnwandige goldene Schale, die ein derb eingraviertes Muster aus Eichenlaub trug. Nachdem wir diesen Ort verlassen hatten und endlich in der Lage waren, über das Gesehene zu sprechen, meinte Anish, daß es sich möglicherweise um den Heiligen Gral handelte, der nach Meinung vieler Christen auf dieser Insel versteckt sei. Aber Peter widersprach, die Schale sei viel älter als das Christentum. Man habe ähnliche Gegenstände in Hügelgräbern überall im Land gefunden.

Jedenfalls hatte diese Schale einmal Wasser enthalten, das inzwischen verdunstet war. Zwei Blumen, eine Lotosblüte oder Wasserlilie, und eine Rose, lagen darin. Auch sie waren längst verwelkt, vertrocknet und tot. Wir rollten den Stein wieder an seinen Platz, ließen Jehani in seinem selbstgewählten Grab zurück und führten den Prinzen weg. Er sprach achtundvierzig Stunden lang kein Wort. Doch als er dann die Sprache wiederfand, schien er ganz der alte zu sein. Nur ein trauriger Zug um seine Mundwinkel blieb und legte sich nicht mehr, solange ich ihn kannte.

Da unsere Mission nun erfüllt war, machten wir uns auf den Weg nach Süden. Peter wollte unbedingt nach Osney, wir anderen nach London, um uns ein Schiff zu suchen, das uns in den Orient bringen würde. Wir waren noch nicht weit gekommen, als wir einem Trupp Soldaten begegneten. Sie standen unter dem Kommando eines Ritters, der auf Befehl seines Lehnsherrn unterwegs nach Shrewsbury war, wo der König eine Armee zusammenstellte. Der König? Henry? Nein, Edward, der älteste Sohn des Herzogs von York. Edward der Vierte.

Unterwegs löcherte Prinz Harihara Bruder Peter mit Fragen über all unsere schrecklichen Erlebnisse, über das Schicksal seines Bruders, und überhaupt.

Und obwohl er erwartete, oder doch immerhin hoffte, noch vor seinem nächsten Brief wieder in Vijayanagara zu sein, schrieb er die Ereignisse für seinen Vetter auf. Und tatsächlich wurden wir, wie du noch hören wirst, erneut aufgehalten, so daß der Brief einen Monat vor uns sein Ziel erreichte. Hier ist er.

Kapitel sechsundvierzig

Lieber Vetter,
leider habe ich schlechte Nachrichten. Wir haben die Leiche von Jehani, meinem Bruder und deinem Vetter, in einer Siedlung in der Einöde gefunden. Er ist seit mindestens zwei Jahren – wenn nicht schon seit dreien – tot und teilt seine letzte Ruhestätte mit sechs seiner Freunde. Da es sich um einen würdigen Ort handelt, den er sich zu Lebzeiten selbst ausgesucht hat, haben wir entschieden, ihn dort zurückzulassen und das Grab einfach wieder zu versiegeln.

Obwohl wir nichts mit Bestimmtheit sagen können, haben wir mit der Hilfe eines weisen Mannes, der sich in diesen Dingen auskennt, versucht, uns ein Bild von Jehanis letzten Monaten oder sogar Jahren zu machen.

Abgesehen von seinem Tod und den Verstümmelungen, die er davor erleiden mußte, hat er offenbar ein glückliches Leben geführt, was uns ein Trost sein muß. Allerdings kann ich mich eines schlechten Gewissens nicht erwehren, denn schließlich habe ich ihn nur wegen meiner lächerlichen Eifersucht überhaupt auf diese Reise geschickt. Doch ich hoffe, daß er hier ebenso sein Glück gefunden hat, wie es in Vijayanagara der Fall gewesen wäre.

Er hatte sich einer kleinen Gemeinschaft angeschlossen, die aus Anhängern einer Sekte namens »Brüder des freien Geistes« bestand. Diese unterhält geheime Zellen im Westen des Landes, und einigen davon ist es gelungen, sich in der Wildnis niederzulassen und dort ungestört nach ihren Grundsätzen und ohne Einmischung von seiten der Obrigkeit zu leben – für eine Weile zumindest.

Ali sagt, daß die Assassinen, deren Gründervater Hassan Ibn Sabbah, der Alte vom Berg ist, sowie auch die Thug einige der Auffassungen dieser Leute teilen. Der Unterschied ist nur, daß sowohl Assassinen als auch Thug der Todeserfahrung ein übermäßiges Gewicht verleihen. Die Brüder des freien Geistes hingegen betrachten den Tod als einen Teil der natürlichen Ordnung, den man erst willkommen heißen muß, wenn der richtige Zeitpunkt gekommen ist.

Ich möchte die wichtigsten Grundlagen ihres Glaubens – sofern Glaube überhaupt das richtige Wort ist – zusammenfassen, wie sie ihn durch praktisches Handeln anstelle von Dogmen zum Ausdruck bringen.

Sie pflegen das gemeinsame Eigentum, und niemand verfügt über privaten Besitz. Die Frauen sind den Männern gleichgestellt. Wenn das Klima oder die Jahreszeit es zulassen, laufen sie nackt herum, tragen allerdings Schmuck. Sie singen, tanzen, erzählen Geschichten, schreiben Gedichte und spielen Musikinstrumente. Sie ernähren sich einfach und meiden Fleisch, außer an den Tagen, die für sie als heilig gelten. Sie nehmen halluzinogene Pflanzen wie verschiedene Pilze, Haschisch und andere Stoffe ein. Sie glauben an einen Gott oder an eine Göttin, doch es handelt sich um die Gottheiten in ihnen selbst, die sie entdecken wollen, nicht um ein Wesen irgendwo außerhalb. Sie verabscheuen jegliche Form von Gewalt, auch wenn sie der Selbstverteidigung dient. Sie machen ihren Mitmenschen keine Vorschriften und dulden es nicht, wenn man ihnen sagt, was sie tun und lassen sollen. Sie lehnen keine Tätigkeit und keine Verhaltensform ab, solange sie Freude bringt, ohne anderen zu schaden. Um Konflikte, Parteienbildung, Machtkämpfe und ähnliches zu vermeiden, begrenzen sie die Anzahl der Gruppenmitglieder auf zwanzig Personen. Die sieben Ältesten bilden einen Beirat, der Entscheidungen für die gesamte Gemeinschaft fällt.

Unter diesen Leuten hat Jehani gelebt. Mein Informant sagt, daß er seine Unterschenkel möglicherweise als Folge von Folterungen verloren hat und daß man sie ihm zermalmte, bevor diese Leute ihn aufnahmen. Vielleicht wurde er mißhandelt, weil man ihn als Bruder des freien Geistes erkannt hat. Der Grund mag auch sein, daß er ein Fremder war, der sich durch seine dunkle Haut von den anderen unterschied.

Vieles werden wir niemals erfahren und können deshalb nur Vermutungen anstellen.

Jehani genoß alle Annehmlichkeiten, die ein vernünftiger Mensch sich wünschen kann, und lebte in einer geheimen Siedlung im Wald. Es handelte sich um einen Teil des Waldes, in den sich gewöhnliche Menschen nicht hineinwagten, weil vor etwa fünfzig Jahren ein Meteorit dort eingeschlagen ist. Die Ingerlonder deuten das als Werk des Teufels, der in ihrem Wertesystem das Böse verkörpert. Doch trotz ihres Versteckes wurde die Obrigkeit auf sie aufmerksam; und so wurden die meisten Angehörigen der Gruppe von Soldaten ermordet, die vermutlich der Bischof – der geistliche Führer in diesem Gebiet – ausgesandt hat. Den Ältesten, einschließlich Jehanis, gelang es jedoch, sich in ihrem größten Gebäude zu verschanzen oder sich dort einmauern zu lassen, und sie nahmen sich dort mit Hilfe giftiger Kräuter das Leben.

Das sind die Tatsachen, die wir kennen. Man könnte noch mehr sagen, doch es lohnt nicht, noch ein Wort darüber zu verlieren, weil nichts Jehani wieder lebendig machen kann. Inzwischen befinden wir uns auf dem Heimweg.

Dein dich liebender und gehorsamer, aber trauernder Vetter,
Prinz Harihara

Teil 5

Kapitel siebenundvierzig

Als wir Ende Januar in Shrewsbury eintrafen, erfuhren wir, daß der neue Herzog von York – oder der König, wie er sich lieber nennen ließ – erst am Vortag die Stadt verlassen hatte. Er befand sich auf dem Weg nach Hereford, wo er, wie wir hörten, die verschiedenen Divisionen seiner Armee miteinander vereinen wollte, welche in den westlichen Grafschaften und in den Grenzgebieten zwischen Ingerlond und Wales mobilisiert worden waren. Von Hereford aus beabsichtigte er nach London zu ziehen, um Warwick zu unterstützen, der nach der Schlacht von Wakefield bereits mit einer Attacke der Königin rechnete.

Allerdings waren wir noch gut sieben Kilometer vor Hereford, als wir auf seine Armee trafen, die sich nun dennoch auf dem Weg nach Norden befand. Offenbar hatten die Kundschafter und Spione des Königs ein paar Kilometer nordwestlich eine große Truppe von Walisern entdeckt, die angeblich auf eine Weggabelung unweit eines Weilers namens Mortimer's Cross zuhielten. Von dort aus planten sie nach Südosten zu einem Treffpunkt im Londoner Umland zu marschieren und der Armee der Königin die dringend benötigte Verstärkung zu liefern. Da die Kundschafter sicher waren, daß Yorks Armee mindestens doppelt so groß war wie die von Owen und Jasper Tudor, erschien es sinnvoll, weiter vorzurücken und diese zu zerschlagen, bevor sie Gelegenheit erhielt, sich mit den Soldaten der Königin zusammenzuschließen.

Am Nachmittag vor dem Tag des Lichterfestes, wenn die Christen, wie Uma bereits erläutert hat, alle Kerzen segnen, die sie in den nächsten zwölf Monaten verwenden werden, sammelte sich die Armee am Ufer des Lugg und wartete auf die Befehle des neuen Herzogs. Etwa anderthalb Kilometer entfernt konnte man die walisische Vorhut sehen, die sich durch die Dämmerung langsam auf uns zu bewegte.

In diesem Augenblick wandte uns der Herzog, der mit einer Eskorte von Rittern und Adeligen und seiner königlichen Standarte an uns vorbeiritt, das Gesicht zu, so daß wir einander erkannten.

Er war erst achtzehn Jahre alt. Aus irgendeinem Grund erstaunte uns seine Jugend. Und er war ja wirklich viel früher als erwartet an die Macht gekommen, da sein Vater, Richard von York, mit nur fünfzig Jahren bei Wakefield gefallen war.

Es war Eddie. Unser Eddie. Eddie March. Der Graf von March.

»Guter Gott«, rief er aus und zügelte mit klappernder Rüstung sein Pferd. »Das ist doch der Bursche aus dem Orient, Prinz Hurry-Hurry. Wie geht es Euch, mein Guter? Und da ist auch Ali. Ach, du meine Güte, Eure Geistesgegenwart hat mir den Hals gerettet. Ist jetzt schon fast ein Jahr her, und ich lebe immer noch. Ist die Hexe bei Euch? Das wundervolle Mädchen? Wie war noch mal ihr Name? Uma. Natürlich. Wie konnte ich das vergessen? Ich muß zugeben, daß ich gerade ein klein wenig beschäftigt bin. Hab 'ne Menge um die Ohren, nun ja. Aber Gervase wird sich um Euch kümmern und Euch in mein Zelt bringen, wo wir einen Bissen essen und ein paar Gläser trinken können, wenn ich hier fertig bin. Was haltet Ihr davon? Also abgemacht. Ich bin wirklich froh, Euch wiederzusehen. *À bientôt* dann, nicht wahr?«

Gervase war ein etwa fünfzehnjähriger Adeliger, der tat, wie ihm befohlen worden war.

Eddie hatte sich verändert. Durch den Tod seines Vaters und seines jüngeren Bruders war er gealtert. Man glaubt nicht an den Tod, selbst wenn man ihn miterlebt und selbst getötet hat, bis der erste Mensch stirbt, der einem nahesteht. Erst dann begreift man. In Eddies Fall war die Art und Weise, auf die seine Angehörigen ihr Leben hatten lassen müssen, ein Grund für Wut und Haß. Schließlich waren sie von Trollope und dessen Spießgesellen durch Betrug in eine Schlacht gelockt worden, die sie nie hätten schlagen dürfen. Und zu allem Überfluß hatte man die Toten auch noch verhöhnt und ihre Leichen verstümmelt. Eddie war eindeutig älter geworden und verbittert, böse und verschlagen. Der Rachedurst hatte den fröhlichen und leichtfertigen Burschen, den wir in Calais und in der East Cheap gekannt hatten, verwandelt.

Heute, nur einen Monat nach dem Tod seines Vaters, befehligte er seine eigene Armee und erhielt nun die erste Gelegenheit, den Rachedurst zu stillen, der wie Säure an ihm fraß. Aber er hatte auch Angst.

Bei Dämmerung standen wir vor seinem Zelt und ließen den Blick über die Landschaft schweifen, die morgen früh das Schlachtfeld sein würde.

Vor uns lagen eine Brücke, der Lugg und die Sümpfe von Wigg auf der anderen Seite der Straße nach Worcester. Ein ortsansässiger Adeliger namens Sir Roger Croft von Croft Castle stand neben uns und wies nach Osten. Unter uns, südlich des Weilers, erkannten wir die Weggabelung, etwa vierhundert Meter von der Brücke entfernt.

»Mylord ...«

»Sire.«

»Ja, in der Tat, Eure Majestät, der Sumpf. Die Straße quert ihn. Wenn der Feind dort tatsächlich einen Durchbruch versucht ...«

»Ja. Wir werden die Bogenschützen auf dieser Seite des Sumpfes aufstellen. Und den Hauptteil der Truppe auf der anderen Seite der Brücke, am gegenüberliegenden Ufer.«

»Majestät, wenn Ihr das tut, schneidet Ihr uns den Weg ab und erzeugt einen Engpaß, falls ein Rückzug nötig werden sollte.«

»Es wird keinen Rückzug geben. Das sollten die Männer am besten gleich erfahren.«

Eddie hatte keine Kanonen. Zur Zeit des Lichterfestes waren die Straßen zu schlammig und zu verschneit, um sie zu transportieren, und wegen der feuchten Luft hätte man das Schießpulver ohnehin nicht zünden können.

Als es Abend wurde, standen alle auf ihren Posten. Und nach Einbruch der Dunkelheit sahen wir die Fackeln der

Waliser, die durch Mortimer's Cross marschierten und sich im Gelände verteilten. Wir hörten das Klappern der Rüstungen und das Wiehern der Pferde.

Doch mit der Dunkelheit kamen auch die Zweifel. Eddie hatte zwar mindestens doppelt so viele Männer, doch das war am Abend gewesen. Wie viele würden bei Morgengrauen noch übrig sein? In seiner Armee gab es viele Lords und Ritter, die ihre eigenen Absichten verfolgten: Lord Audley, Lord Grey de Wilton, Lord Fitzwalter, Sir Soundso von Soundso, Baron Dingsda von Dingsda. Und alle hatten wie Trollope einen Eid auf König Henry geschworen, wenn nicht gleich bei seiner Thronbesteigung, dann eben irgendwann später. Wie viele würden sich wie Trollope wieder an diesen Treueeid erinnern, wenn die Sonne aufging und die Lerchen ihre feuchten Nester verließen?

Nachdem Eddie in sein Zelt zurückgekehrt war, lasteten diese Fragen schwer auf ihm. »Wir brauchen ein Zeichen«, sagte er. »Einen Beweis dafür, daß wir gewinnen werden, weil Gott auf unserer Seite steht. Nur so können wir sicher sein, daß die Ritter dem Treueeid gegenüber Henry abschwören und mich als ihren rechtmäßigen König anerkennen.«

Er wandte sich an unseren Prinzen. »Hurry-Hurry«, sagte er, »Ihr Jungs aus dem Orient genießt doch den Ruf, daß Ihr Zauberkräfte besitzt und so weiter. Könnt Ihr Euch nicht etwas für uns ausdenken? Eine Sonnenfinsternis vielleicht? Könnt Ihr nicht die Sonne ausschalten und sagen, daß die Sonne Henry symbolisiert?«

Und weiter, mein lieber Mah-Lo, werde ich mein Garn heute nicht spinnen. Es ist doch eine gute Stelle, um eine Pause einzulegen, findest du nicht? Am Vorabend einer Schlacht, deren Ende offen ist. Scheherazade hätte es nicht besser vermocht.

Ein- oder zweimal, *sagte Ali, als er am nächsten Tag den Faden wiederaufnahm*, habe ich den Fakir erwähnt, der sich uns bei unserem Aufbruch angeschlossen hatte. Der Mann kam und ging wie ein Schatten und blieb uns immer ein Rätsel. Er war hoch gewachsen, dunkelhäutig und ein frommer Muselmane, der mich häufig an mein zweites Ich erinnerte, an mein Ebenbild, meinen Bruder, den Mann, der ich hätte sein können, wenn ich als Kind nicht so verstümmelt worden wäre. Zuweilen war ich nicht sicher, in welcher Welt er existierte, denn ich hatte den Eindruck, daß niemand außer mir ihn sah oder sich seiner Anwesenheit bewußt war. Oft bemerkte ich ihn nur als ein Huschen in meinem Augenwinkel, das wieder verschwand, sobald ich mich umdrehte. Er erinnerte an einen Schatten, den die Sonne an die Wand wirft und der sich auflöst, wenn die Lichtstrahlen wieder verblassen.

Es handelt sich um ein Täuschungsmanöver, das Fakire, häufig mit den einfachsten Mitteln, ausführen. Nichts ist einfacher, als plötzlich in einem verschlossenen Raum aufzutauchen: Man versteckt sich einfach darin, bevor er abgeschlossen wird. Und aus heiterem Himmel in einer Menschenmenge zu erscheinen? Ein Kinderspiel: Man mischt sich in Verkleidung unter die Leute und entledigt sich seiner Tarnung, wenn alle durch etwas abgelenkt sind. Die Kleidung der Fakire macht aufgrund einer geschickten Web- und Färbetechnik einen schlichten und ärmlichen Eindruck, besteht aber in Wirklichkeit aus so feiner Seide, daß man sie mühelos zusammenknüllen und einstecken kann.

Fakire sind in der Lage, fast jeden beliebigen Gegenstand zu schlucken, so daß ihr Körper gewissermaßen ein Versteck auf zwei Beinen ist, das sie überallhin begleitet. Sie können sich die Faust in den Hintern stecken und sogar einen Reichsapfel mitsamt Kreuz dort hineinschieben.

Außerdem kennen sie Substanzen mit seltsamen Eigenschaften und ungeahnten Kräften, mit denen sie Metalle in Asche verwandeln. Sie lassen Seile ohne eine erkennbare Stütze aufrecht stehen und fordern dann einen kleinen Jungen auf, daran hinaufzuklettern. Sie legen sich auf den Boden und bitten sechs Leute, nur je einen Finger unter sie zu schieben. Und siehe da, sie erheben sich in die Lüfte, ohne daß einer der sechs Probanden ihr Gewicht spürt. Sie arbeiten mit Spiegeln. Und sie wissen, wie man Lichtstrahlen bündeln und krümmen kann, indem man sie durch geschickt geformte Glasklumpen leitet.

Auf dem Weg zum Wald von Macclesfield war ich dem Fakir ziemlich häufig begegnet. Einmal kam er uns auf einem ungewöhnlich geraden Pfad im Regen entgegen – ungewöhnlich deshalb, weil sich in Ingerlond alle Straßen, bis auf die von den Römern gebauten, winden wie Korkenzieher –, der einen Berg hinaufführte. Doch er sprang ein paar Meter von uns entfernt über den Straßengraben und schritt durch den Nebel, der aus dem Moor aufstieg, davon. An einem anderen Tag saß er uns in einem Gasthof gegenüber, schlüpfte hinaus, als müsse er nur seine Blase erleichtern, und kehrte nicht zurück. Dreimal ging er ein bis zwei Stunden lang dicht neben oder hinter mir her und war dann plötzlich verschwunden.

Peter beharrte darauf, daß es sich um ein Trugbild, ein Produkt meiner Phantasie handelte. Er habe gehört, daß derartige Erscheinungen bei Menschen aufträten, die unter starker körperlicher und geistiger Erschöpfung litten. Die Christen halten derartige Erlebnisse sogar für den Beweis der Gegenwart Jesu.

Da wir alle dieselben Strapazen durchgemacht hatten, erwiderte ich ihm stets: »Warum, Peter, leiden wir dann nicht alle unter diesen Halluzinationen?«

Und als wir nun die Bitte des jungen Mannes hörten, der für uns immer noch Eddie war, pirschte sich der Fakir von hinten an mich an und flüsterte mir ins Ohr: »Hast du noch die *kurundams* in deiner Tasche?«

»Ja, in der Tat.«

»Dann laß uns mal einen Blick darauf werfen.«

Ich holte sie heraus und legte sie vorsichtig auf den Tisch neben die Kerzen, die das Zelt erleuchteten. Die anderen standen noch im Eingang, beobachteten die Fackeln der Waliser, tranken Wein und aßen Schweinefleisch – zwei weitere gute Gründe, warum ich auf Abstand zu ihnen gegangen war.

Habe ich diese kostbaren Edelsteine, diese Kristalle, eigentlich schon einmal beschrieben? Tja, dann will ich es noch einmal tun, diesmal jedoch in allen Einzelheiten. Sie waren achtzehn Zentimeter lang und geformt wie ein Weberschiffchen, das heißt, spitz an beiden Enden und mit einem Durchmesser von etwa fünf Zentimetern an der dicksten Stelle. Sie waren facettenreich, hexagonal, so daß die Spitzen an beiden Seiten sechsseitige Pyramiden bildeten. Es handelte sich um vollkommene, makellos reine Rubine, und selbst im dämmrigen Kerzenschein auf einem schlichten kleinen Tisch aus schwarzer Eiche sammelte sich glühend und funkelnd das Licht in ihnen.

»Wir brauchen«, sagte der Fakir, »die klarsten Spiegel, die wir auftreiben können. Keine aus poliertem Stahl oder Silber, sondern welche aus Glas, dessen Rückseite mit einer Quecksilberlösung bestrichen ist. Solche Spiegel werden in Nürnberg und in Venedig hergestellt, aber man findet sie in den Häusern der Wohlhabenden fast auf der ganzen Welt.«

Inzwischen waren die anderen vom Zelteingang hereingekommen und hörten uns zu.

»Es wäre auch hilfreich, wenn wir jemanden hätten, der sich einigermaßen in der Wissenschaft der Optik auskennt.«

Natürlich räusperte sich Peter. »Ich bin zwar selbst kein Gelehrter auf diesem Gebiet«, meinte er, »aber hier drin«, und er klopfte auf die Tasche, die er seit Ostern bei sich trug, »befinden sich die Forschungsergebnisse des großen Roger Bacon.«

Eddie wandte sich an Sir Roger Croft. »Besorgt uns ein paar Spiegel, wie dieser Bursche sie verlangt, mein Guter.«

»Ich weiß, wo ich welche auftreiben kann«, erwiderte der Ritter. »In Hereford gibt es einen Stoffhersteller, der mit der Familie Arnolfini in Brügge Handel treibt. Sie haben ihm zwei Stück als Hochzeitsgeschenk geschickt, als sein Sohn getraut wurde.«

»Während wir warten«, fuhr der Fakir fort, »können wir zur Einstimmung ein paar kleine Experimente veranstalten.« Mit diesen Worten griff er zu einem der *kurundams*, hielt ihn mit der Spitze zuerst an eine der Kerzen und bewegte ihn hin und her. Wir alle schnappten nach Luft, denn aus der pyramidenförmigen Spitze, die von der Kerze weg zeigte, drang ein dünner, heller Lichtstrahl, nicht rot, wie man erwartet hätte, sondern grün. Ohne sich auszubreiten, verband er den Stein mit einem winzigen Punkt an der Zeltwand aus Leinen, die zu kokeln begann.

»Lichtverstärkung durch induzierte Rubinemission«, sagte Peter ehrfürchtig.

Der Fakir runzelte die Stirn, als ob der Bruder etwas falsch verstanden hätte.

Es war zwar ein wenig aufwendig, klappte aber wunderbar. Da es sich um eine Uraufführung handelte, gab es allerdings keine Möglichkeit einer Probe oder eines Testlaufs. Am nächsten Morgen bei Sonnenaufgang mußte es gelingen, und wir hofften, daß die Natur mitspielen würde. Ein Fluß und ein niedriger Hügel im Osten, der hinter uns lag, waren unsere Bühne. Doch was uns niemand garantieren konnte, auch wenn es ziemlich wahrscheinlich eintreten würde, war der Nebel. Um diese Jahreszeit herrschte in windstillen Nächten fast immer Nebel. Und wenn nicht – oder falls dieser nicht von der Beschaffenheit war, wie der Fakir sie brauchte –, würden wir eben auf der anderen Seite der Anhöhe Feuer anzünden und darin feuchtes Laub verbrennen, um einen künstlichen Nebel zu erzeugen. Die Feuerstellen wurden vorbereitet, kamen jedoch nicht zum Einsatz.

Aber all das war nichts, verglichen mit den Berechnungen und gedanklichen Bemühungen, die der Fakir und Bruder Peter veranstalteten, um die optischen Theorien, die Bacon codiert festgehalten hatte, in die Praxis umzusetzen. Diese basierten auf den Entdeckungen seines arabischen Vorgängers Abū Yūsuf Ya' Qū Ibn Ishāq ul-Kindī. Am schwierigsten war es, den Punkt abzuschätzen, an dem die aufgehende Sonne hoch genug stehen würde, um den erwünschten Strahl zu erzeugen.

All diese Vorbereitungen wurden gerade noch rechtzeitig fertig. Die kleinen Spiegel in ihren geschnitzten und vergoldeten Rahmen, knapp sechzig Zentimeter breit und sehr klar, wurden auf Gerüste gestellt, die aus Lanzen und Zaunpfählen von einem nahe gelegenen Bauernhof bestanden. Dann wurden die *kurundams* davor aufgebaut und in dem Winkel geneigt, den der Fakir und Peter berechnet hatten.

»Warum drei Sonnen?« fragte Prinz Harihara.

»Um die Dreifaltigkeit darzustellen. Drei in einem, eins in drei, das, was wir in unserer Dummheit als Gott bezeichnen«, erwiderte Bruder Peter.

»Wie«, erkundigte sich Eddie, »kann die Sonne zwei Spiegel auf einmal bescheinen und sie gleichzeitig mit ihrem Licht erfüllen?«

Einige wurden kurz von Zweifeln ergriffen, die sich in ihren Gesichtern malten.

»Auf dieselbe Weise«, erwiderte der Fakir in bemüht geduldigem Tonfall, »wie sie Euren und meinen Körper gleichzeitig einen Schatten werfen läßt.«

»Aha. Ja. Natürlich. Ich verstehe.«

Ich hatte da allerdings meine Zweifel.

Es klappte tatsächlich wie am Schnürchen! Das Wetter war diesig, und Nebel hing, grau wie der Pelz eines Wolfes im Morgenlicht, in den Baumwipfeln. Der Himmel verfärbte sich erst rosig, dann golden und wurde heller. Und dann ging die Sonne als rote Scheibe unter einer Wolkenbank auf, stieg immer höher, und die Illusion war perfekt. Es dauerte zwar nur etwa zwei Minuten, doch das genügte.

Die Strahlen der Sonne trafen die Spiegel und wurden von diesen auf die *kurundams* reflektiert, die sie gebündelt zurückwarfen, aufgefächert genug, um im Nebel rote Lichtkreise unterhalb der Sonne zu bilden. Es sah aus, als stünden anstelle von einer Sonne nun drei am Himmel. Die Soldaten jubelten, wie ihnen befohlen worden war. Zwei Lords, die ihre Leute schon hinüber zur Gegenseite hatten bringen wollen, zügelten ihre Pferde und warteten ziemlich beschämt auf Eddies Befehl zum Angriff. Dieser erfolgte, als die beiden unteren Sonnen verblaßten. Eddie hielt nur inne, um zu verkünden, daß von nun an die Sonne in ihrer Pracht, die Sonne von York, sein persönliches Wappen sein würde, und er ordnete an, sofort einen Schild mit drei Sonnen darauf für ihn anzufertigen. Dann gab er Genêt die Sporen und trabte über die Brücke, um seine Männer zum Sieg zu führen.

Der Fakir blickte sich um und berührte den unteren Rand seines Turbans mit den Fingerspitzen. »Lichtverstärkung durch induzierte *Strahlung*semission«, meinte er, während er den gegenüberliegenden Berghang hinaufstieg und sich vom Schlachtfeld entfernte. Wir sahen ihn nie wieder.

»Und das war die Schlacht, in der Owen Tudor und sein Sohn gefangengenommen wurden?« fragte ich.

»Richtig.«

»Und Eddie ließ ihnen am selben Tag die Köpfe abschlagen?«

»Auch das ist richtig.«

»Ich glaube, damit hat er sich bei Uma nicht sehr beliebt gemacht.«

»Nun, warten wir ab, was sie dazu zu sagen hat.«

Kapitel achtundvierzig

Der tägliche Monsunregen war vorbei, als wir uns wieder versammelten, um Alis Bericht von der letzten großen Schlacht zu lauschen, die den Krieg beenden sollte. Uma und ihre beiden Kinder trafen verspätet ein, was Ali verärgerte. Allerdings war er inzwischen in viel besserer Stimmung, obwohl das Wetter immer noch entsetzlich schwül war. Die Sonne schien, Steine und Blumenbeete dampften, die Vögel sangen und flatterten umher, die Blumen öffneten ihre Kelche, und wundervolle, betörende Düfte zogen durch den Garten. Die Burmakatze schlief ausgestreckt im Schatten.

»Tut mir leid«, sagte Uma, während sie die Zwillinge ihrer ayla *übergab, die mit ihnen zum Spielen in ein schattiges Hinterzimmer ging. »Aber sie wollten unterwegs unbedingt ein Eis haben.«*

Sie setzte sich neben Ali, nahm hin und wieder seine verkrüppelte linke Hand auf den Schoß und streichelte sie. Doch sie trug nur wenig zu seiner Erzählung bei. Wie ich war sie zum Zuhören gekommen.

Bereits zwei Wochen vor der Schlacht der drei strahlenden Sonnen waren die Truppen der Königin im Norden mobilisiert worden. Allerdings kommt eine gewaltige, fast fünfzigtausend Mann starke Armee nur wenige Kilometer täglich voran, vor allem dann, wenn sie Kanonen mit sich führt. Sie kann höchstens fünfundvierzig Kilometer am Stück zurücklegen, aber meistens sind es eher fünfzehn. Außerdem muß alles gut geplant werden, damit die Männer unterwegs genug zu essen bekommen. Für gewöhnlich teilt man die Truppe, wenn die Straßen es gestatten, in drei Kolonnen auf, die verschiedene Wege nehmen, aber stets Verbindung zueinander halten und sich jederzeit vereinen können, wenn die Kundschafter eine große Anzahl von Feinden melden.

Nachdem der Trent, die natürliche Grenze zwischen dem nördlichen und dem südlichen Ingerlond, überquert worden war, bedeutete der Nahrungsmittelnachschub kein Problem mehr. Der Krieg selbst entwickelte sich zunehmend zu einem Konflikt zwischen dem Norden und dem Süden, weshalb die Königin gleich nach der Überschreitung des Flusses die Bluthunde des Krieges auf das Land losließ, die Hungersnot, Feuer und Schwert brachten. Sie ermutigte ihre Männer, unterwegs zu plündern, zu vernichten, zu brandschatzen, zu verwüsten und zu schänden, denn schließlich handelte es sich um die Ländereien von Adeligen, die in der Schlacht von Northampton Yorks Reihen verstärkt hatten. Damit sparte sich die Königin zwar Geld für Proviant, aber sie verlor Zeit, denn sie kam nun noch viel langsamer voran, da ihre Männer so sehr mit Zerstören und Stehlen beschäftigt waren. Viele Soldaten versuchten angeblich sogar, auch sperrigere Gegenstände wie schwere Truhen, Silber und Werkzeuge mitzunehmen.

Und natürlich war es auch die kälteste Zeit im Jahr, als die Tage erst gerade wieder ein wenig länger wurden, so daß man die wenigen hellen Stunden dazu nutzen mußte, Lebensmittel aufzutreiben, Feuer anzuzünden, zu kochen, ein warmes Nachtlager zu finden, Frauen zu vergewaltigen und Kinder niederzumetzeln.

Dennoch erreichte die Königin am siebzehnten Februar St Alban's. Warwick war ihr bereits mit seiner Armee von London aus entgegenmarschiert, und es kam zu einer Schlacht, die zunächst hauptsächlich in den Straßen ausgefochten wurde. Doch als die Armee der Königin die Oberhand gewann, bezog Warwick Verteidigungsposten auf der anderen Seite der Straße nach London und verschanzte sich mit Kanonen und Barrikaden gegen die Kavallerie. Außerdem verfügte er über eine Gruppe von fünfhundert Burgundern, die mit brennenden Pfeilen und Handfeuerwaffen ausgerüstet waren. Aber wie so häufig fing es an, heftig zu schneien, so daß die Kanonen und die übrigen Schußwaffen, auf die man sich verlassen hatte, wieder einmal den Dienst versagten. Erfolgreicher war eine Abteilung von Armbrustschützen, die auch einige außergewöhnliche, offensichtlich moderne Waffen besaßen. Die Pfeile, mit denen sie die Feinde beschossen, spießten drei oder vier Männer gleichzeitig auf, ehe sie den Schwung verloren.

Doch noch mehr als der Schnee wurde Warwick Verrat zum Verhängnis. Ach, die betrügerischen Menschen! Einer seiner besten Hauptleute war ein gewisser Sir Henry Lovelace. Er war als Yorkist in Wakefield gefangengenommen worden, konnte aber der Hinrichtung entrinnen, indem er schwor, fortan für die Königin zu kämpfen. In der Nacht vor der Schlacht von St Alban's kam er ins Lager der Yorkisten und beteuerte, daß er wieder auf ihrer Seite stünde. Allerdings hielt er seine Truppen zurück, bis er sah, daß die Armee der Königin die Oberhand gewann. Dann schlug er sich auf ihre Seite, anstatt Warwick zu Hilfe zu eilen, der alte Trick. Auf diese Weise entstand eine Lücke in Warwicks Front, durch die die Männer der Königin den Durchbruch schafften. Warwick, der sah, daß die Schlacht verloren war, blies zum Rückzug, und es gelang ihm, mit viertausend Mann zu entkommen.

König Henry, den Warwick mitgeschleppt hatte, um seinem Feldzug Glaubwürdigkeit zu verleihen, wurde, wirres Zeug murmelnd, mutterseelenallein unter einer Eiche angetroffen. Er schien sich zu freuen, wieder mit seiner Königin und seinem angeblichen Sohn vereint zu sein.

Am nächsten Tag schlug man den adeligen Gefangenen auf dem Marktplatz den Kopf ab; zu ihnen gehörten auch die zwei Lords, deren Aufgabe es gewesen war, den König zu beschützen. »Wie sollen diese beiden Ritter sterben, mein lieber Junge?« fragte die Königin ihren Sohn.

»Laß sie köpfen«, erwiderte der Achtjährige und blieb, um der Exekution beizuwohnen.

Aller Wahrscheinlichkeit nach verloren sie ihr Leben, weil sie ihren Auftrag zu ernst genommen hatten. Die Königin hätte es wohl lieber gesehen, wenn ihr Ehemann der König in der Schlacht den Tod gefunden hätte, so daß ihr widerwärtiger Sohn den Thron hätte besteigen können – denn in diesem Fall wäre sie Regentin geworden.

Nun war der Weg nach London für sie frei, aber seltsamerweise zögerte sie; vielleicht traf auch ihre Hauptleute die Schuld. Die Stadt war zwar leicht einzunehmen, doch der Großteil der Einwohner unterstützte die Yorkisten, da sie zu lange von der Königin mit überhöhten Steuern belegt und schikaniert worden waren. Außerdem waren die Londoner in der Lage, einer Belagerung standzuhalten, und sie konnten auch ansonsten für jede Menge Schwierigkeiten sorgen, indem sie die Armee zwar hereinließen, sich aber weigerten, sie angemessen unterzubringen und zu verpflegen. Dann traf die Nachricht ein, Warwick habe sich in Abingdon mit Eddies Truppen vereint, und das Maß war voll. Ein Konvoi mit Geld und Lebensmitteln, den der Bürgermeister zusammengestellt hatte, um der Armee der Königin in St Alban's Erleichterung zu verschaffen, wurde von den Bürgern gekapert und verschwand spurlos. Die Verhandlungen dauerten ein paar Tage an, doch die Königin stand unter Druck, weil die hungernden Nordingerlonder massenhaft Fahnenflucht begingen, und zog sich zuerst nach Dunstable, dann noch etwa fünfzehn Kilometer weiter nach Nordwesten und schließlich ganz in den Norden zurück.

Nach dem Sieg in Mortimer's Cross und der Niederlage in St Alban's marschierten die Yorkisten, angeführt von Eddie und Warwick, am siebenundzwanzigsten Februar im Triumphzug in London ein.

Inzwischen wollten wir nur noch so schnell wie möglich nach Hause, was bedeutete, daß wir ein Schiff auftreiben mußten, das uns bis ins Mittelmeer und nach Arabien – in die Zivilisation also – bringen würde. Wir hatten uns für diese Route entschieden, anstatt wieder über Frankreich und Norditalien nach Venedig zu reisen. Prinz Harihara, der wegen des Todes seines Bruders immer noch niedergeschlagen war, konnte das naßkalte Wetter in diesem Land nicht mehr ertragen. Eigentlich ging es uns allen so, und die Freuden des Frühjahrs und des Sommers erschienen uns so weit entfernt, daß wir sie uns kaum noch vorstellen konnten. Der Prinz sehnte sich nach seiner Heimat und war bereit, ein feuchtes Grab zu riskieren, nur um ein paar Wochen früher nach Hause zu kommen.

Ich erinnere mich, wie der Prinz, kurz bevor wir Oxenford erreichten, wo wir uns von Bruder Peter verabschiedeten, bedrückt über die Welt als solches und über die Strecke, die wir noch zurücklegen mußten, ins Philosophieren geriet. Wir waren wieder in einer Herberge abgestiegen.

»Wißt Ihr«, meinte er, »daß niemand genau sagen kann, wie weit es eigentlich nach Indien und nach Vijayanagara ist?«

Anish schwieg und gab sich Mühe, sich nicht anmerken zu lassen, was er vom Geisteszustand seines Herrn hielt. Ich hatte da weniger Hemmungen, und litt außerdem wieder an gräßlichen Gliederschmerzen.

»Na klar kann man das, zum Teufel«, erwiderte ich, fluchend wie ein Ingerlonder. »Plus minus ein paar hundert Kilometer, meinetwegen.«

Bruder Peter blickte mit aufmerksam funkelnden Augen von seiner Suppe hoch.

»Uns allen ist klar«, fuhr der Prinz fort, »daß die Erde rund ist. Eine Kugel, ein Ball. Richtig?«

Wir nickten. Die Vorstellung, die Erde sei eine Scheibe, war schon vor zweitausend Jahren aus der Mode gekommen, dafür hatten der alte Aristoteles und seine Freunde gesorgt.

»Aber wir haben keine Ahnung, wie groß der Umfang der Erde an ihrer breitesten Stelle ist. Wir wissen nur, daß die Strecke, abhängig vom Abstand von der Stelle, an welcher der Umfang am größten ist, dementsprechend geringer sein muß.«

Anish wirkte ziemlich verdattert. Bruder Peter, der sich – so wie auch Roger Bacon in seinen verschlüsselten Schriften – schon häufig Gedanken zu diesem Thema gemacht hatte, kam dem Prinzen zu Hilfe, indem er nach einem Apfel griff. »Schaut«, meinte er. »Wenn wir hier sind« – er zeigte mit dem Finger und ritzte dann mit einem Messer ein winziges Kreuz ein – »und da ist Vijayanagara« – er markierte die andere Seite – »ist es ziemlich gleichgültig, ob wir nach Osten oder nach Westen fahren, um an unser Ziel zu gelangen ...«

»Aber«, wandte Prinz Harihara ein, »wenn es hier wäre ...« – er nahm Peter das Messer aus der Hand und ritzte ein zweites Kreuz dicht links neben dem ersten ein – »wären alle Seefahrer bis jetzt immer in die falsche Richtung gesegelt. Vielleicht wäre es ja nur eine Schiffsreise von einer Woche, wenn wir nach Westen anstatt nach Osten führen.«

In diesem Moment trat ein weiterer Gast ein, dessen mit Teer verschmierte Kleidung aus Wollstoff ihn als Seemann auswies. Er beugte sich über uns und nahm den Apfel. »Wir sind doch nicht verrückt, zum Teufel. Ganz im Gegensatz zu Euch.«

»Und wer oder was seid Ihr, wenn ich fragen darf?« erkundigte sich Peter und legte dem Prinzen beschwichtigend die Hand auf den Ärmel. Harihara war offensichtlich erbost darüber, seinen Apfel zu verlieren und nicht mehr im Mittelpunkt zu stehen.

»Natürlich bin ich Seemann, zum Teufel. Der *facking* Wind weht an vier von fünf Tagen aus dem *facking* Westen. Oder etwa nicht? Selbst wenn ihr mit dem Ostwind lossegelt, seid ihr wegen dem *facking* Westwind in einer Woche, wo ihr *facking* losgesegelt seid. Daran gibt es nichts zu rütteln ...« Mit diesen Worten biß er geräuschvoll in den Apfel, der süß und knackig war und noch leicht nach dem Heu roch, in dem man ihn gelagert hatte.

»Aber«, wandte Bruder Peter in seiner freundlichen Art ein, »ich habe gehört, daß man, wenn man über das südliche Spanien hinaus oder noch besser zur nordwestlichen Küste von Afrika fährt, auf Winde trifft, die fast immer aus dem Nordosten kommen. Man nennt sie *los alisios*.«

»Ist vielleicht gut für die *facking* Diegos und die Mohren«, erwiderte unser fröhlicher Seebär. »Uns bringen sie nicht weiter.«

Am nächsten Tag verabschiedeten wir uns von Peter an der Pforte seines Klosters. Er gab uns die Seiten aus Bacons Schriften mit, auf denen das Mischen von Schießpulver und das Gießen von Kanonen erläutert wurde. »Seine Geheimnisse sind bei euch besser aufgehoben. Wenn diese Bande« – damit meinte er die Ingerlonder – »sie in die Hände bekommt, weiß nur der Allmächtige, was mit uns geschehen wird.«

»Und was war das Hauptthema dieser Abhandlungen?« fragte ich, so leise und höflich ich es vermochte.

»Ach, mein lieber Mah-Lo, manchmal frage ich mich nach dem Grund deiner gelegentlichen Neugier und danach, warum du dich Tag für Tag von mir langweilen läßt. Willst du wirklich nur einem alten Mann einen Gefallen tun, oder verfolgst du damit Hintergedanken?« Ali trank einen Schluck Limonade. »Tja, eines verrate ich dir. Es standen nur drei wichtige Dinge darin. Erstens das beste Mischungsverhältnis der Zutaten, das lautet wie folgt: Teile die Menge in Hundertstel. Fünfundsiebzig davon müssen Salpeter, fünfzehn Holzkohle und zehn Schwefel sein. Nicht sechsundsechzig, fünfundzwanzig und elf, wie es allgemein üblich ist. Und der zweite Ratschlag ist noch nützlicher: Um zu verhindern, daß sich die drei Bestandteile durch Erschütterung und Lagerung trennen, muß man sie sehr gründlich mischen, sie mit Flüssigkeit zu einer Paste anrühren und diese schließlich trocknen lassen. Auf diese Weise bleiben die Bestandteile in Form von Körnchen erhalten, und zwar in demselben Mischungsverhältnis wie dem ursprünglichen. Drittens wird die Methode erläutert, wie man Salpeter aus verrottenden Pflanzen gewinnen kann. Es stehen auch weitere, weniger bedeutsame Hinweise darin, mit denen ich dich nicht quälen möchte. Aber ich kann sagen, daß die Artillerie von Vijayanagara in den letzten Scharmützeln mit den bahmanischen Truppen etwa hundert Schritte oder

noch weiter schießen konnte als die Kanonen der Gegner. Nein, mehr verrate ich dir nicht. Du mußt uns gestatten, unsere Geschichte zu Ende zu erzählen. Dann kannst du Fragen stellen.«

Uma lächelte reizend ihre Hände an, die offen auf ihrem Schoß lagen, und Ali fuhr fort.

Wie bereits erwähnt, war der Abschied von Bruder Peter, mit dem ich nun über ein Jahr verbracht hatte, für mich der vielleicht traurigste Augenblick dieser Reise. Ich versuchte, ihn zu überreden, sich uns anzuschließen und uns in die verlorene Stadt des Paradieses, in den Himmel auf Erden, die Stadt des Sieges, also nach Vijayanagara, zu begleiten.

»Liebend gern, Ali, aber ich wäre immer ein Fremder, ganz gleich, wie schön und wunderbar es dort sein mag und wie unbeschreiblich zufrieden auch die Einwohner sind.«

»Peter, ich war mein Leben lang ein Fremder, ganz gleich, in welchem Land. Das ist kein Weltuntergang.«

»Für dich vielleicht nicht. Du kennst es nicht anders. Ich hingegen bin an mein Kloster, meine Bibliothek, meinen Fischteich und meine Katze gewöhnt. Und auch an die englische Landschaft, durch die ich jeden Sommer ziehe, auf Pilgerfahrt gehe, predige und meine während des Winters gewonnenen Erkenntnisse weitergebe. Es ist zwar immer dasselbe, aber dennoch interessant genug, daß ich mich nicht langweile. Ich bin zu alt, um noch einmal neu anzufangen.«

Wir umarmten uns. Dann machte er sich los.

»Ich werde dich vermissen, Ali. Ich habe viel von dir gelernt. Nicht zuletzt auch, daß es überall auf der Welt, unter Mohammedanern, Buddhisten, Hindus sowie unter den Christen, Menschen wie uns gibt, die sich einer reiferen, weiseren und durchdachteren Religion zugewandt haben. Einer Religion, die auf dem Sein, nicht auf dem Werden gründet, auf der Freude, nicht auf dem Schmerz. Es ist schön, daß es so eine Gemeinschaft gibt, in der jedes …« – er suchte nach dem richtigen Wort – »Atom getrennt von den übrigen bestehen kann. Obwohl wir so wenige sind, können wir die Hände nacheinander ausstrecken, uns berühren und eines Tages die Welt umschließen, um sie lebenswerter zu machen. Zum Teufel, ich halte ja schon wieder Vorträge.« Er umarmte mich wieder. »Ali, ich danke dir.«

Er zog an dem Glockenseil, das neben der äußeren Doppeltür an der Wand hing. Wir hörten von innen ein gedämpftes Läuten.

»Und jetzt mach, daß du wegkommst.«

Ich kehrte zu Anish und Prinz Harihara zurück, die bereits die wiederaufgebaute Brücke überquert hatten. Dann drehte ich mich noch einmal um. Peters vertraute kleine, gedrungene Gestalt stand an der Pforte. Er winkte mir zu und zog dann wieder an dem Seil, diesmal ein wenig ungeduldiger. Wir bogen um eine Kurve, und ich konnte ihn nicht mehr sehen.

Ali wischte sich eine Träne aus dem Auge.

»Die Männer des Bischofs erwarteten ihn schon. Einen Monat später, etwa eine Woche vor unserem Aufbruch, wurde er verbrannt.

Kurz schien der Garten den Atem anzuhalten. Dann bewegte sich die Katze, und ein Vogel flog quer von einer Dachrinne in die andere. Der Brunnen begann wieder zu plätschern. Ali seufzte, holte noch einmal Luft und sprach weiter.

Nach unserer Ankunft in London gingen wir zuerst das Südufer in östlicher Richtung ab, in der Hoffnung, ein Schiff zu finden, das uns an die Nordküste Afrikas oder sonstwohin im Mittelmeer bringen würde. Da wir nur noch drei Personen waren und wenig Gepäck hatten, war das nicht weiter schwierig. Bald stießen wir auf eine Karavelle, die gerade im Begriff war, Stoffe und Kupferbarren zu laden, und in einem oder zwei Tagen in See stechen wollte.

Nicht weiter schwierig? Gepäck? Natürlich fiel dem Prinzen bei diesen Worten sofort wieder etwas ein, das er neun

Monate lang vergessen hatte – seine gottverdammten Armbrüste. Ich erlebte den ersten ernsten Streit zwischen ihm und Anish, als sie heftig debattierten, ob die dummen Dinger im Haus des Ratsherrn Dawtrey zurückgeblieben oder in den Tower mitgenommen worden waren. Allerdings spielte das keine Rolle, denn sie waren an keinem dieser beiden Orte zu finden. Wir suchten eine Woche lang nach ihnen und entdeckten sie schließlich auf den Feldern von Clerkenwell, draußen vor der Stadtmauer, wo die Armee lagerte. Eine Abteilung von Soldaten wurde gerade von einem genuesischen Bogenschützen darin unterwiesen, sie zu benutzen. Man weigerte sich, sie wieder herauszugeben, denn schließlich hatten sie gute Dienste geleistet, als die Kanonen bei St Alban's versagt hatten!

Allerdings mußten Anish und ich der Tatsache ins Auge sehen, daß eine Abreise ohne seine Armbrüste für Prinz Harihara nicht in Frage kam. Also begaben wir uns nach Baynard Castle zu einer Audienz bei König Eddie, der sich wirklich sehr verändert hatte. Er behandelte uns zwar nicht unbedingt von oben herab, war aber sehr beschäftigt. Wir konnten ihm keine andere Zusage entlocken, als daß Prinz Harihara die Armbrüste zurückbekommen würde, wenn die Königin – diese falsche Schlange – endgültig besiegt und wie eine Spinne zertreten worden sei. Die Armee sollte in einem oder zwei Tagen nach Norden marschieren.

»Schön und gut«, meinte der Prinz, nachdem wir Baynard Castle hinter uns gelassen hatten und die Thames Street entlangschlenderten. »Aber was passiert, wenn die Königin die Schlacht gewinnt? Wir ziehen mit nach Norden, und damit basta.«

Wir taten unser Bestes, um ihn davon zu überzeugen, die Armbrüste verloren zu geben, aber er wollte nichts davon hören. Schließlich handle es sich um den Grundstock einer einzigartigen Sammlung. Zunächst drohten Anish und ich, ihm den Dienst aufzukündigen, falls er sich tatsächlich an die Verfolgung seiner Armbrüste machen sollte. Doch als er erwiderte, er sei sogar bereit, sich von unseren sämtlichen restlichen Juwelen und selbst den *kurundams* zu trennen, um sie wiederzubekommen, hielten wir es für klüger, ihm den Gefallen zu tun und ihn zu begleiten.

Und deshalb gerieten wir mitten in die schrecklichste Schlacht, die ich je gesehen habe. Aber nun muß Uma erst erzählen, was ihr in der Zwischenzeit widerfahren ist.

Kapitel neunundvierzig

Wie du dich sicher erinnerst, kauerte ich vor dem Kreuz auf dem Marktplatz von Hereford und trauerte um meinen armen toten Liebsten.

Natürlich erkennen Eddie und ich uns sofort wieder.

»Laß die Toten die Toten begraben«, sagt er und hält mir eine behandschuhte Hand hin.

Ich werfe einen Blick auf Owens Kopf, der nun grau und ausgeblichen wirkt. Seine Augen sind weiße Schlitze unter halbgeschlossenen Lidern. Sein Haar ist dünner, als ich es in Erinnerung habe, wenn er den Kopf an meine Brüste schmiegte und ich mit den Fingern hindurchfuhr. Die kalte Totenstarre hat seinen Mund zu einer Grimasse verzerrt. Das ist nicht mehr Owen Tudor, sondern ein Ding. Sollen sie damit tun, was sie wollen, er gehört nicht länger mir. Ich blase die letzte Kerze aus, stehe auf und spüre plötzlich die Kälte. Obwohl ich meinen Umhang fester um die Schultern ziehe, nützt es nichts, ich zittere weiter wie Espenlaub.

Ich folge Eddie ein paar Schritte, drehe mich dann jedoch um und gehe in die entgegengesetzte Richtung. Eine der drei Frauen, die mir mit den Kerzen geholfen haben, holt mich ein und bringt mich in ihr Haus. Sie heißt Gwynnedd und ist die Witwe eines Ritters, der bei einer früheren Schlacht gefallen ist. Aus Gründen der Sicherheit und der Bequemlichkeit hat sie sich entschieden, in der Stadt zu leben, anstatt in dem kleinen Gutshaus in den Sümpfen, das in Wirklichkeit eine Festung ist.

Sie gibt mir in warme Milch eingeweichtes altes Brot zu essen und steckt mich dann in ihr Bett. Als sie bemerkt, daß ich nicht einschlafen kann, kommt sie herein und setzt sich zu mir.

»Warum hast du mir mit den Kerzen geholfen?« frage ich sie. »Und die anderen Frauen auch?«

»Owen ap Maredudd ap Tewdyr war unser Hohepriester. Unser König. Der König aller Briten und der Hohepriester der alten Religion. In seinen Adern floß das königlichste Blut auf allen Inseln. Er stammte in direkter Linie vom ersten König unseres Volkes ab. Dieser kam mit der bronzenen Streitaxt unserer Sippe, mit Kupfer und mit Gold. Sein Name war Brutus, und er war ein Enkel des Aeneas, des Sohnes von Priamus von Troja, des Stammvaters des römischen Volkes. Imperien wurden von uns beherrscht.«

»Dann bist du auch von königlichem Geblüt?«

»Ja, eine Base.«

Ich betrachte die Frau, die ich für eine gewöhnliche Bürgerin gehalten habe, ein wenig näher. Gwynnedd ist mittelgroß und würde in ihrem Alter – ich schätze sie auf Ende Vierzig – nicht sofort auffallen. Ihr Gesicht ist voller Schmerz und Sorgenfalten, und sie hat schlaffe Brüste und breite Hüften. Doch sie strahlt Feuer, Leidenschaft und Würde aus, die unerschütterliche Kraft, die Frauen entwickeln, wenn ihnen nichts anderes übrigbleibt, als weiter ihren Weg zu gehen und denen zu helfen, die immer noch mit den Kapriolen des Lebens und den Launen der Männer zu kämpfen haben.

»Und warum hast du mir ohne zu zögern geholfen? Du hättest dich damit in Gefahr bringen können.«

»Du bist Marry Gyp. Wir wußten es, bevor du kamst. Wir haben von deinen Wanderschaften durch die Umgegend von Coventry, deinem Prozeß und sogar von deinen Wundern gehört, obwohl die Geschichten natürlich arg übertrieben sind.«

Sie lächelt schüchtern und verschwörerisch, wie es kleine Mädchen tun, wenn sie mehr wissen, als gut für sie ist.

»Und trotzdem bist du Marry Gyp und warst Owens Geliebte. Das genügt. Aber wir hoffen auch, daß du sein Kind unter dem Herzen trägst. Denn dann könnte es vielleicht den Platz seines nichtssagenden Enkels einnehmen und der Führer der britischen Nation werden, der Völker, die westlich des Severn und des Dee leben.«

Doch ich muß ihr erklären, daß sie sich falsche Hoffnungen macht. Ich habe die Maßnahmen ergriffen, mit denen Frauen dafür sorgen, daß keine Empfängnis stattfinden kann. Das Blut auf meinem Unterrock stammt nicht von Owen, und ich habe mir nicht, wie man vermuten könnte, an meiner Kleidung die Hände abgewischt. Meine Periode hat gerade eingesetzt.

»Tja, mach dir nichts draus. Wie wir schon aus den Runen wissen, wirst du es möglich machen, daß Owens Blut wieder in einer Dynastie von Herrschern fließt. Wenn du das Schicksal wählst, das die Göttin für dich bereithält.«

Ich denke eine Weile darüber nach. Dann schwinge ich entschlossen die Beine über die Bettkante.

»In diesem Fall muß ich zurück zu Eddie, wenn ich bei dem Ergebnis ein Wörtchen mitreden will. Du mußt mir helfen.«

Als ich mich abgewandt und ihm so gezeigt habe, daß ich ihm nicht folgen werde, ist er einfach weitergegangen. Daraus schließe ich, daß ich ihm nicht nachstellen darf. Er muß mich zufällig finden. Und damit das geschieht, muß ich ihm über den Weg laufen, und zwar so, daß er denkt, er wäre der Jäger.

Das ist nicht schwierig zu bewerkstelligen. Jeder weiß, daß Eddie so schnell wie möglich nach London oder besser nach St Alban's will, um Warwick zu unterstützen. Die erste Rast unterwegs wird er in Gloucester einlegen, wo ihn weitere frischrekrutierte Truppen erwarten, um sich ihm anzuschließen. Zwei Straßen führen von Hereford nach Gloucester, die eine über Ross-on-Wye, die andere über Ledbury. Da seine Armee sich aufteilen wird, müssen wir uns nur noch vergewissern, welche der beiden Straßen er nehmen wird. Gwynnedd braucht nicht lange, um herauszufinden, daß er über Ross-on-Wye reitet. Sie leiht mir ihr Pony und ihren Diener, damit er mir den Weg zeigt. Ich glaube, er soll auch auf mich aufpassen. Er ist schon fünfzig Jahre alt und schlecht zu Fuß, aber reiten kann er noch. Alle jüngeren und kräftigeren Männer sind schon in den Kriegsdienst gezwungen worden.

Als wir den bewaldeten Hügel über dem Fluß Wye oberhalb

von Ross erreichen, schlüpfe ich ins Gebüsch. Der alte Mann bindet mich an einen silbrigen Birkenstamm, der zwischen den Brombeersträuchern wächst. Wie es einem König geziemt, reitet Eddie an der Spitze seiner Truppen. Wir hören, wie sie klappernd und polternd und gefolgt vom Quietschen der Kanonenräder und Karren die Anhöhe erklimmen. Der alte Mann läßt die etwa zwanzig Ritter vor dem König passieren und springt dann aus dem Gebüsch. Fast schlägt ihm einer von Eddies Leibwächtern an Ort und Stelle den Kopf ab, aber er hält sich zum Glück zurück.

»Meine Herrin«, ruft er. »Sie ist im Gebüsch. Drei Räuber wollen sie vergewaltigen. Hilfe! Hilfe!« So schreit er immer weiter.

Tja, Eddie mag zwar ein König sein, aber er ist auch ein junger Bursche. Also gibt er Genêt die Sporen, macht einen Satz über den Straßengraben und zückt das Schwert. Fast wäre er an mir vorbeigeprescht, aber ein niedriger Zweig stößt gegen den goldenen Ring, den er nun um seinen Helm trägt, und er hält kurz inne.

»Hilfe, zu Hilfe!« kreische ich. Er schlägt sich durch das Gestrüpp, findet mich endlich und blickt auf mich hinunter.

»Das Fräulein Uma. Und nicht mehr so stolz.«

»Mylord, das war ich nie«, erwidere ich und zeige ihm meinen Busen, der freiliegt, weil mir die bösen Räuber schließlich das Kleid vom Leibe gerissen haben. Eine Brust blutet ein wenig, denn ich habe mich mit einem Brombeerzweig gekratzt. »Ich trauerte.«

»Trauerst du immer noch?«

»Um Owen Tudor? Nein.«

»Um wen dann?«

»Um den Tod der Ritterlichkeit, dem ich es verdanke, daß ich so gefesselt vor einem jungen Mann stehe, der es besser wissen müßte.«

Er lacht darüber. Auch wenn er ahnt, daß es nur eine Finte ist, erinnert er sich an die Schiffsreise von Calais nach Dover und von dort aus nach London und auch an die Nächte auf Ratsherr Dawtreys Speicher. Als sein Leibwächter sich nähert, springt er vom Pferd, bindet mich los und merkt an, mit ein wenig Klugheit, von der er weiß, daß ich sie besitze, hätte ich es eigentlich schaffen müssen, mich selbst zu befreien.

»Nicht, Mylord, wenn zwei Übeltäter mich belästigen.«

»Dein Diener sprach von dreien«, erwidert er und lacht wieder.

In dieser Nacht in Gloucester fangen wir wieder dort an, wo uns Lord Clifford und Lord Scales ärgerlicherweise vor einem Jahr und einem Monat unterbrochen haben.

Ich erfreue ihn, ja, ich erfreue ihn. Wenn ich ein Mann wäre, dem die Erinnerung an die tote Geliebte noch so deutlich vor Augen steht, würde es mir vermutlich nicht gelingen, ihn zu täuschen. Aber ich bin eine Frau, und wie jede Hure dir versichern wird, ist es nicht weiter schwierig. Also dauert es nicht lange, und er ist wieder mein.

Die Neugier übermannte mich.

»Liebe Uma«, fragte ich, »was genau hast du getan, um den Prinzen zu verführen?«

Sie blickte mir kühl in die Augen. »Mah-Lo, diese Ingerlonder haben keine Ahnung von den vielen und mannigfaltigen Freuden, die eine Frau einem Mann im Bett bereiten kann. Ich brauchte nichts weiter zu tun, als ihm den Schwanz zu lutschen und ihm den Finger in den Hintern zu stecken. Und eines wußte ich genau, und es gehörte auch zu meinem Plan: Nachdem ich ihn verlassen haben würde, würde er keine Frau heiraten können, die nicht über meine Fähigkeiten verfügte.«

»Und, ist es so gekommen?«

»Natürlich. Derartige Dinge braucht man mir nicht zu berichten, ich weiß sie einfach. Er heiratete mich heimlich, als ich drohte, ihm diese und weitere Genüsse vorzuenthalten. Wenn er erst überzeugt ist, daß ich nicht wiederkehren werde, wird er es wieder tun. Vermutlich wird er eine ge-

wisse Elizabeth Woodville zum Altar führen, eine Witwe, die nach den dortigen Maßstäben von atemberaubender Schönheit ist, da sie Haare wie walisisches Gold hat. Weil sie eine Bürgerliche ist, wurde ihre Familie von Eddie und Warwick beleidigt, während wir uns in Calais aufhielten. Sie wurde zur Witwe, als ihr Mann, der für die Königin kämpfte, bei St Alban's fiel. Bestimmt wird sie ihm Schwierigkeiten machen, große Schwierigkeiten.«

All das sagte sie vergnügt und siegessicher.

»Woher weißt du das so genau?« erkundigte sich Ali.

»Frag lieber nicht.«

»Und du hast ihn wirklich geheiratet?«

»Warum glaubst du mir nicht?«

Nach unserer Ankunft in London bringt er mich in Baynard's Castle unter, dem großen, befestigten Gebäude an der Ecke zwischen dem Fluß und der westlichen Stadtmauer, wo seine Familie schon seit drei Jahrzehnten wohnt. Er residiert dort wie ein Prinz, empfängt Botschafter, als wäre er bereits gekrönt, schafft Steuern ab und leiht sich statt dessen von den Bürgern Geld, nachdem er ihren ausländischen Konkurrenten die Privilegien entzogen hat. Er ruft das Parlament zusammen und läßt sich von ihm zum rechtmäßigen Erben von König Richard II. ausrufen. Die drei Henrys, die von John von Gaunt, dem Herzog von Lancaster, abstammen, werden zu Thronräubern erklärt.

Am liebsten würden sie ihn an Ort und Stelle krönen, aber er weigert sich, obwohl er in die Westminster Abbey geht und sich dort auf den Thron setzt, während ihm die Zeichen der Königswürde vorgelegt werden. Er sagt, er werde erst endgültig den Thron besteigen, nachdem er den Tod seines Vaters gerächt und dessen Ehre wiederhergestellt hat.

Nur seine engsten Vertrauten wissen von mir, und bald habe ich es satt, mich verstecken zu müssen. Ich entziehe ihm meine Gunst und bin nicht mehr bereit, ihn mit meinen Künsten zu verwöhnen. Als er mich fragt, was ich verlange, antworte ich, daß ich anerkannt sein und seine Königin werden will. Er erwidert, er könne das nicht riskieren, bevor er seine Feinde nicht vernichtet habe, da er sonst die Unterstützung seiner mächtigsten Fürsten verlieren würde – womöglich sogar die des Grafen von Warwick selbst. Ich entgegne, ich hätte Verständnis dafür, doch um mir eine Freude zu machen und mich abzusichern, müsse er mich dann eben heimlich heiraten.

Aber wo? Und wer soll die Trauung durchführen?

Die Antwort liegt auf der Hand. Inzwischen habe ich einige Zofen, von denen ich eine zu Bruder Abraham in die Kirchen St Benet Sherehog und St Pancras schicke. Nach einigen Verhandlungen ist alles bereit. Bruder Abraham erklärt uns nach den christlichen und noch viel älteren Riten zu Mann und Frau, und zwar an der allerheiligsten Stelle der ganzen Stadt. Als wir nach Baynard Castle zurückkehren, entferne ich den in Öl und Essig eingeweichten Schwamm …

»Also sind die Kinder, die Zwillinge, die gerade mit ihrer ayla *in einem Hinterzimmer spielen, während wir hier plaudern …?«*

»Ja, Mah-Lo. Sie wurden auf dem Heimweg in Ägypten geboren, wie Ali dir bestätigen wird.«

»Und wenn König Edward stirbt, wird einer von ihnen König von Ingerlond werden.«

»Das ist kein Schicksal, das ich jemandem wünsche. Aber falls diese Wilden am anderen Ende der Welt irgendwann einmal die Zivilisation entdecken sollten, können ihre Nachkommen diese Möglichkeit ja in Betracht ziehen. Doch jetzt laßt mich rasch meine Geschichte zu Ende erzählen, denn ich muß sie nach Hause bringen.«

Ich ziehe mit Eddie und der Armee nach Norden. Bald wird klar, daß es zu einer Schlacht kommen wird. Er fürchtet um meine Sicherheit, was fast das einzige Zeichen dafür ist, daß er nicht hundertprozentig an einen Sieg glaubt. Also läßt er mich in Pontefract Castle zurück, wo ich ein Kind von acht oder neun Jahren zu meinem Verbündeten mache. Ich muß dir von dem Knaben erzählen, denn er ist, ebenso wie Elizabeth Woodville, mein williges Werkzeug. Wegen dieser beiden wird Ingerlond gewiß über kurz oder lang von den Tudors regiert werden.

Eddie hat zwei jüngere Brüder. Er wagt nicht, sie zu lange aus den Augen zu lassen, da bereits so viele seiner Anhänger in diesem Krieg die Seiten gewechselt haben. Vermutlich hegt er die Befürchtung, jemand in London könne auf das Gerücht oder die absichtlich gestreute Lüge hin, die Königin habe den Sieg errungen, versuchen, sich bei ihr beliebt zu machen, indem er die Kinder umbringen läßt. Also vertraut er die Knaben in Pontefract meiner Obhut an. Der eine ist zwölf Jahre alt und ein verwegener, waghalsiger und leicht zu beeinflussender Bursche namens George, mit dem wir uns nicht weiter zu befassen brauchen. Es ist der jüngere der beiden, den ich zu meinem Sklaven machen werde, damit er für mich Owens Tod rächt.

Er ist ein verschrobener, seltsamer Junge und außerdem körperlich verkrüppelt. Sein eines Bein ist länger als das andere, und er hat einen leichten Buckel. Ich nehme an, daß er häufig, wenn nicht sogar ständig, Schmerzen hat. Und ein solches Leiden setzt sich auch in der Seele eines jungen Menschen fest. Allerdings ist er für sein Alter ziemlich kräftig.

Am Tag vor der Schlacht ist es für kurze Zeit warm geworden, und ich begegne den beiden Jungen im Garten.

George läuft alleine los, wirft eine Kugel und fängt sie mit einem Becher auf, was ihm Freude zu bereiten scheint. Sein jüngerer Bruder sitzt auf einer Bank, und ich lasse mich neben ihm nieder. Ich bemerke einen Beutel an seinem Gürtel, in dem es zuckt und zappelt, als befände sich etwas Lebendiges darin.

»Was hast du denn da?« frage ich.

»Ein junges Kaninchen«, erwidert er. »Mein Hund hat es

heute morgen gefangen. Sie sind so dumm, wenn sie noch klein sind. Es dachte, mein Hund wollte mit ihm spielen, und ist nicht davongelaufen.«

Wahrscheinlich war es starr vor Angst, denke ich, aber ich spreche es nicht aus. »Was hast du damit vor?«

»Ich reiße ihm die Beine ab. Vielleicht zuerst die Ohren.«

»Ohne es vorher zu töten?«

»Nein. Warum sollte ich?«

Ich zucke die Schultern. Er fühlt sich herausgefordert.

Also nimmt er das Kaninchen aus dem Beutel und tut genau das, womit er gerade geprahlt hat. Er packt mit jeder seiner kleinen Fäuste ein Ohr und zerrt sie auseinander. Das erfordert eine Menge Kraft, doch schließlich hat er ein Ohr in der Hand. Er befürchtet, daß sein Opfer fliehen könnte, ergreift deshalb die Hinterbeine und zieht sie ebenfalls auseinander. Wahrscheinlich interessiert er sich auch für die Genitalien des Tiers. Bald hat er das Kaninchen in mehrere Stükke zerrissen, von denen die größeren noch zucken wie lebendig.

»Das ist nicht schlimmer als das, was der Henker mit Verrätern macht«, verkündet er.

»Du wirkst entsetzt, Mah-Lo. Habe ich dich schockiert? Vergiß nicht, daß ich nicht nur Parvati, sondern auch Kali bin.«

Wie aus heiterem Himmel zog diese sonst so schöne Frau mit Daumen und Zeigefinger beider Hände ihre Augenwinkel herunter und verzerrte ihren Mund zu einer abscheulichen Fratze. Zu guter Letzt streckte sie die Zunge weit heraus, drückte sie so flach wie möglich und wackelte kräftig damit. Als ich zusammenzuckte, lachte sie auf, und im nächsten Moment war sie wieder die alte.

»Also«, meine ich zu ihm, nachdem er die blutigen Überreste mit dem Fuß weggestoßen hat. »Dein großer Bruder ist König. Wärst du nicht auch gerne König?«

Er sieht mich aus großen Augen an und spielt mit dem Ring

an seinem kleinen Finger. »Natürlich. Wenn Eddie stirbt, werde ich König.«

»Auch wenn George dann noch lebt?«

»Ich ... ich glaube, dann lebt er nicht mehr.«

»Du wirst König, selbst wenn Eddie von der Frau, die seine Königin wird, Kinder bekommt?«

Er zuckt die Schultern.

»Ich werde König«, beharrt er.

Eine Wolke hat sich über die Sonne gelegt, und auf einmal ist es kalt geworden. Ich stehe auf. »Wie heißt du?« frage ich.

»Richard«, antwortet er.

Obwohl er nur ein kleiner Junge ist, strahlt er Macht aus. Dann betrachte ich die blutigen Überreste des Kaninchens. »Ein Omen«, sage ich, zause ihm das Haar und denke, daß die Ingerlonder gewiß Owens Enkel auf den Thron setzen werden, wenn sie erst genug von diesem kleinen Scheusal haben.

»Laß das!« befiehlt er und wiederholt dann: »Ja, ich werde einmal König.«

Kapitel fünfzig

Lieber Vetter,
aufgrund von Ereignissen, die sich unserem Einfluß entziehen, waren wir gezwungen, in den Norden von Ingerlond zurückzukehren, und zwar in eine kleine Ortschaft namens Towton, wo wir Zeugen wurden ...

»Augenblick mal. Warum behauptet er das? Warum schreibt er ›aufgrund von Ereignissen, die sich unserem Einfluß entziehen‹?«

»Weil er nicht zugeben wollte, daß er hinter seinen geliebten Armbrüsten her war.«

»Und warum nicht?«

»Das hatten wir doch schon einmal. Der Kaiser wird von einem buddhistischen Mönch in allen spirituellen Fragen beraten und billigt deshalb Hariharas Steckenpferd nicht. Er erwartet von seinen Verwandten, daß sie sich ihn zum Beispiel nehmen ...«

... welche Grauen eine Schlacht zwischen zwei großen Armeen mit sich bringt. Um aus dieser Erfahrung soviel wie möglich zu lernen, möchte ich dir dieses schauerliche Ereignis in allen Einzelheiten schildern.

Beide Armeen waren gewaltig. Die Truppen der Königin zählten etwa fünfzigtausend Mann und wurden vom Herzog von Suffolk befehligt. Außerdem hatten viele große Fürsten und Lords ihre eigenen Leute mitgebracht. Man hatte überall im Norden Englands Männer angeworben. König Edwards Armee war ein wenig kleiner und bestand aus schätzungsweise vierzigtausend Soldaten. Alles in allem war das eine Anzahl von Menschen, die jedem fünfzigsten Bewohner der Insel entsprach. Beide Seiten verfügten über eine große Kavallerie, bewaffnete Soldaten und Bogenschützen. König Edward hatte außerdem eine kleine Abteilung Armbrustschützen, die mit den allerbesten Waffen ausgerüstet war. Darüber hinaus besaßen beide Seiten Kanonen und Männer mit Handfeuerwaffen.

Die Armee der Königin war in York stationiert, der größten Stadt im Norden des Landes, wo sie mit ihrem bösartigen Sohn und ihrem wahnsinnigen Gemahl residierte. König Edward näherte sich auf der Straße aus London. Etwa vierzig Kilometer von York entfernt kreuzte die Straße aus London einen kleinen, aber militärisch wichtigen Fluß namens Aire, und zwar bei einer Siedlung, die Ferrybridge hieß. Die Brücke war von einer großen Abteilung unter dem Befehl von Lord Clifford zerstört worden. Dessen Vater war durch die Hand von Edwards Vater gefallen, hatte jedoch zuvor Edwards Bruder in der Schlacht von Wakefield umgebracht.

Als die Yorkisten versuchten, eine schwimmende Brücke zu bauen, wurden sie von den Männern der Königin angegriffen. Es kam zu einem heftigen Kampf, in dem sich Edward als fähiger Feldherr erwies. Vergiß nicht, daß er erst achtzehn war, genauso alt wie Alexander, als dieser seinen ersten Sieg errang. Er forderte Verstärkung für den Kampf um die Brücke an, wo ein weniger entschlossener Befehlshaber vielleicht aufgegeben hätte. Außerdem schickte er einen Trupp nach Westen zur nächsten Furt unweit einer Ortschaft namens Castleford. Angesichts dieser Bedrohung zog sich Clifford in ein Sumpfgebiet zurück. Es wurde verbissen gekämpft. In seiner Erschöpfung nahm Clifford den unteren Teil seines Helms ab, um es ein wenig bequemer zu haben und Luft zu schöpfen, und wurde von einem Pfeil getroffen. Zu König Edwards Freude starb er wenig später unter großen Schmerzen.

All das ereignete sich am achtundzwanzigsten März, inmitten eines schrecklichen Schneesturms und bei bitterer Kälte.

Die Vorhut der Königin fiel zurück und traf mit dem Hauptteil der Armee zusammen, der inzwischen das etwa fünfzehn Kilometer südwestlich von York gelegene Tadcaster erreicht hatte. Unweit des Dorfes Towton verläuft die Straße von Tadcaster nach Ferrybridge über höher gelegenes Terrain, allerdings weiterhin in mehr oder weniger konstanter Richtung von Süden nach Norden. Im Westen fällt das Gelände hufeisenförmig ab und mündet in eine einige hundert Schritte breite Wiese. An deren westlicher Seite befindet sich ein gewundener Fluß namens Cock Beck. Die Ufer des Beck (das Wort bedeutet schmaler Fluß) sind bewaldet, an manchen Stellen sogar sehr dicht. Ein Stück weiter südlich ragen diese Wälder in eine Flußbiegung hinein und heißen hier Castle Hill Wood. Weiter nördlich, wo das Tal enger wird und seine Wände steiler emporragen, trägt der Wald den Namen Renshaw Wood.

Diese Wälder spielten eine wichtige Rolle in der Schlacht. Somerset versteckte einige tausend Soldaten im Castle Hill Wood, von wo aus sie die linke Flanke und die Nachhut der Yorkisten zu einem kritischen Zeitpunkt angriffen und die Schlacht beinahe zugunsten der Königin entschieden. Renshaw Wood und die Schlucht, in der sich der Wald befand, schützten anfangs seine linke Flanke und seine Nachhut, entpuppten sich aber letztlich als Falle, in der Tausende niedergemetzelt wurden.

Lieber Vetter, glaube nicht, daß die soeben geschilderte Landschaft etwas Großartiges an sich hat. Die Hügel sind niedrig, erheben sich höchstens dreißig Meter über die Ebene und sind, wenn man von Renshaw absieht, auch nicht sehr steil. Die Bäume sind klein und erreichen nur selten mehr als fünfzehn Meter Höhe, häufig sind sie jedoch nur fünf bis sieben Meter hoch. Ringsherum wuchern Dickicht und dornige Brombeeren.

Edward hätte sich zwar noch am späten Nachmittag in die Schlacht werfen können, doch fünftausend seiner Männer unter dem Befehl des kränkelnden Herzogs von Norfolk befanden sich noch einen Tagesmarsch entfernt, weshalb er beschloß, die Nacht abzuwarten.

So brach der Tag an, den die Christen Palmsonntag nennen und an dem sie den triumphalen Einzug von Jesus in Jerusalem, fünf Tage vor seiner Kreuzigung, feiern. In diesem Jahr fiel der Palmsonntag auf den neunundzwanzigsten März. Für gewöhnlich war, wie man mir sagte, um diese Jahreszeit mit verhältnismäßig mildem Wetter zu rechnen. Schließlich war es nur noch eine Woche bis zur Tag-und-Nacht-Gleiche, und normalerweise blühten nun auf den Feldern und in den Hekken schon die ersten kleinen trompetenförmigen gelben Blumen; einige Bäume bekamen bereits die ersten Blätter. Doch in diesem Jahr war kaum etwas davon zu sehen. Das Gras war zwar schon üppig grün, aber es herrschte eine bittere Kälte, und den Großteil des Tages wehte ein Schneesturm aus Südosten.

Die Armeen standen einander so dicht gegenüber, daß sie sich gerade mit ihren todbringenden Pfeilen erreichen konnten, also in einem Abstand von etwa zweihundertfünfzig Schritten. Kurz nach Sonnenaufgang – es schneite immer noch, weshalb die Sicht schlecht war – befahl Lord Fauconberg, der zu König Edwards Linken im Norden stand, seinen Bogenschützen, vorzutreten und eine Salve abzuschießen. Wie durchschlagend und tödlich diese Pfeile sind, habe ich dir ja bereits beschrieben. Auf größere Entfernungen prallen sie von den gewölbten und gutgeschützten Helmen und Brustpanzern ab. Doch ein Kettenhemd oder ein Helm ohne Visier ist gegen sie völlig nutzlos. Aus der Nähe kann ein solcher Pfeil eine Stahlplatte durchdringen. Der Hagel aus etwa fünftausend Pfeilen brachte die Bogenschützen der Königin in arge Bedrängnis, und sie ließen eine ungeordnete Salve nach der anderen los, bis ihre Köcher beinahe leer waren.

Allerdings flogen ihre Pfeile wegen des wehenden Schnees fünfzehn Meter kürzer als sonst. Und weil die Flocken den Schützen die Sicht nahmen, waren sie nicht in der Lage, das festzustellen. Nun befahl Lord Fauconberg seinen Bogenschützen, noch ein Stück vorzurücken. Sie beschossen die Armee der Königin aus noch geringerer Entfernung und füllten ihren Munitionsvorrat mit den Pfeilen ihrer Feinde auf, die im Gras herumlagen. Lord Northumberland, der in diesem Gebiet im Auftrag der Königin die Truppen führte, befahl seinen Soldaten, anzugreifen, anstatt tatenlos im Pfeilhagel herumzustehen. Fauconbergs Bogenschützen wichen zurück, um den Fußsoldaten Platz zu machen, und dann wurde Mann gegen Mann gekämpft.

Trotz der anfänglichen Erfolge von Lord Fauconbergs Bogenschützen brachte sich die Armee der Königin durch schiere Masse in Vorteil, obwohl die Kräfte zunächst ausgewogen verteilt zu sein schienen. Die Kämpfenden kannten keine Gnade, denn beide Seiten hatten geschworen, die gefangengenommenen Adeligen und Gutsbesitzer hinzurichten, wie es inzwischen allgemein üblich war. Allerdings hatte Edward befohlen, auch keinen Bürger, der sich ergab oder verwundet wurde, zu verschonen. Die meisten glaubten, daß diese Kriege schon zu lange dauerten, weshalb an diesem Tag endlich eine Entscheidung fallen sollte.

Die Männer fochten, bis sie verwundet zu Boden sanken oder fielen. Dieses Schicksal teilten alle Verlierer in dieser Schlacht, die eigentlich eine Reihe von einzelnen Kämpfen Mann gegen Mann war. Zuweilen droschen auch zwei Soldaten auf einen oder gleich vier gleichzeitig aufeinander ein. Die Gegner wechselten ständig, so daß der Eindruck entstand, daß tatsächlich zwei gewaltige Gruppen von Soldaten zusammenprallten. Doch im großen und ganzen war jeder auf sich allein gestellt. Deshalb war die Seite im Vorteil, die über die meisten starken Männer mit guten Waffen und Rüstungen verfügte. Eine weitere Voraussetzung war, daß die Soldaten sich von einem Sieg Profit versprachen und außerdem fähige und erfahrene Kämpfer waren. Da diese Kriege nun schon seit einiger Zeit währten und direkt auf den hundertjährigen Krieg gegen die Franzosen gefolgt waren, besaßen beide Armeen eine große Anzahl von Berufssoldaten. Diese hatten sich im Laufe unzähliger Schlachten für die Bewaffnung und die Rüstung entschieden, die ihnen am meisten zusagten.

Die Männer waren von Kopf bis Fuß – angefangen bei gewölbten Helmen mit Visier bis hin zu Stiefeln mit Stahlplatten – gepanzert. Viele hatten auf den Schild verzichtet, weil dieser unhandlich ist und eine Körperseite ungeschützt läßt. Außerdem hat man damit eine Hand voll, die man genausogut dazu benutzen könnte, ein ein Meter fünfzig langes Schwert mit einem dreißig Zentimeter breiten Heft, eine zweischneidige Axt, einen mit Stacheln bewehrten Knüppel, einen Morgenstern oder einen Spieß mit Klinge, Spitze und Widerhaken zu schwingen.

Es waren zwar auch einige Reiter dabei, doch die Pferde wurden unter dem Gewicht der Rüstung und auf dem unebenen Terrain rasch müde und waren außerdem eine leichte Beute für Bogenschützen. Der Kommandant einer Abteilung Soldaten – die er vermutlich selbst angeworben hatte – blieb zumeist im Sattel sitzen, damit man ihn und seine Standarte auch weithin sehen konnte. Er wurde von berittenen Adeligen und Verwandten umringt, die ihn nicht nur beschützten, sondern auch als Boten zwischen ihm und dem obersten Befehlshaber dieses Heeresabschnitts fungierten. Ansonsten griff die Kavallerie nur selten in Formation an, denn eine standhafte Infanterie, die mit Stangen und festumklammerten Piken ihr Territorium verteidigte, konnte sie mühelos aus dem Sattel stoßen. Die Stunde der Kavallerie schlug erst, wenn es galt, einen fliehenden Feind zu verfolgen oder einen Überraschungsangriff gegen eine bereits vorrückende feindliche Flanke zu reiten.

All das müssen wir im Gedächtnis behalten, wenn wir uns überlegen, wie wir mit der bahmanischen Kavallerie fertig werden sollen. Eine gut ausgebildete und bewaffnete Infanterie ist vielleicht eine bessere Lösung, als Reiter mit Reitern abwehren zu wollen.

Nun aber zurück zu der Schlacht. Bei den anfänglichen Scharmützeln Mann gegen Mann wurden nur wenige Soldaten getötet, denn das verhinderten schon die Rüstungen. Allerdings schwebte jeder Soldat, der von der Gewalt der Schläge auf seinen Panzer umgerissen wurde oder im blutigen Schnee ausrutschte, in Lebensgefahr, denn sein Schicksal hing nun vom Erfolg oder Mißerfolg seiner Kameraden ab.

Waren sie siegreich und rückten Schritt um Schritt vor, geriet er hinter die eigenen Linien, so daß seine Freunde ihn retten, ihn wieder aufrichten und ihn zurück ins Getümmel schieben konnten. Mußten seine Leute jedoch zurückweichen, fand sich der Unglückliche plötzlich umringt von Feinden wieder, die sofort aus Leibeskräften auf ihn eindroschen, seine Rüstung zerbeulten und seinen Körper darin zerschmetterten. Wenn der Vorsprung reichte, wagten es die Gegner sogar, seine Rüstung zwischen den Beinen oder in der Achselhöhle zu lösen und ihr Opfer dort oder durch einen Schlitz im Visier mit einem Dolch zu erstechen. Ein toter Soldat wurde seiner Rüstung entkleidet. Man nahm ihm entweder sofort oder nach der Schlacht sämtliche Wertgegenstände ab, die er bei sich trug, und warf ihn dann mit Hunderten und Tausenden von anderen in ein Massengrab.

Anhand dieser Schilderung wirst du verstehen, daß alle Soldaten, die in den Kampf zogen, wußten, was das Schicksal für sie bereithielt und daß dieses einzig und allein davon abhing, welche Seite zuerst nachgab. Wer zurückwich, riskierte eine Niederlage und den Tod. Die Angst, zu verlieren, feuerte die Männer ebenso dazu an, so gnadenlos wie möglich zu kämpfen, wie der Wille zum Sieg. Sobald die Soldaten ahnten, daß sie zu viel Boden verloren und daß ein Sturz den sicheren Tod bedeuten würde, wurde der Drang übermächtig, kehrtzumachen und noch vor seinen Kameraden zu fliehen. Doch bevor es dazu kam, verteidigte man seine Stellung lieber mit Zähnen und Klauen.

Es gab auch noch zwei weitere Beweggründe, welche einer Flucht im Wege standen. An erster Stelle sei da der gute Ruf des Kämpfers zu nennen. Als Mann zu gelten, der gleich zu Anfang die Beine in die Hand genommen hatte, war nicht nur eine schreckliche Blamage, sondern zog auch eine Bestrafung und ganz sicher lebenslange gesellschaftliche Ächtung nach sich. Ein Feigling verlor seinen Posten bei der Armee und damit seinen Lebensunterhalt sowie jegliche andere Möglichkeit, Geld zu verdienen; für den Rest seiner Tage wurde er von

Männern und Frauen gleichermaßen verspottet. Und wenn man nicht der erste war, ergab eine Flucht wenig Sinn …

Der zweite Grund, nicht Reißaus zu nehmen, lag in der Natur dieser gepanzerten Hüllen. Wer erst einmal darinsteckte, wurde, insbesondere, nachdem er den Helm mit Visier auf dem Kopf hatte, zum Automaten, einem Ding ohne Gewissen, einer Maschine, die gegen Maschinen kämpfte, deren Gesichter sie nicht sehen konnte. Und wenn der Blutrausch den Ritter erst einmal im Griff hatte, hielt er nicht mehr inne und tötete, tötete und tötete, bis er entweder selbst fiel oder bis kein Gegner mehr übrig war.

Das unterscheidet sich natürlich sehr vom Verhalten unserer Drawiden auf dem Schlachtfeld. In ihren leichten Rüstungen und mit einem Körperbau, der sich besser fürs Laufen eignet, als dazu, mit großen und schweren Waffen zu hantieren, haben sie keine Hemmungen, den Rückzug anzutreten, insbesondere auch deshalb, weil ihre Familien ohne ihre Hilfe die fruchtbaren Äcker nicht bestellen könnten.

So also wurde in der Schlacht gekämpft, welche die beiden Armeen entlang einer Front aus Blut, Angst und Siegesgewißheit auf beiden Seiten und beseelt von derselben Verzweiflung gegeneinander ausfochten.

Dabei hatten zwei Truppenbewegungen der Königin rein zufällig einen großen Einfluß auf das Ergebnis …

Eddie stand in der Mitte des Schlachtfeldes. Als er sah, wie die Armee der Königin in einer riesigen, massiven Phalanx auf ihn zu marschierte, wurde er sicher kurz von Zweifeln und Furcht ergriffen. Bis zum Eintreffen des alten Herzogs von Norfolk war seine Armee nämlich die kleinere. Die Regimenter der Königin hatten die beiden letzten wichtigen Waffengänge in Wakefield und St Alban's gewonnen. Und in Northampton waren die Yorkisten in einem Verhältnis von zwei zu eins in der Überzahl gewesen. Doch Eddie war ein junger Bursche; er schob sein Visier zurück, daß es wie ein riesiger Schnabel über seinen Kopf ragte, und galoppierte durch die rasch schmaler werdende Lücke zwischen den beiden Armeen. Feiner Schnee trieb in der Luft und blieb im Gras liegen.

»Mylords«, rief Eddie laut, um das Klappern seiner Rüstung und das Donnern von Genêts Hufen zu übertönen. »Ihr seid hier, weil Ihr mich zum König wollt. Ihr seid hier, weil Albion seit sechzig Jahren von grausamen Thronräubern regiert wird. Ich bin der Erbe. Ich bin ein Plantagenet. Kämpft heute für mich, um diesen Fluch von Albions Erde zu nehmen. Und wenn Ihr nicht glaubt, daß meine Sache gerecht ist, dann könnt Ihr meinetwegen verschwinden ...«

Seine Ansprache verfehlte ihre Wirkung nicht. Die vordersten Reihen, die hauptsächlich aus Adeligen bestanden, jubelten und rückten vor. In diesem Moment geriet Genêt leicht ins Stolpern, vielleicht war er von einem Pfeil der Lancasters am Gesäß getroffen worden. Eddie zerrte an den Zügeln, daß das Roß sich aufbäumte. Doch es drehte sich noch immer wild im Kreis, bockte und scheute. Da zog Eddie sein Schwert, sprang aus dem Sattel und reichte die Zügel dem Pferdeknecht, der ihm gefolgt war.

»Kommt, Männer«, rief er. »Heute kämpft Euer König neben Euch zu Fuß und wird mit Euch leben oder sterben. Falls Ihr seht, wie ich wieder in den Sattel steige oder vom Schlachtfeld fliehe, will ich in der Hölle verrotten. Wenn ich das nächste Mal reite, wird es durch die Tore von York sein ...« Bei diesen Worten beschrieb er eine elegante Geste mit dem Schwert, klappte sein Visier herunter und stellte sich der Armee der Königin entgegen, die inzwischen nur noch fünfzig Schritte entfernt war und »Henry, König Henry!« brüllte.

»Und wo warst du die ganze Zeit über?« fragte ich.

»Rechts von den Yorkisten, ein Stück hinter ihnen auf dem Abhang unweit der Straße, die den Hügel hinauf verläuft. Direkt vor uns standen die Kanonen. Es war ein guter Aussichtspunkt.«

»Ach, richtig, die Kanonen. Was ist denn aus denen geworden?«

»Es war die altbekannte Geschichte. Schlechtes Wetter. Deshalb funktionierten die Drecksdinger nicht. Aber sie hatten trotzdem eine gewisse Wirkung.«

»Wie das?«

»Der linke Flügel der Armee der Königin näherte sich auf dem Abhang, was schwierig war, weil die Soldaten die ganze Zeit über bergauf und somit direkt in die Mündungen der Kanonen blicken mußten. Anhand der Aufstellung konnten sie sich genau ausrechnen, daß sie nach fünfzehn, sieben oder drei Metern in die Schußlinie geraten würden. Also zögerten sie. Wer hätte das nicht getan? Das war der Anfang vom Ende der Armee der Königin.«

»Warum?«

»Hab Geduld, dann verrat ich es dir.« Ali räusperte sich. »Verdammt. Entschuldige mein Inglysshe. Bei dem facking Monsun bin ich immer völlig verschleimt ... In den nächsten drei Stunden«, fuhr Ali dann fort, »fand das widerwärtigste Gemetzel statt, daß ich überhaupt je gesehen hatte ... «

»Verzeih mir, aber könntest du mir erklären, was du eigentlich da wolltest?« hakte ich nach.

»Ich habe dir doch schon erzählt, daß wir vorhatten, die Armbrüste des Prinzen zurückzuholen.«

»Aber warum ausgerechnet in diesem Abschnitt des Schlachtfeldes?«

»Weil sich die Armbrüste dort befanden. Sie steckten noch in ihren Hüllen. Die Soldaten, die sie begleiteten, hatten sich verirrt und trafen erst kurz vor Beginn der Schlacht auf der Straße aus Ferrybridge ein. Als der Prinz sie bemerkte, ging er mit uns allen zu ihnen und bot dem genuesischen Feldwebel eine Handvoll Rubine an – es waren unsere letzten –, wenn er die Waffen in ihren Schatullen belassen würde. Darf ich jetzt weitererzählen?«

»Natürlich.«

Ali wandte sich wieder Prinz Hariharas Papieren zu, die vor ihm lagen.

Bald herrschten in jeder Rüstung entlang der vordersten Linie Schmerz, Angst und Grauen. Die Ritter wateten in ihrem eigenen Blut, Kot und Urin, und trotz des Getöses, des Schepperns von Metall, der Rufe und des Kriegsgebrülls aus den hinteren Linien, hörten die Männer in ihren eisernen Hüllen wahrscheinlich nur noch ihre eigenen Schmerzensschreie. So mancher mag es sogar als Erleichterung empfunden haben, wenn er endlich zu Boden sank. Stell dir nur vor, wie dunkel es in so einer Rüstung ist. Durch die winzigen Schlitze oder die siebähnlichen kleinen Löcher im Visier erkennt man nur schemenhafte Gestalten. Die Rüstung ist schwer. Dann der Schrecken, wenn eine Axt oder ein Knüppel donnernd zuschlägt. Außerdem ist es eiskalt. Es herrschten Temperaturen kurz oberhalb des Gefrierpunkts, wenn Wasser sich in Eis verwandelt. Metall zu berühren, ist dann fast so schmerzhaft, als wäre es glühend heiß. Hinzu kommt die Todesangst, wenn die Knie nachgeben und wenn ein Hieb den Ritter rücklings zu Boden schleudert, so daß er hilflos daliegt wie ein Käfer.

Wir wurden Zeugen einiger wirklich widerwärtiger Dinge. Zwei Männer zerrten am Beinpanzer eines gefallenen Ritters, bis dieser mitsamt dem Bein abriß. Die beiden drehten den eisernen Stiefel um, um Blut und Kot herauszukippen. Als man einem anderen den Helm abnahm, stellte sich heraus, daß er an seinem eigenen Erbrochenen erstickt war. Vergiß nicht, daß beide Seiten keine Gefangenen machen und kein Lösegeld verlangen wollten. Also bekam man für einen getöteten Feind nur das, was er am Leibe trug: einen oder zwei Ringe zwischen zerschmetterten Fingerknochen, ein Medaillon mit einem Heiligen darauf an einer Goldkette, eingeklemmt zwischen Stahl und Rippen.

Zwischen den Toten in ihren verbeulten Käfigen aus Alteisen war die schwarze Erde, auf der Schneekristalle glitzerten, so von Blut durchweicht, daß die Stiefel schmatzend darin steckenblieben. Ganz allmählich, etwa mit einer Geschwindigkeit von einem Meter pro Viertelstunde, stellte sich heraus, daß die Yorkisten Boden verloren. Schließlich hatten sie weniger Männer in die Schlacht geschickt, und als die ersten Reihen auf beiden Seiten fielen, konnte die Königin ihre Verluste rascher ersetzen. Außerdem drängten in ihrer Armee von hinten mehr Leute nach, die die vorderen weiterschoben. Allerdings wußten die Yorkisten die ganze Zeit, daß sich ihnen spätestens bis Einbruch der Nacht, vielleicht sogar schon früher, weitere fünftausend Mann anschließen würden, die noch auf der Straße, die rechts von ihnen entlang der Bergkette verlief, unterwegs waren. Möglicherweise war das den Befehlshabern der Königin auch bekannt, denn als die Lage ausgeglichen schien, unternahmen sie, angeführt vom Herzog von Somerset, einen Angriff. Dieser hatte bei unserer Ankunft die Burg Guisnes in der Festung Calais befehligt. Nun stürmte er mit seinen Männern links von den Yorkisten aus dem Wald, der in der Biegung des Cock Beck lag.

Als erste Reaktion schickte Edward seine Reserve ans linke Ufer. Zu seinem großen Bedauern wurde sie zurückgetrieben und von der Reservekavallerie der Königin in südlicher Richtung den Fluß hinaufgejagt. Keine der beiden Gruppen wurde je wieder gesehen. Viele hielten Edward nun für verloren, doch er feuerte seine Männer an, kämpfte so tapfer an ihrer Seite und setzte so geschickt frische Truppen unter ihren Befehlshabern an den kritischen Punkten ein, daß seine Linien einfach nicht durchbrochen werden konnten.

Außerdem verhielt er sich wie ein wahrer General – der junge Alexander hätte es nicht besser gekonnt. Er wußte, daß es das wichtigste war, seine Linie gerade zu halten, da jede Ausbuchtung oder Einbeulung eine Schwachstelle bedeutet hätte. Die Soldaten links von ihm waren zurückgefallen, um Somerset an ihrer Flanke abzuwehren. Nun mußte er sie wieder nach vorne bringen, damit keine Krümmung in seiner Front entstand. Die Armee der Königin war auf dieser Seite wegen der Anhöhe und der Bedrohung durch die Kanonen am schwächsten. Wenn es Eddie gelang, sie noch fünfzig Meter zurückzudrängen, würde seine Linie halten.

Inzwischen saß er wieder auf Genêts Rücken – das Gerede, er werde erst wieder reiten, wenn er in York einmarschierte, das war natürlich nur Schaumschlägerei gewesen. Allerdings wußte er, daß er in einer so bedeutenden Sache keine Mißverständnisse aufkommen lassen durfte, und bemühte sich deshalb höchstpersönlich zu uns. Er preschte heran, zügelte so schwungvoll sein Pferd, daß eine Ladung Schnee und Matsch in Alis gesundes Auge spritzte, und blickte mir ins Gesicht.

»Hurry-Hurry«, schrie er, »jetzt habt Ihr die Gelegenheit, einem alten Kumpel einen Gefallen zu tun und mir für die Freundlichkeit zu danken, die ich Euch entgegengebracht habe.« Hastig sprach er weiter, gewiß, um möglichen Einwänden unsererseits zuvorzukommen. »Seid ein guter Junge, rückt die Armbrüste heraus und erlaubt meinen Männern, diesen Hurensöhnen da drüben damit einen Denkzettel zu verpassen.«

Ich wollte nur ungern zugeben, daß ich den Feldwebel bestochen hatte, damit er die Armbrüste in den Schatullen ließ. Schließlich handelte es sich dabei nicht um profane Kriegswaffen, sondern um anmutig geschnitzte Kunstwerke, die dazu dienten, einer nach den Regeln des guten Geschmacks verlaufenden und ordentlich organisierten Jagd die richtige Note zu verleihen. Doch Eddie preßte irgendwas hervor, à la wir hätten wohl »Schiß«, und er drohte, uns die Eier abschneiden zu lassen. Außerdem schienen die Männer, die die Waffen getragen hatten, eher geneigt, ihrem energischen König zu gehorchen als einem seltsamen Orientalen, der ohnehin nur immer im Weg herumstand.

Es dauerte mehr als zehn Minuten, die Armbrüste auszupacken, jedem Gerät die jeweils passenden Pfeile zuzuordnen und mit allen Waffen in dieselbe Richtung zu zielen. In der Zwischenzeit hatten die Truppen der Königin, vielleicht ermutigt vom Erfolg ihres Durchbruchs oder weil sie ahnten, daß die Kanonen heute nicht einsatzbereit waren, ihre Anstrengungen verstärkt.

Außerdem trat eine weitere Schwierigkeit auf: Eine Reihe von etwa fünfhundert Yorkisten stand zwischen den Armbrüsten und dem Feind. Eddie mischte sich zwischen die Männer und brachte die meisten von ihnen dazu, sich hinzulegen oder die Flucht zu ergreifen, bevor er, immer noch auf Genêts Rücken, selbst aus der Schußlinie ging. Mittlerweile hatte ich mich von der allgemeinen Begeisterung anstecken lassen. Ich stand am Ende der Reihe von Armbrüsten, meiner früheren Sammlung von Vogeltötern und Krokodilvernichtern, zog den Säbel, hielt ihn hoch über den Kopf und ließ ihn auf ein Nicken von Eddie sinken.

Einige Armbrüste klickten, andere klapperten. Manche Pfeile pfiffen, andere kreischten. Ein Lord, der eine Abteilung der Feinde befehligte, wurde von einem winzigen Pfeil durch einen Schlitz im Visier ins Auge getroffen. Der größte Pfeil, abeschossen aus der gewaltigsten meiner Armbrüste, die man auf den Rücken eines Mannes stützen mußte, erwischte zwei Yorkisten von hinten und heftete sie mit den beiden Anhängern des Hauses Lancaster zusammen, die ihnen gegenüber standen. Nach der ersten Salve schossen die Bogenschützen, wie es ihnen beliebte, bis die Feinde sich schließlich zerstreuten und in wilder Hast den Hügel hinab flohen.

Ali blickte vom Brief des Prinzen auf. »Allerdings nicht«, ergänzte er, »ohne daß es einem von ihnen zuvor gelungen wäre, Eddie zu Fall zu bringen und ihn mit einem Schwert zu bedrohen. Es war nicht weit, so daß ich sofort an seine Seite eilte und mein kleines Stilett unter Pelzmantel, Umhang und Lendentuch hervorkramte. Dank meiner Ausbildung durch die Anhänger des Alten vom Berge wußte ich auch ohne Haschisch genau, was zu tun war, und ich traf die Stelle zwischen seiner dritten und vierten Rippe. Später belohnte mich Eddie mit einem Gut in Thorney Hill in Hampstead, doch da es dort angeblich nur unfruchtbaren Boden und kaum Bewohner gab, sparte ich mir die Mühe, es zu besuchen.«

Dann kniff er sein gutes Auge zusammen und las weiter.

Durch diese Ereignisse auf beiden Flanken wurde die Front gedreht, so daß die Linie nicht mehr von Osten nach Westen, sondern von Nordosten nach Südwesten verlief. Die Bergkette und die Straße befanden sich in der Hand der Yorkisten. Als Norfolks Männer ein wenig später auf der Straße aus Süden eintrafen, fanden sie sich an der Seite der Armee der Königin wieder. Der Rückzug nach Tadcaster und York auf der Straße war ihnen abgeschnitten. Also blieb ihnen Renshaw Wood als einziger Ausweg, doch dort bildete die Schlucht einen verhängnisvollen Engpaß.

Das Bächlein dort hatte sich in einen reißenden Strom verwandelt, der beinahe den gesamten Talboden bedeckte, da sich der geschmolzene Schnee der letzten beiden Tage darin gesammelt hatte.

Gefangen zwischen Bäumen, Gestrüpp und Wasser und bald auch eingekeilt zwischen den Männern, die stolperten, stürzten und nicht mehr aufstehen konnten, wurden die Soldaten zu Tausenden niedergemetzelt. Viele wurden von ihren eigenen Kameraden getötet, die in ihrer Verzweiflung versuchten, sich einen Weg freizuhauen. Das Wasser färbte sich rot vom Blut, und sogar die Fluten des größeren Flusses Wharfe, in den der Cock Beck mündete, waren den ganzen nächsten Tag lang gerötet.

Die Anzahl der an diesem Tag am Kampf beteiligten Soldaten belief sich, wie gesagt, schätzungsweise auf neunzigtausend Mann. Alles in allem wurden achtundzwanzigtausend von ihnen abgeschlachtet. Vielleicht noch einmal halb so viele wurden verwundet und erlagen später ihren Verletzungen. Man sagte uns, es sei die größte Schlacht gewesen, die je in Ingerlond geschlagen worden sei. Und ich bezweifle, daß man auf inglysshem Boden je wieder so viele Soldaten aufeinanderhetzen wird.

Und warum das Ganze? Aus Gründen der Religion und um anderen den eigenen Glauben aufzuzwingen, also dem häufigsten Anlaß, sich gegenseitig umzubringen? Aber nicht doch! Damit ein Land das Gebiet eines anderen übernehmen konnte, also dem zweithäufigsten Vorwand für Blutvergießen? Weit gefehlt! Nein, es ging einzig und allein darum, einen Mann anstelle eines anderen zum König zu machen, damit dieser auf dieselbe Art und Weise und nach denselben Gesetzen weiterregieren konnte wie sein Vorgänger. Daß zwei Männer gegeneinander um die Macht kämpfen, mag ja noch angehen. Doch daß es ihnen mit einer derart fadenscheinigen Begründung gelingt, eine ganze Nation – Vater gegen Sohn und Bruder gegen Bruder – zu den Waffen zu rufen, ist in der Tat ein Wunder. Aber ganz gleich, wie man dieses Phänomen sonst erklären mag, eines darf man dabei auf keinen Fall vergessen: Diese Ingerlonder, oder doch ein ziemlich großer Teil von ihnen, sie kämpfen nun einmal gerne. So einfach ist das.

Es herrschte Schweigen. Dann entstand am Teich plötzlich Bewegung. Alis Katze hatte einen kleinen Frosch gefangen. Mit dem Stock fuchtelnd, hinkte Ali hinter ihr her und schlug nach ihr, bis sie ihre Beute losließ, auf einen Kardamombaum sprang und von da aus wütend auf ihn herunterfauchte. Der Frosch saß wie erstarrt auf einem Pflasterstein. Ali hob ihn auf und hielt ihn vorsichtig auf der Handfläche. Nachdem er mühsam wieder zu Atem gekommen war, meinte er: »Er scheint unverletzt zu sein …«

Mit diesen Worten brachte er den Frosch wieder zum Teich, wo dieser mit einem Platschen ins Wasser sprang. Dann nahm Ali seine Katze vom Baum, und die beiden waren wieder Freunde. Schnurrend saß das Tier auf seinem Schoß.

»Und, ist die Geschichte jetzt zu Ende?« erkundigte ich mich.

»Noch nicht ganz«, erwiderte Uma leise. »Denn ich war am Schluß auch dabei. Richard, Eddies jüngerer Bruder, hatte einen Pferdepfleger bestochen und sich auf diese Weise ein Pony besorgt, mit dem er zum Schlachtfeld ritt. Ich folgte ihm und holte ihn in der Abenddämmerung ein. Er ritt durch den Wald und suchte nach verwundeten Männern der

Königin, die noch in ihren Panzern lebten. Wenn er auf einen stieß, bohrte er seinen Dolch durch das Visier des Mannes, bis er das Auge fand, und stach zu. Wir sprechen hier wohlgemerkt von einem achtjährigen Jungen. Einem Jungen, der König sein wird, bis Owen Tudors Enkel ihn vom Thron verjagt.«

»Vor unserem Abschied fand auch eine Krönung statt«, fügte Ali hinzu. »Und zwar mitten im Juni. Ein abstoßendes Schauspiel und sehr barbarisch. Die lange Zeremonie wurde in der Westminster Abbey abgehalten, und selbstverständlich durften die jaulenden Mönche und die trötenden Blasinstrumente nicht fehlen. Man machte sich ewig mit dem Salböl zu schaffen und hantierte mit einer großen, mit Juwelen besetzten Krone, Zeptern, Reichsäpfeln und allen möglichen anderen Gerätschaften. Anschließend veranstaltete man ein viel zu reichliches und unverhältnismäßig großes Festmahl mit fässerweise Wein und Bier, anstößigen Tänzen, übertrieben protziger Kleidung, prunkvollem Schmuck, von dem ein Großteil aus unseren Warenbeständen stammte, und öffentlichen Massenhinrichtungen. Außerdem schlug Eddie unseren Prinzen wegen seiner Hilfe mit den Armbrüsten zum Ritter des Hosenbandordens, wirklich eine große Sache, denn dazu muß man einen Samtstreifen unterhalb des Knies am Bein befestigen und außerdem einen Stern tragen, der aus billigen kleinen Diamanten besteht. Es handelt sich dabei um die höchste Auszeichnung in Ingerlond, doch der Prinz bewahrt den Orden in einer Schachtel mit den vielen anderen Merkwürdigkeiten auf, die er als Andenken mitgebracht hat. Kurz darauf machten wir uns auf den Heimweg.«

Es war Zeit zu gehen. Ali war müde, und die Sonne hatte bereits mit ihrem raschen Abstieg ins Arabische Meer begonnen. Uma wollte unbedingt ihre Kinder ins Bett stecken, doch da ich wußte, daß ich nicht wiederkommen würde, wollte ich den Rest der Geschichte hören.

»Seid ihr wohlbehalten zurückgekehrt?«

»Offensichtlich.«

»Und auch mit den militärischen Kenntnissen, die dem Prinzen so wichtig waren?«

»O ja. Mehr oder weniger. Aber die interessierten mich nicht sehr. Allerdings ist Bardolph Earwicca inzwischen kaiserlicher Waffenoffizier, und wir haben außerdem vier weitere junge Männer – einen Ritter, zwei Soldaten und einen Bogenschützen – mitgebracht, die auf der Straße standen, nachdem der Krieg vorbei war, und gerne die Welt sehen wollten. Sie haben sich ausgezeichnet eingelebt und bilden nun die Armee aus.«

»Und Anish?«

»Ihm geht es gut. Soweit ich weiß, ist er immer noch Prinz Hariharas Kammerherr.«

Eine Weile herrschte Schweigen, bis ich wieder das Wort ergriff.

»Und du, Ali, was hast du mitgebracht? Abgesehen von deiner Pension, die mir angemessen erscheint.«

»Eine noch größere Gewißheit als zuvor, daß der Alte vom Berge recht hatte: Nichts ist wahr. Alles ist erlaubt. Nichts ist wichtig. Das heißt – nein, da wäre noch etwas ...«

Er war aufgestanden und wandte sich ab, aber konnte doch nicht verleugnen, daß seine Stimme leicht zitterte.

»Von dem besten Freund, den ich je hatte, habe ich gelernt, die Dinge von einer anderen Warte aus zu betrachten, daß wir nicht geringschätzen dürfen, auf dieser Welt zu Hause zu sein. Solange sie uns ein einfaches Dach über dem Kopf, schlichte Kleidung, eine karge Mahlzeit und außerdem die Lotosblume und die Rose, den Apfel und die Kirsche schenkt, ist sie eine angemessene Heimat für uns Sterbliche und für die Unsterblichen.«

Später an diesem Abend ging ich hinunter zum Hafen, als die Sonne gerade im Wasser versank. Am nächsten Morgen wollte ich Mangalore und die Malabarküste an Bord einer chinesischen Handelsdschunke verlassen, auf der ich für mich und meine drawidische Frau eine Passage gebucht hatte. Wir planten, nach Süden zu segeln, Sri Lanka zu umrunden und wieder in die Zivilisation zurückzukehren. Doch als ich in jenem Moment nach Westen blickte, wurde mir die Sicht von einer dichten Wolkenbank versperrt, und das ruhige Wasser, das bis zum äußersten Ende der Welt reichte, plätscherte still unter einem bedeckten Himmel dahin. Es schien mitten in eine endlose Dunkelheit hineinzufließen.

Nachschrift

Ein Jahr später sprach Mah-Lo am Hof des Ming-Kaisers Chêng-Hwa in dessen Hauptstadt Cambaluc vor, um von Ali ben Quatar Mayeens Abenteuern zu berichten. Er begann seine Schilderung mit den Worten, die Armee des Reiches von Vijayanagara sei zwar in jüngster Zeit grundlegenden Veränderungen unterworfen worden, doch seien diese Reformen alle im Hinblick auf die Landesverteidigung, nicht auf eine Ausdehnung des Staatsgebiets vorgenommen worden. Die Festungen seien verstärkt worden, um Belagerungen und Angriffen mit Kanonen zu widerstehen. Außerdem habe man eine neue Methode der Schießpulverherstellung entwickelt, die alle herkömmlichen – bis auf die der Chinesen – überträfe. Weiterhin bilde man die schwere Infanterie zum Kampf gegen die Kavallerie aus. Mah-Lo vertrat die Auffassung, daß es dank all dieser Verbesserungen möglich sein müßte, einer Invasion der Moslems in absehbarer Zukunft zu widerstehen. Für die chinesische Expansion und den Handel stelle dies jedoch keine Bedrohung dar.

Wenn man den Blick weiterschweifen ließe und auch die andere Seite der Welt betrachte, komme man zu dem Schluß, daß von keinem der europäischen Königreiche, vielleicht mit Ausnahme der Portugiesen, eine unmittelbare Gefahr für China ausgehe. Und selbst die Portugiesen seien offenbar stärker daran interessiert, ein Kaufmannsimperium auf dem Meer, basierend auf Handelsposten, aufzubauen, als ihren Herrschaftsbereich militärisch zu erweitern.

Allerdings zweifle er, Mah-Lo, nicht daran, daß die Ingerlonder langfristig zum Problem werden könnten. Wenn Alis Eindruck von der Bevölkerung dieser Insel zutraf, bestehe die Möglichkeit, daß Ingerlond den Rest der Welt unter Druck setzen würde, nachdem es seine inneren Schwierigkeiten erst einmal bereinigt habe. Aufgrund der inglysshen Geschichte, insbesondere der normannischen Eroberung und deren Folgen, hätten die Menschen dort eine Reihe widersprüchlicher Eigenschaften entwickelt, welche sie, verglichen mit den anderen Völkern, denen Mah-Lo während seiner Wanderschaften begegnet sei, in Vorteil versetzten.

»Sie sind«, so fuhr er fort, »eine Nation von Einzelgängern, die sich dennoch unter Führern, die sie anerkennen, zusammenschließen und große Tapferkeit an den Tag legen können. Außerdem sind sie geschickte und skrupellose Kaufleute, da es bei ihnen wenig Bodenschätze gibt, die sie ausbeuten können. Sie sind waghalsige Seefahrer, maßlos arrogant und zudem grausame, nachtragende und mitleidlose Feinde. Unbelastet von Moral oder einer gemeinsamen Religion, nehmen sie eine sachliche, pragmatische Haltung zum Leben ein und passen ihre Wertvorstellungen den Umständen an, wobei sie stets eine Herangehensweise bevorzugen, bei der der einzelne selbst für sein Seelenheil verantwortlich ist.«

»Ich mache anderen keine Vorschriften und lasse mir auch von niemandem sagen, wie ich zu leben habe«, soll dieser Ali einen Ingerlonder zitiert haben.

Die Ingerlonder lieben die Kameradschaft und die Geselligkeit über alles, fuhr Mah-Lo fort. Sie können sich leicht für sportliche Leistungen und einfache, gemeinsam erlebte Sinnenfreuden begeistern und haben eine Schwäche für starke Getränke und derben, schnellen Sex, ergänzte Mah-Lo seinen Bericht. Ihre Fähigkeit, über einen kurzen Zeitraum starke Schmerzen zu ertragen, ist erstaunlich, und sie haben keine Angst vor dem Tod. Doch Schmerz und Leid als Lebensinhalt weisen sie rundheraus zurück, und sie hassen Langeweile wie die Pest.

Sorgfältig ausgewählte Vertreter anderer Glaubensgemeinschaften und Völker dulden sie als Einzelpersonen und entwickeln sogar Sympathien für sie, während sie gleichzeitig Ausländer als solche rundheraus ablehnen.

»Sie sind verrückt«, schloß Mah-Lo seine Ausführungen. »Eines Tages werden sie die Welt erobern.«

Eine Weile herrschte Schweigen, dann schnippte der Großwesir wegwerfend mit den langen Fingernägeln.

»Aber nicht China«, sagte er.

»Nein«, stimmte Mah-Lo zu. »China vermutlich nicht.«